Knaur.

Von Iny Lorentz sind außerdem erschienen:
Die Goldhändlerin
Die Kastellanin
Die Kastratin
Die Löwin
Die Pilgerin
Die Tatarin
Die Wanderhure

Über die Autorin:
Iny Lorentz wurde in Köln geboren. Sie arbeitet heute als Programmiererin in einer Münchner Versicherung. Seit den frühen achtziger Jahren hat sie mehrere Kurzgeschichten veröffentlicht. »Die Kastratin«, ihr erster Roman, war bereits ein großer Erfolg, ihm folgten weitere Bestseller.

Wenn Sie mehr über die Erfolge unserer Bestseller-Autorin Iny Lorentz wissen wollen, besuchen Sie uns im Internet unter www.iny-lorentz.de

Iny Lorentz

Das Vermächtnis der Wanderhure

Roman

•◆•

Knaur Taschenbuch Verlag

Bitte besuchen Sie uns im Internet:
www.knaur.de

Vollständige Taschenbuchausgabe April 2007
Copyright © 2006 Knaur Verlag.
Ein Unternehmen der Droemerschen Verlagsanstalt
Th. Knaur Nachf. GmbH & Co. KG, München.
Alle Rechte vorbehalten. Das Werk darf – auch teilweise –
nur mit Genehmigung des Verlags wiedergegeben werden.
Umschlaggestaltung: ZERO Werbeagentur, München
Umschlagabbildung: Superstock, München
»Madonna mit Kind« 1433, Jan van Eyck
Satz: Ventura Publisher im Verlag
Druck und Bindung: Clausen & Bosse, Leck
Printed in Germany
ISBN 978-3-426-63505-6

Für Lianne,
Ingeborg,
Tatjana und Isabel

Erster Teil

Die Entführung

I.

Schreie von Kriegern und Pferden hallten misstönend in Maries Ohren, und über dem Schlachtenlärm lag der Klang hussitischer Feldschlangen, die Tod und Verderben in die dicht gedrängten Reihen der deutschen Ritter spien. Sie sah böhmisches Fußvolk in blauen Kitteln mit kleinen, federgeschmückten Hüten wie die Woge einer Sturmflut auf das eisenstarrende kaiserliche Heer zurollen. Zwar schützten sich die Angreifer nur durch Lederpanzer und kleine Rundschilde, doch sie schienen zahllos zu sein, und über ihren Köpfen blitzten Hakenspieße und die Stacheln der Morgensterne.

Nun vernahm sie Michels Stimme, der seine Leute zum Standhalten aufforderte. Dennoch löste sich an anderen Stellen die Formation der Deutschen auf, und ihre Schlachtreihe bröckelte wie ein hart gewordener Laib Brot, den man mit den Händen zerreibt, um ihn an die Schweine zu verfüttern. In diesem Moment begriff Marie, dass Kaiser Sigismund die Seinen in eine vernichtende Niederlage geführt hatte. Sie stöhnte auf und zog Trudi enger an sich.

Da stürmte einer der fliehenden Ritter direkt auf sie zu. Sein Visier stand offen, und sie erkannte Falko von Hettenheim. Er blieb vor ihr stehen und wies mit dem Daumen auf Michel, der von einer dichten Traube böhmischer Rebellen umzingelt war. »Diesmal opfert sich dein Mann für den Kaiser. Gleich wird er krepieren, und nichts kann dich mehr vor meiner Rache schützen!«

Marie versteifte sich und tastete nach dem Dolch, den sie in einer Falte ihres Kleides verborgen hielt, mochte die Waffe auch im Vergleich zu dem Schwert des Ritters eine Nadel sein. Falko von Hettenheim hob die Klinge zum Schlag, hielt aber mitten in der Bewegung inne und lachte auf.

»Ein schneller Tod wäre eine zu leichte Strafe für dich, Hure. Du sollst leben und dabei tausend Tode sterben!« Er griff mit der gepanzerten Rechten nach Trudi, riss das Kind an sich und wandte sich hohnlachend ab.

Mit einem verzweifelten Schrei wollte Marie ihm folgen, um ihre Tochter zu retten. Im gleichen Augenblick packte jemand sie an der Schulter und schüttelte sie kräftig.

»Wacht auf, Herrin!«

Marie schreckte hoch und öffnete die Augen. Da gab es keinen Falko von Hettenheim mehr, auch keine Böhmen und keine deutschen Ritter, sondern nur ein friedliches grünes Ufer und einen träge fließenden Strom. Sie selbst befand sich auf einem schlanken, von zwei hurtigen Braunen getreidelten Flussschiff und sah Anni und Michi vor sich stehen, die sie sichtlich besorgt musterten.

»Was ist mit Euch, Frau Marie? Seid Ihr krank?«, fragte der Junge.

»Nein, mir geht es gut. Ich bin wohl kurz eingeschlafen und habe schlecht geträumt.« Marie erhob sich, brauchte aber die helfende Hand ihrer Leibmagd, um sicher auf den Beinen zu stehen.

»Schlechte Träume nicht gut.« Inzwischen vermochte Anni sich zwar fließend auszudrücken, aber wenn sie sich aufregte, fiel sie in ihr früheres Stammeln zurück.

Marie lächelte ihr beruhigend zu und trat an den Rand der Barke. Während sie den grünen Auwald betrachtete, der an dieser Stelle bis in den Strom hineinwuchs und die Pferde zwang, durch das Wasser zu laufen, glitten ihre Gedanken wieder zu dem Traum zurück. Sie hatte ihn so intensiv erlebt, dass sie den Geruch des verschossenen Pulvers noch in ihrer Nase zu spüren glaubte. Darüber wunderte sie sich, denn Michel und sie waren den böhmischen Verwicklungen fast unversehrt entkommen, und es bestand auch keine Gefahr, wieder hineingezogen zu werden. Den Verräter Falko von Hettenheim hatte die Strafe des Himmels ereilt, und ihr Ehemann weilte auf Kibitzstein, dem Lehen, das Kaiser Sigismund ihm verliehen hatte. Sie aber hatte sich aufgemacht, ihre Freundin Hiltrud auf deren Freibauernhof in der Nähe von Rheinsobern zu besuchen.

Gerne hätte sie den Besuch bis ins Frühjahr aufgeschoben, um auf dem Rückweg nicht in kaltes, stürmisches Herbstwetter zu geraten. Doch dann hatte sie zu ihrer und Michels übergroßen Freude festgestellt, dass sie schwanger war. Sie wollte Michels Patensohn Michi jedoch persönlich nach Hause bringen, denn Hiltrud hatte ihren Ältesten seit mehr als zwei Jahren nicht gesehen, und ohne den Jungen hätten Michel und sie in Böhmen ein grausames Ende gefunden. Marie war Hiltrud überaus dankbar, dass die Freundin ihr bei jener Flucht aus der Pfalz ihren Sohn mitgegeben hatte, obwohl diese nicht von ihrem Plan überzeugt gewesen war.

Nun würde Hiltrud zugeben müssen, dass Marie damals Recht gehabt hatte. Das war auch anderen klar geworden, zuvorderst Pfalzgraf Ludwig, der sie nach dem angeblichen Tod ihres Mannes neu hatte vermählen wollen. Doch als Falko von Hettenheim behauptet hatte, Michel sei von Hussiten umgebracht worden, war sie überzeugt gewesen, dass er log. Sie wusste, dass der Ritter ihrem Mann den Aufstieg neidete, und hatte deswegen sofort vermutet, er habe Michel verletzt in den böhmischen Wäldern zurückgelassen, damit dieser einen qualvollen Tod in hussitischer Gefangenschaft erleide. Dieser Ahnung war sie nach Osten gefolgt, und sie hatte tatsächlich Recht behalten. Michel hatte dank der Hilfe friedlicher Tschechen überlebt, und gemeinsam war es ihnen schließlich sogar gelungen, dem Kaiser eine Botschaft von treu gebliebenen böhmischen Adeligen zu überbringen.

»Du bist heute aber sehr in Gedanken.« Anni blickte Marie verwundert an, denn ihre Herrin und Freundin war normalerweise gelassen und aufmerksam. Ihr Sinnieren musste wohl mit ihrer Schwangerschaft zusammenhängen. Sie wusste, dass Frau Marie und ihr Mann sich diesmal einen Sohn erhofften, dem Michel das Lehen würde vererben können. Mit Trudi gab es schon eine

Tochter, aber die würde später einen Ritter heiraten und Herrin auf dessen Burg werden. Der Kaiser hatte zwar erlaubt, dass sie das Lehen erben konnte, doch selbst dann würde es keine weiteren Adler auf Kibitzstein geben, sondern den Sippennamen eines anderen Geschlechts.

»Da hat eben ein Langohr das andere Esel genannt«, spöttelte Marie über Anni, die jetzt ebenfalls gedankenverloren vor sich hin starrte, und bat sie, ihr ein wenig mit Wasser vermischten Wein zu bringen. Während ihre Magd den Becher suchte, der von der als Tisch dienenden Frachtkiste gefallen und über das Deck gerollt war, versuchte Marie, die düstere Vorahnung abzuschütteln. Die Tatsache, dass sie ausgerechnet von dem ehrlosen Mörder und Verräter Falko von Hettenheim geträumt hatte, erschien ihr als schlechtes Omen.

Um die Bilder des Traums wegzuschieben, richtete sie ihre Gedanken auf die Ankunft in Rheinsobern. Sie fieberte dem Wiedersehen mit ihrer alten Freundin entgegen, von der sie von ihrem siebzehnten Lebensjahr an bis zu dem böhmischen Abenteuer nie lange getrennt gewesen war. Damals, vor mehr als anderthalb Jahrzehnten, hatte Hiltrud ihr das Leben gerettet, und sie waren gemeinsam als Ausgestoßene, als wandernde Huren, von Markt zu Markt gezogen und hatten ihre Körper so oft wie möglich verkaufen müssen, um überleben zu können. Als sich ihr Geschick nach fünf Jahren gewendet hatte, war aus Hiltrud eine geachtete Freibäuerin und aus ihr die Ehefrau eines Burghauptmanns geworden, den der Kaiser nach einer verlustreichen Schlacht zum freien Reichsritter ernannt hatte. In Augenblicken wie diesem erschien Marie ihr und Michels Aufstieg zu steil, und ihr schwindelte allein bei dem Gedanken an ihren neuen Stand und die Pflichten und Rechte, die dieser mit sich brachte.

Mit einem Mal fragte sie sich, was ihr Vater wohl zu alledem gesagt hätte. Als sie siebzehn gewesen war, hatte er es als das größte Glück angesehen, sie mit dem illegitimen, vermögenslosen Sohn eines Reichsgrafen verheiraten zu können. Doch der war ein ebenso gewissenloser Schurke gewesen wie Falko von Hettenheim und hatte mit seinen Intrigen dafür gesorgt, dass sie nicht in ein geschmücktes Brautbett gelegt, sondern der Hurerei beschuldigt und verhaftet worden war. Schwer verletzt wurde sie aus der Stadt vertrieben, während ihr Verlobter ihren Vater um sein Vermögen brachte. Sie hatte überlebt, weil sie fest davon überzeugt gewesen war, sich irgendwann an ihrem Verderber rächen zu können. Das war ihr auch gelungen, indem sie sich den wütenden Protest der zum Konzil nach Konstanz gereisten Huren über die Zustände in der Stadt zunutze gemacht und Kaiser Sigismund selbst dazu gezwungen hatte, sie zu rehabilitieren. Da jedoch niemand wusste, was man mit einer wieder zur Jungfrau erklärten Hure anfangen sollte, hatte man sie kurzerhand mit ihrem Jugendfreund Michel verheiratet, und gegen ihre Erwartungen war sie mit ihm sehr, sehr glücklich geworden.

»Ich weiß nicht, wer das größere Langohr von uns beiden ist, Marie. Du denkst zu viel nach. Das ist nicht gut für das Kleine, das du in dir trägst.« Nach ihren gemeinsamen Erlebnissen in Böhmen als Sklavinnen der Hussiten konnte Anni sich nicht daran gewöhnen, ihre Freundin mit jener Ehrerbietung anzureden, die einer Burgherrin und Gemahlin eines Ritters zukam, und Marie verlangte es auch nicht von ihr.

Nun lachte sie leise auf. »Du tust ja gerade so, als hättest du bereits ein Dutzend Kinder geboren!«

Anni war knapp fünfzehn und immer noch ein recht schmales Ding. Dennoch hatte sie schon Erfahrungen mit dem anderen Geschlecht gesammelt, wenn auch recht unfreiwillige.

»Das habe ich nicht, aber ich weiß, dass es nicht gut für dich ist, so lange zu grübeln. Wir hätten Trudi mitnehmen sollen. Sie hätte dir deine Grillen längst schon ausgetrieben.«

Für einen Augenblick fühlte Marie, wie ihr die Tränen in die Augen schossen. Sie vermisste ihre kleine Tochter, mit der sie durch halb Böhmen gezogen war, doch da Michel so lange auf sein Kind hatte verzichten müssen, war Trudi bei ihm geblieben. Mit einem leicht gequälten Gesichtsausdruck sah sie Anni an. »Mach dir nicht so viele Sorgen um mich. Die meisten schwangeren Frauen haben ihre Launen. In spätestens einer Stunde lache ich wieder mit dir um die Wette.«

»Das will ich hoffen!« So ganz nahm die junge Tschechin ihrer Herrin den bevorstehenden Stimmungswechsel nicht ab, denn Marie wirkte so bedrückt, als wäre ihr etwas Böses begegnet. Dabei hatte sie gehofft, ihre Freundin würde sich beim Anblick der Gefilde freuen, in denen sie lange gelebt hatte. Doch je näher sie Rheinsobern kamen, umso schwermütiger wurde Marie.

Als Anni mit dem leeren Becher ihrer Herrin nach hinten ging, um ihn neu zu füllen, sagte sie zu Michi: »Ich hoffe, deiner Mutter gelingt es, Frau Marie aufzuheitern. So gefällt sie mir gar nicht.«

Michi nickte, ohne richtig hinzuhören. Der Stimmbruch lag hinter ihm, und er spürte plötzlich Sehnsüchte, die ihm vor einem Jahr noch völlig fremd gewesen waren. In seinen Träumen stellte er sich vor, wie er Anni das züchtige graue Gewand einer Leibmagd auszog und mit der Nackten Dinge trieb, die er nicht einmal in der Beichte zu erwähnen wagte.

»Mama wusste mit Frau Maries Launen immer umzugehen. Und denke ja nicht, dass sie früher keine gehabt hätte. Die Herrin kann sturer sein als ein Ochse, und wenn sie ein Ziel ins Auge gefasst hat, gibt sie nicht eher auf, bis sie es erreicht hat. An deiner Stelle würde ich mir keine Gedanken machen.«

»Ich mache mir Sorgen!«, betonte Anni und schnaubte enttäuscht, weil Michi sie nicht ernst nahm.

Als sie weitergehen wollte, streckte er die Hand aus und berührte sie am Hintern. Im gleichen Augenblick schnellte das Mädchen herum und versetzte ihm eine Ohrfeige, die noch am gegenüberliegenden Ufer zu hören gewesen sein musste. Michi verlor das

Gleichgewicht, setzte sich auf den Hosenboden und starrte verdattert zu Anni hoch, die mit zornblitzenden Augen über ihm stand.
»Mach das nicht noch einmal!«, warnte sie ihn.
»Jetzt tu nicht so, als wärst du eine unbefleckte Jungfrau. Ich weiß, dass du bereits unter Männern gelegen bist.« Michi traten vor Beschämung und Wut die Tränen in die Augen. Einen Herzschlag später mischten sich die des Schmerzes hinzu, denn das Mädchen hatte erneut zugeschlagen, und diese Ohrfeige hinterließ Spuren auf seiner Wange.
»Ich habe mich nicht freiwillig unter diese Kerle gelegt, und einen wie dich werde ich gewiss nicht an mich heranlassen. Wenn du es noch einmal versuchst, sage ich es Frau Marie.«
Jetzt zog Michi den Kopf zwischen die Schultern, denn in diesen Dingen verstand Marie keinen Spaß. Da sie selbst das Opfer einer Vergewaltigung geworden war, hasste sie Männer über alles, die Frauen zwangen, ihnen gefällig zu sein. Dabei hatte er Anni keine Gewalt antun, sondern sie nur necken wollen. Wobei er natürlich ein wenig darauf gehofft hatte, sie würde irgendwann einmal in der Nacht zu ihm kommen, damit er sich bei ihr als Mann beweisen konnte.
»Musst du deshalb so toll zuschlagen? Ich wollte doch gar nichts von dir.« Er stand auf, wandte dem Mädchen den Rücken zu und gesellte sich zu den Schiffern. Drei der Männer kümmerten sich um die Zugleine und unterstützten die Fahrt, indem sie den Rumpf mit langen Stangen von Untiefen fernhielten, während der vierte am Ruder stand und das Boot so am Treidelpfad entlangsteuerte, dass die Pferde es gut in Fahrt halten konnten. Die vier hatten den kleinen Zwischenfall mit angehört und rieten Michi nun lachend, sich nichts daraus zu machen.
Einer klopfte ihm zum Trost auf die Schulter. »Weißt du, mein Junge, in der Nacht sind alle Katzen grau. Da ist es egal, ob das Weib, auf dem du liegst, jung oder alt ist. Hauptsache, du

kannst dein bestes Stück in einem warmen Frauenspalt versenken. Im nächsten Ort wohnt eine saubere Hure, die einem so patenten Burschen wie dir sicher gerne zeigen wird, wie er seinen Schwengel rühren muss. Was meinst du, sollen wir dich zu ihr bringen?«

»Nein, danke!« Michi schüttelte unter dem Lachen der Schifferknechte den Kopf. Er wäre ja gerne mit den Männern gegangen, doch der Ort lag schon zu nahe bei Rheinsobern, und er fürchtete, dieser Ausflug würde daheim bekannt werden. Sein Vater würde vielleicht darüber hinwegsehen, doch der Mutter dürfte er danach eine Weile nicht unter die Augen treten. Zu der Angst, seine Familie dummem Gerede auszusetzen, kam noch die Scheu, sich bei der Hure zu blamieren.

Die Einzige, die nichts von Annis Schlagfertigkeit und den Kommentaren der Schiffer wahrgenommen hatte, war Marie, die sich wieder in ihren Erinnerungen verlor. Sie musste an Falko von Hettenheim denken, und es war ihr, als ginge auch von dem Toten noch eine Bedrohung für sie aus.

II.

In ihrer Zeit als Ehefrau des Burghauptmanns hatte Marie die Ritterburgen der Umgebung besucht und kannte jeden Fußbreit Boden einen Tagesritt weit um Rheinsobern herum. Und doch war ihr jetzt, als reise sie durch ein fremdes, ja sogar fremdartiges Land. Sie legte die Hand auf die leichte Wölbung ihres Leibes und horchte in sich hinein, um das neue Leben zu erfassen, das in ihr heranwuchs. War es wirklich die Schwangerschaft, die sie so seltsam reagieren ließ? Bei Trudi hatte sie nichts dergleichen empfunden, obwohl sie damals mehr Probleme hatte schultern müssen, als ein Mensch alleine tragen kann. Zu jener Zeit war ihr Mann für tot erklärt worden, und der neue Burghauptmann von

Rheinsobern hatte sie um ihr Vermögen bringen wollen. Jetzt aber herrschte um sie herum nur eitel Sonnenschein. Vielleicht, dachte sie, lösten ihr Widerwille gegen die Sobernburg und die Erinnerung an all das, was dort passiert war, diese ungutenh Gefühle aus.

»Ich hätte klüger sein und mit der Reise warten sollen, bis mein Kind geboren ist. Michi hätte auch allein nach Rheinsobern fahren können«, sagte sie zu niemand Bestimmtem, auch wenn Anni eifrig nickte.

Aber sie wusste, dass sie nicht anders hatte handeln können. Sie würde diese Reise durchstehen und versuchen müssen, den warmen Spätsommertag, der sich langsam dem Ende zuneigte, mit schöneren Gedanken zu beschließen.

Plötzlich zupfte jemand sie am Ärmel. Sie blickte auf und sah Michi aufgeregt nach vorne zeigen. »Seht dort, Frau Marie! Ich kann in der Ferne bereits die Rheinsoberner Kirchtürme erkennen. Dort drüben unter dem Bergfried der Sobernburg!«

Marie stand auf und entdeckte nun ebenfalls die Stadt. Wenn es noch zwei Stunden hell blieb, würden sie den Hafen und mit dem letzten Tageslicht auch Hiltruds Bauernhof erreichen. Sie nickte Michi aufatmend zu und wandte sich dann an den Besitzer der Barke. »He, Schiffer, können die Gäule etwas schneller laufen? Ich will Rheinsobern heute noch erreichen!«

Der untersetzte Mann in der derben Tracht der Rheinfahrer verzog das Gesicht und spie über die Bordwand ins Wasser. Er hatte im nächsten Ort anhalten und übernachten wollen, doch für ein gutes Trinkgeld würde er bis Rheinsobern weiterfahren.

»Ich werde schauen, was sich machen lässt, Herrin. Der Treidelknecht wird jedoch ganz schön fluchen, wenn er seinen Gäulen die Peitsche geben muss.« Bevor Marie antworten konnte, winkte er dem Treidelknecht zu.

»He, Steffen, die Herrin wünscht Rheinsobern heute noch zu erreichen!«

»Die Dame kann leicht befehlen, aber ich habe danach zwei abgetriebene Gäule, mit denen ich morgen nichts anfangen kann.«
Es war ein Spiel, das die Schiffer und Treidelknechte immer wieder aufführten, aber das konnte Marie nicht wissen. »Es soll ja nicht umsonst sein! Sag mir, was dir morgen an Verdienst entgeht, und ich werde es dir ersetzen.«
»Hörst du? Die Herrin gibt ein großzügiges Trinkgeld.« Der Schiffer streifte Marie mit einem abschätzigen Blick, denn schon oft hatten eilige Reisende hohen Lohn versprochen und sich am Ziel geweigert, das versprochene Aufgeld zu zahlen.
Marie begriff, dass sie die Männer bei Laune halten musste, und warf ihnen Geldstücke zu. Dabei fiel kein einziger Pfennig ins Wasser, obwohl der Treidelknecht ein ganzes Stück vor der Barke auf einem der Pferde ritt. Er fing die für ihn bestimmte Münze auf, biss prüfend in deren Rand und grinste.
»Los, ihr Zossen! Die Herrin will heute in der Rheinsoberner Vogtsburg schlafen!«
Die beiden Tiere legten sich stärker ins Geschirr, und das Schiff wurde merklich schneller. Da sich außer dem Schiffer und seinen Knechten nur Marie, Anni, Michi und zwei Bewaffnete an Bord befanden, die Michel Marie zum Schutz mitgegeben hatte, lag die Barke hoch im Wasser, und die Pferde holten rasch einen tief im Wasser liegenden Prahm ein, dessen Gäule sich sichtlich schwerer taten. Die Leute des anderen Bootes dachten nicht daran, den schnelleren Kahn vorbeizulassen, doch das großzügige Trinkgeld und die Aussicht auf mehr stachelten Maries Schiffer an. Er steuerte das Boot weiter auf den Rhein hinaus, um Abstand von dem Prahm zu gewinnen, und dann hoben seine Knechte die Zugseile mit ihren Stangen hoch, während der Treidelknecht die Stelle nutzte, an der keine Weiden und Erlen am Ufer standen, um an den Pferden des anderen Treidelzugs vorbeizutraben.
Der Steuerer des überholten Frachtschiffs schimpfte wie ein

Rohrspatz, denn er hatte eine tiefe Verbeugung machen müssen, um nicht von dem über sein Boot schwingenden Treidelseil von Bord gerissen zu werden. »Dafür setzt es heute Abend Prügel!«, drohte er Maries Schiffer.
Dieser winkte mit einem unflätigen Fluch ab, doch Marie warf den Männern auf dem überholten Schiff mehrere kleine Münzen zu. »Trinkt lieber einen Becher Wein auf meine Gesundheit!« Dann ließen sie den schweren Prahm hinter sich zurück.
Der Schiffer der Barke wandte sich nun sichtlich zufrieden an Marie. »Jetzt werden wir Rheinsobern rechtzeitig erreichen. Sollen wir dort auf Euch warten?«
Marie wollte nicht allzu lange bei Hiltrud bleiben, sagte sich aber, dass es dem Schiffer und seinen Leuten wohl kaum gefallen würde, zwei bis drei Wochen nutzlos in Rheinsobern herumzulungern. »Es steht dir frei, neue Passagiere oder Fracht aufzunehmen. Doch solltest du innerhalb einer Monatsfrist wieder nach Rheinsobern kommen, lass es mich wissen. Zu dieser Zeit will ich rheinabwärts reisen.«
»Wohl, wohl!« Der Schiffer überlegte, wie er es einrichten könnte, rechtzeitig zur Stelle zu sein. Die Dame hatte sich als ebenso freundlich wie großzügig erwiesen, und es war ihm lieber, solche Passagiere zu befördern, als sich mit schweren Kisten und Fässern abzuplagen.
Sie passierten den letzten Ort vor ihrem Ziel, dann grüßten die Rheinsoberner Türme von dem Höhenzug jenseits des Hochufers zu ihnen herüber. Während Marie die Stadt, in der sie fast zehn Jahre ihres Lebens verbracht hatte, mit gemischten Gefühlen betrachtete, konnte Michi es kaum erwarten, an Land zu kommen. Er brannte darauf, seine Eltern und Geschwister wiederzusehen und ihnen die feinen Kleider vorzuführen, die er jetzt tragen durfte. Seine hellgrünen Strumpfhosen schmiegten sich eng an die Beine, und sein rotes Wams war aus gutem Stoff genäht und mit hübschen Stickereien versehen. Sein ganzer Stolz

waren jedoch die weichen, spitz zulaufenden Schuhe und das rote, mit einer echten Reiherfeder geschmückte Barett, welches auch das Haupt eines Edelmanns hätte zieren können.

Anni hatte ihn wegen dieser farbigen Pracht bereits geneckt, denn neben ihm wirkte sie in ihrem strengen Gewand wie ein grauer Schatten. Anders als andere Adelsdamen hätte Marie ihr durchaus erlaubt, eine gefälligere Farbe zu tragen, doch das Mädchen zog die unauffällige Kleidung einer höheren Dienstmagd jedem Schmuck und Putz vor. Das mochte ein Nachhall des Grauens sein, das Anni durchlitten hatte, denn sie war die einzige Überlebende eines Hussitenüberfalls auf ihr Heimatdorf gewesen und hatte es nur Maries fürsorglicher Pflege zu verdanken, dass sie überhaupt noch am Leben war.

Marie hatte sich für die Reise so bequem wie möglich gekleidet und trug nun einen weiten blauen Rock, ein weinrotes Mieder und gegen die Kühle der Nacht eine Wolljacke, die ihr ihre tschechische Wirtschafterin Zdenka gestrickt hatte. Als Kopfbedeckung diente ihr ein Strohhut, wie ihn die Frauen in ihrer neuen Heimat bei der Arbeit in den Weinbergen trugen und der sie besser vor der Sonne schützte als jene Haube mit Schleierbesatz, die ihrem Stand als Ehefrau eines freien Reichsritters angemessen gewesen wäre.

Kurz bevor es dämmerte, erreichten sie den kleinen Hafen von Rheinsobern. Der Treidelknecht führte seine Pferde so, dass das Schiff vom eigenen Schwung getrieben erst vor der hölzernen Pier langsamer wurde, und wand die nun durchhängende Leine um einen dicken Pfahl. Während die Schifferknechte das Boot vertäuten, schwang er sich von seinem Reittier und verbeugte sich vor Marie. »Meine Braunen haben gut gezogen! Findet Ihr das nicht auch, Herrin?«

Marie verstand dies genau so, wie es gemeint war, nämlich als Aufforderung, ihre Geldkatze zu öffnen. Das tat sie auch und zählte dem Mann mehrere Münzen in die Hand. »Kauf deinen Pferden eine gute Portion Hafer dafür. Sie haben es verdient.«

Der Treidelknecht beäugte das Geld und fand, dass allein die kleineren Münzen für Hafer wie auch für ein gutes Essen und Becher süffigen Weines ausreichten. Das große Geldstück wollte er zu seinen Ersparnissen legen. Noch ein paar solch großzügige Trinkgelder und er konnte sich ein eigenes Treidelpferd kaufen. Dann würde er nicht mehr gegen geringen Lohn die Arbeit für andere tun müssen.

Er verbeugte sich noch tiefer vor der Edeldame. »Ihr seid sehr großzügig, Herrin! Meine Pferdchen werden sich freuen.«

Marie nickte ihm lächelnd zu und stieg an Land. Michi überließ es Anni, sich um das Gepäck zu kümmern, und folgte auf dem Fuße. »Was meinst du, Frau Marie, wollen wir gleich zu meinen Eltern gehen oder hier in der Herberge übernachten?«

Marie streifte die Herberge am Hafen mit einem skeptischen Blick. »Da drinnen möchte ich lieber nicht schlafen, außerdem kann ich es kaum mehr erwarten, deine Eltern wiederzusehen.«

Es waren nicht nur die lärmenden Stimmen der Schiffsknechte, die sie abschreckten. Die Rheinaue war sumpfig, und in ihr wimmelte es nur so von Blut saugenden Fliegen und Mücken. Zudem sah man dem Gebäude schon von außen an, dass es nicht den Ansprüchen gehobener Reisender genügte. Marie wusste von früher, dass Leute von Adel und reiche Kaufleute die halbe Stunde Fußmarsch in Kauf nahmen, um in den behaglichen Gasthäusern von Rheinsobern zu übernachten. Deshalb warteten meist ein paar Sänftenträger in der Kneipe auf Kunden. Auch diesmal eilten Männer herbei und priesen ihre Dienste an.

Nach einem Blick auf die Sonne, die schon halb hinter den Hügeln jenseits des Stroms verschwunden war, schickte Marie die Träger weg. »Wir können den Ziegenhof noch vor Einbruch der Dunkelheit erreichen. Anni, du kommst mit uns. Gereon, Dieter, ihr nehmt euch des Gepäcks an.«

Sie drehte den beiden Waffenknechten den Rücken zu und eilte los, ohne ihnen Gelegenheit zu geben, sich über diesen in ihren Augen unwürdigen Auftrag zu beschweren. Michi lief schon voraus, während Anni eine der Kisten öffnete und die Gegenstände herausnahm, die sie als unbedingt notwendig erachtete.
Dieter, ein großer, vierschrötiger Mann mit kantigem Kinn, der, wie Anni wusste, zu den eher gutmütigen und auch recht leichtgläubigen Leuten gehörte, winkte zwei Herbergsknechte zu sich.
»He, ihr Burschen, bringt diese Kisten in den Gasthof und sorgt dafür, dass morgen früh ein Fuhrwerk für uns bereitsteht.«
Die Wirtsknechte sahen das Wappen mit dem auf einem Stein stehenden Kiebitz, welches die beiden Reisigen auf der Brust trugen, und wieselten eifrig herbei. Von solchen Reisenden war zwar kein gutes Trinkgeld zu erwarten, doch wenn man ihnen nicht gehorchte, erntete man meist ein paar derbe Ohrfeigen.

III.

Maries Schritte wurden immer schneller, so dass sie Michi überholte und er sich nun beeilen musste, an ihrer Seite zu bleiben. Sie folgte zunächst ein Stück dem Weg nach Rheinsobern, bog dann nach rechts auf einen schmalen Pfad ein, der zwischen abgeernteten Getreidefeldern hindurchführte, und erreichte nach weniger als einer halben Stunde einige Bauernhöfe, die nahe genug beieinander lagen, um als Dorf gelten zu können. Der größte und schönste Hof gehörte Hiltrud. Noch während Marie sich fragte, was ihre Freundin zu ihrem überraschenden Auftauchen sagen würde, trat diese mit einem Holzeimer voller Essensabfälle aus dem Haus und wandte sich dem Schweinekoben zu. Als sie Marie und Michi bemerkte, blieb sie so ruckartig stehen, als wäre sie gegen eine Wand gelaufen. Der Eimer entglitt ihrer Hand und ergoss seinen Inhalt auf den sauber gefegten Hofplatz. Sie schien die Bescherung nicht zu bemerken, denn sie öffnete und schloss ein paarmal den Mund, stieß dann einen gellenden Schrei aus und rannte den Ankömmlingen entgegen.

»Marie! Bist du es wirklich? Du lebst ja!« Hiltrud umfasste ihre Freundin und herzte sie, ohne den Tränen Einhalt gebieten zu können, die wie kleine Bäche über ihre Wangen liefen.

Maries Augen wurden ebenfalls feucht. »Es ist so schön, dich wiederzusehen.«

Hiltrud wurde von einem heftigen Schluchzen geschüttelt. »Du hast nie Nachricht geschickt, und ich war fest überzeugt, du seiest tot. Mein Gott, wie oft habe ich um dich geweint – und um Michi!«

Ihr Blick wanderte zu ihrem Sohn, der als Knabe fortgegangen war und nun als Jüngling mit dem ersten Anflug eines Bartes auf der Oberlippe zurückkehrte. Sie löste einen Arm von ihrer Freundin und umschlang den Jungen. Dabei zitterten ihre Lippen so, dass sie kein Wort herausbrachte.

Von dem Lärm angelockt, trat Hiltruds Ehemann Thomas aus dem Stall, starrte seine Frau und die beiden Personen an, die diese umschlungen hielt, und schlug das Kreuz. »Bei der Muttergottes! Kann ich meinen Augen trauen?«

Er eilte auf die Gruppe zu, streckte die Hand aus und berührte Marie an der Schulter, als müsse er sich überzeugen, dass ihn kein Trugbild narrte. Dann sah er Michi an und brach nun ebenfalls in Schluchzen aus.

Michi schob den Arm seiner Mutter sanft weg und ließ sich von seinem Vater an die Brust ziehen. »Nicht weinen, Papa«, flüsterte er, konnte aber selbst die Tränen nicht zurückhalten.

Unterdessen quollen Hiltruds und Thomas' übrige Kinder aus der Tür des Wohnhauses und umringten die Besucher. »Tante Marie! Es ist Tante Marie!«, schrie Mariele, die Älteste, immer wieder.

Ihre Schwester Mechthild interessierte sich mehr für den schmucken Jungen, der ihr fremd und doch so bekannt vorkam. Schließlich stemmte sie die Arme in die Hüften und schüttelte ungläubig den Kopf. »Das ist tatsächlich Michi! Bei der Heiligen Jungfrau, bist du aber groß und stark geworden!«

»... und was für ein prächtiges Gewand er trägt!« In Marieles Stimme schwang eine gehörige Portion Neid, denn sie besaß nur zwei einfache, mit einem Band an der Taille geraffte Kleider aus derbem Stoff wie andere Bauernmädchen auch und schwelgte oft in der Erinnerung an jene Tage, die sie mit ihrer Patin Marie am Hof des Pfalzgrafen in Heidelberg verbracht hatte. Damals war sie ähnlich herausgeputzt gewesen wie nun ihr Bruder. Sie streifte Marie mit einem hoffnungsvollen Blick und sagte sich, dass die Tante gewiss nicht ohne reiche Geschenke gekommen war.

Marie umarmte Hiltruds übrige Kinder und wunderte sich, wie sie in den letzten Jahren gewachsen waren. Mariele war nun fast elf Jahre alt und versprach eine Schönheit mit weißblonden Haaren zu werden. Die hohe Gestalt der Mutter hatte sie jedoch nicht geerbt, ganz im Gegensatz zu Mechthild, die bereits jetzt einen halben Kopf größer war als ihre ältere Schwester. Auch deren Haar war hellblond, aber ihre Gesichtszüge wirkten etwas schlichter als Marieles. Dietmar und Giso, die beiden jüngsten Söhne, waren noch zu kindhaft, als dass man hätte abschätzen können, wie sie sich einmal entwickeln würden. Da Michi nicht vorhatte, den Dienst bei seinem Patenonkel zu verlassen, würde einer von ihnen später einmal den Hof übernehmen.

Hiltrud wischte sich die nassen Augen mit dem Ärmel trocken und deutete auf die Tür. »Kommt herein! Ihr habt doch gewiss noch nicht zu Abend gegessen.«

Marie spürte, wie ihr Hunger bei diesen Worten erwachte, und nickte. »Dazu haben wir uns keine Zeit genommen, denn wir wollten so schnell wie möglich bei euch sein. Darf ich dir meine Zofe Anni vorstellen? Sie hat ein schlimmes Schicksal hinter sich und ihre Geschichte wird dich gewiss interessieren.«

Anni blickte zu der Bäuerin auf, die ihr wie eine Riesin aus einem Märchen erschien, erwiderte scheu deren Lächeln und sah ihr ehrfürchtig nach, als diese an ihr vorbei auf das Haus zuging. Während Mariele sich bei ihrer Patin unterhakte und sich an sie schmiegte, blieb Mechthild vor Anni stehen und streckte die Hand nach deren Bündel aus. »Komm, gib es mir. Ich bringe es in die Schlafkammer, die für Frau Marie bereitsteht. Du wirst dich gewiss zur Tante setzen wollen.«

Anni musterte die Zehnjährige und fand, dass sie ihr vertrauen konnte. Sie reichte ihr das Bündel, ließ sie aber nicht aus den Augen, bis sie wusste, in welcher Kammer Mechthild die Sachen ablegte. Dann folgte sie dem Mädchen in die Küche, in der Marie und Michi es sich bereits gemütlich gemacht hatten.

Trotz ihrer Freude, ihre Freundin und ihren Sohn wiederzusehen, vergaß Hiltrud ihre Pflichten als Gastgeberin nicht und tischte eine Brotzeit auf, die für einen halben Heerzug ausgereicht hätte. Marie biss fröhlich in das schmackhafte graue Brot, das mit einer dicken Schicht Butter und Schinken belegt war, und wartete auf die Fragen, die unweigerlich kommen mussten. Als die Tischplatte so dicht mit Tellern, Tiegeln und Schüsseln bedeckt war, dass die Tonbecher kaum noch Platz fanden, setzte Hiltrud sich neben ihre Freundin und legte die Hand auf ihren Arm. »Was ist mit Trudi?«

»Die ist zu Hause bei Michel.« Marie lachte hell auf, als sie das fassungslose Gesicht ihrer Freundin sah.

»Du hast ihn tatsächlich gefunden? Wie habe ich daran nur zweifeln können!«

Hiltrud schnaufte und schüttelte ein über das andere Mal den Kopf. Manchmal sah es so aus, als läge der Fluch einer bösen Fee auf ihrer Freundin. Dann aber schien es, als sei Marie mit einer

Glückshaut geboren worden, die ihr selbst das schlimmste Unglück zum Guten ausschlagen ließ.

»Ich glaube, du hast mir wirklich einiges zu erzählen. Aber jetzt iss erst einmal. Du siehst verhungert aus.«

Marie protestierte vehement. »Ich und verhungert? Da hört sich doch alles auf. Allerdings, wenn ich mich mit dir vergleiche …«

Ihr Spott konnte die Freundin jedoch nicht treffen. »Immerhin habe ich die vierzig schon eine Weile hinter mir gelassen, auch wenn ich nicht genau weiß, wann das war. Es gibt nun mal kein Kirchenbuch, in dem meine Geburt vermerkt worden ist.«

Dabei musterte Hiltrud Marie und breitete verwundert die Hände aus. Ihre Freundin schien um keine Stunde älter zu sein als an jenem Tag, an dem sie Rheinsobern verlassen hatte, um Michel zu suchen. Eigentlich wirkte sie sogar jünger und viel munterer. Aber das war wohl nicht verwunderlich, denn damals hatten sie die schlimme Zeit mit den Banzenburgern, von denen sie während ihrer Schwangerschaft wie eine Gefangene gehalten worden war, die Geburt und die ständige Angst um Michel niedergedrückt und gezeichnet. Jetzt aber erschien Marie so zeitlos schön, dass Hiltrud näher rückte, um das Gesicht ihrer Freundin im Schein des Herdfeuers und einiger Talglichter genauer zu betrachten. Da waren tatsächlich ein paar feine Fältchen um die Augen und zwei kaum wahrnehmbare Kerben an den Mundwinkeln, doch nichts deutete darauf hin, dass ihre Freundin bald das sechsunddreißigste Jahr vollenden würde.

»Kannst du dich noch an Kunigunde von Wanzenburg erinnern?«, setzte sie das Gespräch fort.

»Du meinst Banzenburg«, korrigierte Marie sie.

»Ich meine, was ich sage! Da hatte der Pfalzgraf uns eine arg verlauste Gesellschaft nach Rheinsobern geschickt. Es wird dich sicher freuen zu hören, dass dieses Miststück über ihre eigenen Schliche und Intrigen zu Fall gekommen ist. Vor einem Jahr hat Herr Ludwig ihren Mann seines Amtes enthoben und an die böhmische Grenze geschickt, und ich hoffe, sie werden dort den aufständischen Hussiten zum Opfer fallen – oder sind es schon.« Hiltrud war sonst nicht so gehässig, doch die Banzenburger hatten, wie sie Marie wortreich erzählte, während ihrer Zeit auf der Vogtsburg die Bauern der Rheinsoberner Vogtei gegen jedes geschriebene Recht ausgepresst. Auch Hiltrud und ihr Mann hatten zwei Kühe als Sondersteuer abgeben müssen und dies trug die Bäuerin Michels Nachfolger und dessen Frau immer noch nach.

»Das kann uns unter dem nächsten Vogt nicht mehr passieren. Thomas und ich haben uns nämlich mit Wilmars Hilfe ein Haus in der Stadt und das Bürgerrecht gekauft. Unser Hof zählt jetzt zum Stadtfrieden und ist durch städtisches Recht vor dem Zugriff der Edelleute geschützt.«

Hiltruds Worte erinnerten Marie an ihre Verwandten in Rheinsobern, die sie auch würde aufsuchen müssen. In all der Zeit hatte sie kaum einmal an Hedwig und Wilmar gedacht, und nun leistete sie den beiden in Gedanken Abbitte. Dann erfüllte sie Hiltruds Wunsch, ihr von all den Abenteuern zu erzählen, die sie seit ihrer Abreise erlebt hatte. Einige besonders unangenehme Dinge verschwieg sie, um das Gemüt ihrer Freundin nicht zu stark zu belasten.

»Von Frau Kunigunde und dem Schicksal ihrer Sippe habe ich schon auf dem Weg von Falkenhain nach Nürnberg gehört«, setzte sie mit einem zufriedenen Lachen hinzu. »Unterwegs sind wir auf Konrad von Weilburg und seine Frau getroffen, die vom Pfalzgrafen ebenfalls an die Grenze der Oberen Pfalz zu Böhmen geschickt worden waren. Sie haben sich gut eingelebt und hoffen, dort ein Lehen zu erhalten. Die Banzenburger haben es jedoch schlechter getroffen, und Frau Kunigunde und ihre zahlreiche Nachkommenschaft sollen den gefüllten Fleischtöpfen von Rheinsobern arg nachtrauern.«

Hiltrud nickte sinnend. »Das kann ich mir gut vorstellen, denn hier haben sie es sich gut gehen lassen. Wären sie nicht so gierig gewesen, würden sie noch heute in der Vogtsburg hausen und Rheinwein trinken können.« Sie hielt kurz inne, strich sich eine Strähne ihres weißblonden Haares aus der Stirn, die aus ihrer Haube geschlüpft war, und warf Marie einen auffordernden Blick zu. »Du wirst der Gemahlin des neuen Burghauptmanns einen Besuch abstatten müssen. Wir haben zwar wenig mit diesen Leuten zu tun, aber sie würden es uns gewiss verübeln, wenn wir eine Dame von Stand beherbergen, die nicht die Höflichkeit besitzt, sie zu begrüßen.«

Marie verzog ihr Gesicht wie ein schmollendes Kind. »Muss das sein? Ich hatte mir geschworen, die Vogtsburg nie mehr zu betreten.«

Im Grunde ihres Herzens wusste sie jedoch, dass Hiltrud Recht hatte, und es hätte nicht eines strafenden Blickes bedurft, sie anderen Sinnes werden zu lassen. »Also gut! Ich werde mich morgen auf den Weg zur Sobernburg machen. Danach kann ich ja Hedwig und Wilmar aufsuchen.«

»Das will ich doch hoffen! Die beiden würden kein Wort mehr mit mir sprechen, wenn sie erführen, dass du zu mir gekommen bist, ohne sie gleich am nächsten Tag zu besuchen. Sie mögen dich sehr, das weißt du ja, und ich hatte in den letzten Jahren einiges zu tun, Hedwigs Grillen zu fangen.«

»Du musstest Grillen fangen?« Marie starrte ihre Freundin verständnislos an und erhielt dafür einen kleinen Nasenstüber. »Nicht die auf dem Feld, deren Konzert du jetzt durch das Fenster hören kannst, sondern jene in Hedwigs Kopf. Sie hat sich mehr Sorgen um dich, Trudi und Michi gemacht, als für sie gut war, und ist ihres Lebens nicht mehr froh geworden.«

»Es wird ihr besser gehen, wenn ich gesund und munter vor ihr stehe. Aber jetzt gib mir noch eines von deinen köstlichen Broten und einen Becher vermischten Weines. Ich will es genießen, endlich wieder bei dir zu sein.« Marie lehnte sich lächelnd zurück und zwinkerte ihrer Freundin zu. Trotz der Zeit, die seit ihrer Abreise nach Böhmen vergangen war, fühlte sie sich auf dem Ziegenhof so wohl wie am ersten Tag. Die Ängste, die sie während ihrer Fahrt hierher bis in ihre Träume verfolgt hatten, schienen ihr jetzt so fern, dass sie sich kaum daran erinnern konnte.

IV.

Die Vogtsburg von Rheinsobern war ein alter Bau mit hohen Mauern, engen Innenhöfen und einem schon von außen nicht besonders wohnlich wirkenden Hauptgebäude. Generationen von Burghauptleuten und Vögten hatten mit ihren Familien hier gelebt und sich entweder mit den Verhältnissen abgefunden oder versucht, die Gebäude mit eher geringen Mitteln ihren Bedürfnissen anzupassen. Erfolg aber war keinem beschieden worden. Auch Isberga von Ellershausen, die Gemahlin des neuen pfalzgräflichen Vogts, hatte diesen Kampf aufgenommen und ihn zumindest in ihrer Kemenate gewonnen. Auf den weichen Polstern, die in den geflochtenen Sesseln lagen, ließ es sich vortrefflich sitzen und schwatzen. Frau Isberga liebte Gespräche und hatte ihre Leibmägde und ihre Wirtschafterin zu guten Zuhörerinnen erzogen.

An diesem Tag war sie es jedoch, die zuhören musste. Alles, was sie einflechten konnte, war ab und an ein »Das ist ja entsetzlich!«, »Was für ein Unglück!« und »Du Ärmste!«. Sie bedauerte das schwere Schicksal der Dame, die ihr gegenübersaß, kam aber nicht umhin, sich zu fragen, warum Hulda von Hettenheim ihre feiste, schwerfällig wirkende Gestalt durch ein so unkleidsames Gewand unterstreichen musste. Braun und Ocker waren nun einmal keine Farben für eine Frau mit fleckigem Teint und mausfarbenem Haar. Aber sie kannte ihre Freundin schon lange und wusste, dass diese jeden noch so gut gemeinten Ratschlag als Kritik auffasste. Daher hielt sie sich gegen ihre sonstige Gewohnheit zurück, obwohl ihr scharfe Worte auf der Zunge lagen. Seit Falko von Hettenheims Ableben schien Hulda sich noch weniger zu pflegen als früher und ganz in ihrer mit Hass vermischten Trauer aufzugehen.

Nun berichtete sie in vielen Wiederholungen und mit bissigen Worten durchmengt, wie der Kaiser ihren Ehemann Falko zuerst gedrängt hatte, in seine Dienste zu treten, und ihn dann hatte fallen lassen wie eine heiße Kastanie.

»Wenn es einen gerechten Gott im Himmel gibt, wird dieser Verrat Sigismund zum Schlechten ausschlagen!« Hulda reckte die Fäuste zur Decke und machte ein Gesicht, als wolle sie den Herrn des Römischen Reiches Deutscher Nation persönlich erwürgen.

Isberga von Ellershausen erlaubte normalerweise weder sich noch anderen Menschen, Kritik an einem Gesalbten zu üben, der Gott so nahe war, dass nur noch der Papst zwischen ihnen stand. Bei Hulda ließ sie jedoch Nachsicht walten, denn zum einen war diese die Tochter Rumold von Lauensteins, eines hoch angesehenen Höflings des Pfalzgrafen, der bei seinem Herrn leicht ein böses Wort über jemanden fallen lassen konnte, und zum anderen sah man ihr deutlich an, dass sie gesegneten Leibes war. Ihren Worten zufolge würde sie in weniger als drei Monaten den Erben von Hettenheim gebären. Also wollte Isberga sie nicht mit scharfen Worten in Wallung treiben und vielleicht schuld daran sein, wenn Hulda mit einer Frühgeburt oder gar einem totgeborenen Kind niederkam.

Daher fasste sie die Hände ihrer Freundin und sah sie lächelnd an. »Errege dich doch nicht so, meine Liebe. Schenke deine ganze Kraft dem Kind, das unter deinem Herzen wächst. Du willst doch einen gesunden Sohn gebären, der einmal die Herrschaft seines Vaters übernehmen kann!«

Über das teigige Gesicht Hulda von Hettenheims huschte ein selbstsicheres Lächeln. »Es wird ganz gewiss ein Sohn werden! Das haben mir der ehrwürdige Eremit Heimeran und eine weise Frau prophezeit.«

Isberga musste ein Kichern unterdrücken. Ihre Freundin hatte bereits sechs Töchter, und kaum jemand am Hof des Pfalzgrafen wettete auf einen Erben Falko von Hettenheims. Doch Hulda schien sich ihrer Sache sicher zu sein, denn sie schwärmte nun davon, dass die Geburt ihres Sohnes den von ihr gehassten Vetter ihres Mannes, Heinrich von Hettenheim, weiterhin an den Stand eines armen, von einem geizigen Abt abhängigen Ritters fesseln würde.

»Dieser Kerl macht sich doch tatsächlich Hoffnungen, mich und meine armen Töchter von Hettenheim vertreiben und mit seiner Brut dort einziehen zu können. Eher würde ich meine Seele verkaufen, als dies zuzulassen!«

Die Burgherrin zuckte zusammen und bekreuzigte sich. »Versündige dich nicht vor Gott, Hulda! Sonst könnte der Himmel dich mit einer weiterer Tochter strafen – oder, schlimmer noch, mit einem schwächlichen Sohn, der die erste Woche nicht überlebt.«

Hulda von Hettenheim winkte mit einem bösen Auflachen ab. »Ich werde gewiss kein schwächliches Kind gebären. Alle meine Töchter waren bei ihrer Geburt ungewöhnlich kräftig. Also wird auch mein Sohn ein starkes, munteres Kind sein.«

»Beten wir zu Gott, dass er dich erhört!« Frau Isberga hätte ihrer Freundin aufzählen können, dass sie mindestens schon drei Kinder kurz nach der Geburt verloren hatte, aber sie wurde das Thema allmählich leid. Früher hatte Hulda den neuesten Klatsch vom Hof des Pfalzgrafen zu berichten gewusst, doch jetzt drehte sich ihr ganzes Denken um ihren ungeborenen Sohn und die Rache, die dieser an den Feinden seines Vaters nehmen würde. Auch aus diesem Grund hoffte die Burgherrin, ihre

Freundin würde sich nicht zu lange bei ihr aufhalten, denn sonst konnte es womöglich zu spät für eine Weiterreise werden, und sie wollte Hulda nicht bis zu deren Niederkunft und darüber hinaus noch bis ins warme Frühjahr am Hals haben.
Das Eintreten ihrer Wirtschafterin gab ihr die Möglichkeit, Huldas Monolog zu unterbrechen. »Was ist, Tine?«
»Es ist Besuch für Euch gekommen, Herrin.«
»Ich erwarte eigentlich niemanden. Wer ist es denn?«
»Die Gemahlin des ehemaligen Burghauptmanns und Vogts von Rheinsobern«, lautete die ebenso unerwartete wie unangenehme Antwort.
»Kunigunde von Banzenburg? Die hat mir gerade noch gefehlt.« Frau Isberga schüttelte sich bei dem Gedanken, ihre Vorgängerin auf der Sobernburg könne vor ihrer Tür stehen. Diese Frau würde sie auf keinen Fall empfangen.
Tine schüttelte jedoch den Kopf. »Es ist nicht die Banzenburgerin, sondern Frau Marie Adlerin, die zusammen mit ihrem Gemahl, dem jetzigen Reichsritter Michel Adler auf Kibitzstein, zehn Jahre lang die Vogtei geführt hat.«
Isberga konnte ihre Überraschung nicht verbergen. »Marie Adlerin? Die Dame wollte ich schon lange kennen lernen! Bring sie herein, rasch!«
Frau Hulda stieß einen Schrei aus, als wolle ihr jemand einen Dolch ins Herz stoßen. »Nein! Nein! Dieser Hexe will ich nicht begegnen. Die ist schuld am Tod meines Gemahls!«
Bisher hatte sie mit niemandem reden können, der bei jenem Zweikampf zugegen gewesen war, bei dem ihr Mann den Tod gefunden hatte. Nur ihr Vater hatte ihr geschrieben, dass Ritter Falko von Michel Adlers Klinge gefällt worden war. Sie war davon überzeugt, dass dessen Weib mit Gift oder geheimen Kräften nachgeholfen hatte. Wie sonst hätte der Sohn eines gemeinen Konstanzer Gassenschenks einen Recken wie Falko von Hettenheim besiegen können?

Hulda wollte ihre Freundin schon bitten, Marie nicht zu empfangen, aber dann überwog ihre Neugier. Sie wollte die Frau wiedersehen, die an ihrem Unglück schuld war, allerdings nicht von Angesicht zu Angesicht. Mit einem tiefen Seufzer stand sie auf. »Meine liebe Isberga, erlaube mir, mich zu entfernen. Mir ist nicht danach, fremde Leute zu sehen.«
Die Burgherrin musste an sich halten, um nicht erleichtert das Kreuz zu schlagen. Solange Hulda mit sauertöpfischem Gesicht dabeisaß, würde keine angeregte Unterhaltung mit ihrem neuen Gast aufkommen. Dabei war sie gespannt darauf, was Marie Adlerin zu berichten wusste. Vielleicht konnte sie der Frau sogar ein paar pikante Anekdoten aus jener Zeit entlocken, in der diese als schmutzige Wanderhure durch die Lande gezogen war. Isberga erinnerte sich mit einem gewissen Schuldgefühl, aber auch mit einer durchaus angenehmen Erinnerung an die Nacht, in der ihr Mann stark angetrunken zu ihr ins Ehebett gekommen war und sie gebeten hatte, sich ihm wie eine Stute zu präsentieren. Sie hatte natürlich gehorcht, war aber am nächsten Morgen zu ihrem Burgkaplan gegangen und hatte den Vorfall gebeichtet. Die Sühnegebete, die ihr und ihrem Gemahl auferlegt worden waren, hatte sie jedoch alleine gesprochen, denn ihr Gatte hätte sie geschlagen, wenn sie ihn dazu aufgefordert hätte. Der Vorfall war ihr deutlich in Erinnerung geblieben, und selbst jetzt fühlte sie bei dem Gedanken an jene Nacht ein wohliges Ziehen zwischen den Schenkeln.
Hulda packte Isberga bei der Schulter, als wolle sie sie schütteln, denn ihre Gastgeberin war ihr eine Antwort schuldig geblieben. Isberga lächelte verlegen. »Ich verstehe dich gut, meine Liebe. Geh in dein Zimmer und lege dich ein wenig hin.« Sie wartete, bis Hulda durch die Tür trat, die in einen Nebenraum führte, strich dann erwartungsvoll ihr Kleid glatt und winkte der Dienerin, den neuen Gast hereinzuführen.
Hulda war gleich hinter der Tür stehen geblieben und blickte

nun durch einen kaum fingerbreiten Spalt in Isbergas Kemenate. Als Marie eintrat, biss sie die Zähne zusammen, um den Fluch zurückzuhalten, der sich in ihrer Kehle ballte. Michel Adlers Weib war womöglich noch schöner geworden, und jede ihrer Gesten und jedes Wort drückten Selbstsicherheit und Zufriedenheit aus. Am meisten ärgerte Hulda sich jedoch, wie freundlich Isberga von Ellershausen die ehemalige Hure empfing. Die Frau, die sie für eine Freundin gehalten hatte, begrüßte Marie Adlerin so ehrerbietig, als sei diese schon als Tochter eines Reichsritters zur Welt gekommen. Dabei war das Weib genauso wie ihr Mann Abschaum aus der Gosse.

Hulda von Hettenheim spürte, wie der Hass in ihr hochschäumte und gleich einer roten Woge über ihr zusammenschlug. Hätte sie einen Dolch oder ein größeres Messer als das aus ihrem Essbesteck zur Hand gehabt, welches in einer Ziertasche an ihrem Gürtel hing, wäre sie hinausgestürmt und hätte diese Hure umgebracht. Bei dem Gedanken schüttelte sie verbissen den Kopf, denn es schien ihr doch nicht der richtige Weg zu sein, diese Hexe auf der Stelle zu töten. Viel befriedigender wäre es, der Hure das Gesicht zu zerschneiden, bis es einer Teufelsfratze glich, und dann bei den Brüsten weiterzumachen. Tief in ihre hasserfüllten Vorstellungen verstrickt, achtete sie zunächst nicht auf das Gespräch und schreckte hoch, als Isberga nach Maries Tochter fragte.

»Wie ich hörte, seid Ihr noch hier auf der Sobernburg Mutter geworden. Euer Kind ist hoffentlich wohlauf?«

Marie nickte lächelnd, obwohl sie Trudi nicht in der Vogtsburg, sondern auf Hiltruds Ziegenhof zur Welt gebracht hatte. »Meinem Schatz geht es ausgezeichnet. Ich habe ihn bei meinem Mann zurückgelassen, der wegen der böhmischen Unruhen lange auf Trudi verzichten musste.«

»Euer Gemahl soll in Böhmen sehr tapfer gekämpft und dem Kaiser selbst das Leben gerettet haben. Ist es wahr, dass er für diese Tat zum freien Reichsritter erhoben wurde?« Isbergas Frage war eigentlich überflüssig, denn sie hatte etliche Gerüchte vernommen, die sich um den ehemaligen Schankwirtssohn drehten, aber der Neid, den sie jedes Mal empfand, wenn die Rede auf den Kibitzsteiner kam, legte ihr diese Worte auf die Lippen. Während ihr Ehemann auf die höchst wankelmütige Gunst seines Lehnsherrn angewiesen war, lebte Michel Adler nun als reichsunmittelbarer Ritter unbekümmert auf seiner Burg, ohne die Forderung eines Höheren fürchten zu müssen, denn er war allein dem Kaiser verpflichtet. Eine Freundin Isbergas hatte das große Glück gehabt, den Herrn einer reichsunmittelbaren Herrschaft heiraten zu dürfen, und schwärmte in ihren Briefen davon, welch glückliches Leben sie nun führe.

Marie bemerkte, dass ihre Gastgeberin eigenen Gedanken nachhing, und wartete mit der Antwort, bis Isberga ihr wieder Aufmerksamkeit schenkte. »Das ist richtig. Mein Michel hat Herrn Sigismund das Leben gerettet und ihm zudem hohe Herren aus Böhmen zugeführt, die bereit sind, ihr Knie wieder vor dem Kaiser zu beugen, der ja auch die böhmische Königskrone trägt.«

Während Marie ihrer Gastgeberin einen kurzen Bericht über die Geschehnisse gab, presste Hulda von Hettenheim im Raum nebenan die Kiefer zusammen, um nicht vor Wut aufzuschreien. Ihr Mann Falko hatte oft davon gesprochen, wie unfähig, alt und senil der Kaiser geworden sei. Dabei hatte er ihn als einen überängstlichen Greis bezeichnet, der einen lumpigen Wirtssohn zum Reichsritter erhoben hatte, nur weil dieser einem vorwitzigen Böhmen, der Sigismund zu nahe gekommen war, den Kopf abgeschlagen hatte. Er selbst aber war nur mit einem Bettel abgespeist worden, obwohl er in Dutzenden von Kämpfen und Scharmützeln sein Blut für Kaiser und Reich vergossen hatte. Auch sie verfluchte Sigismund innerlich, denn wenn der Kaiser ihren Gemahl zum freien Reichsritter erhoben hätte, müsste sie sich jetzt nicht vor Angst verzehren, ihr nächstes Kind könne ebenfalls eine Tochter werden. Ein Reichslehen hätte auch ihre Älteste erben können, aber die Hausgesetze der zur Pfalz zählenden Herrschaft Hettenheim sprachen diese allein einem männlichen Erben zu.

»Dieser von Gott verfluchte Ritter Heinrich wird niemals in meiner Burg Einzug halten!« Der Klang ihrer eigenen Stimme brachte Hulda zu Bewusstsein, dass sie diesen Gedanken laut ausgesprochen hatte. Sie zuckte zusammen und spähte durch den Türspalt, um zu sehen, ob Isberga und Marie sie gehört hatten. Doch ihre Freundin lachte gerade über eine Bemerkung Maries und hatte den hasserfüllten Ausruf übertönt. Hulda wollte gerade erleichtert aufatmen, da hörte sie Marie sagen: »So Gott will, wird meine Trudi in weniger als fünf Monaten ein Geschwisterchen haben.«

Zunächst traf diese Bemerkung Hulda wie ein Schlag. Marie war schwanger, und mit der Bosheit des Satans würde dieses Weib einen Sohn zur Welt bringen, während sie wieder eine Tochter gebären würde. Zwar wüsste sich Hulda in diesem Fall zu helfen, denn sie hatte schon erste Vorkehrungen getroffen, doch mit einem Mal fürchtete sie, ihr Plan könne bereits an der Tatsache scheitern, dass ihr Mann ihres Wissens auf den Hettenheimer Besitzungen keinen einzigen männlichen Bastard gezeugt hatte. Plötzlich war sie sich sicher, dass dieses Weib sie und wahrscheinlich auch ihren verstorbenen Gatten verhext hatte. Schnell machte sie das Zeichen gegen den bösen Blick und zog sich leise aus der Kammer zurück. In einem dunklen Winkel des Korridors blieb sie stehen und presste ihre erhitzten Wangen gegen die kühle Mauer.

Nach einer schier endlos langen Zeit öffnete sich die Tür von Isbergas Kemenate und Marie verließ mit höflichen Abschiedsworten den Raum. Dann ging sie mit so schnellen Schritten den Korridor entlang, dass die Magd mit der Lampe kaum mit ihr

Schritt halten konnte. Hulda wartete, bis sie nicht mehr gesehen werden konnte, und folgte ihrer Feindin.

V.

Marie war froh, als sie den Pflichtbesuch bei der Ehefrau des neuen Burghauptmanns hinter sich gebracht hatte. Isberga von Ellershausen war die schwatzhafteste Frau, die ihr je begegnet war, und eine der neugierigsten dazu, hatte sie doch nach Bettgeheimnissen gefragt, die nach Maries Ansicht niemanden etwas angingen. Auch schien die Burgherrin einen Hang zu haben, alles zu dramatisieren und zu übertreiben, denn sie hatte Eberhard, dem Vater des jetzigen Herzogs von Württemberg, ein Glied von der Größe eines Hengstes angedichtet und von ihr wissen wollen, ob Pfalzgraf Ludwig tatsächlich ein Muttermal an einer sehr delikaten Stelle hatte. Marie hatte die Frau nicht vor den Kopf stoßen wollen und so ausweichend wie möglich geantwortet.
Noch während Marie das recht einseitige Gespräch mit der Burgherrin im Kopf herumging, trat sie in die Eingangshalle, in der Gereon und ein Knecht von Hiltruds Hof auf sie warteten. Als sie die Dienerin mit ein paar Worten des Danks entließ, wäre sie beinahe über eine ältere Magd gestolpert, die im Dämmerlicht auf dem Fußboden kniete und die Platten schrubbte. Die alte Vettel hob sich in ihrem schmutzigen, zerrissenen Kleid kaum von den Steinen um sie herum ab und wirkte so schmierig, als schliefe sie in dem Dreck, den sie zusammenfegen musste. Als Marie leicht angeekelt um das Wesen herumging, richtete es sich mit einem wimmernden Laut auf und hielt sie am Saum ihres Überwurfs fest.
»Frau Marie? Oh, bei allen Heiligen, Ihr seid es wirklich!«
Jetzt erkannte Marie die Alte. Es war niemand anders als Marga, ihre einstige Beschließerin auf der Sobernburg. Die einst so

hochnäsige Frau war im Ranggefüge der Dienstboten offensichtlich sehr tief gefallen, denn sonst würde sie nicht eine der niedrigsten Arbeiten verrichten müssen. Marie empfand eine leichte Befriedigung, erinnerte sie sich doch noch an all die Gemeinheiten, die ihr von dieser Person zugefügt worden waren. Bei der Nachricht von Michels angeblichem Tod hatte dieses Weib sie schamlos hintergangen, sich auf die Seite Kunigunde von Banzenburgs geschlagen und dieser geholfen, sie zu demütigen und zu quälen. Daher gönnte sie Marga keine Antwort, sondern riss ihr den Saum des Umhangs aus den Händen und wollte weitergehen.
Noch ehe sie zwei Schritte getan hatte, sprang Marga auf und klammerte sich nun an ihren Arm. »Frau Marie, habt Erbarmen mit mir und nehmt mich mit Euch! Seht Ihr nicht, wie schlecht man mich hier behandelt? Die neue Burgherrin ist hochnäsig und ungerecht und ihre Wirtschafterin ein entsetzliches Ekel, das sich immer neue Bosheiten für mich ausdenkt. Ihr seid doch jetzt die wohlbestallte Witwe eines Reichsritters und habt sicher schon einem neuen Gemahl die Hand zum Bunde gereicht. Da braucht Ihr doch eine treue Beschließerin auf Eurer Burg. Ich werde Euch noch ergebener dienen als damals, das schwöre ich!«
Marie glaubte ihren Ohren nicht zu trauen. Die Frau, die sie jetzt anflehte, hatte ihr früher deutlich gezeigt, wie sehr sie sie wegen ihrer Herkunft verachtete. Das Weib war auch schuld daran gewesen, dass die Banzenburgerin sie während ihrer fortschreitenden Schwangerschaft mitten im Winter in ein Turmgemach einquartiert hatte, durch das der Wind den Schnee trieb. Ohne Hiltrud und ihre ehemalige Leibmagd Ischi hätte sie Trudis Geburt nicht überlebt, sondern wäre samt ihrer Tochter dort oben umgekommen. Diesen Verrat würde sie ihrer ehemaligen Bediensteten niemals verzeihen.
Brüsk entzog sie Marga den Arm und trat einen Schritt zurück.

»Du hättest mit Kunigunde von Banzenburg gehen sollen. Mich bittest du vergebens um Hilfe!«
Sie schüttelte sich innerlich vor Ekel, den dieses Weib in ihr auslöste, und wandte sich mit einem Ruck ab. In dem Moment erklang hinter ihr ein giftiges »Du elende Hure!«. Offensichtlich hatte die Frau sich um keinen Deut geändert. Marie nahm an, dass Marga Kunigunde von Banzenburg beim Erscheinen des neuen Burghauptmanns ebenso rasch fallen gelassen hatte wie sie, um sich bei der nächsten Burgherrin einzuschmeicheln. Doch im Unterschied zu den Banzenburgern war Isberga von Ellershausen mit größerem Gefolge erschienen und nicht willens gewesen, auf ihre eigene Wirtschafterin zu verzichten.
Marie genoss das Gefühl, vom Schicksal selbst gerächt worden zu sein, und wünschte Marga noch viele schmutzige Fußböden, die diese auf Knien würde schrubben müssen. Während sie mit ihren beiden Begleitern die Sobernburg schadenfroh und in besserer Laune verließ, schälte Hulda von Hettenheim sich aus dem Schatten des Korridors und blieb vor Marga stehen. »Kennst du Frau Marie schon länger?«
Marga nickte eifrig und musterte Frau Hulda dabei mit banger Erwartung. Die Stimme der Edeldame hatte nicht so geklungen, als wären sie und Marie Adlerin gute Freundinnen. »Ja, Herrin, ich kenne sie gut, denn ich war zehn Jahre ihre Beschließerin hier in Sobernheim.«
Hulda hatte das kurze Gespräch zwischen Marie und Marga hinter der Tür des Rittersaals belauscht und die Magd bereits in ihre Pläne eingebaut. Jetzt musste sie das Weib nur noch zum Sprechen bringen. »Ich habe zufällig mitgehört, dass du deine jetzige Herrin verlassen willst und einen neuen Dienst suchst. Vielleicht nehme ich dich mit mir. Auf einer meiner Burgen fehlt eine zuverlässige Wirtschafterin.«
Margas Augen leuchteten begehrlich auf, und sie küsste Hulda die Hände. »Ich werde Euch mit meiner ganzen Kraft dienen, Herrin.«

»Das will ich hoffen!« Hulda lächelte in sich hinein, denn sie benötigte bei ihrem Vorhaben eine ihr ergebene und vor allem schweigsame Helferin, die keine Gewissensbisse kannte. Sie legte ihre Hand auf Margas Schulter und krallte ihre Finger so fest in den rauen Stoff, dass die Magd aufstöhnte. »Höre mir gut zu! Ich bin auf dem Weg zur Otternburg, um dort mein Kind auf die Welt zu bringen. Es muss unbedingt ein Sohn sein, verstehst du mich?«

Marga sah sich um, ob sie jemand belauschen konnte, und nickte dann beeindruckt. »Ich verstehe! Falls Euer Kind wieder ein Mädchen wird, wollt Ihr Eurem Gemahl einen männlichen Säugling unterschieben.«

»Mein Gemahl ist tot, gestorben durch die Schuld der Hexe, die dich eben beleidigt hat! Dafür werde ich mich an diesem Weib rächen! Wenn du mir dabei hilfst, soll es dein Schade nicht sein.«

Hulda nahm erfreut wahr, dass Margas Züge sich zu einer hasserfüllten Maske verzogen. »Ihr könnt Euch auf mich verlassen, Herrin!«

»Dann lass diesen Fußboden, wie er ist, und komm mit mir. Ich werde später mit Isberga sprechen und ihr sagen, dass ich dich in meine Dienste nehmen will. Vorher aber musst du mir alles erzählen, was du über Marie Adlerin weißt.« Frau Hulda zog Marga mit einer Kraft hinter sich her, die man ihrem schlaff wirkenden Körper nicht zugetraut hätte.

VI.

*A*ls Hedwig Marie in der Tür stehen sah, stieß sie einen gellenden Schrei aus und stürzte ihr dann schluchzend in die Arme. Sie presste ihre Base so fest an sich, dass diese kaum noch Luft bekam, und schob sie in das Licht, welches durch ein mit handtellergroßen, gelblichen Glasscheiben verschlossenes Fenster fiel. Dort tastete sie ihr Gesicht mit den Fingerspitzen ab, als müsse

sie sich versichern, einen Menschen aus Fleisch und Blut vor sich zu haben, und rief dann durchdringend nach ihrem Mann.
Der Böttchermeister Wilmar Häftli schoss aus seiner Werkstatt heraus und rannte die Treppe hoch, indem er drei Stufen auf einmal nahm. »Hedwig, was ist? Brennt es?« Er sah dabei so besorgt aus, als fürchte er, das Obergeschoss stände in Flammen.
»Hier sieh doch, Wilmar, wer zu uns gekommen ist!« Hedwig trat einen Schritt beiseite und zeigte auf Marie.
Wilmar starrte seine adelige Verwandte mit weit aufgerissenen Augen an und sah für einen Augenblick so aus wie ein kleiner Junge, dem eben der sehnlichste Wunsch in Erfüllung gegangen war. »Beim Jesuskind und der Jungfrau Maria! Ihr seid am Leben! Gott weiß, welche Sorgen wir uns um Euch gemacht haben.«
»Das war aber nicht nötig. Du weißt doch: Unkraut vergeht nicht«, spöttelte Marie. Sie streckte Wilmar die Hand entgegen und ließ sich von ihm und Hedwig in die gute Stube des Hauses geleiten. Das Paar bot seinem unverhofften Gast den besten Platz an, und während Hedwig in die Küche eilte, um zusammen mit ihrer Magd einen Imbiss für den Gast herzurichten, stieg Wilmar in den Keller, zapfte einen Krug Wein aus einem besonderen Fass und kehrte so schnell zurück, als hätte er Schwingen an den Schuhen.
»Hier, Frau Reichsritterin, kostet diesen Tropfen! Er stammt von Eurem besten Weingarten«, erklärte er, während er den silbernen Ehrenbecher füllte, der ihm als Zunftmeister der Rheinsoberner Böttcher zustand und den er als einzigen für geeignet hielt, ihn seiner hochrangigen Verwandten anzubieten.
»Ich danke dir, Wilmar.« Marie hätte den Wein lieber mit Wasser vermischt getrunken, doch sie verstand Wilmars Stolz und sagte sich, dass dieser eine Becher gewiss nicht schaden würde. Der Wein schmeckte tatsächlich ausgezeichnet, und sie beschloss, etliche Fässer davon nach Kibitzstein zu senden. Michel würde sich gewiss darüber freuen.

Unterdessen trugen Hedwig und die Magd eine Platte herein, die vor Leckerbissen überquoll.

»Wenn du nichts dagegen hast, so hole ich Ischi. Sie ist ebenso wie ich aus Sorge um dich fast vergangen.«

Hedwig wartete Maries Antwort nicht ab, sondern lief hinaus und kehrte kurz darauf mit Maries ehemaliger Leibmagd zurück. Ischi musste zu Hause alles liegen und stehen gelassen haben, denn auf ihrer rechten Wange befand sich ein Mehlfleck, und auf ihrer Schürze waren an jenen Stellen, an denen sie sich die Hände abgewischt hatte, noch Teigspuren zu sehen. Sie schien Hedwigs Nachricht nicht so ganz getraut zu haben, denn sie schlug bei Maries Anblick die Hände vors Gesicht und brach in Tränen aus. Dann kam sie zaghaft näher, kniete vor Marie nieder und presste ihre nassen Wangen gegen die Handflächen ihrer Wohltäterin.

»Dass Ihr nur wieder da seid, Herrin!«

Bevor sie Anstalten machen konnte, Marie zu umarmen und dabei auch deren Kleid mit Teig zu beschmieren, wehrte diese sie lachend ab und hob ihr Kinn an.

»Lass dich anschauen, Ischi! Die Ehe mit deinem Drechsler scheint dir gut zu bekommen.«

»Mein Ludolf ist ein ganz besonderer Mann«, antwortete Ischi schwärmerisch und stellte dann die Frage, die auch Hedwig und Wilmar auf der Zunge lag.

»Was ist mit Herrn Michel? Habt Ihr Euch Gewissheit über sein Schicksal verschaffen können?«

Marie nickte lächelnd. »Das habe ich! Und nicht nur das – ich habe ihn sogar gefunden. Stellt Euch vor, er hatte sein Gedächtnis verloren und wusste nicht einmal mehr seinen Namen. Ein hoher Herr auf einer Burg in Böhmen hat ihn aufgenommen und ihn zum Hauptmann seiner Soldaten gemacht. Meine Liebe und Gottes Gnade haben mich zu ihm geführt, und gemeinsam konnten wir den hussitischen Mordbrennern entfliehen.«

Mit diesen dürren Worten gaben sich die drei Anwesenden nicht zufrieden, und so musste sie ihre und Michels Erlebnisse ausführlich berichten. Sie tat es mit weit froherem Herzen als vorhin bei Frau Isberga, und ehe sie sich versah, ging der Spätnachmittag in den Abend über.

Einer von Wilmars Gesellen kam, um nach dem Meister zu sehen und ihn um letzte Anweisungen zu bitten. Hedwigs Mann hätte dem Burschen am liebsten gesagt, er solle verschwinden, besann sich dann jedoch auf seine Pflichten und bat Marie, ihn zu entschuldigen.

Nachdem er das Zimmer verlassen hatte, begann sich das Gespräch der Frauen um ihre Kinder zu drehen. Hedwig und Ischi überboten einander mit Lobpreisungen auf ihren Nachwuchs, aber die Beschreibungen wurden zumindest bei Hedwig schnell von der Wirklichkeit eingeholt. Ihre beiden Kinder, ein Junge von zehn und ein Mädchen von sieben Jahren, platzten nämlich schmutzig und nass wie getaufte Katzen in die gute Stube, um nachzusehen, mit wem ihre Mutter um diese Zeit zusammensaß. Hedwig schlug die Hände über dem Kopf zusammen. »Bei Gott, seid ihr von allen guten Geistern verlassen? Macht, dass ihr in die Waschkammer kommt! Dort schrubbt ihr euch den Schmutz ab und zieht euch um. Riechen, du vergisst hinterher nicht, den Boden sauber zu machen!«

Die Kleine zog einen Flunsch. »Warum immer ich? Mombert hat doch viel mehr Dreck hereingebracht!«

»Weil du ein Mädchen bist!«, antwortete ihr Bruder im Vollgefühl seiner männlichen Überlegenheit. »Jungen machen solch dumme Arbeiten nicht.«

Seine Mutter blickte ihn strafend an. »Täusche dich ja nicht, mein Lieber! Wenn du das nächste Mal etwas schmutzig machst, wirst du ebenfalls den Putzlappen zur Hand nehmen. Haben wir uns verstanden?«

Mombert nickte beklommen und verschwand schnell durch die

Tür, bevor seiner Mutter einfallen konnte, ihn wegen einiger anderer Vorfälle doch noch zum Putzen zu verurteilen. Seine Schwester, die auf den Namen Marie getauft worden war, aber von allen nur Riechen genannt wurde, folgte ihm etwas langsamer, und die drei Frauen in der guten Stube hörten, wie sie ihrem Bruder stolz verkündete, dass sie ihre Tante und Patin erkannt habe.
»Pah, du siehst Gespenster! Frau Marie ist zu den böhmischen Teufeln gezogen, und von da kommt niemand mehr zurück, hat der Altgeselle erzählt!«, sagte Mombert belehrend, denn er war wegen der tadelnden Worte seiner Mutter nicht dazu gekommen, sich den Gast genauer anzusehen.
Hedwig schüttelte verärgert den Kopf. »Sonst sind sie ja lieb, aber manchmal gehen sie mir doch auf die Nerven. Ich weiß gar nicht, wie Hiltrud es mit ihrer Rasselbande aushält. Fünf wären mir zu viel.«
»Du bist noch jung genug, um mindestens genauso viele Kinder bekommen zu können«, sagte Ischi lachend.
Wilmars Rückkehr ließ Hedwig schnell das Thema wechseln. »Solltest du Marie nicht die Abrechnungen für ihre Besitztümer vorlegen? Sie muss ja sonst denken, wir wollten sie betrügen.«
Ihr Mann lief sofort zur Tür hinaus und kehrte mit einer Schatulle und einem dicken Buch zurück. »Ihr werdet Euch freuen, Frau Marie, denn Eure Gelder und Besitzungen haben reichen Ertrag gebracht.«
Marie hätte sich lieber noch ein wenig mit ihrer Base und Ischi unterhalten, anstatt Rechnungsbücher zu kontrollieren, doch ihrer ehemaligen Leibmagd fiel ein, dass ihr Teig noch auf dem Küchentisch lag, und sie bat, sich entfernen zu dürfen. Auch Hedwig fand, dass sie ihre Haushaltspflichten viel zu lange versäumt hatte. Marie verabschiedete sich daher von beiden und wandte sich den Papieren zu, die Wilmar mit sichtlich angespannter Miene vor ihr ausbreitete. Seine Angst vor ihrem Urteil war je-

doch unbegründet, denn Marie sah auf den ersten Blick, dass er ihr Vermögen umsichtig und treu verwaltet hatte. Sie nahm sich vor, ihn ausreichend dafür zu belohnen und für Hedwig und die Kinder schöne Geschenke zu besorgen.

VII.

Die Zeit in Rheinsobern verging viel schneller, als es Marie lieb war, und als sie eines Morgens das Fenster der Kammer öffnete, in der sie und Anni schliefen, prangten die Blätter in den ersten Herbstfarben. Auch trug der Wind, der von den Höhen des Schwarzwalds herabstrich, bereits eine Vorahnung von Kälte und Schnee mit sich. Das Ungeborene schien den Herbst ebenfalls zu spüren, denn es drehte sich im Bauch, als fürchte es die Zugluft. Marie schloss das Fenster wieder und strich über ihren sich wölbenden Leib.
Die Geräusche hatten Anni geweckt. »Ist es schon Morgen?« Die Magd kroch tiefer unter ihre Decke, als hoffe sie, die Antwort würde Nein lauten.
Marie sah sie lachend an. »Der Tag hat längst begonnen, du kleine Schlafmütze! Hörst du denn nicht, dass Thomas und die Knechte schon im Stall arbeiten und die Kühe melken? Gleich wird es Frühstück geben, und wenn du bis dahin nicht aufgestanden bist, wirst du bis Mittag hungrig bleiben müssen.«
»Das glaube ich nicht«, antwortete das Mädchen keck. »Wenn Frau Hiltrud mir nichts gibt, dann bekomme ich etwas von Mechthild.«
Anni hatte sich mit Hiltruds jüngerer Tochter angefreundet und half ihr bei der Arbeit. Mit Mariele aber kam sie nicht so gut zurecht. Das bedauerte Marie, denn sie hatte Hiltruds Älteste auf Burg Kibitzstein zu einer ehrbaren Jungfer erziehen wollen, die später die Gattin eines Kaufmanns oder Handwerksmeisters

werden konnte. Nun überlegte sie, ob es nicht besser wäre, Mechthild mitzunehmen. Hiltruds zweite Tochter war weniger stolz und von sich überzeugt als ihre Schwester und gehorchte ohne Murren oder Widerspruch. Anders als bei der hübschen Mariele bestand bei ihr auch nicht die Gefahr, dass sie in ein paar Jahren den Rittern auf den umliegenden Burgen schöne Augen machen würde. Die Ältere hatte inzwischen herausgefunden, dass ihre Patentante einst die Geliebte des Herzogs von Württemberg gewesen war, und schrieb dieser Tatsache Maries Aufstieg zu. Nun gab sie von sich, dass sie später einmal einen noch höheren Rang einnehmen wolle als ihre Patin. Sie wollte einfach nicht verstehen, dass die Standesschranken so fest waren, als seien sie aus Eisen geschmiedet, und die großen, adelsstolzen Familien keinen Schatten auf ihrem Stammbaum duldeten.
»Ich werde mit Hiltrud reden müssen«, stieß Marie hervor. Ihre Worte waren mehr für sich selbst als für Anni gedacht, aber diese hob sofort den Kopf und sah sie über der halb angezogenen Bluse an.
»Geht es um Mariele?«
Marie nickte seufzend. »Ja! Aber auch um unsere Abreise. Wenn wir zu lange säumen, wird der Winter uns unterwegs einholen oder gar hier festhalten.«
»Wie lange werden wir für die Rückreise brauchen?«, wollte Anni wissen.
Marie kniff die Augen zusammen und rechnete kurz nach. »Eine gute Woche von hier bis zur Mainmündung, und dann noch einmal die drei- bis vierfache Zeit bis Kibitzstein.«
»Also vier bis fünf Wochen. Nun, dann müssen wir wirklich bald aufbrechen. Wahrscheinlich werden wir in die Herbststürme geraten. Ich mache mir Sorgen um dein Kind. Nicht, dass es unterwegs geboren wird!«
Marie gab ihrer Leibmagd einen Nasenstüber. »Es kommt erst im Februar, und bis dahin sitzen wir warm und trocken in meiner

Kemenate auf Kibitzstein. Hoffentlich wird diese Geburt nicht so schwer wie die erste. Damals habe ich Angst gehabt, sie nicht zu überleben. Wenn Hiltrud nicht gewesen wäre ...«

»Diesmal hast du zwar keine Hiltrud bei dir, aber viele andere Freundinnen, die dir beistehen werden, nämlich Eva, Theres, Helene, Zdenka, vielleicht auch noch die Gräfin Sokolna – und natürlich mich«, zählte Anni die Frauen auf, die Marie auf Burg Kibitzstein gefolgt waren. In ihren Worten schwang ein wenig Eifersucht auf Hiltrud mit. Anni kannte den Grund für die enge Verbindung zwischen Marie und der Bäuerin nicht und fühlte sich nach den Abenteuern, die sie mit ihrer Herrin erlebt hatte, ein wenig zurückgesetzt.

Marie zog sie fröhlich an sich und kniff ihr ins Ohrläppchen. »Dummchen! Wer wird sich denn ärgern, wenn ich Hiltrud lobe? Immerhin hat sie mir mein Leben gerettet, so wie ich dir das deine.«

Anni wurde rot und senkte den Kopf. »Verzeih mir, aber das wusste ich nicht.«

»Du kannst ja nichts dafür, denn ich habe es dir nie erzählt. Es gibt in meiner Vergangenheit Dinge, über die ich gerne den Mantel des Schweigens breite.«

Anni nickte verstehend, denn sie hatte scharfe Ohren und auf dem Markt von Rheinsobern die eine oder andere Bemerkung aufgeschnappt, die Marie in ein seltsames Licht rückten. Zwar waren die Weiber, die über ihre Herrin gesprochen hatten, bei ihrem Anblick schnell verstummt, dennoch war ihr klar geworden, dass es in Maries Leben auch schon vor ihren Abenteuern in Böhmen schlimme Dinge gegeben hatte.

Rasch schlüpfte sie in ihr Kleid, schloss das Mieder und eilte in die Küche, um warmes Wasser für Marie zu holen. Als sie zurückkam, half sie ihrer Herrin wie gewohnt bei der Morgenwäsche. Dabei strich sie mit den Fingerspitzen über die feinen Linien, die schachbrettartig über deren Rücken liefen. Anni wusste, dass solche Male von Auspeitschungen stammten, und fragte sich, wer so grausam gewesen war, eine so schöne und edle Frau derart schrecklich zu zeichnen.

VIII.

Hiltrud war ebenso traurig wie erleichtert, als Marie an diesem Morgen von Abreise sprach, denn ihre Freundin war bereits länger geblieben als geplant, und sie machte sich Sorgen, ob diese den weiten Weg noch ohne Probleme würde zurücklegen können. Natürlich hätte sie ihr Obdach geboten, bis die Geburt vorüber war und Marie mit ihrem Kleinen bei schönem Wetter reisen konnte. Aber als Gemahlin eines Reichsritters war ihre Freundin verpflichtet, unter den Augen hochrangiger Zeugen zu gebären, und sie durfte ihrem Mann nach all dem Schweren, das sie und Michel durchgemacht hatten, auch nicht länger fernbleiben.
Daher nickte Hiltrud bedächtig, setzte Marie einen goldbraun gebackenen Pfannkuchen vor und reichte ihr den Honig. »Mein Herz ist schwer, wenn ich daran denke, dass wir uns so rasch wieder trennen müssen. Diesmal aber ziehst du nicht auf gefährlichen Pfaden davon, sondern kehrst in die Arme deines dich liebenden Ehemanns zurück und zu deiner kleinen Tochter. Wenn du mich das nächste Mal besuchen kommst, musst du Trudi mitbringen. Ich möchte doch wissen, wie sich mein Patenkind gemacht hat.«
»Natürlich bringe ich sie mit, und ich hoffe, Michel wird uns begleiten.« Marie hatte Mühe, die Tränen zurückzuhalten, die ihr bei dem Gedanken an ihre Abreise in die Augen stiegen. Abgesehen von Michel und Trudi gab es keinen Menschen auf der Welt, dem sie sich enger verbunden fühlte als Hiltrud, und sie bedauerte nicht zum ersten Mal, dass das Schicksal sie in eine so weit entfernte Gegend verschlagen hatte.

»Wir beide sind wirklich Hühner«, schniefte sie, während sie ihre Wangen trocken rieb. »Tun wir doch so, als wäre es ein Abschied für immer! Dabei komme ich spätestens in zwei Jahren wieder. Reden wir lieber über etwas anderes. Wie du weißt, würde ich gerne eine deiner Töchter mitnehmen und ihr später eine angemessene Heirat stiften.«

Hiltrud seufzte und wiegte den Kopf. Bisher war immer nur von Mariele die Rede gewesen, und nun sprach Marie von einer ihrer Töchter. Auch wenn sie beide Mädchen von ganzem Herzen liebte, war ihr klar, dass Mechthild sich leichter in das Leben einer Bäuerin oder Frau eines einfachen Handwerkers einfügen würde als Mariele, die jetzt schon eine Schönheit zu werden versprach.

Ein wenig in ihrem mütterlichen Stolz gekränkt, legte sie Marie den nächsten Pfannkuchen vor. »Ich werde mit den beiden reden und ihnen sagen, dass eine von ihnen dich begleiten wird. Im Augenblick aber liegt mir mehr am Herzen, was du mit Michi vorhast. Er war lange von uns getrennt, und ich möchte dich bitten, ihn wenigstens den Winter über bei uns zu lassen. Ich hoffe nicht, dass ihm daraus ein Nachteil erwächst, denn er ist natürlich stolz darauf, einem Reichsritter dienen zu dürfen …«

Sie spürte selbst, dass ihre Worte eine Schranke zwischen ihnen errichtete, aber sie konnte sie nicht mehr zurücknehmen.

Marie machte eine Bewegung, als wolle sie den Schatten vertreiben, der sich über die Küche gesenkt hatte, und rang sich ein Lächeln ab. »Warum sollte Michi nicht eine Weile bei euch bleiben dürfen? Der Junge wird sich freuen, euch den Winter über seine Abenteuer in Böhmen erzählen zu können, und dein Mann kann ihn bei der ersten Aussaat des Frühjahrs gewiss brauchen. Irgendwann im frühen Sommer soll er dann nach Kibitzstein reisen und eine seiner Schwestern mitbringen. Ich muss das Mädchen ja nicht sofort mitnehmen.« Dieses Angebot sollte Hiltrud wieder versöhnen.

Die Ziegenbäuerin schnaufte erleichtert und lachte wie befreit auf. »Du bist doch die Beste, Marie! Wo wäre ich heute, wenn ich dich nicht getroffen hätte? Wahrscheinlich zöge ich als eine jener Pfennighuren von Markt zu Markt, die sich für altes Brot oder ein fadenscheiniges Kleidungsstück unter die Freier legen müssen und deren Ersparnisse kaum reichen, um über den Winter zu kommen.«

Sie zog Marie an sich und umarmte sie unter Tränen. Nach kurzer Zeit hatte sie sich gefasst und lachte wieder, obwohl es von ihren Augen noch nass über die Wangen rann. »Natürlich musst du entscheiden, welche meiner Töchter du unter deine Fittiche nehmen willst, und du solltest sie auch gleich mitnehmen. Michi kann im nächsten Frühjahr mit Häschen nachkommen. Oder hast du deine Stute schon vergessen?« Es klang ein wenig empört, denn Hiltrud hatte das Tier, das nicht zur Bauernarbeit taugte, nun schon zwei Jahre lang durchgefüttert.

»Natürlich will ich mein Stütchen wiederhaben. Ich würde sie ja am liebsten gleich mitnehmen, aber ich glaube, es ist wirklich besser, sie bleibt bei euch, bis Michi sie für die Reise nach Kibitzstein satteln kann. Es dürfte ihm gefallen, den Weg hoch zu Ross wie ein Edelmann zurücklegen zu können.« Marie lächelte Hiltrud zu und rang sich ein Zugeständnis ab, mit dem sie Hiltrud froh machen würde. »Ich werde doch Mariele mit mir nehmen. Aber wenn sie nicht spurt, wird sie die Rute zu spüren bekommen.« Das klang schärfer, als Marie es beabsichtigt hatte, und sie bedauerte ihre Worte sofort.

Hiltrud lächelte jedoch zufrieden. »Dagegen habe ich nichts. Beutle sie nur tüchtig, wenn sie zu viele Flausen im Kopf hat. Schließlich ist sie eine Bauerntochter und kein Fräulein vom Stand, auch wenn sie sich einbildet, eines werden zu können. Sie wäre noch weniger, wenn du mir nicht diesen schönen Hof geschenkt hättest. Andere wären nicht so großzügig gewesen wie du und Michel.«

Damit war der Frieden zwischen den beiden Freundinnen wiederhergestellt, und Marie musste noch eine weitere tränenfeuchte Umarmung über sich ergehen lassen. Hiltrud hätte sie wohl noch eine Weile an ihr Herz gedrückt, aber Anni kam herein und sah sich um, in der Hoffnung, noch etwas vom Frühstück abzubekommen. Da Hiltrud so viele Pfannkuchen gebacken hatte, dass selbst eine Riesin davon satt geworden wäre, lud sie dem Mädchen einen nach dem anderen auf den Teller. Während Anni mit vollen Backen kaute und auch nicht mit Honig sparte, schmiedete Hiltrud Pläne für Maries letzte Tage auf dem Ziegenhof.
»Bevor du abreist, werden wir wohl noch ein Schwein schlachten, damit du frische Bratwürste essen kannst.«
»Dagegen habe ich nichts!« Für Bratwürste hatte Marie schon in den Zeiten, in denen sie mit Hiltrud gezogen war, etliche schwer verdiente Münzen geopfert, und sie wusste, dass Hiltrud extra für sie Rezepte ausprobiert hatte, um noch leckerere Würste zu stopfen. So unterhielten sie sich munter und in bester Laune, bis Hiltrud von einer ihrer Mägde an ihre Pflichten erinnert wurde. Als ihre Freundin die Küche verließ, beschloss Marie, in die Stadt zu fahren und ihren Abschiedsbesuch bei Hedwig und Ischi zu machen.
Kurz darauf rollte ein leichter Wagen im gemütlichen Tempo nach Rheinsobern. Als er auf den Weg bog, der zur Stadt führte, griffen Marie und Anni zu der Schaffelldecke, die Hiltrud ihnen fürsorglich mitgegeben hatte, und breiteten sie über die Beine, denn die Luft war kalt; ihr Atem stand als weiße Wölkchen vor ihren Gesichtern.
Marie seufzte. »Es ist wirklich an der Zeit, Abschied zu nehmen. Dabei hasse ich Abschiede mehr als alles andere. Sie haben so etwas Endgültiges an sich.«
Sie klang so traurig, dass Anni versuchte, ihre Herrin zu trösten. Marie wollte jedoch in aller Ruhe ihren Gedanken nachhängen und legte dem kleinen Plagegeist die Hand auf die Schulter. »Es

ist nichts Schlimmes! So ein Gefühl erfasst ab und an eine Frau, die mit einem Kind schwanger geht. Man glaubt, weinen zu müssen, obwohl man eigentlich keinen Grund dazu hat.«

»Du versprichst mir, morgen nicht mehr traurig zu sein?« Annis Blick glich dem eines bettelnden Hundes.

»Das verspreche ich dir!« Marie lehnte sich zurück und schloss die Augen.

Am Stadttor musste Hiltruds Knecht warten, bis ein anderes Gefährt es in Gegenrichtung passiert hatte. Es handelte sich um einen großen Reisewagen, wie ihn Leute von Stand benutzten, die nicht reiten wollten oder konnten. Das Wappen war nicht mehr zu erkennen, denn Wind und Wetter hatten es ausgebleicht. Für den Bruchteil einer Sekunde tauchte das Gesicht einer alten Frau hinter der Öffnung im Schlag auf, dann wurde der Ledervorhang hastig geschlossen. Verblüfft kratzte Marie sich am Kopf, denn sie glaubte, ihre einstige Wirtschafterin Marga in dem Wagen erkannt zu haben. Da aber keine Dame von Stand eine niedere Magd in ihrem Reisewagen mitfahren lassen würde, verwarf sie diesen skurrilen Gedanken.

Der Besuch bei Hedwig, die auch Ischi zu Besuch hatte, dauerte fast bis zum Abend und endete mit jenem tränenreichen Abschied, den Marie so verabscheute. Ihre Base und ihre einstige Leibmagd taten gerade so, als müssten sie sie auf den Gottesacker bringen, und ließen sich von keiner Versicherung beruhigen, dass der Weg nach Kibitzstein über Rhein und Main völlig ungefährlich war. Für Hedwig, deren längste Reise sie vor vielen Jahren von Konstanz in ihre neue Heimat Rheinsobern geführt hatte, lagen Franken und die Burg Kibitzstein am anderen Ende der Welt, und sie wollte nicht glauben, dass man solch eine lange Reise unbeschadet überstehen konnte.

»Jetzt beruhige dich doch endlich! In zwei, spätestens drei Jahren bin ich wieder bei euch«, versuchte Marie die beiden weinenden Frauen zu trösten.

Hedwig und Ischi nickten bekümmert und klammerten sich an sie, als wollten sie sie nie mehr loslassen. Daher war Marie froh, als Ischis Ehemann Ludolf eintrat, ihr etwas scheu die Hand reichte und seine Frau nach Hause führte. Das gab ihr die Gelegenheit, ebenfalls aufzubrechen. Hedwig begleitete ihren Wagen bis an das Stadttor und blieb dann noch immer weinend zurück. Marie winkte ihr zu, solange sie sie sehen konnte, atmete dann aber erleichtert auf und richtete ihre Gedanken auf die Zukunft. In wenigen Wochen war sie wieder bei Michel und Trudi, und keine zwei Monate später würde das neue Leben, das in ihr wuchs, ihre ganze Kraft und Aufmerksamkeit fordern.

IX.

Da Maries Aufenthalt in Rheinsobern länger gedauert hatte als ursprünglich geplant, waren die Schiffer, mit denen sie gereist war, längst weitergefahren und sie musste sich ein anderes Boot suchen. Dieter und Gereon, deren Pflichten sich darauf beschränkt hatten, Marie abwechselnd auf ihren Fahrten in die Stadt zu begleiten, und die sonst untätig auf dem Ziegenhof oder in der Spelunke am Hafen herumgelungert waren, benötigten ein paar Tage, eine Barke zu finden, die Platz für die Reisegruppe bot. Der Eigner war jedoch nicht bereit, eine weitere Nacht im Hafen von Rheinsobern zu verbringen, und so fiel Maries Abschied von Hiltrud und Thomas zwar herzlich, aber sehr kurz aus.
Das Schiff war hoch beladen und daher eng und unbequem. Da der Kapitän Waren für die verschiedensten Auftraggeber geladen hatte, legte er oft einen ganzen Tag und manchmal noch einen Teil des nächsten an, um Fracht zu entladen und neue aufzunehmen. In Germersheim verlor Marie auf diese Weise sogar zwei Tage. Als sie in Speyer erfuhr, dass sie mindestens dreimal in dieser Stadt würde übernachten müssen, wollte sie sich ein anderes

Boot für die Weiterreise suchen. Doch der Schiffer hatte etliche Fässer und Ballen auf ihre Kisten stapeln lassen und weigerte sich, die Teile auszuladen, damit seine Fahrgäste an ihr Gepäck kamen.

Während Marie in die Herberge zurückkehrte, in der sie Quartier genommen hatte, strich sie in Gedanken das Trinkgeld für den Schiffer bis auf ein paar Heller zusammen, denn wegen dieses unfreundlichen Kerls würde sie ihre Lieben noch später als erhofft in die Arme schließen können. Auch graute ihr vor dem Rest der Reise, da der Herbst sich nun von seiner unangenehmen Seite zeigte. Es nieselte ununterbrochen, so dass die Kleidung auch unter den gewachsten Lederumhängen feucht wurde. Die unter die Lederschuhe gebundenen Holzsohlen versanken im Schlamm oder rutschten auf dem Kopfsteinpflaster, so dass Marie jeder Schritt außerhalb der Herberge zur Qual wurde. Als sie auf dem Weg zum Gasthof ausrutschte und stürzte, bekam sie Angst um ihr Kind und begriff, dass sie die Wartezeit in der Herberge würde verbringen müssen. Nun glich sich ihre Laune mehr und mehr dem trüben Wetter an.

»Wir hätten Michels Vorschlag befolgen und uns ein Schiff für die gesamte Reise mieten sollen. Aber nein, ich musste es ja besser wissen!«, schimpfte sie mit sich selbst.

Anni legte ihr die Hand aufs Knie. »So schlimm ist es doch nicht! Spätestens in drei Tagen fahren wir weiter und werden kurz darauf den Main erreichen. Du hast selbst gesagt, wir müssten den Kahn dort verlassen und uns ein neues Boot suchen.«

»Das ist richtig! Ich hoffe, es dauert nicht noch länger, sonst gebe ich Gereon und Dieter den Befehl, unseren jetzigen Schiffer im kalten Rheinwasser zu taufen.« Marie stellte sich diese Szene in Gedanken vor und musste lachen.

Mit einer weitaus besseren Laune zog sie Anni an sich. »Du bist ein Schatz, weißt du das? Wie durch einen Zauber hast du meine Grillen verscheucht.«

»Dann müssen wir aufpassen, dass sie nicht zurückkommen.«
Anni eilte zum nächsten Fenster und tat so, als müsse sie es richtig verschließen.
Marie sah ihr kopfschüttelnd zu und sagte sich, welch ein Glück es für sie war, diesen kleinen Kobold gefunden und zu ihrer Leibmagd gemacht zu haben. Anni ließ sich ihre Laune durch nichts verdrießen, obwohl das Schicksal ihr schrecklich zugesetzt hatte. Mit ihren vierzehn Jahren stand sie an der Schwelle zur Frau und versprach, so hübsch zu werden, dass es ihr an Freiern nicht mangeln würde. Wenn sie zwanzig ist, werde ich auch sie verheiraten müssen, fuhr es Marie durch den Kopf, und als sie sich vorstellte, dass Anni sie dann verlassen würde, fühlte sie sich wieder traurig.
Anni hatte Maries wechselnde Stimmungen in letzter Zeit zu oft erlebt, um sich Sorgen zu machen. Sie kümmerte sich darum, dass ihre Herrin ausreichend zu Abend aß, und half ihr, sich für die Nacht zurechtzumachen. Dann ging sie zur Tür, denn sie wollte die Kammer aufsuchen, die sie mit Mariele teilte. Hiltruds Tochter hatte beim Abendessen behauptet, Kopfschmerzen zu haben, und sich danach sofort zurückgezogen. Anni nahm jedoch an, dass das Mädchen sich wieder einmal geärgert hatte, weil Marie es nicht besser behandelte als sie.
Auf der Schwelle blieb Anni stehen und warf einen prüfenden Blick auf ihre Herrin. »Gute Nacht! Ich wünsche dir angenehme Träume.«
»Ich dir auch, Anni. Gute Nacht!« Marie streckte sich aus schloss die Augen. Während sie auf dem Ziegenhof abends rasch eingeschlafen war, blieb ihr während der Reise der Schlaf meist fern und ihre Gedanken drehten sich im Kreis. Zwar hatte sie sich in Rheinsobern nie wirklich zu Hause gefühlt, aber sie vermisste Hiltrud schon jetzt und bedauerte auch, Ischi und Hedwig so bald nicht wiedersehen zu können. Selbst im Augenblick höchsten Glücks, dachte sie, bleibt immer ein leicht schaler Geschmack im Mund zurück.

Sie musste eingeschlafen sein, denn plötzlich schreckte sie durch ein Geräusch auf. Wahrscheinlich waren neue Gäste angekommen. Zuerst hörte sie jemand laut nach den Knechten rufen, und dann traten mehrere Personen so lärmend in die Wirtsstube, dass es durch das ganze Haus hallte. Marie ärgerte sich über die rüpelhafte Bande und bemerkte gleichzeitig, dass sich ihre Blase meldete. Als sie unter das Bett griff, um den Nachttopf hervorzuziehen, fand sie die Stelle, an der er stehen sollte, leer vor. Anscheinend hatte die Wirtsmagd ihn zwar geholt, aber vergessen, ihn wiederzubringen.
Ärgerlich streifte Marie im Dunkeln ihr Kleid über und verließ das Zimmer. Auf dem Weg nach unten wollte sie die Magd rufen und ihr die Meinung sagen. An der Tür zum Gastraum traf sie auf einen Bewaffneten, der in einer guten Rüstung steckte, aber kein Abzeichen trug, das auf einen Herrn hinwies. Solchen Leuten war nicht zu trauen, und als er Anstalten machte, ihr den Weg zu vertreten, schlüpfte sie rasch an ihm vorbei, ergriff eine der Laternen, die weiter vorne für die Gäste bereithingen, die zum Abtritt wollten, und eilte hinaus. Unterwegs entdeckte sie den Wirtsknecht, der auf dem Hof Wache hielt, und rief ihn an.
»Sag der Magd, sie soll einen Nachttopf in meine Kammer bringen! Ich will kein zweites Mal mehr durch die Kälte laufen müssen.«
Sie sah noch, wie der Mann nickte und zur Tür eilte. Dann betrat sie das hölzerne Häuschen mit seiner in der Mitte rund ausgeschnittenen Sitzbank. Die Latrine war, wie das Licht und ihre Nase ihr verrieten, schon längere Zeit nicht mehr ausgehoben und gereinigt worden, daher beeilte sie sich. Zitternd vor Kälte, wollte sie in die Herberge zurückkehren, doch sie hatte noch keine drei Schritte zurückgelegt, als sie nicht weit vor sich eine heftig schluchzende Frau an der Schuppentür stehen sah. Ohne nachzudenken, ging sie auf sie zu. »Was ist mit dir? Kann ich dir helfen?«

Ihrer Frage folgte ein noch heftigerer Tränenausbruch. Dann rutschte die Frau an der Schuppenwand hinab und krümmte sich, als habe sie heftige Schmerzen. Marie stellte ihre Laterne auf den Boden und beugte sich zu ihr hinunter. Im selben Augenblick traf sie ein heftiger Schlag und löschte ihr Bewusstsein aus wie eine Kerze.

Die Frau, die eben noch jämmerlich geweint hatte, sprang auf die Beine und nickte dem vierschrötigen Mann zu, der Marie eben mit einem Knüppel niedergeschlagen hatte. »Na, wie habe ich das gemacht, Xander?«

»Sei still, Beate! Halt mir lieber das Licht und pass auf, ob jemand kommt!«, herrschte der Mann, der ebenfalls in einer Rüstung ohne Abzeichen steckte, sie mit gedämpfter Stimme an.

Die junge Frau nahm Maries Laterne an sich, anstatt jedoch Wache zu halten, sah sie zu, wie Xander Marie in einen Sack stopfte und sich diesen mit einer Leichtigkeit über die Schulter warf, als wäre es nur ein Bündel gedroschenen Strohs. Dann leuchtete sie ihm den Weg zum Tor der Herberge aus. Der Lärm im Innern des Hauses, der jedes Geräusch im Umkreis übertönte, schien sie nun doch etwas nervös zu machen, denn sie blickte sich immer wieder um.

Es betrat jedoch niemand den Hof, da drinnen der scheinbar herrenlose Krieger, dem Marie begegnet war, die Haustür blockierte. Als ein Gast ihn barsch anfuhr, den Weg freizugeben, langte er feixend zum Schwert. »Es ist besser für dich, wenn du noch eine Weile die Beine zusammenkneifst. Ein Freund von mir ist da draußen und will bei seinem Geschäft nicht gestört werden!«

Währenddessen öffnete Beate das Tor, ließ ihren Begleiter hinaus und folgte ihm wie ein Schatten ins Freie. Als sie die Straße zum Hafen erreicht hatten, stieß Xander einen schrillen Pfiff aus. Auf das Signal schien der Krieger in der Herberge gewartet zu haben, denn er nickte zufrieden, trat auf den Hof hinaus und tauchte im Dunkel der Nacht unter.

X.

Hulda von Hettenheim schlug schier der Magen gegen die Kehle, als das rechte Vorderrad ihres Reisewagens in ein besonders tiefes Schlagloch fiel. Besorgt legte sie die Hände auf ihren geschwollenen Bauch, als könne sie das Kind darin vor den Stößen beschützen. Nun machte sie sich Vorwürfe, weil sie so lange in Rheinsobern geblieben war, denn bis zur Geburt würden keine vier Wochen mehr vergehen. Wenn sie ihr Kind am Straßenrand oder gar in einer der Herbergen gebar und es ein Mädchen wurde, mochte es sein, dass sie all ihre Vorbereitungen für diesen Fall umsonst getroffen hatte.
»Daran ist nur diese verdammte Hure schuld!«, entfuhr es ihr.
»Geht es Euch nicht gut, Herrin?« Alke, ihre Leibmagd, schob sich trotz des schwankenden Wagenkastens zu ihr hin und stopfte ihr ein weiteres Kissen in den Rücken.
»Lass mich!« Hulda stieß ihre Magd zurück und rieb sich die Stirn. Alke kannte die Mimik ihrer Herrin gut genug, um zu wissen, was sie nun zu tun hatte. Sie nahm ein Fläschchen aus einem Beutel, welches eine scharf riechende Essenz aus Minze und Kamille enthielt, träufelte ein paar Tropfen davon auf ein sauberes Tuch und begann damit Frau Hulda die Schläfen und den Nacken zu massieren. Dabei sprach sie beschwörend auf ihre Herrin ein. »Seht Ihr, es wird schon wieder besser. Ihr dürft Euch nicht aufregen. Es wird alles gut werden.«
Hulda atmete tief durch und nickte. »Du weißt eben am besten, was mir hilft, Alke. Darum bist du ja auch meine Leibmagd.«
Ihr kurzes, scharfes Lachen weckte Marga aus ihrem unruhigen Schlummer und erschreckte zwei junge Mägde, die Frau Hulda gegenübersaßen und so aussahen, als wünschten sie sich an das andere Ende der Welt. Die beiden wurden Mine und Trine genannt und waren Schwestern. Mit ihren goldblonden Haaren und den großen blauen Augen konnte man sie hübsch nennen,

auch wenn ihre Gesichter zu rund wirkten, um als schön zu gelten. Mine war ebenfalls hochschwanger und litt sichtlich unter den schlechten Straßenverhältnissen. Daher hatte Trine sie mit einem Arm an sich gezogen und versuchte, den Körper ihrer Schwester vor den heftigsten Erschütterungen zu schützen. Mit dem anderen Arm stützte sie sich selbst ab, um nicht samt der Schwangeren von der Sitzbank zu rutschen.

»Wie lange wird es noch dauern, bis wir die Otternburg erreicht haben, Herrin?«, fragte sie besorgt.

Hulda starrte das Mädchen an, als krabbele an seiner Stelle ein hässliches Insekt. Alke bemerkte den Abscheu ihrer Herrin und übernahm es zu antworten. »In drei Tagen! Heute Nacht werdet ihr ruhiger schlafen, denn wir übernachten auf einer der Burgen von Herrn Rumold.«

»Könnten wir nicht dort bleiben? Mine geht es nicht gut.«

Marga wollte Alke das Feld nicht allein überlassen und fuhr daher die Magd an. »Deine Schwester soll sich nicht so anstellen! Frau Hulda ist ebenso gesegneten Leibes und trägt ihren Zustand mit Würde.«

Während Mine bei den harschen Worten zusammenzuckte und zu zittern begann, biss Trine sich auf die Lippen, um sich kein ungehöriges Wort entschlüpfen zu lassen. Die Herrin durfte ja auch glücklich sein, denn ihr Kind war in allen Ehren in ihrem Bett gezeugt worden. Trine und sie aber waren von deren betrunkenem Ehemann in eine leer stehende Kammer gezerrt, mit Schlägen gefügig gemacht und vergewaltigt worden. Die junge Magd verabscheute Falko von Hettenheim auch noch als Toten und wünschte ihm alle Qualen der Hölle. Es waren nicht so sehr die Schmerzen, die sie ihm nachtrug, als vielmehr die Tatsache, dass sein Samen in ihrer Schwester keimte. Sollte Frau Hulda mit einer Tochter niederkommen und Mine mit einem Sohn, so würde das Kind ihrer Schwester dazu benutzt werden, einen edlen Ritter um sein Erbe zu bringen.

Frau Hulda spürte Trines Widerspenstigkeit und bleckte die Zähne. Auch wenn man die beiden Mägde nicht direkt schön nennen konnte, so erinnerten sie sie allzu sehr an jene Frau, die sie mehr hasste als alles andere auf der Welt. Nicht der Zufall hatte ihren Gemahl dazu bewogen, ausgerechnet die beiden Schwestern auf seine Hauptburg zu holen, sondern diese Ähnlichkeit. Einige Worte, die nicht für sie bestimmt gewesen waren, hatten ihr verraten, dass Falko von dem Gedanken an Marie Adlerin besessen gewesen war. Sie selbst hatte er nur noch in der Hoffnung benutzt, neun Monate danach einen Sohn in den Armen halten zu können.

Als sie an all die Demütigungen dachte, die ihr Gemahl ihr zugefügt hatte, zeichneten sich Hass und Verbitterung auf Huldas Gesicht ab. Einige Male hatte sie Falko dabei beobachtet, wie er sich der beiden Mägde bediente und Mine und Trine zu Dingen zwang, die den Lehren der christlichen Kirche ebenso widersprachen wie dem Schicklichkeitsgefühl einer tugendsamen Ehefrau. Wäre Marie Adlerin an der Stelle dieser Weiber gewesen, hätte sie ihrem Mann wohl Beifall gezollt und ihn angefeuert, die Hure noch mehr zu demütigen. Danach aber hätte sie das Weib eigenhändig erwürgt.

Dieser Gedanke erinnerte sie wieder an die Rache, die sie an dieser Metze zu nehmen gedachte. »Ist schon etwas von Tautacher zu sehen?«, fragte sie Marga, die sofort den Kopf hinausstreckte und nach hinten blickte.

Maries einstige Wirtschafterin wollte schon Nein sagen, hielt dann aber inne und begann vor Erregung zu zittern. »Uns folgt ein Wagen, der langsam aufholt, und die Reiter, die ihn begleiten, könnten die Euren sein, Herrin.«

»Das will ich selbst sehen!« Hulda wälzte sich herum, schob Marga beiseite und steckte ihren Kopf durch das Fenster im Schlag. Tatsächlich folgte ein kleiner, von zwei schnellen Pferden gezogener Wagen, wie er üblicherweise für Gepäck benutzt

wurde, ihrem Reisezug und holte sichtlich auf. Den Mann auf dem Bock erkannte sie selbst auf diese Entfernung an seiner Statur. Es war Xander, einer ihrer zuverlässigsten Ritter, und bei der Frau neben ihm konnte es sich nur um Alkes jüngere Schwester Beate handeln. Einer der drei Reiter, die den Wagen begleiteten, gab seinem Pferd nun die Sporen und schloss zu der großen Reisekutsche auf. Hulda jubilierte innerlich, denn Erwin Tautacher, der Anführer ihrer Leibwache, wirkte so übermütig wie ein junger Knappe, der einen Schlauch Wein stibitzt hatte. Also musste er seinen Auftrag erfüllt haben.
Dennoch fragte sie, als er neben den Wagen ritt, ganz aufgeregt: »Was ist? Hat es geklappt?«
Tautacher nickte lachend. »Habt Ihr daran gezweifelt, Herrin? Es ging leichter als gedacht. Wir mussten nur die Wirtsmagd bestechen, damit sie den Nachttopf aus dem Zimmer entfernte. Wie erwartet ist Marie Adlerin spätabends zum Abtritt gegangen. Beate hat ihre Aufmerksamkeit auf sich gelenkt und Xander den Rest besorgt.«
Der Mann wirkte so zufrieden, als habe er die Einnahme einer schwer verteidigten Burg vermeldet. Für diesen Fang würde die Herrin ihn reich belohnen, dachte er, und er hoffte, auch noch anderweitig auf seine Kosten zu kommen. Diese Marie Adlerin war nämlich ein besonderer Leckerbissen, den er sich das eine oder andere Mal selbst zu Gemüte führen wollte.
Marga hatte Tautachers Bericht begierig gelauscht und lachte nun höhnisch auf. »Das geschieht dieser Hure ganz recht! Warum hat sie mich auch wie einen Hund von sich gestoßen? Jetzt wird sie so behandelt, wie es ihr gebührt.«
Die einstige Wirtschafterin rieb sich die Hände, und da sie Frau Hulda gegenüber nicht unehrerbietig erscheinen wollte, zwinkerte sie deren Leibmagd Alke zu, die ihr mit einem zufriedenen Kopfnicken antwortete.
Trine und Mine aber sahen sich verzweifelt an und klammerten

sich noch fester aneinander. Während die Schwangere in Tränen ausbrach, schlug ihre Schwester ein über das andere Mal das Kreuz. Die beiden Mägde waren nach Falko von Hettenheims Tod auf einen einsam gelegenen Hof gebracht worden, der Huldas Vater gehörte. Vor ein paar Tagen hatte Hulda von Hettenheim, die offensichtlich über Mines Schwangerschaft informiert gewesen war, sie dort abgeholt und mitgenommen. Da ihre Herrin und deren Leibmagd sich bei ihren Gesprächen nicht zurückhielten, erfuhren die Schwestern in kurzer Zeit alles über den Hass, den Hulda von Hettenheim gegen Marie Adlerin hegte, und wussten, dass ihre Herrin dieser Frau vor wenigen Wochen begegnet war und einen schrecklichen Plan geschmiedet hatte.
Trine war entsetzt, dass Hulda von Hettenheim ihren bösen Worten noch schlimmere Taten hatte folgen lassen, und konnte sich nicht mehr zurückhalten. »Das hättet Ihr nicht tun sollen, Herrin! Es bringt kein Glück, in Eurem gesegneten Zustand einem anderen Weib Gewalt anzutun. Gott wird ...«
»Gott wird gar nichts, du elendes Ding!«, fuhr Hulda Trine an. »Er hat mir Marie Adlerin in die Hand gegeben, damit ich Rache nehmen kann, bevor ich mich zum Gebären niederlege.«
Der drohende Blick ihrer Herrin brachte Trine dazu, sich zu wünschen, unsichtbar zu sein. Ihr war klar, dass sie an diesem Abend für ihre vorlauten Worte Schläge erhalten würde, und sie bereute bereits, ihrer Herrin Vorhaltungen gemacht zu haben.
Tautacher, der immer noch neben dem Wagen ritt, beugte sich zum Fenster hinab. »Wenn Ihr den Mörder Eures Mannes richtig treffen wollt, müsst Ihr Sorge tragen, dass man die Leiche seines Weibes in absehbarer Zeit aus dem Rhein fischt.«
Er lachte höhnisch auf und wollte sich an die Spitze des Reisezugs setzen. Aber seine Herrin winkt ihm, sein Ohr ihren Lippen zu nähern, und machte eine Geste, die verriet, dass sie im Innern des Wagens nicht gehört werden wollte. »Muss es wirklich die richtige Leiche sein? Es gibt genug Weiber, die Marie Adlerin

ähnlich sehen. Nach ein paar Wochen im Wasser wird man sie für die Vermisste halten.«
Dabei dachte sie an Trine, über die sie sich nicht zum ersten Mal geärgert hatte und die im Unterschied zu ihrer Schwester nur eine lästige Mitwisserin war.
Tautacher blickte seine Herrin verwirrt an. »Warum wollt Ihr Marie Adlerin am Leben halten?«
»Sie soll noch erfahren, dass mir entweder ein Sohn geboren wurde oder Falkos mit der Magd gezeugter Sohn die Stelle einnimmt, die sie sich für ihren Freund Heinrich von Hettenheim erhofft. Außerdem will ich ihr die Zeit geben, ihr eigenes Kind zur Welt zu bringen, damit ich es vor ihren Augen erwürgen kann.«
Das Gelächter, das Hulda dabei ausstieß, klang kaum noch menschlich, und Tautacher fragte sich, ob der Geist seiner Herrin wohl aus den Fugen ging. Er schob diesen Gedanken jedoch sofort wieder von sich, denn seine Treue galt Rumold von Lauenstein und dessen Tochter, und er war bereit, für sie notfalls durch die Hölle zu gehen. Genau genommen war es für ihn von Vorteil, wenn Marie Adlerin ihr Kind zur Welt bringen durfte, denn es war angenehmer, ein leeres Feld zu beackern, als eines, das kurz vor der Ernte stand.
Frau Hulda kannte ihren Gefolgsmann gut genug, um zu wissen, an was er dachte, und kicherte leise vor sich hin. Da sie einen Weg suchte, sich den Ritter noch mehr zu verpflichten, kamen seine Wünsche ihr entgegen. Sie streifte Trine mit einem selbstzufriedenen Blick, denn mit ihr wollte sie anfangen. Die junge Magd hatte Tautacher während der Reise mit harschen Worten abgewiesen und ihn damit immer mehr aufgereizt. Jetzt würde sie dafür sorgen, dass der Ritter zu seinem Ziel kam. Schon einmal hatte sie es als erregend empfunden zuzusehen, wie dieses dumme Stück zu einer bloßen Leibesöffnung degradiert worden war, in die ihr Mann bedenkenlos seinen Samen entleert hatte.

Nun hoffte sie, Tautacher würde ihr ein noch besseres Schauspiel liefern.
Frau Huldas Gedanken verharrten jedoch nicht lange bei dem Schicksal, das sie der Magd bereiten wollte, sondern glitten weiter zu Marie Adlerin. Mit einem bösen Auflachen fragte sie sich, welchem Dämon sie für die Tatsache dankbar sein musste, dass diese Person die Sobernburg just zu der Zeit betreten hatte, in der sie dort zu Besuch gewesen war. Sie selbst hatte Isberga von Ellershausen nur aufgesucht, um ihr zu erzählen, dass Wahrsagerinnen und fromme Männer ihr einen Sohn prophezeit hätten. Da sie dieses schwatzhafte Weib kannte, konnte sie sicher sein, dass ihre Worte in jedem Brief und bei jedem Besuch weitergetragen wurden.

XI.

Der Verwalter der Burg, in der Hulda von Hettenheims Reisegesellschaft übernachten wollte, war ein älterer, nach langem Dienst zum Kastellan ernannter Ritter, der wusste, dass es klüger war, Augen und Ohren zu verschließen und sich im Hintergrund zu halten, wenn die Tochter seines Herrn erschien. Daher empfing er Frau Hulda so devot, als wäre er nur ein Knecht, und führte sie persönlich in den Teil der Burg, in dem die Kammern für die hohen Gäste bereitet waren. Als Frau Hulda gut untergebracht war, verneigte er sich noch einmal und zog sich zurück. Lauensteins Tochter nahm seine Diskretion wohlwollend zur Kenntnis und schickte auch die herumschwirrenden Mägde hinaus, die der Verwalter zu ihrer Bedienung aufgeboten hatte.
»Sorgt dafür, dass meine Leute eine kräftige Mahlzeit und einige Becher Wein erhalten. Um mich werden sich meine persönlichen Mägde kümmern«, befahl sie ihnen.
Kaum war das Weibervolk verschwunden, rief Frau Hulda ihre

Leibmagd zu sich. »Alke, schaff die trächtige Kuh in eine abgelegene Kammer und achte darauf, dass keiner sie zu Gesicht bekommt. Die Leute hier setzen sonst Gerüchte in die Welt, mein Sohn sei ein untergeschobenes Kind.«
Die Zofe nickte und zerrte Mine aus dem Verschlag, in dem sie sie versteckt hatte. »Komm mit!«
Mit einem leisen Aufschrei versuchte die Schwangere zunächst, sich dem Griff der Leibmagd zu entziehen, stand dann aber auf und folgte ihr mit hängendem Kopf. Ohne die Erlaubnis ihrer Herrin zu erbitten, lief Trine hinter ihrer Schwester her. Hulda wollte wütend auffahren, dachte dann aber an das Schicksal, welches sie dem Mädchen zugedacht hatte, und lächelte boshaft. Bevor sie dieses aufrührerische Ding seiner Strafe zuführte, wollte sie noch etwas anderes erledigen.
Sie drehte sich um und winkte Beate zu sich. »Ich hoffe, die Hure ist gut und sicher untergebracht?«
Die Magd nickte eifrig. »Das ist sie, Herrin.«
»Ich will sie sehen! Du und Marga kommt mit mir!« Hulda wartete, bis Beate eine brennende Kerze in die bereitstehende Laterne gesteckt hatte, und schob die Magd nach vorne, damit diese die Führung übernahm. Sie mussten mehrere finstere, zugige Korridore passieren und erreichten dann eine Tür, vor der zwei Reisige im Schein einer Fackel Wache hielten. Einer von ihnen öffnete das Gelass und ließ Hulda eintreten. Die Kammer war etwa drei mal vier Schritte groß und wies nur zwei Luftlöcher in Form von Schießscharten auf. Da die Dämmerung schon hereingebrochen war, konnte Hulda kaum mehr als einen Schatten an der Wand erkennen.
»Bring mir die Laterne!«, rief sie Beate zu.
Als die Dienerin den Raum ausleuchten wollte, nahm Hulda ihr die Lampe ab und hielt sie vor das Gesicht ihrer Gefangenen. Angesichts der hilflos vor ihr liegenden Feindin grinste sie hämisch, um gleich darauf wuterfüllt aufzustampfen, denn Marie wirkte

von nahem noch schöner, als sie sie in Erinnerung hatte. Wäre sie selbst mit einem solchen Antlitz und einer Figur gesegnet worden, die die Männer verrückt machte, hätte es ihrem Gemahl wahrscheinlich mehr Freude bereitet, sie zu schwängern. Mehr noch als der Neid auf Maries gutes Aussehen fühlte sie in sich den Hass auf dieses Weib, das ihr jenen Trank hatte zukommen lassen, von dem sie sich so sehr einen Sohn erhofft und dann doch nur eine Tochter nach der anderen geboren hatte.
Da ihre Gefangene sich nicht regte, stieß sie sie mit dem Fuß an.
»Mach die Augen auf, du Hure! Ich will, dass du mich ansiehst.«
Beate hob beschwichtigend die Hand. »Verzeiht, Herrin, aber wir haben ihr Mohnsaft eingeflößt, denn sonst hätte sie unterwegs die Leute auf sich aufmerksam machen können, und das wäre gewiss nicht in Eurem Sinn gewesen.«
Hulda nickte unwillkürlich. »Das ist richtig! Für die Welt soll sie als tot gelten. Ich werde ein anderes Mal mit ihr sprechen. Marga, du bleibst hier und haftest mit deinem Kopf für sie! Es darf niemand erfahren, dass die Hure Marie meine Gefangene ist.«
Marga konnte den Ausdruck wilder Freude nicht verbergen, der ihr runzeliges Gesicht verzerrte. »Ich werde gut auf sie Acht geben, Herrin.«
Dabei verabreichte sie Marie einen Tritt, der hart genug war, dass diese trotz ihrer Betäubung vor Schmerzen aufstöhnte. Sie wollte noch ein zweites Mal zutreten, doch da gruben sich Huldas Finger wie die Krallen eines Raubvogels in ihre Schulter.
»Geh vorsichtig mit ihr um und versorge sie gut! Ich will, dass sie ihr Kind gesund zur Welt bringt. Sollte das nicht der Fall sein, beraubst du mich des süßesten Teils meiner Rache, denn der Balg soll vor ihren Augen sterben!«
Marga knirschte enttäuscht mit den Zähnen, denn sie hatte sich tausend Demütigungen und Quälereien für Marie ausgedacht. Diese würde sie wohl auf später verschieben müssen, denn Frau

Hulda sah so aus, als würde sie sie totprügeln lassen, wenn die Gefangene vor der Geburt Schaden nahm.
Hulda wies auf Maries Gewand. »Für eine Hure ist sie mir zu gut gekleidet. Zieht sie aus und streift ihr einen alten Kittel über. Ihr Kleid aber bringt in meine Kammer.«
Dann drehte sie sich abrupt um und ließ die beiden Mägde allein. Beate war die eigenartigen Befehle ihrer Herrin gewöhnt und beugte sich zu Marie, um ihr die Bänder zu lösen.
Marga hingegen schüttelte verwundert den Kopf. »Was will Frau Hulda denn mit dem Kleid? Es passt ihr doch gar nicht.«
»Versuche niemals, die Gedanken unserer Herrin zu ergründen, sondern tu, was sie dir sagt! Du willst doch einen guten Posten in unserem Haushalt bekommen. Und jetzt hilf mir gefälligst!«
Während Marie entkleidet wurde, hatte Hulda ihren Ärger vergessen und schwelgte in den Bildern, die ihr die Phantasie vorgaukelte. Huldvoll lächelnd betrat sie den Rittersaal und ließ sich weder durch die Hunde, die sich in dem staubigen Stroh balgten, welches die sonst üblichen Binsen oder Flickenteppiche ersetzte, noch von dem eher für Bauern geeigneten Abendessen die Stimmung trüben. Sie scherzte sogar mit dem Kastellan, der sie daran erinnerte, dass er sie bereits als Kind auf den Knien geschaukelt hatte. Als Hulda schließlich aufstand und ihm eine gute Nacht wünschte, verbeugte der Mann sich mit dem Gefühl, die Tochter seines Herrn gut versorgt und unterhalten zu haben.
Hulda schien jedoch nicht dieser Meinung zu sein, denn als sie die Kemenate betrat, in der Alke und Beate auf sie warteten, verzog sie den Mund. »Das Essen hier ist eine Zumutung und die Halle ein Schweinestall, die nur ein Narr wie dieser Kastellan einen Rittersaal nennen kann. Mein Vater sollte diesen Kerl unter die leibeigenen Knechte stecken und ihn durch einen fähigeren Verwalter ersetzen.«
Im nächsten Augenblick hatte sie ihren Ärger über den Kastellan wieder vergessen und zwinkerte ihren beiden Mägden vertraulich

zu. »Habt ihr mir das Kleid der Hure gebracht? Dann kann es weitergehen. Holt mir die Trine und ruft Tautacher und Xander herbei. Die beiden sollen vor der Tür warten. Ich werde sie rufen, wenn ich sie brauche.«

Alke und ihre Schwester huschten beinahe lautlos hinaus, und wenige Augenblicke später kehrte die Leibmagd mit Trine zurück. Das Mädchen hatte noch keine guten Erfahrungen mit ihrer Herrin gemacht und starrte diese an, als erwarte es, einem wilden Tier zum Fraß vorgeworfen zu werden.

Hulda wies auf die Tür. »Alke, du kannst nun in die Küche gehen und zu Abend essen. Nimm Beate mit und zieh dich danach mit ihr in die Kammer zurück, die ich euch habe anweisen lassen. Ich brauche euch heute nicht mehr.«

Die Leibmagd wunderte sich über Huldas Befehl, wagte aber nicht zu widersprechen. Ihr Blick streifte Trine, und sie nahm sich vor, das Mädchen am nächsten Morgen auszuquetschen, um zu erfahren, was hier vorgegangen war.

Hulda wartete, bis sich die Tür hinter Alke geschlossen hatte, musterte Trine von Kopf bis Fuß und zeigte auf den Tisch. »Siehst du das Kleid dort?«

Die Magd nickte verwundert.

»Das schenke ich dir«, fuhr Hulda fort.

Trine starrte sie verständnislos an. »Mir? Aber warum denn?«

»Weil ich das möchte! Los, zieh deine Lumpen aus. Ich will dich in dem neuen Kleid sehen.«

Die Magd hatte kein gutes Gefühl dabei, sich ihrer Herrin nackt präsentieren zu müssen, doch sie wagte nicht, Frau Hulda durch Ungehorsam zu reizen. Daher legte sie ihr schlichtes Kleid und ihr Unterhemd ab und wollte nach Maries Sachen greifen.

In dem Augenblick entzog Hulda ihr beide Gewänder und starrte das nackte Mädchen an, das sich mit seiner ebenmäßigen Figur und den festen, wohlgeformten Brüsten geradezu herausfordernd von ihrer eigenen plumpen Gestalt unterschied. Sie erinnerte sich nur zu gut daran, wie diese Metze unter ihrem Ehemann gestöhnt hatte, und fühlte nicht zum ersten Mal Hass auf alle Frauen aufsteigen, die Falko je besessen hatte. Dieser einen würde sie nun stellvertretend für alle anderen die vielen Demütigungen zurückzahlen.

»Tautacher, Xander, ihr könnt reinkommen!« Huldas Stimme kratzte an den Nerven der Magd wie eine Raspel. Keine zwei Herzschläge später sprang die Tür auf und der Hauptmann der Leibwache und sein Stellvertreter traten ein. Beim Anblick der nackten Magd flammten ihre Augen begehrlich auf.

Hulda nahm die Gier ihrer Gefolgsleute beinahe körperlich wahr und spürte eine Erregung, die sie während der kurzen und von ihrem Gemahl rücksichtslos durchgeführten Kopulationen nie empfunden hatte. »Mein lieber Tautacher, heute wird die gute Trine dich nicht abweisen«, sagte sie mit zitternder Stimme.

Während der Mann seinen Hosenlatz aufnestelte und sich dabei die Lippen leckte, warf Trine sich vor Hulda auf die Knie. »Herrin, bitte lasst das nicht zu!«

Sie erhielt eine Ohrfeige, die sie auf den Rücken warf. »Du treibst es wohl nur mit hochwohlgeborenen Herren, was? Aber das werde ich dir austreiben! Los, Tautacher, wirf die Metze aufs Bett und gib ihr, was ihr zusteht.«

Der Ritter streckte die Hand nach der Magd aus, sah aber dabei seine Herrin fragend an. Hulda spitzte spöttisch die Lippen. »Ich will zusehen, wie du dich als Mann erweist.«

Tautacher grinste anzüglich. Wenn es der Wille seiner Herrin war, die Magd vor ihren Augen schänden zu lassen, dann würde er nicht Nein sagen. Er hob Trine auf, schleifte sie zum Bett und bog ihr so brutal die Beine auseinander, dass sie gellend aufschrie. Dann drang er rücksichtslos in sie ein.

Hulda ließ sich keine Bewegung und keinen Gesichtsausdruck des Paares entgehen und rieb sich unbewusst die Hände. Nun war zumindest die Kränkung gerächt, die ihr Mann ihr mit die-

ser Magd angetan hatte. Hinter sich hörte sie Xander stöhnen, und als sie sich umdrehte, sah sie, dass der Mann die Rechte unter den Hosenlatz gesteckt hatte und sich offensichtlich das Glied massierte. Sein Gesichtsausdruck machte ihr klar, dass ihn nur die Angst vor den Folgen davon abhielt, über seine schwangere Herrin herzufallen.
Hulda nickte ihm zu. »Wenn Tautacher mit dieser Metze fertig ist, kannst du sie ebenfalls haben.«
Xander trat an das Bett und starrte die beiden darauf an, als wolle er seinen Hauptmann von Trine wegreißen, um die Magd selbst besteigen zu können. Doch ehe er sich zu etwas hinreißen lassen konnte, das ihm nur Ärger eingebracht hätte, wurde Tautacher mit einem lustvollen Stöhnen fertig und forderte seinen Freund und Stellvertreter auf, es ihm nachzutun.
Trine verbiss sich die Schreie, die sich in ihrer Kehle ballten, um ihrer Herrin nicht auch noch diesen Triumph zu gönnen, und als Xanders Finger sich in ihren Rücken und ihren Busen krallten, betete sie zu Gott, dass es bald vorüber sein möge. Der Mann bearbeitete ihren Körper, als hätte er einen gefühllosen Sack unter sich, und zeigte dabei eine Ausdauer, die den Hauptmann neidisch werden ließ. Als er endlich von Trine abließ, hatten seine Fingernägel blutige Striemen in ihre Haut gerissen. Weder er noch Tautacher schenkten der Magd, die sich vor Schmerzen krümmte, einen weiteren Blick, sondern zogen ihre Kleidung zurecht und grinsten ihre Herrin ein wenig verlegen an.
Hulda trat auf Tautacher zu und wies mit dem Kinn auf Trine. »Gleich habt ihr eure Leiche«, flüsterte sie.
Während die Augen ihres Leibwächters verstehend aufflammten, wandte Hulda sich der Magd zu. »Steh endlich auf und zieh das Kleid an, das ich dir geschenkt habe!«
Als Trine nicht sofort gehorchte, zog ihre Herrin sie an den Haaren empor und versetzte ihr eine schallende Ohrfeige. »Ich habe dir etwas befohlen!«

Trine kämpfte sich auf die Beine und streifte Maries Gewand über. Einen Augenblick lang überwog ihre Wut die Angst, und sie bedachte ihre Herrin mit einem verächtlichen Blick. »Das war ein hoher Preis für dieses Kleid.«

»Der Preis wird gleich noch höher werden«, antwortete Hulda lächelnd und gab Tautacher einen Wink. Der Mann trat hinter Trine, legte ihr die Hände um den Hals und drückte mit aller Kraft zu.

Trines Augen weiteten sich vor Entsetzen, ihre Arme ruderten hilflos, während sie versuchte, Luft in die gequälten Lungen zu saugen. Tautachers Griff lockerte sich jedoch erst, als er eine Tote in den Armen hielt. Wie angeekelt ließ er den Leichnam los und wischte sich die Hände an seinen Hosen ab. »Wenn wir ihr Gesicht verunstalten und sie lange genug im Wasser liegt, wird man sie für Marie Adlerin halten.«

»Das ist mein Plan.« Huldas Blick suchte Xander. »Du wirst Trine morgen zum Rhein bringen und dort versenken. Denke aber daran, dass man sie irgendwann finden und für Marie Adlerin halten muss. Ich will, dass diese Hure, die zur Frau eines Reichsritters aufgestiegen ist, für tot gehalten wird.«

»Ihr könnt Euch auf mich verlassen, Herrin.« Xander bückte sich und wollte sich Trine über den Rücken werfen.

Frau Hulda trat ärgerlich dazwischen. »Hol einen Sack und stecke sie hinein! Oder willst du die halbe Burgbesatzung als Zeugen haben?«

XII.

Das Erwachen war fürchterlich. Lange Zeit schien Marie nur aus einem Kopf zu bestehen, der sich im Takt ihrer Herzschläge unter schier unerträglichen Schmerzen weitete und wieder zusammenzog. Nach einer Weile fühlte sie auch ihre Zunge wieder, die wie altes, rissig gewordenes Leder in ihrem Mund lag. Noch länger dauerte es, bis sie sich ihrer Gliedmaßen bewusst wurde. Erst als sie mit der Hand zum Kopf greifen wollte, nahm sie den Strick wahr, der ihre Arme an etwas Kaltem, Rauen festhielt, das wohl ein Eisenring sein musste.

»Wieso bin ich gefesselt?«, fragte sie in die Dunkelheit hinein. Ihre Stimme kam ihr vor wie das Krächzen eines Raben, und doch hatte jemand sie gehört.

»Weil du unsere Gefangene bist, du widerliche Hure!«

Die Stimme war Marie bekannt, doch in ihrem elenden Zustand konnte sie sie nicht einordnen. Vergebens durchforschte sie ihr Gedächtnis, vermochte sich aber nicht zu erinnern, was geschehen war. Jemand musste sie niedergeschlagen und später mit Mohnsaft betäubt haben. Aber wer und warum? War sie einem der Ritter am Rhein in die Hände gefallen, der ein hohes Lösegeld für sie fordern wollte? Sie fürchtete schon, sie habe ihre Erinnerungen verloren so wie Michel damals in Böhmen. Langsam aber wurde ihr klar, dass sie in dem Fall nichts mehr von ihrem Mann, von Trudi und ihren Freundinnen auf Kibitzstein gewusst hätte. Nach einer Weile stiegen Bilder von einer Barke in ihr auf und von einer Herberge, in der sie auf die Weiterfahrt des Schiffes gewartet hatte. Dort war sie mitten in der Nacht zum Abtritt gegangen und hatte eine Frau weinen gehört. Sie war auf diese zugetreten und hatte sich über sie gebeugt. In dem Augenblick musste jemand hinter sie getreten sein und sie niedergeschlagen haben.

Ihrer Bewacherin schien ihr Schweigen zu lange zu dauern. Sie spürte einen Tritt gegen den Oberschenkel und riss die Augen auf. Jemand richtete eine Blendlaterne auf sie. »Das hast du von deinem falschen Stolz, du Hure! Nun erhältst du, was dir zusteht.«

»Marga?«, fragte Marie verblüfft. Es gab keinen Zweifel. Ihre Bewacherin war die ehemalige Wirtschafterin der Sobernburg, die sie als einfache Magd wiedergetroffen hatte.

»Ja, ich bin es!« Die Frau schnurrte vor Zufriedenheit.
»Warum hast du das getan?« Noch während Marie die Frage stellte, wusste sie, dass es die falsche war. Allein hätte Marga nie die Möglichkeiten gehabt, ihr unterwegs aufzulauern und sie zu entführen. Es musste eine weitaus mächtigere Person dahinterstecken.
»Ich habe dir schon immer einmal zeigen wollen, was ich von so einem Geschmeiß wie dir halte. Doch all die Jahre über musste ich den Nacken vor dir beugen, obwohl mein Vater ein Ritter und früherer Burghauptmann von Rheinsobern gewesen ist und meine Mutter die Tochter seines Vorgängers mit dessen damaliger Wirtschafterin. In meinen Adern fließt zu drei Viertel adeliges Blut! Du aber bist nur eine lumpige Hure und dein Mann ist ein Wirtsbalg. Euch Gesindel musste ich dienen, als wäret ihr das Pfalzgrafenpaar persönlich!« Marga begleitete jeden Satz mit einem Tritt. Sie achtete jedoch darauf, Marie nicht in den Bauch zu treffen, damit dem Kind nichts geschah. Für einen Augenblick überlegte Marga, ob sie Marie unter die Nase reiben sollte, in wessen Hände sie gefallen war. Doch sie durfte Hulda die Überraschung nicht verderben. Marga nahm einen Krug zur Hand und setzte ihn an Maries Lippen.
»Wenn es nach mir ginge, würdest du verhungern und verdursten. Aber ich habe den Befehl, dich am Leben zu erhalten. Also trink!«
Das Wasser hatte einen üblen Nachgeschmack, als wäre die Zisterne schon lange nicht mehr gereinigt worden. Maries Durst war jedoch groß genug, um den Ekel zu überwinden. Sie trank, so rasch sie konnte, und stöhnte enttäuscht auf, als Marga ihr den Krug wegnahm. Dafür stopfte die Frau ihr ein Stück Brot in den Mund. Marie kaute die aus grob gemahlener Gerste bestehende Kante sorgfältig und schluckte sie Bissen für Bissen hinunter. Ihr Lebenswille war wieder erwacht, und sie wusste, dass sie alle Kraft brauchen würde, um eine Gelegenheit zur Flucht ergreifen zu können.

XIII.

Die Reisenden verließen am nächsten Morgen kurz vor Sonnenaufgang die Festung, schlugen aber nicht den kürzesten Weg zu ihrem Ziel ein, denn Hulda wollte nicht bei Fremden oder flüchtigen Bekannten übernachten. Auf den Burgen und Gehöften, die zu ihrem eigenen Besitz oder dem ihres Vaters gehörten, konnte sie ihre Geheimnisse eher bewahren als unter dem Dach anderer Leute. Daher nahm sie Umwege in Kauf, bis sie schließlich die in einem abgelegenen Teil des Pfälzer Walds gelegene Otternburg vor sich sah. Von außen machte das Bauwerk wenig her, denn es handelte sich nicht um einen mächtigen Wehrbau, sondern um einen altmodischen, mehrstöckigen Wohnturm, der von einer Ringmauer umschlossen wurde, an der sich innen Ställe und Scheuern drängten. Das war nicht der Ort, den eine Frau von Huldas Stand normalerweise aufsuchte, um den erhofften Erben zu gebären. Sie wollte aber sichergehen, dass nur Menschen um sie waren, denen sie unbedingt vertrauen konnte. Jeder ihrer Begleiter auf dieser Reise und auch die Burgbesatzung waren von ihr und ihrem Vater sorgfältig ausgewählt worden und würden schon aus eigenem Interesse über die Vorgänge schweigen, die sich unter dem Dach ihrer Herrschaft abspielten. Huldas Vater Rumold von Lauenstein hatte mehrere Edelleute, die ihm verpflichtet waren, dafür gewonnen, die legitime Geburt des Erben zu bezeugen, so dass auch hier keine Zweifel aufkommen konnten.

Huldas Blick streifte Mine, deren Kind ungefähr zum gleichen Zeitpunkt zur Welt kommen würde wie das ihre. Sie hoffte immer noch, selbst mit einem Sohn niederzukommen, denn sie hasste schon den Gedanken, den Bankert der Magd wie ihr eigenes Kind aufziehen zu müssen. Und für einen Moment kroch auch wieder die Furcht in ihr hoch, diese kleine Metze könne ebenfalls nur ein wertloses Mädchen in sich tragen. Den Gedanken wischte sie jedoch schnell beiseite. Eines der beiden Kinder musste ein Sohn sein, und den Balg dieser Magd an ihre Brust zu legen war immer noch besser, als all ihren Besitz an den Vetter ihres Mannes zu verlieren. Wenn das Weib niedergekommen war, würde sie es rasch beseitigen, denn sie durfte nicht riskieren, dass Mine vor Falkos Erben auf die Knie sank und ihn ihren Sohn nannte. Seit Trines Verschwinden bewegte die Magd sich wie eine Schlafwandlerin und sprach kaum noch ein Wort. Zwar hatte Alke dem Weib erklärt, ihre Schwester sei zur Burg Hettenheim zurückgeschickt worden, weil sie auf der Otternburg nicht benötigt werde, doch Mine schien ihren Worten keinen Glauben zu schenken.

Als der Wagenzug mithilfe von zusätzlichen Gespannen den steilen Weg hochkroch, der sich zur Otternburg hinaufschlängelte, atmete Hulda hörbar auf. Beate und Alke, die zu beiden Seiten ihrer Herrin saßen und diese stützten, lächelten einander erleichtert zu.

»Das hätten wir geschafft!«, sagte Alke. »Wenn wir die Burg wieder verlassen, werden wir den Erben von Hettenheim mit uns führen.«

»Wenn Gott gerecht ist, wird die Herrin ein Mädchen zur Welt bringen – und ich auch!«, schrie Mine auf.

Die unerwartete Aufsässigkeit der Magd erregte Huldas Zorn. »Pass nur auf, dass dich nicht das Schicksal deiner Schwester ereilt!«

Über Mines Gesicht huschte ein Ausdruck der Trauer, dann verzerrte es sich vor Hass. »Wollt Ihr mich auch von Euren Männern auf Eurem eigenen Bett schänden lassen? Ich glaube, mein dicker Bauch würde ihnen wenig Freude bereiten. Aber tut es nur! Dann werde ich hoffentlich den Bastard los, den ich für Euch ausbrüten muss.«

Hulda sah verblüfft auf Mine hinab, denn die Magd war bisher die stillere und ängstlichere der beiden Schwestern gewesen. Jetzt sah es so aus, als wäre ein Dämon in die Magd gefahren oder gar der Geist ihrer toten Schwester. Bei diesem Gedanken schüttelte sie sich heftig und versetzte ihrer Leibmagd einen Stoß. »Du dummes Geschöpf! Warum musstest du diesem Trampel erzählen, was mit seiner Schwester geschehen ist?«

Alke hob abwehrend die Hände. »Ich war es nicht, Herrin! Das hat Tautacher herumerzählt. Der Narr wusste gestern Abend nichts Besseres zu tun, als vor den Reisigen damit zu prahlen.«

»Der wird sich vorsehen müssen! Ich kann keine Gefolgsleute brauchen, die Dinge aus meinen vier Wänden hinaustragen.«

Zwar hatte Hulda so leise gesprochen, dass ihre Worte kaum zu verstehen waren, doch der Tonfall und ihre Miene ließen die Leibmägde zusammenzucken. Wie es aussah, hatte Tautacher sich das Wohlwollen der Herrin verscherzt und würde die Folgen zu spüren bekommen.

In diesem Augenblick hätten Alke und Beate am liebsten mit Marga getauscht, die neben dem Fuhrmann auf dem Wagen saß, in dem Marie Adlerin eingeschlossen war, denn manchmal war es von Nachteil, ständig unter den Augen der Herrin leben zu müssen. Daher waren die beiden froh, als der Reisewagen die letzte Kurve nahm und aus dem dunklen Grün des Waldes wieder in die leuchtende Sonne fuhr. Normalerweise hätten sie den goldenen Herbsttag genossen, doch nun schüttelten sie sich innerlich. Während Alke sich schnell wieder fasste, fühlte Beate sich wie in einem gespenstischen Schatten gefangen. Kaum hatte der Wagen auf dem Burghof angehalten, schlüpfte sie ins Freie und zog ihre Schwester mit sich.

»Manchmal frage ich mich, ob die Herrin noch ganz bei Sinnen ist«, flüsterte sie ihr zu.

Alke hob die Hand, als wolle sie Beate schlagen, ließ sie aber wieder sinken, denn eine Ohrfeige hätte nur unangenehme Fragen nach sich gezogen. »Die Herrin weiß, was sie tut!«

Alke war nicht bereit, Frau Hulda von irgendeinem Menschen kritisieren zu lassen, am wenigsten von ihrer Schwester, deren Moral selbst nicht die beste war. Hatte Beate sich doch im letzten Winter freiwillig Ritter Falko angedient und eine gewisse Aufmerksamkeit erfahren. Damals war Alke wütend gewesen, denn sie hatte in Beates Eskapade eine Beleidigung der Herrin gesehen, auch wenn diese nichts davon erfahren hatte. Andererseits bedauerte Alke, dass ihre Schwester nicht schwanger geworden war, denn auch sie zweifelte daran, dass ihre Herrin diesmal einen Sohn gebären würde, und sie hätte lieber ihren Neffen als den Erben von Hettenheim gesehen als das Kind, welches Mine zur Welt bringen würde.

»Was ist mit dir, Alke? Seit wann stehst du herum und träumst? Hilf mir gefälligst!« Huldas scharfe Stimme erinnerte die Leibmagd an ihre Pflichten. Sie eilte zum Wagen und fasste die Hand ihrer Herrin, damit diese sich beim Aussteigen auf sie stützen konnte. Im Freien schnaufte Hulda ein paarmal tief durch und watschelte auf den aus wuchtigen Quadern errichteten Wohnturm zu, der mit seinen winzigen Schießscharten und dem im zweiten Stock gelegenen Eingang eine Festung für sich darstellte. Anders als in früheren Zeiten, in denen eine leicht zerstörbare Holztreppe den einzigen Zugang dargestellt hatte, führte nun eine breite Steintreppe mit recht flachen Stufen zum Tor hinauf. Obwohl die Treppe bequem war, fiel es Hulda schwer, sie zu bewältigen.

Tautacher eilte hinter ihr her. »Soll ich Euch nicht besser tragen, Herrin?«

»Damit Ihr fallt und ich dabei zu Schaden komme?« Hulda wandte dem Mann brüsk den Rücken zu und legte das letzte Stück nach Luft ringend zurück.

Oben wartete ihr Vater auf sie und schloss sie erleichtert in die Arme. »Ich war schon in Sorge um dich! Du kommst sehr spät.«

»Ich wurde aufgehalten. Mir hat sich nämlich eine Gelegenheit

geboten, mich an meiner größten Feindin zu rächen! Das wollte ich mir auf keinen Fall entgehen lassen.« Huldas Gesicht glänzte vor Freude, als hätte sie nach sechs Töchtern soeben den ersehnten Sohn geboren.
Rumold von Lauenstein starrte sie verwirrt an. »Was hast du …?«
»Ich habe Marie Adlerin entführen lassen!«, fiel seine Tochter ihm ins Wort. »Die Hure wird mir für all das bezahlen, was sie und ihr Mann Falko und mir angetan haben.«
»Bei Gott, Hulda! Was hast du dir denn dabei gedacht? Das Kind, das du trägst, ist wichtiger als deine Rache. Selbst der Pfalzgraf erwartet von dir, dass du endlich einen Erben für Hettenheim gebierst.«
Lauenstein machte aus seinem Ärger keinen Hehl, denn er hatte alle Fäden gezogen, die notwendig waren, um dem verhassten Vetter seines toten Schwiegersohns das Erbe vorenthalten zu können. Diese Vorbereitungen wollte er nicht durch eine Laune seiner Tochter gefährdet sehen.
Er warf dem Karren, auf dem er Marie vermutete, einen wütenden Blick zu. »Lass die Hure heute Nacht erwürgen oder ihr den Kopf abschlagen! Solange sie lebt, stellt sie eine Gefahr für dich dar. Wenn sie erst verscharrt ist, brauchst du keinen Gedanken mehr an sie zu verschwenden.«
Seine Tochter fletschte die Zähne. »Das werde ich nicht tun! Sie soll erleben, wie ich meinem ermordeten Gemahl einen Erben schenke.«
»Dummes Zeug!« Lauenstein seufzte, denn wie so oft musste er feststellen, dass nichts von dem, was er sagte, zu seiner Tochter durchdrang.
Hulda drehte sich um und befahl Tautacher, Marie in das tiefste Turmverlies zu sperren. Dann fiel ihr Blick auf Mine, die wie verloren im Burghof stand. »Komm endlich herauf! Es ist eine Schande, dass ein so schmutziges Ding wie du in einer

guten Kammer wohnen wird; doch bevor du nicht geworfen hast, darfst du nicht in den Dreck zurück, aus dem du gekommen bist.«

Die schwangere Magd schlang die Arme um sich, als friere sie. Da versetzte Beate ihr einen Schlag. »Hast du nicht gehört, was die Herrin befohlen hat, du dumme Kuh?«

Mine setzte sich gehorsam in Bewegung, aber ihre Gedanken führten immer noch einen wilden Tanz auf. In ihrem Kopf echoten Tautachers prahlerische Worte, er und Xander hätten Trine beritten wie eine Stute. Über das, was danach geschehen war, hatte er zwar nicht gesprochen, doch sie erinnerte sich nur zu gut an den seltsamen Ausdruck, den sie in den Augen des Hauptmanns wahrgenommen hatte, und an seine Gesten, die ihr mehr Angst eingejagt hatten als die Worte, die ihrer Herrin während der Fahrt herausgerutscht waren. Tautacher hatte so ausgesehen, als müsse er Blut von seinen Händen waschen, und sie war nun sicher, dass Trine tot war.

»Schneller, du Trampel!« Frau Huldas schroffer Ausruf gaben den Gedanken der Magd eine andere Richtung. Sie erinnerte sich nicht nur an die Schläge, die sie von Hulda selbst oder deren Lieblingsmägden für jede Kleinigkeit und auch für vorgebliche Vergehen erhalten hatte, sondern auch an die Tatsache, dass die Herrin sie und Trine von einem der Reisigen hatte auspeitschen lassen, nur weil Falko von Hettenheim Gefallen an ihnen gefunden hatte. Das war natürlich erst geschehen, nachdem der Ritter die Burg verlassen hatte, um nach Nürnberg zu ziehen und sich wieder dem Gefolge des Kaisers anzuschließen.

Mine biss sich auf die Lippen und spürte den Geschmack von Blut im Mund. Nicht zum ersten Mal wünschte sie sich, sie hätte das Kind unter den Schlägen des Reisigen verloren. Dann könnte sie nun zusehen und lachen, wenn die Herrin ihre siebte Tochter gebar – und ihre Schwester wäre noch am Leben. Mine hasste die Frucht der Vergewaltigung, die in ihr wuchs, kaum weniger als

deren Erzeuger, aber am meisten verabscheute sie die plumpe, verblühte Frau über ihr.
Im diesem Augenblick begriff die Magd, was sie tun musste. Wenn die Herrin ihr Kind als das eigene ausgeben wollte, würde man sie bestimmt nicht am Leben lassen. Da war es besser, den Schritt in die Ewigkeit selbst zu tun, auch wenn ihre Seele dafür im Höllenfeuer schmoren musste. Mit diesem Entschluss begann sie, so schnell die Treppe hinaufzulaufen, wie das in ihrem Zustand möglich war.
Oben blieb sie vor Hulda stehen und blickte ihr spöttisch ins Gesicht. »Irgendwann werdet Ihr an Eurer eigenen Bosheit ersticken! Doch mir könnt Ihr nichts mehr antun.«
Mit diesen Worten trat sie an den Rand der Treppe und ließ sich in die Tiefe fallen. Bevor ihre Herrin begriff, was sich vor ihren Augen abspielte, schlug Mine mit einem hässlichen Laut unten auf.
»Nein! Nein!« Hulda kreischte auf, als sei sie von Sinnen, und starrte fassungslos auf die verkrümmte Gestalt unter ihr. Ihr Vater musste sie packen und festhalten, sonst wäre sie ebenfalls hinabgestürzt.
Unten beugte sich Beate über Mine und rüttelte sie. Doch es gab keinen Zweifel: die Magd war tot. Wie zum Tort für Hulda spielte ein Lächeln auf Mines Lippen, als hätte die Magd im letzten Augenblick einen Blick ins Himmelreich getan. Von Grauen erfüllt wich Beate vor dem Leichnam zurück und schlug die Hände vors Gesicht.
An ihrer Stelle bestätigte Tautacher seiner Herrin den Tod der Magd. »Das Miststück hat der Teufel geholt!«
»Was ist mit ihrem Kind? Los, schneidet ihr den Bauch auf! Ich muss es haben!«, antwortete Hulda mit überschnappender Stimme.
Tautacher wandte sich zu seinen Männern und wies auf die Tote. »Schafft das Ding in einen Schuppen und seht zu, dass ihr das Kind lebend aus ihr herausbringt.«

Der ihm zunächst stehende Reisige wich vor ihm zurück. »Wir sollen Mine ausweiden wie eine tote Sau? Nein, das tue ich nicht, und wenn du mich erschlägst.«

Seine Kameraden schüttelten ebenfalls die Köpfe. Sie waren harte Männer, denen ein Leben wenig galt. Doch diese Aufgabe wollte keiner übernehmen. Tautacher begriff, dass er selbst tun musste, was Frau Hulda von ihm verlangte, und hoffte, dass die Belohnung hoch genug sein würde, sein Gewissen einzuschläfern.

»Bringt sie weg! Um das Kind kümmere ich mich selbst.« Er zog seinen Dolch und prüfte mit der Kuppe des linken Daumens die Schärfe. Als die Klinge tiefer in seine Haut schnitt als beabsichtigt, zuckte er zusammen und leckte das Blut vom Finger. Unterdessen packten vier Reisige die Tote an Armen und Beinen und schleiften sie zum nächsten Schuppen. Bevor Tautacher ihnen folgen konnte, traten sie bereits wieder ins Freie und verschwanden eilig zwischen den übrigen Gebäuden.

Alke rief unterdessen ihre Schwester zu sich und führte gemeinsam mit ihr die Herrin ins Haus. Die beiden Mägde setzten Frau Hulda auf einen gepolsterten Stuhl, reichten ihr Wein und Naschereien und schlichen um sie herum, bereit, jeden noch so unsinnigen Befehl zu befolgen.

Lauenstein war seiner Tochter gefolgt und hielt sich an seinem Weinbecher fest, bis Tautacher hereinkam. Der düstere Gesichtsausdruck des Hauptmanns verriet sofort, dass ihm der Erfolg versagt geblieben war. »Das Kind war ebenfalls tot.«

»Und? War es wenigstens ein Mädchen?«

Tautacher schüttelte den Kopf. »Es war ein Junge.«

Er schauderte, als er an die Arbeit der letzten Minuten dachte. Einen Menschen zu töten war eine Sache, aber einer toten Frau den Leib aufzuschneiden und in ihren Eingeweiden herumzuwühlen, war auch für ihn zu viel gewesen. Dieses Bild würde ihn wohl bis zu seinem Lebensende verfolgen.

Rumold von Lauenstein funkelte seine Tochter zornig an. »Ich

will nur hoffen, dass du mit einem Sohn niederkommst, denn ich habe verdammt viel Geld ausgegeben, damit einige wackere Ritter und Bürger bereit sind, die glückliche Geburt des Erben von Hettenheim zu beurkunden, ohne dabei gewesen zu sein.«
Hulda strich mit ihren Händen über ihren weit vorgewölbten Bauch und spürte, wie eine erste Schmerzwelle sie erfasste. Sollte sie jetzt nach Mines auch noch ihr eigenes Kind verlieren?, fragte sie sich entsetzt. Doch dann keimte Hoffnung in ihr auf. Sie hatte das Kind lange genug ausgetragen, um es lebend zur Welt bringen zu können. »Alke, Beate, helft mir! Ich glaube, gleich ist es so weit.«
»Aber es ist doch noch zu früh!«, schrie Lauenstein erschrocken auf.
Mehr konnte er jedoch nicht mehr sagen, denn Beate kam auf ihn zu und wies auf die Tür. »Es ist besser, Ihr verlasst den Raum, Herr, und Ihr, Tautacher, ebenfalls. Nun ist Frauenwerk angesagt.«
Lauenstein wechselte einen kurzen Blick mit dem Hauptmann, und dann schossen die beiden so eilig hinaus, als wäre eine Meute Bärenhunde hinter ihnen her. Erst im Rittersaal hielten sie inne und befahlen einem Diener, Wein zu bringen. Es blieb nicht bei einem Krug, und als die Knechte Fackeln und Kienspäne anzündeten, um den Saal zu erhellen, war Lauensteins Zuversicht wiederhergestellt. Wohl hatte die Geburt überraschend eingesetzt, doch schließlich war es nicht das erste Kind, das seine Tochter gebar, und sie hatte sich nie lange damit abplagen müssen.
Als Tautacher spät in der Nacht berauscht vom Stuhl sank und schnarchend unter dem Tisch liegen blieb, streckte die Angst ihre langen, kalten Finger nach Lauenstein aus. Er blickte zur Decke, als könne er bis in den Raum hineinsehen, in dem seine Tochter in den Wehen lag, und lauschte den Geräuschen, die zu ihm herabdrangen. Lange Zeit vernahm er nur Schreie, die von entsetzlichen Qualen kündeten, und als er die Gebete jener Mägde ver-

nahm, deren Hilfe bei der Geburt nicht benötigt wurden, begann er mit dem Schlimmsten zu rechnen.

In der Morgendämmerung stieg Alke die Treppe in den Rittersaal hinab. Ihre Miene wirkte so verkniffen, dass Lauenstein schon annahm, Hulda habe die Geburt nicht überlebt. »Was ist mit meiner Tochter?«

»Sie hat es überstanden«, antwortete die Leibmagd mit einer Stimme, die das Gegenteil hätte vermuten lassen. Sie fasste sich jedoch rasch und winkte Lauenstein, ihr zu folgen. »Kommt mit, Herr, und seht selbst.«

Lauenstein lief hastig die Treppen hoch und erreichte die Kemenate noch vor der Magd. Als er eintrat, sah er seine Tochter blass und abgespannt, aber bei vollem Bewusstsein auf ihrem Bett liegen. Obwohl sich das Bündel in ihren Händen bewegte, machte sie ein Gesicht, als würde sie das Neugeborene am liebsten zur nächsten Schießscharte hinauswerfen. Ohne ein Wort zu sagen, schlug sie das Tuch auf. Ein winziger, rotfleckiger Säugling ruhte darin. Lauensteins Blick suchte sorgenvoll die Stelle zwischen den Beinen, die über das Schicksal Hettenheims entscheiden würde, und als er die verräterische Kerbe entdeckte, stieß er einen Fluch aus, der einen Söldner hätte rot werden lassen.

Hulda reichte Beate ihre siebte Tochter und stemmte sich mit den Ellbogen hoch. »Bezähme dich, Vater, denn noch ist nicht alles verloren. Es gibt noch eine schwangere Frau auf der Otternburg, nämlich Marie Adlerin.«

Lauenstein starrte seine Tochter entgeistert an. »Du willst den Sohn einer Hure als deinen eigenen ausgeben? Das kann doch nicht dein Ernst sein! Dieses unedle Blut...«

»Dieses unedle Blut, wie du es nennst, wird mir dabei helfen, den letzten Willen meines toten Gemahls zu erfüllen und Heinrich von Hettenheim von Falkos Erbe fernzuhalten. Ich werde die Herrin aller Burgen und Liegenschaften bleiben und meinen Töchtern die Mitgift verschaffen können, die ihnen gebührt. Der

Balg hier ist jedoch überflüssig.« Frau Hulda betrachtete das Neugeborene mit einem mörderischen Blick. Plötzlich hielt sie inne, nahm das Kind von Beate zurück und entblößte ihre schweren, tief hängenden Brüste. Mit der rechten Hand quetschte sie eine der blassen Brustwarzen, um zu sehen, ob schon Milch floss. Als ein wässriger Tropfen austrat, versuchte sie zur Verwunderung ihres Vaters die Tochter zu säugen.

Frau Hulda bemerkte seinen verständnislosen Blick und lachte spöttisch auf. »Wenn ich in wenigen Wochen den Erben von Hettenheim nähren will, brauche ich meine Milch. Wir können es uns in dieser Situation nicht leisten, eine Amme zu rufen.«

Lauenstein schüttelte es bei dem Gedanken, seine Tochter würde den Sohn eines Wirtsschwengels und einer ehemaligen Hure tatsächlich als ihr eigenes Kind ausgeben, und rief innerlich alle Heiligen an, Marie mit einem Mädchen niederkommen zu lassen. Dann aber dachte er an den reichen Besitz, der Hulda und seinen Enkelinnen in diesem Fall verloren gehen würde, und er verstand ihre Beweggründe.

»Nun gut, hoffen wir, dass deine Feindin dir das Geschenk macht, das du dir von ihr erwartest.« Damit drehte er sich brüsk um und verließ den Raum.

Zweiter Teil

Ein infamer Plan

I.

Anni und Mariele stellten erst im Lauf des nächsten Tages fest, dass Marie verschwunden war. Zunächst hatten sie angenommen, ihre Herrin wäre zum Hafen gegangen, um den Schiffer zu fragen, wann er weiterfahren würde. Als jedoch die Stunden vergingen, ohne dass Marie zurückkehrte, wurden sie unruhig. Schließlich befahl Anni Mariele, in der Herberge zu warten, und lief selbst zum Rhein hinab. Doch weder der Schiffer noch seine Knechte wollten Marie gesehen haben. Verwirrt kehrte die Magd in die Herberge zurück und suchte nach Gereon und Dieter. Sie fand die beiden Krieger in der Wirtsstube, in der sie mit Soldaten der Stadtwache würfelten.

»Habt ihr die Herrin gesehen?«, fragte sie.

Gereon knallte gerade den Würfelbecher auf den Tisch. »Wie ihr seht, drei Fünfen. Ich habe gewonnen!«

Dann erst drehte er sich zu Anni um. »Was ist los?«

»Weißt du, wo Frau Marie ist?«

Gereon wechselte einen kurzen Blick mit Dieter, der nur mit den Schultern zuckte, und machte eine verneinende Geste. »Ich habe nicht die geringste Ahnung, wo die Herrin sich aufhält. Als ihre Leibmagd müsstest du das doch besser wissen.«

»Ich habe sie den ganzen Tag noch nicht gesehen. Als ich am Morgen in ihre Kammer gegangen bin, um ihr beim Ankleiden zu helfen, habe ich sie nicht vorgefunden. Das Kleid, das sie gestern getragen hat, ist ebenso verschwunden wie ihre Schuhe«, antwortete Anni unglücklich.

»Sie wird schon wieder auftauchen. Wahrscheinlich ist sie in die Stadt gegangen und hat einen gut ausgestatteten Laden gefunden. Sie wollte doch noch einiges kaufen, um sich auf Kibitzstein einzurichten.« Damit hatte Gereon zwar Recht, doch Anni glaubte nicht daran. Marie hätte die Herberge niemals für längere Zeit verlassen, ohne ihr vorher Bescheid zu sagen, abgesehen davon, dass sie weder ihr Waschgeschirr benutzt noch gefrühstückt hatte. Sie versuchte, die Reisigen dazu zu bewegen, nach der Herrin zu suchen. Dieter und Gereon dachten jedoch nicht daran, die gemütliche Runde zu verlassen, denn sie hatten einen Becher guten Weines vor sich stehen und so viel Glück im Würfelspiel wie schon seit langem nicht mehr. Dieses Vergnügen wollten sie nicht Annis übertriebenen Ängsten opfern. Das Mädchen ließ aber nicht locker, und als es androhte, der Herrin später zu sagen, wie unwillig sie beide gewesen wären, stand Dieter auf.

»Also gut, du Quälgeist! Ich sehe nach, wo ich Frau Marie finden kann.«

»Danke!« Anni verließ ebenfalls die Wirtsstube, um in Maries Kammer nachzusehen, ob die Herrin inzwischen nicht doch zurückgekommen sei.

Sie fand aber nur Mariele vor, die sichtlich mit den Tränen kämpfte. »Tante Marie ist noch immer nicht da!«

»Keine Angst, sie wird schon wiederkommen«, versuchte Anni das Mädchen und auch sich selbst zu beruhigen.

Als der Abend anbrach, ohne dass die Vermisste erschienen oder gefunden worden war, verflog das Wenige an Zuversicht, an das Anni sich geklammert hatte. Auch die Reisigen wurden jetzt nervös und forschten ernsthaft nach ihrer Herrin. Ein Knecht berichtete, er habe Marie in der letzten Nacht auf dem Weg zur Latrine gesehen, doch mehr wusste er nicht zu sagen. Zu allem Unglück waren die meisten Gäste, die in der Herberge übernachtet hatten, bereits weitergereist und konnten daher nicht befragt werden. Zuletzt schickte Anni Gereon zum Vogt, doch dieser kehrte schon bald mit einem Gesicht zurück, als habe man ihn geohrfeigt.

»Der Vogt hat keine Zeit und sein Stellvertreter auch nicht. Die sind bei einem der Ratsherren zu Gast.«

Obwohl Anni in den letzten Monaten mehrmals mit Michi aneinander geraten war, bedauerte sie jetzt, dass Marie ihn bei seiner Mutter in Rheinsobern zurückgelassen hatte. Marieles Bruder war zwar noch jung, aber er hätte sich gewiss nicht so leicht abspeisen lassen wie Gereon. Gleichzeitig musste sie die Angst niederkämpfen, die sich in ihr eingenistet hatte. Was konnte ihrer Herrin denn nur zugestoßen sein? Da sie es nicht aushielt, hilflos herumzusitzen und zu warten, durchsuchte sie noch einmal die gesamte Herberge. Dann ließ sie sich eine frische Kerze für ihre Laterne geben und lief am Rheinufer hinauf und hinunter. Dieter, der sie begleiten musste, murrte und schimpfte beinahe ununterbrochen, weil die Kälte der Nacht in die Knochen biss und er lieber mit einem Becher Wein in der Schankstube geblieben wäre.

»Euch Weiber soll der Teufel holen!« Er meinte damit auch Marie, die seiner Überzeugung nach irgendwo warm in einer Stube saß, sich mit einer Bekannten unterhielt und vor lauter Schwatzen ihre Begleitung vergessen hatte. Anni, die wusste, dass Marie nie weggegangen wäre, ohne den anderen Bescheid zu sagen, spürte nun deutlich, wie die Angst an ihrem Herzen nagte.

Am nächsten Tag ging sie persönlich zum Vogt und brachte den Mann mit dem Hinweis auf Maries Stand dazu, eine umfangreiche Suchaktion zu organisieren und in der ganzen Stadt nach der Vermissten fragen zu lassen. Doch niemand hatte Marie gesehen oder konnte Auskunft über ihren Verbleib geben. Auch in den Rheinauen gab es keinen Hinweis auf ihr Verschwinden, und nach sechs Tagen legte der Vogt den Fall als unlösbares Rätsel zu den Akten und empfahl Anni und Dieter, weiterzureisen und ihrem Herrn Bericht zu erstatten.

II.

Anni war jedoch nicht bereit, den Rat des Vogts zu befolgen, sondern lief auf der Suche nach Marie kreuz und quer durch die Stadt und brachte Gereon und Dieter dazu, die umliegenden Ortschaften aufzusuchen und Erkundigungen einzuziehen.

Nach zwei weiteren Wochen sahen die beiden Krieger keinen Sinn mehr darin, noch länger in Speyer zu bleiben und wie Jagdhunde nach einer Spur ihrer verschwundenen Herrin zu schnüffeln, zumal das Wetter immer schlechter wurde und es kaum noch einen Schiffer gab, der den Strom befuhr.
Am Abend trat Gereon auf Anni zu und legte ihr seine Pranke auf die Schulter. »Wir können nicht länger bleiben, denn wir müssen Ritter Michel berichten, was sich zugetragen hat. Die Herrin ist fort, auf welche Weise auch immer. Wenn sie tot ist, möge Gott sich ihrer Seele gnädig erweisen. Hier kannst du nichts mehr für sie tun.«
»Aus diesem Grund haben wir uns entschlossen, morgen weiterzureisen«, eilte Dieter seinem Kameraden zu Hilfe. »Der Herr wird bereits in größter Sorge sein, denn er hat die Heimkehr der Herrin viel früher erwartet.«
Anni begriff, dass es ihr nicht gelingen würde, die beiden Männer umzustimmen, zumal sie sich deren Argumenten nicht entziehen konnte. Als Reichsritter konnte Michel Adler gewiss mehr erreichen als sie. Dennoch erschien es ihr als Verrat an Marie, jetzt aufzugeben.
Sie senkte den Kopf, um ihre Tränen zu verbergen. »Es wird wohl sein müssen! Aber ich bin mir sicher, dass Frau Marie noch am Leben ist. Ich würde sie finden, wenn sich auch nur die kleinste Spur zeigen würde.«
Die Reisigen sahen sich kopfschüttelnd an. Anni hatte schon auf Kibitzstein als verschroben gegolten, und manche hielten sie sogar für verrückt, weil sie oft seltsam reagierte. Nun hatte sie sich länger in die Suche nach der Herrin verbissen, als es jedem normalen Menschen eingefallen wäre. Gereon und Dieter hatten längst eingesehen, dass es sinnlos war, weiterzuforschen, denn sie glaubten zu wissen, was geschehen war. Frau Marie war am frühen Morgen zum Hafen gegangen, um noch einmal mit dem Schiffer zu reden, war dabei auf dem schlüpfrigen Rheinufer aus-

gerutscht und unbemerkt in den Strom gestürzt. Jetzt lag sie entweder am Grunde des Flusses oder wurde als Leichnam dem Meer zugetragen. Das wollte Anni einfach nicht einsehen.
Zufrieden damit, dass endlich eine Entscheidung gefallen war, die ihren Vorstellungen entsprach, informierten die Reisigen den Wirt über ihre geplante Abreise. Dessen Haus beherbergte jetzt im Winter weniger Gäste als in der warmen Jahreszeit, und doch war der gute Mann sichtlich erleichtert, denn die Sache mit der verschwundenen Edeldame warf einen hässlichen Schatten auf sein Ansehen. In den ersten Tagen nach dem Verschwinden der Dame hatte das Gerücht etliche Leute in seinen Schankraum gelockt, doch jetzt war die Sensationsgier gestillt, und die Gäste wollten von angenehmeren Dingen hören als von einer Frau, die unweigerlich ertrunken sein musste. Dies hatte der Vogt öffentlich festgestellt, und der war gewiss kein Mann, der leichtfertig über den Tod einer Edeldame hinwegging. Die Frau war in anderen Umständen gewesen, und Schwangere reagierten nun einmal seltsam. Das hatte der Wirt oft genug bei seiner Angetrauten erlebt, doch die hatte sich zu seinem Leidwesen nicht in den Rhein gestürzt, sondern machte ihm Tag für Tag das Leben zur Hölle.
Als er nach dem Gespräch mit den Reisigen in die Küche trat, in der die Mägde unter dem scharfen Blick der Wirtsfrau die Speisen zubereiteten, empfing diese ihn mit verkniffener Miene.
»Und? Was wollten die Kerle schon wieder von dir?«
»Das Gefolge der verschwundenen Dame wird morgen abreisen.« Der Wirt war froh, seiner Frau diese Nachricht überbringen zu können, denn ihr Gesicht nahm sofort einen milderen Ausdruck an.
»Es wurde auch Zeit! Die sind drauf und dran, unsere Herberge in Verruf zu bringen. Dabei können wir doch nichts dafür, dass die Frau sich in den Fluss gestürzt hat.«
Das Mitleid, das die Wirtin zu Anfang noch empfunden hatte, war mittlerweile gewichen, und sie war nicht minder erleichtert

als ihr Mann, dass diese leidige Angelegenheit nun ihr Ende finden würde. Der Wirt machte die Rechnung fertig und kam dann zu Gereon zurück. Dieser starrte auf die Summe, die ihm arg hoch erschien, und eilte kopfschüttelnd zu Anni.

Ohne anzuklopfen, platzte er in das Zimmer, welches Anni und Mariele bewohnten. »Ich brauche Geld, um den Wirt zu bezahlen.«

»Wie viel?«, fragte Anni, die Maries Geldbörse an sich genommen hatte.

Gereon nannte eine erschreckende Summe.

»Aber das ist doch nicht möglich!«

»Der Wirt verlangt es, und ich weiß nicht, wie wir es ihm verweigern könnten. Jetzt gib schon her. Die Herrin hatte doch genug dabei.« Fordernd streckte Gereon die Hand aus und nach kurzem innerem Kampf reichte Anni ihm die Börse.

Ohne ein weiteres Wort verließ der Reisige die Stube und eilte hinab. Als er dem Wirt die Münzen vorzählte, leckte dieser sich genießerisch die Lippen. Er hatte Maries Leuten nicht nur den Preis für deren Übernachtung berechnet, sondern ihnen auch noch das schöne Zimmer, in dem Marie zwei Nächte geschlafen hatte, bis zu diesem Tag in Rechnung gestellt, obwohl er es in der Zwischenzeit schon an andere Gäste hatte vermieten können. Auf diese Posten hatte er noch einmal die gleiche Summe aufgeschlagen, um sich für den ganzen Ärger zu entschädigen.

Marie hätte ihm die Schiefertafel, auf der er seine Forderung notiert hatte, um die Ohren geschlagen und den Stadtrichter rufen lassen, damit dieser dem Wirt die Leviten las. Gereon verfügte jedoch weder über die Erfahrung noch über die Durchsetzungsfähigkeit seiner verschwundenen Herrin und bezahlte daher die Rechung auf Heller und Pfennig. Danach fühlte sich die Börse erheblich leichter an, aber sie enthielt immer noch mehr Geld, als er und Dieter je auf einem Haufen gesehen hatten. In den Augen der Reisigen reichte es für die Heimfahrt und darüber hinaus für ein paar Annehmlichkeiten wie den guten Wein, den sie sich anschließend kredenzen ließen.

Als Anni später in die Wirtsstube kam, fand sie die beiden Waffenknechte angetrunken und in bester Stimmung vor. »Sagt bloß, ihr vertrinkt das Geld der Herrin? Gebt mir sofort die Börse zurück!«

Gereon sah Dieter an und grinste. »Hörst du das Küken piepsen?«

»Ich werde euch gleich was piepsen. Gebt mir das Geld, bevor ihr es ganz versaufen könnt!« Anni baute sich vor den beiden Männern auf und funkelte sie zornig an.

Nach dem Verschwinden der Herrin hatte Maries Leibmagd den Reisigen das Geld für einen Becher Wein nur sehr knapp zugemessen, und daher schüttelten die beiden nun den Kopf. Jetzt saßen sie an der Quelle und hatten nicht die geringste Lust, die Börse wieder herzugeben.

Gereon wandte sich mit überheblicher Miene der jungen Frau zu. »Geld gehört in die Hände eines erwachsenen Mannes! So eine wie du versteht nichts davon.«

Anni stand gerade an der Schwelle vom Kind zur erwachsenen Frau und war ihrer Meinung nach weitaus besser geeignet, das Geld zu verwalten, als diese beiden Kerle. Doch sie hätte ihnen die Börse mit Gewalt abnehmen müssen, und dazu war sie nicht in der Lage. Erneut bedauerte sie, dass Michi sie nicht begleitete. Ihr blieb nichts anderes übrig, als wutschnaubend die Wirtsstube zu verlassen und in ihre Kammer zurückzukehren. Als sie sich etwas beruhigt hatte, klammerte sie sich an die Hoffnung, die beiden Krieger würden vernünftig genug sein, die Reisekasse verantwortungsvoll zu verwalten.

Schon der nächste Morgen riss ein weiteres Loch in ihre Börse, denn der Schiffer, den Marie angeheuert hatte, war längst weitergefahren, nicht ohne den Vorschuss für die Fahrt bis zur Einmündung des Mains zu behalten und überdies noch ein Trinkgeld für das Ausräumen von Maries Habe verlangt zu haben. Nun mussten sie sich einen anderen Prahm suchen, der sie mitnahm. Da der Herbst bereits in den Winter überging, blieben die meisten Schiffer jedoch vor Ort, reparierten ihre Boote und widmeten sich ihren Familien, die sie monatelang nicht gesehen hatten. Es dauerte den ganzen Vormittag, bis Gereon einen Bootsbesitzer gefunden hatte, der bereit war, sie nach Mainz zu bringen. Der Preis, den der Mann für die Fahrt verlangte, war so happig, dass die beiden Reisigen schluckten. Sie bezahlten ihn jedoch anstandslos und wurden dafür mit einer Fahrt in einem offenen Kahn belohnt, über den der Wind so eisig pfiff, dass die durch das Spritzwasser klamm werdenden Decken die Kälte geradezu einzuladen schienen. Schon bald klapperten ihnen allen die Zähne, und der Schiffer rief immer wieder, dass er verrückt gewesen sei, sich auf dieses Abenteuer einzulassen. Trotz der horrenden Summe, die er bereits erhalten hatte, drohte er seinen Passagieren, sie im nächsten Hafen auszuladen und nach Hause zurückzukehren, wenn er nicht ein großes Trinkgeld bekäme.

III.

Es war der Beginn einer langen und ungemütlichen Reise. Als sie in Mainz ankamen, mussten sie sich erst einmal am Feuer einer Herberge aufwärmen. Die beiden Reisigen taten dies bei mehreren großen Humpen Wein, die ihnen ausgezeichnet schmeckten. Ihr sorgloser Umgang mit Maries Börse rief jedoch einen Langfinger auf den Plan, und ehe Gereon sich versah, war das Geld verschwunden und sie saßen auf dem Trockenen.
Anni schimpfte und verfluchte die beiden unvorsichtigen Kerle, doch ihr blieb nichts anderes übrig, als Maries Garderobe samt den Truhen bei einem Juden zu versetzen, damit sie die Reise fortsetzen konnten. Da um diese Zeit kaum noch Schiffe den

Main hochgetreidelt wurden, sahen sie sich gezwungen, den größten Teil der Strecke bis Kibitzstein zu Fuß zurückzulegen. Annis Wut auf Gereon und Dieter wich bald der Sorge um Mariele, die den Anstrengungen der harten Reise nicht gewachsen war und schon bald zum Erbarmen hustete. Gereon gelang es, einem Wirt einen alten Schafspelz abzuhandeln, in den sie das Mädchen wickeln konnten, und von Zeit zu Zeit fanden sie ein Fuhrwerk, dessen Lenker bereit war, Mariele ein Stück mitzunehmen, während sie selbst nebenherlaufen mussten.

Schließlich gingen ihnen auch die letzten Pfennige aus und sie konnten nicht einmal mehr Brot kaufen. In den nächsten Tagen schliefen sie in den Katen der Sauhirten, die im Winter leer standen, wenn sie nicht von heimatlosem Volk in Beschlag genommen worden waren, das die Neuankömmlinge mit Schimpfworten und Wurfgeschossen vertrieb. Fanden sie eine Unterkunft, so heizten sie deren Feuerstelle mit Kiefernzapfen und ernährten sich von Baumrinden, Schwämmen und den beiden Hasen, die Dieter in einer Schlinge fing. Bald waren sie so geschwächt, dass keiner von ihnen mehr daran glaubte, Kibitzstein lebend wiederzusehen. So erschien es ihnen wie ein Wunder, als sie eines Nachmittags die kantigen Mauern und den wuchtigen Hauptturm der Festung vor sich aufragen sahen. Dennoch kam keine Freude auf, nicht einmal Erleichterung, denn nun stand ihnen jener Augenblick bevor, den sie mehr gefürchtet hatten als den langen, beschwerlichen Weg in die Heimat. Kaum hatte der Türmer ihr Kommen angekündigt, wurde auch schon die kleine Pforte im Haupttor geöffnet und Maries Ehemann stürmte ihnen entgegen.

»Da seid ihr ja endlich!«, rief er, während sein Blick über die kleine Gruppe flog. Seine Augen weiteten sich, als er den abgerissenen Zustand der vier wahrnahm und er seine Frau nicht unter ihnen fand. »Was ist geschehen? Ist Marie krank geworden?«

Anni schluckte mühsam den Frosch hinunter, der es sich in ihrer Kehle bequem gemacht hatte, und senkte den Kopf. »Herr, Frau Marie ist ... Wir haben sie verloren!«

»Verloren?«

»So ist es, Herr!«, sprang Gereon Anni bei. »Es war auf der Rückreise. Der Schiffer blieb länger in Speyer, als er uns zugesagt hatte. Frau Marie ist dann wohl noch einmal zum Hafen gegangen, um ihn zur Rechenschaft zu ziehen. Dabei muss sie im Nebel fehlgetreten und in den Strom gestürzt sein. Man hat sie nicht wieder gesehen.«

Michels Gesicht wurde kalkweiß, und er reckte die Fäuste gen Himmel. »Oh Herrgott, warum tust du mir das an? Ich habe sie doch eben erst wiedergefunden! Wie kannst du nur so grausam sein?«

Gereon und Dieter standen da wie zwei getaufte Katzen und überboten sich dann mit ebenso phantastischen wie falschen Berichten über Maries Verschwinden, um zu verhindern, dass ihr Herr ihnen Vorwürfe machen könnte, sie hätten seine Gemahlin schlecht beschützt. Anni hingegen versuchte, bei der Wahrheit zu bleiben, konnte sich aber gegen die beiden wortgewaltigen Franken, die auf Kibitzstein geboren worden waren, nicht durchsetzen.

Michel fluchte wüst und umklammerte den Schwertgriff mit der Linken. »Ich werde nach Speyer reiten und dort jeden Stein umdrehen, bis ich weiß, wie mein Weib zu Tode gekommen ist. Hat auch nur einer die Schuld daran, wird er es büßen müssen. Was ist mit dem Schiffer? Kann er Marie getötet und in den Strom geworfen haben, um ihr Geld zu rauben? So elend, wie ihr aussieht, habt ihr auf der Rückreise gewiss darben müssen.«

Es wäre die bequemste Möglichkeit gewesen, den Verlust des Geldes zu erklären, durchfuhr es Gereon. Gleichzeitig seufzte er bedauernd, denn Anni würde sie gewiss nicht decken, sondern dem Herrn die Wahrheit bekennen. »Nein, Herr, das Geld hatte

die Herrin wohlweislich in der Herberge zurückgelassen. Auch gibt es Zeugen, die beschwören können, dass sie den Hafen nicht erreicht hat. Da auch sonst niemand etwas bemerkt haben will, ist der Vogt von Speyer zu der Überzeugung gekommen, dass Frau Marie auf dem Weg zum Fluss verunglückt sein muss.«
»Das will ich selbst von ihm hören!« Michel erschien es als heilige Pflicht, die Stelle zu sehen, an der seine Marie von ihm genommen worden war. Er hatte sich bereits große Sorgen um sie gemacht und wäre ihr am liebsten entgegengereist. Doch die vielen Pflichten, die seit der Übernahme des Reichslehens Kibitzstein auf ihm lasteten, und der Gedanke, dass seine Frau bei ihrer Freundin Hiltrud auch über den Winter gut versorgt werden würde, hatten ihn davon abgehalten. Jetzt überhäufte er sich innerlich mit Vorwürfen.
Mit hängenden Schultern wandte er sich um und kehrte in die Burg zurück. Als er den Hof betrat, eilte Trudi ihm entgegen. Mit ihren hellblonden Haaren und den blauen Augen versprach seine Tochter bereits jetzt, dereinst eine Schönheit wie ihre Mutter zu werden. Michel schossen die Tränen in die Augen, und er fragte sich, wie er es ertragen würde, durch das Kind tagtäglich an die große Liebe seines Lebens erinnert zu werden. Dann aber begriff er, dass Trudi das heiligste Vermächtnis war, welches Marie ihm hinterlassen hatte, und er schwor sich, alles zu tun, das Kind im Sinne seiner Mutter zu erziehen.
»Mama? Wo ist Mama?« Trudi hatte gehört, dass der Reisezug ihrer Mutter zurückgekommen wäre, und sah sich nach ihr um. Michel kniete nieder und schloss Trudi weinend in die Arme.
»Du musst jetzt stark sein, Kleines. Deine Mama kommt nicht zu uns zurück. Sie ist oben im Himmel und schaut von da auf dich herab.«
Trudi machte sich mit erstaunlicher Kraft frei und blickte ihn empört an. »Meine Mama war schon einmal fort. Sie wird auch diesmal wiederkommen.«

Michel wurde klar, dass Marie ihrer Tochter neben dem Aussehen auch eine gehörige Portion ihres Starrsinns vererbt hatte. Es würde nicht leicht sein, dem Kind zu vermitteln, dass ihre Mutter, die den geldgierigen Freiern ebenso widerstanden hatte wie jene Griechin namens Penelope, von der ihm ein reisender Scholar erzählt hatte, und die den mörderischen Böhmen entkommen war, durch einen simplen Unfall ums Leben gekommen sein sollte. Er konnte es ja selbst nicht begreifen. In dem Augenblick stahl sich eine kalte Hand in die seine. Als er sich umdrehte, entdeckte er Mariele, die mit glänzenden Augen zu ihm aufsah.
»Ich werde mich um Trudi kümmern, so wie ich es damals getan habe, als Frau Marie mich an den Hof des Pfalzgrafen mitgenommen hat. Ich werde sie gut hüten, das schwöre ich Euch!«
Michel schenkte ihr einen dankbaren Blick. »Du bist ein braves Ding, Mariele. Das ist gewiss im Sinn meiner Frau.«
Er hob Trudi auf, schob sie Mariele in die Arme und sah, wie diese das Kind freudestrahlend an sich drückte. Dann schlug das Elend wie eine Woge über ihm zusammen und er kehrte mit hängendem Kopf in den Palas der Burg zurück. Dabei entgingen ihm die Blicke, mit denen Mariele ihn verfolgte. Anni, die die Szene beobachtet hatte, bemerkte sie und war froh, dass Hiltruds Tochter erst in zwei, drei Jahren mannbar werden würde. Der Gesichtsausdruck des Mädchens ließ nämlich wenig Zweifel daran, dass es seine Patentante nicht nur bei Trudis Pflege ersetzen wollte.

IV.

*A*ls die Wehen einsetzten, hätte Marie sich wahrlich eine andere Hebamme gewünscht als Marga, doch seit sie auf diese Burg gebracht worden war, hatte sie niemand anderen zu Gesicht bekommen als ihre einstige Wirtschafterin. Den Stimmen nach zu urteilen, wechselten sich jeweils zwei Wachen vor der Tür ab, und von Zeit zu Zeit trat eine dritte Person zu ihnen. Dann verfinsterte sich das Loch, das man nachträglich in das Holz geschnitten hatte, und Marga musste die Fackel über sie halten. Marie fragte sich, ob die Person, die sie tagtäglich anstarrte und von der sie immer nur ein Auge zu Gesicht bekam, auch diejenige war, die sie hatte verschleppen lassen. Wenn die Schritte wieder verklungen waren, brütete sie stundenlang über der Frage, aus welchem Grund man sie hier gefangen hielt. Aber sie fand keine Antwort, und Marga, die diese mit Sicherheit kannte, schien sich an ihrer Ungewissheit zu weiden. Auch verriet ihre ehemalige Wirtschafterin mit keiner Silbe, warum ihre Entführer sie zuerst in ein feuchtes, kaltes Loch gesperrt und dort an die Wand gefesselt hatten wie ein Tier. Nach wenigen Tagen schienen die Unbekannten anderen Sinnes geworden zu sein, denn Marga hatte ihr Mohnsaft eingeflößt, und als wie wieder wach geworden war, lag sie in einem Turmzimmer, das sogar über einen Kamin verfügte. Auch hier gab es schmale, hohe Löcher in der Wand, die wie Schießscharten wirkten, und hinter ihnen konnte sie verschneite bewaldete Hügel erkennen, die jedes Zeichen menschlicher Ansiedlung vermissen ließen.

Eine zweite Wehe unterbrach ihre flatternden Gedanken und ließ sie aufstöhnen.

»Ist es schon so weit?«, fragte Marga.

Maria schüttelte mit zusammengebissenen Zähnen den Kopf. »Nein, das wird noch dauern. Kannst du mir etwas zu trinken holen?«

Marga spitzte den Mund und spie ins Feuer. In den letzten Wochen hatte sie gehorchen und Marie bedienen müssen, als wäre sie deren Leibmagd. Gleichzeitig hatte sie dafür gesorgt, dass ihre Gefangene diesmal keine Gelegenheit zur Flucht fand. Kunigunde von Banzenheim hatte nur einmal nicht Acht gegeben, und das war ihr zum Schlechten ausgeschlagen. Daher blieb

Marga auf der Hut. Sie hielt Marie Adlerin auch jetzt noch für fähig, auf geheimnisvolle Weise zu verschwinden, und ignorierte deren Bitte. Sie setzte sich neben die Tür und malte sich aus, wie es in einigen Stunden sein würde, wenn sie keine Rücksicht mehr auf diese Metze nehmen musste. War das Kind erst auf der Welt, würden Erwin Tautacher, der Hauptmann von Frau Huldas Wachen, und sein Stellvertreter Xander mit Marie so verfahren, wie sie es mit jener Magd getan hatten, die danach spurlos verschwunden war.

Marie nahm wahr, wie die muffige Stimmung ihrer Bewacherin allmählich einer angespannten Zufriedenheit Platz machte, und fragte sich, wie lange sie die Geburt ihres Kindes überleben würde. Ihre Gedanken glitten zu Michel, den sie schmerzlich vermisste. Nach ihrem Wiedersehen in Böhmen waren ihnen nur wenige Monate gemeinsamen Glücks vergönnt gewesen, und sie haderte wie schon so oft mit sich, weil sie die Reise zu Hiltrud nicht aufgeschoben hatte, bis ihr Kind geboren worden war und alt genug, um von einer Kindsmagd versorgt zu werden. Michi hätte sie auch mit ein paar bewaffneten Begleitern nach Rheinsobern schicken können.

Die nächste, weit stärkere Wehe raste durch ihren Körper und diesmal vermochte sie sich nicht mehr zu beherrschen. Ein Schrei brach von ihren Lippen und ließ Marga zusammenzucken.

Die frühere Wirtschafterin grinste höhnisch. »Warum schreist du? Als dein Mann auf dir lag, um dir das Kind hineinzuschieben, hast du doch wohl vor Lust gestöhnt!«

Aus Margas Stimme sprach Neid. In ihrer Jugend war ihr keiner der Knechte, die ihr den Hof gemacht hatten, gut genug gewesen, und von den hohen Herren hatte sich niemand für sie interessiert. Später war sie so von ihrer Würde als Wirtschafterin auf der Sobernburg durchdrungen gewesen, dass sie sich keinem niederrangigen Mann hatte hingeben wollen, und so war sie zu einer alten Jungfer geworden, die niemals körperliche Liebe kennen gelernt hatte. Dennoch war dies nicht die erste Geburt, bei der sie zugegen war. In Rheinsobern hatte sie oft genug zugesehen, wie eine der Mägde, die dumm genug gewesen war, sich schwängern zu lassen, ihren Bankert in die Welt gesetzt hatte. So wusste sie auch jetzt die Zeichen zu deuten und ging zur Tür. Auf ihr Klopfen öffnete einer der Reisigen, die Wache hielten.

»Geh zur Herrin und sage ihr, dass die Hure bald so weit ist!«

Der Mann nickte, schloss die Tür und schob wie immer den Riegel vor, als fürchte er, sein Kamerad reiche nicht aus, die Gebärende zu bewachen. Marga kehrte zu Marie zurück und blickte mitleidlos auf deren verzerrtes, schweißüberströmtes Gesicht.

Die nächste Schmerzwelle durchfuhr Maries Körper. Verzweifelt fragte sie sich, weshalb die zweite Geburt nicht leichter war als die erste. Alle Frauen, die sie kannte, hatten ihr prophezeit, ab dem zweiten Kind würde es erträglicher. Doch ihre Qualen waren noch schlimmer als bei der ersten Niederkunft, und diesmal gab es keine Hiltrud, die sie beschützen und sich um sie kümmern konnte.

Ein weiterer Schrei hallte durch die Turmkammer. Frau Hulda, die eben durch die Tür trat, zuckte zuerst zusammen, lachte dann aber höhnisch auf. Marie war jedoch so in den Schmerzwellen gefangen, dass sie Ritter Falkos Witwe nicht erkannte. Hinter Hulda schoben sich deren Lieblingsmägde Alke und Beate in den Raum. Letztere trug den Säugling, den ihre Herrin vor einigen Wochen geboren hatte und der auch jetzt kaum größer war als ein Neugeborenes.

Hulda sah auf Maries entblößten Unterleib herab und erkannte die Zeichen, die auf eine schwere Geburt hindeuteten. »Helft ihr! Das Kind muss leben«, fuhr sie ihre Mägde an.

Beate legte den Säugling, der jämmerlich zu greinen begann, in eine Ecke und beugte sich über Marie. Da die Hebamme auf

Hettenheim zu alt gewesen war, um die Reise zur Otternburg anzutreten, hatte die Magd ihr bei einigen Geburten assistiert, um danach ihrer Herrin beistehen zu können. Auch Alke hatte schon Kindern auf die Welt geholfen. Doch diesmal waren die Schwestern bald schon so verzweifelt, dass sie sich die erfahrene Alte aus Hettenheim herbeiwünschten.
»Ich glaube nicht, dass wir das Kind gesund holen können«, stöhnte Alke. Sofort saß ihr die Hand der Herrin hart auf der Schulter.
»Ihr müsst! Ich will den Sohn der Hure haben.«
»Gebe Gott, dass es ein Mädchen ist«, betete Beate so leise, dass die Herrin es nicht hören konnte.
Da sie wusste, dass Frau Hulda sie und Alke bei einem Misserfolg schwer bestrafen würde, wagte sie das Äußerste und griff in die Gebärende, um das Kind zu drehen.
»Wenn es nicht anders geht, müsst ihr der Hure den Leib aufschneiden!« Hulda knirschte mit den Zähnen, denn bei diesem Eingriff würde Marie sterben und sie des süßen Genusses berauben, ihr ins Gesicht sagen zu können, was mit ihrem Kind geschehen sollte.
Beate erschrak. Sie hatte ihrer Herrin immer treu gedient und sogar mitgeholfen, deren Feindin zu entführen. Doch nun wurde ihr bewusst, dass sie auf einem Pfad wandelte, der unweigerlich auf die Pforten der Hölle zuführte. Sie biss die Zähne zusammen und bemühte sich, das Kind in Maries Leib zu drehen, während Alke das Messer zur Hand nahm, um Frau Huldas Anweisungen zu befolgen.
»Ich glaube, jetzt kommt es!« Beate atmete erleichtert auf, als sie spürte, wie das Kind in den Geburtskanal glitt. »Jetzt musst du noch einmal pressen«, forderte sie Marie auf. Diese gehorchte instinktiv, und nur wenige Augenblicke später hielt die junge Magd ein nasses, blutiges Bündel im Arm, das mit einem kräftigen Schrei der Welt seine Ankunft kundtat.

Frau Hulda beugte sich erregt vor. »Und, ist es ein Junge?«
Zur Antwort hielt Beate das Kind ins Licht und deutete auf den winzigen Hodensack und das dazugehörige Zipfelchen.
Trotz ihrer halben Betäubung und der Schmerzen, die immer noch durch ihren Körper rasten, nahm Marie das Geschlecht ihres Kindes wahr und fühlte sich für einen Augenblick glücklich. Endlich hatte sie Michel den ersehnten Sohn geboren.
Hulda wurde von ganz anderen Gefühlen durchflutet. Ungläubig starrte sie das Kind an, das so kräftig und gesund wirkte, wie man es sich als Mutter nur wünschen konnte, und verging beinahe vor Neid und Hass. In Gedanken verfluchte sie Gott, weil er es zugelassen hatte, dass sie nur wertlose Töchter gebar, während diese Hure mit einem Sohn gesegnet wurde, einem Erben des Mannes, der ihren Gemahl getötet hatte. Sie stieß einen Schrei aus und hätte am liebsten das Kind gepackt, um es zu zerreißen, gegen die Wand zu schleudern und die Reste aus dem Fenster zu werfen, den Wölfen zum Fraß.
Beate hatte den Stimmungswandel ihrer Herrin rechtzeitig bemerkt und trat unwillkürlich zwischen sie und das Neugeborene. Auch Alke spürte die Gefahr und fand es an der Zeit einzugreifen. »Herrin, beruhigt Euch! Ihr braucht dieses Kind. Oder wollt Ihr, dass Ritter Heinrich Euch und Eure armen Töchter aus Euren Besitzungen vertreibt und auf das armselige Gehöft verbannt, das Euch als Wittum zusteht?«
»Nein, natürlich nicht!« Frau Hulda schüttelte sich und trat bis zur Tür zurück. »Säubert das Kind! Ich werde es meinem Vater und den anwesenden Rittern präsentieren, die nun die eheliche Geburt meines Sohnes bezeugen müssen.«
Sie stieß ein schrilles Lachen aus, kehrte ihren Mägden den Rücken und verließ die Kammer.
Beate sah ihr kopfschüttelnd nach. »Gebe Gott, dass unsere Herrin ihre fünf Sinne beisammenhält. Manchmal macht sie mich schaudern.«

»Bedauerst du etwa diese Hure da?«, fragte ihre Schwester spitz. »Die bekommt nur das, was sie verdient. Sie hat Unfrieden zwischen unserem toten Herrn und ihrem eigenen Ehemann gesät und Ritter Falko beim Kaiser verleumdet. Dann hat sie im Auftrag Heinrich von Hettenheims unsere Herrin verhext, damit diese nur Töchter zur Welt bringen kann. An der ist Mitleid verschwendet, denn sie bringt mit ihren Taten selbst des Teufels Großmutter zum Erröten.«

Alkes Hass auf Marie war kaum geringer als der ihrer Herrin, denn sie war dabei gewesen, als Marie Frau Hulda einen Trank besorgt hatte, der ihr angeblich zu einem Sohn hätte verhelfen sollen und ihr doch nur weitere Töchter beschert hatte. Zwar erinnerte Alke sich daran, dass Marie damals gesagt hatte, man könne das Geschlecht der Kinder mit diesem Trank nicht beeinflussen, aber sie schob diesen Gedanken sofort beiseite. Mit zufriedener Miene betrachtete sie die Wöchnerin, die schrecklich blass auf ihrem Laken lag und stark blutete.

Beate sah es jetzt auch und unterbrach kurz das Säubern des Kindes. »Frau Marie braucht dringend Hilfe. Wir dürfen sie nicht so einfach sterben lassen.«

»Das stimmt! Die Herrin wäre zornig, wenn sie ihre Rache nicht vollenden könnte. Kümmere dich darum. Ich nehme unterdessen das Kind und bringe es dem Vater der Herrin. Zum Glück ist es so kräftig, dass wir es ihm und seinem Gast vorführen können.«

Alke nahm ihrer Schwester das Kind aus den Händen, rieb es gänzlich sauber und wickelte es anschließend in eine Decke. Beate versuchte indessen, mit nassen Tüchern die Blutung der Wöchnerin zu stillen. Zuletzt drehte sie einen der Lappen fest zusammen und schob ihn wie einen Pfropf in die Öffnung, aus der das Kind gekommen war.

»Mehr kann ich nicht für dich tun. Ich schaue aber in der Küche

nach, ob ich blutstillende Kräuter finde.« Beate sagte es mehr zu sich selbst, denn sie glaubte nicht, dass die Frau, die wie ohnmächtig dalag, ihre Worte gehört hatte. Doch als sie sich aufrichten wollte, schlossen sich die Finger der Wöchnerin um ihr Handgelenk.
»Wo ist mein Sohn?«
Beate blickte bittend zu ihrer Schwester auf. »Zeig ihn ihr! Wenigstens einmal.«
»Du bist eine Närrin!« Trotz dieser barschen Worte drehte Alke das Kind so, dass Marie es sehen konnte.
»Er ist wunderschön.« Marie kamen die Tränen und sie streckte die Hände nach dem Kleinen aus.
»Du bist zu schwach, um ihn halten zu können«, flüsterte Beate ihr ins Ohr. »Wir werden uns um ihn kümmern. Bei uns ist er in bester Hut!«
»Das kann man wohl sagen!« Alke lachte spöttisch auf und ging zur Tür.
Marga, die sich nicht an dem Gespräch beteiligt hatte, machte sich jetzt bemerkbar. »Muss ich noch weiter bei der Hure bleiben? Jetzt kümmert sich doch deine Schwester um sie.«
»Meinetwegen kannst du mit mir kommen. Ich glaube, du würdest dich als Kindsmagd gut machen.« Ein Grinsen begleitete Alkes Worte. Sie war sicher, dass Margas Hass auf Marie sich auch auf deren Kind übertragen würde. Doch die Frau durfte dem Knaben, der als Frau Huldas Sohn gelten würde, nichts antun, sondern hatte ihn auf Rosen zu betten. Wenn Frau Hulda keinen Zweifel aufkommen lassen wollte, musste sie den Jungen wie den sehnsüchtig erwarteten Erben behandeln und sogar über seine angeblichen Schwestern stellen. Der Gedanke gefiel der Leibmagd überhaupt nicht, aber sie würde alles tun, um den Schein zu wahren. Mit einem verärgerten Schnauben verließ sie hinter Marga die Kammer und trug das Kind in die große Halle hinab.

V.

Im Rittersaal, dessen gediegene Ausstattung ganz und gar nicht dem schlichten Äußeren der Burg entsprach, hatten sich vier Herren eingefunden. Sie saßen auf schweren Holzstühlen am oberen Ende einer langen Tafel aus poliertem Eichenholz, hielten silberne Becher in den Händen und unterhielten sich anscheinend glänzend. Gelegentlich streiften die Blicke der Männer die Bilder an den holzvertäfelten Wänden, die Frau Huldas verstorbenen Gemahl Falko von Hettenheim verherrlichten. In dem gemauerten Kamin hinter dem Ehrenplatz, den an diesem Tag Rumold von Lauenstein einnahm, brannten mannslange Buchenholzscheite und sorgten für eine angenehme Wärme.

Herr Rumold ließ den Blick über seine drei Gäste gleiten. Erwin Tautacher und dessen Stellvertreter Xander glaubte er in allem vertrauen zu können, doch der dritte bereitete ihm Sorgen. Es handelte sich um ein klein gewachsenes Männlein mit einem dicken Bauch, der kaum noch in das hochgeschlossene grüne Samtwams passte. Die gesamte Aufmachung des Besuchers, insbesondere die weiten, mit Zatteln geschmückten Ärmel und der tief sitzende, goldene Gürtel, hätte eher zu einer Audienz bei einem Herzog oder gar König gepasst, aber nicht in diese abgelegene Burg. Die beiden Ritter aus Frau Huldas Gefolge bedachten den Mann immer wieder mit spöttischen Blicken, und der Hausherr machte mehr als einmal eine Handbewegung in Richtung des ungebetenen Gastes, als wolle er eine aufdringliche Fliege vertreiben.

So einfach aber war dem ehrenwerten Herrn Fulbert Schäfflein, hoch geachteter Kaufherr zu Worms, nicht beizukommen, zumal er von der Gnadensonne des Pfalzgrafen erleuchtet worden war und sich nun Ritter Fulbert nennen durfte. Vor zwei Wochen war er überraschend in der Otternburg aufgetaucht und hatte bis jetzt noch keine Anstalten gemacht weiterzureisen. Rumold von Lauenstein war inzwischen klar geworden, dass Schäfflein nicht seine Nähe suchte, um die Schulden einzutreiben, die sein verstorbener Schwiegersohn bei dem Kaufmann gemacht hatte, als dieser seine Leute für den böhmischen Krieg hatte ausrüsten müssen. Die Summe war nur ein Druckmittel, mit dessen Hilfe der geadelte Kriegsgewinnler hoffte, im Schatten des pfalzgräflichen Beraters noch höher steigen zu können. Lauenstein hätte den aufdringlichen Besucher am liebsten aus der Burg gejagt, denn er fürchtete, der Mann würde auf Geheimnisse stoßen, die ihn nichts angingen. Doch seit Pfalzgraf Ludwig von Wittelsbach diesem Krämer den Ritterschlag erteilt hatte, um auf diese Weise seine eigenen Schulden bei dem Mann zu tilgen, durfte er mit Schäfflein nicht mehr so umspringen wie mit einem gewöhnlichen Bürger.

Der Kaufmann beugte sich vor und blickte seinem Gastgeber feixend ins Gesicht. »Das Weib schreit nicht mehr. Also dürfte Euer Enkel geboren worden sein.«

Rumold von Lauenstein hätte Schäfflein am liebsten ins Gesicht geschlagen oder dem Kerl gleich für alle Zeiten das Maul gestopft. Viel zu viele Leute einschließlich des Pfalzgrafen wussten, dass Falko von Hettenheim seine Frau zum letzten Mal im März des Vorjahrs besucht hatte. Eine Schwangerschaft von elf Monaten aber war selbst dem größten Simpel nicht glaubhaft zu machen, geschweige denn einem Mann wie Heinrich von Hettenheim, der bereits beim Pfalzgraf interveniert hatte, um das Erbe seines Vetters antreten zu können. Am meisten erboste Lauenstein, dass es Schäfflein anscheinend mühelos gelungen war, Huldas Pläne zu durchschauen. Dennoch versuchte er die Fakten zu leugnen. »Von welchem Weib sprecht Ihr, Ritter Fulbert? Ich habe nichts gehört, Ihr etwa, Tautacher?«

»Nein, gewiss nicht. Es mag sein, dass die Wirtschafterin einer nachlässigen Magd ein paar Ohrfeigen verpasst hat.«

Schäfflein lehnte sich spöttisch lächelnd zurück und musterte den Vater seiner Gastgeberin, als wolle er sich kein Zucken in dessen Miene entgehen lassen. »Haltet mich nicht für einen Narren, nur weil ich nicht wie Ihr mit Sporen an den Fersen geboren worden bin. Ich weiß die Zeichen zu deuten. Eure Tochter war schwanger, doch anstatt in Heidelberg am Hofe des Pfalzgrafen zu gebären und damit alle Zweifler in die Schranken zu weisen, zieht sie sich in die Einöde zurück. Hier bringt sie angeblich vor zwei Monaten einen Sohn zur Welt, den aber bis jetzt noch niemand zu sehen bekommen hat. Dafür habt Ihr neben Euch selbst fünf weitere Zeugen genannt, die angeblich der Niederkunft Eurer Tochter beigewohnt haben. Mit Tautacher und Xander sitzen zwei mit uns hier am Tisch, und von einem weiß ich mit Sicherheit, dass er zu jener Zeit nicht auf der Otternburg gewesen sein kann. Allerdings ist er Euch verpflichtet und vermag einen Teil seiner Schuld auf diese Weise beglichen zu haben.«

»Willst du mich der Lüge zeihen, Krämer?« Tautachers Rechte klatschte an den Griff seines Schwerts.

Schäfflein hob beschwichtigend die Arme. »Ich will nichts dergleichen, Ritter Erwin. Ganz im Gegenteil, ich bin auf Eurer Seite!«

»Das freut mich für Euch, Ritter Fulbert!« Unbemerkt von den anderen, war Frau Hulda in die Halle getreten. In ihren Armen trug sie ein weißes Leinenbündel, aus dem der Kopf eines Kindes herausschaute. »Hier seht Ihr meinen Sohn. Er ist noch etwas klein für die zwei Monde, die er bereits auf dieser Welt weilt, doch er gibt zu besten Hoffnungen Anlass. Heinrich von Hettenheim wird sich auch weiterhin mit der Vogtstelle begnügen müssen, die er derzeit einnimmt.«

Sie sagte es in einem Tonfall, der jeden unvoreingenommenen Menschen getäuscht hätte. Selbst Lauenstein riss verwundert die Augen auf, als seine Tochter scheinbar freudestrahlend das Kind

auspackte, die Windel zurückschlug und ans Tageslicht brachte, was einen Knaben von einem Mädchen unterscheidet.
»Es ist also doch ein Junge.« Ein, zwei Herzschläge lang hatte er vergessen, dass ein Mann an der Tafel saß, der nicht zu den Eingeweihten zählte.
Der Kaufmann beugte sich interessiert vor und stupste mit dem Zeigefinger gegen das winzige Glied des Knaben. »Das ist also der Sohn der Wanderhure. Unser Herrgott im Himmel hat es wirklich schlecht eingerichtet. Er hätte Euch den Jungen und dieser Marie das Mädchen geben sollen.«
Frau Hulda starrte den Mann entgeistert an. Wie kam der Kerl dazu, das auszusprechen, was nur sie und ihre engsten Vertrauten wussten? Tautacher zog sein Schwert aus der Scheide und machte Miene, den Kaufmann niederzuschlagen.
Schäfflein aber bemühte sich rasch, die Wogen zu glätten. »Ich sagte doch, ich bin auf Eurer Seite! Also bleibt friedlich, Ritter Erwin! Ich bin sogar bereit, zu beeiden, dass ich bei der Geburt des Erben von Hettenheim anwesend war. Wisst Ihr, ich bin wahrlich kein Freund der Marie Adlerin. Vor ein paar Jahren wollte unser durchlauchtigster Herr Ludwig mich mit dem Weib vermählen, um mich für Transaktionen, die ich für ihn getätigt hatte, mit ihrem Vermögen zu entschädigen. Dieses Miststück aber ist vor mir geflohen, als wäre ich von Aussatz befallen, und hat mich vor aller Welt lächerlich gemacht.«
Die Wut, die aus Schäfflein herausbrach, war nicht gespielt, denn der Ritterschlag war trotz der damit verbundenen Standeserhöhung ein magerer Ausgleich für all die harten Gulden, die der Kaufmann Ludwig von Wittelsbach geliehen hatte. Er würde noch Jahre brauchen, um diesen Verlust wieder wettzumachen, während er sein Vermögen durch Maries Besitz mehr als verdoppelt hätte.
Im Gegensatz zu den drei Männern verstand Frau Hulda die Gefühle, die in Schäfflein tobten, und winkte Tautacher, sich zu be-

ruhigen. Dann wandte sie sich lächelnd an ihren Gast. »Wie kommt Ihr ausgerechnet auf den Gedanken, Marie Adlerin könnte die Mutter meines Sohnes sein?«

»Ich weiss zwei und zwei zusammenzuzählen«, antwortete Schäfflein selbstgefällig. »Obwohl Ihr schwanger wart, Frau Hulda, habt Ihr einen völlig unsinnigen Abstecher nach Rheinsobern gemacht, und just zu derselben Zeit fährt auch Marie Adlerin dorthin. Wenige Wochen später verschwindet dieselbe auf geheimnisvolle Weise und man findet keine Spur mehr von ihr. Das muss einem doch zu denken geben, insbesondere, da die Frau ebenfalls schwanger war und – wie mir zugetragen wurde – im Februar niederkommen sollte.«

»Hat man sie denn nicht gefunden?« Huldas Blick wanderte zu Tautacher. Dessen Stellvertreter hatte die Aufgabe übernommen, den Leichnam der Magd Trine so in einer Bucht des Rheins zu verstauen, dass sie einige Zeit später gefunden und für die vermisste Marie gehalten werden musste.

Während Tautacher sich deftige Worte für Xander ausdachte, wanderten Frau Huldas Gedanken auf anderen Bahnen. »Vielleicht hat Euch die Vorsehung zu uns geschickt, Ritter Fulbert. Erinnert Ihr Euch noch an das Gespräch, das wir beide in Heidelberg geführt haben, nachdem mich dort die Nachricht vom Tod meines Gemahls ereilt hatte?«

»Oh ja!« Schäffleins Augen glitzerten. »Ich habe Euch meine tiefste Betroffenheit und Anteilnahme für den Tod Ritter Falkos überbracht, und Ihr ergingt Euch in etlichen Plänen, wie Ihr Euch an seinen Verderbern rächen könntet.«

»Ihr meintet damals, dass selbst die schlimmste Folter zu Ende gehen und der Tod als Befreier begrüsst würde, und habt behauptet, eine andere Möglichkeit der Rache zu kennen, die den Betroffenen in das tiefste Elend stürzt, das man sich ausmalen kann.« Frau Hulda starrte den Handelsherrn so durchdringend an, als wolle sie seine dunkelsten Geheimnisse ergründen.

Schäfflein schüttelte sich unter ihrem Blick. »Das war doch nur ganz allgemein gesprochen, Frau Hulda.«
»Dann wird Tautacher Euch ganz allgemein erschlagen müssen.« Frau Hulda lächelte, als bereite die Umsetzung dieses Gedankens ihr eine lange erhoffte Freude, und ihr Hauptmann griff sogleich zur Waffe.
Für Augenblicke vergaß Schäfflein, dass sein Landesherr ihm Wappen und Rang verliehen hatte und er nun stolz als Ritter Fulbert auftreten durfte, denn er krümmte sich wie ein Kaufmann, den ein Raubritter auf seinem Gebiet abgefangen hatte und aufhängen wollte. »Herrin, ich schwöre Euch, dass Euer Geheimnis bei mir sicher sein wird!«
Im vollen Bewusstsein ihres langen Stammbaums sah die Burgherrin auf den verachtenswerten Emporkömmling herab, und ihre Geste glich der einer Magd, die Ungeziefer zerquetscht. Nun sprang Rumold von Lauenstein auf. »Sicher? Ja, bis dieser Michel Adler auf Kibitzstein dir mit ein paar lumpigen Gulden die Zunge löst! Ich kenne Gelichter wie dich, das immer nur auf seinen Vorteil bedacht ist.«
Herrn Ludwigs stets ruhiger und scheinbar auf Ausgleich bedachter Berater war nicht wiederzuerkennen. Sein Gesicht hatte sich verzerrt, die rechte Hand ballte sich zur Faust und seine Stimme troff vor Verachtung.
Fulbert Schäfflein verfluchte seine Neugier, die ihn dazu getrieben hatte, dem Schicksal der Marie Adlerin nachzuspüren, als er eine Spur entdeckt zu haben glaubte. Mit schief gehaltenem Kopf blickte er in die Gesichter der Männer um ihn herum. Jeder der drei schien bereit zu sein, ihn wie einen tollen Hund zu erschlagen. Gnade konnte er nur von Frau Hulda erlangen, aber für deren Hilfe würde er zahlen müssen.
Er verbeugte sich tief vor ihr und blickte wie ein gescholtener Welpe zu ihr auf. »Ich bin Euer ergebenster Diener, Herrin. Wenn Ihr es wünscht, werde ich Euch zu einer Ra-

che verhelfen, wie sie noch keine Frau vor Euch genießen durfte.«

Huldas Handbewegung kam gerade noch rechtzeitig, um Tautachers Schwertarm zu stoppen. »Lass ihn vorerst am Leben! Ich will mir anhören, was er zu sagen hat.«

Lauenstein winkte heftig ab. »Wir sollten ihn auf der Stelle erschlagen und das Weib da oben gleich mit. Wenn wir sie im Wald verscharrt haben, kräht kein Hahn mehr nach ihnen.«

Seine Tochter schüttelte den Kopf. »Wenn die Hure tot ist, ist es vorbei. Doch sie soll meine Rache noch so lange kosten, bis sie sich vor Verzweiflung selbst umbringt.«

»Narretei! Hier laufen bereits zu viele Mitwisser herum. Warum willst du ein weiteres Maul haben, das klatschen kann?« Lauenstein knurrte wie ein gereizter Hund. Aber sein Einwand klang schwächlich, denn er wusste aus Erfahrung, dass er sich gegen seine hasserfüllte Tochter nicht würde durchsetzen können.

»Ich bin sicher, Ritter Fulbert wird uns nicht betrügen! Der Pfalzgraf hat ihn zu dem gemacht, was er heute ist, und er weiß, wem Herrn Ludwigs Ohr gehört – nämlich dir, Vater. Wenn wir zu der Überzeugung gelangen, dass er uns verraten will, wird er sterben, aber nicht als Ritter, sondern als Bettler in der Gosse.«

Schäfflein verstand die Warnung, doch er lächelte nur devot, denn er hatte nicht die Absicht, Frau Hulda und ihrem Vater zu schaden. Vielmehr hoffte er, sich Lauenstein andienen und durch seine Protektion viele einträgliche Geschäfte am Hof des Pfalzgrafen abschließen zu können. Der Gedanke, sich dafür an einem Verbrechen beteiligen zu müssen, störte ihn nicht, denn es würde ihm Befriedigung verschaffen, mit Marie Adlerin genauso zu verfahren wie mit der einstigen Marketenderin Oda.

Dieses dumme Ding hatte sich ihm vor ein paar Jahren hingegeben und war schwanger geworden. Hätte sie sich ohne Aufheben an ihn gewandt, wäre die Sache mit ein paar Gulden aus der Welt zu schaffen gewesen. Stattdessen aber war das Weibsstück mit dickem Bauch in Worms erschienen und hatte lauthals verkündet, wer für ihren Zustand verantwortlich sei. Schäfflein zog es den Magen zusammen, wenn er an die Strafpredigten dachte, die er sich damals von seinem Beichtvater hatte anhören müssen, und ihm schmerzten immer noch die Knie von all den Sühnegebeten, zu denen dieser ihn verurteilt hatte. Der Schwarzkittel war sogar so weit gegangen, von ihm zu fordern, Oda oder irgendein anderes Weib zu heiraten, um seine Manneskraft in einer von Gott geweihten Ehe zu beweisen. Zum Glück hatte eine äußerst großzügige Spende diesen Kelch an ihm vorübergehen lassen.

»Das Miststück hat damals für seine Unverschämtheit bezahlt – und jetzt wird Marie Adlerin den gleichen Weg gehen.« Die verständnislosen Gesichter der anderen machten Schäfflein klar, dass er seine Gedanken laut ausgesprochen hatte.

»Du tust es also?« Frau Hulda krallte ihre Finger so fest in Schäffleins Schulter, dass dieser aufstöhnte.

»Aber ja doch! Doch es darf niemand davon erfahren. Mir wäre ein schrecklicher Tod sicher und Euch ebenfalls.«

»Dann sind wir uns einig, Ritter Fulbert.« Frau Hulda lächelte hämisch, denn sie wusste, welches Schicksal nun auf Marie warten würde.

VI.

Die ersten Stunden nach der Entbindung waren eine einzige Qual. Marie wurde von Durst gepeinigt, erhielt aber nicht einmal mehr das schlecht schmeckende Wasser aus der Zisterne. Irgendwann ließen wenigstens die Schmerzen in ihrem Unterleib nach, die nicht zuletzt durch Beates Eingriff hervorgerufen worden waren, und sie begann ihre Umgebung wieder wahrzunehmen.

Zunächst erschien ihr alles, was sie durchlebt hatte, wie ein schlimmer Traum, der irgendwann einmal enden musste. Doch als die blasse Februarsonne durch die Schießscharten schien und ein beunruhigendes Spiel aus Licht und Schatten über ihr Bett warf, begriff sie, dass sie all das, was eigentlich nur die Ausgeburt einer perversen Phantasie sein konnte, am eigenen Leibe erlebte. Mühsam richtete sie sich auf und betrachtete den Verband, den Beate ihr angelegt hatte, um die Blutung zu stoppen. Da ihre Blase bis zum Platzen gefüllt war, blieb ihr nichts anderes übrig, als sich auf die Beine zu kämpfen, den Verband zu entfernen und sich auf den Kübel zu setzen, den man ihr als Nachtgeschirr hingestellt hatte.

Die nächsten Augenblicke waren beinahe noch schlimmer als die Geburt selbst, denn ihre Scheide brannte, als hätte man ihr glühende Kohlen hineingesteckt. In ihrer Verzweiflung biss sie sich in die Hand, um nicht vor Schmerzen zu schreien. Ganz konnte sie sich jedoch nicht beherrschen, und die Töne, die sie ausstieß, veranlassten einen der Wächter, den Kopf hereinzustecken. Als er sie auf dem Topf hocken sah, prallte er erschrocken zurück und schlug die Tür zu. Kurz darauf wurde sie wieder geöffnet und Beate kam herein.

»Du bist ja schon wieder auf den Beinen! Nun, ich habe bereits gehört, dass du hart sein sollst wie ein gut geschmiedetes Schwert. Das dürfte auch besser für dich sein.«

Marie spürte einen Hauch Mitleid in der Stimme der Magd und sah sie hoffnungsvoll an. »Was ist mit meinem Sohn?«

»Den solltest du vergessen. Die Herrin wird ihn als ihren Erben erziehen!«

Jetzt erinnerte Marie sich an die unförmige Gestalt, die während der Geburt in die Kammer gekommen war, und fühlte, wie Schauer über ihren Rücken jagten. »Hulda von Hettenheim? Aber wieso?«

»Das soll sie dir selbst sagen. Ich bin nur ihre Magd und muss gehorchen. Eines jedoch ist gewiss: Deinen Sohn wirst du nicht wiedersehen.«

Beate verschloss ihr Herz gegen die Gefühle, die in ihr aufkommen wollten. Es ging sie nichts an, was ihre Herrin mit der Gefangenen machte. Sie dachte an Trine, die Frau Hulda hatte töten lassen, damit man ihren Körper für Maries Leiche halten sollte, und schüttelte sich innerlich. Für sie gab es keine andere Wahl, als zu tun, was man ihr auftrug, und alles andere nicht zur Kenntnis zu nehmen.

»Ich bringe dir jetzt etwas zu trinken.«

Du wirst dein Mitleid noch einmal bedauern, schimpfte Beate mit sich selbst. Für die Gefangene wäre es gnädiger, wenn sie ihre Niederkunft nicht überleben würde. Was Frau Hulda Marie Adlerin jetzt, da diese nicht mehr gebraucht wurde, alles antun mochte, wollte sie sich gar nicht erst vorstellen. Da sie der Erbarmungswürdigen etwas zu trinken versprochen hatte, wollte sie ihr Wort auch halten. Daher verließ sie die Kammer und stieg in die Küche hinab. Die Mägde dort kannten sie als eine der vertrauten Dienerinnen der Herrin und überschlugen sich, ihr behilflich zu sein. Sie hätten die Sachen sogar für sie nach oben getragen, das lehnte Beate jedoch ab, denn es durfte niemand sehen, dass sie andere Gefühle für die Gefangene empfand als Hass und Abscheu.

Als sie zu Marie zurückkehrte, lag diese regungslos auf ihrem Bett. Sie nahm an, die Frau sei eingeschlafen. Doch als sie auf sie zutrat, richtete Marie sich ruckartig auf. »Mein Sohn! Wo ist mein Sohn?«

Ihre Stimme klang so verzweifelt, dass sie an Beates Nerven kratzte. »Bei Gott, ich kann dir den Jungen nicht bringen. Und jetzt hör auf, nach ihm zu fragen. Hier, trink lieber!«

Beate hielt den Becher an Maries Lippen. Diese trank durstig und nahm kaum wahr, dass nicht mehr das schlammig schmeckende Wasser, sondern herber Wein über ihre Lippen floss. Das

Getränk gab ihr ein wenig Kraft und sie vermochte Beate fordernd anzusehen.
»Ich will meinen Sohn haben!« Sie griff sich an die Brüste, die bereits spannten und in wenigen Stunden ihre Milch verlieren würden.
Die Magd seufzte. Wie es aussah, hatte sich der Verstand der Wöchnerin getrübt. Sie drehte sich abrupt um und wollte den Raum verlassen. Da aber wurde Frau Huldas Tochter wach, die ein paar Stunden geschlafen hatte und greinte, weil ihr kalt war und sie Hunger hatte. Doch die Mutter, die sie bisher nur widerwillig genährt hatte, würde ihr nie mehr die Brust reichen. Das Kind schrie jetzt lauter und Marie blickte in seine Richtung.
»Gib mir meinen Sohn!«
»Bei Gott, willst du denn nicht hören?«, brach es aus Beate heraus.
Sie nahm an, dass die Wöchnerin schon unter dem Kindbettfieber litt, denn diese machte kraftlose Versuche, sich auf die Beine zu kämpfen, um zu dem Kind zu gelangen. Daher packte sie das Kleine und stopfte es Marie in die Arme.
»Nun gut! Nimm den Balg hier, wenn du unbedingt willst.« Ohne sich noch einmal umzusehen, eilte sie zur Tür und verschwand.
Marie versuchte den Nebel zu durchdringen, der sich wieder über ihren Kopf gesenkt hatte, um sich an das Geschehen der letzten Stunden zu erinnern. Sie hatte einen Sohn geboren, Michels Erben, doch Hulda von Hettenheim hatte ihn ihr weggenommen, dessen war sie sich sicher. Was wollte die Frau von ihrem Kind? Da entsann sie sich einiger kryptischer Aussprüche, die Marga von sich gegeben hatte, an Bemerkungen, die nun einen Sinn ergaben.
Sie musterte das schwächliche, blasse Kind in ihren Armen, öffnete seine Windel und sah, dass es ein Mädchen war. Also hatte Frau Hulda wieder eine Tochter geboren. Doch das erklärte

nicht, warum die Frau ihr den Sohn weggenommen hatte. Wollte sie sich an dem Neugeborenen rächen, weil ihr Gemahl während eines Zweikampfs mit Michel tot umgefallen war? Sie traute der Witwe ihres Feindes Falko von Hettenheim jede Schandtat zu.
Das Mädchen strampelte und brüllte nun vor Hunger. Marie starrte es an und fragte sich, warum Frau Hulda die Kleine bei ihr gelassen hatte. Das ergab ebenfalls keinen Sinn. Sie legte das Kind neben sich auf das Bett und griff sich an den Kopf, der sich nun so anfühlte, als würde ihr ein glühender Dolch durch das linke Auge gestoßen. Ihr war übel, und das Schreien des Kindes quälte sie, so dass sie es am liebsten zum Schweigen gebracht hätte. Für einen Augenblick überkam sie der Wunsch, das Mädchen zu packen und durch eine der Schießscharten zu werfen. Dann wäre sie Huldas Balg und dessen Geschrei endlich los.
Doch dann blickte sie in weit aufgerissene, dunkelblaue Augen, die trotz der wenigen Wochen, die das Kleine zählen mochte, eine entsetzliche Angst zeigten. Es schien fast, als wüsste die Kleine, wie verhasst sie der Frau war, die sie geboren hatte. Bevor Marie sich darüber klar wurde, was sie tat, riss sie einen Streifen von ihrem Bettlaken, säuberte das Kind und wickelte es neu. Dann entblößte sie ihre Brust und hielt den kleinen Mund an ihre linke Brustwarze. Das Mädchen schnappte so gierig zu, als habe die Mutter es in den letzten Tagen hungern lassen. Marie sah zu, wie das Kind saugte, und ihr wurde klar, dass sie der Kleinen nichts würde antun können, mochte es auch tausendmal die Tochter Falko von Hettenheims und seiner Frau sein.
»Was für ein rührendes Bild!« Von Marie unbemerkt hatte sich die Tür geöffnet und Frau Hulda trat zusammen mit Marga ein.
Marie hob ganz langsam den Kopf, damit die Schmerzen sich

nicht auf ihrem Gesicht abmalten, und blickte ihre Feindin an.
»Wo ist mein Sohn?«
»Dein Sohn? Hast du etwa einen Sohn geboren?« Zunächst wollte Frau Hulda Marie damit verhöhnen, dass sie wohl phantasiert hätte, dann aber dachte sie an die Rache, die sie sich mit dieser Tatsache versüßen konnte, und lachte schallend.
»Es ist ein prächtiger Bursche! Wenn man bedenkt, wer die Eltern sind, wundert es mich eigentlich. Doch du wirst ihn nie wieder zu Gesicht bekommen, denn er gehört jetzt mir. Ich werde vor aller Welt als seine Mutter gelten, und er wird nie erfahren, welch schmutziges Blut in seinen Adern fließt.«
Mit einem Mal begann sie zu fluchen und streckte die Hände aus, als wolle sie Marie erwürgen. »Wenn ich mir vorstelle, dass dein Balg einmal der Erbe von Hettenheim sein wird, würde ich ihn am liebsten an der nächsten Wand zerschmettern.«
Marie stieß einen Entsetzensschrei aus, den Frau Hulda mit spöttischem Gelächter beantwortete. Einen Augenblick weidete sie sich an der Angst ihrer Gefangenen, dann winkte sie verärgert ab. »Ich werde deinem Sohn nichts antun, Hure. Zu viel hängt für mich von seiner Gesundheit ab. Solange er lebt, werde ich Falkos Vetter Heinrich von Hettenheim von dem Besitz fern halten können, der allein mir und meinen Töchtern zusteht. Verstehst du, was ich sagen will? Dein Sohn wird deinen treuen Freund Heinrich um sein Erbe bringen! Wie oft bist du zum Vetter meines Gemahls unter die Decke geschlüpft, du Hure? Vielleicht ist das Kind sogar sein Sohn? Bei Gott, das wäre mir recht, denn dann wäre der Balg wenigstens ein halber Hettenheim und nicht das Produkt der Gosse, aus der du und dein Mann stammen.«
Ein Fluch brach über Huldas Lippen, den ihr Beichtvater gewiss mit etlichen Bußübungen bestraft hätte, dann packte sie Marie bei den Schultern und schüttelte sie wild. »Dein Sohn wird der nächste Herr auf Hettenheim sein, und ich schwöre dir, ihn zum ärgsten Feind deines Mannes zu erziehen! Ich werde nicht eher

aufgeben, bis Michel Adler auf Kibitzstein durch seine Hand gefallen ist!«
Frau Hulda weidete sich an Maries entgeistertem Gesicht, und ihr Gelächter klang kaum noch menschlich.
Marga pflichtete ihr liebedienerisch bei. »Das ist die richtige Strafe für diese Hure, die sich angemaßt hat, wie eine Dame von Stand aufzutreten, Herrin.«
Dann trat sie ans Bett und blickte gehässig auf Marie herab. »Das ist erst der Anfang! Ich schwöre dir, du wirst schon bald dein Ende herbeisehnen. Frau Huldas treue Waffenträger gieren bereits danach, dich zu benutzen, und ich versichere dir, sie wissen, wie man einem Weib Schmerzen zufügen kann.«
Marga wollte noch mehr sagen, doch da packte Frau Hulda sie am Arm und kniff sie, dass sie aufschrie. »Was mit dieser Hure geschieht, geht dich nichts an. Verschwinde und sieh zu, dass dir die Wirtschafterin eine Arbeit aufträgt. Hier wirst du nicht mehr gebraucht.«
Marga glaubte, nicht recht zu hören. »Aber Herrin, ich dachte, ich soll Eure Wirtschafterin werden.«
»Überlass das Denken den Pferden, die haben größere Köpfe! Und jetzt tummle dich. Ich mag keine faulen Mägde!« Eine Ohrfeige begleitete diese Worte. Marga brach in Tränen aus, wagte aber keinen Widerspruch mehr, sondern schlich mit hängendem Kopf aus der Kammer. Kaum hatte sie die Tür hinter sich geschlossen, drehte Frau Hulda sich zu Marie um und versetzte ihr ebenfalls eine Ohrfeige, die sie haltlos nach hinten warf.
»Ich sollte all das mit dir machen lassen, was Marga dir eben angedroht hat. Doch ich weiß eine weitaus angemessenere Strafe für dich, Hure. Eine, die dich mindestens so lange leiden lässt, wie ich für meine Töchter verachtet und gedemütigt wurde.« Mit einem letzten hasserfüllten Blick drehte sie sich um und ging.
Marie blieb mit dem kleinen Mädchen allein und fragte sich, was diese offensichtlich verrückte Frau mit ihr vorhatte.

VII.

Rumold von Lauenstein hieb mit der Reitpeitsche auf den Tisch und bedachte seine Tochter mit einem finsteren Blick. »Mir gefällt das nicht! Lass die Hure umbringen und verscharren. Dann bist du sie ein für alle Mal los.«
»Dann wäre das Weib aller Sorgen ledig. Ich aber müsste immer daran denken, wie wenig meine Rache mir gebracht hat. Nein, Vater, der Tod wäre eine zu leichte Strafe für diese Hexe.«
»Bei Gott, ich wollte, du wärst ihr auf deiner Reise nach Rheinsobern nicht begegnet.«
»Ach ja? Sollte ich etwa auf die Rache für meinen geliebten Gemahl verzichten?«
»Dein geliebter Gemahl!« Lauenstein begann schallend zu lachen. »Ich erinnere mich gut daran, wie oft du dich bei mir über Falkos Rücksichtslosigkeit und Brutalität beklagt hast. Dabei wolltest du ihn unbedingt heiraten. Ich habe dich nicht zu einer Heirat mit ihm gezwungen.«
»Falko war ein stolzer Ritter, und er wäre gewiss freundlicher zu mir gewesen, hätte ich nicht ein Mädchen nach dem anderen geboren.«
Lauenstein begriff, dass seine Tochter keine Kritik an ihrem toten Mann hören wollte, und warf seine Reitpeitsche in eine Ecke. Der Wunsch, diesem störrischen Weib einige Hiebe zu versetzen, wäre sonst zu groß geworden. »Du hättest mich fragen sollen, was du nach Falkos Tod tun sollst. Stattdessen hast du das Täuschungsspiel mit der schwangeren Magd begonnen, die dann zu Tode gekommen ist. Mir hat es damals schon nicht gepasst. Warum bist du nicht auf meinen Vorschlag eingegangen? Pfalzgraf Ludwig hätte gewiss auf mich gehört und befohlen, dass der älteste Sohn Heinrich von Hettenheims mit deiner Erstgeborenen vermählt wird, die gerade mannbar geworden ist. Damit würde unser Blut auch weiterhin in den Herren auf Hettenheim

fließen. So wird der Balg eines Schankwirtssohns und einer Hure auf dem Ehrenplatz in der Stammburg dieses Geschlechts sitzen. Bei Gott, lieber hätte ich Falkos ganzen Besitz persönlich Ritter Heinrich übergeben.«
»Wirklich?«, fragte seine Tochter spöttisch. »Nimm nur die Otternburg hier als Beispiel. Sie liegt weit abseits aller wichtigen Straßen und verbindet doch zwei deiner eigenen Herrschaften miteinander. Solange die Sippe zusammenhält, ist das kein Problem. Aber Heinrich von Hettenheim ist ein Feind, den wir mit allen Kräften von unserem Land fern halten müssen. Wenn er sich mit einem deiner Gegner zusammentut, vermag er von hier aus zwei deiner Burgen zu bedrohen. Das wird Maries Balg verhindern! Außerdem werde ich mit seiner Hilfe in der Lage sein, meinen Töchtern die Mitgift zu geben, die sie brauchen, um in hochgestellte oder zumindest uns ebenbürtige Häuser einheiraten zu können. Um das, was dann noch von Hettenheim übrig sein wird, kann sich mein angeblicher Sohn mit Ritter Heinrich streiten. Viel wird es nicht sein.«
Rumold von Lauenstein musterte sie kopfschüttelnd. »Warum liegen dir deine Töchter auf einmal so am Herzen? Bisher hast du sie kaum beachtet.«
»Solange ich auf einen eigenen Sohn hoffen konnte, waren sie unwichtig. Doch in ihren Adern fließt, wie du vorhin so schön gesagt hast, mein Blut, und ich will, dass sie so viel vom Erbe ihres Vaters erhalten, wie es nur möglich ist.«
»Und was ist mit deiner Jüngsten? Lebt sie überhaupt noch?« Lauenstein sagte es mit müder Stimme, denn die ständigen Auseinandersetzungen mit Hulda hatten ihn zermürbt. Er fragte sich, wieso es ihm gelang, den Pfalzgrafen von Plänen abzubringen, die ihm nicht gefielen, während er bei seiner Tochter völlig versagte.
»Die Hure kümmert sich um sie. Zumindest hat sie sie vorhin

gesäugt. Mag sie es für ihr eigenes Kind halten. Mir liegt nichts an dem Ding, denn ich habe sechs andere zu versorgen.«

Das Urteil, welches Frau Hulda über ihr letztes Kind sprach, klang endgültig. Lauenstein beruhigte sich damit, dass das Kleine so schwächlich war. Weder er noch die Leibmägde hatten angenommen, es würde noch auf der Welt sein, wenn das Kind der Marie Adlerin zur Welt gekommen war. Wahrscheinlich hatte nur die Besessenheit seiner Tochter, ihren Milchfluss zu erhalten, das Kind überleben lassen. Er erinnerte sich gut daran, dass Hulda in ihrem Bestreben, endlich einen Sohn zur Welt zu bringen, Hexen und Magier aufgesucht hatte, deren Ruf nicht der beste war, und ihm grauste mit einem Mal vor seiner Tochter.

»Tu, was du willst! Ich muss nach Heidelberg an den Hof zurückkehren, sonst beginnt Herr Ludwig auf andere Berater zu hören. Es wäre nicht gut, wenn ich ausgerechnet in dieser Zeit meinen Einfluss verlieren würde.«

»Ich werde den Kastellan anweisen, morgen früh die Pferde für dich und deine Eskorte bereitzustellen.« Hulda lächelte ihrem Vater freundlich zu, doch hinter ihrer friedfertigen Miene spürte er eine Verbissenheit, gegen die er nicht ankam.

»An deiner Stelle würde ich mich nicht zu sehr auf diesen Krämer verlassen. Selbst wenn es Schäfflein gelingt, die Hure als Sklavin an die Heiden zu verkaufen, ist sie damit nicht aus der Welt. Es werden immer wieder christliche Sklaven freigekauft. Das solltest du bedenken.«

»Dort, wo Schäfflein das Weib hinschaffen lässt, wird sie gewiss nicht freigekauft. Doch nun erlaube, dass ich dich verlasse, Vater. Ich muss meinen Sohn nähren.«

Frau Hulda stand mit einem herablassenden Kopfnicken auf und ging. Ihre Schritte waren beschwingter als früher. Aus der Macht, die sie nach Falkos Tod über die Menschen um sich herum gewonnen hatte, schöpfte sie eine Kraft, die sie weit über andere Menschen erhob. Selbst ihr Vater tat, was sie wollte, und sie war sich sicher, dass sie noch mehr Einfluss gewinnen würde, denn nun war sie nicht mehr die verlachte Mutter einer schier endlosen Zahl von Töchtern, sondern konnte Falkos Erben aufweisen und in seinem Namen unangefochten die Herrschaft über den gesamten Besitz ihres Mannes ausüben.

Während sie in ihre Kammer zurückkehrte, bedauerte sie ein wenig, dass sie Margas Wunsch, Marie durch ihre Getreuen schänden zu lassen, nicht in die Tat umsetzen konnte. Doch sie durfte kein Risiko eingehen. Auf Xanders Schweigen konnte sie sich verlassen, doch Tautacher, dieser Narr, würde im Suff damit prahlen, Michel Adlers Weib gestoßen zu haben. Das konnte zu viel Staub aufwirbeln, und für eine offene Fehde mit dem Wirtsschwengel Michel Adler, der als Reichsritter protzig auf seiner Burg hockte, war sie noch nicht gerüstet. Zu dieser Auseinandersetzung durfte es erst kommen, wenn der Bengel, den sie nun Sohn nennen musste, sein Erbe angetreten hatte und zum Ritter geschlagen worden war. Waren ihre Töchter erst gut versorgt, mochten Vater und Sohn sich gegenseitig die Köpfe einschlagen und so ihre Rache vollenden.

Frau Hulda wurde bewusst, dass sie noch mehr tun musste, um das Geheimnis um ihren Sohn zu wahren. Mitwisser wie Tautacher waren ein zu großes Risiko für ihre Pläne. Den Hauptmann ihrer Wache würde sie zuerst ersetzen müssen, aber das durfte nicht offen geschehen. Ihr Kontakt zu Hexen und Zauberkünstlern hatte ihr ein Gift in die Hände gespielt, welches in kleiner Dosis heilend, in hoher Dosis jedoch tödlich war. Mit diesem würde sie das Großmaul Tautacher zum Schweigen bringen. Da sie jedoch nicht wusste, ob es wirklich schnell und unauffällig wirkte, musste sie es an einer Person erproben, deren Verlust niemandem eine Träne entlocken würde.

Vor der Tür ihrer Kemenate wartete Schäfflein auf sie. Der Kaufherr wirkte immer noch ängstlich, denn er wusste nicht, ob er nun von Frau Hulda als Verbündeter akzeptiert worden war oder als Gefangener galt und einem allzu frühen Ende entgegensah.

»Ich wüsste gern, wie Ihr Euch entschieden habt, Herrin.«

Hulda gab ihrer Leibmagd, die ihr Herannahen gespürt haben musste und die Tür öffnete, einen Wink, auch Schäfflein einzulassen. »Was macht der Balg?«, fragte sie mit einem Seitenblick auf die Wiege, in der Maries Sohn lag.

»Er schläft, aber er hat vorhin lange geschrien, weil er hungrig ist.«

»Dann gib ihn her.« Frau Hulda setzte sich und entblößte ungeachtet der Anwesenheit Schäffleins ihre Brüste. Alke reichte ihr den Jungen und sah, dass das Gesicht ihrer Herrin sich verzog, als das Kind die Brustwarze fand und gierig zu saugen begann.

»Allein dafür, dass ich ihren Bastard nähren muss, müsste ich diese Hure tausend Qualen erleiden lassen.«

»Es wäre ein gefährliches Spiel, es hier zu tun«, wandte Schäfflein ein. »Irgendjemand kann dann doch nicht den Mund halten, und das wollt Ihr gewiss nicht riskieren.«

Frau Hulda dachte an Tautacher und nickte. »Ich kann mir kein Aufsehen leisten. Wenn nur ein falsches Wort zu Heinrich von Hettenheim dringt, wird er sich wie ein Hund auf die Spur setzen. Noch ist er der Knecht eines Klosters und muss springen, wenn ein Kuttenträger hustet. Daher stellt mein Besitz für ihn eine stärkere Verlockung dar als ein Bienenstock für einen Bären. Trotzdem gefällt es mir nicht, das Weibsstück so einfach in deine Hände zu geben. Ich sollte Tautacher und Xander zuerst noch einigen Spaß mit ihr gönnen.«

Schäfflein wagte es kaum, Falkos Witwe zu widersprechen. »An Eurer Stelle würde ich es mir noch einmal überlegen, Herrin«, begann er vorsichtig. »Soviel ich gehört habe, war die Geburt schwer und Marie Adlerin wurde dabei verletzt. Vielleicht bekommt sie das Kindbettfieber. Würdet Ihr sie in diesem Zustand ein paar geilen Kerlen ausliefern, wäre das ihr sicherer Tod. Ein schneller Tod zumal, von dem sie vermutlich wenig mitbekommen würde.«

»Aber ich könnte zusehen, wie sie zu Tode geschunden wird!«, brach es aus Frau Hulda heraus.

Schäfflein fühlte, wie es ihm kalt über den Rücken lief. Wenn Marie Adlerin hier starb, war sein Leben keinen Heller mehr wert. Zwar belächelten seine Geschäftspartner ihn wegen seiner plumpen Erscheinung und nahmen ihn nicht ganz ernst, aber das gereichte ihm oft genug zum Vorteil, denn sein Verstand war scharf und er sah weiter als die meisten. Daher konnte er das Mienenspiel der Burgherrin lesen wie ein beschriebenes Pergament.

Frau Hulda starrte den Knaben an ihrer Brust an und schnaufte. »Nun gut! Ich gebe sie dir mit. Versprich mir aber, dass du deine Knechte über sie herfallen lässt oder sie selbst auf die Weise nimmst, die dir am besten zusagt.«

Der zum Ritter erhobene Kaufherr atmete auf. »Sie wird ihren Lohn bekommen, das sei Euch versichert.«

Der würde zunächst jedoch aus anderen Schrecken bestehen als einer Vergewaltigung, dachte er. Was ihn betraf, würde er hübsch die Hände und noch etwas anderes von Marie Adlerin lassen, denn er kannte sich selbst und wusste, dass er bei einem Becher zu viel irgendwann doch damit angeben würde, die Ehefrau eines Reichsritters unter sich stöhnen gehört zu haben. Für ihn war es das Gesündeste, wenn er sie als eine x-beliebige Fracht betrachtete, die er von einem Ort zum anderen bringen lassen und dann vergessen würde. Es ging niemanden etwas an, wer diese Frau war und welches Schicksal sie erwartete.

Frau Hulda gab sich nun offensichtlich mit seinem Versprechen zufrieden. »Wann wollt Ihr sie wegbringen?«

Schäfflein verbeugte sich tief vor ihr und lächelte. »Wenn sich gewisse Kräuter in den Vorräten Eurer Burg finden lassen und Ihr

mir einen festen Wagen und ein paar Knechte leihen könnt, würde ich sie schon morgen mit mir nehmen.«
»Dann soll es so sein!«

VIII.

Nachdem Frau Hulda sich entschieden hatte, konnte es ihr nicht schnell genug gehen. Tautacher und sein Stellvertreter murrten, weil ihnen die sicher geglaubte Beute entging, entschädigten sich aber mit ein paar Mägden, die durchaus willens waren, sich die beiden einflussreichen Gefolgsleute der Herrin zu Freunden zu machen. Eine weitere Person konnte jedoch nicht mehr murren. Das war Marga, die man am Morgen von Schäffleins Abreise steif und schon kalt auf ihrem Strohsack fand. Niemand wusste, dass Frau Hulda der nun überflüssig gewordenen Magd am Abend zuvor einen mit Gift versetzten Weinkrug gereicht hatte, den Marga in der Erwartung geleert hatte, nun doch den von ihr erhofften Platz in Frau Huldas Gefolge einnehmen zu können.
Marie erfuhr nichts vom Tod der Frau, die sie zweimal verraten hatte. Allerdings hätte es sie in dem Zustand, in dem sie sich befand, auch nicht interessiert. Auf Schäffleins Wunsch war ihr ein betäubender Trank eingeflößt worden, und so nahm sie nichts davon wahr, wie Alke und Beate an diesem Morgen ihre Kammer betraten und sie für eine Reise vorbereiteten, die nach dem Willen ihrer Feindin in das schlimmste Elend führen sollte. Hulda war ihren Leibmägden gefolgt, blieb aber an der Tür stehen. Die beiden zogen Marie den Kittel aus und wechselten noch einmal den Verband.
Als ihre Herrin sich ärgerlich räusperte, drehte Beate sich um und sagte mit unerwarteter Heftigkeit: »Das müsste mehrmals am Tag geschehen, sonst besteht die Gefahr, dass die Frau

bald schon verreckt! Das dürfte wohl kaum in Eurem Sinne sein.«
Hulda hieb wütend mit der Hand durch die Luft. »Nein, das ist es wirklich nicht. Ich werde Schäfflein befehlen, die Hure gut pflegen zu lassen.«
Beate wagte es nicht, Frau Hulda ins Gesicht zu sehen, denn sonst hätte ihre Herrin erkannt, wie sehr sie sie in diesem Moment verabscheute. Bis jetzt hatte sie Lauensteins Tochter gerne gedient, doch nun wurde sie zu Taten gezwungen, die ihr Seelenheil gefährdeten. Sie konnte sich noch nicht einmal dem Burgkaplan anvertrauen, denn der war der Herrin völlig ergeben und berichtete ihr alles, was er von seinen Beichtkindern erfuhr.
Im Gegensatz zu ihr wurde Alke von keinerlei Skrupeln geplagt, sie behandelte die Bewusstlose wie eine Gliederpuppe und verbog ihr die Arme, dass die Gelenke krachten. Verärgert fauchte sie Beate an, die mehr um die Gesundheit der Gefangenen bemüht zu sein schien als darum, Frau Huldas Befehle auszuführen. Um nicht noch mehr gescholten zu werden, beeilte diese sich und half ihrer Schwester, Marie die Kleidung anzuziehen, die Schäfflein für angemessen hielt. Es handelte sich um ein derbes Hemd und einen einfachen grauen Kittel, wie er den niedrigsten Mägden zustand. Schuhe gab es keine, dafür aber ein Kopftuch, das den Kopf der Bewusstlosen bis tief in die Stirn verdeckte.
»Wir sind fertig, Herrin«, meldete Alke.
Frau Hulda nickte zufrieden und wies die Mägde an, Marie nach unten zu tragen. Alke verzog unwillig die Lippen, denn sie hätte diese Arbeit lieber den Knechten überlassen. Es war ihr jedoch klar, dass die Herrin so wenig Menschen wie möglich ins Vertrauen ziehen wollte. Maries wahre Identität durfte nur Eingeweihten bekannt werden. Für die meisten Bewohner der Otternburg war sie nur eine weitere Magd, die Frau Huldas Gemahl kurz vor seinem Tod geschwängert hatte und die nun an einen

abgelegenen Ort gebracht werden sollte, damit sie das Vertauschen der Kinder nicht ausplaudern konnte.

Die Herrin hat alles gut geplant, fuhr es Beate durch den Kopf, während sie mit ihrer Schwester Marie die steile, enge Treppe hinabschleppte und in einen Planwagen legte. Der Kaufmann sah ihnen mit verschränkten Armen zu und ärgerte sich, dass man sein eigenes Reittier vor das Gefährt gespannt hatte. Der trittsichere, aber temperamentlose Wallach war es gewöhnt, eine kleine, offene Kutsche zu ziehen. Der Planwagen war jedoch um einiges schwerer, und Schäfflein würde ihn selbst fahren müssen, da er seine eigenen Leute wohlweislich zurückgelassen hatte und Frau Hulda sich weigerte, ihm Knechte mitzugeben. Nur ein Bewaffneter würde mit ihm kommen, ihn beschützen und gleichzeitig darauf aufpassen, dass er sich an die Vereinbarungen hielt. Es war Xander, der wie bei Maries Entführung eine einfache Rüstung ohne jedes Abzeichen trug. Für alle, die ihm begegneten, würde er nicht mehr sein als ein verarmter Ritter, der sich nicht einmal mehr einen Knappen leisten konnte und darauf hoffen musste, in die Dienste eines anderen Herrn treten zu können.

»Wir können aufbrechen!« Schäfflein drängte es, die düsteren Mauern der Otternburg hinter sich zu lassen. Xander schwang sich auf sein Pferd und wollte gerade den Knechten am Tor befehlen, den Weg frei zu machen, als Beate »Halt!« rief.

»Verzeiht, aber ich muss noch rasch etwas holen.« Ohne auf die fragende Miene ihrer Herrin und den empörten Blick ihrer Schwester zu achten, lief sie die Freitreppe hoch und verschwand im Wohnturm. Nicht lange, da kehrte sie mit Frau Huldas Tochter zurück. Die Kleine war am Vortag mehrmals von Marie gestillt worden und wirkte erstaunlich lebhaft.

Die Mutter gönnte ihm nicht einmal einen Blick. »So eine Narretei! Der Balg der Magd wird so oder so sterben.«

Diese Rohheit erschütterte selbst Alke. »Verzeiht, Herrin, aber hier wissen zu viele, wessen Tochter dieses Mädchen ist, und man würde es Euch nachtragen, wenn Ihr Euer eigenes Kind zugrunde gehen lasst. Ihr könntet Euch nach dessen Tod nicht mehr auf die Treue Eurer Leute verlassen. Gebt Ihr aber die Kleine dieser Hu... , äh, Magd mit, werden alle glauben, Ihr würdet sie als Amme benutzen, und zufrieden sein.«

Frau Hulda sah sich um und entdeckte Burgbewohner, die das Geschehen hinter Fenstern und Luken neugierig beäugten. »Ich muss dir Recht geben, Alke. Es ist besser so. Gut, dass deine Schwester daran gedacht hat.« Sie wandte sich dem Kind zu und vollführte eine Handbewegung, die den Zuschauern als Segensgeste erscheinen sollte. Dann trat sie mit einem höhnischen Zug um die Lippen zurück und hob die Hand zum Zeichen, dass Schäfflein abfahren konnte.

Der Kaufherr knallte mit der Peitsche und trieb sein Pferd an. Nun pries er es als Glück, dass sein Vater ihn gezwungen hatte, sein Gewerbe von Grund auf zu lernen und dabei auch Ochsengespanne und Pferdewagen zu kutschieren. Noch heute erinnerte er sich mit Grausen an die harte Arbeit, die er bei Wind und Wetter hatte verrichten müssen. In diesem Augenblick aber hätte er lieber das störrischste Ochsengespann gelenkt, als noch einen Atemzug länger in der Nähe dieser schrecklichen Frau zu verbringen.

Der Weg ins Tal stellte Schäffleins Kunst als Fuhrknecht auf die erste Probe. Obwohl der Wagen leicht war, vermochte der Bremsklotz ihn nicht zu halten, und so geriet der Wallach mehrmals in Gefahr, von dem Gefährt über die Kante des Steilhangs geschoben zu werden. Schäfflein zog mit aller Kraft am Bremshebel und versprach in seiner Verzweiflung dem heiligen Christophorus, dem Patron der Fuhrleute, und sämtlichen Heiligen, die er kannte, ihnen Kerzen zu weihen, wenn er diese Reise unbeschadet überstehen sollte. Zu seinem Glück begriff Xander, in welchen Schwierigkeiten der Kaufmann steckte. Er überholte den schlingernden Wagen mit einem gewagten Manöver, packte das Zaumzeug des Zugtiers und bremste es mit dem Gewicht seines mehr als doppelt so schweren Hengstes.

»Pass besser auf! Wenn du den Karren in den Graben lenkst, so dass er zu nichts mehr zu gebrauchen ist, müsste ich dich und die Frau im nächsten Loch verscharren. Vielleicht wäre es sogar besser, denn dann brauchte ich nicht bei diesem Wetter bis zum Rhein zu reiten und mir dabei den Arsch abzufrieren.«

Zwar klang Xanders Tonfall weitaus friedlicher als seine Wortwahl, doch Schäfflein musste an sich halten, um nicht vor Angst schreiend vom Bock zu springen und davonzulaufen.

Zu allem Überfluss begann es auch noch zu regnen, und kurz darauf mischten sich dicke Schneeflocken unter die Tropfen. Schäfflein, der reich genug war, sich auf seinen Geschäftsreisen vor den Unbilden des Wetters schützen zu können, fror trotz des übergeworfenen Schafspelzes und verfluchte seine Neugier, die ihn zur Otternburg getrieben hatte.

Im Unterschied zu ihm ertrug Xander, der als Sohn eines mittellosen Ritters geboren war, gleichmütig Kälte und Hitze. Er war Frau Hulda dankbar für diesen Auftrag, denn ihr Vertrauen war für ihn ein Zeichen, dass die Herrin mehr auf ihn baute als auf den Hauptmann ihrer Reisigen. Xander hielt Tautacher für einen Narren, der noch einmal ein schlimmes Ende finden würde. Keinem Mann, der in die Geheimnisse der Mächtigen eingeweiht war, tat es gut, sich zu betrinken und im Rausch mit Taten zu prahlen, die im Verborgenen bleiben sollten. Während Xander seinen Umhang fester um sich schlug und sich das Wasser aus den Augen wischte, das ihm von der schlichten Stirnhaube ins Gesicht lief, überlegte er, ob er der Herrin nicht stecken sollte, dass Tautachers Schwatzhaftigkeit eine Gefahr für ihre Pläne darstellte. Zwar war er sein Kamerad, aber auch das größte Hindernis für seinen weiteren Aufstieg.

Es war angenehm, sich vorzustellen, dass er in Stahl und Samt gekleidet hinter der Herrin stehen und die Achtung genießen würde, die dem hochrangigen Dienstmann einer Edeldame zustand. Auch traute er es sich eher zu als Tautacher, den angeblichen Sohn seiner Herrin zu einem wackeren Ritter zu erziehen. Er würde den Jungen so formen und schmieden, wie es sich für den nächsten Herrn der Hettenheimer Besitzungen gehörte. Auf diese Weise würde auch er zu Ansehen und Wohlstand gelangen. Wenn alles so vonstatten ging, wie er es sich ausrechnete, würde er, der von den meisten Leuten trotz seiner Rittersporen nur Xander genannt wurde wie ein einfacher Reisiger aus dem Bauernstand, dereinst selbst ein Herr mit einem stolzen Namen werden.

Schäfflein beobachtete seinen Begleiter und bemerkte, wie es in dessen Gesicht arbeitete. Lange Zeit wagte er es nicht, den Ritter anzusprechen, aber als das Kleinkind durchdringend zu schreien begann, geriet er in Panik.

»Was sollen wir nur tun? Gleich kommen wir durch ein Dorf, und der Balg wird uns mit seinem Gebrüll die Leute auf den Hals hetzen!«

»Halt an!«

Als Xander vom Pferd glitt, wirkte seine Miene so grimmig, dass Schäfflein sein letztes Stündlein geschlagen sah. Doch der Ritter warf ihm die Zügel zu, stieg auf den Wagen und kroch unter die Plane. Dort schob er das Stroh zur Seite, unter dem die immer noch bewusstlose Marie mit dem Kind lag, zog den Sack weg, mit dem sie zugedeckt war, und lehnte sie mit dem Oberkörper gegen eine Seitenwand. Dann öffnete er die Schlaufen des Kittels und entblößte eine ihrer Brüste. Mit einer Miene, die deutlich machte, dass er derartige Tätigkeiten für weit unter seiner Würde erachtete, legte er ihr das Kind an die Brust. Das Kleine wurde sofort still und saugte sich am Quell der wärmenden Milch fest.

»Die Herrin hätte uns Beate mitgeben sollen. Bei Gott, mir schwillt bei diesem Anblick der Schaft, doch ein Weib, das gerade erst geboren hat, ist nicht gerade das, was ich mir wünsche. Ich werde wohl in der nächsten Stadt ein paar Groschen für eine richtige Hure ausgeben müssen. Dazu könntest du mich eigentlich einladen.«

»Von Herzen gern!« Schäfflein hätte Xander beinahe die Hände geküsst, weil der Ritter offensichtlich nicht vorhatte, ihn und die beiden auf dem Wagen unterwegs zu beseitigen. Sicherheitshalber beschloss er, den Ritter mit mehr Gefälligkeiten als nur dem Besuch bei einer Hure bei Laune zu halten. Ein Mann, der gut gespeist und getrunken hatte und auch sonst zufrieden war, würde sicher nicht auf die Idee kommen, die Reise mit einem raschen Schwerthieb abzukürzen.

Nach einer Weile legte Xander das Kleinkind wieder neben Marie und stieg aus dem Wagen. »Ich glaube, der Balg ist satt. Jetzt muss das Ding gewickelt werden. Aber das wirst du tun.«

Schäfflein wagte keinen Widerspruch, sondern kroch unter die von drei gebogenen Stangen gehaltene Plane und begann das Kind zu wickeln. Da Hulda nicht geplant hatte, der Gefangenen die überflüssige Tochter mitzugeben, gab es keine sauberen Windeln. Daher schnitt Schäfflein ein Stück von dem Sack ab, auf dem Marie lag. Während er das Kleine wieder einpackte, bemerkte er, dass sich das Kind viel zu kalt anfühlte, und schob es unter Maries Kittel, so dass deren Körper es wärmen konnte. Dann legte er den zweiten Sack auf die beiden und häufte das Stroh möglichst dick über ihnen an.

Während er weiterfuhr, versuchte er auszurechnen, wie schnell sie vorankommen würden. Es galt nämlich, zu einem bestimmten Zeitpunkt in Koblenz zu sein, sonst würde er das Weib und das Kind das ganze Jahr über am Hals haben.

»Wir müssen schneller werden, sonst bekommen wir Probleme«, rief er Xander zu.

Der zuckte mit den Schultern. »Von mir aus! Dann lass deinen Zossen mal die Peitsche spüren.«

Das waren die letzten Worte, die sie für längere Zeit wechselten.

Um kein Aufsehen zu erregen, mieden sie an diesem und den folgenden Abenden Dörfer und Herbergen. Stattdessen machten sie es wie das heimatlose Volk und übernachteten in Unterständen oder Hütten im Wald, die während der wärmeren Monate zumeist von Sauhirten benutzt wurden. Xander machte die Unbequemlichkeit der primitiven Schuppen weniger aus als Schäfflein, denn er rührte keinen Finger, sondern überließ es dem Kaufmann, die Gefangene, das Kind, das Pferd und auch ihn zu versorgen. Bald gingen die spärlichen Vorräte an Heu und Hafer zur Neige, die Hulda ihnen mitgegeben hatte, doch Schäfflein wagte es nicht, das durch den Wind und das viele Umräumen spärlicher werdende Stroh und die dünne Schicht Heu zu verfüttern, mit denen die Knechte den Wagen für die Gefangene gepolstert hatten. Es bestand schon jetzt die Gefahr, dass die Frau und das Kind über kurz oder lang erfroren, und dann würde der Ritter keine Verwendung mehr für einen Mitwisser haben. Daher fuhr der Kaufmann mit dem leeren Wagen zu einem nahe gelegenen Bauernhof und kaufte dort Lebensmittel und Futter. Nun hatte er genug Heu, um die Frau und das Kind weich zu betten und wärmer einzupacken als mit dem ständig verrutschenden Stroh.

Trotz aller Fürsorge, die Schäfflein der Gefangenen und dem Säugling angedeihen ließ, sah es lange so aus, als würde er seine menschliche Fracht nicht lebend bis zum Rhein bringen. Da ihm der Schlaftrunk, den Frau Hulda ihm mitgegeben hatte, nach zwei Tagen ausging, erwachte Marie aus ihrer Betäubung, doch sie war nicht in der Lage, ihre Umgebung oder ihre Lage zu erkennen. Sie vermochte nicht einmal allein zu essen, so dass Schäfflein sie wie ein kleines Kind füttern und ihren Unterleib weiterhin selbst versorgen musste. Doch er beklagte sich nicht über diesen Knechtsdienst, sondern war nur erleichtert, dass die Frau nicht in der Lage war, um Hilfe zu rufen. Er wagte es nicht, in einem der Marktflecken, die sie passierten, nach frischem

Mohnsaft zu fragen, denn er fürchtete sich vor dem Aufsehen, das er mit diesem Wunsch unweigerlich erregen musste.
Als sie in der Nähe von Worms den Rhein erreichten, fühlte der Kaufmann, wie ihm ein Felsblock vom Herzen rutschte. Zwar musste er hier in der Nähe seiner Heimatstadt doppelt Acht geben, damit man ihn in seiner Verkleidung als Fuhrknecht nicht erkannte. Aber wenigstens näherte sich dieses peinliche, Kraft raubende Zwischenspiel für ihn nun dem Ende. Er zog seine Kapuze tiefer ins Gesicht, lenkte den Karren ein Stück stromabwärts zu einem kleinen Dorf und hielt vor einer heruntergekommenen Hütte. Diese gehörte einem Schiffer, der für ihn unter anderem auch Waren transportierte, welche nicht in den Frachtlisten verzeichnet waren.
»Reitet ruhig schon weiter zur Herberge! Ich muss mit Harro reden«, erklärte er Xander.
Der Ritter bleckte die Lippen zu einem freudlosen Grinsen. »Ich bleibe dabei, denn die Herrin wird genau wissen wollen, was mit dem Weib geschieht.«
Schäfflein zuckte mit den Schultern, stieg ab und wickelte die Zügel des Zugpferds um einen Pfosten. Dann klopfte er dreimal an die Tür.
Es dauerte eine Weile, bis Antwort kam. »Wer zum Teufel stört mich zu dieser unchristlich kalten Zeit? Ich übernehme jetzt keine Fracht!«
»Mach auf, Harro! Ich bin es, Meister Fulbert.« Schäfflein hielt es nicht für geraten, bei diesem Mann mit seinem mühsam errungenen Rittertitel zu prunken. Der Schiffer war zwar zuverlässiger als die meisten seiner Zunft, doch er hielt nichts von hohen Herren. Das zeigte er sehr deutlich, als er die Tür öffnete und Xander in seiner Rüstung hinter Schäfflein stehen sah.
»So einer kommt mir nicht ins Haus!« Dabei spie er den Kern einer Trockenpflaume, an dem er gerade gelutscht hatte, dem Ritter so knapp vor die Füße, dass diesem der Kamm schwoll.

»Gleich gebe ich dir eine Maulschelle, dass dir der Kopf von den Schultern fliegt!« Xander holte bereits aus, als Schäfflein dazwischentrat.
»Lasst das bitte! Und du auch, Harro. Der Ritter ist keiner von denen, die dir die Peitsche überziehen, weil das Spritzwasser des Rheins ihre schmucken Kleider benetzt hat.«
»So einer bin ich gewiss nicht.« Xander lachte leise auf und nickte dem Schiffer zu. »Komm, lass uns ein! Hier draußen frieren einem ja die Eier ab.«
»Solange du sie in einer eisernen Schale trägst, können sie ja nicht warm werden«, spottete der Schiffer.
Xander klopfte ihm auf die Schulter und zwinkerte Schäfflein zu. »Wie war das mit den Huren und dem Wein, die du mir bezahlen wolltest? Jetzt wäre die beste Gelegenheit dazu.«
Der Schiffer leckte sich die Lippen. »In der Herberge gibt es ein paar hübsche Mägde, und der Wein, den der Wirt ausschenkt, gehört zu den besten, die ich bis jetzt gekostet habe. Leider bin ich derzeit ein wenig klamm, und meine Alte lässt es nicht zu, dass ich meine letzten Münzen in der Schenke ausgebe.«
Schäfflein verstand den Wink. »Du bist natürlich mein Gast, Harro. Aber zuerst reden wir vom Geschäft. Ich habe eine Fracht auf dem Karren, von der niemand etwas erfahren darf. Sie ist für Jean Labadaire bestimmt.«
»Für Labadaire?« Die Augen des Schiffers weiteten sich für einen Augenblick, dann winkte er ab. »Das geht mich nichts an.«
»Ein wahres Wort! Daran solltest du dich halten. Wer ist dieser Labadär?« Xander drehte sich fragend zu Schäfflein um.
»Ein Franzose, der Ware jener Art, wie wir sie mit uns führen, weit weg von hier mit gutem Gewinn verkauft.«
»Ein Menschenhändler also.« Xander spie angeekelt aus. Einen Menschen umzubringen war eine Sache, jemanden wie diese Marie zu verschleppen ebenfalls, doch derjenige, der aus dem Verkauf von Menschen ein Geschäft machte, musste in den Augen

des Ritters ein Sohn des Teufels sein. Für die Feindin seiner Herrin war es jedoch die richtige Strafe, in die Klauen eines solchen Mannes zu geraten und wie Vieh verschachert zu werden. Frau Hulda würde zufrieden sein, wenn er ihr das berichtete.
Er wies ungeduldig auf den Wagen. »Das Weib muss so schnell wie möglich ins Warme geschafft werden. Es braucht auch Medizin, denn es hat vor kurzem geboren und ist krank.«
»Meine Alte kann sich um die Frau kümmern, während wir in die Herberge gehen, uns einen guten Schluck genehmigen und uns die Mägde ein wenig näher ansehen. Handelt es sich bei dem Weib wieder um so eine Närrin, die dich über sich gelassen hat und schwanger geworden ist?« Harro starrte Schäfflein neugierig an.
Fulbert Schäfflein lief rot an. »Du hast eben selbst gesagt, dass dich meine Geschäfte nichts angehen. Also halte gefälligst den Mund!«
»Ja, Meister Schäfflein! Ich … Es ist mir halt so rausgerutscht.«
Harro ging auf den Wagen zu, um die Frau herauszuheben. Für einen Augenblick hoffte er, anhand der Kleidung Hinweise auf ihren Stand zu erhalten, starrte dann aber enttäuscht auf den einfachen Kittel. Mit einem ärgerlichen Schnauben hob er den fieberheißen Körper vom Wagen und entdeckte dann das Kind, das das Weib trotz der halben Bewusstlosigkeit festhielt.
»Helft mir gefälligst, sonst fällt der Balg in den Schlamm!«
Auf Xanders Wink eilte Schäfflein zu ihm hin und wand Marie das Kind aus den Armen. »Jetzt mach schon!«, schnauzte er den Schiffer an.
»Hast du aber eine Laune!« Harro schüttelte den Kopf und trug Marie rasch in seine Hütte. Deren Inneres bestand aus der Küche, die auch als Schlafzimmer diente, und einem weiteren Raum, den der Schiffer als Speicher für besondere Waren benutzte. Im Winter stand diese Kammer zum größten Teil leer, aber sie war kaum wärmer als die Luft außerhalb der Hütte. Da-

her legte der Schiffer Marie mit einem gewissen Bedauern auf das Bett, das er sonst mit seiner Frau teilte.
Im Licht des Herdfeuers nahm Xander die Gelegenheit wahr, das Paar zu betrachten, um die beiden besser einschätzen zu können. Harro war nicht mehr der Jüngste und wirkte mit seiner untersetzten Figur, dem kantigen, wie aus einem Holzklotz gehackten Gesicht und den kurzen, strubbeligen Haaren nicht gerade ansehnlich, doch seine Frau war schon eine alte, zahnlose Vettel.
Schäfflein bemerkte den leicht angewiderten Blick, mit dem der Ritter die Hausfrau musterte, und beeilte sich zu erklären, dass es sich bei ihr um die Witwe des alten Schiffers handelte, die den Regeln der Zunft folgend einen von dessen Gesellen geheiratet hatte. Das Paar sah so aus, als nage es am Hungertuch, doch Schäfflein kannte die beiden schon länger und wusste, dass sie unter dem Fußboden ihrer Hütte einen großen Topf mit Goldgulden vergraben hatten. Da er nach Anerkennung strebte und seinen Reichtum offen zeigen wollte, erschien ihm diese Art zu leben sinnlos und geradezu lächerlich. Was nützte der Besitz von Gold, wenn man nichts damit anfangen konnte?
Harro wusste, wie sein bester Auftraggeber über ihn dachte, und beantwortete Schäffleins herablassenden Blick mit einem amüsierten Grinsen. Ihm hatte es schon oft geholfen, als arm zu gelten, vor allem, wenn die hohe Obrigkeit von Worms, zu dessen Besitz das kleine Dörfchen zählte, Steuern bei ihm eintreiben wollte. Seine Alte konnte so wunderbar jammern, dass es selbst ein Herz aus Stein erweichen musste. Auch war er der Überzeugung, dass ein Mann seines Standes nicht nach mehr streben sollte, als ausreichend zu essen und zu trinken zu bekommen und gelegentlich eine hübsche Magd zu stoßen.
»Was ist mit dem Weib da?« Die Frage seiner Frau riss Harro aus der genießerischen Vorstellung, was er am Abend mit der drallen Wirtsmagd anstellen wollte, und er wandte sich wieder der Gegenwart zu.

»Sie ist für Labadaire bestimmt!« Der Satz beantwortete alle Fragen seiner Frau und glättete ihre vorwurfsvolle Miene. Auf ihren Zügen malte sich kein Mitleid ab, sondern ungezügelte Gier. Ihr war bekannt, dass Harro häufig Fracht übernahm, die den Zöllnern nicht unter die Augen kommen durfte. Sie hatte ihn sogar das eine oder andere Mal dazu gedrängt, solche Aufträge anzunehmen, denn sie liebte es, den Guldentopf auszugraben und zu füllen. Daher pflegte sie keine überflüssigen Fragen zu stellen.

Sie beugte sich zu Marie nieder und schnupperte. »Ihr hättet sie säubern müssen. Sie hat sich selbst beschmutzt.«

»Hier, für deine Arbeit!« Schäfflein schnellte ihr ein Goldstück zu. Sie griff danach wie ein hungriger Falke nach einer Maus, ließ es in einer der vielen Falten ihres Kleides verschwinden und begann ohne ein weiteres Wort, Marie auszuziehen und zu waschen.

Die Männer sahen ihr eine Weile zu. Auch wenn die Wöchnerin stark abgemagert und ihr Unterleib immer noch blutunterlaufen und angeschwollen war, entzündete der nackte Frauenkörper die Sinne der drei.

»Ich glaube, wir sollten meine Alte jetzt allein lassen. Beim Wirt wartet Wein auf uns!« Harro zupfte Schäfflein am Ärmel, um ihn an sein Versprechen zu erinnern. In dem Moment stand Xander auf, legte dem Handelsherrn den Arm um die Schulter und schob ihn Richtung der Tür.

»Der Schiffer hat Recht! Nach dieser Reise haben wir uns einen guten Schluck redlich verdient. Und sage nicht, dass dir nicht auch nach etwas anderem der Sinn steht.« Bei diesen Worten griff der Ritter dem Handelsmann zwischen die Beine und spürte, wie sich eine recht beachtliche Beule bildete.

Auf dem Weg in die Schenke kam Harro noch einmal auf das Geschäft zu sprechen. »Verzeih, Meister Fulbert, aber es wird nicht leicht sein, das Weibsstück mit seinem Balg rechtzeitig nach Koblenz zu schaffen. Es ist ein weiter Weg bis dorthin, und Labadaire dürfte seine Reise bereits angetreten haben. Jetzt im Winter fehlen mir meine Knechte, denn die sind zu ihren Familien zurückgekehrt und werden sich kaum in das schlechte Wetter herauslocken lassen.«

Schäfflein verstand die Bemerkung genau so, wie sie gedacht war, nämlich als Versuch, einen möglichst hohen Preis für die Passage herauszuschlagen. Es half ihm nichts, etliche ausgesuchte Flüche gegen den Mann auszustoßen und ihm zu drohen, sich einen anderen Schiffer zu suchen. Das Weib musste weg, und er erwog nicht zum ersten Mal, es samt dem Balg im Rhein zu ersäufen. Zumindest würde ihm dies etliche Gulden ersparen. Doch die Erinnerung an Frau Huldas hasserfüllte Miene ließ ihn von der Idee Abstand nehmen, denn ihm war klar, dass ihr Gefolgsmann ihm allein schon für den Vorschlag die Knochen brechen würde.

Xander achtete nicht auf Schäffleins verkniffenen Gesichtsausdruck, sondern trat auf Harro zu und legte ihm die Hand auf die Schulter. »Wie viele Knechte brauchst du?«

»Am besten zwei! Doch da es stromabwärts geht, könnte einer reichen. Aber den brauche ich!«

»Ich komme mit und helfe dir.« Xanders Angebot überraschte sowohl Schäfflein als auch den Schiffer.

Harro musterte die Rüstung des Ritters, die trotz ihrer einfachen Machart seinen Stand bekundete, und lachte auf. »Bei Gott, das möchte ich sehen, wie du in Eisen gehüllt die Stange führst! Wenn du über Bord kippst, und das wird gewiss der Fall sein, zieht deine Wehr dich unweigerlich auf den Grund des Stromes.«

»Du wirst mir mit Kleidung aushelfen müssen, die einem Rheinschiffer angemessen ist.« Xander klopfte ihm noch einmal auf die Schulter und schritt dann voraus. Da sehr viel harte Arbeit vor ihm lag, wollte er sich vorher noch einmal richtig amüsieren.

IX.

Obwohl Xander und Harro am Abend kräftig gezecht und sich auch bei den Mägden des Wirtes nicht zurückgehalten hatten, brachen sie am nächsten Morgen im ersten Schein der Dämmerung auf. Marie lag in warme Decken und Felle gehüllt mit der Kleinen an ihrer Seite in einer großen Kiste, die mit versteckt angebrachten Luftlöchern versehen war. Über diesen Behälter hatte Harro Ballen und Kisten gestapelt, die er mit der ersten Frühjahrsfahrt rheinabwärts hatte bringen wollen. Xander war zunächst verärgert gewesen, weil sie nun jedes Mal, wenn sie Marie oder die Kleine versorgen wollten, zuerst die anderen Waren beiseite räumen mussten. Doch bei der ersten Zollstelle sah er den Zweck dieser Maßnahme ein. Die Büttel des zuständigen Rheingrafen ließen sich die beiden obersten Kisten öffnen, warfen einen Blick auf die Frachtliste und begnügten sich mit Harros Versicherung, dass sich in den darunterliegenden Ballen und Kisten ebendiese Waren befinden würden. Neben der Summe, die der Zoll betrug, überreichte Harro ihnen noch ein paar kleinere Münzen als Trinkgeld und wurde wie ein guter Freund verabschiedet.

Nachdem sie wieder auf dem Strom fuhren, zerrte Xander am Kragen seines Schifferkittels, den Harro ihm geliehen hatte. »Wie oft bekommen wir es mit diesen gierigen Kerlen zu tun? Es wäre nicht gerade gut für uns, wenn das Weib einen Laut von sich gibt oder der Balg zu plärren anfängt, wenn die hier herumschnüffeln!«

Harro hob beschwichtigend die Hände. »Da mach dir mal keine Sorge. Meine Alte hat den beiden einen Saft gegeben, der sie sanft und selig schlummern lässt. Wir werden ihnen das Zeug auf dieser Fahrt noch ein paarmal geben müssen. Aber Vorsicht, das Kind darf höchstens zwei, drei Tropfen bekommen, hat sie gesagt, denn es muss ja regelmäßig trinken.«

Der Ritter bedachte ihn mit einem anerkennenden Blick. »Du weißt dir zu helfen, Mann! Es ist wohl nicht das erste Mal, dass du solch eine Fracht mitnimmst.«
»Da liegst du ganz richtig!« Harro hielt Xander für einen Vertrauten seines Auftraggebers und genoss es, seinem Drang zu erzählen keine Zügel anlegen zu müssen.
»Es begann mit einer hübschen Magd, die eine Burgherrin unbedingt loswerden wollte. Ihr Ehemann war geradezu kopflos in das Ding vernarrt, und sie hatte Angst, er würde sich ihrer entledigen, um das schöne Kind zu seiner Geliebten machen zu können. Als Schäfflein ihr wieder einmal Stoffe und Spezereien liefern sollte, hat sie ihm ihr Leid geklagt. Ich hatte gerade die Nachricht von einer neuen Warenlieferung in sein Kontor gebracht und bin dabei ungesehen Zeuge dieses Gesprächs geworden. Als die Frau weg war, habe ich Schäfflein an Jean Labadaire erinnert, der jedes Jahr einen ganzen Schock menschlicher Ware von Südfrankreich bis nach Holland hinunterschafft. Auf ein hübsches Kind mehr, habe ich damals gesagt, wird es dem guten Jean gewiss nicht ankommen, und es ist die unauffälligste Art, so ein Ärgernis spurlos aus der Welt zu schaffen. Natürlich musste ich Schäfflein helfen, die Sache ins Reine zu bringen. Wir haben die Magd aus dem Haus gelockt, in dem ihr Liebhaber sie einquartiert hatte, sie betäubt und unter einigen Ballen Tuch nach Koblenz transportiert. Das hat uns doppelten Verdienst eingebracht, denn der brave Jean war recht großzügig und hat uns etliche Münzen für das Weib auf die Hand gezählt.
Der Sklavenhändler scheint es gewohnt zu sein, lästige Weiber zu entsorgen, denn vor einem guten Jahr hat er Schäfflein eine Marketenderin abgekauft, die diesem Schwierigkeiten bereitet hatte. Die ist nach Worms gekommen und hat behauptet, von ihm geschwängert worden zu sein. Um größeres Aufsehen zu vermeiden, musste auch sie verschwinden, und Labadaire war von ihr so angetan, dass er seinen Beutel aufgemacht hat. Unsere jet-

zige Fracht, fürchte ich, wird ihn nicht so begeistern, denn er dürfte Angst haben, die Kranke könnte ihm seine übrigen Sklaven anstecken.«

»Sie ist nicht krank, sondern nur von einer schweren Geburt geschwächt. Und jetzt schau nach vorne! Dort ragt ein Fels aus dem Wasser.« Xander gab Harro einen Stoß.

Der Schiffer zog jedoch nur lässig das Ruder herum und umschiffte das Hindernis mühelos. »Du magst ja ein guter Kämpfer sein, aber vom Strom verstehst du nichts.«

Sichtlich zufrieden, dem Ritter seine Überlegenheit gezeigt zu haben, setzte Harro seine Rede fort und erklärte, dass Labadaire diesmal gewiss nichts bezahlen, sondern eher noch einen Lohn für die Mitnahme der Frau einfordern würde.

Xander winkte ab. Der Zustand der Gefangenen hatte sich in den letzten Tagen nicht weiter verschlechtert, und da Harros Frau sich mit Kräutern und Säften auskannte, nahm er an, dass sie die Kranke mit den notwendigen Tränken versorgt hatte. Am liebsten hätte er die Alte mitgenommen, um jemanden zu haben, der sich unterwegs um die Gefangene und das Kind kümmern konnte. Doch Harros Frau hatte sich nicht einmal von zwei Goldgulden, die der Kaufmann ihr auf sein Drängen hatte bieten müssen, zu einer Fahrt auf dem winterlichen Rhein überreden lassen.

Als das Kind zu greinen begann, überlegte Xander, ob er sich dieses Störenfrieds entledigen sollte. Aber als er Harro den Vorschlag machen wollte, fiel ihm siedendheiß ein, dass es sich bei dem Säugling nicht um das Kind der Hure handelte, sondern um eine Tochter seiner eigenen Herrin und des von ihm verehrten Falko von Hettenheim. Legte er Hand an dieses Mädchen, würde er ein Verbrechen begehen, auch wenn seine Herrin das Kind von sich gestoßen hatte. Seufzend machte er sich daran, die Kisten und Ballen umzuschichten, bis er den Kasten mit der Gefangenen öffnen und das Kind herausnehmen konnte. Seine

Nase verriet ihm, dass es frisch gewickelt werden musste. Da sie Harros Warenstapel genug saubere Tücher entnommen hatten, stellte das kein Problem mehr dar. Er wusch den Hintern des Kindes mit kaltem Rheinwasser, band ihm eine frische Windel um und legte es der halbbetäubten Marie an die Brust. Zufrieden sah er, dass die Kleine kräftig zu saugen begann.

X.

Sie kamen rascher voran, als Xander angenommen hatte. Harro kannte den Strom tatsächlich besser als die Läuse in seinem Hemd und nützte jede sich bietende Gelegenheit, die Kontrollen durch die Zöllner zu umgehen. Da sein Prahm einen flachen Boden hatte und nicht sonderlich tief im Wasser lag, gelang es ihm, in den Nächten über einige der Ketten zu fahren, die an den Zollstationen den Strom sperrten. Dafür nahm er es in Kauf, weite Strecken in der Dunkelheit zurückzulegen. Ein paarmal wurden sie von den Wächtern entdeckt und vernahmen barsche Rufe, die bald hinter ihnen verhallten, und einmal zischte ein Pfeil dicht an Xanders Kopf vorbei und durchschlug seine Kapuze. Pausen legten sie nur in kleineren Orten ein, in denen Harro Freunde aufsuchen konnte, die selbst keine reinen Westen hatten. Dort erhielten sie warmes Essen und genügend Vorräte für die Weiterreise. Zu Xanders Erleichterung stellte niemand neugierige Fragen, wenn sie ihre Gefangene ins Warme brachten, dort säuberten und wie ein mutterloses Kalb tränkten. Zunächst war die Frau nur in der Lage, Suppe zu schlucken, doch zu Xanders Erleichterung vermochte sie nach einigen Tagen auf dem Brot herumzukauen, das er ihr in den Mund steckte, auch wenn sie die Zähne so langsam und gemächlich bewegte wie eine alte Kuh.

»Ich glaube, das Weib ist verrückt geworden«, erklärte Harro, als sie die Umrisse der Burg Lahneck hoch über dem rechten Rheinufer aufragen sahen.

Xander zuckte mit den Schultern. Maries geistige Verfassung interessierte ihn nicht, solange sie zu jenem Ort geschafft wurde, den seine Herrin für sie vorgesehen hatte. »Hauptsache, sie schreit uns nicht die Leute zusammen. Sieh du nur zu, dass du diesen Franzosen erwischst, damit wir die Frau endlich loswerden.«

Harro hob die freie Hand. »Labadaire wird keine Verrückte mitnehmen wollen.«

»Wenn du deine Belohnung kassieren willst, wirst du ihn dazu überreden müssen!« Xander lachte böse, denn er hatte begriffen, dass Harro noch mehr Geld aus der Sache herausschlagen wollte. Da ihnen der Kräutersaft ausgegangen war und die Gefangene daher wach sein musste, hatte er schon befürchtet, sie finge zu jammern an und würde um Hilfe schreien. Aber sie schien sich nur für das Kind zu interessieren und blieb ansonsten stumm. Also würde sie seiner Ansicht nach auch dem Sklavenhändler keine Probleme bereiten. Er selbst konnte es kaum noch erwarten, seine menschliche Fracht loszuwerden, denn die Fahrt begann zur Qual zu werden. Das Wetter war selbst für diese Jahreszeit zu kalt und es regnete seit Tagen ununterbrochen. Auf den Höhen zu beiden Seiten des Rheins musste es wohl schneien, denn sie wirkten wie mit Mehlstaub gepudert. Das Einzige, was seine Laune aufrechterhielt, war der Gedanke an eine warme Wirtsstube, in der er gemütlich beim Wein sitzen und jene Mägde in den Hintern kneifen konnte, mit denen er später in ihren Kammern verschwinden würde.

Harro lenkte das Boot an Kiesbänken vorbei, die aus dem Niedrigwasser führenden Strom herausragten, und hoffte, er bekäme genug Schwung, das kleine Kap ohne mühsames Staken umrunden und bei Koblenz anlegen zu können. Dort, so erklärte er Xander wortreich, würden sie nicht allzu lange auf den Sklavenhändler warten müssen. Seine Worte mochten prophetisch gewesen sein, denn als die Moselmündung in Sicht kam, schoss eine klobig gebaute Barke auf den Strom hinaus und drehte den Bug flussabwärts. Die Bordwand war höher als bei Rheinschiffen sonst üblich, und das Fahrzeug hatte ein durchgehendes Deck und einen festen Aufbau am Heck. Der Schiffer musste nicht erst nach dem Wimpel am Mast schauen, um zu wissen, wen er vor sich hatte.

»Blutiger Höllenhund, das ist Labadaire! Der Kerl ist heuer früher unterwegs als die Jahre zuvor. Der Teufel soll ihn fressen! Komm, Xander, nimm die Stake und leg dich ins Zeug. Wenn wir den Kahn nicht erwischen, haben wir das Weibsstück bis zum nächsten Jahr am Hals.« Harro eilte zum Mast, um das Segel aufzuziehen, auf das er wegen des schwachen Windes bisher verzichtet hatte. Doch als das Tuch sich wölbte, war sein Schiffchen der Geschwindigkeit des Franzosen immer noch weit unterlegen.

Xander, der es bislang abgelehnt hatte, auch nur einen Handstreich zu tun, half dem Schiffer ohne Murren, auch das zweite Segel zu befestigen. Nun nahm ihr Prahm Fahrt auf, und da der Ritter mit der langen Stange zumeist Grund fand, stellten die beiden Männer aufatmend fest, dass sie Labadaires Barke langsam näher kamen. Um den Sklavenhändler auf ihr Schiff aufmerksam zu machen, stellte Xander sich vorne an den Bug und brüllte mit Harro im Chor. Als dem Ritter die Kraft auszugehen drohte, hatten sie so weit aufgeholt, dass man ihre Rufe auf dem anderen Schiff vernahm.

»Labadaire, du alter Schurke, willst du einem Freund nicht guten Tag sagen?«, schrie Harro hinüber.

Ein in einen dicken Mantel gehüllter Mann trat ans Heck des größeren Schiffes und äugte misstrauisch herüber. Als er den Schiffer erkannte, glätteten sich seine besorgten Gesichtszüge.

»Harro? Du fährst ja immer noch mit deinem Schweinetrog auf

dem Strom. Ein Wunder, dass du noch nicht untergegangen bist!«

»Da warte ich, bis du es mir vormachst, du verdammter Halsabschneider!«

Während dieser herzlichen Begrüßung glitt Harros Boot längsseits, und Xander nahm die Leine entgegen, die ihm einer der Franzosen zuwarf. Labadaire musterte erst ihn und dann Harro mit scharfem Blick.

»Du hast wohl wieder eine spezielle Fracht für mich, mein Freund! Doch ich weiß nicht, ob ich Lust habe, noch einmal das Risiko einzugehen. Die Stromvögte und Hafenkapitäne passen inzwischen so scharf auf wie Luchse.«

Harro kletterte an Bord der Barke und lachte dabei, als habe der andere einen besonders schlüpfrigen Witz erzählt. »So? Seit wann fürchtet sich der große Jean Labadaire vor diesen Hampelmännern?«

Der Franzose blieb ihm nichts schuldig, und für geraume Zeit stritten und beschimpften sie sich heftig, aber so gedämpft, dass ihre Stimmen nicht bis zum Ufer drangen.

Mit einem Mal wandte Harro sich an Xander, der ihm gefolgt war und dem Gespräch mit verwirrter Miene zugehört hatte.

»Mein Freund Jean verlangt einhundert Gulden dafür, dass er die Frau mitnimmt.«

»Lieber werfe ich sie in den Rhein und lasse sie ersaufen.« Xander drehte sich um und tat so, als wolle er auf den Prahm zurückkehren, um seine Drohung auf der Stelle wahr zu machen.

Sofort begann der Sklavenhändler einzulenken. »Gib mir fünfzig Gulden und du bist sie los.«

»Keinen einzigen! Eher soll der Strom sie haben.« Xander hatte Harros Behauptungen, Labadaire würde Geld verlangen, statt welches zu zahlen, nicht ganz ernst genommen und es versäumt, Schäfflein mehr als jene Hand voll Gulden abzupressen, die er für die Rückreise benötigte. Daher enthielt sein Beutel nur einen Bruchteil der Summe, die der Sklavenhändler verlangte.

Labadaire zog die Stirn kraus und schien das Risiko abzuwägen. Schließlich gewann seine Geldgier die Oberhand. »Also gut, ich sehe mir die Frau an. Kann man mit ihr noch etwas anfangen, nehme ich sie umsonst mit, ansonsten wandert sie tatsächlich in den Strom.«

»Deine Leute können das Weibsstück in der Nebelwand dort vorne an Bord nehmen.« Harro zeigte dabei auf einen dichten grauen Schleier, der sich ein Stück stromabwärts über das Wasser spannte. Auch er wollte die Fracht endlich loswerden und schnauzte Xander an, ihm dabei zu helfen, die Kiste mit der Gefangenen freizuräumen.

Der Ritter zögerte, denn ihm wurde jetzt erst bewusst, dass Frau Huldas Feindin an diesem Tag in völlig fremde Hände überging. Was würde geschehen, wenn der Franzose Marie Adlers Worten Glauben schenkte, die Ehefrau des Reichsritters Michel Adler auf Kibitzstein zu sein, und ihr half, nach Hause zurückzukehren? An diese Möglichkeit hatte seine Herrin wohl nicht gedacht. Darüber wunderte er sich nicht, denn Frau Hulda war schließlich auch nur ein Weib, das der Leitung durch den Verstand eines Mannes bedurfte. Ritter Falko wäre dieser Fehler nicht passiert. Während Xander noch regungslos dastand und in die Luft starrte, schwangen sich zwei Knechte des Franzosen auf Harros Schiff und legten die große Kiste frei. Einen Augenblick stritten sie sich, ob sie das schwere Ding hochhieven oder es lieber öffnen und nur die Frau auf ihre Barke schaffen sollten. Ein scharfes Wort ihres Herrn beendete den Disput. Da niemand sehen sollte, welche Fracht hier den Besitzer wechselte, schlangen sie auf Labadaires Befehl zwei Seile um die Kiste und zogen sie mit Hebebaum und Flaschenzug an Deck des eigenen Schiffes.

Xander, der sich immer noch alle Schrecken ausmalte, die eine Rückkehr der Marie Adlerin nach Kibitzstein zur Folge haben

konnte, knirschte mit den Zähnen. Doch er konnte nicht mehr tun, als zuzusehen, wie der sargähnliche Kasten auf dem Deck des Sklavenschiffs abgestellt und geöffnet wurde. Die Matrosen waren offensichtlich geübt darin, mit menschlicher Ware umzugehen, denn sie zogen die Frau behutsam, aber mit so geschickten Griffen aus dem Kasten, dass sie sich auch dann nicht hätte wehren können, wenn sie kräftig und bei vollem Bewusstsein gewesen wäre. Bei dem Anblick der bleichen, ausgemergelten Gestalt verzog Labadaire angewidert die Lippen. Doch als einer seiner Knechte ihm das Kind zeigte, schluckte er die Flüche, die ihm über die Lippen hatten kommen wollen.
»Die Frau hat vor kurzem geboren?«
Xander nickte heftig. »Das hat sie! Und deswegen phantasiert sie auch. Du darfst nichts auf das geben, was sie sagt.«
Labadaire machte eine wegwerfende Handbewegung. »Glaubt ihr, ich schwatze mit meinen Sklaven? Um die kümmern sich meine Leute! Die sind eurer Sprache jedoch kaum mächtig und werden gar nicht verstehen, was dieses Weib daherredet – wenn sie überhaupt noch redet. Sie sieht ja jetzt schon halb tot aus, und ich bezweifle, dass sie den heutigen Tag überleben wird.«
»Sie ist verdammt zäh, mein Freund. Diese Geburt hätte so leicht keine zweite Frau überstanden. Während der Rheinfahrt hat sich ihr Zustand schon gebessert. Dennoch musst du eines sicherstellen: sie darf nicht zurückkommen!« Xander lachte nervös, und das bewies Labadaire, dass mehr dahintersteckte, als er angenommen hatte.
Der Sklavenhändler interessierte sich weder für das Weib noch für den Mann, der so nervös war wie ein Füllen, welches zum ersten Mal den Sattel spürt. Was ging es ihn an, aus welchen Gründen diese Person aus dem Weg geräumt worden war. Er zuckte nur mit den Achseln, scheuchte Xander und Harro von Bord und befahl seinen Knechten, die Seile zwischen den Booten zu lösen.

Xander konnte sich gerade noch an Harro festhalten, als ihr Kahn freikam und auf den Wellen tanzte. »Verdammt! Beinahe hätte ich doch noch in diesem verdammten Strom gebadet«, fluchte er und blickte der französischen Barke nach, die nach kurzer Zeit vom Nebel verschluckt wurde.

»Das wäre erledigt! Jetzt sollten wir zusehen, dass wir in Koblenz anlegen und uns dort erst einmal richtig aufwärmen. Ich muss dort noch den Rest meiner Fracht abliefern und mir eine neue suchen, die flussaufwärts geht. Der nächste Teil der Fahrt wird etwas leichter, denn ich werde einen Treidelknecht mieten, der uns hochzieht.« Harro rieb sich zufrieden die Hände und dachte an die harten Gulden, die Schäfflein ihm für diese Fahrt versprochen hatte.

Xander bleckte die Zähne wie ein missmutiger Hund. Glaubte der Kerl etwa, er würde weiterhin seinen Knecht spielen? Seine Laune besserte sich jedoch, als er daran dachte, dass der Schiffer neben Schäfflein der Einzige war, dem die Verbindung zwischen Frau Hulda und dem französischen Sklavenhändler nachgewiesen werden konnte. Was aus dieser Marie wurde, war ungewiss. Sie konnte ebenso gut sterben wie in die Fremde verschleppt werden. Darauf hatte er keinen Einfluss mehr. Aber hier konnte er tun, was notwendig war, um seine Herrin zu schützen.

Kaum hatte Xander diesen Entschluss gefasst, trat er hinter den Schiffer und klopfte ihm lachend auf die Schulter. »Ja, kalt ist es fürwahr! Und für dich wird es gleich noch viel kälter werden.«

Bevor Harro reagieren konnte, legte Xander ihm die Hände um den Hals und drückte zu. Der Schiffer riss den Mund weit auf, griff mit einer Hand nach Xanders Daumen, um ihn zu brechen und so den Griff zu lösen, und mit der anderen versuchte er, sein Schiffermesser zu ziehen. Doch ehe seine Finger sich um den Knauf schließen konnten, schleuderte Xander ihn ruckartig nach rechts und dann nach links, so dass die Halswirbel unter seinen Händen brachen.

Mit einem spöttischen Fluch riss der Ritter dem toten Schiffer die Börse ab, warf ihn über Bord und ergriff das Ruder. Auf der bisherigen Fahrt hatte er genug gelernt, um den Prahm steuern zu können, und so bereitete es ihm keine Mühe, eine flache Stelle am Ufer anzufahren. Als die Unterseite über den Kies schrammte, sprang er in das flache Wasser, stemmte sich mit den Schultern gegen den Bug und schob das Boot in den Fluss zurück, bis die Strömung es erfasste. Er sah noch zu, wie es sich um sich selbst drehte und im Nebel verschwand. Dann stieß er erleichtert die Luft aus, stieg aus dem Wasser und kletterte den steilen Hang des Hochufers empor. Von der Anhöhe aus konnte er bereits das nächste Dorf sehen. Er stapfte darauf zu, kehrte jedoch nicht ein, sondern kaufte einen alten Gaul und ritt nach Süden.

XI.

Fünf Tage später erreichte Xander Harros Heimatdorf und lenkte das Pferd zur Hütte des Schiffers. Harros Weib hörte ihn kommen und steckte neugierig den Kopf zur Tür heraus. »Ach, du bist es! Wo ist mein Mann? Warum hast du ihn nicht mitgebracht?«

»Der ist noch auf dem Strom. Er kann ja nicht ohne seinen Kahn zurückkehren. Ich bin vorausgeritten und will meine Sachen holen.«

»Komm herein!« Die Frau gab die Tür frei und sah zu, wie der Ritter eintrat und sich der Schifferkleidung entledigte. Als er nackt vor ihr stand, verzog sie missbilligend das Gesicht. »Damit kannst du bei mir nicht prunken. Ich bin meinem Mann ein treues Weib.«

Xander musterte sie verächtlich. »Bei Gott, ehe ich auf so etwas wie dich steige, schlage ich meinen Prügel gegen die Wand. Wie kann Harro es nur aushalten, das Bett mit dir zu teilen?«

»Im Gegensatz zu dir weiß er, dass er überall ein wohlfeiles Loch finden kann. Eine richtige Ehefrau ist jedoch mehr wert als eine kurze Rammelei.« Mit diesen Worten drehte sie dem Ritter den Rücken zu und trat an den Herd, um ihre Suppe vor dem Überkochen zu bewahren.

Xander kleidete sich in sein eigenes Gewand und begann seine Rüstung anzulegen. Barsch forderte er die Alte auf, ihm die Schnallen zuzuziehen. Ihr Gesichtsausdruck verriet, dass sie es nur tat, um ihn so rasch wie möglich loszuwerden. Als Xander das Gewicht seines Schwertes an seiner Seite spürte, schnaufte er erleichtert und schüttelte die Erinnerung an die Knechtsdienste, die er auf dem Prahm hatte leisten müssen, mit einer ärgerlichen Bewegung ab.

Die Schifferfrau trat zur Tür und öffnete sie mit einer unmissverständlichen Geste. Doch Xander schloss die Tür mit einem Tritt, legte der Alten fast im gleichen Atemzug die Hände um den Hals und brach ihn wie einen dürren Zweig. Dann ließ er sie mit einem Ausdruck des Ekels auf ihre Lagerstatt fallen. Er überzeugte sich noch einmal, dass das Weib wirklich tot war, verließ die Hütte und schwang sich auf seinen Gaul.

Wenig später hatte er die Herberge erreicht, in der er sein Ritterpferd untergestellt hatte. Auch dort hielt er sich nicht auf, obwohl der Wirtsknecht ihm die Vorzüge des Essens und der Schankmägde anpries, sondern zahlte die geforderte Summe und ritt scheinbar ohne jede Eile davon. Innerlich zerfraß er sich immer noch vor Sorge um die Sicherheit seiner Herrin. Zwar hatte er mit Harro und dessen Weib zwei Zeugen ausgeschaltet, doch wenn Marie Adlerin, wie Alke es mehrfach behauptet hatte, wirklich mit dem Teufel im Bunde war, mochte es ihr gelingen, zurückzukommen und Frau Hulda ins Unglück zu stürzen. Jetzt wünschte er, er hätte diese Hure ersäuft und das Kind in einer größeren Stadt auf die Stufen einer Kirche gelegt in der Hoffnung, dass sich jemand seiner erbarmte oder es in einem Waisenhaus Obdach fand.

Xander ahnte nicht, dass der größte Nutznießer seiner Morde an den Schiffersleuten Fulbert Schäfflein hieß. Nachdem die Tote entdeckt worden war und kurz darauf die Nachricht die Runde machte, dass Harros Leiche bei Vallendar an Land getrieben worden sei, kaufte der Handelsherr dem Erben die Hütte für eine geringe Summe ab. Dann ließ er seine Knechte den Fußboden aufgraben, bis sie auf den Tontopf mit den Gulden stießen. Das Geld entschädigte ihn nicht nur für die Ausgaben, zu denen Frau Hulda ihn gezwungen hatte, sondern machte Maries Beseitigung sogar noch zu einem ausgezeichneten Geschäft.

XII.

Marie tauchte nur langsam aus dem Dunkel auf, das ihren Geist umfangen hielt. Als Erstes fiel ihr auf, dass die Welt um sie herum schwankte und schaukelte wie auf einem Schiff. Irritiert versuchte sie, die Erinnerungsfetzen zu sortieren, und fragte sich, warum man sie schlafend an Bord gebracht hatte. Der Schiffer, den sie angeheuert hatte, wollte doch noch einige Tage in Speyer bleiben und neue Ladung übernehmen. Warum hatte man sie nicht geweckt? War sie krank geworden?
Sie griff sich an den Kopf, der sich anfühlte, als hätte man ihn mit einem festen Band umwickelt, das immer strammer gezogen wurde, und stöhnte bei der Berührung auf. »Anni? Wo bist du? Was ist geschehen?«
Anstelle ihrer tschechischen Leibmagd antwortete jemand in einer Sprache, die wie Vogelgezwitscher klang. Mühsam öffnete sie die verklebten Augen und glaubte im ersten Moment, ihr Herz müsse stehen bleiben. Über sich sah sie ein Wesen, das nur ein Dämon der Hölle sein konnte. War sie gestorben und direkt in Luzifers Schlünde gestürzt? Sie war mehr schockiert als verängstigt, denn sie hätte nie geglaubt, so viele

schwere Sünden begangen zu haben. Dann wurde ihr klar, dass sie noch atmete. Also schien sie nur in einem schlimmen Albtraum gefangen zu sein.

Sie kniff die Augen fest zu und öffnete sie dann vorsichtig. Entgegen ihrer Hoffnung war die schwarze Gestalt immer noch da. Marie presste ihre Hand auf ihr wild springendes Herz und brachte den Mut auf, genauer hinzusehen. Wie ein Teufel sah das Wesen nun doch nicht aus. Wohl wirkte seine Haut in dem spärlichen Licht pechschwarz und das kurze Haar so kraus wie das eines neugeborenen Lammes. Aber es hatte weiße Zähne wie ein normaler Mensch und rote, leicht aufgeworfene Lippen. Seine Augen waren eher braun, und das Weiß, das sie umgab, leuchtete aus dem Gesicht heraus.

Mühsam erinnerte Marie sich, dass sie von solchen Leuten bereits gehört hatte. Man nannte sie Mohren, und sie kamen aus einem Land, das Afrika heißen sollte. Ihre dunkle Hautfarbe bekamen die Einwohner dort von der Sonne, die so heiß vom Himmel schien, dass die Kinder schon verbrannt aus dem Mutterleib kamen.

Bei dem Gedanken an Schwangerschaft und Geburt wollte ihr der Kopf vor Schreck schier zerspringen. Sie fuhr sich mit den Händen an den Leib und stellte panikerfüllt fest, dass ihr Bauch sich glatt, beinahe eingefallen anfühlte. Gleichzeitig glaubte sie sich an Hulda von Hettenheim erinnern zu können, die höhnisch lachend einen prächtigen, neugeborenen Knaben vor ihren Augen wiegte und behauptete, dies sei nun ihr Sohn.

Das Greinen eines Säuglings durchbrach den wilden Tanz in Maries Kopf und ließ sie aufhorchen. Bevor sie sich aufrichten und umsehen konnte, bückte das Mohrengeschöpf sich, hob ein Kind auf und öffnete ihr das Oberteil des Kittels, den sie trug. Erstarrt sah Marie zu, wie die schwarzen Hände ihr den Säugling auf den Leib legten und ihn mit ihrem Arm stützten, so dass das Kind saugen konnte, ohne herunterzurutschen. Das Wesen ging dabei so schnell und geschickt vor, als hätte es die Handgriffe schon sehr oft gemacht.

Im nächsten Augenblick hatte Marie das schwarze Geschöpf schon vergessen, obwohl es neben ihr stehen blieb, als müsse es auf sie aufpassen, denn sie interessierte sich nur noch für das Kind. Es war ihr, als würden mit jedem Tropfen Milch, den das Kleine schluckte, neue Erinnerungen hochgespült, und sie biss sich auf die Lippen, um nicht vor Schmerz und Entsetzen aufzuschreien. Das hier war nicht ihr Kind, sondern Frau Huldas Tochter. Ihren eigenen Sohn wollte dieses Weib zum Nachfolger des Verräters und Mörders Falko von Hettenheim erziehen und zum Feind seines wahren Vaters machen. Wie ein zehrendes Feuer durchlief diese Erkenntnis ihren Leib, und sie bäumte sich auf. Sofort kniete das Mohrenwesen neben ihr nieder und hielt sowohl sie wie auch das Kind fest. Als der schwarze Körper sich gegen sie stemmte, spürte Marie, dass es sich um ein weibliches Exemplar seiner Rasse handeln musste, und die glatte, weiche Haut verriet ihr, dass sie es mit einem Mädchen oder einer noch sehr jungen Frau zu tun hatte.

Zwar war das Aussehen der Mohrin Marie immer noch unheimlich, doch sie war ihr dankbar für die Hilfe und brachte mühsam ein »Vergelt's Gott!« über die trockenen Lippen.

Die Dunkelhäutige antwortete ihr in ihrer unverständlichen Sprache und schien sich ihren lebhaften Gesten nach zu freuen, überhaupt etwas von ihr zu hören. Sie streichelte das winzige Händchen des Kindes und zeigte dann auf ein sauberes Stück Tuch. Als Marie der Kleinen die sich leer anfühlende Brust entzog, nahm die Mohrin ihr das Kind ab und wechselte ihm geschickt die Windeln. Dabei sah Marie, dass es sich tatsächlich um einen weiblichen Säugling handelte, und um einen allerliebsten dazu. Es war kaum zu glauben, dass Ritter Falko und Frau Hulda die Eltern dieser niedlichen Kleinen sein sollten. Marie seufzte tief, dieses Kind würde sie nicht von sich stoßen können. Es war ebenso wie sie selbst ein Opfer von Frau Huldas verbrecherischen Plänen. Noch während sie darüber nachdachte, wie sie die Kleine am besten versorgen konnte, begriff sie, dass sie erst einmal herausfinden musste, welches Schicksal man ihr zugedacht hatte.

Mühsam richtete sie sich auf und sah sich um. Sie befand sich in einer länglichen, hölzernen Kammer, deren vorderer und hinterer Teil im Dunkeln lagen. Direkt über ihr spendete eine von der Decke hängende Laterne so viel Licht, dass es der Mohrin möglich war, sich um sie und das Kind zu kümmern. Marie nahm an, dass sie und die Kleine ihr Überleben hier unten diesem Mädchen verdankten, und schenkte der Mohrin ein Lächeln. Dann versuchte sie, ein wenig mehr von ihrer Umgebung zu erkennen. Langsam wurde ihr Blick klarer, und aus dem Halbdunkel schälten sich die Gesichter von größeren Kindern und jungen Mädchen, die wiederum sie beobachteten. Als sie Maries Blick auf sich gerichtet sahen, klangen Worte in einer fremden Sprache auf und dann redete ein etwas älteres Kind eifrig auf die Mohrin ein.

Diese antwortete mit lebhaften Gesten, drehte sich aber sofort wieder zu Marie um und setzte ihr die Öffnung eines Lederschlauchs an die Lippen. Marie verschluckte sich, so dass die Flüssigkeit über ihr Kinn lief und auf ihren Busen tropfte. Einige der Kinder, die wohl Durst litten, seufzten entsagungsvoll auf und zogen sich wieder in das Dunkel zurück. Die Mohrin beachtete sie nicht, sondern sorgte dafür, dass Marie viel trank, damit ihr die Milch nicht ausging. Dann bedeutete sie ihr, dass sie zwischen ihren Beinen nachsehen wolle. Marie öffnete gehorsam die Schenkel und sah zu, wie ihre Betreuerin ein Sacktuch entfernte, das ihr wohl als eine Art Windel gedient hatte, und den Verband abnahm, der ihre Scheide bedeckte. Dann säuberte die Mohrin sie sanft mit einem feuchten Lappen.

Dabei konnte Marie sehen, dass ihr Unterleib von sich schon

stark verfärbenden Blutergüssen bedeckt und um die Scheide angeschwollen war. Doch als sie sich krümmte und schnupperte, konnte sie nichts Brandiges riechen. Soweit sie die Zeichen zu deuten vermochte, heilten die Verletzungen, die sie sich bei der schweren Geburt zugezogen hatte, gut ab. Dennoch schauderte sie bei der Vorstellung, wie es ihr hätte ergehen können, denn sie hatte oft genug erlebt, wie elend Frauen nach einer schweren Niederkunft und unsachgemäßer Geburtshilfe gestorben waren.

Die Mohrin rieb Maries Verletzungen mit einer schwärzlichen, widerwärtig riechenden Salbe ein, die für einen Augenblick unangenehm brannte, und befestigte den Verband wieder, jedoch so locker, dass er sich beiseite schieben ließ. Dann schlug sie ihr den Kittel nach unten und legte sich mit einem Lächeln, das durch die weißen Zähne in dem dunklem Gesicht noch breiter wirkte, neben ihre Patientin und kuschelte sich an sie. Sie schien überglücklich zu sein, dass Marie endlich zu Bewusstsein gekommen war, und brachte das durch eine Reihe fröhlich trillernder Laute zum Ausdruck.

Maries Blick wanderte zwischen ihr und den Kindern hin und her, und sie fragte sich, wohin sie geraten sein mochte. Nun fiel ihr das Klirren von Ketten auf, das sie eigentlich schon die ganze Zeit vernommen hatte und das von außerhalb in die Kammer drang. Das hatte gewiss nichts Gutes zu bedeuten, aber solange sie niemanden fand, mit dem sie reden konnte, würde das Rätsel ungelöst bleiben.

»Kann mich jemand von euch verstehen?«, fragte sie, erhielt aber nur unverständliche Antworten in fremden Sprachen.

Sie holte tief Luft und bemerkte, wie stickig und feucht es in dem Raum war. Panik quoll in ihr auf, denn es war, als kämen die hölzernen Wände des Kastens auf sie zu und schnürten ihr den Atem ab. Sie schlug um sich, um sich zu befreien, doch ihre dunkelhäutige Pflegerin hielt ihr schnell die Hände fest, als hätte sie

Angst, sie könne sich selbst verletzen, und sprach in beruhigendem Tonfall auf sie ein.

Als Marie den Angstanfall überwunden hatte und wieder frei atmen konnte, fragte sie sich, ob sie nicht doch ein verständliches Wort aus der Mohrin herauslocken konnte. Sie zeigte erst auf die andere und dann auf sich. »Wer bist du? Ich heiße Marie. Verstehst du? Marie!«

Die Mohrin starrte sie einen Augenblick lang fragend an, dann nickte sie, tippte mit dem Zeigefinger auf Maries Brust und sprach ihren Namen, wobei sie das R rollte. Dann wies sie auf sich selbst. »Alika! Alika!«

»Du heißt Alika.« Marie wiederholte den Namen unter dem heftigen Nicken der Mohrin und atmete ein wenig auf. Mit dem Austausch der Namen schien ihr die schwerste Hürde genommen zu sein. Nun war ihre Helferin kein fremdartiges Wesen mehr, das der Hölle entschlüpft sein konnte, sondern ein Geschöpf Gottes, das einen Namen trug und mit dem sie sich bald würde verständigen können. Dann musste Marie über sich selbst lächeln, denn soweit sie gehört hatte, waren die Mohren keine Christenmenschen, also auch keine Kinder Gottes, und da mochte es mit der Verständigung schwierig werden. Aber wenn sie es sich recht überlegte, widersprach diese Auffassung, die von vielen Priestern gelehrt wurde, der Tatsache, dass Gott die gesamte Welt und damit ja wohl auch Mohren und andere Heiden geschaffen hatte. Und waren es nicht gute Christenmenschen gewesen, die ihr ihren Sohn geraubt und sie in dieses Verlies gesteckt hatten? Wie es aussah, hatte sie mehr mit der schwarzen Alika gemein als mit Hulda von Hettenheim.

Mit einem Mal polterte und krachte es über Maries Kopf, so dass sie erschrocken zur Decke blickte. Dort öffnete sich gerade eine Klappe. Jemand hielt eine hellere Lampe herein und rief ein paar höhnisch klingende Worte nach unten. Er schien Französisch zu sprechen, denn so ähnlich hatten die Huren aus Frankreich geklungen, denen sie während des Konstanzer Konzils begegnet war. Damals hatte sie sich keine Mühe gegeben, die fremde Sprache zu lernen, und das bedauerte sie nun.

Alika sprang auf, stellte sich unter die Luke und nahm die Holznäpfe entgegen, die jemand ihr reichte. Dem Geruch nach zu urteilen, mussten sie mit etwas Essbarem gefüllt sein. Alika gab die Näpfe an die Kinder weiter, die schweigend nach ihnen griffen und den Inhalt mit bloßen Händen in sich hineinschaufelten. Mit den letzten beiden Schalen hockte sie sich neben Marie und drückte ihr eine davon in die Hand. Sie sagte etwas, das ihren Gesten nach die Frage sein konnte, ob sie Marie füttern sollte. Das hatte sie wohl regelmäßig getan, denn in Maries Schüssel lag ein Löffel und Alika griff schon danach.

Marie schüttelte den Kopf, nahm den Löffel und probierte vorsichtig. Das Essen bestand aus einer Art Eintopf, der Steckrüben, gehackte Gerste und ein wenig Fleisch enthielt. Letzteres war zu Fetzen zerkocht, so dass nicht zu erkennen war, von welchem Tier es stammte. Die wenigen Fasern waren so zäh, dass Marie sie zuletzt einfach hinunterschluckte und hoffte, ihr Magen würde alleine damit fertig.

Nachdem sie gegessen hatte, meldete ihr Körper andere Bedürfnisse an. Sie sah sich hilflos um. Alika begriff sofort, was Marie quälte, sie setzte ihren Napf ab, ergriff die Kette, an der die Lampe hing, und drückte sie so, dass eine bisher im Dunkeln gebliebene Ecke ausgeleuchtet wurde.

Dort befand sich ein viereckiger Kasten, der oben ein rundes Loch aufwies und so niedrig war, dass auch ein Kind darauf sitzen konnte. Marie legte den Säugling, der auf ihrem Schoß eingeschlafen war, vorsichtig auf den leeren Sack, welcher ihr als Lager diente, und versuchte sich zu erheben. Doch ihre Glieder verweigerten ihr den Dienst. Alika bot ihr ein zerfasertes Tuch an, in das sie sich dem Geruch nach zu urteilen in ihrer Bewusstlosigkeit entleert haben musste. Angewidert drehte sie den Kopf weg und bat das Mädchen mit Gesten, ihr zu helfen.

Irgendwie kam Marie mithilfe der Mohrin auf die Beine, und auf Alikas Arm gestützt erreichte sie mit der Geschwindigkeit einer Schnecke den Abtritt. Dort bereiteten ihr die gewöhnlichen Verrichtungen Höllenqualen, und als sie sich endlich entleert hatte, weinte sie vor Erleichterung und Erschöpfung. Doch die Quälerei war noch nicht vorbei, denn Alika säuberte sie mit dem gehäckselten Stroh, das zu diesem Zweck in einem Korb neben dem Kasten stand. Dabei stachen die spitzen Halme in die noch wunden Stellen und vermehrten ihre Schmerzen. Nach dieser Prozedur war Marie so schwach, dass sie sich nicht mehr auf den Beinen halten konnte, und so trug Alika sie mehr, als sie sie stützte, bis sie ihr primitives Lager erreicht hatte. Unter dem leeren Sack, der ihr als Bett diente, lag ebenfalls Stroh, doch das war inzwischen bretthart geworden und stank faulig.

Da Marie nichts anderes übrig blieb, ließ sie sich mit einem tiefen Seufzer nieder und drückte das Kind wieder an sich. Dabei bemerkte sie, dass die Bewegung ihrem Kopf gut getan hatte, denn sie erinnerte sich mit einem Mal an jene Tage in Hulda von Hettenheims Gefangenschaft, an denen man ihr keinen Betäubungstrunk eingeflößt hatte. Sie nahm an, dass ihre Feindin sie nicht auf ihre Stammburg gebracht hatte, sondern auf die Festung aus Hettenheimer Besitz, die am weitesten von allen Handelsstraßen entfernt lag und vor überraschenden Besuchern weitestgehend sicher war. An den Namen hätte sie sich eigentlich erinnern müssen, denn er war bei einem Wortwechsel zwischen Marga und den Wachtposten gefallen. Aber sie wusste nicht mehr, als dass es sich um ein Tier gehandelt hatte. Trotz allen Nachsinnens kam Marie nicht darauf, und so begann sie, die Bezeichnungen einiger Tiere aufzusagen.

»Wolf war es nicht. Vielleicht Fuchs? Fuchsburg? Nein! Wiesel? Dachs? Es war etwas Kleines, ein Marder oder ein Otter. Otternburg? Ja, so hieß sie!« Marie genoss einen Augenblick lang den Triumph, einen Schlüssel zu Frau Huldas Schuld in den Händen zu halten. Doch wie sollte sie aus diesem Wissen Kapital schlagen? Den Geräuschen und Bewegungen nach zu urteilen befand sie sich auf einer Art Gefangenenschiff, das sie zu einem unbekannten Ziel brachte. Sie würde ihre Umgebung genauestens beobachten und auf jeden noch so kleinen Hinweis achten müssen, um die erste Möglichkeit zur Flucht erkennen und nutzen zu können, ganz gleich, an welchen Ort sie das Schicksal verschlug. Sie hatte die heilige Pflicht, ihren Sohn zurückzuholen und seinem Vater in die Arme zu legen. Dabei würde es nur ein angenehmer Nebeneffekt sein, die Pläne ihrer Feindin zu durchkreuzen, Heinrich von Hettenheim zu seinem Erbe zu verhelfen und ihre Rachegelüste zu stillen.

Nun glitten ihre Gedanken zu Michel, und sie stellte sich vor, wie verzweifelt er nach ihr suchen würde. Sie glaubte ihn vor sich zu sehen, verhärmt und niedergeschlagen von den vergeblichen Versuchen, sie zu finden. Bei dieser Vorstellung fauchte sie, so dass Alika und die Kinder in ihrer Nähe zusammenzuckten und sie erschrocken anstarrten. Sie bemerkte es kaum, denn in ihrem Kopf war nur Platz für ihren Mann, Trudi und ihren noch namenlosen Sohn, der sich in den Händen einer unberechenbaren Verrückten befand. Wie sie Hulda einschätzte, würde die Frau in dem Augenblick, in dem ihr Hass auf sie und Michel ihre Habgier überwog, den Jungen sterben lassen oder sogar eigenhändig umbringen. Bei dieser Vorstellung stiegen ihr die Tränen in die Augen, und in ihrer Kehle ballten sich Schreie, mit denen sie ihre Verderberin verfluchen und ihr Schicksal beklagen wollte. Sie begriff jedoch, dass sie sich diesen Gefühlen nicht hingeben durfte, wenn sie nicht in Gefahr geraten wollte, selbst den Verstand zu verlieren.

Mit zusammengebissenen Zähnen hielt sie sich eine stumme Predigt. Du bist fünf harte Jahre als Wanderhure über die Stra-

ßen gezogen, Marie, und hast einen grauenhaften Winter in der Gefangenschaft der Taboriten überstanden. Also wirst du auch jetzt nicht aufgeben! Du wirst durchhalten, ganz gleich, was mit dir geschehen mag, denn du musst zurückkehren, deine Feindin anklagen und deinen Sohn zurückfordern, und wenn du den Pfalzgrafen oder gar Kaiser Sigismund persönlich für seine Rückgabe verantwortlich machst.
Während sie auf sich selbst einhämmerte, begriff sie, dass sie sich den Rückweg wahrscheinlich auf eine Art und Weise erkämpfen musste, die es ihr unmöglich machen würde, weiterhin als Edeldame an Michels Seite zu leben. Wahrscheinlich würde ihr zu guter Letzt nichts anderes übrig bleiben, als ihrem Gemahl das Kind in die Arme zu drücken und aus seinem Leben zu verschwinden.

XIII.

Ritter Heinrich von Hettenheim empfand Burg Kibitzstein als tristen, wenig einladenden Ort, und das lag nicht allein an dem trüben Wetter und dem Regen, der wie ein dichter Vorhang vom Himmel fiel. Es war, als trauere sogar die Landschaft rings um die Festung. Bisher hatte er nur Gerüchte über Maries Tod gehört. Aber alles in ihm sträubte sich gegen den Gedanken, jene prächtige Frau, die er auf den Feldzügen gegen die aufständischen Böhmen kennen und schätzen gelernt hatte, würde nicht mehr existieren. Sie war stark gewesen und so voller Leben, dass er erwartete, sie aus dem Tor der Burg treten und über all das Gerede lachen zu sehen. Doch die Burg blieb abweisend und wirkte wie verlassen.
»Der Herrgott kann das einfach nicht zugelassen haben!«
»Das mit Frau Marie, meint Ihr?« Sein Knappe Anselm hatte ebenfalls seine gute Laune verloren und ritt wie ein grauer Schat-

ten an seiner Seite. Nun wischte er sich über das Gesicht, um die Nässe zu trocknen, die nicht allein vom Regen stammte. »Ich muss immer daran denken, wie sie mit uns am Lagerfeuer saß und uns in einer Zeit Mut gemacht hat, an die ich mich nur noch mit Schaudern erinnern kann. Der Herrgott wird sie nicht zu sich genommen haben! Das wäre nicht gerecht.«
»Der Herrgott lässt vieles zu, was wir Menschen nicht verstehen.« Ritter Heinrich war froh, als sie das Burgtor erreicht hatten und das Gespräch beenden konnten, welches sich nur um Tod und Leid gedreht hatte.
Der Türmer von Kibitzstein hatte die Reisenden längst gemeldet, und daher wurde das große Tor geöffnet, ehe sie den Klopfer betätigen konnten. Als Heinrich von Hettenheim aus der Torburg in den Hof ritt, sah er Michel auf sich zukommen. Scharfe Linien hatten sich in das Gesicht seines Freundes eingegraben, und an den Schläfen waren breite weiße Strähnen zu sehen. Er wartete, ohne ein Wort zu sagen, bis sein Gast abgestiegen war, und umarmte ihn dann, als wolle er sich an ihm festhalten.
Ritter Heinrich spürte, dass Trauer und Verzweiflung Michel zu brechen drohten, und senkte betrübt den Kopf. »Es stimmt also. Marie ist tot.«
Michel nickte mit verschleierten Augen. »Die letzte Hoffnung ist zerronnen. Vor drei Tagen ist ein Bote des Vogts von Speyer erschienen und hat uns die Nachricht gebracht, dass Maries Leichnam ein Stück weiter flussabwärts entdeckt worden ist. Viel war nicht mehr zu erkennen, denn sie hatte bereits zu lange im Wasser gelegen, doch man konnte ein Stück Tuch aus ihrem Kleid herausschneiden. Anni und ich haben es sofort erkannt.«
»Gott schenke ihr die ewige Ruhe und führe sie in die Seligkeit.« Ritter Heinrich schlug das Kreuz und blickte Michel dann herausfordernd an. »Du darfst dich jetzt nicht gehen lassen! Das wäre gewiss nicht in Maries Sinn. Denk an eure Tochter! Da Trudi ihre Mutter verloren hat, braucht sie dich mehr denn je.«

»Du hast ja Recht! Es ist nur ... sie fehlt mir so sehr! Nachdem wir durch den böhmischen Krieg so lange getrennt waren, hatte ich gehofft, uns würden ein paar schöne Jahre hier auf Kibitzstein bleiben. Zu unserem neuen Besitz gehören Weinberge, an denen Marie viel Freude gehabt hätte. Sie hat schon in Rheinsobern welche besessen und wusste einen guten Tropfen zu keltern.« Michel versuchte vergeblich, die aufsteigenden Tränen zurückzuhalten.
Heinrich von Hettenheim verstand seinen Schmerz, sagte sich jedoch, dass er seinen Freund aus der Apathie reißen musste. »Behalte Marie in deinem Gedächtnis, wie du sie zuletzt gesehen hast, aber verschließe dich nicht vor der Welt. Bei Gott, du bist ein gut bestallter Reichsritter und niemandem untertan als dem Kaiser selbst. Du musst an deinen Besitz denken und an Trudi, die ihn einmal erben wird! Vielleicht heiratest du sogar noch einmal, um einen Sohn zu bekommen.«
Michel lachte misstönend. »Ich und noch einmal heiraten? Wie könnte ich nach meiner Marie irgendein Weib zur Frau nehmen? Es gibt keine, die ihr das Wasser reichen kann!«
»Dann erziehe deine Tochter gut und sorge dafür, dass sie ein gesichertes Erbe übernehmen kann. Oder willst du, dass Kibitzstein und damit auch sie zum Spielball der Nachbarn werden?«
Das ließ Michel zusammenzucken. »Das will ich gewiss nicht, aber ...«
»Da gibt es kein Aber! Du bist Michel Adler, Reichsritter auf Kibitzstein, und hast Verpflichtungen deinem Besitz, deiner Tochter und dem Kaiser gegenüber!«
Michel machte eine wegwerfende Handbewegung. »Herr Sigismund hat mich für die nächsten drei Jahre von allen Pflichten ihm gegenüber befreit, damit ich meine Herrschaft hier festigen kann.«
»Dann tu das gefälligst auch!« Heinrich von Hettenheim sah seinen Freund kopfschüttelnd an. »Ich glaube, ich bin gerade zur rechten Zeit gekommen. Du brauchst einen Nasenstüber, der

dich wieder auf den richtigen Pfad bringt. Aber den würde ich dir lieber bei einem guten Braten und einem Becher Wein verpassen. Außerdem bin ich nass bis auf die Haut.«
»Verzeih, ich bin ein schlechter Gastgeber. Zdenka, kümmere dich darum, dass Herr Heinrich ein warmes Bad und frische Kleider bekommt. Dann lass auffahren, was Küche und Keller für zwei hungrige Gäste hergeben.« Michel drehte sich zu der Wirtschafterin um, die er und Marie aus Böhmen mitgebracht hatten, und sah, dass Zdenka dem Gesinde bereits die nötigen Befehle erteilte.
Unterdessen war Trudi Mariele entschlüpft und sprang nun ungeachtet des Regens in ihrem dünnen Kleidchen die Treppe des Palas herab. Mit ausgebreiteten Armen rannte sie auf Ritter Heinrich und Anselm zu. »Habt ihr Mama mitgebracht?«
Heinrich von Hettenheim schüttelte bedauernd den Kopf. »Leider nicht, Schätzchen. Deine Mama ist im Himmel und passt von dort aus auf dich auf.«
Die Kleine schürzte die Lippen und funkelte ihn zornig an. »Meine Mama ist nicht im Himmel! Ich weiß, dass sie zurückkommen wird.«
»Trudi versteht noch nicht, was geschehen ist.« Michel nahm seine Tochter auf den Arm, drückte sie an sich und sah ihre blauen Augen auf sich gerichtet, die ein wenig dunkler waren als die ihrer Mutter. In diesem Augenblick vermisste er Marie noch mehr als sonst.

XIV.

Eine Weile später saßen Michel, seine Gäste und einige seiner Getreuen an der Tafel. Obwohl Zdenkas Mägde schöne Bratenstücke, frisches Brot und einen süffigen Wein aufgetragen hatten, aßen die meisten, als habe man ihnen Sägespäne hingestellt.

Selbst Heinrich von Hettenheim, den der Ritt hungrig gemacht hatte, musste sich zwingen, etwas zu sich zu nehmen. Es erfüllte ihn mit Sorge, dass Michel in seinem Essen herumstocherte, es aber nur auf dem Teller verteilte, anstatt es zum Mund zu führen. Seinen Weinbecher aber hatte er sich in der kurzen Zeit zum vierten Mal mit dem schweren Getränk füllen lassen, welches hier ausgeschenkt wurde, und er leerte ihn jedes Mal bis zur Neige.

Anni und Zdenka schien es ebenfalls nicht zu gefallen, dass Michel so viel trank, doch sie hatten keine Möglichkeit, ihn davon abzuhalten. Ritter Heinrich bedauerte, dass Michi nicht anwesend war, denn dem aufgeweckten Jungen wäre es vielleicht gelungen, seinem Patenonkel ins Gewissen zu reden.

»Trinkst du nicht ein wenig zu viel, Michel?«, fragte er in die lähmende Stille hinein.

Sein Freund sah auf und starrte ihn an. »Ich? Wieso?«

»Merkst du denn nicht, dass du deinen Wein hinunterschüttest, als wäre es Wasser? Auf diese Weise wirst du deine Herrschaft schneller verlieren, als du sie bekommen hast. Bei Gott, Michel, ich habe schon genug Männer am Wein zugrunde gehen sehen und will nicht, dass es dir ebenso ergeht.« Heinrichs Stimme klang beschwörend, er war bereit, seine Freundschaft zu Michel aufs Spiel zu setzen, um ihn vor dem Abgrund zurückzureißen.

Michel betrachtete den Becher, der gerade von einer Magd zum fünften Mal gefüllt worden war, und nickte grimmig. Früher hatte er sich nie viel aus Wein gemacht und meist nur das dünne Zeug getrunken, das kaum stärker war als Wasser. Maries Verlust lag jedoch so schwer auf seiner Seele, dass er auch die guten Tropfen wahllos in sich hineingeschüttet hatte. Bei dem Gedanken daran, wie sehr er früher die unter der Aufsicht seiner Frau gekelterten Weine genossen hatte, kamen ihm wieder die Tränen wie bei allem, was ihn an Marie erinnerte.

Dennoch schob er den Becher von sich und winkte die Magd zu

sich. »Hol mir Wasser und misch zu einem Viertel Wein darunter. Das wird mir gewiss besser bekommen.«

Ritter Heinrich atmete innerlich auf. Wie es aussah, hatte Maries Ende seinen Freund zwar schwer getroffen, ihn aber nicht gebrochen. »So gefällst du mir besser, Michel. Misch auch mir den Wein mit Wasser, Mädchen. Dein Herr und ich haben uns viel zu erzählen, und dabei ist ein schwerer Kopf von Übel.«

Heinrich musterte nun die Gesellschaft. Die meisten kannte er von den Feldzügen in Böhmen her, und diesen stand die Trauer um Marie ins Gesicht geschrieben. Nur ein ihm unbekannter junger Mann in der Kleidung eines Edelmanns trug eine leicht gelangweilt wirkende Miene zur Schau.

»Den Jüngling dort hast du mir noch nicht vorgestellt«, erinnerte er Michel.

»Entschuldige meine Unhöflichkeit! Das ist Junker Ingold von Dieboldsheim, der Sohn eines Nachbarn. Er versteht sich nicht mit seinem älteren Bruder, daher hat sein Vater mich gebeten, ihn als Gefolgsmann aufzunehmen.«

Michels Stimme gab keinen Aufschluss, wie er zu dem schmucken Burschen stand. Den anderen am Tisch war anzumerken, dass sie den Junker noch nicht in ihren Kreis aufgenommen hatten. Er weilte wohl noch nicht lange genug unter ihnen und würde sich bemühen müssen, jenes kameradschaftliche Verhältnis aufzubauen, welches die anderen teilweise schon seit Jahren miteinander verband.

Heinrich fragte sich, welchen Grund der Vater des Jünglings gehabt haben mochte, ihn ausgerechnet nach Kibitzstein zu schicken. Als Freier für Trudi kam er noch nicht in Frage, denn das Mädchen würde erst in zehn Jahren als mannbar gelten und verheiratet werden können. Allerdings hatte ein schmucker junger Ritter, der sich bis dorthin in ihr Herz geschlichen hatte, die besten Aussichten auf ihre Hand. Zudem mochte der Reichsritter auf Dieboldsheim es für nützlich erachten, bei einer bevorstehen-

den Fehde auf eine mögliche Unterstützung durch den Herrn von Kibitzstein hinweisen zu können, zumal Michel beim Kaiser hoch angesehen war.
Der Gedanke an Sigismund brachte Ritter Heinrich dazu, das Gespräch in eine neue Richtung zu lenken. »Ich komme nicht zufällig vorbei, denn ich bin auf dem Weg nach Nürnberg. Mein Abt hat durchgesetzt, dass ich ein weiteres Mal zum Hauptmann der zusammengezogenen Truppen unseres Gaus ernannt worden bin. Wir sollen nach Böhmen marschieren und die Kelchbrüder, die sich mit Herrn Sigismund geeinigt haben, gegen die rebellischen Taboriten unterstützen. Ich bezweifle jedoch, dass es dazu kommt, denn der Kaiser soll nach Ungarn aufgebrochen sein, um sich den Osmanen entgegenzustellen, die wieder einmal das Land verheeren.«
Mit dieser Nachricht gelang es dem Ritter, seinen Freund aus seiner Lethargie zu reißen. Michel schüttelte den Kopf und lachte dann bitter auf. »Bei Gott, wenn der Kaiser seinen böhmischen Verbündeten nicht beisteht, werden die Taboriten sie zerschmettern, und was danach folgt, wird ein Krieg sein, der alles bisher da Gewesene übertrifft.«
»Die Herren Heinrich von Niederbayern, Albrecht von Österreich und Friedrich von Sachsen haben bereits bekundet, die Kelchbrüder unterstützen zu wollen. Ihnen ist am meisten daran gelegen, Böhmen zu befrieden, denn ihre angrenzenden Ländereien wurden oft genug von den Hussiten verwüstet.«
Seine Bemerkung war der Beginn einer längeren Diskussion über die Lage in den Unruhegebieten des Reiches. Ingold von Dieboldsheim gab Ansichten von sich, die von großem Interesse und selbständigem Denken zeugten. Heinrich von Hettenheim war froh, dass der Junker sich als guter Gesprächspartner erwies, denn er hätte nicht gewusst, wie er Michel ohne Unterstützung aus dem Kokon seiner Trauer hätte herausholen können.
Michel gab seine Überlegungen zuletzt sogar recht lebhaft zum

Besten und schlug mit der Faust auf den Tisch. »Es ist ein Kreuz mit dem Reich und leider auch mit dem Kaiser! Er kann nicht genug Kronen auf seinem Haupt sammeln und hält doch keine richtig fest. Was soll ihm dieses Ungarn? Er bekommt von den Leuten dort keine Bewaffneten und keinen einzigen Gulden für seine Belange im Reich. Stattdessen muss er Krieger und Gold aus den eigenen Besitzungen herausziehen, um die Grenzen dieses Landes gegen die osmanischen Heiden halten zu können. Die aber gehen ihm im Kampf gegen die Taboriten ab. Die böhmische Krone mag er meinetwegen tragen, denn schließlich zählt diese Gegend zum Reich. Doch Ungarn geht uns gar nichts an ...« Michel brach ab, um nicht allzu ungehörig vom Kaiser zu sprechen.

Junker Ingold war anzusehen, dass er Michels Ansicht nicht teilte, doch als jüngster Ritter an der Tafel wagte er es nicht, seine Meinung zu heftig zu vertreten, zumal Ritter Heinrich dem Gastgeber lebhaft zustimmte. »Der Kaiser verzettelt sich und kämpft an zu vielen Fronten, anstatt seine Macht dort zu festigen, wo es notwendig wäre. Die Zeche werden am Ende diejenigen bezahlen, die ihm Geld und Leute für seine schlecht geplanten Kriegszüge zur Verfügung gestellt haben, nämlich Reichsritter wie ihr, kleine Reichsstädte und die Reichsabteien, zu denen auch die gehört, für die ich kämpfe. Die ganz hohen Herren, deren Vasallen und Aftervasallen halten sich fein aus den Auseinandersetzungen heraus und raffen dabei immer mehr Land an sich. Wenn es so weitergeht, wird das Reich noch zerbrechen!«

»Das will ich doch nicht hoffen. Seit Karl IV. hat das Reich mehrere schwache Kaiser ertragen, doch sollte Albrecht von Österreich Herrn Sigismund als dessen Schwiegersohn auf dem Thron folgen, wird ein anderer Wind durch unser Deutschland wehen.« Für den Augenblick hatte Michel seine Trauer überwunden und wirkte so kämpferisch wie in alten Zeiten.

Ritter Heinrich atmete innerlich auf. »Komm doch mit mir, mein

Freund! Der Kaiser wird bald wieder aus Ungarn zurückkehren. Dann solltest du dich ihm in Erinnerung bringen, damit du in seiner Gunst verbleibst.«

»Ich weiß nicht ...« Michel hob hilflos die Hände, denn er begriff, dass er es Trudi schuldig war, sich das kaiserliche Wohlwollen zu erhalten. »Vielleicht werde ich dich begleiten, aber lass mir noch etwas Zeit. Jetzt beantworte mir eine Frage: Wieso dienst du immer noch dem Abt des Klosters Vertlingen? Verweigert Herr Ludwig von der Pfalz dir etwa die Herausgabe deines Hettenheimer Erbes?«

Ritter Heinrich blickte Michel erstaunt an. »Weißt du es noch nicht? Frau Hulda soll ihrem Gemahl fünf Monate nach dessen Tod einen Erben geschenkt haben. Erst hieß es, das Kind sei schwächlich und es wäre nicht gewiss, ob es überleben würde. Bei Gott, ich habe noch keinem Menschen den Tod gewünscht, doch in diesem Fall wäre ich beinahe schwach geworden, zumal die Umstände seiner Geburt nicht nur mir recht mysteriös erschienen. Das Weib meines verfluchten Vetters hat sich nämlich für die Geburt auf eine abgelegene Burg zurückgezogen und ist bis heute noch nicht an den Hof des Pfalzgrafen nach Heidelberg zurückgekehrt. Doch es heißt, Huldas Balg habe sich inzwischen prächtig herausgemacht. Würde ich den Adelsstolz der Frau nicht kennen, müsste ich annehmen, sie habe ein fremdes Kind als ihr eigenes ausgegeben.«

Michel schüttelte den Kopf. »Ich habe Hulda und ihren Vater Lauenstein kennen gelernt und kann mir nicht vorstellen, dass sie so etwas tut. Allein der Gedanke, das Kind einer Magd als ihr eigenes aufziehen zu müssen, würde sie vor Ekel schaudern lassen.«

»Zumal sie dem Balg, wie es heißt, selbst die Brust geben soll«, warf Ritter Heinrich ein.

»Dann ist es wirklich Falkos Kind und damit der Erbe von Hettenheim. Es tut mir leid für dich, mein Freund, aber du wirst dich

damit abfinden müssen.« Michel legte den Arm um Heinrichs Schulter, um ihn zu trösten, doch der winkte nur lachend ab.
»Bei Gott, so schlecht geht es mir auch wieder nicht. Wenn mir der hochwürdige Herr Abt, so wie er es mir versprochen hat, eine der zum Kloster zählenden Besitzungen als Afterlehen überlässt, kann ich meinen Söhnen einmal mehr vererben als Rüstung, Schwert und meinen guten Namen. Dafür solltest du bei deiner Tochter auch sorgen!«

Dritter Teil

Verschleppt

I.

Ein steter Nieselregen ging über dem mächtigen, vielfach verzweigten Strom und seinen Ufern nieder, die so flach waren, dass es den Anschein hatte, sie müssten bereits bei einem einzigen heftigen Regenguss überflutet werden. Trotzdem lag mitten in dieser Landschaft, in der die Grenzen von Wasser und Land kaum zu bestimmen waren, eine große Stadt. Um diese herum zog sich ein Wall aus aufgeschichteter Erde, dessen Kamm von einer Ziegelmauer gekrönt wurde. Drei Tore durchbrachen das Bollwerk und führten hinaus auf Straßen, die aus Knüppeldämmen bestanden. Dort, wo der Wall von einem breiten Kanal geteilt wurde, endete er in stark befestigten Türmen. Der Wasserweg bot Schiffen und Prähmen einen bequemen Weg zu den großen Häusern der Handelsherren, deren vorstehende Firstbalken Rollen und Seilzüge trugen, mit denen die wertvolleren Waren ins Dachgeschoss gehievt werden konnten. Eine wuchtige Stadtkirche und mehrere kleinere Gotteshäuser überragten mit ihren quadratischen Türmen die Stadtmauer, und zwischen diesen und den mehrstöckigen Patrizierbauten drängten sich die Hütten, in denen das einfache Volk hauste.
Trotz des Regens, der selbst die dicksten Mäntel und Überwürfe durchnässte und den Stoff schwer wie Blei werden ließ, herrschte reges Leben im Hafen, der außerhalb der Stadtmauer lag, und es wimmelte bereits jetzt im März von Schiffen. Zwischen bauchigen, hochseetüchtigen Koggen, die vor ihren Ankern schwoiten, suchten sich die verschiedenen Stromfahrer wie Schuten, Aaks, Buisen und Sniken ihren Weg. Rufe schallten über das Wasser, Taue wurden geworfen und Fässer und Ballen mittels der als Kräne verwendeten Mastbäume direkt von Bord zu Bord geladen. Die Männer, die hier arbeiteten, waren es gewohnt, bis auf die Haut nass zu werden, während sich die Kapitäne und Kaufherren gegen das nasse Element mit Kapuzenmänteln wappne-

ten, deren Stoff mit Wachs getränkt war. Einen Umhang dieser Art trug auch der hoch gewachsene Mann, der auf dem Achterdeck einer etwas abseits liegenden Kogge stand. Es hatte den Anschein, als werde sie von den großen Handelsschiffen gemieden. Drei kleinere Boote lagen durch Fender geschützt und gut vertäut neben dem hochbordigen Schiff und ein viertes steuerte eben darauf zu.

»In diesem Jahr erscheint Labadaire wenigstens rechtzeitig«, sagte der Mann im Mantel zu seinem Maat, der sich mit einem über die Schulter geworfenen Stück Segeltuch gegen den Regen schützte und gerade mit affenartigen Bewegungen die steile Treppe zum Hinterdeck erklomm.

»Das ist gut, Kapitein, denn nun werden wir vor den Friesen in Riga ankommen und ein besseres Geschäft machen.« Der Mann nickte zur Bekräftigung und blickte seinen Schiffsführer fragend an.

»Sollen wir die Fracht gleich übernehmen, Kapitein, oder wollt Ihr sie gesondert prüfen?«

Christiaan Zoetewijn, der Kommandant der Geit, schüttelte den Kopf. »Sieh du dir an, was Labadaire da anschleppt, und sortiere aus, was dir nicht passt. Ihn selbst schickst du gleich zu mir in die Achterkajüte. Dem Kerl werde ich nämlich was aus dem Buche Levi lesen, darauf kannst du dich verlassen!«

Der Maat grinste, denn Zoetewijns Donnerwetter waren gefürchtet. Er besann sich rasch wieder auf seine Pflicht und befahl dem Schiffer einer Schute, der seine menschliche Ladung bereits an die Geit übergeben hatte, den Platz für Labadaires Barke frei zu machen.

Zoetewijn betrat unterdessen die Kapitänskajüte und nahm auf einem wuchtigen Stuhl Platz. Ein großes Bett mit einem hochklappbaren Gitter, das ihn bei starkem Wellengang davor schützte, im Schlaf hinauszufallen, zwei schwere Seekisten und ein ebenso wie der Stuhl am Boden verschraubter Tisch stellten

die gesamte Einrichtung dar. Da der Stuhl für den Kapitän bestimmt war, musste jeder, der in die Kajüte gerufen wurde, wie ein Dienstbote vor dem Herrn der Kogge stehen bleiben, es sei denn, Zoetewijn ließ ihm einen Klappstuhl bringen. Das tat er jedoch nur bei besonders angesehenen Gästen.
Für Jean Labadaire gab es diesen Luxus nicht. Der hagere Franzose trat ein und nahm nach einem mahnenden Hüsteln des Maats, der ihn begleitet hatte, die Kappe ab. Der Kapitän tat so, als bemerke er den Sklavenhändler nicht, und beschäftigte sich intensiv mit seiner Ladeliste, auf der neben der bereits an Bord genommenen Menschenfracht auch etliche Dutzend Bierfässer und andere Waren verzeichnet waren, die er im Osten zu einem guten Preis zu verkaufen hoffte.
Labadaire dauerte das Warten schließlich zu lange und er räusperte sich. Zoetewijn blickte auf und musterte ihn aus seinen wasserhellen Augen, als sähe er ihn zum ersten Mal.
»Zu deinem Glück bist du diesmal früh genug gekommen. Ich wäre sonst losgesegelt, ohne auf dich zu warten. In den beiden letzten Jahren sind mir die Friesen zuvorgekommen, und das muss ab jetzt anders werden.« Obwohl Zoetewijn auch Französisch sprach, verwendete er nun seine holländische Muttersprache. Der Franzose sprudelte zunächst Begrüßungsworte hervor, bei denen er beide Sprachen bunt mischte, bequemte sich aber auf Zoetewijns ärgerlich verzogene Miene hin, Holländisch zu sprechen.
»Ich haben mich beeilt, mein Freund, und bringe gute Ware.«
»So gut wie letztes Jahr? Da hast du mir ein christliches Weibsstück als maurische Sklavin untergeschoben und mich damit in Reval in verdammte Schwierigkeiten gebracht! Was glaubst du, wie man mich behandelt hat, als dieses Ding vor allen Leuten das Vaterunser und den Rosenkranz aufzusagen wusste? Ich musste sie für einen Bettel freigeben! Zum Glück hat ein Handwerker sie mir abgekauft, dem die Frau weggestorben war und der ein

halbes Dutzend Würmer zu Hause zu versorgen hatte.« Zoetewijns Stimme wurde mit jedem Wort lauter, bis er den Franzosen regelrecht anbrüllte.

Labadaire war jedoch zu abgebrüht, um sich ins Bockshorn jagen zu lassen. Szenen dieser Art gehörten zum Geschäft, und er wusste, dass der Holländer sonst beide Augen zuzudrücken pflegte. Sklaven waren im Osten heiß begehrt, zumal sie nicht leicht zu bekommen waren. Die Kirche verbot den Verkauf von Christenmenschen, auch wenn sie bei Schuldnern und Verurteilten manchmal Ausnahmen machte. Also waren Männer wie er darauf angewiesen, mit Mauren und anderen Heiden zu handeln, die man im maurischen Spanien gefangen genommen oder auf Schiffen erbeutet hatte. Darüber hinaus gab es noch das eine oder andere Schlupfloch, um an Sklaven zu kommen, und das nutzte Labadaire ebenso wie Zoetewijn. Ketzer fielen nämlich nicht unter die Kategorie Christenmensch, und so war es in einem gewissen Umfang möglich, Mägde oder Kinder, die des Schreibens und Lesens unkundig waren, als solche zu bezeichnen und sie nach Osten zu verschiffen. Pech war allerdings, wenn einer der Verkauften in der Lage war, das christliche Glaubensbekenntnis ohne Fehl und Tadel aufzusagen, so wie es Zoetewijn im letzten Jahr miterlebt haben musste.

»Pardon, Kapitein, aber war diese Sklavin wirklich von mir?« Labadaire beschloss erst einmal, sich dumm zu stellen.

Zoetewijn hieb mit der Faust auf den Tisch, dass es krachte. »Und ob sie von dir war, du lügnerischer Hund! Und das war nicht die erste anrüchige Ware, die du mir untergejubelt hast!«

Labadaire hob beschwichtigend die Hände. »Kapitein, von mir erhaltet Ihr immer nur beste Ware. Ich weiß doch, was Ihr wünscht.«

»Wenn so etwas noch einmal passiert, kannst du deine halbverhungerten Krüppel nächstes Jahr nach Friesland bringen, denn ich werde dir keinen Sklaven mehr abkaufen, selbst wenn es ein

Mohr sein sollte, dem man den Heiden auf hundert Schritt ansieht.« Einmal in Fahrt gekommen, ließ der Kapitän ein weiteres Donnerwetter auf den Franzosen los, doch der begann nur zu grinsen und zupfte Zoetewijn am Ärmel.
»Diesmal habe ich eine richtige Mohrin dabei, Kapitein! Sie ist noch jung, aber bereits gut gestaltet.« Labadaires Hände zeichneten recht ausladende Kurven in die Luft.
Zoetewijns Gedanken gingen sofort in die gewünschte Richtung. »Eine richtig schwarze Mohrin, sagst du, jung genug, das Blut jedes Tölpels zu erhitzen?«
Labadaire bejahte. »Genauso ist es, Kapitein. Ihr werdet in Reval einen guten Preis für sie bekommen.«
Sofort verzerrte sich das Gesicht des Schiffers. »In Reval darf ich mich dank deiner Dummheit einige Zeit lang nicht mehr blicken lassen. Ich werde wohl bis Riga fahren oder die Ware gleich nach Russland hinein bis Pskow oder Nowgorod schaffen müssen. Dort vermag ich vielleicht sogar etwas höhere Preise zu erzielen.«
»Dann könnt Ihr mich auch besser bezahlen.« Labadaire grinste den Holländer herausfordernd an, doch Zoetewijn winkte ab.
»Daraus wird nichts! Schließlich bedeutet es um einiges mehr Aufwand und Kosten, nach Nowgorod zu reisen, und ich käme deutlich später hierher zurück. Damit würde ich das Geld verlieren, das ich mit der Hinfahrt verdient habe, denn die Waren, die ich aus dem Osten mitbringe, müssen als erste im Jahr versteigert werden. Bei den späteren Auktionen zahle ich drauf! Außerdem bist du mir noch den Verlust schuldig, den mir die Sklavin vom letzten Jahr bereitet hat.«
Die Miene des Holländers verriet, dass dieser nicht mit sich handeln lassen würde, und so forderte Labadaire nicht mehr als den üblichen Preis. Wie schlecht er derzeit bei Zoetewijn angesehen war, zeigte sich schon daran, dass dieser ihm sonst nach einer gewissen Zeit einen Stuhl hatte bringen lassen. In diesem Jahr geschah nichts dergleichen.

Ohne anzuklopfen trat der Maat in die Kajüte und sprach ein paar belanglose Worte, während er seinem Kapitän heimlich zu signalisieren versuchte, was er von der Ladung hielt. Zuletzt deutete der Mann mit einem Grinsen auf Labadaire. »Unser Freund hat uns schon wieder eine Deutsche andrehen wollen. Das Weib ist allerdings nicht bei Verstand, denn es hat versucht, mir weiszumachen, es sei die Gemahlin eines hohen Ritters und würde mich reich belohnen, wenn ich es freigäbe.«

Zoetewijn begann schallend zu lachen. »Bei Gott, das schlägt dem Fass den Boden aus! So eine Dreistigkeit habe ich noch nie erlebt. Oder hast du mir wirklich ein Adelsdämchen unter die Fracht geschmuggelt, Labadaire?« Die Frage war nicht ganz ernst gemeint, denn weder der Kapitän noch sein Maat konnten sich so etwas vorstellen. Da ihr Lieferant Maries Herkunft ebenfalls nicht kannte, fiel er in ihr Lachen ein.

Labadaire wollte die gute Stimmung des Holländers ausnützen, um doch noch einen höheren Preis herauszuschlagen, doch da klopfte es an die Tür. Ein Matrose steckte den Kopf herein und deutete hinter sich. »Der hochwürdige Vater Abraham ist gekommen, um sich die Fracht anzusehen.«

»Dann führe ihn herein und sorge dafür, dass ein Stuhl für ihn gebracht und Wein aufgetragen wird.« Zoetewijn verwandelte sich im Bruchteil eines Augenblicks vom hart verhandelnden Schiffer in einen leutseligen Mann, der allen Menschen wohlwollend gegenübersteht.

Der Matrose zog sich zurück, und statt seiner betrat ein schmaler Mann mit asketischen Gesichtszügen den Raum. Er reichte dem Maat, der sofort auf ihn zueilte, den nassen Filzumhang und hob die Hand zu einer segnenden Geste. Labadaire und der Kapitän sanken auf die Knie, und der Maat, der sich den Umhang des Priesters schnell über den Arm hängte, folgte ihrem Beispiel.

»Nun, mein Sohn, was hast du mir zu berichten?« Die Stimme des Priesters klang streng, denn der Zwischenfall mit der

Sklavin in Reval war ihm von einem Neider Zoetewijns zugetragen worden.
Der Kapitän zwang sich zu einem devoten Ausdruck und blickte ehrerbietig zu dem Kirchenmann hoch. »Ich habe die Frachtpapiere vorbereitet, hochwürdiger Herr. Aber ich muss die Sklaven noch eintragen, die mir heute geliefert worden sind.«
»Dann tu dies, mein Sohn.« Der Pfarrer trat seitlich hinter den Stuhl, auf den Zoetewijn sich jetzt wieder setzte. Der Kapitän begriff, dass er die von Labadaire gelieferten Sklaven vor den Augen des Klerikers in seine Frachtliste eintragen musste, und schwor sich, dem hageren Franzosen den Hals umzudrehen, wenn es auch diesmal Unstimmigkeiten geben würde.
Labadaire fühlte sich ebenfalls nicht gerade wohl in seiner Haut. Die Kirche duldete zwar den Sklavenhandel mit Heiden, reagierte aber bei verschleppten Christenmenschen unter Umständen mit Verurteilungen zu Leibesstrafen, die die weltliche Gerichtsbarkeit ausführte. Da sich Christen unter seiner Fracht befanden, beschloss er, dies offen zuzugeben, bevor der Priester es auf andere Weise erfuhr.
»Pardon, hochwürdiger Vater, doch acht der Männer, die ich Mijnheer Zoetewijn überbracht habe, stammen aus den Schuldgefängnissen Südfrankreichs. Es handelt sich um Verbrecher, die verkauft wurden, um wenigstens einen Teil ihrer Schulden zu tilgen.«
Der Priester fuhr mit einer heftigen Bewegung auf. »Dann hätte man sie auf die Galeeren schicken können statt zu den wilden Moskowitern oder Tataren!«
Er legte Zoetewijn die Hand auf die Schulter. »Mein Sohn, du wirst diese Männer nicht an russische Ketzer oder gar an die Heiden verkaufen, sondern in Reval ehrlichen Christenmenschen übergeben, auf dass die Seelen dieser Unglückseligen vor Anfechtungen gefeit bleiben und sie auf die Erlösung durch unseren Herrn Jesus Christus hoffen können.«

»Natürlich werde ich dies tun, hochwürdiger Vater«, versprach Zoetewijn, um die Zusage sofort wieder zu vergessen.
»Du hast diesmal sehr viele Kinder an Bord, mein Sohn. Das ist nicht gut! Man hätte sie besser in ein Kloster geben und dort im Sinne der christlichen Lehre erziehen sollen.«
»Wenn es mir möglich wäre, würde ich sie Euch schenken, hochwürdiger Vater! Aber ich bin ein Handelsmann und auf meinen Verdienst angewiesen. Wenn Ihr die Kinder kaufen wollt, mache ich Euch natürlich einen guten Preis.« Zoetewijn hätte nichts dagegen gehabt, einige der jüngeren Sklaven auf diese Weise loszuwerden, denn nicht alle würden die lange Seereise nach Osten überleben.
Der Priester schüttelte mit einem bedauernden Lächeln den Kopf. »Dafür fehlen mir leider die Mittel, mein Sohn. Die Ausgaben, welche die heilige Kirche zu tätigen hat, sind sehr hoch, denn es müssen mächtige Dome errichtet werden, die dem Volk die Herrlichkeit Gottes näher bringen. Auch fordert Seine Heiligkeit, der Papst, viel Geld von uns für den Kampf gegen die Heiden, die die Länder der Christenheit bedrängen.«
Zoetewijn nickte und spielte dann seinen Trumpf aus. »Das verstehe ich sehr gut, hochwürdiger Herr. Glaubt nicht, dass es mir leicht fällt, all diese Kindlein in ein fremdes Land zu verschleppen, anstatt sie bei uns zu guten Christenmenschen erziehen zu lassen. Erlaubt, dass ich Euch wenigstens eines von ihnen überlasse. Ihr könnt den Jungen in ein Kloster geben, damit er dort Gott dienen kann, oder ihn zum Chorknaben in Eurer Kirche machen.« Ein Wink an den Maat begleitete seine Worte. Dieser verließ die Kabine und kehrte kurz darauf mit einem vielleicht fünf Jahre alten bildhübschen Jungen mit dunklen Haaren und braunen, angstvoll aufgerissenen Augen zurück.
Der Priester betrachtete das Kind und nickte unwillkürlich. Der Knabe war noch jung genug, um als guter Christ und Diener

Gottes erzogen werden zu können. Doch als er ihn aufforderte, etwas zu sagen, blickte das Kind mit zusammengepressten Lippen zu Boden. Labadaire grinste. »Lasst mich nur machen, ehrwürdiger Vater!«
Dann erklärte er dem Jungen in schlechtem Arabisch, dass man ihm den Bauch aufschlitzen würde, wenn er sein Schweigen nicht aufgab. Erschrocken sah dieser ihn an und stammelte ein paar Worte.
»Der Knabe hat eine schöne Stimme und wird sich in meinem Chor gut machen.« Der Priester wirkte zufrieden. Auch wenn er schon das eine oder andere Mal ein Heidenkind geschenkt bekommen oder in seltenen Fällen sogar losgekauft hatte, erschien ihm dieser kleine Maure als etwas ganz Besonderes. Er stellte sich den Jungen im Chorhemd vor und glaubte schon, ihn jubilierend Gott in der Höhe preisen zu hören. Dabei achtete er kaum noch auf Zoetewijn, der die Liste noch einmal durchging.
»Das wäre alles, hochwürdiger Vater!« Der Kapitän trug den letzten Namen ein, der auf Labadaires Liste stand. Die Schrift war kaum zu entziffern, doch darauf kam es auch nicht an, sondern auf die Notiz, dass es sich um ein Ketzerweib mit seinem Säugling handele, die Labadaire aus Frankreich mitgebracht hatte. Frauen interessierten den Priester wenig, und Ketzerinnen gleich gar nicht. Daher nahm er die Feder, die Zoetewijn ihm erwartungsfroh reichte, tauchte sie in das Tintenfass und setzte die Erklärung unter die Liste, dass er die menschliche Fracht geprüft und für gut befunden habe. Diese Versicherung unterschrieb er mit seinem Namen und dem seiner Kirche. Wie bei jedem Kontrollbesuch auf einem der Sklavenschiffe war Vater Abraham davon überzeugt, ein gutes Werk getan zu haben, indem er den Menschenhändlern auf die Finger sah. Er nickte Zoetewijn und Labadaire noch einmal zu, packte den Maurenknaben an der Schulter und forderte ihn zum Mitkommen auf. Der Maat legte ihm den Umhang so über die Schulter, dass der Priester und das

Kind darunter geborgen waren, und dann verließ der Mann Gottes zufrieden lächelnd die Kajüte.
Labadaire wartete, bis die Schritte des Pfarrers verklungen waren, und fing dann schallend an zu lachen. »Den Schwarzrock habt Ihr ja leicht geködert. Sagt bloß, Ihr schenkt ihm jedes Jahr einen hübschen Knaben! Die braucht er doch gewiss nicht nur zum Singen.«

II.

Marie schalt sich eine blutige Närrin. Wie hatte sie nur annehmen können, dass man ihr verzweifeltes Gestammel ernst nehmen würde? Aber sie war nicht dazu gekommen, richtig nachzudenken, denn sie hatte zum ersten Mal, seit sie wieder zu Bewusstsein gekommen war, einen anderen Menschen vor sich gesehen als die Mohrin und die gefangenen Kinder. Daher hatte sie die Gelegenheit, sich bemerkbar zu machen, nicht ungenützt verstreichen lassen wollen. Der Mann hatte ihr jedoch nicht einmal richtig zugehört, sondern ihr einen Schlag mit seinem Stock versetzt, der immer noch schmerzte, wenn auch nicht so stark wie ihre Wut auf sich selbst.
»Ich bin dumm, ganz einfach nur dumm! Ich hätte mir doch selbst nicht geglaubt, wenn ich solch eine Geschichte gehört hätte.« Alika sah Marie sorgenvoll an. Die junge Mohrin hatte Maries Versuch mit angesehen, mit dem Maat der Geit zu reden, aber da sie die Worte nicht verstanden hatte, begriff sie auch nicht, warum die Frau nun so verzweifelt war. Um sie auf andere Gedanken zu bringen, legte sie ihr das kleine Mädchen in den Schoß.
Marie blickte auf das Kind und sagte sich, dass das Schicksal sie mit einer Pflicht geschlagen hatte, die sich bei einer möglichen Flucht als ein Hemmschuh erweisen würde. Die Kleine war

nicht ihr Fleisch und Blut, dennoch fühlte sie sich für das kleine Würmchen verantwortlich.

Während der letzten Tage hatte das Mädchen regelmäßig trinken können und war sichtlich gediehen. Dazu mochte auch beigetragen haben, dass Maries Milch reichlicher floss als während ihrer Krankheit. Sie freute sich, dass es dem Kind besser ging, und wunderte sich über ihre fast mütterlichen Gefühle der Tochter jener Frau gegenüber, der sie ihre elende Lage zu verdanken hatte. Sie konnte ihr Schicksal jedoch nicht einem Geschöpf übel nehmen, das von seiner eigenen Mutter in die gleiche Hölle gestoßen worden war. Da sie und das Kleine nun einmal mit unsichtbaren Banden aneinandergefesselt waren, musste das Kind einen Namen bekommen. Sie bezweifelte, dass Hulda ihre Tochter christlich hatte taufen lassen, denn dann hätte sie sich offiziell zu ihr bekennen müssen. Sollte das kleine Mädchen nun trotz aller Fürsorge sterben, würde seine Seele den Lehren der Kirche zufolge dem Teufel verfallen sein. Bei dem Gedanken erschrak Marie und entschloss sich, sofort eine Nottaufe zu vollziehen. Sie benetzte die Fingerspitzen mit Wasser aus dem Schlauch, den man Alika gegeben hatte, um sie zu versorgen, benetzte damit die Stirn des Mädchens und schlug das Kreuz über ihm.

»Da Gott dich nun einmal mir anvertraut hat, gebe ich dir einen Namen. Du sollst Elisabeth heißen, im Andenken an die Mutter des heiligen Johannes des Täufers, an dessen Stelle ich dir dieses heilige Sakrament spende, auf dass du in die Gemeinschaft der Gläubigen aufgenommen wirst.«

Als es vollbracht war, atmete Marie auf. Mit einer richtigen Taufe durch einen Priester konnte sie in nächster Zeit nicht rechnen, denn in den Bauch des Schiffes, in das man sie und die Kinder aus der Rheinbarke zu etlichen anderen jungen Mädchen und Kindern gesteckt hatte, stieg gewiss kein Prediger hinab.

»Rufen werde ich dich Lisa«, sagte Marie zu dem zufrieden glucksenden Kind.

Sie lächelte auf die Kleine hinab, aber ihre Gedanken befassten sich schon wieder mit der Situation, in der sie steckte. Selbst mithilfe der Satzfetzen, die sie beim Umladen auf dieses Schiff vernommen hatte, war es ihr nicht möglich gewesen, herauszufinden, wo sie sich befand. Sie nahm an, dass die Hafenstadt, die sie gesehen hatte, zu Holland gehörte. Der Größe nach konnte es Amsterdam sein, von dem die Kaufleute am Rhein Waren bezogen, die auch ihr schon angeboten worden waren. Leider hatte sie, als sie von der Rheinbarke auf die Kogge gebracht worden war, die kurze Zeit an der frischen Luft damit vergeudet, auf einen Kerl in weiten, dunklen Hosen, einer eng anliegenden waidblauen Jacke und einer Wollmütze mit Bommel einzureden, der einen höheren Rang einzunehmen schien als die Schifferknechte. Vielleicht hätte sie stattdessen stärker auf den Ort hinter dem Hafen achten sollen, denn jede Information über den Weg, den sie entlanggeschleppt wurde, konnte ihr später einmal helfen, zurückzufinden.

Das Einzige, das sie nun beschreiben konnte, war ihr neues Gefängnis, das sich tief im Bauch des großen Schiffes befand. Der Zugang zu dem Verschlag, dessen Außenwand von dem gekrümmten Schiffsrumpf gebildet wurde, war ebenfalls nur durch eine Luke in der Decke möglich, und die wurde, wie sie deutlich hatte hören können, mit einem großen Riegel oder schweren Balken versperrt. Also würde sie jeden Gedanken an Flucht aufschieben müssen, bis sie wieder festes Land unter ihren Füßen hatte und wusste, wo sie sich befand. Sie konnte nur hoffen, dass sie nicht auf eine Insel gebracht wurde, denn von dort würde sie nicht weglaufen können.

Ein Zupfen an ihrem Ärmel lenkte ihre Aufmerksamkeit auf Alika. Das Gesicht der Mohrin hatte sich grau verfärbt und wirkte verzerrt, und sie deutete auf ihren Bauch. Marie begriff nicht, was ihre neu gewonnene Freundin damit ausdrücken wollte, doch ehe sie versuchen konnte, sich mit ihr zu verständi-

gen, kroch das Mädchen auf Knien auf den großen Eimer zu, der hier die Stelle des Abtritts übernahm. Auf halbem Weg übergab sie sich mit einem gequälten Stöhnen.
Marie legte Lisa auf den dünnen Strohsack, der ihr als Lager diente, und trat zu Alika. »Was ist mit dir?« Im ersten Augenblick glaubte sie, die junge Mohrin könnte schwanger sein, dann aber rebellierte auch ihr eigener Magen. Einige andere Gefangene begannen ebenfalls zu würgen, und ein paar schrien so laut auf, dass es von den hölzernen Wänden zurückhallte.
Oben wurde der Riegel zurückgeschoben und die Luke geöffnet. Ein Mann sprang herab und blieb grinsend stehen. »Wenn ihr jetzt schon kotzt, während das Schiff vor dem Anker schwingt, wie wird es euch erst ergehen, wenn wir auf der offenen See sind?«
Es fiel Marie schwer, ihn zu verstehen. Viele Worte klangen ähnlich wie die gewohnten, während andere für sie keinen Sinn ergaben. Trotzdem versuchte sie ihre Chance zu ergreifen. Sie zwang ihren Magen mit eiserner Disziplin zur Ruhe und wischte ihren Mund ab, bevor sie sich dem Mann zuwandte.
»Verzeih, doch vielleicht kannst du mir einen Gefallen erweisen? Ich bräuchte Papier, Feder und Tinte, um einen Brief schreiben zu können. Wenn du diesen rheinaufwärts bis zum Main und auf diesem zur Herrschaft Kibitzstein schickst, wird man dich für die Nachricht, die er enthält, reich belohnen.«
»Hä?« Der Mann zeigte, dass er mit Maries Aussprache dieselben Schwierigkeiten hatte wie sie mit seiner. Nach einer weiteren Erklärung begriff er, was sie wollte, und winkte lachend ab. »Woher soll ein Matrose wie ich Papier und Schreibzeug nehmen? Und weißt du überhaupt, wie viel es kostet, einen Brief tief ins Reich zu senden? Der Postmeister unserer Gilde würde mir gewiss zwanzig Schillinge dafür abverlangen.«
»Wenn du es tust, wirst du zehnmal so viel erhalten«, erklärte Marie ihm verzweifelt.

»Genauso könntest du mir die ewige Seligkeit versprechen, denn es liegt nicht in deiner Macht, mir das eine wie das andere zu geben. Hier, wisch den Boden auf. Es stinkt nämlich gewaltig.« Mit diesen Worten griff der Matrose nach oben, brachte einen riesigen nassen Lappen zum Vorschein und warf ihn Marie an den Kopf. Danach stieg er von ihren Flüchen begleitet die Leiter hinauf und schloss die Luke hinter sich.
Marie starrte auf den Lumpen in ihrer Hand und feuerte ihn dann in die nächste Ecke. Als hätte er darauf gewartet, öffnete der Matrose erneut die Luke und sah grinsend auf sie herab.
»Wenn bis zum Abend hier nicht alles sauber ist, erhältst du weder etwas zu essen noch eine Decke – und die Nächte auf dem Meer sind um diese Jahreszeit verdammt kalt.«
Damit verschwand er wieder, und Marie kämpfte verbissen gegen die Tränen an, die in ihr aufsteigen wollten. Das Schicksal meint es wirklich nicht gut mit mir, dachte sie, während sie sich auf die Suche nach dem Lumpen machte und im Schein der Laterne, die diesen Raum nur wenig erhellte, den Boden zu säubern begann.

III.

Wie lange das Schiff im Hafen geblieben war, vermochte Marie später nicht zu sagen. Wahrscheinlich waren es nicht mehr als zwei oder drei Tage, doch ihr kam die Zeit endlos vor. Sie war an ein reiches Tagwerk gewöhnt, und da sie wieder etwas zu Kräften gekommen war, fiel es ihr schwer, fast regungslos in dem Verschlag zu sitzen, der zu klein war, als dass sich alle darin Eingesperrten zum Schlafen ausstrecken konnten. Wenigstens wollte man sie nicht verhungern lassen, denn es gab genug zu essen. Aber die beiden Mahlzeiten, die morgens und abends gereicht wurden, bestanden immer nur aus Eintopf mit Heringen, denen

Marie schon früher wenig hatte abgewinnen können und die sie nun hassen lernte. Von Zeit zu Zeit musste sie zusammen mit Alika den Eimer für die persönlichen Bedürfnisse hochreichen, damit er geleert werden konnte. Dabei konnte sie einen Blick auf das nächsthöhere Deck des Schiffes erhaschen, auf dem jedes Mal mehr Fässer und Ballen verstaut worden waren. Von dort führte, wie sie wusste, eine weitere Leiter ins Freie, doch auch die konnte mit einer Luke versperrt werden.
Die Matrosen sorgten dafür, dass sich den Sklaven nicht die geringste Chance zur Flucht bot, denn sie schlossen und verriegelten die Luke sofort wieder, wenn sie ihre Gefangenen versorgt hatten. Marie machte keinen Versuch mehr, einen von ihnen anzusprechen, denn um etwas erreichen zu können, hätte sie Geld benötigt. Also konnte sie nur warten und hoffen, dass sie an einen Ort geschafft wurde, den sie auf eigenen Füßen Richtung Heimat verlassen konnte. Hie und da fragte sie sich, was man wohl mit ihr vorhatte, wenn man sie wie ein Stück Vieh in die Fremde geschafft hatte. Sie hatte schon von den schrecklichen Schicksalen christlicher Sklaven in den Händen der Heiden gehört und fragte sich, ob man sie ebenfalls an die Wilden verschachern würde. Es war auch möglich, dass man sie an einen Landbesitzer verkaufte, der sie unter seine Leibeigenen steckte und zu Frondiensten zwang. Dann musste sie davonlaufen, ehe dieser sie, wie es üblich war, einem seiner Hörigen zum Weib gab.
Als das Schiff sich mit einem Ruck auf die Seite legte und wesentlich stärker schwankte als vorher, begriff Marie, dass ihre Heimat nun noch weiter hinter ihr zurückblieb. Wahrscheinlich würde sie in Gegenden verschleppt, deren Namen man im Reich noch nicht gehört hatte. Sie musste sich zwingen, gelassen zu bleiben, denn einige der Kinder, die nur auf dem verhältnismäßig ruhigen Rhein transportiert worden waren, gerieten in Panik, schlugen um sich und schrien ohrenbetäubend.
Ihr blieb nichts anderes übrig, als Lisa festzuhalten, die sich auch

in dieser Situation vertrauensvoll an sie schmiegte, und Alika zu beruhigen. »Anscheinend geht es los.«

Die junge Mohrin kniff die Augen zusammen, als müsse sie über diese Worte nachdenken. Während jener Tage auf dem Rhein, an denen sie bei Bewusstsein gewesen war, hatte Marie versucht, sich besser mit Alika zu verständigen, doch die Zeit war zu kurz gewesen, genügend Worte in der jeweils anderen Sprache zu lernen.

Als das Schiff sich hob und dann wie im freien Fall nach unten sackte, schlug Marie mit dem Kopf so stark an die Wand, dass ihr für einen Augenblick die Sinne schwanden. Danach krümmte sie sich vor Übelkeit und Schmerzen. Zu ihrer Erleichterung überwand sie ihre Beschwerden schnell wieder und es blieb nur eine kleine Beule zurück. Sie versuchte, sich an alles zu erinnern, was sie über Schiffsreisen wusste, doch ihre Kenntnisse reichten nicht über eine gemütliche Prahmfahrt auf dem Rhein oder dem Bodensee hinaus. Das Meer kannte sie nur aus den abenteuerlichen Erzählungen von Händlern und Spielleuten.

Um sich abzulenken, begann Marie sich um die übrigen Sklaven in ihrem Gefängnis zu kümmern, das, wie seine Form vermuten ließ, nur einen Teil des Schiffsrumpfes ausmachte. Zwar konnte sie sich lediglich durch Gesten verständlich machen, aber die Kinder waren ihr sichtlich dankbar, wenn sie sie kurz an sich drückte und ihnen mit sanfter Stimme Mut zusprach.

Sechs Mahlzeiten, vermutlich also drei Tage, später schien das Schiff in einem Hafen anzulegen, denn seine bockenden Bewegungen hörten auf und es schwang nur noch leicht hin und her. Der Aufenthalt dauerte jedoch nicht lange, und noch während sie spürten, dass es wieder Fahrt aufnahm, wurde die Luke geöffnet und die Matrosen trieben ein halbes Dutzend Frauen hinab.

Marie war froh, auf Schicksalsgefährtinnen zu treffen, denn sie hoffte, sich mit ihnen unterhalten und etwas mehr erfahren zu können. Daher begrüßte sie sie freundlich, erhielt als Antwort aber nur einen abschätzigen Blick und eine Bemerkung, die so klang wie »Goeden Dag«. Die Frauen trugen keine einfachen Kittel, sondern weite, dunkle Röcke, braune Mieder über gleichfarbenen Blusen, wollene Umschlagtücher und eng anliegende Kappen aus hellem Leinen.

Ihre Anführerin sah sich kurz um und wies auf eine Stelle direkt neben der Luke. Dann scheuchten sie und ihre Gefährtinnen die Kinder, die dort lagen, mit harschen Worten fort und ließen sich nieder. Dabei unterhielten sie sich eifrig in einer Mundart, die in Maries Ohren noch fremder klang als das Holländisch der Matrosen. Dennoch versuchte sie, die Neuankömmlinge noch einmal anzusprechen, wurde aber mit unfreundlichen Handbewegungen vertrieben. Verärgert wandte sie sich ab und tröstete die verstörten Kinder, denen das Auftreten der Frauen Angst eingeflößt hatte.

Da die sechs viel Platz für sich in Anspruch nahmen, mussten die Kinder im Sitzen oder zusammengerollt wie Tierchen schlafen. Marie legte Lisa auf sich, so dass Alika sich eng an sie drängen und eines der kleineren Mädchen auf ihren Schoß nehmen konnte. Ungeachtet ihrer Hautfarbe und ihrer Herkunft fühlten die beiden, dass sie einander näher standen als den großen, breit gebauten Frauen mit ihren kalten Augen.

Am Abend zeigte es sich, dass die sechs ihren Platz schlecht gewählt hatten, denn als die Luke das nächste Mal geöffnet wurde, forderte einer der Matrosen sie barsch auf, den Latrineneimer hochzureichen. Auch mussten sie nun anstelle von Marie und Alika das Essen verteilen. Die Frauen schimpften und schienen sich zu weigern, doch ein Guss kalten Meerwassers, den einer der Matrosen über sie schüttete, brachte sie rasch zum Verstummen. Während sie mürrisch ihre Arbeit verrichteten, lächelte Marie schadenfroh in sich hinein und wunderte sich ein wenig, dass die recht gut gekleideten Frauen von den Matrosen noch verächtlicher behandelt wurden als sie und die Mohrin. Sie spitzte die

Ohren, und da sie allmählich lernte, die Worte besser auseinander zu halten, glaubte sie zu verstehen, dass der Schiffer die Frauen aus dem Schuldturm freigekauft hatte, um sie in fernen Häfen als Huren an Bordellwirte zu verkaufen.
Marie erschrak nicht wenig, denn sie begriff nun, dass sie wohl ebenfalls als Hure in einer Hafentaverne enden würde. Für eine Weile war sie völlig niedergeschlagen und wünschte sich zu sterben. Schon schmiedete sie Pläne, wie sie ihrem Leben ein Ende setzen konnte, aber Lisas Weinen erinnerte sie daran, dass sie noch eine Aufgabe zu erfüllen hatte. Wichtiger als ihr eigenes Wohlergehen war es, ihren Sohn zu finden und zu Michel zu bringen. Also musste sie um jeden Preis und mit jedem Mittel überleben und nach Hause zurückkehren. Unwillkürlich dachte sie an Trudi, die sie wohl sehr vermissen würde, und kämpfte mit den Tränen, denn sie fürchtete, ihre Tochter nie mehr in die Arme schließen zu dürfen.
Schon bald darauf lernte Marie die rauen Seiten der See kennen, mit denen die Frauen von der Küste vertraut zu sein schienen. Nun war sie froh um die Anwesenheit der sechs Weiber, deren Gesten so ordinär waren wie die von Pfennighuren, als hätten sie das ihnen bestimmte Gewerbe bereits ausgeübt. Solange die sechs das mitunter heftige Rollen und Stampfen des Schiffes gleichmütig ertrugen, bestand wohl kaum die Gefahr, dass die Kogge vom Meer verschlungen wurde. Daher fand Marie zu einer gewissen Gelassenheit zurück, und es gelang ihr, auch die Kinder ein wenig zu beruhigen. Sie bemühte sich, einigen ihre Sprache beizubringen, merkte aber rasch, dass nur Alika an einer besseren Verständigung mit ihr interessiert war.
Die jüngeren Sklaven wirkten auf eine seltsame Weise gelähmt, als hätten sie das Denken verlernt. Das musste eine Folge der Gefangenschaft in dem düsteren Kasten sein, in den kein Tageslicht fiel und der auch ihr wie der Vorraum zur Hölle erschien. Sie erwachte häufig aus einem von Albträumen erfüllten Schlaf und

vermochte eine Weile keinen klaren Gedanken zu fassen. Auch die sechs Frauen, die zu Beginn noch laut und ohne Rücksicht auf andere miteinander geredet hatten, wurden mit zunehmender Dauer der Fahrt stiller.

Marie hatte immer noch nicht herausgefunden, wohin die Reise führen sollte, denn die Namen, die die sechs immer wieder nannten und die zu Orten gehören mussten, sagten ihr nichts. Reval oder Riga konnten genauso gut an den Küsten Spaniens liegen wie am Nordmeer. Als sie wieder einmal versuchte, etwas zu erfragen, ließ eine der Frauen, die Brocken ihrer Sprache beherrschte, sich herab, ihr zu antworten. Demnach handelte es sich um große Städte, die an der Ostsee lagen. Aber die Verständigung reichte nicht aus, Marie begreiflich zu machen, wie viele Tagesreisen diese Orte von Nürnberg oder einer der anderen großen Städte des Reiches entfernt waren und in welche Himmelsrichtung man von den Ufern der Ostsee aus wandern musste, um dorthin zu gelangen.

Die Fahrt schien länger zu dauern, als die sechs Frauen angenommen hatten, denn sie wirkten von Tag zu Tag besorgter und ängstigten sich schließlich sogar. Dabei blieben das Verteilen der Näpfe und das Ausleeren des Kübels, was immer gleichzeitig geschah, der einzige Anhaltspunkt, dass wieder ein Morgen oder ein Abend gekommen war. Der Geruch, der sich während dieser Augenblicke in ihrem Gefängnis ausbreitete, verdarb Marie jedes Mal den Appetit, doch sie zwang sich, ihre Schale zu leeren, weil sie stark bleiben musste für die Flucht und für das Kind, das sie säugte. Während sie sich bemühte, die Nahrung bei sich zu behalten, stellte sie sich vor, wie sie demjenigen, der für den Fraß verantwortlich war, sämtliche Heringe an Bord in den Rachen stopfte.

Das Schiff legte noch in vielen Häfen an, blieb aber nie länger als sechs Mahlzeiten vor Anker. Die Geräusche, die von oben herabdrangen, verrieten Marie, dass Waren aus- und eingeladen wurden. Einmal vernahm sie barsche Stimmen und das Klirren von Ketten, als würden Sträflinge vom Schiff geschafft.

Die sechs Frauen wurden jedes Mal ganz nervös und schienen bei jedem Aufenthalt zu beten, dass auch sie endlich von Bord gelassen würden, und je weiter die Fahrt ging, umso wilder wurden ihre Vermutungen und Tränenausbrüche. Gesprächsfetzen konnte Marie entnehmen, dass sie sich davor fürchteten, zu den schrecklichen Moskowitern oder gar zu den grausamen Tataren verschleppt zu werden.

Diese Begriffe sagten Marie wieder etwas, und sie bedauerte, die Sprache ihrer sechs Leidensgefährtinnen nicht gut genug zu verstehen, um mehr in Erfahrung bringen zu können. Ihres Wissens war Moskau ein kleines Ländchen am Rande der bewohnten Welt, hinter dem nur noch jene Wesen lebten, die Tataren genannt wurden. Diese sollten keine richtigen Menschen mehr sein, sondern halbe Dämonen, die Menschenblut zum Frühstück tranken. Marie wurde es mulmig zumute, denn sie bezweifelte mehr und mehr, dass es ihr gelingen konnte, aus solch fernem Land den Weg in die Heimat zu finden.

IV.

Wie lange Marie in dem düsteren Verschlag gehaust hatte, der vom Geruch der Ausscheidungen und der ungewaschenen Leiber erfüllt war und in dem nur deswegen eine Laterne brannte, damit man den Latrinenkübel nicht wie ein Hund wittern musste, vermochte sie bald nicht mehr zu sagen. Als sie schon glaubte, diese Fahrt werde niemals enden, schien es dem Kapitän nicht schnell genug zu gehen, seine lebende Fracht loszuwerden. Kaum war das Schiff in einen weiteren Hafen eingelaufen, wurde die Luke aufgerissen und eine kräftigere Laterne an einen Haken unter der Decke gehängt. Zwei Matrosen sprangen herab, stell-

ten mehrere mit Wasser gefüllte Eimer auf den Boden und legten einen in fleckiges Leinen gewickelten Ballen dazu.
»Waschen und anziehen, Gesindel!«, brüllten sie.
Marie wunderte sich selbst, wie gut sie die Leute mit einem Mal verstand, doch noch ehe sie auf den Beinen war, stürzten sich die sechs Schuldnerinnen auf die Eimer, streiften ungeachtet der grinsenden Männer ihre schmuddelig gewordene und modrig riechende Kleidung ab und wuschen sich von oben bis unten. Bis auf eine, die so hager war, dass man jede Rippe deutlich sehen konnte, standen die Frauen gut im Fleisch und schämten sich nicht, den Matrosen ihre Vorzüge zu zeigen. Die Männer trieben jetzt auch die Kinder an, sich zu säubern. Marie, die sich nicht ausschließen konnte, trug einen der Eimer nach hinten in das Halbdunkel und zog sich so aus, dass sie den Matrosen nur die Kehrseite zeigte. Auch Alika schlüpfte aus ihrem Kittel und brachte recht ansehnliche Brüste zum Vorschein, deren Umfang sich allerdings nicht mit denen der hochgewachsenen Schuldnerinnen messen konnte. Marie und die Mohrin beeilten sich mit dem Waschen, sahen sich dann aber gezwungen, nackt zu dem Bündel zu gehen, um sich frische Kleidung herauszusuchen.
Unter dem anfeuernden Pfeifen und Rufen der Matrosen begann nun ein Kampf um die passende Kleidung, bei dem sich die sechs Schuldsklavinnen durchsetzten. Doch es gab genug für alle, und Marie gelang es, ein Hemd für sich zu ergattern, das sie sofort überzog, und einen weiten Rock, ein Mieder und ein Schultertuch unter den gierigen Händen der anderen herauszuziehen. Dann verhalf sie Alika zu einem Unterkleid und einem Rock und fand auch eine der Freundin passende Ärmeljacke und ein dazu gehörendes Brusttuch. Die Mohrin wirkte in dieser Tracht wie ein ängstliches kleines Mädchen, so dass Marie sie in einem Impuls an sich zog und streichelte. Für Lisa nahm sie ein kleines Hemd und ein Schultertuch an sich, in die sie das Kind einhüllen konnte. Als die Kleine frisch eingepackt war, wartete sie an Alika

geschmiegt auf das, was nun geschehen würde. Da die höhnischen Kommentare, mit denen die Matrosen die Sklaven bisher bedacht hatten, plötzlich verstummten, blickte Marie unwillkürlich auf und sah zum ersten Mal den Mann vor sich, der ihr Schicksal in Händen hielt.

Zoetewijn trug bauschige Hosen aus gutem Tuch, ein vorne offen stehendes graues Wams und darunter eine eng anliegende braune Weste mit silbernen Zierknöpfen. Auf seinem Kopf saß eine Pelzmütze, und in der Hand hielt er einen Stock, dessen Spitze leise vibrierte. Ohne Warnung versetzte er einer der Frauen, die ihm zu nahe gekommen war, einen Hieb und zwang sie und die anderen, vor ihm zurückzuweichen.

Der Kapitän begutachtete seine menschliche Fracht und nickte schließlich zufrieden. Diesmal hatte er mehr Sklaven mitgebracht als in den letzten Jahren, und alle wirkten so gesund, wie man es bei ausreichender Ernährung erwarten konnte. Mit seinem Stock sortierte er einige der Kinder und Halbwüchsigen aus. Seine Miene verriet Marie, dass er sich von diesen das beste Geschäft versprach, denn sie waren alt genug, um zupacken zu können, und dabei noch so jung, dass sie sich mit ihrem Schicksal abfinden würden.

Den sechs Frauen schenkte er nur einen kurzen Blick, und als sie sich beschwerten, weil er es ihnen missgönnt hatte, sich ein paar Münzen bei seinen Matrosen verdienen zu können, befahl er ihnen mit einem Wort zu schweigen. Er hielt an Bord seiner Kogge auf strenge Disziplin, und wenn seine Männer eine Hure besteigen wollten, sollten sie das in den Bordellen der Hafenstädte tun. Bei dem Gedanken spielte ein spöttisches Lächeln um seine Lippen. Wahrscheinlich würden seine Leute schon am Abend ihr Geld für die Weiber ausgeben, die sich eben beschwert hatten, denn sie waren schon so gut wie verkauft.

Sein Blick glitt nun suchend über die Köpfe der verängstigten Kinder hinweg und blieb auf jener Frau haften, die sein Maat erwähnt hatte. Als er den selbstbewussten Ausdruck auf ihrem Gesicht bemerkte, wurde ihm klar, dass sie tatsächlich keine einfache Magd war, wie Labadaire es ihm hoch und heilig geschworen hatte. Dieses Weib musste er auf eine möglichst geschickte Art loswerden, wenn er nicht ihretwegen in Kalamitäten geraten wollte. Er befürchtete nämlich, die üble Szene, die er vor einem Jahr in Reval erlebt hatte, würde sich hier in Riga wiederholen. Damals hatte er seine gesamte Beredsamkeit einsetzen müssen, um unbeschadet aus der Sache herauszukommen, einen zweiten Vorfall dieser Art konnte er sich so schnell nicht mehr leisten. Die Hansekaufleute, die hier das Sagen hatten, würden nicht zögern, ihn als unerwünschten Konkurrenten auszubeißen. Schon jetzt musste er sich jedes Jahr im Hansekontor von Dordrecht eine neue Konzession ausstellen lassen, um die Ostsee befahren zu dürfen.

In seiner ersten Wut überlegte er schon, ob er den Franzosen im nächsten Jahr nicht gleich mit zu seinen Sklaven stecken und hier im Ostland verkaufen sollte. Doch für den hageren und nicht mehr gerade jungen Mann würde er nur einen Bettel bekommen, der nicht einmal die Auslagen für die Fahrt decken würde. Da war es einträglicher, einen Sträfling aus dem Schuldturm auszulösen, dessen kräftige Muskeln so manchen Käufer dazu brachten, seinen Geldbeutel aufzuschnüren. Zudem bekam er von Labadaire etliches an guter Ware, die sich leicht losschlagen ließ.

Die Schwarze zum Beispiel würde einen guten Preis bringen, doch die würde er nicht hier in Riga verkaufen. Den frommen Bürgern der Stadt ging es vor allem um billige Arbeitskräfte, und sie würden für die Mohrin lange nicht den Preis zahlen, den er noch weiter im Osten erzielen konnte. Für diese Sklavin musste er einen Käufer finden, der mehr mit ihr im Sinn hatte, als sie Böden fegen zu lassen.

Kurz entschlossen wandte er sich an seinen Maat. »Das Weibs-

stück dort hinten und die Schwarze kommen in die geheime Kammer. Schärfe ihnen ein, mucksmäuschenstill zu sein und dafür zu sorgen, dass der Balg nicht schreit.«
Der Mann nickte und winkte Marie und Alika, mit ihm zu kommen. Die beiden gehorchten mit klopfendem Herzen und atmeten erst einmal auf, als man ihnen nichts antat, sondern sie auf das höhere Deck brachte und in eine kleine Kammer sperrte, deren Tür erst frei geräumt werden musste. Wenigstens blieben sie beisammen.
»Seid ganz still, sonst erwürge ich euch und schmeiße euch über Bord! Und haltet dem Balg da den Mund zu, wenn er schreien will«, schnauzte der Maat sie an und wiederholte seine Worte, bis er überzeugt war, dass sie ihn verstanden hatten. Dann schloss er die Tür und stapelte die Fässer wieder davor.
Die Kammer war so klein, dass Marie und Alika sich nur mit angezogenen Beinen setzen konnten. Durch ein paar Astlöcher in den Brettern fiel Tageslicht herein. Es reichte kaum aus, die Hand vor Augen zu sehen, aber es tat gut, einen dünnen Strahl Sonnenlicht zu spüren. Trotzdem hoffte Marie, dass sie nicht zu lange in dem winzigen Raum eingesperrt bliebe. Um Lisa zu beruhigen, die offensichtlich ihre Beklemmung spürte und unruhig wurde, legte sie die Kleine an die Brust.
»Du bist ein tapferes Mädchen, kleine Lisa«, flüsterte sie und wunderte sich einmal mehr, dass das Kind all die Fährnisse lebend überstanden hatte. »Ich bin stolz auf dich!«
Sie hauchte einen Kuss auf Lisas Stirn und wurde durch ein zufriedenes Glucksen belohnt.
Alika hatte unterdessen die Astlöcher untersucht und dabei entdeckt, dass man durch zwei von ihnen ins Freie schauen konnte. Ganz aufgeregt zupfte sie Marie am Ärmel und deutete hinaus.
»Was ist?« Marie erhob sich und schob sich neben sie. Das Loch war nur wenig größer als ihr Daumennagel, doch als sie hindurchblickte, konnte sie einen Teil des Hafens und die Stadt

dahinter erkennen. Sie sah einen Mauerring, über den die Dächer dreier großer Kirchen und die dazugehörigen Kirchtürme ragten. Sie waren mit schwarzem Schiefer gedeckt, genau wie das Dach, das sich über dem Wehrgang des Torturms erhob. Der Hafen lag wohl an den Ufern eines Stroms, denn überall lagen Wasserfahrzeuge von kleinen Flussbooten bis hin zu hochbordigen Schiffen ähnlich der Sklavenkogge. Nur Schritte vom Wasser entfernt standen große, aus Stein errichtete Bauten, und zwischen diese duckten sich eine Unzahl hölzerner Hütten, die, den Symbolen auf den Schildern über ihren Türen nach zu urteilen, zum größten Teil Schenken oder Hurenhäuser sein mussten.

Wie die Stadt hieß, wusste Marie nicht, doch im Augenblick interessierte sie die Szene, die Alika entdeckt hatte, weitaus mehr. Eben wurden nämlich ihre Schicksalsgefährten über einen Steg an Land gebracht und zu einer hölzernen Plattform getrieben, um die sich schon eine Menge Volk versammelt hatte. Ein Mann, der auf einer Art Kanzel stand, hielt einen hölzernen Hammer in der Hand und schlug mehrmals kräftig auf ein Brett. Danach rief er etwas, das bis in die Kammer drang. Marie konnte sogar verstehen, was er den Leuten zurief, denn er benutzte die deutsche Sprache, und sie begriff, dass der Mann ein Auktionator war. Er würde die Frauen und Kinder und auch die mit Ketten gefesselten Männer, die im Bauch der Geit transportiert worden waren, wie Fleisch oder Korn an die Umstehenden verschachern.

Sie schüttelte sich, als ihr klar wurde, dass Alika, Lisa und ihr das gleiche Schicksal bevorstand, und in Gedanken bedachte sie Frau Hulda, die ihr eigen Fleisch und Blut in dieses Elend gestoßen hatte, mit den bösartigsten Flüchen, die sie kannte.

Während Marie das Geschehen starr vor Entsetzen verfolgte, beobachtete Kapitän Zoetewijn zufrieden die Versteigerung. Wie er es erhofft hatte, war er der erste Händler, der Sklaven in Riga feilbot, und konnte daher auf gute Preise hoffen. Nachdem das

Land in den letzten Jahrzehnten von mehreren Pestepidemien heimgesucht worden war, gab es eine große Nachfrage nach Arbeitskräften, und für die männlichen Sklaven, die keine Heiden, sondern zum Schulddienst verurteilte Christen waren, wurden hohe Preise bezahlt. Vor allem wohlhabende Handwerker und Handelsleute zeigten Interesse an den Männern, die beim Schiffbau und als Hilfsarbeiter bei der Errichtung von Festungen, Kirchen und Wohnhäusern eingesetzt werden konnten und das dazu notwendige Holz in den Wäldern fällen sollten. Da diesen Menschen nach einem Jahrzehnt oder spätestens anderthalb die Freiheit winkte, falls sie sich gut verhielten, würde kaum einer von ihnen fliehen, insbesondere, da man ihnen erzählt hatte, sie könnten, wenn sie sich geschickt anstellten, dereinst als Bürger der Stadt selbst zu Wohlstand kommen.

Zoetewijn wusste, dass es nur den wenigsten gelang, mehr als das tägliche Brot zu verdienen, doch seine Leute hatten den Männern oft genug gesagt, welche Chancen sich ihnen hier im Osten boten, um sie während der Fahrt und bei der Versteigerung ruhig zu halten. Renitente Sklaven brachten nämlich keinen guten Preis. Bei den sechs Schuldnerinnen brauchte er sich diese Sorgen nicht zu machen. Die Weiber taten alles, um das Wohlgefallen der zahlreichen männlichen Schaulustigen zu erringen. Die eine oder andere mochte hoffen, von einem Witwer erworben zu werden, dessen Haus und Kinder sie versorgen sollte und der sie vielleicht sogar heiraten würde. Wahrscheinlicher aber war, dass die Hurenwirte der Stadt sie kaufen würden. Diese besaßen gut gefüllte Börsen und versuchten, sich gegenseitig zu übertrumpfen, denn der Hafen florierte, und die Bordelle brauchten Nachschub, um die fremden Händler und die Seeleute bedienen zu können.

Es lief so gut, wie Zoetewijn erwartet hatte. Die Hurenwirte kämpften beinahe um die Weiber, und er konnte eine Summe einstreichen, die seine Ausgaben für die sechs bei weitem übertraf. Auch die übrigen Verkäufe verliefen zufriedenstellend. Ältliche

Ehefrauen von Handwerkern und Handeltreibenden, die geschickte Hände in ihren Häusern brauchen konnten, kauften gerne Heidenkinder, denn sie konnten sich des Segens der Kirche gewiss sein. Die kleinen Mauren würden notfalls mit der Rute zu gläubigen Christenmenschen erzogen werden.

Zoetewijn interessierte sich nicht für die Motive der Käufer, sondern addierte im Geist zufrieden die Summen, die er erlöste. Irgendwann erlahmte jedoch der Kaufwille der Einheimischen, und die Sklaven, die keinen Käufer mehr gefunden hatten, wurden wieder an Bord gebracht. Mit ihnen kam ein Schreiber des Hafenrichters, um nachzusehen, ob an Bord der Geit menschliche oder andere Ware zurückgehalten worden waren. Wie in vielen großen Städten galt in Riga der Stapelzwang, und dieses Gesetz verlangte von jedem Kaufmann, der sich in dem Ort aufhielt, all seine Waren zum Kauf anzubieten, und das galt nicht nur für Bier, Tuche und andere leblose Dinge, die Zoetewijn ebenfalls an Bord hatte, sondern auch für das zweibeinige Vieh, wie der Schreiber die Sklaven verächtlich nannte.

Der Kapitän war noch so in seine Gedanken versunken, dass er beinahe übersah, wie der Gerichtsschreiber an Bord stieg. Schnell lief er hinter ihm her und fing ihn gerade noch ab, bevor das magere Männlein in den Bauch der Kogge steigen konnte.

»Goeden Dag!«, grüßte er ihn und dränge ihn allein schon mit der Wucht seiner Erscheinung in Richtung Achterkastell. »Einen Schluck Wein werdet Ihr mir gewiss nicht abschlagen wollen«, setzte er lachend hinzu.

Der Schreiber konnte sich zumeist nur das Bier leisten, das hier gebraut wurde, und leckte sich unbewusst die Lippen. »Einen Becher vielleicht. Ich habe nämlich noch viel zu tun. Eure Geit ist nur eines der Schiffe, die ich heute aufsuchen muss.«

»Aber ja! Meine Laderäume sind fast leer und werden Euch nicht lange aufhalten. Pieter, bring einen Stuhl und Wein.« Letzteres galt einem Matrosen, der offensichtlich schon vor der Tür gewar-

tet hatte und das Gewünschte gleich mitbrachte. Wie ein geübter Schankknecht stellte er je einen Becher vor den Schreiber und seinen Kapitän und füllte die Gefäße bis fast zum Rand.
»Auf Euer Wohl!« Zoetewijn trank seinem Besucher zu und legte ihm dann die Frachtlisten vor.
»Zwei Sklavinnen sind leider unterwegs verstorben. Wir mussten sie über Bord werfen.«
Der Hafenschreiber beugte sich über die Liste und kniff die Augen zusammen. »Das habt Ihr aber noch nicht vermerkt, Kapitän.«
»Nein?« Zoetewijn zog dem anderen scheinbar erstaunt die Liste unter der Nase weg und blickte darauf. »Tatsächlich, das habe ich vergessen. Ich werde es sofort nachholen. Wisst Ihr, mir geht es wie Euch. Die Arbeit ist einfach zu viel und man kommt nicht mehr nach. Noch einen Schluck Wein gefällig?«
Der andere überlegte kurz, denn der Wein, den Zoetewijn ihm hatte einschenken lassen, war wirklich süffig. Dann dachte er daran, dass sich die Kapitäne auf den anderen Schiffen, die er kontrollieren musste, ebenfalls nicht lumpen lassen würden, und schüttelte den Kopf. »Lieber nicht. Ich muss noch meine Zahlen lesen können.« Er trank aus und erklärte, dass er nun die Ladung besichtigen wolle.
Der Kapitän nickte und führte ihn durch die Laderäume. Einige der Ballen und Fässer trugen Siegel, die anzeigten, dass sie auf Bestellung geliefert wurden. Der Schreiber verzog das Gesicht, denn eigentlich hätten auch diese im Rigaer Stapelhof zum Verkauf ausgestellt werden müssen. Doch da die Güter zum guten Teil für hohe Ordensleute in Kurland und Semgallen gedacht waren und deren Untergebenen ausgehändigt werden mussten, ließ er diesen Verstoß durchgehen. Die Stadt Riga stand nicht gerade im besten Einvernehmen mit den Rittern des Deutschen Ordens, und gerade deswegen musste man jede Provokation der streitbaren Herren vermeiden. Also beschloss der Schreiber, sich mit dem üblichen Hafenzoll zufrieden zu geben. Auch die russi-

schen Fürsten, für die die restlichen Waren bestimmt waren, durften nicht verärgert werden, und so forderte er Zoetewijn für deren Waren ebenfalls nur eine kleine Summe ab, die dieser auch sofort beglich.

Zuletzt kamen sie zu den Sklaven, die wieder an Bord gebracht worden waren, und hier begnügte der Schreiber sich damit, sie zu zählen. »Eure Liste stimmt, bis eben auf die beiden unterwegs verstorbenen Weiber. Aber da Ihr sie noch nicht als tot eingetragen habt, muss ich leider Zoll für sie verlangen.«

Zoetewijn sah dem Schreiber an der Nasenspitze an, dass das Geld in dessen Taschen landen würde, und lachte in sich hinein. Wie es aussah, musste er den Kerl nicht einmal bestechen, damit er über gewisse Unregelmäßigkeiten hinwegsah. So bemaß er die Summe, die er dem Schreiber gab, großzügig genug, um den Mann zufrieden zu stellen, und führte ihn dann von Bord. Als er wieder auf sein Schiff zurückkehrte, zwinkerte er dem Maat zu. »Du kannst die Schwarze und diese angebliche Rittersfrau wieder zu den anderen Sklaven schaffen. Ach ja, schenk ihnen einen Becher Bier dafür ein, dass sie stillgehalten haben. Dann schau nach, wie viel von den Waren, die wir in den Stapelhof haben schaffen lassen, Interessenten gefunden haben. Die kleineren Geschäfte kannst du selbst abschließen und bei den größeren gib mir Bescheid. Ich will so bald wie möglich weiter. Das hier …«, er klopfte auf den Warenstapel mit dem Siegel der Stadt Pskow, »… hat mich auf eine Idee gebracht.«

V.

Aus den Gesprächen der Matrosen, die sich bei der Essenausgabe miteinander unterhielten, erfuhr Marie, dass sie sich im Hafen der Stadt Riga befanden, von dem die sechs Huren gesprochen hatten. Diese Stadt musste schon nahe am Rand der be-

kannten Welt liegen, und sie fürchtete sich vor den Gefilden, in die sie noch verschleppt werden würde. Wenigstens war der Aufenthalt in ihrem Gefängnis nun angenehmer, da ein Teil der Sklaven bereits verkauft worden war und es nun Platz genug für den Rest gab. Am meisten freute Marie, dass die sechs Schuldnerinnen ebenfalls nicht mehr zurückgebracht worden waren, denn die Frauen hatten aus ihrer Verachtung für die Heidenkinder keinen Hehl gemacht, sich selbst aber wie Wildsäue benommen. Lange konnte sie ihren Gedanken nicht nachhängen, denn durch den Verkauf waren Freunde und Geschwister auseinander gerissen worden, und sie musste an diesem und den folgenden Tagen viele Tränen trocknen.
Während sich im Bauch des Schiffes wieder lähmende Gleichförmigkeit breit machte, verließ die Geit Riga und die Dünamündung und segelte nach Norden. Zoetewijn steuerte das Schiff durch die Meerenge zwischen dem Festland und den Inseln Moon und Dagö hindurch und legte anschließend den Aussagen zum Trotz, die er Labadaire gegenüber gemacht hatte, in Reval an.
Die dort lebenden Bürger wussten einen hart handelnden Geschäftsmann zu schätzen und waren bereit, über ein einmaliges Vergehen hinwegzusehen, zumal der Zwischenfall der Magd zum Guten ausgeschlagen war. Während die Sklaven versteigert wurden, leerten Arbeiter die Laderäume des Schiffes und brachten die Waren in eines der Stapelhäuser. Marie und Alika wurden wieder in den winzigen Verschlag am Heck gebracht, und diesmal dauerte es um einiges länger, bis man sie wieder herausholte. So ganz traute Zoetewijn dem Frieden nicht und fürchtete, bei einer überraschenden Inspektion seines Schiffes durch die Behörden in Schwierigkeiten zu geraten. Aber es ging besser, als er erhofft hatte. Der größte Teil seiner Waren fand Käufer, und er konnte den frei gewordenen Platz mit Pelzen, Wachs, Honig und anderen Dingen füllen, die in den Häfen des Westens teuer be-

zahlt wurden. Auf dem Rückweg wollte er noch in Königsberg, Danzig und anderen Orten anlegen, um auch dort Waren an Bord zu nehmen. Auf dem Hinweg hatte er die ersten großen Städte meiden müssen, denn diese erhielten ebenso wie das Land um sie herum stärkeren Zustrom an Siedlern aus dem Reich. Daher waren Arbeitskräfte dort nicht rar und wurden auch nicht so gut bezahlt wie weiter im Osten. Da er seine Sklaven wegen des dortigen Stapelzwangs jedoch hätte anbieten müssen, wäre er von diesem Gesetz um seinen Verdienst gebracht worden.

Der Kapitän war mit dem Verlauf seiner Geschäfte zufriedener als bei den Fahrten der früheren Jahre, dennoch war Reval nicht der letzte Hafen, den er mit der Geit ansteuerte. Kaum waren die wenigen noch unverkauften Waren wieder an Bord gebracht worden, wurde der Anker gelichtet, und die Kogge segelte an einigen wie Finger ins Meer ragenden Halbinseln vorbei nach Osten, bis sie die Mündung der Narwa erreichte. Zoetewijn hätte nun noch den Strom hoch bis zum Peipussee segeln können, um die Stadt Pskow an dessen südlichem Ende anzulaufen. Dort könnte er ohne die deutschen Zwischenhändler einen noch größeren Profit erzielen. Ihn schreckten jedoch das Risiko der Stromfahrt und die Schikanen der Behörden ab, die allzu sehr auf den Vorteil ihrer eigenen Leute bedacht waren und sich selbst die Taschen füllen wollten. Außerdem würde ihn der Umweg so viel Zeit kosten, dass er das, was er hier gewann, zu Hause wieder verlor. Nur die Schiffe, die als erste von der Ostfahrt zurückkamen, konnten für ihre Ladung hohe Preise erzielen.

Narwa zählte nicht zu den Häfen, die Zoetewijn regelmäßig ansteuerte, doch er kannte auch hier vertrauenswürdige Händler. Ihnen konnte er die für Pskow und Nowgorod bestimmten Waren unbesorgt übergeben und sich dabei seiner letzten Sklaven entledigen, ohne dass ein übereifriger Marktschreier seine Frachtlisten kontrollierte.

Der Händler, der Zoetewijn am Tag nach der Ankunft aufsuchte, war von Geburt Deutscher, lebte aber die meiste Zeit in Pskow und Nowgorod, den Hauptstädten zweier russischer Fürstentümer gleichen Namens. Er war ein erfolgreicher Geschäftsmann und, wie Zoetewijn bereits in Erfahrung gebracht hatte, sehr geschickt darin, gewisse Waren vor den immer aufmerksamen Augen der Behörden zu verbergen.

Nach dem obligaten Becher Wein in der Kajüte des Kapitäns schritten die beiden durch die Laderäume und begutachteten die Waren. Der Deutsche lobte Zoetewijn überschwänglich. Dieser beantwortete die Schmeicheleien des anderen mit gleicher Münze. Nach einer Weile wurden sie handelseinig und hätten nun das Geschäft in Zoetewijns Kajüte mit einem weiteren Becher abschließen können.

Der Kaufmann wandte sich auch bereits dem Aufgang zu, als der Kapitän Aufmerksamkeit heischend die Hand hob. »Verzeiht, Mijnheer, aber ich habe noch Sklaven von meiner Ladung übrig behalten. Wollt Ihr auch diese sehen?«

Die Frage war eigentlich überflüssig, denn Sklaven waren in den russischen Fürstentümern noch begehrter als in den Küstenstädten der Ostsee, und ein Gutteil der menschlichen Fracht, die Zoetewijn und seinesgleichen nach Osten brachten, wurde von den einheimischen Händlern nach Pskow und Nowgorod weiterverkauft. Der Handelsherr konnte sich daher einen guten Profit ausrechnen. Trotzdem tat er so, als wolle er Zoetewijn einen Gefallen erweisen.

»Wenn Ihr darauf besteht, Kapitein, will ich Euch nicht enttäuschen. Was habt Ihr denn übrig behalten? Ein paar renitente Kerle wahrscheinlich, bei denen man mit der Peitsche nicht sparen darf, um sie zum Arbeiten zu bringen, ein paar Kinder, die zu klein sind, um zupacken zu können, und ein paar Vetteln, die man besser auf die Kirchenstufen zum Betteln geschickt hätte.«

»Seht selbst!« Zoetewijn gab einem Matrosen den Wink, die Luke zu dem Verschlag mit den männlichen Sklaven zu öffnen.

Es handelte sich bei ihnen tatsächlich um jene Kerle, die er unterwegs nicht losgeworden war, doch der Preis, den sein Partner ihm bot, stellte ihn zufrieden.

»Ihr seid ein zäher Handelspartner! Aber jetzt will ich sehen, ob Ihr nicht ein wenig tiefer in Eure Truhe greifen werdet.« Zoetewijn grinste voller Vorfreude, als sie in den Verschlag mit den Frauen und Kindern hinabstiegen.

Der Kaufmann überflog die kleinen Mauren und Ketzerkinder mit einem leicht gelangweilten Blick und starrte dann mit jäh erwachendem Interesse die junge Mohrin an. »Was habt Ihr denn da?«

»Eine Mohrin, frisch aus Afrika, jung, gesund und so gut gebaut, wie es sich ein Mann, der sich nach ein wenig Abwechslung im Bett sehnt, nur wünschen kann.« Zoetewijn sah zufrieden, wie der andere unbewusst nickte.

»Sie soll sich ausziehen!«, forderte der Kaufherr.

Zoetewijn machte Alika mit Gesten klar, was der Mann wollte. Das Mädchen schüttelte den Kopf und wich bis an die Wand zurück. Marie trat vor sie, doch der Kapitän schob sie beiseite, packte die Mohrin und zerrte sie unter die Lampe. Als er begann, ihr die Kleider zu lösen, versuchte Alika sich zu wehren und erhielt dafür eine Ohrfeige, die ihr die Tränen aus den Augen rinnen ließ.

»Verdammtes Miststück, gehorche!«, herrschte Zoetewijn sie an. Alika verstand die Worte zwar nicht, erkannte aber an der Miene des Kapitäns, dass ihr jeder weitere Widerstand noch härtere Schläge eintragen würde. Daher ließ sie sich bis auf die Haut entkleiden.

Der Kaufmann sah dem Kapitän mit so gierig glitzernden Augen zu, dass Marie bereits erwartete, er würde auf der Stelle über ihre Freundin herfallen. Dies tat er dann aber doch nicht, sondern begnügte sich damit, Alikas Busen zu befingern und hineinzukneifen. Zoetewijn hielt sicherheitshalber ihre Hände fest, damit sie die tastenden Finger seines Kunden nicht wegstoßen konnte.

Der Kaufmann bückte sich und griff ihr zwischen die Schenkel.

»Habt Ihr sie schon kräftig zugeritten?«, fragte er den Kapitän mit einer Stimme, die seine erwachende Lust verriet.
Zoetewijn schüttelte den Kopf. »Ich vergreife mich nicht an der Ware, die ich verkaufen will, und verbiete dies auch meinen Männern.«
»Das habt Ihr bei einem so prallen Stück wie dieser Schwarzen bestimmt arg bedauert!«
»Weib ist Weib«, brummte Zoetewijn.
Natürlich hatte es ihn gereizt, sich der jungen Mohrin zu bedienen, doch wenn er sich nicht zurückgehalten hätte, wäre seine Mannschaft zuerst über sie und dann auch über die anderen Frauen und Mädchen hergefallen. Er beglückwünschte sich im Stillen, dass ihm jene unbeherrschte Gier fremd war, die sein Geschäftspartner jetzt zeigte, und beschloss, die Gefühle des Deutschen auszunutzen. Daher verlangte er für die Mohrin einen Preis, der ihm beim Antritt der Reise völlig unrealistisch erschienen wäre. Zu seiner Verwunderung handelte sein Geschäftspartner nicht, sondern zahlte anstandslos. Der Kaufherr übernahm auch alle anderen Sklaven einschließlich Maries und der kleinen Lisa, ohne mehr als einen symbolischen Betrag von der verlangten Summe abzuziehen. Er interessierte sich auch kaum noch für das, was er erworben hatte, sondern wies Zoetewijn herrisch an, das Gesindel schnellstens zu seinem Haus schaffen zu lassen. Der Blick, mit dem er Alika bei diesen Worten bedachte, verriet, um was sich seine Gedanken drehten.

VI.

Als Marie kurz darauf das Deck der Kogge betrat, musste sie die Augen bedecken, denn nach den Wochen in dem dunklen Sklavenverschlag brannte das Sonnenlicht ihr schier die Augen aus dem Kopf. Es war warm, mittlerweile war es Frühling geworden.

Ein rüder Stoß trieb sie weiter. »Mach, dass du ins Boot kommst, Kanaille!«
Der Matrose, der sie geschlagen hatte, hob erneut die Faust. Marie stolperte vorwärts, fand sich plötzlich an der Reling des Schiffes wieder und konnte Lisa und sich gerade noch festhalten. Unter ihr schaukelte ein Boot, in dem schon ein paar ihrer Leidensgefährten saßen, und einige andere kletterten gerade über eine primitive Strickleiter hinunter. Mit dem Kind auf dem Arm vermochte sie sich nicht an den Seilschlaufen entlangzuhangeln, und für einen Augenblick bekam sie es mit der Angst zu tun, man würde ihr Lisa abnehmen und als unnützen Ballast ins Wasser werfen.
Da schnauzte ein weiterer Matrose sie an, drehte sie zu sich herum und zog ihr einen Strick unter den Armen hindurch. Er schlang ihr das Seil zweimal um ihren Körper, verknotete es und ließ sie wie einen Sack in die Tiefe hinab. Unten band ein dritter Matrose sie los, stieß sie Richtung Bug und zwang sie, sich auf den Boden zu setzen. Alika drängte sich zu ihr durch und klammerte sich an ihr fest. Marie spürte, wie ihre Freundin zitterte, und bemerkte, dass diese immer wieder ängstlich zu dem Kaufherrn hinüberschaute. Der musterte die junge Mohrin mit einem Blick, als wäre sie ein besonders saftiges Brathähnchen.
Nun wurden die letzten Sklaven von Bord der Kogge gebracht, und als sie im Boot hockten, löste ein Matrose die Leinen und stieß ab. Während er die Steuerpinne ergriff, legten sich vier andere Seeleute in die Ruder und zogen sie kraftvoll durchs Wasser. Nun nahm Marie die Geit zum ersten Mal bewusst von außen wahr, und sie ahnte, dass sie den hoch aufragenden, dunklen Rumpf in ihren Albträumen wiedersehen würde. Sie zog die vor sich hin weinende Lisa an sich, biss die Zähne zusammen und zwang ihre Gedanken, sich mit der Zukunft zu beschäftigen.
Diese sah jedoch ebenso düster aus wie das schwimmende Gefängnis hinter ihr. Dennoch schöpfte sie Hoffnung. Mit jedem

Ruderzug der Matrosen näherte sich das Boot festem Boden, und dort würde sich vielleicht eine Chance ergeben, auf ihren eigenen Füßen Richtung Heimat zu gehen. Es mochte eine Weile dauern, bis sie wusste, wo sie sich befand und wie sie von hier aus den Weg nach Franken finden konnte, doch sie würde es schaffen, und wenn sie dafür stehlen, betteln und huren musste.
Dieser Gedanke löste sehr zwiespältige Gefühle in ihr aus, aber darauf durfte sie keine Rücksicht nehmen. Ganz gleich, was kam, sie musste die Augen offen halten. Damit begann sie auch sofort, indem sie ihren Blick auf den Bug des Bootes richtete und die Stadt betrachtete, der sie sich näherten.
Narwa war weitaus kleiner als Riga oder Reval, aber der erste Ort, von dem Marie mehr sehen konnte als das, was sie durch die Luftlöcher in der geheimen Kammer hatte erkennen können. Die Stadt lag nicht direkt am Meer, sondern an den Ufern eines Stroms in einem schier endlosen Sumpf, der sich von Horizont zu Horizont zu spannen schien. Die Mauer, die den Ort umgab, hatte man mit Steinen, die von weit her gekommen sein mussten, auf einem mit Pfählen verstärkten Wall errichtet, und wie in Holland führte auch hier ein Kanal in die Stadt. Die Matrosen ruderten auf die Stadt zu, und als das Boot die Wachtürme rechts und links passiert hatte, konnte Marie erkennen, dass die Häuser auf kleinen, künstlich aufgeschütteten Hügeln standen. Die Aufschüttung alleine reichte nicht aus, das sah sie ein wenig später, als der Kahn an Arbeitern vorbeifuhr, die lange Pfähle in die Erde rammten, die wohl einem neuen Bauwerk auf dem sumpfigen Boden Halt geben sollten.
Marie sah Häuser, die zur Gänze aus Stein bestanden und deren Dächer mit dunklen Schieferplatten gedeckt waren. Andere Gebäude hatten nur ein steinernes Untergeschoss und ein aus wuchtigen Holzbalken gefertigtes Obergeschoss, welches ebenfalls ein Schieferdach trug. Beide Bauweisen wirkten weitaus gediegener als die hölzernen Hütten mit ihren Stroh- oder Reetdächern, die ihr vor der Stadtmauer aufgefallen waren. Wahrscheinlich war es

innerhalb der Mauer Gesetz, die Gebäude mit Steinplatten zu decken, damit die Nachbarhäuser bei einem Feuer nicht durch den Funkenflug in Brand gesetzt werden konnten.

Als der Kahn tiefer in die Stadt hineinfuhr, wurde Marie nervös, denn der Ort schien nur aus Inseln zu bestehen, die von Kanälen umgeben waren. Um sich von einem Boot irgendwo hinbringen zu lassen, brauchte man Geld, und das würde sie wohl verdienen müssen, indem sie die Matratze für geile Kerle abgab. Bei dem Gedanken drehte sie Hulda von Hettenheim in ihrer Phantasie ganz langsam den Hals um.

Der Kahn bog nun in einen der kleineren Kanäle ab und legte schließlich vor einem Haus an, das unten aus Stein und weiter oben aus Holz errichtet worden war. Der Uferstreifen, auf dem es stand, war über die gesamte Länge des Gebäudes mit Pfählen und Brettern befestigt, so dass auch größere Boote vertäut und entladen werden konnten. Der Kaufmann sprang auf den Steg und klopfte mit seinem Stock gegen die Tür. Sofort trat ein Mann in Bastschuhen, flatternden Hosen und einem bis zu den Hüften reichenden Hemd heraus, verbeugte sich tief und blieb erwartungsvoll vor dem Kaufmann stehen.

Da dieser Deutsch sprach, verstand Marie seine Anweisungen. »Schick ein paar Kerle zur Geit! Sie sollen die Waren abholen, die ich von Kapitän Zoetewijn erstanden habe, und sie sofort auf den Flussprahm laden. Wir werden schon morgen früh aufbrechen.«

Zunächst wunderte Marie sich, dass der Mann einem einfachen Türsteher solche Befehle erteilte, dann sah sie hinter diesem einen noch recht jungen Burschen stehen, der in ein einfaches braunes Wams und wollene Strumpfhosen mit angehefteten Schuhsohlen gekleidet war. Nach seiner Ähnlichkeit mit dem Kaufmann zu urteilen schien der Jüngling sein Sohn zu sein und auch sein bevorzugter Laufbursche, denn er verschwand so schnell im Inneren des Gebäudes, als hätte der Kaufmann ihm mit der Peitsche gedroht.

»Und Ihr bringt das Gesindel da nach hinten in den Anbau und sperrt es ein!« Der Befehl galt einem hageren Mann in einem langen Kittel, der sofort mehrere Knechte zu sich rief. Inzwischen hatten die Matrosen die frisch gekauften Sklaven auf das befestigte Ufer getrieben, so dass die Männer sie nur noch in Empfang nehmen mussten.
Während die Knechte die verschreckten Kinder und die mit Ketten gefesselten Sklaven mit Stöcken zusammentrieben, packte der Kaufherr Alika und hielt sie fest. »Du kommst mit mir!«
Das Mädchen bog sich, als wäre es ihm vor Angst übel geworden. Marie hätte ihr gerne geholfen, doch einer der Knechte deutete auf das Hoftor und holte mit seinem Stock aus. Daher folgte sie den übrigen Sklaven durch einen schmalen Durchlass zwischen zwei Gebäuden, dessen Boden knöcheltief mit Schlamm bedeckt war. Die Gruppe wurde in ein aus Stein errichtetes, ebenerdiges Gebäude gebracht, das aus einem einzigen Raum bestand und winzige, vergitterte Fenster hatte. Es roch widerwärtig feucht darin, und der Boden war mit einem glitschigen Schleim bedeckt. Zu Maries Erleichterung warfen die Knechte einige Bündel Schilf in den Raum, die die Sklaven auf der undefinierbaren Schmutzschicht ausbreiten konnten. Dennoch war sie froh, dass kaum Licht in das Gelass fiel, denn sonst hätte sie ihre letzte Mahlzeit nicht bei sich behalten können.

VII.

Der Kaufherr zerrte Alika eine hölzerne Treppe hoch und stieß sie in ein Zimmer, das etwa acht Schritte im Quadrat maß und mit dunkel gebeizten Holzpaneelen getäfelt war. An den Wänden standen ein Schreibpult und mehrere große Kisten, wie man sie zum Transport zerbrechlicher Waren benutzte, und die Mitte beherrschte ein Himmelbett, dessen Seitenvorhänge hochgeschlagen waren. Der Mann fegte die Kissen und die Decke, die darauflagen, mit einer heftigen Bewegung zu Boden. Dann drehte er sich zu Alika um, riss ihr mit einem Griff Jacke, Bluse und Unterkleid auf und begann ihre Brüste zu kneten. Während Alika vor Angst wie erstarrt dastand, stöhnte er vor Erregung, zog sie mit einer Hand an sich und griff sich mit der anderen in den Schritt. Dann nahm er Alikas Hand und schob sie in seine Hose.

Zuerst nahm sie nur sich borstig anfühlende Haare wahr und zuckte zurück, dann aber zwang der Mann sie, tiefer hineinzugreifen und ihre Finger um sein Glied zu legen, das unter ihrer Berührung nach vorne wuchs.

»Das hast du gleich in deinem Bauch!« Der Kaufherr blies Alika beim Sprechen kleine Speicheltröpfchen ins Gesicht.

Sie versuchte, sich ihm zu entziehen, doch er schob sie mühelos zum Bett und warf sie so darauf, dass sie auf dem Rücken landete. Ehe sie eine Bewegung machen konnte, schob er sich auf sie, legte sein Glied frei und drückte ihr die Schenkel auseinander. Alika glaubte zu wissen, was jetzt mit ihr geschehen würde, aber ihre Ängste wurden von der Wirklichkeit weit übertroffen.

Er ließ seinen Körper gegen den ihren prallen, als wolle er sie spalten, und presste ihr gleichzeitig mit den Armen die Luft aus den Lungen. Ein brennender Schmerz breitete sich in ihr aus, der bei jeder seiner Bewegungen schlimmer wurde. Zuerst stieß er langsam, aber hart zu und wurde dann immer schneller. Dabei keuchte, stöhnte und spuckte er, dass ihr übel wurde.

Als sie glaubte, es nicht mehr ertragen zu können, sackte er über ihr zusammen. Ein paarmal bewegte er sein Becken noch hin und zurück, doch sein Schaft wies nicht mehr die Härte auf, ihr wehzutun.

Mit einem letzten Aufstöhnen ließ er von ihr ab und stand auf.
»Zieh dich an!«, befahl er.
Alikas Kenntnisse der deutschen Sprache reichten trotz Maries

Bemühungen nicht aus, die Worte zu verstehen, aber seine Gesten waren eindeutig. Während sie weinend die Reste ihrer Kleidung an sich raffte, starrte er mit einem zufriedenen Grinsen auf den Blutfleck, der sich auf dem Laken ausgebreitet hatte, und musterte dann die roten Tropfen, die immer noch ihre Schenkel hinabliefen.

»Ha! Ich war wohl der Erste, der dich beritten hat. Aber es ist kein Schaden, wenn du jetzt eine offene Pforte hast. Die Kerle, die dir später ihre zehn Zoll Männlichkeit zwischen die Beine stecken, interessiert es nicht, ob du Jungfrau bist oder nicht. Wahrscheinlich sind sie sogar froh, dass das Hindernis gesprengt wurde, denn so eine Sauerei wollen sie gewiss nicht auf ihren Betten sehen.« Er versetzte Alika einen kräftigen Klaps auf das Hinterteil und wies dann mit dem Kinn zur Tür.

Das Mädchen verstand die Geste, öffnete die Tür und wollte die Treppe hinabrennen, um sich irgendwo zu verkriechen. Draußen aber fing ein Knecht sie ab und hob sie lachend hoch, so dass ihre Beine in der Luft zappelten. Sie schrie auf, denn sie fürchtete, er würde sich ebenfalls auf sie stürzen, doch der Mann setzte sie ab, führte sie die Treppe hinunter und durch einen Flur ins Freie bis zu einer festen Tür, hinter der sie Jammern und Weinen vernahm. Er öffnete und schob sie in einen halbdunklen Raum, in dem sie die dicht an dicht auf dem Boden hockenden Menschen zuerst nur als Schatten wahrnahm.

Marie vernahm Alikas Schluchzen, noch bevor sie deren Umrisse gegen den hellen Hintergrund der Türöffnung sah, und erreichte sie im gleichen Augenblick, in dem die Freundin in die Knie brach. Die Mohrin stammelte etwas in ihrer Muttersprache, und ihre Stimme verriet das Elend und den Schmerz, der sie schüttelte. Marie führte ihre Freundin vorsichtig zu dem Platz, an dem Lisa lag, und half ihr, sich hinzusetzen. Dabei streifte ihre Hand Alikas Oberschenkel, und sie spürte, dass dieser glitschig war von Blut.

»So ein elendes Schwein! Mein Gott, jetzt habe ich nichts, mit dem ich dir helfen kann.« Marie dachte an all die Kräuter und Salben, die Hiltrud so trefflich zuzubereiten wusste, und stieß noch einige Flüche aus. Alika musste schlimm zugerichtet sein, und in diesem Schmutz hier konnte auch eine eher harmlose Verletzung den Tod bedeuten. Zähneknirschend trennte sie einen Teil des zerfetzten Unterkleids ab und steckte es ihrer Freundin in die Scheide, um die Blutung zu stoppen. Danach zog sie Alika das an, was von ihrer Kleidung noch brauchbar war, und streichelte sie, um sie zu beruhigen. Während die Mohrin sich zitternd an ihre Freundin drängte, haderte Marie mit Gott. Warum ließ er es zu, dass schwächere Menschen den Männern, die Reichtum und Macht besaßen, hilflos ausgeliefert waren? Warum durften diese anderen sich die Freiheit nehmen und sie nach Belieben misshandeln?

An diesem Abend ließ die Nacht auf sich warten. Marie war eine so lang andauernde Helligkeit nicht gewohnt und blickte immer wieder zu den vergitterten Fenstern unter der Decke auf. Dort war nicht mehr zu erkennen als ein winziges Stück blassen, fast weiß erscheinenden Himmels. Dem Licht, das von draußen hereinfiel, schien jede Kraft zu fehlen, als könne die Sonne sich nicht entscheiden, ob sie stehen bleiben oder untergehen wolle. Irgendwann meldete sich ihr knurrender Magen, doch niemand kam, um die Gefangenen mit Essen und Wasser zu versorgen. Daher bettete sie den Kopf auf eine dickere Schicht Schilf, legte die Hände um Lisa und Alika, die sich in den Schlaf geweint hatte, und schlief ebenfalls ein. Nach einer viel zu kurzen Nacht wurden sie von lauten Stimmen und dem Öffnen der Tür geweckt. Zwei Knechte begannen, den Sklaven Brot aus einem Korb zuzuwerfen, als wären es wilde Tiere. Es war zu wenig, um alle satt werden zu lassen, und so rauften die meisten Sklaven sich unter dem Gelächter der Knechte darum und schlugen sogar aufeinander ein. Marie gelang es, ein größeres Stück aufzufangen,

und sie brach es, um es mit Alika zu teilen. Während sie schweigend kauten, blickten sie sich fragend an, denn beide fürchteten sich vor dem, was auf sie zukommen mochte. Marie dachte an die schmierigen Hütten am Hafen, die sicherlich als Bordelle dienten, und der Mohrin stand die Angst im Gesicht, wieder zu ihrem derzeitigen Besitzer gebracht zu werden.
Der Kaufmann aber hatte seine Gier gestillt und dachte nun ans Geschäft. Kaum hatten die Sklaven das Brot verschlungen, wurden sie ins Freie getrieben. Draußen stand ein Fass, aus dem sie mit den Händen Wasser schöpfen durften, um ihren Durst zu löschen. Dann scheuchte man sie auf einen großen, einmastigen Flusssegler, der vor der Frontseite des Hauses vertäut lag und bereits hoch mit Fässern und Warenballen beladen war. Marie hatte Lisa mit einem Streifen Tuch an sich gebunden, um beide Hände frei zu haben, und kletterte nun zielstrebig mit Alika auf einen großen Ballen, der den höchsten Punkt der Ladung bildete und den ihnen niemand von ihren Leidensgefährten streitig zu machen versuchte. Der Rest der Sklaven wurde von den Knechten über die Bündel und Kisten verteilt, und als der Kaufmann an Bord kam, nahmen seine Männer lange Stangen zur Hand und stießen das Boot vom Kai ab. Einige stakten es durch den Kanal, während andere dafür sorgten, dass der Rumpf nicht gegen die ins Wasser ragenden Stege und Uferbefestigungen stieß. Als sie das Ende des Kanals erreichten, legten die Hälfte der Knechte ihre Stangen ab, setzten ein Segel und drehten es, als das Boot auf den träge dahinziehenden Strom hinausglitt, in den Wind. Langsam schwang der Bug nach Süden und das Schiff nahm Fahrt auf.
Marie zupfte Alika am Ärmel. »Es geht landeinwärts, fort vom Meer!«
Die Mohrin nickte, denn Marie machte ihre Worte mit Gesten verständlich. Trotz aller Mühen, die sie sich beide gegeben hatten, war noch keine flüssige Unterhaltung möglich. Das mochte

daran liegen, dass es im Sklavenverschlag der Geit kaum etwas gegeben hatte, auf das sie hätten zeigen können. Nun aber gab es viel zu sehen, und Marie nannte die Dinge in ihrer Umgebung mit Namen.

Während der Fahrt auf dem Fluss erwies Alika sich als gelehrige Schülerin, auch wenn ihre Aussprache manchmal so verdreht klang, dass Marie nicht wusste, ob sie hell auflachen oder den Kopf schütteln sollte. Im Gegenzug eignete sie sich ein paar Worte aus Alikas Muttersprache an, weniger in der Absicht, sie zu benutzen, als vielmehr, um sich von dem Elend und der Verzweiflung abzulenken, die im Hintergrund ihres Bewusstseins lauerten.

Als der schwerfällige Segler in den Peipussee einbog, sahen Marie und Alika sich beklommen an, denn sie glaubten zunächst, sie führen doch wieder aufs Meer zu neuen, noch wüsteren Gestaden. Die Wasserfläche vor ihnen schien sich endlos auszudehnen. Marie fasste sich als Erste, da ihr bewusst wurde, dass das Frachtschiff einem Wellengang, wie sie ihn im Bauch der Geit erlebt hatten, nicht würde standhalten können. Das Gewässer glich eher dem Bodensee, an dessen Ufern Marie aufgewachsen war. Bislang hatte sie geglaubt, dieser sei der größte See der Welt. Verglichen mit diesem endlos scheinenden Gewässer war er jedoch kaum mehr als eine Pfütze. Da aber schon der Bodensee bei Sturm hohe Wellen schlug, fragte Marie sich ängstlich, wie es bei einem Unwetter hier aussehen mochte. Sie betete still zur Himmelsjungfrau und zum ersten Mal seit langem auch wieder zu Maria Magdalena, ihrer besonderen Heiligen, sie diesen See unbeschadet passieren zu lassen.

Ihr Schicksal und ihre Gebete schienen die himmlischen Kräfte zu rühren, denn die Wasseroberfläche kräuselte sich nur leicht, und es gab gerade so viel Wind, dass der schwer beladene Frachtsegler gemächlich nach Süden schwamm.

Vier Tage verbrachten sie in drangvoller Enge auf dem Schiff, das nachts in der Nähe kleinerer Ortschaften am Ostufer anlegte. Man erlaubte den Sklaven nicht, an Land zu gehen, sondern zwang sie, dort zu schlafen, wo sie saßen oder hockten. Als Nahrung erhielten sie die Kost, die ein Knecht den Einheimischen abhandelte und die bei vielen der jüngeren Sklaven Bauchgrimmen und Durchfall verursachte. Der Kaufmann überließ es seinen Knechten, für Sauberkeit und Ruhe auf dem Schiff zu sorgen, und zog es vor, in den Herbergen zu übernachten, die ebenso wie die Katen der Fischer aus rohen Holzstämmen zusammengefügt waren.

Gleich den anderen Sklaven hatten Marie und Alika die Umgebung zunächst noch neugierig bestaunt und sich trotz aller Unbequemlichkeit gefreut, der Dunkelheit und dem Gestank an Bord des Holländers ebenso entkommen zu sein wie der quälenden Eintönigkeit. Doch allmählich wurden ihre Augen des beinahe wie geschmolzenes Blei daliegenden Sees und des gleichförmig flachen Ufers müde, und sie sehnten das Ende dieser Reise herbei, ganz gleich, was danach auf sie warten mochte.

Am Nachmittag des vierten Tages tauchte das östliche Ufer des Sees aus dem Dunst auf und kurz darauf auch das westliche. Die beiden trafen jedoch nicht aufeinander, sondern bildeten die Mündung eines Flusses, in den der Segler einbog. Auch hier war die Strömung so schwach, dass das Segel ausreichte, um das Schiff vorwärts zu treiben, und im letzten Sonnenlicht erreichten sie eine Stadt, gegen die Narwa wie ein Marktflecken wirkte.

Eine weiß gekalkte Mauer schlang sich um den Ort und verbarg seine Gebäude bis auf die Türme der Kirchen, die zumeist aus Holz errichtet waren und farbige Kuppeln trugen. Seufzend fragte Marie sich, ob sie hier wohl auch gezwungen sein würde, auf eine fremde Art und Weise zu Gott zu beten wie damals bei den Hussiten. Dort hatte sie nur überleben können, indem sie die fremden Sitten nachahmte und gegen die Regeln der heiligen katholischen Kirche verstieß. Während sie die Erinnerungen an

jene Gefangenschaft zurückdrängte, steuerte der Prahm den Hafen an, in dem schon eine Menge anderer Boote lagen. Gebäude aller Größen, die ausnahmslos aus Holz errichtet waren, reihten sich am Ufer auf, und aus etlichen der kleineren Häuser drang das Gelächter betrunkener Männer. Gelegentlich hörte man auch schrill auflachende und kreischende Frauenstimmen.
Als sie von Bord stieg, spürte sie, wie ihr auf dem festen Boden die Knie zitterten. Sie hatte kaum die Kraft, den Knechten zu folgen, die die Sklaven zu einem Schuppen führten und dort einsperrten. Später brachten die gleichen Knechte Eimer voll Wasser und für jeden ein hartes Stück Gerstenbrot und eine dicke Suppe aus Gemüse und Fisch. Es war das erste Essen seit langem, das Marie halbwegs schmeckte, denn die Fischeinlage hatte der See geliefert und nicht das Meer mit seinen schier unendlichen Heringsschwärmen.
Nach einer ereignislosen Nacht wurden sie durch andere Knechte geweckt, die mit flatternden Hosen, weiten Hemden und klobigen Holzschuhen bekleidet waren. Diese schleppten einen großen Bottich in den Schuppen und füllten ihn mit Wasser. Einer der Bediensteten des Kaufherrn begleitete sie und zeigte mit seinem Stock auf den Bottich. »Ihr werdet euch jetzt waschen, Gesindel! Und wehe, ihr geht nicht ordentlich mit Seife und Bürste um. Für jeden Schmutzrand setzt es Prügel!«
Die Sklaven begriffen rasch, was er meinte, denn er unterstrich seine Worte mit Schlägen, die er vorzugsweise den älteren Mädchen versetzte. Auch Marie bekam einen Hieb übergezogen, der ihr die Tränen in die Augen trieb. Zähneknirschend säuberte sie sich und Lisa und versuchte, sich so schnell wie möglich wieder anzuziehen. Doch ehe sie in das Hemd geschlüpft war, hatte der Mann sie gepackt, knetete ihren Busen und zog sie an sich. Marie fürchtete schon, er werde sie vor aller Augen vergewaltigen, doch er grinste nur so breit, dass sie die wenigen Zahnstummel in seinem Mund sehen konnte, gab ihr einen Stoß und wandte sich ei-

nem der größeren Mädchen zu. Er fingerte alle ab, deren Brüste sich unter der Kleidung abzeichneten. Bei Alika hielt er sich etwas länger auf, er schob ihr zerrissenes Mieder auseinander und betrachtete ihren Busen, als könne er nicht glauben, was er sah. Aber er begnügte sich auch bei ihr mit einem schmerzhaften Kneifen und kontrollierte die restlichen Sklaven. Als sich alle gewaschen hatten, zog er sich bis an die Tür zurück und schien auf jemanden zu warten.
Kurz darauf erschien der Kaufmann und musterte seine zweibeinige Ware. Als er Alikas notdürftig zusammengeknotete Lumpen bemerkte, wandte er sich seinem Untergebenen zu und bellte einen Befehl. Dieser verließ so eilig den Raum, als sähe er eine zum Schlag erhobene Peitsche über sich, und kehrte umgehend mit einem Bündel Stoff zurück, welches er Alika zuwarf.
»Anziehen«, schnauzte er sie an.
Alika schüttelte die Kleidungsstücke aus und starrte verständnislos auf das fast bodenlange Hemd und den nur wenig kürzeren Überwurf. Da der Stock des Bediensteten schon erwartungsfroh in dessen Hand zitterte, griff Marie ein und half ihrer Freundin in die fremde Tracht.
Unterdessen zwangen die Knechte die Sklaven, sich in Reih und Glied aufzustellen, so dass der Kaufmann jeden einzelnen mustern konnte. Schließlich nickte der Mann zufrieden, sagte etwas, das Marie für sich mit »Bringt sie zum Markt!« übersetzte, und verließ den Schuppen. Der Bedienstete gab den Knechten einige Befehle und diese trieben die lebende Ware Reihe für Reihe hinaus. Dabei sparten sie nicht mit Hieben, die allerdings keine blutigen Male hinterließen. Draußen mussten die Sklaven dem Vertrauten des Händlers im Gänsemarsch folgen und wurden dabei von den Knechten flankiert. Ihr Weg führte sie durch ein von zwei wuchtigen Rundtürmen bewachtes Tor ins Innere der Stadt. Auch hier bestanden die meisten Häuser aus Holz, und der Durchgang zwischen den einzelnen Häuserreihen war so

schmal, dass sich die Fußgänger gegen die Wände drängen mussten, wenn ein Karren oder ein Lastträger passieren wollte.
Die Gasse mündete in einen großen Platz, der auf der gegenüberliegenden Seite von einer weiß gekalkten Kirche mit runden, gemauerten Türmen begrenzt wurde, deren kupferne Kuppeldächer mit Grünspan überzogen waren. Auf der recht großen Fläche zwischen den Gebäuden herrschte lebhaftes Treiben, denn es wurde gerade Markt abgehalten. Es gab Dutzende von Ständen, um die sich Kaufinteressenten und Schaulustige drängten, die die Fülle der ausgestellten Waren ebenso wortreich kommentierten wie die Sklaven, die nun durch ein dichtes Spalier getrieben wurden. Direkt vor der Kirche befand sich ein großes, etwa kniehohes Podest, welches jenen glich, auf denen die Sklaven in den Häfen von Riga und Reval feilgeboten worden waren. Bei seinem Anblick wäre Marie am liebsten in den Boden versunken, doch angesichts etlicher Männer, die versuchten, die älteren Mädchen zu begrapschen, war sie beinahe froh, dort oben einen gewissen Abstand zwischen sich und den Zuschauern gewinnen zu können. Als sie und die anderen Sklaven hinaufgetrieben worden waren, rief ein Mann der zusammenströmenden Menge etwas in einer Sprache zu, die Marie bisher noch nie vernommen hatte.

VIII.

An diesem Morgen hatte sich eine Gruppe Edelleute zum Frühstück im größten Raum ihres nicht besonders gastfreundlichen Quartiers versammelt, das in einem ebenso schäbigen Winkel des Pskower Kremls lag und noch die Spuren des gestrigen Saufgelages zeigte. Schon bei den ersten Bissen musste Andrej Grigorijewitsch feststellen, dass es mit der Laune seines Fürsten nicht zum Besten stand. Das wunderte ihn nicht, denn er hätte sich an Dimitris Stelle vermutlich ebenfalls vor Wut zerfressen.

Immerhin war sein Anführer der Herr von Worosansk, der keinem anderen Gebieter unterstand, und zudem ein entfernter Verwandter des Moskauer Großfürsten Wassili II. Hier in diesem verdammten Krämerdorf Pskow aber wurden er und sein Gefolge nicht wie hoch geehrte Gäste behandelt, sondern ähnlich herablassend wie jene Bauern, die ihre Erzeugnisse in die Stadt brachten und dabei die Waren aus aller Herren Länder bestaunten, ohne sich auch nur ein einziges Stück der angebotenen Fülle leisten zu können.

Dabei hätte es den Notabeln von Pskow besser angestanden, Dimitris Stolz ein wenig zu schmeicheln und ihn mit Geschenken zu versöhnen. Diese Krämer missachteten ihn jedoch in verletzender Weise und forderten immer wieder das Geld für jene Waren, die Dimitri im letzten Jahr erworben, aber noch nicht bezahlt hatte. Selbst der Fürst von Pskow benahm sich alles andere als diplomatisch. Dabei war er nicht mehr als ein von den Pskower Oligarchen eingesetzter Heerführer, der nach den Flöten feister Kaufleute tanzen musste. Dennoch hatte er die Stirn besessen, Dimitri und seine engere Begleitung nur zu einem einzigen Bankett einzuladen und dabei auch noch ganz gegen Sitte und Brauch mit Getränken zu geizen.

Ein Rippenstoß unterbrach Andrejs Grübeln. »Unternimm etwas! Wenn Dimitris Stimmung weiterhin so schlecht bleibt, werden wir es ausbaden müssen.« Wasja Nikolajewitsch hatte allen Grund, die Verärgerung seines Herrn zu fürchten, denn er gehörte zu den bevorzugten Opfern von Dimitris rauen Scherzen und hatte auch am meisten unter den Wutausbrüchen seines Fürsten zu leiden.

Andrej zwinkerte Wasja zu und stand auf. »Erlaube mir ein Wort, mein Fürst.«

Als Dimitri vor zwei Jahren das Erbe seines Vaters angetreten hatte, war er gerade zwanzig gewesen, und viele der älteren Höflinge wünschten, er besäße wenigstens einen kleinen Teil der

Klugheit und Besonnenheit, die Fürst Michail ausgezeichnet hatten. Stattdessen litten sie unter Dimitris unbeherrschtem Wesen, und manche fürchteten ihn so, dass sie ihn von sich aus nicht anzusprechen wagten. Andrej war nicht so feige, und das Lächeln, mit dem er den fragenden Blick seines Herrn beantwortete, strahlte Unternehmungslust aus.
»Rede!«, befahl Dimitri ihm und runzelte dabei unwillig die Stirn.
Sein Blick versprach dem Störenfried, das nächste Opfer seines Zornes zu werden. Andrej hatte jedoch gelernt, die Launen seines früheren Freundes mit Gleichmut zu ertragen. Bei Hofe hielt man ihn auch jetzt noch für Dimitris engsten Vertrauten, doch seit der Thronbesteigung des jungen Fürsten hatte der Standesunterschied eine Kluft zwischen ihnen aufgerissen, die Andrej deutlich zu spüren bekam. Dennoch zählte er zu jenen, die Dimitri am liebsten um sich sah, und sein Wort galt etwas, zumindest dann, wenn der Fürst bereit war, auf die Meinung eines anderen zu hören. Dafür bekam er auch die wechselnden Stimmungen seines Herrn öfter als andere am eigenen Leib zu spüren.
Jetzt überlegte er, wie er sich aus der selbst geknüpften Schlinge befreien konnte, denn einfach nach Wein zu rufen und die Gedanken des Fürsten auf diese oder jene hübsche Magd zu lenken, erschien ihm angesichts der drohend zusammengezogenen Brauen nicht ganz das Richtige. Die Dienerinnen, die Dimitri und dessen Gemahlin Anastasia nach Pskow begleitet hatten, waren schon alle in seinem Bett gewesen, und ihm eine der Pskower Mägde anzudienen war keine so gute Idee, denn ihre Gastgeber sahen das seltsam eng. Dann aber fiel ihm ein, wie er den Zorn seines Fürsten von sich abwenden konnte.
Er wies mit einer weit ausholenden Geste in Richtung der großen Basilika von Pskow. »Heute ist Markttag, mein Fürst. Lasst uns hinausgehen und die Waren begutachten. Vielleicht finden wir

gute Schwerter oder einen Harnisch, wie ihn die Lateiner zu fertigen wissen.«

Dimitris Mund verzerrte sich, denn seine Geldtruhe war fast leer, und Kredit gewährten ihm die Pskower Krämer keinen mehr. Die Deutschen aber, die mit diesen Schwertern und Rüstungen handelten, forderten unverschämte Preise. »Mir sind ein russisches Schwert und ein russischer Panzer lieber als von Ketzerhänden besudelte Waffen.«

Das war nur eine Ausrede, doch Pantelej Danilowitsch, der Beichtvater des Fürsten, nickte zustimmend. »Du sprichst ein wahres Wort, Herr! Wir sind gute Russen, die die Hände von solch unreinen Dingen lassen sollten.«

Andrejs Onkel Lawrenti, der untersetzte Schwertträger und erste Ratgeber des Fürsten, machte eine verächtliche Handbewegung. »Mir ist ein scharfes Lateinerschwert lieber als eine stumpfe russische Klinge.«

»Gott im Himmel wird einer Russenklinge die Macht geben, jedes Ketzerschwert zu besiegen!« Pantelej schlug das Kreuz, um seine Worte zu bekräftigen, erntete jedoch von den meisten Begleitern des Fürsten ein nachsichtiges Lächeln. Sie alle waren rechtgläubige Russen und küssten voller Inbrunst die heiligen Ikonen in den Kirchen von Worosansk. Dennoch wussten sie den Wert eines guten Schwertes zu schätzen. Auch der Fürst kräuselte ein wenig die Lippen und gab Andrej damit die Gelegenheit, ihm seine Vorstellungen zu unterbreiten.

»Es gibt auch andere Dinge auf dem Markt zu kaufen als blanken Stahl. Fleisch zum Beispiel.«

»Soll unser erhabener Fürst das Ochsenbein für das Mittagsmahl selbst aussuchen, als wäre er ein lumpiger Koch?« Wasja schien ganz vergessen zu haben, dass er Andrej aufgefordert hatte, besänftigend auf den Fürsten einzuwirken, denn er nahm die erste Gelegenheit wahr, sich Dimitris Gunst auf Kosten seines Freundes zu sichern.

Andrej wischte den Einwand lachend hinweg und deutete mit dem Daumen in die Richtung, in der sich der Damentrakt ihres Quartiers befand. »Wie ich gestern Abend gehört habe, soll eine neue Ladung Frischfleisch angekommen sein. Unsere Fürstin will eine zweibeinige Milchziege für ihren Sohn erstehen, und ich denke, es wird uns Spaß machen zu schauen, welch seltsame Gestalten der Sklavenhändler auf den Markt bringt.«
Dieser Vorschlag fand die Zustimmung des Fürsten und wurde auch von den meisten Höflingen wortreich begrüßt. Nur Pantelej wandte sich angewidert ab und erklärte, nicht mitgehen zu wollen.
Fürst Dimitri verließ seinen Sitz und trat neben seinen Jugendfreund. »Es ist mir auch lieber, wenn der Pope nicht mitkommt. Dessen Sauermiene kann einem jeden Spaß verderben.« Pantelej nahm in der Hierarchie der russischen Kirche einen höheren Rang ein als den eines einfachen Priesters, doch da er von Dimitri mit dem Spitznamen Pope belegt worden war, bezeichneten ihn die Gefolgsleute ebenso, zumindest dann, wenn der Geistliche es nicht hören konnte.
Es war, als hätten die Worte des Fürsten einen Befehl enthalten, denn die zehn Edelleute sprangen auf, umringten ihn und verließen die niedrige Halle, deren altersdunkle, mit groben Schnitzereien verzierte Decke von Säulen aus Baumstämmen getragen wurde, die ein Mann gerade mit den Armen umfassen konnte. Die Gruppe musste sich eine Weile durch die engen Gassen des Pskower Kremls schlängeln, denn man hatte ihnen ein Quartier im abgelegensten und wohl auch schäbigsten Teil zugewiesen. Die Wachen, die am Tor der Stadtfestung standen, beachteten die Gäste nicht, sondern unterhielten sich ungeniert über die Vorzüge einer neuen Magd.
Wasja, der vom Blick seines Fürsten getroffen wurde, öffnete das Tor und schob beide Flügel so weit auf, dass sie durch den Schmutz scharrten und dann festsaßen. Nachdem die Gruppe

das Tor passiert hatte, spie einer der Pskower aus und hob die Flügel mithilfe eines Kameraden an, damit sie sich wieder schließen ließen.

»Wenn die Kerle zurückkommen, lasse ich sie auf Knien betteln, bevor ich ihnen öffne«, schimpfte er dabei.

»Vergiss es! Wenn einer von denen dir danach den Kopf abschlägt, hast du nichts davon. Oder glaubst du etwa, unser heiliges Pskow würde wegen dir einen Krieg mit Worosansk anfangen?«, spottete der andere und lenkte dann das Gespräch wieder auf die ausladenden Formen der neuen Magd.

Unterdessen strebten Fürst Dimitri und sein Gefolge so eilig dem Marktplatz zu, dass sie die anderen Passanten beinahe über den Haufen rannten. Sie erreichten die Plattform mit den Sklaven in dem Augenblick, in dem die Versteigerung begann. Dimitri machte eine verächtliche Geste und wollte sich abwenden, denn die mageren, von der langen Reise geschwächten Geschöpfe schienen ihm keinen zweiten Blick wert zu sein.

Im gleichen Moment stieß Andrej einen verblüfften Ruf aus und deutete auf eine der Gestalten auf dem Podest. »Sieh dorthin, mein Fürst! Ich frage mich, ob man das Weib da schwarz angemalt hat.« Ungeachtet der irritierten Miene des Verkäufers kletterte er auf das Podest, blieb vor Alika stehen und rieb ihr mit dem Daumen heftig über die Wange, doch es löste sich keine Farbe von ihrer Haut.

Andrej starrte verblüfft auf seinen Daumen und drehte sich mit funkelnden Augen zu seinen Gefährten um. »Die ist echt!«

IX.

Marie hielt Lisa schützend umfangen und kämpfte mit den Tränen vor Scham, wie ein Kohlkopf oder ein Stück Käse zum Verkauf angeboten zu werden. Hör auf zu kämpfen, sagte etwas in ihr. Es hat doch keinen Zweck! Dein Schicksal ist besiegelt. Es war unmöglich, von hier aus den Weg nach Hause zu finden, und sie wünschte sich, sie hätte sich den Tod gegeben, bevor man sie dieser Schande aussetzen konnte. Sie fragte sich, ob es ihr wohl gelingen würde, an ein Messer oder einen anderen scharfen Gegenstand zu kommen, mit dem sie ihr Leben beenden konnte. In dem Moment, in dem sie sich vorstellte, wie es sein mochte, sich selbst die Kehle durchzuschneiden, strampelte das Kind in ihren Armen und erinnerte sie daran, dass sie nicht nur für sich allein verantwortlich war. Wenn sie sich aufgab, war auch Lisa verloren. Außerdem war da noch ihre Mohrenfreundin, um die sie sich kümmern musste. Kaum war sie sich ihrer Verantwortung bewusst geworden, sprang einer der Zuschauer auf die Plattform und fuhr mit der Hand durch Alikas Gesicht.

Als der Mann sich umdrehte und einigen anderen etwas zurief, stellte Marie fest, dass er zu einer Gruppe von Männern gehörte, die wie Edelleute wirkten. Sie waren größer als die anderen Marktbesucher und auch anders gekleidet. Der junge Bursche neben Alika wirkte sehnig und wäre mit seinen hellblonden Haaren und den blauen Augen im Reich höchstens durch sein gutes Aussehen aufgefallen. Obwohl es recht warm war, trug er über einem mit Sternen bestickten blauen Hemd einen bis zu den Hüften reichenden Mantel, dessen Säume ebenso mit Pelz besetzt waren wie die Kappe auf seinem Kopf. Seine Hosen bestanden aus rötlich schimmerndem Damast, und seine Füße steckten in wadenlangen Stiefeln.

Seine Begleiter, die ähnlich gekleidet waren, scharten sich um einen Anführer, der sich durch seine Haltung und seine Gesten ebenso von ihnen unterschied wie durch die Pracht seiner Erscheinung. Sein Mantel war länger und die Säume waren so breit mit Zobel besetzt, dass man sich für den Gegenwert im Reich eine Burg samt mehreren Dörfern hätte kaufen können, und seine Mütze bestand sogar ganz aus diesem kostbaren Pelz. Auch

die Schuhe demonstrierten den hohen Stand des Mannes oder zumindest seinen Reichtum, denn sie waren aus weichem, rot eingefärbtem Saffianleder gefertigt. Die Tracht erschien Marie jedoch weniger fremdartig als die Bärte, die den Männern bis auf die Brust reichten. Bei den jüngeren Mitgliedern der Gruppe wirkte der Gesichtsschmuck ein wenig lächerlich, denn er war dünn und ungleichmäßig über Wangen und Hals verteilt.
Marie schüttelte sich leicht, denn ihr wurde bewusst, dass sie die Fremden ebenso angegafft hatte wie diese Alika, und wollte sich schon abwenden. Doch die Blicke, mit denen die Kerle das dunkelhäutige Mädchen verschlangen, und ihre Mienen verrieten ihr, dass die Männer an keiner anderen Sklavin Interesse hatten. Da die Leute ihrem Aussehen und den scheelen Blicken etlicher Umstehender nach zu urteilen nicht aus dieser Stadt stammten, mochte es gut sein, dass sie Alika kauften und in ein noch ferneres Land brachten. Dann würde sie mit ihrer dunklen Freundin den einzigen Menschen verlieren, dem sie vertrauen konnte.
Während Marie in der düsteren Betrachtung ihres Schicksals versank und die Menschen um sich herum kaum noch wahrnahm, winkte Fürst Dimitri einen Weinhändler zu sich und befahl ihm, für ihn und jeden seiner Begleiter einen Becher seines besten Tropfens zu bringen. Dann grinste er Andrej an, der nun begonnen hatte, Alikas restlichen Körper zu untersuchen.
»Hast du schon einmal eine solche Rappstute geritten, mein Freund?«, rief er ihm zu.
Lawrenti fuhr mit den Fingern durch seinen bereits stark ergrauten Bart und schüttelte angewidert den Kopf. »Rappen vermag es bei Pferden zu geben, aber nicht bei Menschen. Eine dunkle Haut ist das Zeichen des Teufels.«
Die jüngeren Edelleute streiften das Gesicht ihres Fürsten mit fragenden Blicken, und als sie seine spöttisch verzogene Miene sahen, begannen sie wie auf Befehl zu lachen.

Andrej lachte nicht über seinen Onkel, ließ sich aber auch nicht von seinen Worten einschüchtern, sondern streckte seinem Fürsten die Handflächen hin. »Die Farbe des Weibes ist echt! Ich habe kräftig an ihr gerieben, und es ist nichts abgegangen!«
Fürst Dimitri leckte sich die Lippen. »Was meint Ihr, sollen wir uns diese Rappstute satteln? Gelüsten würde es mich!«
Seine jungen Begleiter nickten eifrig, doch der alternde Schwertträger machte das Zeichen gegen den bösen Blick. »Mein Fürst, es bringt Unglück, ein Geschöpf, das der Teufel sichtlich gezeichnet hat, auch nur anzusehen! Mit diesem Wesen Dinge zu treiben, die wir sündigen Menschen nur mit dem uns anvermählten Weibe im trauten Ehebett tun dürfen, könnte Euch die ewige Seligkeit kosten!«
Auch mit dieser Warnung erntete Lawrenti bei seinen Begleitern nur Gelächter. Sein Neffe kletterte vom Podest und grinste den alten Kämpen geradezu unverschämt an. »Was ist, wenn man noch kein Weib hat, einen aber die Lenden drücken? Glaub mir, Onkel, das dort ist kein Teufelswesen, sondern ein weiblicher Mohr. Am Hof von Terbent Khan gab es während der zwei Jahre, die ich als Geisel dort zubringen musste, ein männliches Mitglied dieser Rasse, das wie ein kostbarer Schatz gehütet und hohen Gästen vorgeführt wurde. Ich bin zwar nie so nahe an den schwarzen Mann herangekommen, dass ich ihn hätte berühren können, doch ich weiß genug über diese Wesen, um sagen zu können, dass diese Mohrin echt ist. Dimitri Michailowitsch, du kannst diese Sklavin unbesorgt kaufen, wenn du sie haben möchtest.«
Dimitri musterte Alika noch einmal von oben bis unten und nickte. »Das würde der Reise, die wir auf Wunsch meines Weibes antreten mussten, eine angenehme Wendung geben.«
Andrej wiegte den Kopf. »Du solltest nicht schlecht über dein Weibchen reden, Dimitri Michailowitsch. Es ist immerhin eine Prinzessin aus dem heiligen Konstantinopel. Eine solche Ehre

genießt nicht einmal dein allerdurchlauchtigster Vetter, der Großfürst von Moskau.«

Das Gesicht des Fürsten verzog sich, als habe er auf etwas Bitteres gebissen. Wassili II. Wassiljewitsch hatte vor wenigen Jahren den Thron von seinem Vater übernommen, obwohl die Krone nicht einem Kind, sondern den Bräuchen des heiligen Russlands zufolge dem nächstälteren Verwandten seines Vaters zugestanden hätte. Zudem gab es auch persönliche Gründe für den Fürsten von Worosansk, den Großfürsten und dessen machtgieriges Gefolge nicht zu seinen Freunden zu zählen, denn er glaubte schon die Hände zu sehen, die sich von Moskau nach seinem Land ausstreckten.

Dimitri schob den Gedanken an seinen verhassten Vetter rasch wieder beiseite und winkte den Sklavenverkäufer zu sich. »He, Bursche, was soll dieses Backofengesicht dort kosten? Die sieht ja aus wie ein verbrannter Laib Brot.«

Der Auktionator ließ sich von den barschen Worten des Fürsten nicht täuschen. Er verbeugte sich tief und pries Alikas körperliche Vorzüge. Dabei entblößte er ihre Brust, um seine Worte zu unterstreichen. Fürst Dimitri beherrschte seine Miene jedoch so gut, dass er den Mann verunsicherte. Kurz entschlossen hob dieser Alikas hemdartigen Rock bis zur Taille hoch.

Der Anblick der von einem kleinen wolligen Dreieck gekrönten Schenkel ließ den Fürsten erregt aufstöhnen. Nun begannen auch andere Männer sich neugierig näher zu drängen, wurden aber von Dimitris Begleitern und den Marktknechten mit scharfen Worten und Schlägen zurückgetrieben.

Der Sklavenhändler beachtete den Aufruhr nicht, sondern wandte sich liebedienerisch an den Fürsten. »Nun, Herr, ist das nicht ein Anblick, der jedem Mann das Blut in die Lenden treibt? Eine Haut wie schwarzer Samt und ebenso weich, besonders zwischen den Schenkeln. Wenn Ihr diese Sklavin kauft, könnt Ihr von Euch sagen, dass Ihr eine Pforte durchschreitet, wie sie noch kein anderer Mann im weiten russischen Land durchdrungen hat.«

»Dann sollte ich euch brünstige Burschen wohl davon abhalten, es mir gleichtun zu wollen!« Der Fürst bedachte seine Begleiter mit einem spöttischen Blick.

»Herr, wollte Ihr uns bei diesem Anblick hungern lassen? Das könnt Ihr uns doch nicht antun!«, flehte Andrej, der seine Belustigung gut zu verbergen wusste.

»Und ob ich das kann! Was kostet dieses verbrannte Brot?« Die Frage galt dem Sklavenhändler. Der hatte von dem deutschen Kaufherrn eine Summe genannt bekommen, mit der er in die Verhandlungen einsteigen sollte. Doch er sagte sich, dass dieser aufgeblasene Kleinfürst seine Börse ruhig noch etwas weiter öffnen konnte. Daher verdoppelte er im Geist seine Forderung und nannte Fürst Dimitri einen Preis, für den der Herr von Worosansk sämtliche Sklavinnen hätte kaufen können, die in den letzten Wochen in Pskow angeboten worden waren.

Dimitris Gier, die Mohrin zu besitzen, stand in keinem gesunden Verhältnis zu seinem Verhandlungsgeschick. Zwar versuchte er, die Summe zu drücken, doch der Verkäufer hörte seiner Stimme an, wie wild der Fürst auf die Sklavin war, und ging kaum mit dem Preis herunter. Nach einem kurzen Wortwechsel akzeptierte der Fürst eine Summe, die seinen Schwertträger zu einem schrillen Protest veranlasste.

»Tu das nicht, mein Gebieter! Für dieses Geld kannst du ein halbes Dutzend kräftiger Kerle für deine Leibwache kaufen und ausrüsten. Die würden dir mehr nützen als so ein Teufelsweib. Es wird dich verhexen und deine Männlichkeit töten, wenn du versuchst, es zu besteigen!«

»Ich werde es nicht nur versuchen, sondern es auch wirklich tun. Und was meine Männlichkeit betrifft, so wird sie beim Anblick ihrer Schenkel eher noch wachsen!« Der Fürst lachte Lawrenti aus und gab dem Auktionator den Befehl, die Sklavin seinen Leuten zu übergeben.

Bislang war Alika den Verhandlungen verständnislos gefolgt, doch als die Knechte nach ihr griffen, klammerte sie sich verzweifelt an Marie, die sie tröstend an sich zog. Ein Rutenhieb, der beinahe auch Lisa getroffen hätte, brachte die beiden dazu, einander loszulassen. Mit Tränen in den Augen sah Marie, wie ihre Freundin zu dem prachtvoll gewandeten jungen Mann geführt wurde, der trotz seines blonden Vollbarts wie ein zu groß geratener Junge wirkte und sich auch wie ein solcher benahm. Kichernd wie ein Mädchen fuhr er Alika mit den Händen in das Hemd und bearbeitete ihre Brüste, als wolle er Teig kneten. Die junge Mohrin wagte nicht, sich zu wehren, sondern stand so starr wie eine hölzerne Statue. Dann nahmen die Männer ihren Anführer und seine Neuerwerbung in die Mitte und verließen den Markt. Das Letzte, das Marie von Alika sah, war deren tränenüberströmtes Gesicht.

X.

Die Auktion, die sich während des Auftretens der Worosansker nur auf Alika konzentriert hatte, ging nun lebhaft weiter, und das Podest leerte sich zusehends. Die meisten der jungen Sklaven gingen an Leute, die Geld genug besaßen, um sich etwas leisten zu können, und die es den Tataren gleichtun wollten. Da die Steppenreiter Sklaven besaßen, sahen auch sie es als ihr gutes Recht an, menschliches Vieh zu halten. Die Mädchen würden irgendwann im Bett ihres Besitzers oder in denen seiner Söhne landen und die Jungen in Tretmühlen rennen oder die schmutzigsten und gefährlichsten Arbeiten verrichten müssen. Anfangs war Marie froh, dass sie selbst nicht beachtet wurde. Die lange Krankheit nach der Geburt, die Seereise ohne Sonne und frische Luft und das einseitige Essen hatten ihr zugesetzt, und seit sie ihr

Spiegelbild im Wasser gesehen hatte, wusste sie, dass man sie für älter halten musste, als sie wirklich war. In ihrer Angst, in einem der billigen Bordelle zu landen, machte sie sich klein, um in der Masse der Sklaven nicht aufzufallen.
Dem Händler wurde es schließlich zu dumm. Er wies auf die letzten drei Sklaven, die er bewusst zurückgehalten hatte, und dann auf Marie. »So, Leute, bevor es an diese drei Prachtstücke geht, muss die Alte da weg.«
»Für ein paar Denga nehme ich sie«, rief ein heruntergekommen aussehender Mann und bewegte dann lachend seine Hüften vor und zurück.
Marie verstand zwar seine Worte nicht, begriff aber, was er meinte, und kroch noch mehr in sich zusammen. Der Kerl sah so aus, als müsste sie nicht nur ihm zu Willen sein, sondern auch jedem dahergelaufenen Kerl, der bereit war, ihm eine Münze für ein paar Augenblicke mit ihr zu zahlen.
Ehe der Händler antworten konnte, wurde es vor dem Podest unruhig. Ein Pulk bewaffneter Knechte schuf unter heftigen Protesten der Einheimischen eine Gasse, durch die sich in lange Gewänder gehüllte Frauen dem Podest näherten. Deren Anführerin trug so viele Schichten wallenden Stoffes, dass Marie nur ein bleiches, von einer Kappe und etlichen feinen Tüchern umrahmtes Gesicht mit großen, dunklen Augen erkennen konnte. Die Frau starrte mit einer Mischung aus Abscheu und Faszination auf das Podest und schien zu schwanken. Sofort bemühte sich der Händler, die offensichtlich wohlhabende Dame auf sich aufmerksam zu machen. Diese drehte ihm jedoch den Rücken zu und redete auf eine ältliche Untergebene ein.
Als der Sklavenhändler schon ärgerlich abwinken und sich dem anderen Kunden zuwenden wollte, trat die Matrone näher und fuhr ihn an. »Du bist eine Bestie! Wie kannst du diese Frau an den Erstbesten verkaufen wie ein Stück Vieh? Siehst du nicht, dass sie die Mutter eines kleinen Kindes ist?«

Der Mann zuckte unter den harschen Worten zusammen und hob in einer beschwichtigenden Geste die Arme. »Verzeiht, Herrin, doch es ist mein Beruf, für dieses Gesindel Interessenten zu finden, und ich weiß wirklich nicht, was daran schlecht sein soll. Das Weib hier ist nicht mehr die Jüngste, und daher werde ich wohl kaum einen gut zahlenden Käufer dafür finden. Glaubst du, es sei besser, wenn ihr jetziger Besitzer sie samt dem nutzlosen Balg im Fluss ertränkt?«

Marie verstand den Mann zwar nicht, entnahm aber seinem Gesichtsausdruck, dass sie nichts Gutes von ihm zu erwarten hatte. Doch als die hochrangige Dame sich dem Podest näherte, trat ein Glitzern in die Augen des Händlers, und seine ganze Haltung wurde noch devoter als bei dem Edelmann, der Alika gekauft hatte. Für einen Augenblick erloschen alle Gespräche um das Podest, so dass man das Rascheln der Gewänder hören konnte, die die Dame trug, und Marie fürchtete schon, dass die Frau, die offensichtlich Interesse an ihr hatte, vor Entkräftung zusammenfallen würde, ehe sie ein Wort über die Lippen bringen konnte. Ihr erschien es wie ein Wunder, dass jemand in einer solch dicken Umhüllung atmen konnte, zumal die Sonne hoch am Himmel stand und es allmählich heiß wurde.

Der Dame schien bereits die Stimme zu versagen, denn sie näherte ihren Mund dem Ohr der älteren Frau und hauchte etwas hinein.

Die Matrone streckte den Arm aus und winkte Marie zu sich. Der Sklavenhändler hob bereits den Stock, um dieser Aufforderung Nachdruck zu verleihen, doch Marie trat nach vorne, ehe der Hieb sie treffen konnte. Schließlich war sie selbst daran interessiert, von dem Händler wegzukommen und damit auch von dem Kaufherrn, der Alika geschändet hatte.

»Zeige mir das Kind!«, befahl die Ältere, doch erst als der Sklavenhändler nach Lisa griff, wurde Marie klar, was die Frau wollte, und umklammerte erschrocken die Kleine.

Wieder hob der Mann seinen Stock, doch nun erhob die Dame zum ersten Mal selbst ihre Stimme. »Halt! Du sollst keine Mutter schlagen, nur weil sie Angst um ihr Kind hat. Es ehrt die Frau und zeigt, dass sie noch nicht so tief gesunken ist, wie es Sklaven im Allgemeinen tun. Ist hier niemand, der ihre Sprache versteht?«

Der Kaufherr, der sich bisher im Hintergrund gehalten und nur den Erlös in Empfang genommen hatte, kam auf die Dame zu und verbeugte sich tief. »Euer Diener, Hochwohlgeboren!« Sein Russisch war holprig, aber gut verständlich.

»Wer ist das eigentlich?«, fragte einer der Zuschauer einen anderen und deutete auf die Dame.

Dieser war stolz, sein Wissen teilen zu können, und erklärte es ihm bereitwillig. »Das ist die Herrin Anastasia Iwanowa, das Frauchen des Fürsten Dimitri Michailowitsch von Worosansk, der seinerseits ein Vetter des mächtigen Wassili Wassiljewitsch ist, des Großfürsten von Moskau.«

Fürstin Anastasia erklärte unterdessen dem deutschen Kaufmann, dass sie sich das Kind der Sklavin ansehen wolle. »Sag ihr, es wird ihm nichts geschehen, und ich gebe es ihr auch gleich wieder zurück.« Sie sprach die russische Sprache mit einem solch fremdartigen Akzent, dass der Deutsche ein paarmal nachfragen musste. Doch dann übersetzte er ihre Worte in seine Muttersprache.

Marie begriff, dass ihr nichts anderes übrig blieb, als auf den guten Willen der Dame zu vertrauen, und reichte ihr Lisa. Die Fürstin nahm das Mädchen jedoch nicht selbst in den Arm, sondern wies eine der sie begleitenden Dienerinnen an, es ihr hinzuhalten. Die Frau wickelte Lisa aus und präsentierte ihrer Herrin den nackten Säugling. Diese zupfte und zerrte an dem Mädchen, als wäre es ein Huhn, bei dem sie sich nicht sicher war, ob es noch zart genug war für einen Braten, nickte dann und deutete der Dienerin an, das Kind zurückzugeben.

Während Marie Lisa erleichtert an sich raffte, tippte die ältere Frau, die so etwas wie eine Haushofmeisterin sein musste, dem Verkäufer mit ihrem Stock gegen die Brust.

»Die Fürstin Anastasia ist auf der Suche nach einer neuen Amme für ihren Sohn. Sie hat sich eigentlich eine jüngere Frau erhofft, die noch nicht so lange geboren hat wie diese hier, doch die Zeit drängt. Der kleine Fürst verträgt nämlich die Ziegenmilch nicht, mit der er derzeit genährt wird.«

Der Kaufherr hörte ihr zu und zwinkerte Marie anschließend grinsend zu. »Hast du ein Glück, Weib! Im Terem einer Fürstin lebt es sich gewiss besser als in dem Hurenhaus, in das ich dich sonst geschickt hätte. Du solltest deinem Schicksal dankbar sein.«

Marie drehte ihm den Rücken zu, denn das, was sie von ihm hielt, konnte sie ihm nicht an den Kopf werfen, sonst hätte sie sich noch im letzten Moment Schläge eingehandelt. Unterdessen feilschte der Auktionator mit der Begleiterin der Fürstin um den Kaufpreis. Diesmal hatte er eine würdige Gegnerin vor sich, denn die alte Frau kämpfte um jeden halben Denga.

Schließlich machte der Kaufherr dem Spiel ein Ende. »Gib ihr das Weib! Der Preis deckt zwar nicht einmal die Kosten für die Überfahrt, aber ich will nicht bis in die Nacht hier herumstehen. Wollen wir hoffen, dass die restlichen Sklaven auf mehr Interesse stoßen.« Der mürrischen Miene zum Trotz, die er dabei machte, war er mit dem Preis für Marie mehr als zufrieden. Ein Bordellwirt hätte ihm weitaus weniger geboten, und für einen wohlhabenden Mann, der neben einer Dienerin auch eine Bettwärmerin suchte, war das Weib zu alt.

Die Vertraute der Fürstin griff in ihre Kleidung und brachte einen bestickten Beutel zum Vorschein, der dem Klingeln nach Gold enthielt. Einige Münzen wechselten den Besitzer, dann erhielt Marie einen Stoß, der sie vom Podest trieb. Sie konnte gerade noch verhindern, dass Lisa ihr aus den Armen rutschte, und fiel unfreiwillig vor der Fürstin in die Knie. Diese beachtete sie jedoch nicht, sondern tippte ihrer Haushofmeisterin auf die Schulter und wies auf Stände mit wertvollen Tuchen. Die Dienerin, die Lisa im Arm gehalten hatte, hob Marie auf die Füße und erklärte ihr mit Gesten, der Herrin in respektvollem Abstand zu folgen.

XI.

Das Gebäude, in dem der Fürst von Worosansk und seine Gemahlin wohnten, zählte zu den Gästehäusern im Kreml von Pskow, in denen man die hochrangigen Gäste anderer Städte und Fürstentümer unterbrachte, doch es wirkte so schäbig, als habe man es zwischendurch als Pferdestall benutzt. Es stand in der Nähe der dem großen Tor gegenüberliegenden Festungsmauer und enthielt jene große Halle, in der sich die Edelleute am Morgen um ihren Fürsten versammelt hatten. Nachts schliefen das zahlreiche Gesinde darin und auch jener Teil der Leibgarde, die aus Worosansker Waffenknechten bestand. Dimitri, seine Gemahlin und die sie begleitenden Adeligen verfügten über mehrere kleinere Kammern. Zu dem Komplex gehörte eine Küche, die wegen der Brandgefahr ein Stück abseits lag, und ein Stall, der direkt an die Halle angebaut war. In diesem hatte man neben den Pferden der fürstlichen Reisegruppe auch jene Ziege untergebracht, deren Milch für den Sohn des Fürsten bestimmt war. Eine Dienerin führte Marie zu dem Tier und erklärte ihr gestenreich, dass sie Lisa ab jetzt mit dessen Milch füttern müsse, da ihre eigene Milch für den jungen Fürsten bestimmt sei.
Marie wusste, dass Lisa noch eine Weile auf Muttermilch angewiesen war, und fragte sich, wie sie das Mädchen, das ihr wie eine eigene Tochter ans Herz gewachsen war, unter diesen Umständen am Leben erhalten konnte. Irgendwie musste es ihr gelingen,

der Kleinen ebenfalls die Brust zu geben. Während sie überlegte, wie sie das anfangen konnte, achtete sie nicht auf ihre Begleiterin und erhielt von dieser einen schmerzhaften Rutenhieb. Dann prasselte ein Schwall ärgerlich klingender Worte auf sie ein, doch sie konnte nur hilflos die Hand heben. »Ich verstehe dich doch nicht!«

Die Antwort der Magd klang wie: »Dann lerne es gefälligst!«
Marie blickte die Frau verzweifelt an und nahm sich vor, sich so schnell und so viel wie möglich von der in diesem Land gebräuchlichen Sprache anzueignen. Wenn sie sich unter diesen Menschen behaupten wollte, musste sie rasch lernen, sie zu verstehen, denn nur so würde sie einen Weg finden, der sie in die Heimat zurückführte. Wie einst, als sie als Wanderhure nur von der Vorstellung aufrecht gehalten worden war, sich an ihrem Verderber zu rächen, klammerte sie sich nun an den Gedanken, Hulda ihren Sohn zu entreißen und ihn Michel in die Arme zu legen. Sie spürte, wie die Lähmung ihres Geistes, die durch die erzwungene Tatenlosigkeit im Bauch der Geit entstanden war, langsam von ihr wich und sie zu sich selbst zurückfand. So fiel es ihr nun leichter, den Erklärungen der Magd zu folgen, die ihr einige Gegenstände zeigte, deren Namen nannte und ihr vorführte, wie sie zu benutzen waren. Dabei nahm sie wahr, dass die russische Sprache eine Ähnlichkeit zu der böhmischen aufwies, von der sie vor einem guten Jahr genug gelernt hatte, um sich verständigen und die Taboriten belauschen zu können. Das gab ihrer Hoffnung Auftrieb.

Die Magd führte Marie nun wieder in das Hauptgebäude und machte ihr begreiflich, dass sie die Kammern der Fürstin und ihres Ehemanns zu meiden hatte. Sie wies ihr jedoch keinen Platz in der Halle an, sondern führte sie zu einem Verschlag, der gerade lang genug für den Strohsack war, der ihr als Lager dienen sollte, und so breit, dass ein schmaler Spalt zwischen dem Bett und einer an der Wand befestigten Bank frei blieb. Auf diese sollte sie sich setzen, wenn sie den Fürstensohn stillte.

Man ließ ihr kaum Zeit, sich etwas auszuruhen oder genügend zu trinken, so eilig hatte es die Haushofmeisterin der Fürstin, sie in ihre Pflichten einzuführen. Die Frau forderte Marie barsch auf, ihre Brüste zu enthüllen, öffnete ihr, als Marie noch versuchte, ihre Worte zu verstehen, selbst das Mieder und schlug dann auf eine Marie fremde Art das Kreuz. Dann blickte sie zur Tür hinaus und rief etwas.

Sofort erschien ein hagerer Mann zwischen vierzig und fünfzig, dessen von grauen Strähnen durchzogener Bart fast bis zur Taille reichte und der mit einer langen schwarzen Kutte bekleidet war. Auf seinem Kopf trug er eine schwarze Kappe, die nur das Gesicht freiließ. Er blickte Marie geradezu angewidert an und sagte etwas, das sich nicht gerade freundlich anhörte. Auf eine bittende Geste der Haushofmeisterin berührte er Maries nackte Brüste mit einem großen silbernen Kreuz, das an einer langen Kette um seinen Hals hing, sprach ein paar verärgert klingende Worte und verließ beinahe fluchtartig die Kammer.

Die Haushofmeisterin zeigte auf den fürstlichen Säugling, den eine Magd in den Armen hielt, und machte Marie klar, dass sie ihn säugen sollte. Marie nickte und bot dem Kleinen eine ihrer Brustwarzen an. Zunächst drehte der Junge den Kopf weg und begann zu greinen, doch als Marie ein wenig Milch herausdrückte und sein Köpfchen vorsichtig wieder an ihre Brust drehte, schnappte er fast schmerzhaft zu und saugte so gierig, als hätte man ihn seit Tagen hungern lassen.

Die Russin nickte zufrieden und schlug erneut das Kreuz. Dann verließ sie die Kammer und ließ Marie allein mit den beiden Säuglingen und der jungen, noch kindlich aussehenden Magd, die die Stillende mit einer Mischung aus Neid und Hass betrachtete.

»Ich bin Marie«, sagte Marie, um das beklemmende Schweigen zu brechen.

Die andere schürzte nur die Lippen und warf den Kopf hoch. Marie fragte sich, weshalb der Mann, der offensichtlich ein Priester war, und die junge Russin ihr so feindselig gegenüberstanden, und ahnte, dass es etwas mit dem Glauben zu tun haben musste. Sie selbst war der Ansicht, dass es mehr auf den Geist ankam, in dem man seine Gebete sprach, und weniger auf die Form. Das aber hatte sie schon zu Hause nicht laut sagen dürfen, und in diesem Land würde sie sich den hiesigen Riten unterwerfen müssen, um ihr Ziel zu erreichen. Der Herrgott im Himmel, Herr Jesus Christus und die Mutter Maria würden gewiss nicht so kleinlich sein, einen Menschen nur deswegen zu verdammen, weil er sein Kreuz auf eine andere Weise schlug, als es der Priester in der Heimat verlangte.

Maries Gedankengang wurde von Lisa unterbrochen, die zu weinen begann. Es war, als ahne das Mädchen, dass seine Nahrungsquelle nicht mehr ihm allein gehörte. Da der Junge inzwischen satt war und nur noch zufrieden nuckelte, entzog sie ihm die Brust. Die kleine Magd forderte sie mit heftigen Gesten auf, ihn noch einmal anzulegen, doch er drehte sein Köpfchen weg und begann zu schreien.

Da entriss die Russin Marie den Knaben, wiegte ihn auf ihren Armen und schnüffelte an seiner Windel. Dann stieß sie ein paar Worte aus, die sehr erleichtert klangen, und verschwand mit dem Kind aus dem Raum. Marie schloss die Tür hinter ihr und sah sich um. Leider gab es keinen Riegel und auch kein Möbelstück, das sie gegen das Türblatt hätte schieben können, um ein wenig Privatsphäre zu haben. Die schien man ihr hier ebenso wenig zugestehen zu wollen wie auf der Geit.

Da Lisa immer lauter schrie, hob Marie sie auf, lehnte sich mit dem Rücken gegen die Tür und ließ die Kleine saugen. Lisa war sofort still, doch der bis jetzt schier unerschöpflich fließende Milchquell versiegte viel zu schnell. Das Mädchen nieste und blickte seine Pflegemutter vorwurfsvoll an.

»Ich würde dir ja so gerne helfen, mein Schatz.« Marie seufzte bedauernd, erinnerte sich an die Ziege und verließ mit der Kleinen auf dem Arm ihre Kammer. Niemand schien sich um sie zu kümmern, und für einen Augenblick träumte sie davon, einfach loszugehen und nicht eher anzuhalten, bis sie die Heimat erreicht hatte. Da entdeckte sie die Wachen des Fürsten, die den Gästetrakt weiträumig absicherten und sie gewiss aufhalten würden, und gab den Gedanken mit einem Achselzucken auf. Stattdessen hielt sie die erste Magd an, die ihr über den Weg lief.

»Wo ist hier die Küche?« Sie erntete einen verständnislosen Blick, machte dann die Geste des Essens und erntete ein nervöses Kichern. Die Magd sprudelte ein paar Worte heraus, öffnete eine Tür und zeigte auf eine Art lang gestreckten Schuppen, der aus Steinen errichtet und mit Holzschindeln gedeckt war. Durch Löcher im Dach zog Rauch ab. Da niemand sie daran hinderte, lief Marie hinüber und betrat das Gebäude. Mehrere aus Lehm gemauerte Herde reihten sich in der Mitte des langen, schmalen Raumes aneinander. Über ihnen hingen die Töpfe nicht an Haken, die mit Ketten oder Stangen an der Decke befestigt waren, so wie Marie es von zu Hause gewöhnt war, sondern wie bei ärmeren Leuten von Dreifüßen herab, die über kleinen Feuern standen. Auch der Schutz gegen Funkenflug war nicht gemauert, sondern bestand aus gegerbten Tierfellen. Ähnlich primitiv wirkten die übrigen Gerätschaften. Marie hatte sich auf ihrer Wanderschaft und in Böhmen mit weitaus einfacheren Mitteln behelfen müssen und ließ sich daher nicht entmutigen. Nach einem freundlichen Gruß an die Mägde, die in der Küche arbeiteten, suchte sie alles zusammen, was sie brauchte, um die Ziege zu melken und deren Milch ein wenig anzuwärmen, damit Lisa sie besser vertrug.

Dank ihrer langen Freundschaft zu Hiltrud wusste Marie, wie Ziegen zu behandeln waren, und erhielt genug Milch, um mehr als einen Säugling satt zu bekommen. Sie maß einen ihr ausreichend erscheinenden Teil ab, goss diesen in einen sauberen Krug und stellte ihn neben eines der Feuer. Dann drehte sie sich zu den

Mägden um und bat mit Gesten um ein Stück Tuch. Als sie das Gewünschte erhielt, hatte sie weitere russische Worte gelernt. Sie drehte das frisch gewaschene, wenn auch schon zerrissene Leinen wie einen Docht zusammen, tauchte es in die Milch und drückte es Lisa zwischen die Lippen. Die Kleine spuckte erst und wollte das feuchte Tuch abwehren, dann aber spürte sie die warme Milch und begann eifrig zu lutschen.

Marie fiel ein großer Stein vom Herzen, denn nun mochte es ihr gelingen, ihr kleines Würmchen am Leben zu erhalten. Nachdem Lisa satt war, teilte sie den Rest der Milch mit den beiden Mägden und bekam dafür eine große Schale Gerstenbrei mit Fleisch und eine Art Tee aus bitter schmeckenden Kräutern. Während sie aß und trank, schlummerte Lisa auf ihrem Schoß, und so ließ sie sich von den Mägden die Namen weiterer Gegenstände und Lebensmittel nennen. Zwar konnte sie sich nicht alles merken, doch sie bedankte sich mit einigen Worten, die sie nun gelernt hatte, und erntete ein Lächeln. Als sie zu ihrer Kammer zurückkehrte, ahnte sie nicht, dass sie die Frauen mit ihrer geschickten und ruhigen Art beeindruckt hatte und das übrige Gesinde bald davon erfuhr.

XII.

Nachdem Pantelej die neue Amme des kleinen Fürsten widerwillig gesegnet hatte, verließ er den vorderen Teil des Gebäudes und schritt mit wehender Kutte durch die Halle, um jene Räume aufzusuchen, die Fürst Dimitri bewohnte. Seit der Herr von Worosansk mit der neuen Sklavin vom Markt zurückgekehrt war, hatte er seine Kammer nicht mehr verlassen. Seine Gefährten saßen derweil in einer Ecke der Halle und leerten aus Langeweile einen Becher nach dem anderen. Dabei unterhielten sie sich, wie oft der Fürst die schmucke Rappstute denn heute bereiten

würde, und Andrej machte wie gewohnt seine Scherze darüber. Sein Onkel Lawrenti saß mit grimmiger Miene dabei und fuhr die Jüngeren manchmal scharf an. Doch auch jetzt erntete er für seine Ermahnungen nichts als Gelächter.
Das verstummte, als der Priester zu ihnen trat. »Hat unser Fürst dieses Höllengeschöpf immer noch in seiner Kammer?«
Lawrenti nickte. »Gott sei es geklagt! Er ist nicht mehr herausgekommen und hat auch kein einziges Mal nach Wein verlangt.«
»Was sagst du da? Das klingt nicht gut.« Pantelej war der Beichtvater des jungen Fürsten, seit dieser die ersten Schritte getan hatte, und kannte dessen Schwäche für schwere Weine. Wenn Fürst Dimitri tatsächlich kein Interesse für sein Lieblingsgetränk zeigte, musste das schwarze Weib ihn schon jetzt verhext haben.
»Ich werde zu ihm gehen und ihm ins Gewissen reden.« Der Priester drehte sich um, doch ehe er den ersten Schritt auf die von zwei Wachen flankierte Tür zu machen konnte, rief Andrej ihn zurück.
»Tu das lieber nicht, ehrwürdiger Vater! Unser Herr kann ziemlich zornig werden, wenn man ihn bei dem stört, was er gerade macht.«
»Du sprichst ja aus Erfahrung, wie ich weiß!«, spottete Lawrenti ätzend, und die anderen Edelleute schlugen sich vor Vergnügen auf die Oberschenkel. Vor nicht allzu langer Zeit war Andrej in die Schlafkammer des Fürsten geplatzt, als dieser eine Magd zu sich gerufen hatte, und hatte eine noch halb volle Weinkanne an den Kopf bekommen.
Pantelej teilte die Heiterkeit der jungen Edelleute nicht, sondern legte die Hand um das stattliche Kreuz auf seiner Brust, als müsse er sich daran festhalten. »Fürst Dimitri muss lernen, seine Leidenschaften zu bezähmen. Sonst steht es schlecht für unser Land.«
Die jungen Burschen um Andrej pressten die Hände auf den Mund, um ihr Prusten zu unterdrücken, Lawrenti aber nickte

zustimmend. »Da hast du vollkommen Recht, ehrwürdiger Vater. Ich hoffe, du kannst unserem Herrn den rechten Pfad weisen.«

»Das ist meine Aufgabe.« Pantelej vollzog mit der Rechten eine segnende Geste und ging zur Haupttür hinüber, hinter der ein Gang zu den Gemächern des Fürstenpaars führte. Die Wachen ließen ihn eintreten und schlossen die Tür hinter ihm. Daher konnte niemand beobachten, dass der Priester auf Zehenspitzen zu der Schlafkammer des Fürsten eilte und dort lauschte. Da drinnen alles ruhig war, streckte er die Hand nach dem Türgriff aus und öffnete.

»Gott mit dir, Fürst Dimitri.«

Ein erschöpftes Stöhnen antwortete ihm, und im gleichen Augenblick entdeckte er den Fürsten, der nackt auf seinem Bett lag. Dieser zog rasch die Decke über seinen Leib und griff mit der Hand zu einem neben dem Bett stehenden Tischchen. Er tastete vergebens nach einem Becher.

»Beim Teufel, warum ist hier kein Wein? Wo ist Mischka, diese schwachsinnige Kreatur? Ich lasse ihn für seine Nachlässigkeit auspeitschen.«

»Habe Nachsicht mit dem Armen. Er dürfte vor Angst vergehen, solange du diese Teufelskreatur bei dir hast.« Der Priester zeigte auf Alika, die sich in den hintersten Winkel der Kammer verkrochen hatte. Sie war nackt und wirkte völlig verängstigt. Der Fürst hatte sie zwar bei weitem nicht so brutal vergewaltigt wie der deutsche Kaufmann in Narwa, war aber inzwischen so oft über sie hergefallen, dass sich zwischen ihren Beinen nur noch rohes Fleisch befand. Als sie das Gesicht des Priesters auf sich gerichtet sah, nahm sie dessen Abscheu wahr und schlug die Hände vor die Augen, um seinem stechendem Blick zu entgehen.

Pantelej freute sich, dass der schwarze Dämon ihn fürchtete, wandte sich mit einem verächtlichen Schnauben ab und blickte

seinen Herrn mahnend an. »Du hast gesündigt, Fürst Dimitri, schwer gesündigt! Du hast eine Gemahlin, wie Gott sie dir schöner nicht hat geben können, und doch nimmst du fremde Weiber in dein Bett und scheust auch nicht vor einem Geschöpf zurück, das der Teufel schon äußerlich als sein Eigentum gekennzeichnet hat. In den nächsten drei Tagen wirst du fasten und dich aller Frauen enthalten müssen, um des Segens Gottes wieder teilhaftig zu werden. Danach bittest du die Jungfrau von Wladimir und deine Gemahlin um Verzeihung. Vorher ist es dir verwehrt, die heiligen Ikonen zu berühren.«
Obwohl Pantelej lange schon versuchte, als Beichtvater des jungen Fürsten Einfluss auf diesen zu gewinnen, wusste er nie, welche Wirkung seine Rede auf Dimitri haben würde. Der Herr von Worosansk neigte zu unvorhersehbaren Wutausbrüchen und ließ seinen Zorn unterschiedslos an jedem aus, der in seiner Nähe war. Diesmal aber hatte er sich bei der jungen Mohrin völlig verausgabt, und der Priester hoffte, die Erschöpfung würde ihn geneigter machen.
Dimitri sprang auf, schlug das Betttuch um sich, damit er nicht nackt vor dem Popen stehen musste, und senkte bußfertig das Haupt. »Ehrwürdiger Vater, ich werde dir gehorchen und den Speisen und den Frauen für drei Tage entsagen. Doch verbiete mir nicht den Wein! Ich bin am Verdursten.«
»Das solltest du nicht, mein Sohn. Ich hole Mischka!«
Der Priester öffnete die Tür und rief den Leibdiener des Fürsten herbei. Dieser war ein kräftiger, hochmütig wirkender Mann, der sich sonst durch nichts einschüchtern ließ. Doch an diesem Tag kam er zitternd näher und wagte es nicht, in Alikas Richtung zu blicken. Er atmete sichtlich auf, als er nur den Befehl erhielt, eine große Kanne Wein und zwei Becher zu bringen.
Während der Diener eilig davoneilte, um das Gewünschte zu besorgen, wandte Pantelej sich an den Fürsten. »Kleide dich an, wie es einem Christenmenschen geziemt, mein Sohn, und öffne Gott

dein Herz. Du hast schwer gesündigt, indem du dein eheliches Weib missachtet und deinen Samen in andere Weiber ergossen hast. Möge er bei diesem Teufelsgeschöpf dort verdorren, damit es keine Dämonenbrut in diese Welt setzen kann.«

Der Pope ergriff sein Kreuz, hob es Alika entgegen und sprach ein paar Formeln, die den Teufel vertreiben sollten. Dann blickte er den Fürsten auffordernd an. »Dieses Ding ist die Fleisch gewordene Sünde. Du solltest es aus dem Haus schaffen und in der Welikaja ersäufen lassen.«

»Wenn du es wünschst, werde ich dies anordnen.« In diesem Augenblick war Dimitri wie Wachs in den Händen seines Beichtvaters. Doch etwas in ihm flüsterte ihm zu, dass die Summe, die er für die Mohrin ausgegeben hatte, etwas arg hoch war für ein paar Augenblicke, die er bei einer Wirtsmagd für einen halben Denga hätte bekommen können.

Daher schüttelte er nach einem kurzen Nachdenken den Kopf. »Ersäufen wäre vielleicht nicht die richtige Strafe, ehrwürdiger Vater. Dieses schwarze Geschöpf hat meine Sinne so verwirrt, dass ich viel Geld verloren habe. Ich glaube, ich sollte es an die Tataren weitergeben. Diese sind Söhne des Teufels und wissen mit dem Hexenweib umzugehen.«

Fürst Dimitri dachte an seine Leibgarde, die aus Tataren bestand und vor den Toren Pskows auf ihn warten musste, weil die furchtsamen Bürger der Stadt die gefährlichen Krieger nicht in ihren Mauern hatten sehen wollen. Es war wohl besser, wenn er die Schwarze diesen Männern überließ und ihnen befahl, sie nicht zu hart herzunehmen. Dann konnte er die Mohrin das eine oder andere Mal selbst benutzen und hatte auf diese Weise noch etwas von dem für sie ausgegebenen Geld.

Pantelej sah, wie das Gesicht seines Fürsten einen trotzigen Ausdruck annahm, und wusste aus schmerzhafter Erfahrung, dass er nicht weiter in ihn dringen durfte. »Es sei, wie du befiehlst, mein Fürst«, sagte er daher nur und nahm dem zurückkehrenden Die-

ner die beiden gefüllten Becher ab, reichte einen dem Fürsten und setzte den anderen selbst an die Lippen.
»Möge Gott dir noch viele glückliche Jahre auf dem Thron von Worosansk geben!«
Dimitri stürzte den Wein hinunter, ohne den Trinkspruch zu erwidern, und schleuderte den leeren Becher durch die offen stehende Tür. »Wie kann ich glücklich sein, wenn der Schatten Moskaus wie ein alles vergiftender Nebel über mir liegt?«
»Vorsicht, Herr! Wir sind hier nicht in Worosansk, und selbst dort haben die Wände Ohren.«
»Du meinst die Spione, die meinem hocherhabenen Vetter alles zutragen? Der Teufel soll sie holen und Wassili dazu.«
Der Pope schüttelte resignierend den Kopf. Die undiplomatische Art des jungen Fürsten stellte ein ebenso großes Problem dar wie seine ungezügelte Gier nach Frauen und Wein. Während das Letztere für einen Mann seines Standes hingenommen und mit Bußübungen und Fasten bestraft werden konnte, war es gefährlich, allzu deutlich über den Großfürsten von Moskau zu reden. Wassili II. Wassiljewitsch saß nicht unangefochten auf seinem Thron, und Gerede dieser Art konnte ihn – oder besser gesagt seine Vormunde – zu Reaktionen verleiten, die Dimitri die Herrschaft und damit auch den Kopf kosten konnten. Als Beichtvater des Fürsten würde er dessen Schicksal teilen, daher musste er alles tun, um seinen Herrn zur Vernunft anzuhalten.
Obwohl Pantelej es nicht gutheißen konnte, dass Großfürst Wassili, der Sohn des großen Dimitri Donskoj, die Krone und die Herrscherwürde seinem noch kindlichen Sohn übergeben hatte und nicht, wie Brauch und Sitte es geboten hätten, seinem nächstälteren Bruder Juri, so hätte sein Herr dennoch alles tun müssen, um Moskau nicht zu reizen. Worosansk war eines der kleinsten russischen Teilfürstentümer, und seine bisherigen Herren hatten ihre Macht nicht zuletzt durch Klugheit und Umsicht bewahrt und dadurch, dass sie sich stets rechtzeitig auf die

richtige Seite gestellt hatten. Derzeit aber suchte Dimitri Michailowitsch zu sehr die Nähe von Juri Dimitrijewitsch, des Fürsten von Galic, der seinem Neffen Wassili das Recht auf die Großfürstenwürde abstritt und diese für sich forderte. Die Macht Moskaus war inzwischen jedoch so gewachsen, dass sie den restlichen Teilfürstentümern Russlands selbst dann würde widerstehen können, wenn sich diese einig waren, zumal Vytautas, der Fürst Litauens, Moskaus engster Verbündeter war. Eine Tochter des Litauers war die Mutter des jungen Großfürsten Wassili, und diese Tatsache vermehrte Moskaus Einfluss. Die Angst der Pskower vor diesen beiden Mächten war so groß, dass Fürst Vytautas' Wort hier mehr galt als das der Stadtherren.
»Trink, mein Herr! Dann sollten wir entscheiden, welche Strafe dieses Teufelsgeschöpf dafür erhalten soll, dass es dich in seinen Bann geschlagen hat.« Der Pope hoffte, die Gedanken des Fürsten in andere Bahnen lenken zu können, und hatte Erfolg.
Dimitri hasste den Gedanken, gesündigt zu haben wie ein gewöhnlicher Mensch, und fand es angenehm, dem schwarzen Mädchen die Schuld dafür geben zu können. Er ließ sich einen neuen Becher reichen, trank diesen ebenfalls in einem Zug leer und klopfte seinem Beichtvater lachend auf die Schulter. »Bei Gott, was täte ich ohne dich, Pantelej Danilowitsch? Du hast Recht! Diese schwarze Teufelin muss bestraft werden. Sie soll genau wie ich drei Tage fasten.«
Sein Beichtvater schüttelte missbilligend den Kopf. »Das ist viel zu wenig für ihr Hexenwerk. Sie gehört ausgepeitscht! Wenn du erlaubst, werde ich es veranlassen.«
Dimitri kannte seinen Seelsorger und wusste, dass dieser dem schwarzen Mädchen das Fleisch von den Knochen schlagen lassen würde, um zu verhindern, dass er es noch einmal in sein Bett holen konnte. Da er sich inzwischen entschlossen hatte, sich der Mohrin noch das eine oder andere Mal zu bedienen, musste er dafür sorgen, dass sie nicht zu schwer verletzt wurde. Er stand auf

und griff nach seiner eigenen Peitsche, die auf einer Truhe an der Wand lag. Damit hatte er Alika bereits zu Beginn Hiebe übergezogen, um ihren Widerstand zu brechen.

»Ich werde sie selbst bestrafen«, erklärte er Pantelej und trat auf das Mädchen zu.

»Steh auf!«

Alika starrte entsetzt auf die Peitsche und versuchte, von ihm fortzukriechen. Der Fürst packte sie jedoch bei den Haaren, schleifte sie zu seinem Bett und warf sie mit dem Bauch nach unten auf die Polster. Bevor das Mädchen auch nur einmal Atem holen konnte, zischte die Peitsche durch die Luft und versengte ihren Rücken. Es war nur der erste einer ganzen Reihe von Schlägen, die Dimitri ihr verpasste. Seine Hiebe waren schmerzhaft, verletzten aber kaum die Haut.

Pantelej sah zähneknirschend zu, denn er wusste jetzt, dass sein Herr nicht von dieser Teufelin ablassen würde. Im Augenblick gab es für ihn keine Möglichkeit, Dimitri daran zu hindern, die Sklavin auch weiterhin in sein Bett zu holen, doch als der Fürst von ihr abließ und seine Peitsche wieder auf die Truhe warf, hatte er bereits einen neuen Plan geschmiedet. Nun galt es zunächst einmal, das Mädchen dem Fürsten aus den Augen zu schaffen.

»Lass das schwarze Weib im Stall bei der Ziege schlafen, denn es ist selbst ein Tier.«

»Das wird meinem Weib aber gar nicht gefallen, denn sie dürfte Angst bekommen, dieses Geschöpf würde die Milch der Ziege verhexen, so dass unser Sohn daran stirbt.«

Der Priester lächelte sanft. »Dein Sohn benötigt die Ziege nicht mehr, mein Fürst, denn deine Gemahlin hat eine Sklavin gekauft, die ihn säugen wird. Leider handelt es sich dabei um eine von diesen verfluchten deutschen Ketzerinnen.«

Fürst Dimitri fühlte den Wunsch seines Beichtvaters, auch diese Frau davonzujagen, und musste sich ein Lächeln verkneifen. »Ist es nicht wichtiger, überhaupt eine passende Amme zu finden, als unseren Sohn dahinsiechen zu sehen, weil er die Milch der Ziege nicht verträgt?«

»Sein Leben liegt in Gottes Hand, ebenso wie das deine und das meine. Wenn es Gottes Wille ist, dass er überlebt, wird dein Sohn gesund und kräftig aufwachsen, wenn nicht, wird der Herr ihn in sein Paradies aufnehmen und dir und deiner Gemahlin einen anderen Sohn schenken.« Pantelej hoffte den Fürsten damit in die gewünschte Richtung lenken zu können, doch Dimitri schüttelte ärgerlich den Kopf.

»Warum sollte die Milch einer Deutschen schlechter sein als die einer Russin? Ich hätte auch eine heidnische Tatarin als Amme akzeptiert. Nichts ist mir wichtiger als das Wohlergehen meines Sohnes, der mir einmal auf dem Thron von Worosansk nachfolgen soll.«

Pantelej begriff, dass die Stimmung seines Fürsten umgeschlagen und die Zeit des Nachgebens und der Bußfertigkeit vorbei war. Daher zeichnete er eine Segensgeste auf Dimitris Stirn und verließ den Raum. Draußen lenkte er seine Schritte zu den Gemächern der Fürstin, die zwar von der Halle aus zu erreichen waren, sich aber in einem Trakt befanden, der im Unterschied zum Rest des Gebäudes aus Stein errichtet worden war. Eine Dienerin öffnete ihm die Tür und führte ihn zu Anastasia. Die junge Fürstin saß auf einem weich gepolsterten Stuhl, naschte kandierte Früchte und lauschte den Erklärungen ihrer Haushofmeisterin, die sich seit ihrer Ankunft nur um die Unzulänglichkeiten des Gesindes und die unfreundliche Art der Pskower drehten, welche sich durch den Besuch des Fürstenpaars von Worosansk offensichtlich in ihrer Ruhe gestört fühlten. An diesem Tag ließ sich die Frau hauptsächlich über ein anderes Thema aus, und dieses war weiblich und hatte eine schwarze Haut.

Als die Fürstin den Priester auf sich zukommen sah, sprang sie auf und ergriff seine Hand. »Da bist du ja, ehrwürdiger

Vater! Weißt du schon das Neueste? Mein Gemahl hat sich eine neue Beischläferin gekauft, die so schwarz sein soll wie die Nacht.«

»Schwarz wie die Sünde wolltest du sagen, mein Kind.« Pantelej tätschelte die Hand der Fürstin, um sie zu beruhigen, und bat sie, wieder Platz zu nehmen.

Anastasia ließ sich in ihre Polster zurücksinken und wies eine Dienerin an, einen Stuhl für ihren Gast zu bringen. »Schaff auch Wein herbei! Unser guter Pantelej wird gewiss durstig sein«, rief sie noch hinter der Frau her, dann wandte sie sich wieder ihrem Seelsorger zu.

»Was soll ich nur tun, ehrwürdiger Vater?«

»Übe dich in Bescheidenheit, mein Kind, und vertraue auf die Güte Gottes. Ich habe dem Fürsten ins Gewissen geredet und erreicht, dass er drei Tage lang fastet und sich aller fleischlichen Dinge enthält.«

»Das schafft er nie!«, mischte sich die Haushofmeisterin ein, der der Lebenswandel ihres Herrn ein Dorn im Auge war. »Spätestens morgen holt er sich das nächste Weibsstück in sein Bett, vielleicht sogar wieder diese Teufelshure.«

Pantelej hob die Hände gen Himmel und seufzte. »Der Herr ist mein Zeuge, wie oft ich schon versucht habe, dem Fürsten ins Gewissen zu reden. Die Schwäche seines Fleisches ist jedoch zu groß und bedroht seine unsterbliche Seele. Wir müssen alles tun, damit er gerettet wird.« Bei den letzten Worten wandte Pantelej sich an die Fürstin und blickte ihr in die Augen, als wolle er ihr tief ins Gewissen sehen.

»Du wirst deinen Teil dazu beitragen müssen, Herrin!«

»Wenn du es wünschst, ehrwürdiger Vater, bin ich dazu bereit.« Anastasia senkte den Kopf, um die leichte Röte zu verbergen, die sich auf ihren Wangen ausbreitete. Die Schwäche des Fleisches, wie ihr Beichtvater sie genannt hatte, war ihr sehr lieb, wenn ihr Gemahl sie mit ihr im gemeinsamen Ehebett auslebte. Sie hasste

jedoch jede Frau, der er sich zuwandte, und hätte die schwarze Sklavin am liebsten eigenhändig erwürgt.
Sie konnte ihre Gedanken nicht vor Pantelej verbergen, denn er kannte sie und den Fürsten nur allzu gut. Er stand auf und legte ihr die Hand auf die Schulter, so wie er es auch bei ihrem Gemahl getan hatte. »Du wirst dich heute Nacht in die Kammer des Fürsten begeben und dich ihm so hingeben, wie es einer treuen und gehorsamen Gattin geziemt. Da der Fürst dadurch sein Fastengelübde bricht, wirst du seine Strafe auf dich nehmen und dir selbst fünf Rutenstreiche dafür geben, sowie fünf weitere, weil du deinen Mann in Versuchung geführt hast.«
Zehn Rutenhiebe waren schmerzhaft, selbst wenn man sie sich eigenhändig geben musste, aber die Fürstin nickte eifrig. »Ich werde alles tun, was du von mir wünschst, Pantelej Danilowitsch.«
Der Pope hob den Blick zur Decke und seufzte erneut. »Es gibt noch etwas, was getan werden muss. Diese schwarze Bestie muss verschwinden. Gib deinen Dienerinnen den Befehl, sie zu erwürgen und ihren Kadaver in die Welikaja zu werfen.«
Für einen Augenblick sah es so aus, als wäre die Fürstin von diesem Vorschlag begeistert, dann sanken ihre Schultern herab. »Das wage ich nicht, ehrwürdiger Vater. Mein Gemahl hat sehr viel Geld für dieses Weib ausgegeben und würde mir zürnen, wenn ich die Mohrin töten lasse. Außerdem ist sie trotz ihrer Hautfarbe ein Mensch. War nicht auch Balthasar, der dritte der heiligen Weisen aus dem Morgenland, von ihrer Rasse?«
»Das ist eine Lüge der Lateiner!«, fuhr Pantelej auf. »Wir wissen, dass die Weisen an der Wiege des Herrn Jesus Christus ein Grieche, ein Russe und ein Alexandriner waren. Töte dieses Teufelsgeschöpf, bevor es den Geist deines Gemahls mit seinen Hexenkünsten völlig verwirren kann.«
»Deine Fürsprache vor Gott, ehrwürdiger Vater, und meine innigsten Gebete werden dies zu verhindern wissen.« Die Worte

der Fürstin klangen nun abweisend, so dass der Pope sich nicht traute, ihnen noch etwas entgegenzusetzen. Auf ihre Art war Anastasia nicht weniger dickköpfig als Fürst Dimitri, und er wollte seinen Einfluss auf sie nicht durch ein falsches Wort verlieren.

»Ich werde für deinen Gemahl und dich beten, meine Tochter. Besonders für dich, denn auch du hast heute eine schwere Sünde begangen.«

Anastasia blickte ihn entsetzt an. »Ich? Eine Sünde? Welche denn?«

Der Pope reckte sich, um von oben auf sie hinabblicken zu können. »Du hast deinen Sohn Wladimir den Brüsten einer deutschen Ketzerin ausgesetzt, die ihn mit schlechter Milch tränken und seine Seele mit Finsternis und Irrglaube erfüllen wird, falls er ihr Gift überlebt.«

»Ich brauchte eine Amme, das weißt du genau!« Die Ehrerbietung, welche die Fürstin eben noch gezeigt hatte, war mit einem Schlag verschwunden. Kriegerisch funkelte sie den Priester an und wies dann mit einer ausgreifenden Geste auf den Trakt des Anwesens, in dem ihre Mägde untergebracht waren.

»Ich habe auf einer Deutschen oder einer Baltin als Amme für meinen Sohn bestanden. Deshalb bin ich auch nach Pskow gekommen und wäre noch weiter gereist, um eine zu finden. Die russische Amme, die auch du mir empfohlen hast, hat sich als Verräterin erwiesen, die den Tod meines Sohnes im Sinn hatte!«

Pantelej kniff die Lippen zusammen, um Flüche zurückzuhalten, die mit der Würde seines geistlichen Standes nicht vereinbar gewesen wären, und hob beschwichtigend die Hände. »Hat Gott der Herr denn nicht seine Güte bewiesen, indem er das schändliche Tun dieses Weibes ans Tageslicht gebracht hat, bevor sie ihre Tat vollenden konnte? Vertrau auch jetzt auf Gott und jage die Deutsche fort. Sie ist gewiss nicht gut für deinen Sohn.«

»Soll mein Kind verhungern? Es wird die Milch der Ziege nicht lange überleben.« Kaum gezügelter Zorn zeichnete sich auf dem Antlitz der jungen Fürstin ab, und der Priester musste sich eingestehen, dass er zumindest an diesem Tag auch bei ihr nichts mehr würde ausrichten können.

»Gott in seiner Güte hätte gewiss einen seiner Engel zu deinem Sohn geschickt und ihn mit himmlischer Milch getränkt«, behauptete er, doch er führte nur noch ein Rückzugsgefecht, um sich nicht gänzlich als Verlierer fühlen zu müssen. Wie schon so oft bedauerte er, dass Fürst Michail von Worosansk seinen Sohn nicht mit einem braven und gehorsamen russischen Mädchen verheiratet hatte. Dimitris Vater hatte jedoch befürchtet, in die Wirren nach dem Tod des Moskauer Großfürsten Wassili I. und der darauffolgenden Thronerhebung des erst zehnjährigen Wassili II. zu geraten, und war deswegen flugs nach Konstantinopel geeilt. Dort hatte er für Kaiser Johannes VIII. in Griechenland gegen die Türken gekämpft und als Belohnung eine von dessen Nichten als Ehefrau für seinen Sohn angeboten bekommen. Michail von Worosansk hatte sofort zugegriffen und die junge Byzantinerin mit nach Hause genommen, denn dies war eine Ehre, die nur wenigen Fürsten Russlands zuteil wurde. Aber er hatte auch eine im Kampf erhaltene Wunde mitgebracht, die trotz aller Künste der Ärzte nicht mehr geheilt war, und jetzt lag er in geweihter Erde. Sein Sohn jedoch …

Ein verärgerter Ausruf der Fürstin unterbrach Pantelejs Sinnieren und rief ihn in die Gegenwart zurück. »Ich werde für deinen Sohn ebenso inbrünstig beten wie für deinen Gemahl, meine Tochter. Und nun Gott befohlen!« Er segnete Anastasia, schlug das Kreuz etwas flüchtiger über der Haushofmeisterin und zog sich zurück. Unterwegs sagte er sich, dass er unbedingt Lawrenti aufsuchen und mit ihm sprechen musste. Es galt zu überlegen, wie man den Fürsten vor Dummheiten bewahren konnte, deren Auswirkungen weitaus schlimmer waren als seine jäh aufgeflammte Leidenschaft für die junge Afrikanerin.

XIII.

Lisas Quengeln erinnerte Marie daran, dass die Kleine schon wieder Hunger hatte. Da sie es nicht wagte, dem Mädchen die Brust zu geben, bevor der fürstliche Spross sich satt getrunken hatte, stand sie seufzend auf und begab sich in den Stall, um die Ziege zu melken. Zu ihrer Verwunderung entdeckte sie dort eine wimmernde, zusammengekauerte Gestalt, die sich bei ihrem Erscheinen gegen die Bretterwand des Verschlags drückte.
Als Marie näher kam und ihre Augen das Halbdunkel durchdrangen, schrie sie vor Erstaunen auf. »Alika? Wie kommst denn du hierher? Bei Gott, wie freue ich mich, dich zu sehen.« Sie legte Lisa auf ein Büschel Stroh und kniete neben ihrer Freundin nieder.
Die starrte sie so ungläubig an, als sähe sie einen Geist vor sich, und klammerte sich dann schluchzend an sie.
»Ist ja schon gut!« Marie streichelte ihr über den krausen Schopf und zeigte dann auf den Säugling. »Lisa hat Hunger. Ich muss die Ziege melken.«
Ein wenig Deutsch hatte Alika schon von ihr gelernt und tippte gegen Maries Brüste zum Zeichen, dass sie Lisa dort anlegen sollte, aber ihre Freundin schüttelte bedauernd den Kopf. »Das geht nicht, denn man hat mich als Amme gekauft. Ich muss ein fremdes Kind säugen.«
Im Grunde war ihr auch Lisa fremd, dachte sie, und doch stand ihr das kleine Mädchen trotz seiner Herkunft viel näher als der Sohn der Fürstin. Inzwischen liebte sie es beinahe so, als wäre es tatsächlich ihre Tochter. Während sie die Ziege molk, berichtete Alika ihr mit wenigen Worten und sehr vielen Gesten, dass sie benutzt und dann geschlagen worden war.
Marie unterbrach ihre Tätigkeit und strich ihr zärtlich über die Wange. »Du Arme! Ich werde sehen, was ich für dich tun kann. Vielleicht gibt es in der Küche Kräuter, aus denen sich eine Salbe bereiten lässt, die deine Schmerzen lindert.«

Dabei musste Marie an jenen sonnigen Vormittag in Konstanz denken, wo sie selbst vor der versammelten Stadt halb totgepeitscht worden war. So schlimm war Alika zwar nicht zugerichtet worden, doch als sie mit den Fingern prüfend über den Rücken der Freundin fuhr, zuckte die Mohrin zusammen und sog scharf die Luft ein.

»Wäre deine Haut nicht so dunkel, würde man die Striemen und Blutergüsse sehen. Bei Gott, wie kann ein Mann nur so grausam sein, sich eines Mädchens zu bedienen und es dann so zu schlagen? In welch barbarisches Land sind wir nur geraten?«

Marie schüttelte sich bei dem Gedanken an die Rechtlosigkeit und Willkür, der auch sie ausgeliefert war. Gleichzeitig wurde ihr klar, dass sie, wenn sie je von hier entkommen wollte, so viel wie möglich über das Land und seine Bewohner erfahren musste. Sie packte Alika, die nun die Ziege molk, am Oberarm und zog sie zu sich herum.

»Wir werden es schaffen, verstehst du? Wir werden diesen Leuten entkommen und nach Hause zurückkehren.«

Dann begriff sie, was sie gesagt hatte. Alikas Heimat lag noch viel ferner als ihre, und selbst wenn es ihr gelang, Kibitzstein zu erreichen, stand es nicht in ihrer Macht, der Mohrin die Weiterreise in deren Heimat zu ermöglichen. Das Einzige, was sie zu Hause tun konnte, war, dafür zu sorgen, dass man Alika als Mensch ansah.

»Ich werde dir beistehen, was auch immer geschehen mag. Solange wir hier sind, kann ich mir jedoch selbst kaum helfen. Also müssen wir so bald wie möglich von hier fort. Dafür aber ist es notwendig, dass wir die Sprache dieser Leute lernen und erfahren, welcher Weg uns in die Freiheit führt. Nun aber gib mir den Napf. Die Milch reicht für Lisa.«

Die Schwarze nickte, obwohl sie nur einen Bruchteil von Maries Worten verstanden hatte. Eines war ihr jedoch klar geworden: Ihre Freundin war nicht bereit, sich so ohne weiteres in ihr Schicksal zu fügen, und das machte auch ihr Mut.

Marie wollte Alika mit in die Küche nehmen, doch ihre Freundin weigerte sich, den Stall zu verlassen. Da Lisas Quengeln lauter wurde, verabschiedete sie sich hastig und eilte davon. Draußen blickte sie zum Himmel auf, der viel blasser wirkte als in ihrer Heimat. Es war nicht mehr weit bis zum Sommer, und doch strich der Wind kühl über das Land und brachte sie zum Frösteln. Ihr wurde bewusst, wie gering ihre Chancen waren, von hier zu entkommen. Sie war nun so etwas wie eine Leibeigene, und das erschwerte ihr Vorhaben erheblich. Wenn sie ihre Flucht gut vorbereiten wollte, benötigte sie neben der Sprache umfangreiche Kenntnisse über die Einwohner, deren Sitten und vieles andere mehr. Vor allen Dingen musste sie an Geld kommen und ihre Vorbereitungen in größter Heimlichkeit treffen, denn wenn man sie dabei erwischte, würde es ihr weitaus schlimmer ergehen als Alika. Auch mochte es schwierig werden, die Mohrin mit auf die Flucht zu nehmen, denn die Leute würden sich wohl noch Jahre danach an eine Frau mit einem Kleinkind erinnern, die von einem Mädchen mit rußfarbener Haut begleitet worden war.
Sie blieb stehen und starrte für einen Augenblick ins Leere. »Bei Gott! Auffälliger könnte selbst der Kaiser kaum reisen.« Gleichzeitig fühlte sie, dass sie es nicht übers Herz bringen würde, Alika, die sich im Bauch der Geit so aufopferungsvoll um sie gekümmert hatte, hier zurückzulassen.

XIV.

Auch auf Kibitzstein begann der Frühling dem Sommer zu weichen. In Michel Adlers Herzen herrschte jedoch noch immer Winter. Er hatte Maries Tod nicht überwinden können und saß oft auf dem Söller der Burg, um ins Nichts hineinzustarren. Er sah weder das blühende Land mit seinen Weinbergen noch den Fluss, der unten im Tal seine Schleifen zog, sondern dachte nur an die glücklichen Tage, die er und Marie miteinander erlebt hatten.

Die Menschen auf Kibitzstein, die Marie gekannt und geliebt hatten, versuchten ihn aufzumuntern, doch selbst Trudi gelang es nur hie und da einmal für wenige Augenblicke. Die Kleine vermisste ihre Mutter wohl am meisten, doch niemand konnte sie von Maries Tod überzeugen. Auch jetzt stampfte sie wieder mit ihren stämmigen Beinen auf den Boden und starrte Anni böse an. »Meine Mama wird zurückkommen, das weiß ich! Den bösen Böhmen ist sie ja auch weggelaufen.«

Die Tschechin seufzte. Wie gerne hätte sie den Glauben des Kindes geteilt, zumal sie sich mitschuldig an Maries Schicksal fühlte. Hätte sie nicht bei Mariele in der anderen Kammer geschlafen, sondern bei der Herrin, wäre sie wach geworden, als Marie aufstand und ihren verhängnisvollen Weg zum Rhein antrat.

Sie zog Trudi an sich. »Wir lieben dich doch so sehr, Kleines, und werden alles tun, damit du den Verlust deiner Mutter nicht so spürst.«

»Mama ist nicht verloren!« Trudi unterstrich ihre Worte mit einem Schlag in Annis Gesicht.

Damit kam sie aber bei der schwarzen Eva, die neben ihnen stand, an die Falsche. Die alte Frau war zwar nicht mehr so hager wie früher, glich in ihrer schwarzen Kleidung aber immer noch einem Raben. Wie Marie hatte sie jenen langen, harten Kriegszug gegen die Hussiten als Marketenderin mitgemacht und vermisste sie vielleicht noch mehr als die anderen, denn mit ihr hatte sie immer offen reden können. Während Marie bei den Hussiten gefangen gewesen war, hatte sie sich Trudis angenommen und ihr einen harten Winter lang die Mutter ersetzt. Anders als ihre Freundin Theres, die die Kleine vergöttert hatte, war sie damals wie heute nicht bereit, der Kleinen alles durchgehen zu lassen.

Sie packte das Mädchen und gab ihm einen festen Klaps auf den

Po. »Das ist dafür, dass du Anni geschlagen hast. Das darf man nämlich nicht.«

Anni strich sich die Tränen aus dem Gesicht. »Es ist schon gut, Eva! Trudi meint es nicht böse.«

»Ich meine es aber böse!« Trudi zeigte deutlich, dass sie eher weitere Schläge hinnehmen als von ihrer Überzeugung abweichen würde.

»Herr Michel wird aufpassen müssen. Die Kleine zeigt bereits jetzt jene Halsstarrigkeit, die wir bei Marie kennen gelernt haben.« Evas Blick flog zum Söller hoch, auf dem Michel saß und nichts von dem wahrnahm, was unter ihm im Hof vorging.

»Schade, dass er Ritter Heinrichs Angebot nicht angenommen hat, mit diesem nach Nürnberg zu reisen. Das hätte ihn abgelenkt. Hier ist er doch zu nichts nütze. Alles, was notwendig war, hat Junker Ingold in die Wege geleitet.« Annis Blick flog zu dem jungen Ritter, der weiter vorne Knechte beaufsichtigte, die mit Ausbesserungsarbeiten am Stall beschäftigt waren.

»Ohne den Junker würde es hier schlimm aussehen.« Evas Stimme drückte Anerkennung aus, aber keine Wärme.

Obwohl Ingold von Dieboldsheim nicht von Natur aus hochmütig war, behandelte er die ehemalige Marketenderin wie eine Magd und nicht als Vertraute der toten Herrin. Auch Anni übersah er zumeist, doch im Gegensatz zur schwarzen Eva scherte diese sich nicht darum, sondern erledigte ihre Arbeit, ohne den Ritter mehr als notwendig zu beachten. Die Einzige, die ein Aufhebens um Junker Ingold machte, war Mariele.

Das gute Leben auf der Burg hatte das Mädchen pummelig werden lassen, so dass es noch kindhafter wirkte als vorher. Daher wurde es von den Männern auf der Burg ebenso übersehen wie die noch jüngere Spülmagd. Das hielt Mariele nicht davon ab, den jungen Ritter in einer Weise anzuschwärmen, die weder Eva noch Anni gefiel. Die beiden machten sich Sorgen, dass Hiltruds Tochter auf diese Weise über kurz oder lang auf dem Heustock

oder gar im Bett des Junkers ihre Unschuld verlieren würde, ohne die geringste Gegenleistung zu erhalten. Vor diesem Schicksal hätten sie das Mädchen gerne bewahrt, doch sie fanden keinen Weg, das vernarrte Ding zur Vernunft zu bringen.
»Wäre Michi doch endlich hier! Der würde sowohl seiner Schwester wie auch Herrn Michel den Kopf zurechtsetzen.« Eva seufzte, weil der Bursche sich bis jetzt noch nicht auf Kibitzstein hatte blicken lassen, obwohl er seit dem Ende des Winters erwartet wurde.
»Ihm wird doch nichts passiert sein?«, überlegte sie besorgt.
Anni schüttelte den Kopf, dass ihre Haare stoben. »Michi bestimmt nicht! Der weiß sich immer zu helfen. Wahrscheinlich fällt es ihm schwer, die Eltern und seine anderen Geschwister zu verlassen, denn er hat sie ja lange nicht gesehen.«
»Ja, aber hier würden wir ihn dringender brauchen!« Eva seufzte erneut und fragte sich, ob sie Michel wieder ein paar deutliche Worte ins Gesicht sagen sollte. Genau wie die anderen, die ihm und Marie nach Kibitzstein gefolgt waren, hatte sie dies bereits mehrfach getan, ohne dass ihre Mahnungen Erfolg gezeigt hätten. Nun fürchtete sie, ihn beim nächsten Mal so zu erzürnen, dass er sie aus der Burg wies. Ihre alten Knochen sehnten sich nämlich nicht danach, noch einmal auf einen Marketenderkarren zu steigen und einem Heerzug zu folgen, zumal dieser Krieg ganz anders geführt wurde, als sie es aus ihrer Jugendzeit kannte. Damals hatten die Heerführer vor der Schlacht höfliche Grüße ausgetauscht, und hinterher hatte der Sieger den Unterlegenen zum Mahl geladen. Doch seit die Hussiten wie Heuschreckenschwärme über die Lande herfielen, wurde selbst das Kind im Mutterleib nicht verschont. Eva war ehrlich genug, nicht den Böhmen allein die Schuld daran zu geben. Männer wie Falko von Hettenheim hatten das Ihre dazu beigetragen, dass der Krieg zu einer schmutzigen und ehrlosen Angelegenheit geworden war.

»Zu schade, dass diesem Schurken zu guter Letzt noch ein Sohn geboren worden ist.«

Mit diesem Gedankensprung verwirrte Eva ihre Gesprächspartnerin. »Was hast du gesagt?«

Bevor die alte Marketenderin Anni eine Antwort geben konnte, erscholl das Horn des Türmers. »Wie es aussieht, bekommen wir Besuch. Hoffentlich ist es Michi!«

Eva eilte, so rasch es ihre mürben Knochen zuließen, zum Tor und spähte hindurch. Beim Anblick der Reiter, die sie auf die Burg zukommen sah, verzog sie jedoch missmutig das Gesicht und kehrte zu Anni zurück. »Wenn das nicht der Dieboldsheimer ist, sollen mich die Läuse fressen. Der will wohl nachsehen, was sein Sohn hier treibt. Vielleicht wird er ihn auch zurückholen. Für unsere Burg wäre es ein Schaden, aber bedauern würde ich es nicht.«

»Vielleicht wäre es sogar besser, wenn der Junker uns verließe, dann wäre Herr Michel gezwungen, selbst die Zügel in die Hand zu nehmen. Seine Trauer um die Herrin in allen Ehren, doch in gewisser Weise übertreibt er es.« Anni sah noch einmal zum Söller hoch, auf dem Michel sich erhoben hatte, als wäre er aus einem Albtraum hochgeschreckt, und nun nach den Besuchern Ausschau hielt. Selbst vom Hof aus war ihm anzusehen, dass er sich nicht entscheiden konnte, ob er den Leuten entgegengehen und sie begrüßen oder sie zum Teufel wünschen sollte.

Mariele hatte die Ankommenden ebenfalls erkannt und lief zu Junker Ingold, um es ihm zu berichten. »Gewiss freut Ihr Euch, Euren Herrn Vater wiederzusehen und Grüße aus der Heimat zu erhalten?«, fragte sie ihn in der Hoffnung, der junge Ritter würde ihr ein paar freundliche Worte gönnen.

Der Junker hatte die Reiter längst erkannt und zog ein ähnlich missmutiges Gesicht wie der Burgherr. »So weit ist Dieboldsheim nicht aus der Welt. Wenn ich mich auf meinen Rappen schwinge

und den Tag durchreite, bin ich noch vor dem Abend dort. Aber solange mein Bruder dort lebt, zieht es mich nicht hin.«
Junker Ingold war zu sehr mit sich selbst beschäftigt, um den Blick des Mädchens zu bemerken, der dem eines um Zuneigung bettelnden Welpen glich. Für die Dinge, die ein Jüngling wie er mit einem weiblichen Wesen treiben konnte, war sie noch zu jung, und sie hatte nichts, was seine Aufmerksamkeit wert gewesen wäre. Schließlich war sie nur eine Bauerntochter, die hier erzogen wurde, um irgendwann einmal als höhere Magd oder Wirtschafterin ihren Dienst zu tun.
»Euer Bruder ist kein guter Mensch, nicht wahr?«
Marieles Frage hörte der Junker nicht mehr, dann er schritt bereits seinem Vater entgegen. Dieser schwang sich trotz seiner breiten, feist gewordenen Gestalt mit geübter Leichtigkeit aus dem Sattel, warf die Zügel einem Knecht zu und umarmte seinen Sohn. »Na, du Bengel? Gut hast du dich herausgemacht! Du hättest aber durchaus einmal nach Hause kommen können. Die Mutter hätte es gerne gesehen – und ich auch.«
»Ihr beide, ja! Aber nicht jeder hätte sich gefreut, mich zu begrüßen.« Ingold mied es, direkt von seinem Bruder zu sprechen.
»Ingobert hat immer noch das zu tun, was ich ihm sage. Außerdem werdet ihr beide euch wohl für ein, zwei Stunden wie gesittete Menschen betragen können und nicht wie zwei Rüden, die sich um eine läufige Hündin balgen. Ich habe nie begriffen, um was es bei eurem Streit eigentlich ging. Um ein Weibsstück?«
Ingold schüttelte den Kopf. »Nicht, dass ich wüsste. Mein Bruder gönnt mir einfach nicht die Luft zum Atmen!«
... und du ihm nicht seine Erstgeburt, dachte der Ritter, wollte aber das Wiedersehen nicht mit einem Tadel trüben. Er mochte seine Söhne und ärgerte sich über das kleinliche Verhalten, das die beiden an den Tag legten und das immer wieder zu lautstarken Streitereien geführt hatte. Um endlich Ruhe in seinem Haus zu haben, hatte er Ingold nach Kibitzstein gebracht. Nun kamen

die beiden Bengel einander nicht mehr täglich in die Haare, und Ingold konnte sich daran gewöhnen, einem fremden Herrn zu dienen. Das würde sein Schicksal sein, wenn es ihm nicht gelang, eine reiche Erbin zu freien.

»Was macht Ritter Michel? Wo steckt er denn?« Der Dieboldsheimer sah sich um und entdeckte den Burgherrn auf halbem Weg zum Tor.

»Gott zum Gruß, Nachbar!«, rief er ihm zu.

»Gott zum Gruß, Ritter Ingomar!« Michels Stimme klang abweisend.

Der Dieboldsheimer gab jedoch nichts auf die kühle Begrüßung, sondern eilte auf ihn zu und schloss ihn in die Arme. »Hoffentlich hat mein Bengel Euch nicht zu viele Umstände gemacht! Und wenn doch, so seid nicht zimperlich mit ihm. Er verträgt schon den einen oder anderen Stoß. In seiner Situation muss er sich ducken und gehorchen lernen. Befehlen kann er die Knechte, falls man ihm welche unterstellt.«

Junker Ingold biss die Zähne zusammen, um sich kein ungehöriges Wort entschlüpfen zu lassen. Auch wenn er sich über die herablassende Bemerkung seines Vaters ärgerte, war er ihm im Grunde von Herzen dankbar. Hier auf Kibitzstein hatte er ein gutes Leben, denn Michel ließ ihn in Ruhe arbeiten und redete ihm nicht drein, wie andere Burgherren es getan hätten. Anders als sein Bruder behauptete, konnte er hier zeigen, was er wert war. Die Burg und die Dörfer, die zu Kibitzstein gehörten, waren dank seines Einsatzes in einem besseren Zustand als je zuvor und stachen inzwischen sogar den Besitz seines Vaters aus. Es war nur bedauerlich, dass nicht er selbst, sondern ein anderer Mann der Herr dieses Lehens war. Er beneidete Ritter Michel jedoch nicht, denn dieser hatte seinen Besitz mit wackerer Schwertarbeit errungen. Das wäre auch sein Ziel gewesen, doch sein Vater ließ nicht zu, dass er für Kaiser Sigismund in den Krieg zog. Dabei hätte eine tapfere Tat ihm Ruhm und Ehre eingebracht und darüber hinaus auch ein Lehen oder wenigstens die Hand einer reichen Erbin.

Michel ahnte nicht, dass Ingold sich den Zustand des Lehens Kibitzstein selbstzufrieden auf den Schild geschrieben hatte, sondern fühlte sich schuldig, weil er so wenig auf den jungen Mann und sein Wirken geachtet hatte. Als er jetzt mit den Gästen über den Burghof ging, fiel ihm zum ersten Mal auf, wie sauber und ordentlich alles wirkte, und daher klopfte er dem Junker spontan auf die Schulter.

Dann wandte er sich an dessen Vater. »Euer Bengel – wie Ihr ihn nennt – hat seine Sache ausgezeichnet gemacht. Ich wüsste nicht, wie ich ohne ihn ausgekommen wäre.«

Ingomar von Dieboldsheim nickte zufrieden und über Ingolds Gesicht huschte eine leichte Röte. Es war gut, solche Worte zu hören, dachte er. Zu Hause hatte immer der ältere Bruder das Lob und die Belohnung für gute Leistung für sich eingefordert. Auch hier war seine Arbeit bisher nicht sonderlich beachtet worden, und er hatte schon geglaubt, Ritter Michel würde sich nicht im Geringsten um das scheren, was auf der Burg geschah. Das aber schien ein Irrtum gewesen zu sein.

Er lächelte Michel dankbar zu und deutete eine Verbeugung an. »Einem solchen Herrn wie Euch dienen zu dürfen erfüllt mich mit großem Stolz.«

»Dann ist ja alles in bester Ordnung!« Der Dieboldsheimer legte einen Arm um seinen Sohn und den anderen um Michel und schob beide mit der Masse seines Körpers in Richtung des Palas. Unterwegs wies er mit dem Kinn auf Mariele, die in der Nähe stand und ihnen neugierig zusah. Da sie ein Kleid trug, das durchaus der Tochter eines Ritters angemessen war, betrachtete er sie neugierig.

»Ist das Eure Tochter, Adler?« Er schien dabei zu rechnen. Noch ein, zwei Jahre, dann würde dieses Mädchen mannbar sein, und wenn sein Sohn sich bis dorthin gut machte …

Michels Kopfschütteln beendete den Gedankengang seines Gastes. »Nein, das ist Mariele, die Tochter einer guten Freundin. Die Kleine, die da gelaufen kommt, ist meine Tochter Trudi!« Er zeigte dabei auf ein Kind, das in Ritter Ingomars Augen zu jung war, um eines Tages seine Schwiegertochter zu werden.
»Ein hübsches Ding.« Der Dieboldsheimer seufzte und kam dann auf den eigentlichen Grund seines Erscheinens zu sprechen. »Wisst Ihr, Adler, eigentlich bin ich gekommen, um Euch zu fragen, ob Ihr mich nach Nürnberg begleiten wollt. Dort wird der Kaiser erwartet, und wir sollten ihm wieder einmal unsere Gesichter zeigen. Sonst vergisst er noch ganz, dass wir existieren, und das wäre nicht gut.«
Im ersten Augenblick wollte Michel ablehnen, doch dann dachte er, dass es ihm vielleicht helfen würde, wenn er aus seinen Mauern herauskam. Marie würde gewiss nicht wollen, dass er sich wie ein alter Dachs hier vergrub. »Ich wäre schon interessiert, mit Euch zu kommen, Dieboldsheim. Könntet Ihr einen Tag warten, bis mein Gefolge zusammengestellt ist?«
»Mir soll es auch auf zwei oder drei Tage nicht ankommen.« Sein Gast drückte ihn lachend an sich und dachte dabei an den guten Tropfen, den er bei seinem letzten Besuch auf Kibitzstein zu kosten bekommen hatte.
Nun bedauerte auch Michel, dass sein Patensohn Michi noch nicht zurückgekehrt war, denn ihn hätte er nun als Knappen brauchen können. Stattdessen würde er Karel, den Sohn seines Verwalters Reimo und der Wirtschafterin Zdenka, mitnehmen müssen. Der Junge war nicht ganz so gewieft wie Michi, würde ihn aber auch nicht blamieren. Dennoch wollte er die Anweisung hinterlassen, Michi zu ihm zu schicken, falls dieser früh genug auf Kibitzstein auftauchte.
Anni und Eva hatten das Gespräch der Ritter mit gespitzten Ohren verfolgt und nickten sich zufrieden zu.

XV.

Michel hatte Kaiser Sigismund vor vielen Jahren in Konstanz erlebt, als dieser vom Glanz der eigenen Würde als Kaiser des Heiligen Römischen Reiches Deutscher Nation durchdrungen das Konzil geleitet hatte, und zehn Jahre später als alten, fast gebrochenen Mann auf dem Kriegszug gegen die Hussiten. Der Sigismund, dem er diesmal entgegentrat, wirkte viel jünger als die sechzig, die er schon überschritten hatte, und schien von neuer Kraft erfüllt zu sein. Kaum hatte er Michel entdeckt, da eilte er auf ihn zu und umarmte ihn vor all seinen Edelleuten.
»Sei mir willkommen, Adler! Ich freue mich, dich zu sehen. Dein Erscheinen bringt mir immer Glück, und davon kann ein Mensch nie genug haben, geschweige denn ein Kaiser und König.«
Michel gelang es trotz der Umarmung durch Sigismund eine Verbeugung anzudeuten. »Eure Majestät sind zu gütig. Wenn es eine Möglichkeit gibt, Euch zu dienen, dann verfügt über mich. Ich hörte, es soll Krieg im Ungarland geben.«
Der Kaiser ließ ihn los und hob lachend die Hände. »Du, mein guter Adler, würdest mit mir kommen und gegen diese von Gott verfluchten Osmanen kämpfen. Andere Herrschaften hingegen …« Sigismund streifte einige der versammelten Herren mit grimmigem Blick und sah Rumold von Lauenstein, der den Pfalzgrafen am Rhein vertrat, leicht zusammenzucken. »… andere Herrschaften bleiben lieber auf ihren Burgen hocken und ziehen die Köpfe ein, anstatt im ehrlichen Kampf für ihren Kaiser zu streiten. Aber wenn es dich auch noch so drängt, den Schwertarm zu schwingen, so musst du dich gedulden. Du dienst mir dort, wo du jetzt bist, im Augenblick am besten. In ein paar Jahren wird dies wieder anders sein, und dann wird mein Ruf dich ereilen. Fürs Erste

habe ich jedoch mit den Türken einen Waffenstillstand geschlossen.«

Sigismunds säuerliche Miene deutete an, dass ihm dies wenig behagte, denn er hatte sich zu territorialen Zugeständnissen bereit finden müssen. Lange vermochte die Erinnerung seine Laune jedoch nicht zu trüben. Er zog Michel wieder an sich heran und näherte seinen Mund dessen Ohr.

»Seine Heiligkeit, der Papst, wird die Christenheit zu einem neuen Kreuzzug gegen diese verdammten Heiden aufrufen. Dann werden wir die Osmanen wie blökende Hammel verjagen und das stolze Konstantinopel aus der Umklammerung durch die heidnischen Kriegsscharen befreien. Wenn es so weit ist, brauche ich einen Mann, der mein Fußvolk so gut zu führen versteht wie du.«

Der Optimismus des Kaisers war wie ein überspringender Funke, der ein helles Feuer entfachen konnte. Zum ersten Mal seit langem richtete Michel sich auch innerlich auf und sah sich bereits als Hauptmann einer stattlichen Schar von Fußknechten, bei deren Ausrüstung er die Erfahrungen berücksichtigen konnte, die er im Kampf gegen die Hussiten gewonnen hatte. Er kniete vor Sigismund nieder und hob die Hand zum Schwur.

»Eure Majestät werden mich bereit finden!«

»Das weiß ich, mein Guter, das weiß ich! Doch nun zu etwas anderem. Ich habe sagen hören, dass deine Frau leider Gottes verstorben ist.«

Michel senkte den Kopf, um die Tränen zu verbergen, die ihm in die Augen stiegen. »Das ist die Wahrheit, Eure Majestät. Das Unglück ist im letzten Herbst geschehen. Niemand weiß, wie es vor sich gegangen ist, und ich kann es bis heute noch nicht fassen.«

»Es ist bedauerlich, dass eine so mutige Frau ein Ende gefunden hat wie ein unaufmerksames Kind. Aber du wirst darüber hinwegkommen, Adler. Das Leben geht weiter, und man muss nach vorne sehen. Auf jeden Fall brauchst du ein neues Weib, mit dem du kräftige Söhne zeugen kannst. Mein Enkel, den meine Tochter mir gewiss bald schenken wird, braucht starke Ritter, die treu an seiner Seite kämpfen.« Der Kaiser klopfte Michel aufmunternd auf die Schulter und wollte weitergehen.

Michels Stimme hielt ihn jedoch noch einmal auf. »Verzeiht mir, Majestät, doch meine Trauer um Marie ist zu groß, um ein anderes Weib an ihrer Stelle sehen zu wollen.«

Sigismund drehte sich zu ihm um und machte eine wegwerfende Handbewegung. »Deine Trauer ehrt dich, doch sie darf dich nicht dazu bringen, mir den schuldigen Gehorsam zu versagen. Ich wünsche, dass du dich erneut verheiratest. Was du brauchst, ist eine ebenso schöne wie reiche Erbin, denn sie muss ein Weib vergessen machen, wie man es nicht oft auf der Welt finden mag. Ich werde noch heute mit meinen Beratern darüber sprechen.«

»Eure Majestät, ich ...«, begann Michel.

Doch der Kaiser beachtete ihn nicht weiter, sondern drehte sich mit einer Bewegung um, die einen Anflug von Ärger verriet, und schritt davon. Rumold von Lauenstein folgte ihm mit einem boshaften Lächeln.

Ingomar von Dieboldsheim trat auf Michel zu und packte ihn bei den Schultern. »Beim dreigeschwänzten Teufel noch mal, habt Ihr ein Glück! Der Kaiser will Euch eine Heirat stiften, und mit einer reichen Erbin dazu. Bei Euch zeigt sich, dass das Sprichwort stimmt: Wo der Haufen am größten ist, da schüttet es sich am leichtesten auf.«

In seiner Stimme schwang unverhohlener Neid, und Michel musste an sich halten, um den Mann nicht vor allen Leuten niederzuschlagen. Schließlich war der Dieboldsheimer schuld daran, dass er nach Nürnberg geritten war. Noch lieber aber hätte er dem Kaiser handgreiflich klar gemacht, dass er sich nicht irgendeine Frau ins Bett legen lassen wollte. Marie war seine große Liebe gewesen, und für ein weiteres Eheweib gab es in seinem Herzen keinen Platz. Dem Herrn des Römischen Reiches Deutscher Nation aber widersprach man nicht. Daher würde er in den sauren Apfel beißen und eine Braut in sein Schlafgemach führen müssen.

Vierter Teil

In Russland

I.

Fürst Dimitri war so schlecht gelaunt, dass keiner seiner Begleiter ihn anzusprechen wagte. Selbst Andrej zog es vor, seinen Hengst zu zügeln und sich erst wieder hinter seinem Onkel in den Reisezug einzureihen. Da Lawrenti an der Verstimmung ihres Fürsten schuld war, mochte er die volle Wucht von Dimitris Zorn abbekommen. Andrej erinnerte sich nur mit Schaudern an ihre letzten Tage in Pskow. Die dortigen Stadtherren, allesamt reiche, dickbäuchige Kaufleute, die sich mit Pelzen behängten und goldene Ringe an den Finger trugen, als seien sie mächtige Bojaren, hatten dem Fürsten deutlich zu verstehen gegeben, dass er von ihnen weder Unterstützung noch Rückendeckung für Aktionen erhalten würde, die gegen Moskau und dessen knabenhaften Großfürsten gerichtet waren.

Nach diesem Fehlschlag hatte Lawrenti nichts Besseres zu tun gehabt, als den Fürsten zu erinnern, dass er ihn gewarnt habe, dieses Thema in Pskow anzusprechen. Noch stellte die Stadt mit ihrem weiten Umland ein eigenständiges Fürstentum dar, doch die Herrschaft übte die Versammlung der Kaufherren aus. Die Oligarchen machten keinen Hehl daraus, wie sehr ihnen an der Gunst des litauischen Herrschers Vytautas gelegen war, dem Großvater Wassilis II. Die Fürsten der kleinen russischen Teilfürstentümer, zu denen auch Worosansk gehörte, waren für sie höchstens als Abnehmer für ihre Waren interessant, vorausgesetzt, sie zahlten pünktlich.

»Reitet gefälligst schneller! Euch kann ja eine Schnecke überholen.« Der Wutausbruch des Fürsten war lächerlich, denn die Gespannpferde schwitzten bereits weiße Flocken, und selbst der edle Grauschimmel des Herrschers äugte durstig zu dem kleinen Bach hinüber, der unweit von ihnen nach Norden der Wolga zufloss. Der Fürst dachte jedoch nicht daran, das kostbare Tier zu schonen, sondern stieß ihm die Sporen in die Weichen und sprengte davon.

Andrej und die Reiter in seiner Begleitung sahen einander kurz an. Lawrenti und die Tatarengarde galoppierten hinter dem Fürsten her, während der Rest versuchte, die Verbindung zwischen der Spitze des Zuges und den immer weiter zurückbleibenden Wagengespannen aufrechtzuerhalten, bei denen sich schließlich auch die Fürstin und ihr Sohn befanden. Zwar waren die Grenzen des Worosansker Fürstentums nicht mehr fern, doch mochte den Nachbarn Dimitris oder auch den Herren, die in Moskau das Sagen hatten, daran gelegen sein, sich der jungen Griechin und des Thronerben zu versichern, um Druck auf Dimitri ausüben zu können.

»Haut auf die Pferde ein!« Andrej, der am weitesten zurückgeblieben war, wusste sich keinen anderen Rat mehr, als den Fuhrknechten zu befehlen, das letzte Quäntchen Kraft aus den Tieren herauszuschinden.

Der Mann, der den Wagen der Fürstin lenkte, hob wütend die Peitsche. »Sollen wir die Gäule vielleicht ganz zu Schanden treiben? Bei Gott, ich wollte, der Herr hätte ein weniger reizbares Gemüt. Wenn er uns weiter so hetzt, werden uns noch die Achsen brechen, und die sind ohne einen Schmied nicht zu reparieren.«

Der Alte hatte Recht, dennoch herrschte Andrej ihn an. »Gehorche!«

Er lenkte seinen Hengst nach hinten, um Nachzügler zur Eile anzutreiben. Die Fuhrleute der schweren Karren, auf denen die in Pskow erstandenen Waren gestapelt lagen, fluchten, dass es einem Popen die Ohren abgedreht hätte, und schlugen mit ihren Peitschen auf die Pferde ein.

»Wenn Dimitri Michailowitsch unbedingt will, dass die Gäule kaputtgehen, dann soll es so sein! Mir gehören sie ja nicht.« Der Fahrer des hintersten Wagens zuckte mit den Schultern. Der

Fürst war der Fürst, und wenn er befahl, dass sie fliegen sollten, dann würden sie auch das tun.

Andrej versuchte nun, die Leute anzutreiben, die den Weg zu Fuß zurücklegen mussten. Neben den Kriegsknechten, die unter der Last ihrer Kettenhemden und Schilde schwitzten, war es vor allem das Gesinde, welches die Herrschaften unterwegs zu bedienen hatte. Seit der Reisezug Pskow verlassen hatte, hatten sie eine lange Strecke hinter sich bringen müssen, oft im Laufschritt und immer wieder verzweifelt bemüht, nicht zurückzubleiben. Jetzt waren ihre Gesichter von Erschöpfung und Entsetzen gezeichnet, denn sie hatten den Fürsten anreiten sehen und wussten, dass sie die restlichen Stunden des Tages noch schneller würden laufen müssen.

Ein Knecht spuckte wütend aus. »Verdammt noch mal, hat Dimitri Michailowitsch völlig den Verstand verloren? Sein Bruder Jaroslaw würde uns gewiss nicht so behandeln.«

Die Worte grenzten an Hochverrat, denn der jüngere Bruder des Fürsten kam nun in das Alter, in dem er als Mann gelten konnte, und nicht wenige in Worosansk hätten lieber ihn auf dem Thron gesehen. Andrej konnte den Mann verstehen, doch da Dimitri der Fürst war, hatte er ihm zu gehorchen, auch wenn er sich die Seele aus dem Leib rennen musste.

»Vorwärts, ihr Hunde! Macht, dass ihr weiterkommt!« Andrej streifte sein Mitleid mit dem Gesinde ab. Es war besser für sie, zu rennen als zurückzubleiben und ein Opfer von Räubern zu werden. Das war auch den Leuten klar, vor allem den Mägden, denen nicht danach gelüstete, als Gefangene für das Vergnügen irgendwelcher Schurken herhalten zu müssen. Daher bissen sie die Zähne zusammen und liefen so schnell sie konnten und überholten dabei sogar die Wagen.

Zwei Frauen waren jedoch nicht mehr in der Lage, das Tempo mitzuhalten, und blieben schließlich stehen. Es handelte sich um die neue Amme des Fürstensohns und die schwarze Sklavin.

Andrej nahm die Peitsche vom Sattel, um die Weiber anzutreiben, doch als er in ihre grauen, ausgezehrten Gesichter blickte, ließ er den Arm wieder sinken. Die beiden würden schon auf dem nächsten halben Werst zusammenbrechen.

»Halt an!«, brüllte Andrej dem Fahrer des letzten Wagens nach. Dieser kam verwundert dem Befehl nach. Andrej winkte unterdessen mehrere Knechte heran. »Helft den beiden Frauen auf den Wagen, ihr Schurken!«

»Wieso sollen die fahren dürfen, während wir laufen müssen, Andrej Grigorijewitsch?« Eine der schwitzenden Mägde vergaß in ihrem Ärger den Respekt vor dem Vertrauten des Fürsten. Ihre Gefährtinnen stimmten ihr wortreich zu und bedachten die beiden Fremdländerinnen mit bösen Blicken.

Andrej erkannte mit Schrecken, dass er, anstatt den Zug zu beschleunigen, dessen letzten Teil jetzt zum Stehen gebracht hatte. Es juckte ihm, die Peitsche zu benützen, um die renitenten Weiber zur Räson zu bringen. Doch dann siegte sein gesunder Menschenverstand.

»Seht ihr nicht, dass die beiden am Zusammenbrechen sind? Was ist, wenn der Amme deswegen die Milch wegbleibt? Der Fürst wird toben und die Fürstin nicht weniger.«

Eine der Mägde stemmte die Fäuste in die Hüften und starrte Andrej wütend an. »Die Griechin soll sich nicht so haben! Hätte sie ihrem Kind selbst die Brust gegeben, müsste sie den kleinen Prinzen jetzt nicht durch eine dreckige Ausländerin säugen lassen, die zudem eine Ketzerin ist.« Als Andrej die Peitsche hob, machte sie hastig den Weg frei. Zwei Knechte ergriffen Marie und hoben sie samt Lisa auf den Wagen. Die Mohrin wagten sie nicht anzufassen aus Angst, ihre Seele in Gefahr zu bringen. Daher schwang Andrej sich aus dem Sattel, hob Alika auf und setzte sie neben Marie.

»Haltet euch gut fest! Es wird ein bisschen rumpeln.«

Marie schenkte dem jungen Ritter, der mit seinem vergoldeten

Schuppenpanzer, den roten Stiefeln und dem roten Umhang trotz des Straßenstaubs, der ihn bedeckte, ein prächtiges Bild abgab, einen dankbaren Blick. Seit sie die große Stadt verlassen hatten, deren Namen sie noch immer nicht kannte, hatte sie keinen anderen Gedanken fassen können, als so schnell wie möglich einen Fuß vor den anderen zu setzen. Selbst wenn sich eine Gelegenheit zur Flucht ergeben hätte, wäre sie nicht in der Lage gewesen, sie zu ergreifen, denn ihre Muskeln waren durch die wochenlange Untätigkeit auf der Geit erlahmt und schmerzten jetzt so sehr, dass sie sich nach dem Sud aus Arnika, Johanniskraut, Kamille und Ringelblumen sehnte, den Hiltrud so meisterlich zu bereiten wusste. Auch fehlten ihr Anis, Bockshornkleesamen und Schwarzkümmel, um ihren Milchfluss anzuregen. Durch die Erschöpfung sprudelte dieser Quell nur noch spärlich, und sie hatte kaum genug Milch für den Sohn der Fürstin. Für Lisa blieb daher nur noch die Ziege, und selbst deren Milch konnte sie der Kleinen nur euterwarm geben, da sie keine Möglichkeit hatte, sie unterwegs zu erwärmen.

Andrej wandte sich unterdessen an die anderen. »So, Leute, jetzt habt ihr ein wenig verschnaufen können. Doch nun hurtig, sonst weilt der Fürst bereits in Worosansk, während wir noch hier herumstehen. Übrigens, ein hübsches Mädel hat vor meinem Sattel noch Platz.«

Gelächter antwortete ihm, und eine ältere Magd drohte ihm mit dem Finger. »Du bist es wohl müde geworden, auf einem Hengst zu reiten, Andrej Grigorijewitsch, und sehnst dich nach einem zarten Stütchen. Aber da wird nichts daraus. Unsere Mädchen sind brav und wissen selbst dem Charme eines solchen Schwerenöters wie dir zu widerstehen.«

Das Lachen steigerte sich noch einmal und Andrej war nicht der Leiseste dabei. Kurz entschlossen griff er nach unten, hob die nicht gerade leichte Magd hoch, als wäre sie ein Sack Federn, und

setzte sie vor sich. »Na, wie wäre es heute Abend mit dir? Ein kleiner Ritt hat noch niemandem geschadet.«
»Du solltest dich schämen, Andrej Grigorijewitsch, so mit einer alten Frau zu sprechen. Deine Mutter hätte dir schon längst die Hochzeit ausrichten sollen, damit du nicht auf solche Gedanken kommst.« Die Frau drohte ihm mit dem Zeigefinger, kicherte dabei aber doch ein wenig geschmeichelt. Immerhin war Andrej der schmuckste Recke an Fürst Dimitris Hof, und so manche junge Magd im Palast wäre gerne bereit gewesen, mit ihm zwischen die Decken zu kriechen.
»Jetzt lauft!« Andrej trieb die Leute mit einer Handbewegung vorwärts. Dabei achtete er nicht auf die Magd, die geschmeidig von seinem Pferd glitt und ihm unter dem Gelächter der Umstehenden die Ziege hochreichte, die missmutig meckernd hatte mitlaufen müssen.
»Hier hast du noch ein Frauchen, das geschont werden muss. Immerhin ist sie von Wert, denn sie soll das Kind der Amme nähren! Das muss nämlich auch gesund bleiben, damit die Mutter freudig ihre Pflicht bei dem jungen Prinzen erfüllt.«
Das Lachen steigerte sich noch einmal, als die Leute Andrejs verdattertes Gesicht sahen. Dieser starrte auf die Ziege, die nicht so recht zu wissen schien, was sie so hoch auf einem Pferd zu suchen hatte, und gab sie dann an Marie weiter.
»Hier, kümmere dich um das gehörnte Tier, denn es nährt deine Tochter.«
Marie verstand nicht genug Russisch, um seine Worte deuten zu können, griff aber zu und versuchte verzweifelt, sich selbst, Lisa und die Ziege auf dem Wagen festzuhalten. Alika nahm ihr schließlich die Geiß ab und hielt sie mit einem Arm fest, während sie sich mit dem anderen an einen Strick klammerte, der quer über den Wagen gespannt war, um die Ladung zu sichern.
Das Lachen schien die Kräfte erneuert zu haben, denn als es jetzt weiterging, hielten selbst die Frauen den strammen Laufschritt

durch, zumindest bis zum nächsten Dorf. Dort konnten sie endlich zu Atem kommen, denn Fürst Dimitri hatte sich entschlossen, einen Rasttag einzulegen, um mit dem in der Ortschaft residierenden Bojaren zu verhandeln. Das Gebiet, das dieser verwaltete, gehörte zwar seit einer Generation zum Moskauer Großfürstentum, doch die Bewohner des Landstrichs hatten ihre frühere Unabhängigkeit noch nicht vergessen.

II.

Marie war erst einmal nur froh, Wasser trinken und sich in eine Ecke setzen zu können. Die Kindsmagd der Fürstin brachte ihr den kleinen Wladimir, dem die Reise nicht gut bekommen war, denn er hatte Durchfall und greinte in einem fort. Er wollte auch kaum trinken, und wie es aussah, machte man ihr das zum Vorwurf. Als der Kleine rebellisch ihre Brust verweigerte, reichte Marie ihn an die junge Magd zurück.
»Du musst ihn richtig säubern und seinen Hintern mit einer heilenden Salbe einreiben. Außerdem braucht er dringend Tee aus Frauenmantelblättern oder getrockneten Heidelbeeren gegen seinen Durchfall.« Marie versuchte ihre Rede mit Gesten zu untermalen, doch die junge Frau starrte sie nur verständnislos an und verschwand, ohne darauf zu reagieren.
Marie sah ihr kopfschüttelnd nach und drehte sich dann zu Alika um. »Ich will zusehen, ob ich nicht ein paar Kräuter für den Jungen finde. So geht er uns zugrunde.«
Die Mohrin stand auf, um ihr zu folgen. Marie aber winkte ihr zu bleiben. »Ruh dich aus, du bist erschöpft genug.«
»Du auch! Kommen mit.« Allmählich konnten sie sich ein wenig verständigen, wenn es auch mühsam war.
Marie nickte Alika lächelnd zu und sah sich um. Der Platz, auf dem der Reisezug angehalten hatte, wurde von mehreren großen

Gebäuden aus Holz begrenzt, unter denen sich eine Herberge, das Wohnhaus des hiesigen Machthabers und eine Kirche mit zwiebelförmiger Turmspitze befanden. Nordwärts schlossen sich die Hütten der Handwerker und Bauern an, und dort lagen auch die Felder, auf denen noch kräftig gearbeitet wurde. Gen Süden hin erstreckte sich dichter Wald, in dem hohe Birken mit weißen Stämmen und hellgrünem Laub vorherrschten. Dorthin wandte sich Marie in der Hoffnung, das zu finden, was der kleine Prinz benötigte.

Weder sie noch Alika bemerkten, dass Andrej ihnen folgte, und erschraken, als er just in dem Moment nach ihnen griff, als sie das Tor des etwas mehr als mannshohen Palisadenzauns passieren wollten.

»Wo wollt ihr hin?«, schnauzte er sie an.

Sein Tonfall ließ Alika zusammenzucken, doch Marie wies auf den Wald. »Ich will Kräuter suchen für den Jungen, für Wladimir!«

Froh, dass ihr der Name des Kindes noch rechtzeitig eingefallen war, versuchte sie dem Gefolgsmann des Fürsten mit Gesten zu erklären, dass sie bestimmte Blätter pflücken wollte. Zu ihrer Erleichterung ließ er sich von ihr durch das Tor auf das nächste Grün zuziehen. Er sah zu, wie sie eines der am Wegrand wachsenden Kräuter pflückte. Sie zerrieb es zwischen den Fingern, so dass der aromatische Duft aufstieg, und ließ ihn daran riechen.

»Wladimir ist krank! Er braucht Medizin, versteht Ihr?« Sie wiederholte einige der Worte, an die sie sich erinnerte, auf Latein.

Andrej schüttelte verwirrt den Kopf, denn er verstand zwar halbwegs, was sie meinte, aber er konnte sich nicht vorstellen, dass eine Sklavin diese Sprache beherrschte. Noch mehr wunderte ihn, dass die Frau sich einbildete, der Kräuterkunde mächtig zu sein und dem Sohn des Fürsten helfen zu können. Das setzte ein Wissen voraus, welches nur wenige Menschen besaßen. Neugierig geworden, welche Pflanzen sie sammeln würde, gab er seine

Zustimmung und machte ihr begreiflich, dass er sie und die Schwarze begleiten würde.

Marie war es recht, denn es mochte für zwei Frauen nicht ungefährlich sein, im Schatten des Waldes herumzulaufen. Sie hatte jedoch nicht vor, sich von dem Krieger einschüchtern zu lassen. Daher ignorierte sie ihn, wandte sich Alika zu und nannte dieser die in ihrer deutschen Heimat gebräuchlichen Namen verschiedener Pflanzen, Bäume und Tiere, die sie unterwegs entdeckten. Die Mohrin nickte eifrig und wiederholte die Worte. Andrej begriff rasch, was die beiden Frauen da trieben, und da er es langweilig fand, stumm wie ein Fisch hinter ihnen herzulaufen, beteiligte er sich an dem Unterricht und ergänzte Maries Erläuterungen mit den russischen Bezeichnungen.

Mit einem Mal blieb Marie stehen, schnupperte ein wenig und blickte sich suchend um. Ihr angespannter Gesichtsausdruck verriet, dass sie nicht gleich das fand, was sie an dieser Stelle suchte. Einige Schritte weiter aber kniete sie neben noch recht jungen Pflanzen nieder und pflückte sie, ohne die Wurzeln auszureißen oder zu beschädigen.

»Das ist Hagemundiskraut, ein sehr gutes Mittel gegen Durchfall bei Kindern. Leider kann es zu dieser frühen Zeit noch nicht seine größte Kraft entfalten, doch fürs Erste muss es reichen«, versuchte sie Andrej zu erklären. Sein verständnisloses Gesicht veranlasste sie, ihm den lateinischen Namen zu nennen, den sie wie viele andere von dem Apotheker in Rheinsobern gelernt hatte.

»Herba agrimoniae, versteht Ihr? Man nennt es auch Leberklette oder Leberkraut. Es wird Prinz Wladimir helfen.«

Andrej starrte die Frau verwirrt an. Er selbst kannte eine Reihe lateinischer Worte und begriff daher, dass sie sich tatsächlich mit dieser Sprache auskannte. Um sich zu vergewissern, zeigte er auf ein anderes Kraut.

»Was ist das?«

Sie machte eine abwehrende Handbewegung. »Das ist Bingelkraut. ›Herba mercurialis‹ sagt der Apotheker dazu. Das ist gar nicht gut. Es würde den Durchfall nur verstärken.« Da er es trotzdem pflücken wollte, zeigte sie schnell auf ein paar andere Pflanzen, deren lindernde Wirkung sie kannte, und nannte auch deren Namen.

Andrej rieb sich verwundert das Kinn. Diese Frau konnte keine einfache Magd sein, die wegen einer Verfehlung als Sklavin verkauft worden war, denn sie schien beinahe so gelehrt zu sein wie ein Arzt. Das lateinische Wort *herba* hieß Kraut, so viel wusste er. Der jeweilige andere Begriff musste dann wohl die spezielle Pflanze bezeichnen. Andrej war bekannt, dass die Lateiner, wie die Katholiken im Westen von seinen Landsleuten genannt wurden, sich in ihren Sitten und Gebräuchen stark von den rechtgläubigen Russen und Griechen unterschieden. Dennoch wunderte es ihn, dass man eine Frau mit diesem Wissen verkauft hatte. Jeder gute russische Herr hätte sie behalten, um ihre Fähigkeiten für sich selbst und seine Familie zu benutzen.

Er kratzte sich am Kopf und fragte sich, was diese Frau angestellt haben musste, denn sie erschien ihm nicht von Grund auf schlecht. Früher war sie gewiss eine Schönheit gewesen, und er vermutete daher, dass man sie aus Eifersucht oder Standesrücksichten auf diese Weise beseitigt hatte. Eigentlich war sie noch immer schön, auch wenn sie erschöpft und müde wirkte. Ihre Augen strahlten ein Feuer aus, das geheime Kräfte offenbarte und den Willen, sich zu behaupten. So ein Mensch war ihm noch nie begegnet, insbesondere nicht in Gestalt eines Weibes. Wer auch immer ihr Herr sein mochte, würde über ihren Körper verfügen können, doch niemals über ihren Geist. Wenn er es recht bedachte, erschien es ihm bei ihrem Wissen um die Wirkung von Pflanzen nicht geraten, sie sich zum Feind zu machen. Auch der Blick, mit dem sie ihn gelegentlich streifte, verriet ihm, dass es besser war, nicht zu versuchen, im Schutz des Waldes mit ihr gewisse Dinge zu treiben, und ihre wortlose Warnung schloss auch die Mohrin mit ein.

Zwar war er selbst es gewesen, der seinen Herrn auf Alika aufmerksam gemacht hatte, doch mittlerweile bedauerte er seinen Übermut. Dimitri begehrte das dunkelhäutige Mädchen, wie er einen rassigen Hengst begehrte oder ein meisterhaft geschmiedetes Schwert, und im Augenblick hielten nur die Predigten seines Beichtvaters ihn davon ab, die Mohrin erneut in sein Bett zu holen. Da diese mit der Kräuterhexe befreundet war, fürchtete Andrej für seinen Herrn, wenn dieser die Schwarze benutzte und dabei wieder von seiner Peitsche Gebrauch machte. Welche Strafe mochte Dimitri in dem Fall treffen? Würde diese Marija ihm ein Kraut eingeben, das ihm einen gewaltigen Durchfall verschaffte? Oder würde sie den Stängel des Unheils, den er zwischen seinen Schenkeln trug, verdorren und unnütz werden lassen? Andrej lächelte boshaft, denn im Grunde seines Herzens vergönnte er Dimitri einige schlimme Tage. Dann aber stellte er sich vor, wie er und der übrige Hofstaat in dieser Zeit unter der Laune des Fürsten würden leiden müssen, und schüttelte sich.

Halb aus Neugier, halb aus dem Wunsch heraus, die geheimnisvolle Frau zu überwachen, folgte er Marie bis in die Herbergsküche und erwirkte für sie die Erlaubnis, eines der Herdfeuer und eine Pfanne zu benutzen. Interessiert sah er zu, wie sie die gesammelten Kräuter dörrte und einen Tee daraus zubereitete. Sie ließ den Aufguss ziehen und bat mit Andrejs Hilfe die Köchin, die wohl die Frau des Wirts war, um ein sauberes Tuch und einen Becher, den sie sorgfältig spülte und mit der nun grünlich braunen, stark riechenden Flüssigkeit füllte.

Dann wandte sie sich an Andrej. »Könnt Ihr mich zu Fürstin Anastasia führen, Herr?«

Andrej verstand den Namen, und da es um den kleinen Prinzen ging, war ihm klar, was die Fremde von ihm wollte. »Komm mit!«

Alika, die Lisa übernommen hatte, damit Marie hatte arbeiten können, folgte ihnen so hastig, als hätte sie Angst, von Marie getrennt und wieder ausgepeitscht zu werden. Andrej bemerkte, wie geschickt die Mohrin mit der Kleinen umging, und verglich sie in Gedanken mit Darja, diesem Trampel von Magd, der man die Pflege des kleinen Prinzen übertragen hatte. Bei Gott, dachte er, wenn Wladimir von einer solch aufmerksamen Kindsmagd versorgt würde, wären seine Aussichten ungleich höher, die kritischen Jahre zu überstehen.

III.

Erschöpft von der Fahrt unter dem heißen Verdeck des Reisewagens hatte die Fürstin sich ein wenig zur Ruhe gelegt. Aber sie konnte nicht schlafen, denn im Nebenzimmer schrie ihr Sohn sich beinahe die kleine Lunge aus dem Leib. Nach einer Weile erhob sie sich, rieb sich mit den Fingerspitzen über die schmerzenden Schläfen und sah ihre Leibdienerin vorwurfsvoll an. »Was hat Wladimir denn nur?«
»Er wollte vorhin nicht trinken. Die Kindsmagd sagt, die Ketzerin hat den kleinen Prinzen verhext!«
Die Fürstin schauderte bei diesen Worten, raffte sich aber rasch wieder auf. »Ich will meinen Sohn auf der Stelle sehen!«
»Sehr wohl, Herrin!« Die Dienerin lief in die Nachbarkammer und kehrte kurz darauf mit der Kindsmagd zurück, die das weinende Kind auf dem Arm trug und vergeblich versuchte, es zu beruhigen.
Voller Angst kniete sich das Mädchen vor Anastasia auf den Boden. »Ich weiß mir nicht mehr zu helfen, Herrin. Eurem Sohn geht es viel schlechter! Die Milch der Ketzerin hat ihn krank werden lassen.«
»Das habe ich vorausgesagt!« Der Beichtvater des Fürstenpaars

war auf die Unruhe im Frauentrakt aufmerksam geworden und eingetreten, ohne sich anmelden zu lassen.

Auf Anastasia wirkte er wie ein Mann, der es genoss, dass seine Prophezeiung sich zu bewahrheiten schien. Erschrocken starrte sie ihn an. »Bete für meinen Sohn, ehrwürdiger Vater!«

»Ich werde tun, was ich kann. Aber ich fürchte, Gott wird sich des Kindes nicht mehr erbarmen, denn es ist nun von dem Gift der Häretikerin durchdrungen.« Man konnte Pantelej ansehen, dass er überzeugt war, der Thronerbe läge bereits im Sterben, und nun fürchtete, man würde ihm die Mitschuld an seinem Tod geben.

Er bemerkte, dass er zu viel gesagt hatte, denn die Maske dienender Demut fiel von der Fürstin ab, und ihr Gesicht erstarrte in einem Ausdruck ungezügelter Wut. »Du schmähst Gott, Pope! Wie kann die Milch einer Ketzerin mächtiger sein als der allerheiligste Wille unseres Herrn. Bete zum ihm und zu allen Heiligen, dass mein Sohn gesund wird!«

Der Kirchenmann kroch unter den scharfen Worten in sich zusammen. Noch schützte ihn sein Amt vor dem Zorn der Fürstin, doch wenn die Griechin zu der Ansicht kam, er hätte es an der notwendigen Inbrunst fehlen lassen, und dies ihrem Gemahl einflüsterte, war ihm die Peitsche oder gar Schlimmeres sicher. Vielleicht würde man ihm vorwerfen, er wäre selbst mit jenen im Bund, die dem Kind Übles wollten, um die Thronfolge des fürstlichen Bruders Jaroslaw herbeizuführen. Der Henker von Worosansk hatte sein Handwerk bei den Tataren gelernt, und die wussten, wie man einen Menschen grausam zu Tode brachte.

Pantelej spürte, dass Anastasia ihren Zorn an ihm auslassen wollte, und atmete erleichtert auf, denn in diesem Augenblick erhob sich Andrejs Stimme vor der Tür. Der junge Edelmann, der meist nur Unfug im Kopf hatte, war ein geeigneteres Opfer für die Fürstin. Daher öffnete er schnell die Tür, so dass auch Anastasia sehen konnte, wie Andrej die beiden Krieger, die vor der Gangtür Wache hielten, einfach beiseite schob.

»Herrin!«, rief dieser und verbeugte sich in Richtung der Fürstin. »Die neue Amme des Prinzen kennt ein Mittel, um die Krankheit des Thronfolgers zu heilen, und daher habe ich sie hierher gebracht.«

Andrej hoffte inbrünstig, dass sein Vertrauen in Marija nicht vergebens war. Fürst Dimitri würde ihm sonst den Becher der Bitternis füllen und bis zur Neige austrinken lassen.

Die Fürstin entspannte sich ein wenig, denn innerlich war sie bereit, mit dem Teufel, den der Pope ständig beschwor, zu paktieren, um ihren Sohn zu retten. »Die Sklavin soll eine Heilerin sein?«

»Sie kennt die Kräuter, die dem Kind gut tun, und hat sie vorhin im Wald gesucht, während andere« – sein Blick streifte dabei die Kindsmagd – »in der Ecke saßen und Piroggen gegessen haben.«

»Bring sie herein!« In ihrer Aufregung vergaß Anastasia ganz, dass nur ihr Beichtvater ohne die ausdrückliche Erlaubnis des Fürsten ihr Schlafgemach betreten durfte.

Andrej wahrte jedoch die Sitte, indem er auf der Schwelle ihres Gemachs stehen blieb und Marie nach vorne schob. Leise wünschte er ihr Glück. »Wir werden es beide brauchen können! Wenn es schief geht, bekommst du die Peitsche zu spüren und mich wird Dimitri mit einer beleidigenden Botschaft an die Tatarenkhane oder gar zu Großfürst Wassili in Moskau schicken. Die sind schnell mit einem Todesurteil bei der Hand.«

Es war gut, dass Marie ihn nicht verstand, denn sonst hätte sie sich unsicher gezeigt und das Vertrauen der Fürstin sofort verspielt. So aber stellte sie ihren Tee auf ein Tischchen, nahm der Kindsmagd, die sie anstarrte, als wäre sie eben aus der Latrine gestiegen, den Prinzen aus den Armen und löste mit geschickten Händen die Binden und Wickel, die seinen Körper zusammenschnürten. Ihre Nase sagte ihr bereits, was ihre Augen ihr bewiesen: Wladimir war an diesem Tag noch kein einziges Mal frisch gewickelt worden. Sein Hintern war beschmutzt und wund, und frühere Ausscheidungen bildeten eine feste Kruste auf seiner Haut.

Marie fuhr herum und hielt die Windel der Kindsmagd so nahe vors Gesicht, dass diese zurückprallte. »So verrichtest du deinen Dienst am Sohn der Herrin, du faule Schlampe? Da ist es kein Wunder, dass der Kleine krank werden muss. Man sollte dir diesen Dreck um die Ohren schlagen, bis der Stoff in Fetzen hängt.« Sie warf der Magd das schmutzige Ding vor die Füße und forderte dann Alika auf, Lisa Andrej zu übergeben und ihr Wasser und frische Tücher zu bringen.

Bevor Andrej sich versah, hielt er das Kleinkind auf dem Arm und sah verblüfft, wie die Mohrin die Kammer verließ. Alika kam bald wieder zurück und half Marie, den Prinzen zu säubern und frisch zu wickeln. Die Fürstin und Pantelej starrten die Mohrin dabei an, als wollten sie sie eigenhändig dafür erwürgen, dass sie es gewagt hatte, ihnen unter die Augen zu treten, doch die Sorge um den Prinzen hinderte sie daran. Unterdessen nahm Marie ihren Heiltrank und begann ihn dem Jungen mithilfe des zu einem Docht gedrehten Tuchs einzuflößen. Wladimir verzog das Gesicht und spuckte zunächst, saugte dann aber an der Flüssigkeit und hörte fast schlagartig auf zu schreien. Als Marie ihre Brust entblößte und ihm eine der Milch spendenden Warzen bot, nuckelte er sogar ein wenig daran. Wenig später ließ er sich ohne Protest in seine Wiege betten und war eingeschlafen, ehe Marie ihn zudecken konnte. Den Geräuschen nach, die er von sich gab, schien er von schönen Dingen zu träumen.

»Das war Hexerei!«, kreischte die Kindsmagd und machte das Zeichen gegen den bösen Blick.

»Das waren ein paar Kräuter, du Närrin, die dir jeder Arzt hätte nennen können. Und jetzt halte den Mund, oder willst du, dass der Thronfolger aufwacht?« Andrej sprach mit gemäßigter Stimme, aber scharf genug, um die Magd zum Schweigen zu bringen.

»Bist du dir sicher, Andrej Grigorijewitsch, dass diese Frau dort keine Hexenkünste angewandt hat?«, fragte Pantelej vorwurfsvoll, denn das, was sich da unter seinen Augen abgespielt hatte, passte nicht in sein Weltbild.

»Vollkommen sicher! Ich war dabei, wie sie die Kräuter gesammelt hat, und sie kann sie gelehrten Männern nennen. Außerdem habe ich ihr über die Schulter geschaut, als sie den Tee zubereitet hat. Hexerei war da gewiss nicht im Spiel.«

Der Priester hatte Andrej bisher für einen vorlauten Bengel gehalten, der seinen Fürsten zu Kindereien aufstachelte. Nun aber nickte er, als hätte er soeben ein Urteil aus Salomons eigenem Mund vernommen. »Es gibt Frauen, die viele heilende Kräuter kennen. Dieses Weib mag eine Ketzerin sein, doch vielleicht hat Gott in seiner Güte sie zu uns geschickt. Wie du selbst gesagt hast, meine Tochter, steht sein Wille über allem. Wenn Gott will, dass dein Sohn am Leben bleibt, so kann ihm auch der Trank dieses Weibes nicht schaden. Wenn er aber stirbt, ist es der Wille des Herrn, dass der kleine Wladimir in den Himmel eingeht.«

Mit dem Gefühl, sich gut aus der Affäre gezogen zu haben, trat er zurück und überließ Andrej das Feld. Der hielt immer noch Lisa in den Armen, reichte sie nun an Marie weiter und deutete auf die Kindsmagd.

»Dieser Tochter einer Hündin würde ich deinen Sohn nicht länger anvertrauen, Herrin. Du hast selbst gesehen, dass sie ihn weder säubert noch für sein Wohl sorgt.«

»Du hast Recht, Andrej Grigorijewitsch! Darja ist es nicht wert, den Thronfolger länger zu versorgen. Ich …« Anastasia stockte und griff sich an den Unterleib. Seit einigen Tagen hatte sie wieder Schmerzen, vor allem, wenn ihr Gemahl im Ehebett etwas zu ungestüm zu Werke ging, und es fiel ihr immer schwerer, die ihr auferlegte Pflicht als Ehefrau zu erfüllen. Dabei hatte sie früher sogar Gefallen daran gefunden. Sie blickte die Ketzerin an, die mit ihrem Trank den Prinzen zumindest beruhigt hatte, und

fragte sich, ob dieses Weib wohl auch Kräuter kennen würde, die das stechende Ziehen in ihrem Unterleib lindern oder gar heilen konnten. Es war wichtig, dass dies bald geschah, denn sie wusste, dass sie Dimitris Forderungen nicht mehr lange würde erfüllen können, und das durfte in keinem Fall geschehen. »Wenn ich den Fürsten zurückweise, beleidige ich Gott und treibe meinen Gemahl schlechten Weibern in die Arme.«
Der Klang ihrer eigenen Stimme erschreckte sie, und sie sah sich um, ob jemand sie gehört hatte. Ihre Leibdienerin stand neben ihr und ihre Haushofmeisterin trat gerade mit fragender Miene ein. Beide musterten sie verwirrt, während Andrej von der Tür aus die Deckenbalken betrachtete, als wolle er sich die Schnitzereien dort oben einprägen, um ähnliche in seinem eigenen Haus in Auftrag zu geben.
Am meisten ärgerte die Fürstin sich jedoch über die bisherige Kindsmagd, die ihre Lippen hochzog, als wolle sie ihre Herrin verspotten. Nun schäumte sie auf. »Du Hündin hast mein Vertrauen missbraucht und den Thronfolger schlecht behandelt. Dafür wirst du bestraft werden!«
Die Magd starrte ihre Herrin für einen Augenblick entsetzt an, dann warf sie sich vor ihr zu Boden, griff nach dem Saum ihres Kleides und presste es an die Lippen. »Verzeih mir, Mütterchen! Ich habe immer brav auf den Prinzen Acht gegeben. Nur heute ist es mir wegen der Eile des Fürsten nicht gelungen, rechtzeitig die Windel zu wechseln. Wie hätte ich es denn tun sollen? Der Wagen hat so stark geschaukelt, dass mir der Prinz vom Schoß gerollt wäre!«
Mit einem schnellen Griff nahm Anastasia ihrer Haushofmeisterin den Stock ab und versetzte der Kindsmagd einen scharfen Hieb. »Das sind doch nur Ausflüchte! Mein Sohn wäre nicht krank geworden, wenn du richtig auf ihn Acht gegeben hättest. Was bist du nur für eine Kinderfrau, die nicht einmal die Kräuter kennt, die ihm gut tun?« Ein zweiter Schlag folgte und ein dritter.

Dann warf die Fürstin den Stock in die Ecke und setzte sich schwer atmend auf ihr Bett. Die Magd glaubte, das Schlimmste bereits überstanden zu haben, doch da winkte Anastasia ihre Hofmeisterin zu sich und wies auf das zitternde Mädchen.
»Diese Hündin soll die Knute spüren! Ich will, dass sie zwanzig Hiebe erhält. Sage dem Knecht, der die Peitsche führt, er würde die gleiche Anzahl Hiebe bekommen, wenn nicht jeder Schlag ins Fleisch geht.«
Marie vernahm die zornige Stimme der Fürstin, verstand aber nicht, um was es ging. Doch das Verhalten der Magd, die sich am Boden wand und schrie und flehte, als wolle sie einen Stein erweichen, verriet ihr genug.
Darjas Geschrei schien die Fürstin noch wütender zu machen. Das begriff auch die Magd, denn sie sprang auf und deutete mit der Rechten auf Marie. »Daran ist nur diese verfluchte Ketzerin schuld! Sie hat dich verhext und den Recken Andrej dazu, und auch den ehrwürdigen Vater Pantelej Danilowitsch! Der Teufel soll dieses schmutzige Weib holen!« Sie spuckte vor Marie aus, schüttelte sich noch einmal wie im Fieber und folgte der Haushofmeisterin ins Freie.
Die Fürstin achtete nicht mehr auf sie, sondern winkte Marie heran. »Verstehst du Russisch?«
Marie schüttelte den Kopf, obwohl sie die Bedeutung dieser Worte inzwischen kannte. Anastasia wechselte jetzt in eine andere Sprache, die Marie ebenso fremd war. »Kannst du vielleicht Griechisch?«
»Nein, Herrin, ich verstehe Euch nicht! Außer meinem Deutsch beherrsche ich nur ein wenig Latein und Tschechisch.« Da Latein die im Westen am meisten verbreitete Sprache war und jeder Priester und alle Gebildeten sie sprachen, wiederholte sie ihre Worte bruchstückhaft in dieser Sprache, in der Hoffnung, dass es wenigstens eine Person im Gefolge des fürstlichen Paares gab, die sie verstand. Anastasia zog hilflos die Schultern hoch und

blickte Andrej fragend an. Dieser hatte seine wenigen Brocken Latein von einem Gesandten des polnischen Königs Wladislaw Jagiello gelernt und kratzte nun das zusammen, an das er sich erinnerte. So gelang es ihm mühselig, sich mit der Sklavin zu verständigen.

»Sag ihr, dass ich sie wegen ihrer Kräuter in meiner Nähe haben will. Mich plagt schon seit Tagen ein Katarrh, der nicht weichen will«, befahl Anastasia. Das Letzte stimmte zwar nicht, denn Nase und Lunge der Fürstin waren so gesund, wie sie nur sein konnten, doch sie wollte Andrej nichts von ihren weiblichen Beschwerden verraten, da sie annahm, dass er ihre Worte an ihren Gemahl weitertragen würde.

Der junge Mann gab ihre Worte stockend und mit vielen Gesten weiter. Der angespannte Gesichtsausdruck der Fürstin zeigte Marie deutlich, dass dieser etwas auf der Seele lag. Um mehr zu erfahren, musste sie die hiesige Sprache lernen, und so bat sie Andrej um jemanden, der sie Russisch lehren konnte. Der Recke nickte versonnen und überlegte, wer für diese Marija als Lehrer in Frage kam. In Pskow und Nowgorod oder auch in Moskau wäre dies kein Problem gewesen, denn dort gab es genügend Leute, die Deutsch verstanden. Worosansk aber zählte nicht zu den bedeutenderen Städten Russlands, und er kannte niemanden, an den er sich hätte wenden können. Zu weiteren Überlegungen kam er nicht, denn eine Magd drängte herein und zupfte ihn keck am Ärmel seines Hemdes.

»Wo bleibst du, Andrej Grigorijewitsch? Der Fürst verlangt nach dir. Er will den hiesigen Bojaren aufsuchen.«

Andrej, der froh war, sich zurückziehen zu können, verneigte sich etwas knapper als bei seinem Auftauchen und verließ fluchtartig den Vorraum. Marie war stehen geblieben, sie wusste nicht, ob sie Andrej folgen oder bei der Fürstin bleiben sollte. Nun blickte sie Anastasia fragend an. Deren Geste forderte sie unmissverständlich auf, bei Wladimir zu bleiben und die Kinderfrau zu ersetzen.

Da Marie sich nicht gleichzeitig um beide Säuglinge kümmern konnte, deutete sie auf Alika und bat die Fürstin mit beredten Gesten, die Mohrin als Helferin behalten zu dürfen.

Es war nicht die erste Begegnung Anastasias mit einer dunkelhäutigen Frau, denn in ihrer Heimatstadt Konstantinopel waren schwarze Sklaven keine Seltenheit. Dennoch ekelte sie sich vor diesen Wesen, die in ihren Augen keine richtigen Menschen waren, und gab sich auch keine Mühe, ihre Gefühle zu verbergen. Am liebsten hätte sie die Mohrin weggeschickt, doch dann wurde ihr bewusst, dass diese ebenso wie die kräuterkundige Amme keine Freunde oder Verwandten in Russland hatte und allein auf ihre Gnade angewiesen war. Aus diesem Grund würden diese beiden Sklavinnen alles tun, um den Thronfolger bei bester Gesundheit zu erhalten. Um ganz sicherzugehen, wollte sie den beiden zeigen, was mit ihnen geschehen würde, wenn sie versagten. Sie winkte ihrer Haushofmeisterin und deutete auf Marie und Alika. »Bring die beiden Weiber in den Hof. Sie sollen zusehen, wie es jenen ergeht, die mir schlecht dienen!«

Die Matrone griff mit spitzen Fingern nach Maries und Alikas Ärmel und zog die Sklavinnen mit sich ins Freie. Auf dem kleinen Platz zwischen Küche, Stall und Haupthaus hatten sich die meisten anderen Bediensteten des Fürstenpaars und Knechte der Herberge versammelt und starrten auf die Stallwand.

Dort fesselte ein bulliger Mann mit kurz geschorenen Haaren in einem knielangen Kittel die in Ungnade gefallene Kindsmagd an einen der Ringe, durch die sonst die Zügel der Pferde geschlungen wurden. Dann riss er ihr den Kittel und das Hemd vom Leib, so dass man sehen konnte, wie sich ihr Körper verkrampfte und zitterte. Der Knecht trat mit einem musternden Blick zurück, als wolle er Maß nehmen, griff gemächlich nach einer Peitsche, die auf dem Rand der Tränke lag, und holte aus.

Die Riemen schnitten mit einem hässlichen, Marie nur allzu bekannten Geräusch in Darjas Fleisch. Schnell biss sie in ihre

Hand, um nicht ebenfalls laut aufzuschreien, denn ihr stand sofort wieder jener Tag vor Augen, an dem sie auf der Marktstätte von Konstanz an einen Pfahl gebunden und ausgepeitscht worden war. Ihr Rücken schmerzte bei jedem Hieb, den die Kindsmagd erhielt, als treffe die Peitsche sie selbst, und sie wäre am liebsten zu der Frau geeilt, um sie zu trösten und ihr zu sagen, wie sehr sie mit ihr fühlte.

Während Marie noch überlegte, welche Kräuter sie benötigte, um Darja die Schmerzen zu erleichtern und die Wunden besser heilen zu lassen, fiel der letzte Schlag und der Mann band die blutende Magd los. Diese hielt sich an dem Ring fest, drehte sich um und bedachte die Fremde, die in ihren Augen an ihrem Unglück schuld war, mit einem mörderischen Blick. In dem Augenblick begriff Marie, dass sie zwar die wankelmütige Gunst der Fürstin errungen, sich gleichzeitig aber eine Todfeindin geschaffen hatte.

IV.

Als Andrej die Halle betrat, überkam ihn das Gefühl, lieber einem ausgewachsenen Bären gegenüberzustehen als seinen Fürsten begleiten zu müssen. Dimitris Gesichtsausdruck verhieß nichts Gutes.

Andrejs böse Vorahnung verstärkte sich, während er sich zu den übrigen Gefolgsleuten gesellte, die sich um den Fürsten von Worosansk geschart hatten. Die Zeit seit ihrer Ankunft hatten die meisten dazu genutzt, so viel Wein oder Kwass in sich hineinzuschütten, wie es ihnen möglich gewesen war. Dimitris Augen wirkten so starr, als beständen sie aus Glas, und diesmal schien sogar Lawrenti, der sich sonst eher zurückhielt, zu viele Gläser geleert zu haben. Selbst der Pope schwankte, als hätte er mit den anderen um die Wette getrunken.

Dimitri schnaubte, als er Andrejs gewahr wurde. »Da bist du ja endlich! Wieso lässt du mich warten? Du weißt doch, dass ich dich brauche. Zur Strafe bekommst du keinen Kwass, sondern musst warten, bis wir im Haus des Bojaren sind. Oder glaubst du, ich würde den Besuch bei Sachar Iwanowitsch deinetwegen aufschieben?«

Einige seiner Getreuen begannen zu lachen und verspotteten Andrej. Normalerweise hätte der junge Mann ihnen ein paar bissige Bemerkungen an den Kopf geworfen, aber an diesem Tag war ihm nicht nach Scherzen zumute. Er verneigte sich stumm, drehte sich um und stiefelte zur Tür.

Nun stimmte Dimitri in das Lachen seines Gefolges ein. »Seht ihn euch an! Der gute Andrej hat es nun aber eilig, einen gefüllten Becher in die Hand zu bekommen.«

»Der Durst treibt jeden Ochsen zur Tränke. Ich glaube aber nicht, dass es unser Brüderchen Andrej nach Wasser gelüstet.« Wasja, der oft das Opfer der fürstlichen Scherze geworden war, bog sich vor Lachen.

Andrej beachtete ihn nicht, sondern blieb neben der Tür stehen, bis der Fürst sie durchschritten hatte, und folgte ihm als Erster. Draußen schlossen sich ihnen Dimitris bevorzugte Leibwächter an. Es waren Tataren aus dem Stamm Terbent Khans, dem es gelungen war, sich nach dem Zerfall der Goldenen Horde in die Khanate Kasan, Astrachan und jenes auf der Halbinsel Krim seine Unabhängigkeit zu bewahren und ein Reich am oberen Don aufzubauen.

In Terbent Khans Reich war das fremdartige Aussehen der Tataren für Andrej kein Problem gewesen, doch ihnen auf russischem Boden zu begegnen bereitete ihm jedes Mal ein gewisses Unbehagen. Selbst die Tatsache, dass die Gardisten spitze Helme und eiserne Plattenpanzer nach russischer Art trugen, änderte nichts an seinem Widerwillen gegen diese Männer.

Der Fürst bemerkte Andrejs Abscheu, den dieser mit den meisten Gefolgsleuten teilte, und lächelte zufrieden. Da die Tataren seinen Leuten verhasst waren, mussten sie sich sein Wohlwollen erhalten und ihm umso treuer dienen. Böse lächelnd schwang er sich in den Sattel seines Hengstes, denn für einen Mann seines Standes ziemte es sich nicht, die halbe Pfeilschussweite, die ihn vom Gehöft des Bojaren trennte, wie ein Bauer zu Fuß zurückzulegen. Seine Edelleute folgten ihm ebenfalls hoch zu Ross, und im Hof des Anwesens, in das sie einritten, warteten schon Knechte darauf, die Zügel der Pferde zu übernehmen. Mägde in langen Hemden mit bunt bestickten Säumen traten auf die Besucher zu und reichten zuerst dem hochrangigsten Gast einen großen Becher mit einer scharf riechenden Flüssigkeit. Dimitri nahm das Gefäß entgegen, war aber zu misstrauisch, um daraus zu trinken.

Sachar, der Herr des Dorfes, näherte sich ihm mit einem freundlichen Lächeln. »Sei mir willkommen, Fürst Dimitri Michailowitsch! Ich habe bereits Befehl gegeben, den Tisch zu decken, damit du speisen kannst, wie es einem hohen Herrn wie dir gebührt. Das hier ist guter Branntwein, wie ihn die Mönche aus dem Westen machen.«

»Ein Ketzergetränk?« Dimitri sah aus, als würde er die Flüssigkeit dem Bojaren am liebsten vor die Füße schütten.

Sein Gastgeber nahm ihm den Becher schnell aus der Hand und trank einen Schluck. »Das schmeckt herrlich, Dimitri Michailowitsch! Willst du nicht doch davon kosten?«

Dieser Aufforderung konnte der Fürst von Worosansk nicht widerstehen. Er setzte den Becher an die Lippen, nahm einen großen Schluck, wie er es gewohnt war, und begann heftig zu husten. »Was für ein Teufelszeug! Das verbrennt einem die Kehle bis in den Magen.«

»Aber ja, Väterchen. Diesen feinen Tropfen musst du auf eine andere Weise trinken als Wein. Schau, wie ich es mache.« Sachar ließ sich einen Becher reichen und schüttete den Branntwein in einem Zug hinunter. Danach stieß er geräuschvoll auf und winkte einer Magd, die mit einem großen Krug hinter ihm wartete, nachzuschenken. Der Fürst versuchte, es ihm gleichzutun. Zwar hatte er auch diesmal das Gefühl, sich den Mund und die Kehle zu verbrennen, doch das warme Gefühl, das sich in seinem Bauch ausbreitete, entschädigte ihn reichlich. Er genehmigte sich einen weiteren Schluck und ließ sich von seinem Gastgeber in die Halle führen. Den Begleitern des Fürsten wurde nun ebenfalls Branntwein angeboten, und da keiner hinter Dimitri zurückstehen wollte, leerte sich der Krug, den die Magd zuerst mit beiden Händen hatte tragen müssen, in kürzester Zeit.

Auch Andrej trank einen Becher, da er aber seit dem frühen Morgen nichts mehr gegessen hatte, bemerkte er sofort, dass dieses Getränk ihm unangenehm zu Kopf stieg. Daher ließ er sich nichts mehr einschenken, sondern folgte seinem Herrn. Als er durch die Tür trat, saß Fürst Dimitri bereits auf dem Ehrenplatz am Kopfende einer großen, zweireihigen Tafel, die mindestens fünfzig Leuten Platz bot und beinahe die gesamte Länge der aus wuchtigen Holzstämmen errichteten Halle einnahm. Hölzerne Säulen stützten das Dach, und auf einem umlaufenden Podest an den Wänden lagen Säcke, die mit duftendem Heu gefüllt waren, und Decken aus warmen, mit Lederriemen aneinander gehefteten Schaffellen, die dem Gefolge des Bojaren und seinen Gästen als Betten dienten.

Diese Einrichtung wirkte altmodisch und vertraut zugleich. Andrej konnte sich daran erinnern, dass der zentrale Saal im Kreml von Worosansk in seiner Kinderzeit ähnlich ausgesehen hatte. Fürst Dimitris Vater hatte jedoch Bilder von modernen Palästen gesehen und einen griechischen Baumeister beauftragt, ihm eine neue Residenz zu schaffen. In Worosansk gab es nun Kamine an den Wänden und mit Steinplatten bedeckte Fußböden. Hier bestand der Boden noch aus gestampftem Lehm, und zwischen den

beiden Tafelreihen befanden sich drei kreisrunde, offene Feuerstellen, die jetzt im Sommer wie schwarze Löcher wirkten. An der hinteren Stirnwand war Scheitholz bis fast zur Manneshöhe aufgeschichtet, so dass die Feuer jederzeit entfacht werden konnten, aber derzeit zogen der Hausherr und seine Gäste es vor, sich mit starken Getränken zu wärmen.
Andrej fiel auf, dass keine einzige Frau zu sehen war. Natürlich hielten diese sich normalerweise im Terem auf, einem abgeschlossenen Teil des Anwesens, das Gäste nicht ohne die Erlaubnis des Hausherrn betreten durften. Dennoch hätte die Sitte es dem Bojaren geboten, Fürst Dimitri seine Ehefrau vorzustellen, die dem hochgestellten Gast und seinen engsten Gefolgsleuten einen Willkommenskuss geben musste, um die Friedfertigkeit des Gastgebers zu demonstrieren. Auch reichte man ihnen kein Brot und kein Salz, wie ehrliche Gastfreundschaft es erforderte. Dafür eilten hier Knechte mit großen Krügen herum, die den Besuchern pausenlos Kwass, Bier und vor allem Branntwein anboten. Fürst Dimitri und seine Begleiter konnten kaum so rasch trinken, wie ihnen nachgeschenkt wurde.
Andrej versuchte, es den anderen gleichzutun, spürte aber schnell, dass sein Kopf sich anfühlte, als würde er in wirbelnde Wolken gebettet. Um seinen restlichen Verstand nicht auch noch zu betäuben, stellte er sich betrunkener, als er war, und verschüttete fast die Hälfte des teuren Branntweins. Der Bojar bemerkte seinen scheinbar schon recht fortgeschrittenen Grad der Trunkenheit und gab seinen Knechten ein Zeichen. Daraufhin schenkten die Männer ihm nur noch Kwass ein, dessen berauschende Kraft sich bei weitem nicht mit dem Teufelsgetränk der Lateiner messen ließ.
Fürst Dimitri trank den starken Branntwein wie Wasser. Jedem anderen hätte der Rausch die Zunge gelähmt, doch seine Stimme wurde lauter und fordernder. Bald lenkte der Bojar das Gespräch, das sich zunächst nur um allgemeine Dinge gedreht hatte, auf die

Politik und schnitt dabei Themen an, die viel Diplomatie erforderten.

»Bist du nicht auch der Meinung, dass Russland einen erwachsenen Großfürsten benötigt, einen Mann, der mit dem Polenkönig und den Khanen der Tataren von Gleich zu Gleich verhandeln kann? Was aber haben wir? Ein Kind, dessen Vormund der gleiche Litauer ist, der unserem heiligen Russland neben anderen Städten das unvergleichliche Smolensk entrissen hat!« Bei diesen Worten zwinkerte der Bojar Dimitri verschwörerisch zu.

Andrej bemerkte den lauernden Ausdruck auf Sachars Gesicht und wollte seinem Fürsten raten, sich mit seinen Antworten zurückzuhalten. Doch Dimitri befand sich bereits in einem Stadium, in dem er sich jede Einmischung verbieten und den Sprecher mit drastischen Strafen belegen würde. So blieb ihm nichts anderes übrig, als stumm zuzuhören, wie sein Herr über Vytautas von Litauen, den Großvater des jungen Moskauer Großfürsten, und über diesen selbst herzog.

»Noch stützt die litauische Macht Wassili, doch Vytautas ist ein alter Mann und kann schon bald sterben. Dann werden die Verhältnisse in Russland neu geordnet, sage ich dir, Söhnchen. Auf ewig wird sich Juri, der Sohn des Dimitri Donskoj, nicht mit dem Bettel Galic abspeisen lassen, den sein Neffe ihm zugesteht. Hat er Wassili Wassiljewitsch nicht schon einmal aus Moskau vertrieben? Juri hätte die Stadt und damit auch die Großfürstenwürde behalten können, wenn der Litauer sich nicht gegen einige seiner Verbündeten gestellt hätte, so dass diese ihre Krieger abziehen mussten. Nur durch diesen Verrat ist es Wassilis Heerführern gelungen, sich wieder in den Besitz der Stadt zu bringen.«

Dimitri hatte sich in Rage geredet und gab, von seinem Gastgeber geschickt gelenkt, all seine Pläne und Überlegungen zum Besten. Das, was geheim hätte bleiben müssen, wurde nun vor vielen Ohren ausgebreitet, und die meisten seiner betrunkenen Gefolgsleute stimmten Dimitri lauthals zu. Selbst Pantelej ließ Spitzen

los auf den kindlichen Großfürsten und dessen obersten Berater, den Metropoliten Foti. Lawrenti schien als Einziger wieder nüchtern zu werden, denn er versuchte verzweifelt, seinen Fürsten zur Vernunft zu bringen, zog sich damit aber dessen Unmut zu und wurde zuletzt sogar von dem wütend auffahrenden Dimitri aus der Halle gewiesen.
Früher hatte Andrej sich mit den anderen Gefolgsleuten amüsiert, wenn sein Onkel wieder einmal ins Fettnäpfchen getreten war, und wohl am lautesten gelacht. Damals hatte er jedoch noch nicht begriffen, warum Lawrenti dem Fürsten so häufig widersprach, obwohl es doch bequemer war, sich dessen Meinung zu eigen zu machen. An diesem Abend verstand er zum ersten Mal, was den alten Mann bewegte, und leistete ihm im Stillen Abbitte. Es gehörte zu den Aufgaben eines ehrlichen Ratgebers, Kritik zu üben, um gefährliche Entwicklungen zu verhindern. Dimitri aber war für keinen Rat empfänglich, sondern verstieg sich zuletzt sogar in Zukunftsaussichten, in denen er sich selbst als Fürst von Smolensk sah, das man den Litauern bald wieder abnehmen würde. Seinem Gastgeber bot er großzügigerweise sein eigenes Fürstentum als Belohnung an, wenn dieser sich mit seinen Leuten und all seinen Freunden auf die Seite Juris, des Fürsten von Galic, schlagen würde.
»Gib mir Branntwein! Diesen Kwass können die Knechte saufen!« Da Andrej sich keinen anderen Rat mehr wusste, Dimitri zum Schweigen zu bringen, sprang er auf und schleuderte den vollen Krug Kwass quer durch die Halle.
Sachar sah den Fürsten kopfschüttelnd an. »Dein Gefolgsmann hat heute wohl schon kräftig gebechert, Väterchen!«
Dimitri winkte lachend ab. »Der gute Andrej Grigorijewitsch verträgt rein gar nichts. Den könnte selbst dein Weibchen unter den Tisch trinken.«
Ungewollt bot er Andrej damit die Möglichkeit, das Wort an sich zu reißen. »Wie gut, dass du gerade das Weib unseres Freund-

chens erwähnst! Wo ist sie eigentlich? Warum kommt sie nicht, um uns willkommen zu heißen? Oder ist das Schwesterchen bereits zu Mütterchen Anastasia geeilt, um ihr, wie es sich gehört, ihre Ehrerbietung zu übermitteln? Immerhin ist Fürstin Anastasia nicht nur Väterchen Dimitris Weib, sondern auch eine Tochter des allererhabendsten Zaren von Konstantinopel.«
Ganz so nahe, wie Andrej vorgab, war Anastasia nicht mit dem oströmischen Kaiser verwandt, doch der gastgebende Bojar krümmte sich mit einem Mal, als habe er Leibgrimmen. »Leider geht es meiner Alten heute gar nicht gut. Sie konnte bereits am Morgen nicht aufstehen, denn sie hat ganz geschwollene Beine, und die wollen sie nicht tragen. Verzeih daher, dass sie weder dich noch deine Gemahlin begrüßen kann, Väterchen Dimitri Michailowitsch.«
Dimitri kniff die Augen zusammen und versuchte einen klaren Gedanken zu fassen. Langsam begriff er, dass das Weib des Bojaren ihm und seiner Ehefrau nicht die Achtung entgegengebracht hatte, die ihnen zustand. »Wenn dein Weib nicht kommen konnte, so hätte deine Tochter uns Brot und Salz reichen müssen.«
Sein Gastgeber schluckte mehrfach, um Zeit für Überlegungen zu erhalten, hob dann die Hände und sah Dimitri flehentlich an. »Verzeiht, aber meine älteste Tochter ist bereits verheiratet und lebt bei ihrem Mann in Serpuchow, und meine Jüngste ist noch zu klein.«
Da Dimitri zu lange brauchte, um einen Gedanken zu fassen, fuhr Andrej scheinbar empört auf. »Ich muss sagen, du bist ein unhöflicher Patron, mein Freund! Ein Weib aus deiner Verwandtschaft wäre gewiss in der Lage gewesen, Sitte und Gebrauch zu erfüllen. Doch du hast uns empfangen wie Leute, die man lieber wieder gehen sieht, und nicht wie geehrte Gäste. Schäme dich!«
Er wusste, dass er ein gefährliches Spiel spielte. Wenn Sachar es auf einen Kampf anlegte, waren sie in einer beinahe ausweglosen

Situation. Bis Dimitris Tataren eingreifen konnten, die in ihre Quartiere zurückgekehrt waren, um den Gastgeber nicht durch ihre Anwesenheit zu beleidigen, würden die Männer des Bojaren sie bereits überwältigt haben. Ein Aufblitzen in Sachars Augen verriet Andrej, dass er mit seiner Befürchtung nicht falsch lag, und er begriff, dass er rasch handeln musste. Der Bojar stand auf, wohl um seinen Leuten den Befehl zu erteilen, die Worosansker niederzumachen, doch ehe er ein Wort über die Lippen brachte, fuhr Andrejs Klinge mit einem hässlichen Schaben aus der Scheide und zielte auf Sachars Hals.

»Du wirst uns jetzt Brot und Salz bringen lassen, mein Freund, und dann auf gute russische Art mit uns Brüderschaft trinken!« Sachar Iwanowitsch erblasste. Selbst wenn die Gastfreundschaft erzwungen wurde, war ihr Gesetz heilig, und ein Bruderschwur würde ihn auf Gedeih und Verderb mit dem Fürsten von Worosansk verbinden. »Salz und Brot lasse ich euch bringen, doch schwören werde ich nichts!« Seine Miene zeigte, dass er eher bereit war, sich die Kehle durchstoßen zu lassen, als nachzugeben.

Andrej war froh, dass sich ihm wenigstens die Gelegenheit bot, das Gastrecht für seinen Herrn und den ganzen Reisezug einzufordern. Wohl konnte ihr Gastgeber sie auch dann noch überfallen und ermorden lassen, doch damit würde er das Gesicht vor seinen Gefolgsleuten verlieren, und im fernen Moskau würden der junge Wassili und seine Berater sich fragen, was der Treueschwur eines Vasallen wert war, der das heilige Gastrecht gebrochen hatte.

Sachar war sich der verzwickten Situation durchaus bewusst. Doch da ihm nichts anderes übrig blieb, befahl er einem seiner Männer mit sichtlichem Widerwillen, seine Frau zu holen, damit diese Brot und Salz überbringen konnte.

Der Knecht kehrte bald mit einer kleinen, molligen Frau zurück, die über mehreren Unterkleidern einen bodenlangen Sarafan trug. Sie trat vor ihren Ehemann und stemmte die Fäuste in die

Hüften. »Wieso soll ich diesen Worosansker Lümmeln jetzt doch Brot und Salz reichen? Vorhin hast du es mir noch ausdrücklich verboten.«

Andrej hätte die Frau umarmen können, denn mit ihrem unbeabsichtigten Geständnis hatte sie das Doppelspiel ihres Ehemanns aufgedeckt. Innerlich schlug er sich selbst auf die Schulter, ohne sein Eingreifen wären er, Dimitri und die anderen wahrscheinlich schon tot oder im besten Fall Sachars Gefangene. Verschwommen erinnerte er sich nun, dass der frühere Bojar dieses Dorfes vor zwei Jahren abgesetzt und durch einen moskautreuen Mann ersetzt worden war, und fluchte über sich selbst, weil er nicht schon früher daran gedacht hatte. Fürst Dimitri hatte den Wechsel der Machtverhältnisse wohl nicht als wichtig erachtet oder war zu schnell betrunken gewesen, sonst hätte er sich nicht als erbitterter Feind Moskaus offenbart und seine Pläne preisgegeben.

Jetzt war Andrej froh, dass sein Fürst den Reisezug auf dem Rückweg beinahe unmenschlich hart angetrieben hatte, denn ihr schnelles Auftauchen musste Sachar überrascht haben. Andernfalls hätte Wassilis Vasall ihnen gewiss mit ausreichender Kriegermacht aufgelauert. Wahrscheinlich waren bereits die Scharen anderer moskautreuer Bojaren auf dem Weg hierher, um Sachar zu unterstützen. Dimitri und seine Leute würden Acht geben müssen, auf dem Rest des Weges nicht in einen weiteren Hinterhalt zu geraten.

Er schnaubte bei dem Gedanken und wandte sich wieder der Gegenwart zu. »Was ist jetzt, wo bleiben Salz und Brot?«

»Ich hole es schon!« Die Hausfrau drehte sich um und wollte die Halle verlassen.

Andrej rief sie zurück. »Du bleibst hier, Weib! Schick eine Magd.«

Sachar hob in hilfloser Wut die Fäuste. »Du bist schlimmer als ein Wolf, Andrej Grigorijewitsch!«

Andrej lachte auf. »Besser ein wachsamer Wolf als ein unachtsamer Bär!«

Dimitris Gesichtsausdruck ließ Andrej seine Bemerkung bedauern, denn der Fürst schien die Worte auf sich zu beziehen, und sein Blick versprach, dass er seinen Gefolgsmann für diesen Ausspruch noch zur Rechenschaft ziehen würde. Andrej seufzte; in dieser schwierigen Lage war es ihm nicht möglich, auch noch auf Dimitris Befindlichkeiten einzugehen. Zu seiner Erleichterung kehrte die Magd, die Sachars Weib ausgeschickt hatte, nach wenigen Augenblicken zurück und reichte der zitternden Hausfrau das Holzbrett, auf dem Brot und Salz lagen. Diese trat auf Fürst Dimitri zu und reichte ihm die Gabe, wollte Andrej jedoch ausweichen.

Als er sie mit der freien Hand aufhalten wollte, fuhr sie ihn an. »Solange du meinem Männchen die Waffe an die Kehle hältst, bekommst du nichts!«

»Her mit dem Brot, sonst stoße ich zu!« Andrej war sich bewusst, dass er der einzige Mann aus Dimitris Gefolge war, der noch auf den Beinen stehen konnte, und wenn er den Bojaren umbrachte, würden dessen Leute ihn und seine Gefährten mühelos in Stücke hacken.

Das Weib aber sah nur die entschlossene Miene des Worosansker Recken und ließ sich einschüchtern. Mit bebenden Händen hielt sie ihm das Tablett hin. Andrej riss mit der Linken ein wenig Brot vom Laib, tunkte es in das Salz und aß es, ohne Sachar aus den Augen zu lassen. Dann befahl er ihr, auch den anderen in Salz getauchte Brotstücke zu reichen, wagte aber nicht, sich umzudrehen und ihr Tun zu kontrollieren.

Als sie wieder an die Seite ihres Mannes trat, blickte Andrej Sachar drohend an. »Du wirst deinem Weibchen nun befehlen, unverzüglich Fürstin Anastasia in ihrem Quartier aufzusuchen und über Nacht dort zu bleiben, und zwar mit zwei eurer jüngeren Kinder!«

Mit dem Mut des Bojaren stand es nicht besser als mit dem seiner Frau, und er befahl ihr, Andrejs Befehl zu gehorchen. Während das Weib der Magd, die das Brot gebracht hatte, Anweisungen gab, schwankte Sachars Miene zwischen Wut, Angst und Enttäuschung. Offensichtlich hatte er sich Hoffnungen gemacht, für Dimitris Gefangennahme von dem Moskauer Großfürsten mit der Herrschaft über Worosansk belohnt zu werden.

Da Andrej jemanden benötigte, der ihm das Eintreffen der Bojarenfrau bei Fürstin Anastasia bestätigen konnte, warf er nun doch einen kurzen Blick in die Runde. Der Anblick ließ ihn bitter auflachen. Trotz der bedrohlichen Situation waren die meisten Worosansker Edelleute von ihren Sitzen gerutscht und schnarchten betrunken vor sich hin. Bei einigen war sogar noch das Brotstück zu sehen, welches Sachars Weib ihnen zwischen die Lippen gesteckt hatte. Dimitri war zwar noch wach, sah aber so aus, als würde ihm der erste Atemzug an der frischen Luft den Rest geben. Daher wandte Andrej sich an Pantelej, der zwar nicht weniger getrunken hatte als die anderen, es anscheinend jedoch besser vertrug.

»Kannst du die Frau zur Fürstin begleiten und dafür sorgen, dass sie von unseren Wachen dort festgehalten wird, ehrwürdiger Vater?«

Der Priester kniff die Augen zusammen, als blende ihn das rote Licht der untergehenden Sonne, das durch ein offenes Fenster hereinfiel. Dann riss er sich sichtlich zusammen, blickte Sachar an und drohte ihm mit der Faust. »Dich sollte man erschlagen wie einen räudigen Hund, du Verräter!«

Zu Andrejs Erleichterung beließ er es jedoch bei der Drohung und wies die Ehefrau des Bojaren an, vorauszugehen. Das Weib blickte Andrej furchtsam an und deutete auf zwei Mägde, die ihm nun ein etwa sechs Jahre altes Mädchen und einen vielleicht zwei Jahre jüngeren Knaben präsentierten. Als er zustimmend nickte, schien eine Last von ihr abzufallen, und sie schob die

Mägde vor sich her, während der Pope den Frauen mit grimmigem Gesicht folgte.
Als die Schritte der Gruppe verklungen waren, wagte Andrej, das Schwert abzusetzen. Im gleichen Moment machte Sachar eine Bewegung, als wolle er sein Gefolge rufen, um trotz der mit Brot und Salz besiegelten Gastfreundschaft und ohne Rücksicht auf Weib und Kinder die Worosansker erschlagen zu lassen. Da aber drängten Dimitris tatarische Leibwächter in die Halle, die wohl von Pantelej alarmiert worden waren. Auch ihnen sah man an, dass sie reichlich Branntwein und Kwass genossen hatten. Doch sie waren noch in der Lage, ihre Schwerter zu schwingen, und schienen sich darauf zu freuen, Sachar und seine Leute niederzumetzeln und das Dorf über den Köpfen der Bewohner anzuzünden.
Nun schien Fürst Dimitri sich stark zu fühlen, denn er fuhr herum und schlug dem Bojaren ins Gesicht. »Jetzt wirst du für deinen Verrat bezahlen, du Hund!«
Sachar prallte zurück und betastete seine blutenden Lippen. Bevor der Fürst ein weiteres Mal zuschlagen konnte, war Andrej neben ihm. »Halte ein, Herr! Du hast Brot und Salz bei ihm gegessen.«
»Weil du mich dazu gebracht hast!«, schnauzte Dimitri ihn an und hob die Hand, als wolle er Andrej ein paar kräftige Ohrfeigen versetzen. Dann ließ er den Arm mit einem Fluch sinken und fasste sich an den Kopf, als werde ihm der Schädel zu schwer. Gleichzeitig verfärbte sich sein Gesicht ins Grünliche und er begann zu würgen.
Während der Fürst sich geräuschvoll erbrach, packte Andrej den Bojaren und schüttelte ihn. »Du Hund hast meinen Herrn vergiftet!«
»Bei der Heiligen Jungfrau, nein! Dimitri Michailowitsch hat nur zu viel getrunken. Der Branntwein ist sehr stark!«
»So? Ist er das? Das werden wir gleich sehen! Füll deinen Becher

aus dem Krug, der vor Fürst Dimitri steht, und leere ihn so oft, bis kein Tropfen mehr vorhanden ist. Morgen früh wirst du mit deinem ältesten Sohn und fünf Begleitern zu unserem Quartier kommen und uns zwei Tagesreisen weit begleiten.«
Der Bojar schüttelte sich. »Wenn ich so viel trinken muss, werde ich morgen nicht reiten können.«
»Dann schnallen wir dich bäuchlings auf dein Pferd. Und jetzt sauf, du Hund, bevor ich es mir anders überlege und dich den Tataren überlasse.«
Ein entschlossenerer Mann als Sachar Iwanowitsch hätte das Blatt vielleicht noch wenden können. Doch der Anblick der tatarischen Leibwächter, die schon darüber nachzudenken schienen, wie sie ihn am grausamsten zu Tode foltern konnten, hielt den Bojaren von jeglichem Versuch ab, Widerstand zu leisten. Auch schien er anzunehmen, dass Andrej nicht vorhatte, das von ihm erzwungene Gastrecht zu brechen, denn wenn der junge Mann sich ehrlos erwies, würde auch Dimitri von Worosansk bei seinen Verbündeten als ein Mann gelten, dessen Wort nichts wert war.
Noch während Sachar versuchte, sich an die neue Situation zu gewöhnen, betrat Andrejs Onkel Lawrenti mit einem Dutzend gut gerüsteter und offensichtlich fast nüchterner Waffenknechte den Saal.
»Was ist geschehen?«, fragte er seinen Neffen.
Fürst Dimitri wankte auf seinen Berater zu und klopfte ihm auf die Schulter. »Der gute Sachar Iwanowitsch wollte uns verraten, aber zum Glück habe ich es früh genug bemerkt.«
Lawrentis Blick wanderte zwischen Dimitri, der nach Alkohol und Erbrochenem roch, und Andrej hin und her. Der verbissene Gesichtsausdruck seines Neffen und der Zustand des Fürsten verrieten dem erfahrenen Mann, was sich tatsächlich zugetragen hatte. Doch er nickte gleichmütig, als spräche sein Herr die reine Wahrheit, und befahl zwei Knechten, das Pferd des Fürsten sat-

teln zu lassen und Dimitri zu dem Anwesen zu begleiten, in dem sie untergebracht waren.

Die Tataren umringten den Fürsten, als dieser die Halle verließ und sich dabei von zwei Waffenknechten stützen lassen musste. Lawrenti wartete, bis sein Herr und seine Garde außer Sicht waren, und wandte sich dann Andrej zu. »Täusche ich mich, oder hast du eben einen Ansatz von Verstand gezeigt? Das ist gut für dich, doch erwarte von Dimitri Michailowitsch keinen Dank. Ich fürchte, er wird dir diesen Abend noch lange nachtragen.«

Andrej ging nicht auf seine Bemerkung ein. »Wir müssen heute Nacht Wachen aufstellen und das Dorf morgen bei Tagesanbruch verlassen. Ach ja, ich habe den guten Sachar Iwanowitsch eingeladen, ein Stück weit mit uns zu reiten. Vorher aber soll er noch kräftig auf unser aller Wohl trinken. Komm, mein Freund, lass dir den Becher füllen.«

Der Bojar erstickte fast an seiner Wut, doch ihm blieb nichts anderes übrig, als den Becher entgegenzunehmen, den ein Worosansker Knecht ihm gefüllt hatte, und ihn bis zur Neige zu leeren. Es war der erste in einer langen Reihe, denn Andrej setzte seine Absicht in die Tat um, den Mann so betrunken zu machen, dass dieser nicht in der Lage war, vor Anbruch des Tages einen klaren Gedanken zu fassen.

V.

Marie bemerkte die Schatten der drohenden Gefahr erst, als der Pope Sachars Weib Fürstin Anastasia vorstellte und Lawrenti kurz darauf an der Spitze etlicher Krieger die Herberge verließ. Wenig später wurde Dimitri ins Haus gebracht. Zunächst glaubte Marie, er sei verwundet, denn er wurde von zwei Knechten getragen. Dann aber nahm sie den Geruch nach Erbroche-

nem wahr und begriff, dass der Fürst sich bis zur Bewusstlosigkeit betrunken hatte. Als man ihn auf sein Bett legte, erbrach er sich erneut, und seine Helfer hatten Mühe, ihn vor dem Ersticken zu bewahren.
Im Unterschied zu dem Herrn von Worosansk wirkten Lawrenti und Andrej, die kurz nach ihm eintrafen, erstaunlich nüchtern. Lawrenti redete auf einige Krieger ein, die ihn begleitet hatten und nun ihre Waffen fester fassten. Dann eilten vier von ihnen hinaus, als wären sie zur Wache eingeteilt. Marie fragte sich, was geschehen sein mochte, denn der beinahe herzliche Empfang in diesem Ort hatte sie annehmen lassen, die Worosansker befänden sich unter Freunden. Sie verstand jedoch viel zu wenig Russisch, um sich einen Reim auf die Vorgänge machen zu können. Als sie versuchte, Andrej auf die Situation anzusprechen, gab der junge Edelmann nur ein unwirsches Brummen von sich, und Marie stellte fest, dass sein Körper gespannt war wie eine Bogensehne.
Enttäuscht wandte sie sich ab. In dem Augenblick zupfte jemand sie am Ärmel. Sie drehte sich um und sah Alika vor sich. »Was machen? Sollen weggehen?«
Marie drehte die Handflächen nach oben und zog die Schultern hoch. »Nein! Dafür ist es viel zu früh. Wir wissen nicht einmal, in welchem Land wir uns befinden und welcher Weg nach Hause führt.«
Alikas Lippen zuckten, als wolle sie in Tränen ausbrechen. Sie litt unter den verächtlichen Gesten und der Art, in der die Mägde in ihrer Gegenwart über sie sprachen, als wäre sie ein unverständiges Tier. Auch flößten ihr die sichtliche Abscheu des Popen und die Blicke der übrigen Männer Angst ein. Einige verzogen ihre Mienen, als bestünde sie aus Hundedreck, und die anderen schienen zu überlegen, wo sie sie ungesehen in eine dunkle Ecke zerren konnten. Doch sie vertraute Maries Urteil.
Mit einem etwas ängstlichen Lächeln deutete sie in eine Ecke des

Raumes, in der es noch einen freien Schlafplatz gab. »Gehen Bett wir beide. Besser.«

Marie nickte ihr aufmunternd zu, sah sich aber noch einmal zu Andrej um. Der alte Lawrenti, der gerade zu ihm trat, machte eine so düstere Miene, als erwarte er jeden Augenblick den Angriff überlegener Feinde, während der junge Edelmann mit einem Mal entspannter und sogar ein wenig übermütig wirkte. Offensichtlich hatte er etwas gegen das drohende Unheil unternommen. Marie fühlte, dass auch ihre Beunruhigung wich, und atmete tief durch, um den Ring um ihre Brust zu sprengen. Dann nahm sie Alikas Hand und zog die Freundin schnell zu dem freien Strohsack, damit kein anderer das Lager in Beschlag nehmen konnte. Da noch genügend Fackeln brannten, konnte sie die beiden Adeligen beobachten, die sich mit nervösen Gesten unterhielten.

Lawrenti sprach so leise, dass ihn weder die Knechte verstehen konnten, die die betrunkenen Edelleute in die Halle trugen, noch das Gesinde, das sich auf den Bänken niedergelegt hatte und ängstlich zu ihm und Andrej herüberstarrte. »Dimitri wird dein Eingreifen nicht belohnen, sondern es dir übel nehmen, weil du dich umsichtiger gezeigt hast als er.« Damit wiederholte er jene Bemerkung, die er in Sachar Iwanowitschs Halle gemacht hatte, noch einmal so eindringlich, als fürchte er um Andrejs Leben.

»Du meinst, er wird mich dafür bestrafen? Immerhin habe ich ihn und uns vor Tod oder Gefangennahme bewahrt.«

»Du hast ihm gezeigt, dass du besser bist als er, und das mag er nicht. Sein Bruder Jaroslaw hätte sich trotz seiner Jugend nicht so leicht in die Falle locken lassen, denn der ist bereit, auf seine Ratgeber zu hören, und schlägt keine Warnungen in den Wind.«

Andrej starrte seinen Onkel ungläubig an. So offen hatte Lawrenti den älteren Sohn seines verehrten Fürsten Michail noch nie kritisiert. Die Worte grenzten an Hochverrat, und kämen sie Di-

mitri zu Ohren, würde dieser ihn foltern und auf bestialische Art hinrichten lassen.
Ein rascher Blick in die Runde zeigte ihm, dass niemand sie belauscht haben konnte. Dennoch hob er mahnend die Hand. »Du solltest vorsichtiger sein, Onkel. Der Herr von Worosansk ist nun einmal Dimitri, und er liebt seinen Bruder nicht gerade.«
»Er hasst ihn noch mehr als den jungen Großfürsten und fürchtet, Jaroslaw könne einen Weg finden, ihn zu stürzen. Aus welch anderem Grund hält er ihn beinahe wie einen Gefangenen? Der Junge darf keinen Schritt ohne Bewachung tun, weil Dimitri Angst hat, er könnte nach Moskau fliehen und Wassili Wassiljewitsch auf seine Seite bringen.«
Lawrenti gab sich keine Mühe, seinen Unmut zu verbergen, und stürzte Andrej damit in ein Dilemma. Der junge Edelmann betrachtete seinen Fürsten trotz aller Gehässigkeiten und der unvermittelten Wutanfälle als Freund, und bis zu diesem Tag hätte er sein Leben für ihn gegeben. Jetzt aber krochen auch in ihm Zweifel hoch, und er hatte das Gefühl, als schwinde die bedingungslose Treue zu Dimitri, die sein Leben bis jetzt bestimmt hatte.
Er schüttelte sich, um die giftigen Gedanken zu vertreiben, die sich wie hässliches Gewürm in ihm breit machten. »Diese Worte will ich nicht gehört haben, Onkel. Wer weiß, wie Jaroslaw sein würde, nähme er Dimitris Stelle ein. Bis jetzt ist er nur ein unbeholfenes Kind.«
»Das bist du ebenfalls – ein Junge, der noch nicht trocken hinter den Ohren ist.« Lawrenti wandte ihm verärgert den Rücken zu und schritt zur Tür, um, wie er laut ankündigte, die Wachen zu kontrollieren.
Andrej suchte mit in sich gekehrter Miene das Lager auf, das er sich vor dem Besuch bei Sachar mit seinem Mantel reserviert hatte. Aber er fand keine Ruhe, an diesem Tag war zu viel über ihn hereingebrochen.

VI.

Am nächsten Morgen zwang Lawrenti Sachar und seinen ältesten Sohn, Fürst Dimitri zu begleiten. Der Bojar musste von den Knechten auf ein Fuhrwerk gehoben werden und stöhnte und fluchte in einem fort. Am Abend ging es ihm immer noch so schlecht, dass seine Begleiter ihn in die Kate tragen mussten, in die man ihn und seinen Sohn einsperrte. Derweil forderte der Fürst von Worosansk das größte Gebäude des Dorfes für sich und seine Gefolgsleute und ließ die Bewohner, die es nicht freiwillig verlassen wollten, durch seine Tataren vertreiben. Das Gebäude reichte jedoch nicht für alle, und so mussten die Nachbarn ihre Häuser für das restliche Gefolge räumen. Dimitri schien nicht zu bemerken, dass die Bauern hinter seinem Rücken drohend die Fäuste schüttelten; Lawrenti aber schätzte die Situation richtig ein und ließ auch hier Wachen aufstellen, um die Bewohner des Ortes daran zu hindern, ihre eigenen Häuser anzuzünden. Als Andrej mit drei anderen Edelleuten zum Wachdienst eingeteilt wurde, beschwerte er sich nicht, denn auch er kannte die vielen Erzählungen über Racheaktionen dieser Art.

Kaum hatte sich der Fürst zur Ruhe begeben, wandte Lawrenti sich kopfschüttelnd an seinen Neffen. »Freundliche Worte und ein paar Münzen hätten für ein herzliches Willkommen gesorgt, doch unser Herr hat in Pskow zu viel Geld ausgegeben und weiß sich nur noch mit Gewalt zu helfen. Diese Begebenheit wird in Moskau ebenso bekannt werden wie der Zusammenstoß mit Sachar Iwanowitsch, und das dürfte Dimitris Namen noch verhasster machen. Ich bin sicher, dass Wassili II. und seine Berater, die bisher noch gehofft haben, Worosansk in den Kreis ihrer Verbündeten aufnehmen zu können, unseren Fürsten jetzt als Feind ansehen und auf sein Verderben sinnen. Es war äußerst unklug von Dimitri, sich so offen zu Juri von Galic zu bekennen, der kurz nach Wassilis Thronbesteigung die Hand nach dessen Krone ausgestreckt hat. Das wird man in Moskau aufmerksam registrieren, und Vytautas von Litauen wird es ebenfalls ins Kalkül ziehen – und der ist für uns noch gefährlicher als sein russischer Enkel.«

Die Nervosität, die die Krieger ergriffen hatte, färbte auch auf die Mägde ab. Hatten die Frauen an den anderen Abenden noch eine gewisse Zeit zusammengesessen und miteinander gescherzt und gesungen, so taten sie an diesem still ihre Arbeit und sahen so aus, als würden sie sich am liebsten in die Mauselöcher verkriechen, von denen die Katen nicht wenige aufwiesen. Marie bedauerte die schlechte Stimmung, denn die sanften, ein wenig melancholisch klingenden Singstimmen der Mägde hatten den kleinen Wladimir an den anderen Abenden beruhigt und fester schlafen lassen.

Der Durchfall des Jungen war inzwischen fast abgeklungen, aber sie hielt es dennoch für nötig, dem Kind noch einige Male den Tee einzuflößen, der ihm geholfen hatte. Dazu benötigte sie frische Kräuter.

Als sie das Gehöft verlassen wollte, folgte Andrej ihr und hielt sie auf. »Ich brauche frische Zutaten für Wladimirs Tee, denn er ist noch nicht gesund«, erklärte Marie in einer Mischung aus Deutsch und Latein. Um den Edelmann zu überzeugen, zählte sie ihm die lateinischen Namen der Pflanzen auf, die sie suchen wollte.

Andrej starrte kurz ins Leere, als könne er sich nicht entscheiden, und rief dann sechs Waffenknechte zu sich. »Wir müssen die Deutsche in den Wald begleiten.«

Einer der jüngeren Männer verzog spöttisch den Mund. »Wir alle sieben? So viel hält die doch gar nicht aus.«

»Idiot! Die Frau will Heilkräuter für Prinz Wladimir suchen. Aber wir können sie wegen der Leute, die wir in den Wald gescheucht haben, nicht allein gehen lassen.«

Ein älterer Krieger hob die Hände zum Himmel, als wolle er

Gott um Verzeihung anflehen. »Das war keine gute Tat! Die Bauern hätten uns Obdach gewährt und ihre Vorräte mit uns geteilt, wie es die Gastfreundschaft erfordert. Aber jetzt ist Feindschaft zwischen ihnen und uns gesät, und das kann jeden von uns, den Fürst Dimitri in diese Richtung schickt, das Leben kosten.«

Einer seiner Kameraden trat ihm auf den Fuß. »Halt um Gottes willen den Mund!«

Andrej sah den Männern an, dass man ihn als Freund und wahrscheinlich auch als Zuträger des Fürsten ansah und sich deswegen vor ihm in Acht nahm. Verärgert winkte er ihnen, ihm zu folgen, und wandte sich dann an Marie.

»Wo, glaubst du, kannst du die Kräuter finden, die du suchst?« Er sprach ein Gemisch aus Russisch und Latein, dessen Sinn Marie schon besser verstand, als er ahnte.

Sie ging auf eine Gruppe von Birken zu, in deren Mitte Nadelbäume standen. Andrej schloss sofort auf, und seine Krieger marschierten aufmerksam sichernd hinter ihm her, die Hände auf die Griffe ihrer Schwerter und Äxte gelegt. Sie hatten die letzten Hütten noch nicht passiert, da stolperte Alika schlaftrunken aus dem Haus und lief ihnen nach. Als sie Marie eingeholt hatte, schüttelte sie mit verkniffener Miene den Kopf. »Land hier nicht gut für Flucht.«

Marie sah sie verblüfft an. »Wie meinst du das?«

»Zu viel Kampf, zu viel Mann mit Waffe.« Alika schien die Vertreibung der Dörfler als Eroberung oder Raubzug anzusehen und glaubte nun, es würde überall in diesem Land so zugehen.

Marie konnte ihr nicht widersprechen, da sie die Gegend und ihre Bewohner nicht kannte, und ihr grauste allein schon bei der Vorstellung einer Flucht zu zweit, denn sie erinnerte sich noch gut an die Lehren ihrer Wanderjahre. Selbst im Reich konnten Frauen nur in vertrauenswürdiger Begleitung reisen, wenn sie nicht Gefahr laufen wollten, von jedem brünstigen Lümmel ins Gebüsch gezerrt zu werden. Frauen niederen Standes, die nicht von Gefolgsleuten oder bewaffneten Knechten beschützt wurden, mussten in größeren Gruppen reisen oder sich Handelszügen anschließen, deren Führer ihre Begleitung akzeptierten. Nichts davon kam für sie und Alika in Frage, also würden sie heimlich durch das Land schleichen und Häuser und Dörfer meiden müssen.

In ihre Gedanken verstrickt, übersah sie beinahe die erste der Pflanzen, die sie sammeln wollte. Alika hatte jedoch die ihr schon bekannten Blüten entdeckt und zupfte ihre Freundin am Ärmel. »Da, schauen!«

Marie blickte auf, musterte den Busch, der kaum höher war als eine Handspanne, und nickte ihrer Freundin dankbar zu. »Alika, du bist ein Schatz. Das ist genau das Kraut, das wir am dringendsten brauchen.«

Sie kniete neben den Pflanzen nieder, blickte fordernd zu Andrej auf und deutete auf seinen Dolch. »Ich brauche ein Messer!«

Beim letzten Mal hatte sie die Kräuter nur abgerissen, doch diesmal wollte sie sorgfältiger vorgehen, um nur die wirksamsten Teile zu sammeln.

Andrej reichte ihr nach kurzem Zögern die Waffe und sah ihr dann interessiert über die Schulter. Marie schnitt zwei Hände voll von den helleren Blättern ab, warf sie in das Tuch, das Alika ihr hinhielt, und wanderte dann aufmerksam den Boden betrachtend am Waldrand entlang. Aus den Augenwinkeln sah sie einige der vertriebenen Dörfler zwischen den Bäumen auftauchen und hörte ihre zornigen Stimmen, die wohl wilde Schmähungen gegen sie und ihre Begleiter ergossen.

Einige der Krieger zogen ihre Waffen und wollten auf die Leute losgehen, doch Andrej rief sie mit scharfer Stimme zurück. »Stehen bleiben, ihr verdammten Holzköpfe! Begreift ihr denn nicht, dass die Kerle uns tiefer in den Wald locken und dort abmetzeln wollen, um sich für die schlechte Behandlung durch unseren Fürsten zu rächen? Bei Gott, ich verstehe die Bauern sogar. So wie wir sollte man sich bei seinen Nachbarn nicht aufführen.«

»Es sei denn, wir lägen mit ihnen im Streit, Andrej Grigorijewitsch«, antwortete der Älteste, der vorhin den Fürsten kritisiert hatte.

»Derzeit herrscht noch Frieden. Doch wenn Dimitri Michailowitsch sich weiterhin jedermann zum Feind macht, haben wir den Krieg schneller am Hals, als uns lieb sein kann. Achtet einfach nicht auf diese Tölpel, dann hören sie irgendwann einmal auf zu plärren.«

Andrejs Prophezeiung war richtig; als die Dörfler erkannten, dass sie die Worosansker Krieger nicht zu einer Unvorsichtigkeit reizen konnten, zogen sie sich zurück. Kurz darauf war Alikas Tuch voll und Marie beendete ihre Suche. Als sie sich auf den Rückweg machten, stand die Sonne, die in dieser Gegend länger schien als über Konstanz oder Kibitzstein, schon dicht über dem Horizont, und einige Krieger gähnten demonstrativ.

Auch Marie fühlte sich so müde, dass sie am liebsten sofort eingeschlafen wäre. Doch sie ließ Alika das Feuer auf dem Herd des Hauses schüren, das Dimitri für seine Gemahlin und deren Gefolge requiriert hatte, und bereitete die Medizin für den Jungen. Zu Maries Erleichterung saugte Wladimir die Flüssigkeit gierig aus dem Tuch und nuckelte dann zufrieden an ihrer Brust. Als er satt war, übergab sie ihn Alika, die ihn wickelte und in seine Wiege bettete, während Lisa den Rest von Maries Milch erhielt. Das Mädchen schlief danach ohne Probleme ein. Der kleine Prinz aber quengelte und drohte mit seinem Geschrei die Fürstin aufzuwecken, so dass Marie und Alika ihn abwechselnd herumtrugen, bis er endlich die Augen schloss. Erst dann ließen sich seine beiden Pflegerinnen todmüde auf ihren Strohsack sinken.

VII.

Fürst Dimitri schleifte Sachar Iwanowitsch bis vor die Tore von Worosansk und machte dann Anstalten, ihn eigenhändig zu erschlagen. Andrej aber trat dazwischen, auch wenn er damit riskierte, den Zorn seines Herrn auf sich zu ziehen, und bat ihn, Moskau nicht ohne Rücksprache mit Fürst Juri von Galic zu reizen. Das brachte Dimitri zur Besinnung, und er entließ die Geiseln mit einem Wust von Beschimpfungen, die Sachar Iwanowitsch zu seinem eigenen Besten nicht erwiderte. Der Bojar wendete brüsk sein Pferd und ritt an der Spitze seiner kleinen Schar davon.

»Die Gastfreundschaft hätte geboten, Sachar und seine Leute einzuladen, über Nacht bei uns zu bleiben, Väterchen Dimitri Michailowitsch.« Lawrenti wusste, dass es ein Fehler war, in dieser Situation den Mund aufzumachen, doch er konnte sich diesen Tadel nicht verkneifen.

Dimitri richtete seinen Zorn nun auf ihn statt auf Andrej. »Hätte ich mit diesem Schurken vielleicht Brot und Salz teilen sollen?«

»Ja! Dann hätte er nämlich nach Moskau berichten müssen, dass er von dir gastfreundlich aufgenommen worden ist, und das hätte das Misstrauen der Moskowiter ebenso gegen ihn geweckt, als wenn er ihnen den Aufenthalt in Worosansk verschwiegen hätte. Wassilis Vormunde haben genügend Spione in unserer Stadt, die ihnen getreulich alles berichten, was in Worosansk geschieht.«

»Was weißt du von diesen Spionen? Nenne mir ihre Namen, Lawrenti, und sie werden unter der Knute bereuen, für dieses Kind herumgeschnüffelt zu haben.« Der Fürst starrte seinen Waffenträger auffordernd an, doch Lawrenti konnte nur hilflos die Hände heben.

»Es leben bald fünftausend Menschen in diesen Mauern und mindestens zehnmal so viele Bauern im Land. Selbst ich kenne

nicht jeden von ihnen persönlich, und von vielen Einwohnern der Stadt weiß ich nicht einmal, welchem Gewerbe sie nachgehen. Jeder von ihnen könnte ein Spion sein, der einem Kaufmann oder Reisenden, der ebenfalls in Wassilis Diensten steht, unauffällig berichtet, was er erfahren hat.«
Dimitri schlug zornig mit der Faust durch die Luft, als wolle er einen imaginären Feind mit einem Hieb fällen. Dann aber nickte er, denn die Erklärung seines Gefolgsmannes leuchtete ihm ein. Nun ärgerte er sich, weil er die Möglichkeit, Sachar Iwanowitsch in Moskau zu diskreditieren, leichtfertig aus der Hand gegeben hatte. Er gab jedoch nicht sich selbst die Schuld dafür, sondern Lawrenti.
»Du hättest mir vorher sagen müssen, was ich diesem verräterischen Bojaren noch antun kann. Zu was bist du mein Waffenträger und mein Berater? Bei Gott, dem Allmächtigen, mit welch tumben Gefolgsleuten bin ich nur geschlagen?«
Die Angst vor seinem Jähzorn verhinderte, dass ihm irgendjemand widersprach. An den Gesichtern um sich herum konnte Andrej jedoch ablesen, dass sich seine Kameraden, die wie er aus alten Worosansker Adelsgeschlechtern stammten, durch diese Schmähung verletzt fühlten. Wenn Fürst Dimitri nicht bald zu der leutseligen Art seiner Jugend zurückfand und begriff, dass er mit freundlichen Worten und einem Lob mehr erreichen konnte als mit seinen ständigen Drohungen, würde sich der eine oder andere aus seinem Gefolge möglicherweise einen anderen Herrn suchen. Im Augenblick führte der vielversprechendste Weg nach Moskau, und jeder, der ihn wählte, würde die Macht des dortigen Großfürsten stärken. Schon der Auszug einer Hand voll einst zuverlässiger Gefolgsleute würde die Handlungsfreiheit des Fürsten von Worosansk einschränken und die Freiheit seines Landes gefährden.
Andrej nahm sich vor, mit Dimitri über seine Sorgen zu sprechen und ihm ins Gewissen zu reden. Dafür musste er einen Zeit-

punkt finden, an dem sein Jugendfreund gut gelaunt und Argumenten zugänglich war.

Jetzt galt es erst einmal, ihn zu beruhigen. »Was kümmert uns Sachar Iwanowitsch, Herr? In den Augen Moskaus hat er bereits versagt, und es gibt genug Männer unter Wassilis Gefolgsleuten, die sich seine Schwäche zunutze machen werden. Reiten wir nach Hause! Ich sehne mich nach meinem Bett und habe das Gefühl, schon viel zu lange fort gewesen zu sein.«

»Was bist du für ein Recke, Andrej? Willst wie ein Weib im weichen Bett schlafen! Im Krieg müssen dir die Diener wohl Decken und Matratzen hinterhertragen.« Der Fürst lachte schallend auf und winkte dann dem Wagenzug, weiterzufahren.

Andrej fand sich im Zentrum spöttischer Blicke wieder und konnte seine Enttäuschung nur dämpfen, indem er sich daran erinnerte, wie oft er den Hofnarren gespielt hatte, um eine bedrohliche Situation abzuwenden. Früher hatte ihm das Spaß gemacht, doch jetzt empfand er so viel Zorn, dass er Dimitri am liebsten an die Kehle gesprungen wäre. Anstatt anzuerkennen, was er für ihn getan hatte, machte sein Fürst ihn vor allen Leuten lächerlich. Er holte tief Luft, um sich zu beruhigen, und reihte sich erst hinter allen anderen Edelleuten in den Reisezug ein.

Lawrenti sah sich zu seinem Neffen um und lächelte still vor sich hin. Wie es aussah, war Fürst Dimitri gerade dabei, seinen treuesten Gefolgsmann zu verprellen.

Marie konnte die Spannung zwischen den Männern spüren. Zwar verstand sie nicht genau, um was es ging, doch die Mienen der Beteiligten verrieten ihr viel. Der Fürst war eifersüchtig auf Andrej, aus welchen Gründen auch immer, und schien ihn deshalb schlecht zu behandeln. Während sie noch überlegte, wie sie sich diese Situation zunutze machen könnte, verließ der Wagenzug den Wald und rollte auf eine Stadt zu. Das musste Worosansk sein, dessen Name in den letzten Tagen immer öfter gefallen war.

Der Ort war auf einem flachen Hügel über dem Südufer eines Flusses errichtet worden, den ihre Begleiter Wolga nannten. Die weiß gekalkte Mauer, die die Stadt umgab, wurde von drei Toren durchbrochen, die von je zwei mit Schieferplatten gedeckten Türmen gesichert waren. Von den Gebäuden dahinter waren nur die Dächer und die Glockentürme der Kirchen sowie die auf dem höchsten Punkt gelegene Festung zu sehen, die ihrerseits noch einmal von einer glatten weißen Mauer umschlossen wurde. Die Größe der Stadt beeindruckte Marie, denn allein schon der Kreml, wie die innere Befestigung genannt wurde, war so groß wie eine kleinere deutsche Stadt. Innerhalb der Stadtfestung gab es eine Kirche mit hoch aufragendem Schieferdach und einem Glockenturm, dessen Kuppel aus grün gemustertem Schiefer bestand.

Als der Wagenzug das nächstgelegene Tor passiert hatte, sah Marie, dass die meisten Häuser noch nicht einmal ein gemauertes Fundament hatten, sondern zur Gänze aus Holz errichtet worden waren. Man hatte sich nur selten die Mühe gegeben, Bretter zu sägen, sondern die Gebäude aus Baumstämmen zusammengesetzt und mit Holzschindeln gedeckt. Dächer dieser Art waren in den meisten Städten des Deutschen Reiches wegen Feuergefahr vom Magistrat verboten worden. Viele Häuser waren mit blauer oder rötlicher Farbe bemalt worden, kaum eines hatte ein Obergeschoss, und bei etlichen hatte man die Fenster zur Straße herausgenommen und Tische vor ihnen aufgestellt, die mit allen möglichen Waren bedeckt waren. Maries Blick schweifte neugierig über das Angebot, das sie an die Märkte in und um den Schwarzwald erinnerte, auf denen zumeist die einheimischen Handwerker ihre Erzeugnisse anboten. Hier wurden Behälter aus Rinde verkauft und Becher, Schüsseln und Teller, die aus Birkenholz gedrechselt waren. Marktfrauen hielten geschnitzte Löffel und Schalen feil. An anderen Ständen gab es Felle und Pelze von verschiedenen Tieren, und vor einem lang gestreckten Haus bot ein beleibter Händler Honig, Wachs und dem Geruch nach auch Met an. Als der Verkäufer den Reisezug erspähte, nahm er einen großen Holzbecher, füllte ihn mit einer gelblichen Flüssigkeit und trat auf den Fürsten zu.

»Willkommen in der Heimat, Väterchen Dimitri Michailowitsch! Lass dir diesen Met schmecken. Es ist ein gutes Tröpfchen, Herr. Du wirst mir gewiss zustimmen, nachdem du ihn gekostet hast.«

Der Fürst ergriff den Becher, den der Mann ihm reichte, und gab ihn nach einem unmerklichen Zögern an Lawrenti weiter. »Andrej gebührt der erste Schluck. Immerhin hat er auf dieser Reise kühles Blut bewahrt.«

»Sehr wohl, mein Fürst!« Lawrenti deutete im Sattel eine leichte Verbeugung an und lenkte sein Pferd zu seinem Neffen. Beiden war klar, dass diese Geste des Fürsten keine Auszeichnung darstellte. Dimitri hatte schlicht und einfach Angst vor Gift, und Lawrentis Erwähnung möglicher Spione im Dienste Moskaus hatte seine Furcht noch verstärkt. Andrej hielt das Verhalten des Fürsten für kindisch. Dimitri und er kannten den Metverkäufer seit Jahren und hatten schon manchen Becher bei ihm geleert. Der Mann war mit Sicherheit nicht so verrückt, den Fürsten vor den Augen seines Gefolges und etlicher Zuschauer vergiften zu wollen. Daher nahm er den Becher entgegen und hob ihn in Richtung des Spenders.

»Auf dein Wohl, Grischa Batorijewitsch! Mögen deine Bienen immer so fleißig sein wie im letzten Jahr.« Dann setzte er an und trank, bis der Becher leer war, und drehte ihn anschließend um, damit es alle sehen konnten.

»Der hat so gut geschmeckt, Fürst, dass ich dir leider nichts mehr übrig lassen konnte.«

Einige der Edelleute sahen ihren Fürsten an und lachten dann vorsichtig auf. Dimitri warf Andrej einen Blick zu, als wolle er sich vergewissern, dass dieser wirklich nicht aus dem Sattel kippte, und winkte dann dem Methändler, auch ihm einzuschenken. Der beeilte sich, seinem Fürsten einen vollen Becher zu reichen. Dimitri nahm das Gefäß ohne Dank entgegen und drehte sich wieder zu Andrej um. »Es ist bekannt, dass du bereits als Kind mehr am Metfass genuckelt hast als an den Brüsten deiner Mutter, Andrej Grigorijewitsch. Als ich dir den Becher reichen ließ, war mir klar, dass kein Tropfen für mich übrig bleiben würde.«

Die Bewohner von Worosansk, die zusammengelaufen waren, um ihren Fürsten zu begrüßen, wussten, was sie ihrem Herrn schuldig waren, und fielen in dessen Lachen ein. Andrej musste sich etliche anzügliche Bemerkungen über seinen Met- und Weinkonsum anhören, aber er sah den Leuten an, dass sie ihn nicht zuletzt auch deswegen für einen ganzen Kerl hielten.

Fürst Dimitri fand, dass er sich schon zu lange aufhalten hatte lassen, und befahl seinen Begleitern, ihm zu folgen. Dann trieb er seinen Hengst zum Galopp, so dass die Umstehenden beiseite springen mussten, um nicht unter die Hufe des Pferdes zu geraten.

Die Edelleute ritten einer nach dem anderen an, um sich in den engen Straßen nicht gegenseitig zu behindern. Andrej aber wurde von dem Methändler aufgehalten, der kurzerhand die Zügel seines Hengstes festhielt.

»Auf einem Bein steht man schlecht, Andrej Grigorijewitsch!«, sagte der Mann lachend und reichte dem jungen Recken einen weiteren Becher.

»Danke, Grischa Batorijewitsch. Dein Met ist so süffig wie kein anderer. Mit so einem goldenen Wässerchen kommt dieses Teufelszeug aus dem Westen, das sie Branntwein nennen, nicht mit.«

»Vor allem kann man viel mehr Met hintereinander trinken und länger beisammensitzen. Jenes Teufelsgebräu haut einem die Beine unter dem Leib weg, macht den Kopf wirr und lässt einen dummes Zeug schwatzen.«

Der Methändler winkte seinem Gehilfen, Lawrenti und einige andere Begleiter des Fürsten, die ebenfalls zurückgeblieben waren, zu bedienen. Dann blickte er Andrej fragend an. »Mich wundert, dass unser Fürst ins ferne Pskow gereist ist, nur um sich den Markt anzuschauen. Das schöne, große Nowgorod liegt doch viel näher, und dort bekommt man alles, was das Herz begehrt.«
Andrej lächelte scheinbar verständnislos, denn er würde diesem schwatzhaften Händler nicht auf die Nase binden, dass Fürst Dimitri nicht nur mit den Stadtoberen von Pskow, sondern auch mit Vertretern der Ritter des Deutschen Ordens Verhandlungen geführt hatte, um sie als Verbündete gegen Moskau zu gewinnen. Allerdings waren die Gespräche mit beiden Gruppen ergebnislos geblieben.
Die Ritter, die knapp zwei Jahrzehnte zuvor bei Tannenberg eine fürchterliche Niederlage gegen die vereinigten polnisch-litauischen Heere unter König Wladislaw und dessen Bruder, dem Fürsten Vytautas, erlitten hatten, waren immer noch zu schwach, um einen großen Krieg durchstehen zu können. Daher hatten sie kein Interesse daran, ihre polnischen und litauischen Nachbarn zu reizen, indem sie gegen deren russische Verbündete ins Feld zogen.
Da Grischa ihn immer noch fragend anstarrte, lachte Andrej auf. »Unser Väterchen Dimitri Michailowitsch kann doch nicht immer nach Nowgorod reisen. Das wäre auf die Dauer nur noch langweilig, mein Guter.«
Der Methändler nickte, als hätte der junge Edelmann eine große Weisheit von sich gegeben. »Da hast du Recht, Andrej Grigorijewitsch. Ein Mann wie unser erhabener Fürst muss viele Reisen unternehmen, um seine Aufgaben zu erfüllen.«
Mit einem Mal kribbelte es zwischen Andrejs Schulterblättern. Das Interesse des Methändlers ging ihm zu weit, und er fragte sich, ob Grischa einer jener Spione sein mochte, von denen sein Onkel Lawrenti gesprochen hatte. Vor dem heutigen Tag hätte er

sich für einen solchen Verdacht selbst verspottet, doch diese Reise hatte seine gut geordnete Welt ins Wanken gebracht, und er wusste nicht mehr zu sagen, was richtig war und was falsch.
Um sich seine Unsicherheit nicht anmerken zu lassen, beugte er sich aus dem Sattel, bis sein Kopf über dem des Methändlers schwebte, und verzog den Mund zu einem anzüglichen Grinsen.
»Nur wenn du mir versprichst, es nicht weiterzusagen. Unsere erhabene Fürstin Anastasia ist eine wunderbare Frau – eine halbe Heilige, wie wir alle wissen. Doch unser Väterchen Dimitri Michailowitsch braucht etwas Abwechslung im Bett. Daher ist Pskow, das direkt an der Grenze zu den Deutschen liegt, ein besserer Ort, um sich zu amüsieren, als das große und leider auch ein wenig langweilige Nowgorod.«
Grischa Batorijewitsch grinste etwas ungläubig. »Hat Väterchen Dimitri Michailowitsch sich ein paar deutsche Stuten satteln lassen?«
Da sein Gesicht verriet, dass er dies nicht als Grund für die weite Reise gelten lassen wollte, deutete Andrej nach hinten, wo der Wagenzug immer noch darauf wartete, dass die Edelleute den Weg freigaben. Auf einem der Karren war Alika zu sehen, die die kleine Lisa in den Armen hielt.
»Siehst du die schwarze Frau dort? So etwas bekommt man nur in Pskow. Rat mal, wie viel dieses Prachtstück gekostet hat!« Da Grischa mit seiner Zahl weit danebenlag, nannte Andrej ihm die Summe. Der Händler erblasste und schüttelte den Kopf. Für diesen Haufen Gold hätte Fürst Dimitri ein halbes Hundert kräftiger Bauernburschen in Eisen kleiden und mit Waffen ausstatten lassen können. Ein Mann, der auf Krieg aus war, schien der Methändler zu überlegen, würde eine solche Summe wohl kaum für ein paar kurzweilige Balgereien im Bett ausgeben.
»Und nun hab Dank für deinen Trunk! Während ich mich hier verschwatze, dürfte Väterchen Dimitri den Kreml bereits erreicht haben.«

Andrej nickte dem Methändler leutselig zu und ritt dann weiter. Als er sich noch kurz umdrehte, musste er sich ein Lachen verkneifen, denn Grischa starrte die junge Schwarze völlig entgeistert an.

VIII.

Die wuchtigen Mauern des Worosansker Kremls umschlossen mehr als ein Dutzend große und etliche kleinere Bauwerke, die bis auf die Kirche und ein großes, nicht zu der hiesigen Bauweise passendes Gebäude aus Holz errichtet worden waren. Doch im Gegensatz zu den Häusern außerhalb der Stadtfestung waren alle einheimisch wirkenden Gebäude mit bunten Schieferplatten gedeckt. Auf den Grünflächen zwischen den Häusern weideten Kühe und Pferde, was der Anlage trotz der hohen Mauer den Charakter eines seltsamen Dorfes verlieh, das sich um ein protziges Herrenhaus gruppiert.
Als der Wagen zwischen den Häusern hindurchrollte, sah Marie, dass einige Gebäude an den Stirnseiten hornartige Aufsätze trugen, während andere mit grob geschnitzten Bildwerken geschmückt waren, die Menschen und verschiedene Tiere darstellten. Wäre das Areal, welches die Mauer umschloss, nicht so riesig gewesen, hätte man das Ganze eher für den Gutshof eines überspannten Edelmanns halten mögen als für den Wohnsitz eines Herrschers über ein freies Fürstentum. Nun musste Marie über sich selbst lächeln, denn sie hatte sich, als die Küchenmagd Gelja ihr den Kreml von Worosansk beschreiben wollte, nicht nur wegen der Verständigungsschwierigkeiten so etwas Ähnliches wie eine der Burgen aus ihrer Heimat vorgestellt.
»Ein seltsames Land ist das hier«, raunte sie Alika zu und strich Lisa, die auf deren Schoß saß, die Haare aus der Stirn. Sofort begann Wladimir zu greinen.

Während Marie versuchte, den Prinzen zu beruhigen, nickte die Mohrin, wiederholte ein paarmal die Worte »Seltsam Land!« und zeigte dabei in die Runde.

Marie begriff, dass Alika diese Umgebung noch fremdartiger vorkommen musste. Als ihre Verständigung besser geworden war, hatte die Mohrin versucht, ihr einen Eindruck von ihrer Heimat zu vermitteln. Ihr Volk lebte an einem großen Strom, wohl ähnlich dem Rhein. Dorthin waren Männer in weiten blauen Gewändern gekommen, um von ihrem Herrscher Sklaven gegen Salz einzutauschen, und so war auch sie zu einer Ware geworden. Die Menschenhändler hatten sie durch ein heißes, flimmerndes Land aus Sand und Steinen geschleppt, von dem Alika vor allem der entsetzliche Durst in Erinnerung geblieben war, unter dem sie tagelang hatte leiden müssen.

Irgendwo in dieser Wüste hatten die blau gekleideten Männer sie an Männer in weißen Gewändern verkauft und diese sie wiederum an andere Händler. Mit dem größten Teil der Sklaven war sie an eine Küste gebracht und in ein Schiff gesteckt worden. Dieses hatte seinen Bestimmungsort nie erreicht, denn Piraten hatten es überfallen und die Besatzung teils getötet und teils gefangen genommen. Danach war Alika wie ein Gewürzpaket von Hand zu Hand gewandert, bis sie auf die kleine Flussbarke von Jean Labadaire geschafft worden war. Dort hatte man ihr befohlen, sich um die nicht ansprechbare Mutter und ihr kleines Mädchen zu kümmern.

Marie blicke Alika dankbar an, denn wenn diese sich ihrer nicht so liebevoll angenommen hätte, würde Lisa nicht mehr am Leben sein und sie wahrscheinlich auch nicht. Dann schüttelte sie die Erinnerung ab, denn der Wagen blieb jetzt auf einer der Grasflächen stehen, und sie wollte keinen Hieb mit dem Stock bekommen, weil sie mit offenen Augen träumte.

Der Kutscher befahl den Frauen abzusteigen. Gelja, die russische Magd, sprang als Erste zu Boden und nahm Marie den Prinzen

ab, so dass diese hinunterklettern konnte. Dann deutete sie auf einige Gebäude, die von einer Art Palisadenzaun umschlossen waren und von zwei Kriegern bewacht wurden.
»Terem!«, verstand Marie. Soviel sie gehört hatte, war der Terem der Bereich der Frauen im Palast, und sie hatte sich darunter so etwas Ähnliches wie die Kemenaten in den Burgen ihrer Heimat vorgestellt. Doch anders als in Pskow war es ein eigenes Anwesen innerhalb des Herrschersitzes. Sie seufzte und fragte sich, an welch verwunderliche Sitten sie sich würde gewöhnen müssen. Schnell rief sie sich zur Ordnung, half Alika, mit Lisa herabzusteigen, und nahm der Russin den Prinzen wieder ab.
Dabei deutete sie auf ihre Brust und den Mund des Jungen. »Wo kann ich das Kind versorgen? Es hat Hunger!« Ein paar der Worte konnte sie bereits in der Landessprache sagen. Gelja warf einen prüfenden Blick auf den schlafenden Wladimir, der im Unterschied zu Lisa gar nicht hungrig aussah, und deutete auf den Terem. Die Wachen verloren den gelangweilten Ausdruck auf ihren Gesichtern, als sie Alika wahrnahmen, ließen sie aber ebenso wie Marie und die Russin ungehindert passieren. Gelja führte sie zu dem größten Gebäude innerhalb des Zauns, welches über ein zusätzliches Stockwerk verfügte. Es handelte sich dabei, wie Marie den Worten ihrer Begleiterin entnehmen konnte, um die Wohnstatt der Fürstin.
Die Doppelflügeltür und die Türpfosten waren reich mit Schnitzwerk bedeckt, und als die drei eintraten, fiel die Sonne in die Eingangshalle und ließ direkt vor ihnen ein edelsteinbesetztes Bild aufleuchten. Marie wandte sich im ersten Augenblick geblendet ab, dann blinzelte sie neugierig und erkannte zwischen all dem funkelnden Gepränge die Darstellung der Heiligen Jungfrau mit dem Jesuskind. Gelja sank auf die Knie und berührte den Rand des Bildes mit ihren Lippen. Danach bekreuzigte sie sich und stand wieder auf.
Marie, die für einen Augenblick das Gefühl hatte, als heiße die

Himmelsmutter sie hier tröstend willkommen, tat es ihr nach und zwang dann auch Alika, dem Madonnenbild ihre Ehrfurcht zu erweisen. Ihre russische Begleiterin lächelte beinahe erleichtert, und die Fürstin, die unter einem Türstock auf ihren Sohn gewartet hatte, nickte zufrieden.
Auch der Beichtvater des Fürstenpaars, der Anastasia hatte aufsuchen wollen, um ihre Heimkehr zu segnen, war Zeuge dieser Ehrenbekundung geworden und machte sich so seine Gedanken.
»Ich will den Thronfolger sehen!«, forderte er Marie auf.
Diese verstand seine Worte zwar nicht ganz, aber seine Geste war eindeutig. Als sie ihm das Kind hinhielt, deutete er auf die Tür, hinter die Anastasia sich wieder zurückgezogen hatte, und schritt voraus. Er führte sie durch einen Korridor, von dem eine Reihe von Türen abging, und dann durch mehrere, eher schlicht eingerichtete Räume in ein Zimmer, das wohl der Wohnraum der Fürstin war. Es enthielt fast ein Dutzend mit Heiligenbildern geschmückte Kisten und Truhen, Stühle, die mit dicken Kissen bedeckt waren, und ein schmales Ruhebett aus dunklem Holz, auf dem etliche Polster und eine dünne Decke aus schimmernder Seide lagen. An den Wänden hingen so viele Bilder der Muttergottes und anderer hoher Heiligen des Christentums, dass der Raum eher einer Kapelle als einem Wohnraum glich.
Pantelej wies Marie mit Gesten an, den kleinen Wladimir auf das Ruhebett zu legen und die Windeln zu öffnen. Dann wandte er sich an die Fürstin. »Dein Sohn gedeiht, meine Tochter. Die Deutsche nährt ihn gut und pflegt ihn, als sei er ihr eigenes Kind. Nun bin ich überzeugt, dass Gott sie zu uns geführt hat, denn nur durch diese besondere Gnade ist der Thronfolger noch am Leben.«
Die Fürstin presste unwillkürlich die Hand auf ihren Bauch, der von Tag zu Tag stärker schmerzte, und nickte bleich.
»Wenn dem Spross seiner Lenden ein Leid geschähe, würde mein Gemahl außer sich vor Zorn sein und es mich entgelten

lassen. Er ist beinahe schon überzeugt, ich hätte ihm ein schwächliches Kind geboren und könne ihm auch keine weiteren Söhne mehr schenken.«

Anastasia kamen bei der Erinnerung an die Wutanfälle ihres Ehemanns, der es nicht bei bösen Worten belassen hatte, die Tränen. Obwohl sie versuchte, ihre Gefühle in sich zu verschließen, spürte Pantelej, dass Angst und Verzweiflung Gewalt über sie zu gewinnen drohten, und fasste nach ihrer Hand. »Gräme dich nicht, meine Tochter. Gott will nicht, dass dem Prinzen etwas zustößt. Hat er Wladimir nicht auch diese lange, beschwerliche Reise überstehen lassen?«

Anastasia beugte sich über ihren Sohn und musterte ihn, als wolle sie tief in sein Inneres schauen. Tatsächlich war der Junge selbst auf der Reise in dem holpernden Wagen kräftiger geworden und sah so gesund und munter aus, wie sie ihn noch nie zuvor erlebt hatte. Bisher hatte sie bei seinem Anblick weniger Zuneigung empfunden als Erleichterung, ihrem Gemahl den verlangten Erben geschenkt zu haben. Jetzt aber fühlte sie, wie eine Glückswelle sie durchströmte. Lächelnd streckte sie ihre Hand aus und kitzelte das winzige Kinn des Kleinen. Im Reflex fasste er zu, umklammerte den Finger mit seinem winzigen Händchen und lachte glucksend.

Nun wurde der Fürstin warm ums Herz. »Mein Guter, mein Schatz, mein Lieber!«, gurrte sie, wie stolze Mütter es tun, und sah, dass Wladimir sie dabei aufmerksam beobachtete.

Lächelnd blickte sie zu dem Priester auf. »Siehst du, ehrwürdiger Vater! Mein Sohn ist jetzt schon ein kluges Kind.«

Pantelej schlug das Kreuz und segnete den kleinen Prinzen. »Möge Gott ihn auf seinem weiteren Lebensweg durch einen seiner Engel geleiten lassen. Er wird gewiss einmal ein würdiger Nachfolger seines Vaters werden.«

»Dafür wollen wir beten! Einige Leute hoffen nämlich, mein Gemahl würde in den uns bevorstehenden Kämpfen mit Moskau fallen, so dass sein Bruder Jaroslaw Fürst werden und meinen Sohn verdrängen kann.«

Bitterkeit sprach aus ihren Worten und eine Angst vor der Zukunft, die sie nie losließ. Da sie in Konstantinopel geboren und aufgewachsen war, hatte sie bis zu ihrer Heirat nur die Erbfolge kennen gelernt, die vom Vater auf den Sohn ging und die auch in den westlichen Reichen selbstverständlich war. In Russland herrschte jedoch die Sitte, beim Tod eines Fürsten dessen noch nicht erwachsene Söhne zu übergehen und einem Bruder oder gar einem Vetter des Verstorbenen die Krone aufs Haupt zu setzen. In Anastasias Augen war das kein guter Brauch, denn er hatte dazu geführt, dass sich das erste Russische Reich von Kiew in Bruderkämpfen selbst zerfleischt hatte, bis es ein leichtes Opfer der Mongolen geworden war.

Als gebildete Griechin hatte sie, nachdem ihr die Heiratspläne ihres kaiserlichen Verwandten mitgeteilt worden waren, in den Archiven geforscht und die Geschichte ihrer künftigen Heimat studiert. Nun wusste sie mehr über die Vergangenheit der Russen und die Entstehung und das Vergehen ihrer Reiche als diese selbst und hatte begriffen, warum Dimitri Donskojs Sohn Wassili I. seinen noch unmündigen Sohn als Nachfolger auf dem Thron hatte sehen wollen. Allerdings war ihr auch klar, dass ein langer und steiniger Weg vor Wassili II. lag. Ob er sich als Großfürst behaupten oder scheitern und die Krone an seinen Onkel Juri und dessen erwachsene Söhne verlieren würde, lag in Gottes Hand.

In Stunden wie dieser, wenn die Furcht ihr Herz in den Klauen hielt, sehnte sie sich in ihre Heimatstadt zurück, auch wenn Konstantinopel nicht ungefährdet war, sondern sich schon seit Jahrzehnten im Würgegriff der osmanischen Sultane wand. Dort aber waren ihr die Sitten und Gebräuche vertraut, und sie wurde nicht als Fremde, teilweise sogar als verhasste Ausländerin angesehen. Nicht alle ihre Dienerinnen waren ihr treu ergeben, und es gab genug unter ihnen, die sie gerne durch eine Russin ersetzt sehen würden.

Anastasias Blick wanderte zu der deutschen Sklavin, die den kleinen Wladimir wieder in seine Tücher hüllte, auf den Arm nahm und den anderen im Raum scheu den Rücken drehte, um dem Jungen die Brust zu geben. Konnte diese Frau, die hier ebenfalls fremd war und angefeindet wurde, zu einer Vertrauten, vielleicht sogar zu einer Freundin für sie werden? Sie lachte über sich selbst, denn allein der Gedanke, Freundschaft mit einer Magd oder gar einer Sklavin zu suchen, war für eine Frau ihres Standes absurd. Doch in ihr brannte der Wunsch, jemanden um sich zu haben, dem sie ihr Herz ausschütten konnte, ohne gleich Verrat fürchten zu müssen.

Die letzte Person, an die sie dabei gedacht hätte, wäre eine Frau aus den Ländern der Lateiner gewesen. Diese Leute hatte sie in Konstantinopel kennen und verachten gelernt. Es waren laute und in ihren Augen äußerst unangenehme Patrone, die Kaiser Ioannis, der immerhin der Erbe eines Constantinos und eines Iustinianos war, behandelt hatten, als wäre er ihr Pferdebursche. In den großen Tagen des Reiches hätte man diesen Kerlen Bleigewichte an die Füße gebunden und sie im Goldenen Horn versenkt. Doch in einer Zeit, in der der Türke seinen Schatten drohend über die uralte Stadt warf, musste der Kaiser um die Gunst eines jeden Kaufmanns und Ritters aus dem Westen buhlen, in der Hoffnung, ein großes Heer der Lateiner würde ihm zu Hilfe kommen und den Feind wieder über den Bosporus treiben.

Diese Hoffnung war in Anastasias Augen ein zweischneidiges Schwert, denn sie erinnerte sich an die Berichte über das letzte Heer aus dem Westen, das vor den Mauern Konstantinopels erschienen war. Im Jahre des Herrn 1204 hatten die fränkischen Barone die heilige Stadt erobert und geplündert und damit die Grundfesten des Byzantinischen Reiches auf Dauer zerstört. Von diesem Überfall hatte Konstantinopel sich nicht mehr erholt, und sein Umland war schließlich zu einem hilflosen Opfer der türkischen Muslime geworden. Auf die Hilfe eines Lateiners zu hoffen oder sie abzulehnen ist wie die Wahl zwischen Skylla und Charybdis, dachte sie.

Mit einer energischen Handbewegung, die sie von ihrer inneren Zerrissenheit befreien sollte, winkte sie ihre Haushofmeisterin heran. Die entfernt mit ihrem Gemahl verwandte Russin kam von frischen, wallenden Hausgewändern umhüllt auf sie zu. »Du wünschst, erhabene Fürstin?«

»Der Deutschen und ihrer schwarzen Magd soll die Kammer neben meinem Schlafgemach angewiesen werden, damit sie dort auf meinen Sohn Acht geben können.«

»Wie du es befiehlst, Herrin, so wird es geschehen!« Die Haushofmeisterin verbeugte sich und verließ den Raum, um Mägde damit zu beauftragen, die Kammer auszuräumen, die bislang nur als Abstellraum für Dinge genutzt worden war, welche die Fürstin aus ihrer griechischen Heimat mitgebracht hatte, und Betten hineinzuschaffen. Dabei musste sie ihre Wut auf die Fürstin und diese impertinente Fremde unterdrücken, die sich in deren Gunst geschlichen hatte. Ihr eigenes Gemach lag nämlich weiter von dem der Fürstin entfernt als das dieser Sklavin, und nach Sitte und Brauch hätte es ihr zugestanden, in Anastasias unmittelbarer Nähe zu wohnen.

IX.

Fürst Dimitri betrat polternd die große Halle, die von zwei Reihen zierlich gedrechselter Holzsäulen durchzogen wurde, und starrte missmutig auf die zweireihige Tafel und die Knechte, die gerade das Abendessen auftrugen. Mit einer wütenden Handbewegung warf er seine Reitpeitsche auf das Kopfende des Tisches, an dem er zu sitzen pflegte. Dabei stürzten zwei Becher um, rollten von der Tischplatte und fielen zu Boden. Ein Bediensteter hob die Gefäße eiligst auf, rieb sie mit einem Ärmel sauber und stellte sie wieder auf die Tischplatte.

»Wo ist Jaroslaw? Warum empfängt er mich nicht?« Die Stimme des Fürsten hallte von den Wänden der Halle wider.

Die Knechte und die bereits versammelten Gefolgsleute duckten sich unwillkürlich und sahen einander an. Einige Augenblicke hätte man das Trippeln einer Spinne hören können, so still war es im Saal. Dann ermannte sich einer der Edelleute, die den Fürsten nicht hatten begleiten dürfen, und trat mit gesenktem Kopf auf Dimitri zu.

»Dein Bruder ist schon früh am Morgen fortgegangen, um in der Wolga Fische zu fangen, und bis jetzt noch nicht zurückgekehrt. Hätte er gewusst, dass du heute kommst, Väterchen, wäre er sicher schon erschienen.«

Dimitri kniff ärgerlich die Lippen zusammen und ließ seinen Blick über die Leute im Saal wandern, und als er den Mann entdeckte, den er suchte, stach sein Finger in dessen Richtung. »Hatte ich dir nicht geboten, Jaroslaw überallhin zu begleiten, Anatoli?«

Der Angesprochene sah so aus, als wünsche er sich an jeden anderen Ort der Welt. Zögernd kam er auf seinen Herrn zu und kaute dabei auf seinen Lippen. »Ich habe ihn all die Tage vom Morgen bis zum Abend nicht aus den Augen gelassen, mein Fürst. Doch dort, wo er angelt, kann er höchstens mit den Fischen in der Wolga sprechen, und da bin ich vorausgegangen.«

»Und wer ist jetzt bei ihm?«, schrie Dimitri ihn an »Was ist, wenn ein Verräter ihm ein Pferd bringt und er nach Twer flieht oder gleich nach Moskau? Du Hund solltest auf ihn Acht geben und hast mein Vertrauen enttäuscht. Vielleicht bist du sogar selbst ein Verräter!« Schneller, als man schauen konnte, riss der Fürst seine Peitsche vom Tisch und schlug mehrmals mit voller Kraft auf seinen Gefolgsmann ein.

Anatoli nahm die Hiebe mit stoischer Ruhe hin, doch seine Augen sprühten Funken. Unterdessen hatte Lawrenti die Halle erreicht und erfasste die Situation auf einen Blick.

»He, ihr faulen Hunde, wo bleibt der Wein für den Fürsten und seine Getreuen?«, rief er mit laut hallender Stimme.

Dimitri hielt inne und drehte sich zu ihm um. »Das wollte ich eben auch fragen. Ich habe Durst! Also her mit dem Wein. Und seht zu, dass Ihr Branntwein auftreibt, wie Sachar Iwanowitsch ihn mir hat kredenzen lassen. Erst dieses Getränk macht einen zu einem richtigen Mann.«

Einige Diener spritzten davon, um das Gewünschte zu bringen. Kurz darauf hielt der Fürst einen großen, mit Wein gefüllten Silberbecher in der Hand und trank ihn in einem Zug leer. »Nicht schlecht! Aber Branntwein ist besser«, sagte er, als er das Gefäß zurückreichte.

»Ich bezweifle, dass dieses ausländische Zeug in Worosansk zu finden ist. Man wird wohl nach Nowgorod schicken müssen. Über den Ilmensee und den Lowat geht es schneller als auf dem Landweg nach Pskow.« Lawrentis Gesichtsmuskeln zuckten bei seinen Worten, als erwarte er ebenfalls Schläge.

Der Fürst warf seine Peitsche jedoch in eine Ecke und setzte sich. »Dann sorge dafür, dass genügend Fässer hergeschafft werden. Zu was bist du mein Schwertträger, wenn du nicht für mein Wohl sorgen kannst?«

Dimitri winkte dabei, als müsse er einen Hund verscheuchen. Lawrenti verbeugte sich und deutete Anatoli mit einer Kopfbewegung an, ihm nach draußen zu folgen.

»Es ist wohl das Beste, wenn du die Reise nach Nowgorod unternimmst, denn dann kommst du Dimitri so schnell nicht mehr unter die Augen. Wie konntest du auch nur so dumm sein und Jaroslaw alleine lassen?«, schalt er den Mann draußen, nachdem er sich vergewissert hatte, dass niemand in der Nähe war.

Anatoli ballte die Fäuste und warf einen zornigen Blick auf den in einer Mischung aus griechischem und russischem Stil errichte-

ten Palast, der neben den Privaträumen des Fürsten auch den großen Audienzsaal enthielt, welcher unter Dimitri zumeist für Trinkgelage benutzt wurde. »Bei Gott und dem heiligen Wladimir, er behandelt den Jungen schäbiger als einen Sklaven! Dabei ist Jaroslaw von dem Willen beseelt, Dimitri zu gefallen. Er wird ihn noch umbringen.«
»Wer, Jaroslaw den Fürsten oder dieser ihn?« Lawrenti sprach so leise, dass der andere Mühe hatte, ihn zu verstehen.
»Jaroslaw würde nicht im Traum an so etwas denken!«, verteidigte Anatoli seinen Schutzbefohlenen.
»Es wird ein Zeitpunkt kommen, an dem er daran denken muss.« Lawrenti blickte sich bei diesen Worten so nervös um, als fürchte er, der Wind könne seine Worte dem Fürsten zutragen. Dann gab er Anatoli einen Stoß. »Schau, dass du dich auf den Weg machst! Ein paar Werst wirst du heute noch schaffen. Bringe ein paar Fässer von dem Teufelszeug mit, das die Lateiner Aqua vitae nennen, obwohl es das Leben eher aus einem herausbrennt. Versuche vor allen Dingen, ob du jemand findest, der es herstellen kann und bereit ist, mit dir zu kommen. Dimitri Michailowitsch ist durstig, und er hat in Pskow viel zu viel Geld für Dummheiten ausgegeben.«
Anatoli hob den Kopf. »Meinst du die beiden fremden Frauen, die ich durch das Fenster beobachten konnte?«
»Nur die Schwarze! Für die hat er fast eine Jahreseinnahme ausgegeben, um sie ein paarmal besteigen zu können. So ein hässliches Ding ist unten herum doch auch nicht anders gebaut als eine Russin. Bei Gott, Dimitri sollte sich mit seiner Gemahlin begnügen, wie es einem wahrhaften Christenmenschen zukommt, und nicht bei jedem Weib den Bullen spielen.«
So offen hatte Lawrenti den Fürsten noch nie kritisiert, und Anatoli fragte sich, was auf dieser Reise passiert sein mochte. Es musste etwas Schwerwiegendes sein, denn Lawrentis Treue und Ergebenheit waren in Worosansk ebenso sprichwörtlich gewor-

den wie seine mutigen Ratschläge. Aber da er dieses Rätsel nicht lösen konnte, war er einfach nur froh, dass Dimitris Schwertträger ihn dem Zorn des Fürsten entrissen hatte.
Er nahm dessen Rechte und drückte seine Lippen darauf. »Ich danke dir, Lawrenti Jurijewitsch.«
Der alte Edelmann entzog ihm seine Hand mit einem ärgerlichen Brummen. »Was soll das? Ich bin doch kein Metropolit oder gar der Patriarch von Wladimir und Moskau. Jetzt verschwinde endlich!«
Dies ließ Anatoli sich nicht zweimal sagen. Lawrenti blickte ihm einen Augenblick nach und prallte, als er sich zum Gehen wandte, mit einem jungen Burschen zusammen, der auf die Halle zustürmte. Dieser sah noch ein wenig schlaksig und ungelenk aus und wirkte mit dem Leinenhemd, das er bis zu den Hüften aufgebunden hatte, den dunklen Hosen und den Holzschuhen wie ein Knecht. Doch es war der Bruder des regierenden Fürsten. In der rechten Hand hielt er eine Angel und in der Linken einen hölzernen Eimer, in dem mehrere Fische schwammen. Als er Lawrenti erkannte, wollte er beides wegstellen, doch der alte Waffenträger hob warnend die Hand.
»Tu das nicht, Jaroslaw Michailowitsch! Nimm dein Fanggerät und deine Fische mit in die Halle und zeige sie deinem Bruder, damit dieser sieht, dass du wirklich angeln gewesen bist.«
Aus dem noch unfertig wirkenden Gesicht starrten zwei blaue Augen den alten Edelmann ängstlich an und die Schultern des Jungen sanken nach vorne. »Dimitri ist wohl sehr zornig auf mich?«
»Anatoli hat Schläge bekommen, weil er nicht auf dich Acht gegeben hat. Also wird unser Herr jetzt wohl besserer Laune sein als vorher. Reizen solltest du ihn allerdings nicht. Jetzt komm! Denn wenn du deinen Bruder zu lange warten lässt, wächst sein Zorn auf dich wieder.« Lawrenti winkte dem Prinzen mit einer energischen Handbewegung, ihm zu folgen, und kehrte in die Halle zurück.

Dimitri rupfte eben einem gebratenen Hähnchen einen Schenkel aus, als Jaroslaw zu ihm trat. Bei dessen Anblick legte er das Fleisch wieder auf den Teller zurück und funkelte ihn zornig an. Bevor er jedoch etwas sagen konnte, verneigte sein Bruder sich vor ihm. »Willkommen zu Hause, Dimitri. Ich war ein paar Fische fangen, denn ich weiß ja, dass du sie gerne magst. Mit deiner Eile hast du mir die Überraschung verdorben.«

Obwohl Lawrenti spürte, dass der Junge die Wahrheit sagte, war er über dessen Schlagfertigkeit verblüfft. Wie es aussah, entwickelte Dimitris Bruder ungeahnte Talente.

Der Fürst fühlte sich durch die offenen Worte entwaffnet und bleckte die Zähne wie ein Hund, der nicht genau weiß, ob er zubeißen soll oder nicht. »Zeig deinen Fang, Bruder!«

Jaroslaw hielt ihm den Eimer unter die Nase. »Sind sie nicht herrlich, Dimitri? Die werden dir gewiss gut schmecken.«

»Uns beiden, meinst du.« Dimitri hatte nicht vor, eine Speise zu sich zu nehmen, die nur für ihn zubereitet wurde, dafür war seine Furcht vor einem Giftanschlag zu groß. Er klopfte seinem Bruder lachend auf die Schulter und befahl einem Diener, diesem einen Becher Wein zu reichen. Lawrenti erteilte er die Anweisung, die Fische in die Küche bringen und zubereiten zu lassen. Schließlich nickte er gnädig und ließ seinen Blick durch den Saal schweifen, in dem sich inzwischen der größte Teil seiner Gefolgsleute niedergelassen hatte.

»Wo ist Andrej? Er soll seine Gusla holen. Mir ist danach, ein fröhliches Lied zu hören!«

X.

Während es über Worosansk langsam Nacht wurde, kündigte sich etliche hundert Meilen weiter im Westen der Abend gerade erst an. Die fünf Männer, die zusammen auf einer Bank im Hof des Anwesens der Kaufmannsfamilie Lechner in Nürnberg saßen, hatten jedoch keinen Blick für das Licht der tief stehenden Sonne, welches Pflastersteine und Hauswände mit blutroter Farbe überzog, und auch nicht für die Schwalben, die eifrig auf Jagd gingen, um ihre Brut vor der Nacht noch einmal zu füttern. Michel Adler auf Kibitzstein und seine beiden Freunde Heinrich von Hettenheim und Heribert von Seibelstorff starrten vor sich hin, als wäre ihnen ein Gespenst begegnet, das ihnen die Todesstunde verkündet hatte, und die beiden Knappen Anselm und Götz sahen einander ratlos an. Letzterer balancierte auf seinen Knien ein Brett mit Bratwürsten, die er sonst heiß und innig liebte. Gerade hier in Nürnberg wurde seine Leibspeise so gut zubereitet wie nirgendwo anders, und doch hatte er sie kalt werden lassen.

Gedankenverloren biss er in eine, kaute lustlos darauf herum und zog ein Gesicht, als hätte er Sägespäne im Mund. »Vor zwei Jahren sind wir mit Marie und Trudi am Lagerfeuer gesessen. Bei Gott, war das eine schöne Zeit!« Er seufzte und schluckte die Wurst hinunter.

Anselm nickte gedankenschwer. »Da hast du Recht, mein Guter. Es war eine schöne Zeit, auch wenn es in den Krieg ging und die Böhmen wenig Federlesens mit unsereinem machten. Marie wollte Herrn Michel unbedingt finden und sie hat es geschafft. Wie kann Gott nur so grausam sein, sie so früh von dieser Welt zu nehmen?

»Die Guten gehen immer zuerst«, warf Götz mit Grabesstimme ein. Dann bot er Anselm die Würste an. »Iss du sie. Mir schmecken sie heute nicht.«

»Dann müssen die Würste aber verteufelt schlecht sein.« Anselm übernahm das Brett, ließ die Würste jedoch unbeachtet und blickte Michel an wie ein bettelnder Hund.

»Glaubt Ihr tatsächlich, dass es Marie gewesen ist, die da bei Speyer aus dem Rhein gezogen wurde? Mir kommt es so unwahrscheinlich vor, dass sie auf diese Weise ums Leben gekommen sein soll. Sie hat ihren Kopf doch immer wieder aus der Schlinge gezogen.«

Michel sah nicht einmal auf, so tief hatte er sich in seine Trauer vergraben. »Es ist kein Zweifel möglich. Die Leiche, die man fand, trug das Gewand, welches Marie angehabt haben musste, als sie verschwand. Anni hat den Stofffetzen, der uns geschickt wurde, sofort erkannt.«

»Auch Anni kann sich irren.«

»Das wünscht sie sich selbst, aber wenn Marie noch leben würde, wäre sie gewiss schon nach Kibitzstein zurückgekehrt.«

Anselm klammerte sich an die Vorstellung, die von ihm verehrte Marie, die er als Marketenderin kennen gelernt hatte, müsse doch noch am Leben sein. »Vielleicht geht es ihr wie Euch damals, als Ihr Euer Gedächtnis verloren hattet und auf Falkenhain lebtet. Könnte sie nicht durch das Land irren und verzweifelt einen Menschen suchen, der ihr sagen kann, wer sie ist?«

»Nachdem mich Ritter Heinrichs Vetter Falko in Böhmen verraten hatte und halb tot liegen ließ, habe ich irgendwie noch gewusst, dass es jemand gibt, der auf mich wartet. Auch Marie hat damals gespürt, dass ich noch am Leben bin. Aber wenn ich jetzt in mich hineinhorche, finde ich dort nur Leere.«

»Eine Leere, die der Kaiser bald füllen will.« Es waren die ersten Worte, die Ritter Heribert an diesem Abend von sich gab. Auf dem Feldzug nach Böhmen hatte er sich in Marie verliebt und schwer daran zu schlucken gehabt, dass diese verheiratet war und ihren Gatten wiedergefunden hatte. Nun war er seit etlichen Monaten mit der böhmischen Grafentochter Janka Sokolna verheiratet und durfte darauf hoffen, nach der endgültigen Niederschlagung des Hussitenaufstands in ihrer Heimat ein großer Herr zu werden. Doch all das – bis auf Janka natürlich – hätte er aufgegeben, wenn er Marie damit hätte zurückgewinnen können.

Michel lächelte bitter. »Soviel ich gehört habe, tut der gute Sigis-

mund sich nicht gerade leicht, eine passende Braut für mich zu finden. Die hohen Geschlechter des Reiches drängen sich nun einmal nicht danach, eine ihrer Töchter mit dem Sohn eines Schankwirts zu vermählen, mag der Kaiser ihm auch den Ritterschlag erteilt und ein stattliches Lehen übergeben haben.«
Obwohl Michel sich vehement gegen eine zweite Ehe sträubte, kränkte ihn die Missachtung, die ihm der Adel des Reiches entgegenbrachte. Er wusste allerdings auch, dass er diesen Kelch bis zur Neige würde leeren müssen. Kaiser Sigismund hatte seine Ehre darauf verpfändet, ihm eine passende Braut zu verschaffen, und er würde nicht eher aufgeben, bis er eine gefunden hatte, und mochte sie noch so alt und hässlich sein.
»Vielleicht ist eine unansehnliche Frau nicht einmal das Schlechteste«, sagte er zu niemand Besonderem.
»Wie wahr! Keine Frau, und sei sie die schönste im ganzen Reich, kann eine Marie ersetzen.« Der Seibelstorffer reagierte ein wenig gereizt, weil Michel eine zweite Heirat in Betracht zog. Für ihn war Marie so etwas wie eine Heilige gewesen, und eine andere Frau an ihrer Stelle zu sehen würde in seinen Augen ihr Andenken beschmutzen.
Heinrich von Hettenheim legte ihm mahnend den Arm auf die Schulter. »Jeder von uns weiß um Maries Wert, trotzdem solltest du Ritter Michel nicht schelten. Der Kaiser ist es, der auf eine rasche Heirat drängt.«
»Sigismund sollte lieber daran denken, wie er Böhmen befrieden kann«, fuhr der junge Ritter auf.
»Das tut er gewiss!«, antwortete Heinrich von Hettenheim mit einem bitteren Auflachen. »Doch es ist nun einmal leichter, eine Braut für einen Ritter zu finden, als etliche tausend bis an die Zähne bewaffnete Böhmen zur Räson zu bringen.«
»Ich glaube, das Zweite wird ihn bald leichter dünken«, warf Michel ein. »Beinahe jeder hohe Herr, der eine mannbare Tochter, Nichte oder Schwester zu Hause weiß, ist der Einladung des Kai-

sers nach Nürnberg ferngeblieben, aus Angst, dieser könnte ihn dazu zwingen, sie mir zu überlassen.«

»Du sagst das so, als würdest du es bedauern.« Heribert von Seibelstorff hatte sich in eine Stimmung hineingesteigert, in der er selbst dem Kaiser in die Parade gefahren wäre.

Michel zuckte mit den Schultern. »Keine Frau der Welt kann mir, wie du richtig gesagt hast, Marie ersetzen. Trotzdem wünsche ich mir, die Sache läge schon hinter mir. Trudi braucht tatsächlich eine Mutter, die sich um sie kümmert.«

Seine Freunde merkten, dass er im Grunde seines Herzens den Widerstand gegen den kaiserlichen Befehl aufgegeben hatte. Egal, welche Frau Sigismund ihm ins Brautbett legen mochte, es würde ihr schwer fallen, ihn aus seiner Melancholie herauszureißen. Während der Seibelstorffer immer noch mit dem Schicksal haderte, welches Marie aus diesem Leben gerissen hatte, hoffte der ältere und erfahrenere Heinrich, dass der Kaiser doch noch eine Frau finden würde, die Michel neuen Lebensmut schenken konnte.

XI.

Nur ein paar Steinwürfe vom Anwesen der Kaufherrenfamilie Lechner entfernt hockte Rumold von Lauenstein in einer Kammer auf der Nürnberger Feste, die ihm als Gesandten des Pfalzgrafen Ludwig zustand, und hing seinen Gedanken nach. Frau Huldas Vater war noch immer nicht darüber hinweggekommen, dass seine Tochter Maries und Michels Sohn als ihr eigenes Kind und damit als Erben Falko von Hettenheims aufziehen wollte. Es widerstrebte seinem Stolz, den Sprössling eines Schankwirtssohnes und einer Hure vor aller Welt Enkel nennen zu müssen, und anders als Hulda sah er auch in Zukunft keine Möglichkeit für eine zu vollziehende Rache. Kibitzstein lag am Main und die

Hettenheimer Besitzungen in der Pfalz. Über diese Entfernung war eine Fehde nur mit der ausdrücklichen Billigung der Fürsten oder des Kaisers möglich. Der Bengel, den seine Tochter säugte, würde kaum in die Lage kommen, seinen leiblichen Vater zu bekriegen oder gar zu töten. Also würde dieses Bürschchen in spätestens sechzehn Jahren der unangefochtene Herr der großen Hettenheimer Besitzungen werden.
Die Absicht Huldas, ihren Töchtern große Teile des Erbes als Mitgift abzuzweigen, würde sich ebenfalls nicht verwirklichen lassen, denn der Pfalzgraf ließ gewiss nicht zu, dass der Besitz des angeblichen Sohnes beschnitten wurde. Wäre es Herrn Rumold möglich gewesen, die Hettenheimer Burgen und Dörfer an sich zu bringen, hätte er ohne Zögern zugegriffen. Doch nicht nur in dieser Beziehung waren ihm die Hände wie mit eisernen Ketten gebunden. Gab er die wahre Abkunft seines angeblichen Enkels preis, würde Heinrich von Hettenheim sein Recht einfordern und sowohl Hulda wie auch deren Töchter vertreiben. Dann hatte er die Weiberschar am Hals und würde sie versorgen müssen. Dazu war er nicht bereit.
Bei dem Gedanken an seine Enkelinnen zog ein bitterer Geschmack durch seinen Mund, denn er erinnerte sich nur allzu gut an die Jüngste, die durch Maries Balg ersetzt worden war. Lauenstein hoffte, dass sie den Weg in die Sklaverei nicht überlebt hatte. Allein der Gedanke, ein Mädchen aus seiner Sippe müsste als Magd oder gar als Hure jedem Tölpel zu Willen sein, erfüllte ihn mit Ekel.
»Ich hätte Hulda von dieser Tat abhalten müssen!« Der Klang seiner Stimme erschreckte ihn, und er blickte sich unwillkürlich um, ob ihn jemand gehört hatte. Dann erinnerte er sich, dass er seinen Leibdiener mit einem Auftrag weggeschickt hatte, und sonst befand sich niemand in dem Raum.
Lauensteins Blick heftete sich auf die beiden Truhen, die seine Gewänder und den restlichen Besitz bargen, den er auf die Reise

mitgenommen hatte, glitt dann weiter zum Fenster mit seinen kleinen, sechseckigen Butzenscheiben aus gelblichem Glas, die meisterlich mit Blei eingefasst worden waren, und blieb auf dem Turm der Kirche von Sankt Lorenz hängen. Gerne hätte er all das, was sein Herz beschwerte, einem Priester gebeichtet, um Trost von ihm zu empfangen. Doch damit hätte er das Schicksal herausgefordert, denn die meisten Priester verschlossen Dinge von solcher Wichtigkeit nicht in ihrer Brust, sondern trugen sie dem Burggrafen von Nürnberg zu.

»Diese Sache wird mir etliche Jahrzehnte im Fegefeuer eintragen.« Wieder sprach er seinen Gedanken laut aus und kniff dann die Lippen zusammen. Die Angst, für die Tat, zu der Hulda ihn getrieben hatte, zur Hölle zu fahren und am Jüngsten Tag nicht der Erlösung für wert befunden zu werden, wollte er nicht einmal an seine eigenen Ohren dringen lassen. Mit müden Bewegungen griff er nach dem Silberbecher, der auf einer Anrichte für ihn bereitstand, und trank einen Schluck des süßen Ungarweins, der hier in Nürnberg reichlich vorhanden war. Er hätte genauso gut Wasser nehmen können, denn der Hexentanz in seinem Kopf brachte ihn um jegliches andere Empfinden.

Wieder bedauerte er, dass seine Tochter ihre Rache nicht mit einem schnellen Schwerthieb hatte vollziehen lassen. Dann hätten sie die Hure verscharren und die ganze Sache vergessen können. Doch jetzt blieb ihm genauso wie bei seiner jüngsten Enkelin nur die Hoffnung, dass die Frau den entbehrungsreichen Weg in die Sklaverei nicht überlebt hatte. Auch von Russland oder den Tataren, zu denen seine Tochter Marie hatte schicken lassen, führten Wege ins Reich, und Lauenstein, der die Zähigkeit der einstigen Hure bereits erlebt hatte, ahnte, dass er bis ans Ende seiner Tage mit der Angst leben musste, sie würde auch diesmal zurückkehren.

»Warum habe ich Hulda nicht zur Vernunft gebracht? Sie hätte dieser Hure ja eigenhändig die Kehle durchschneiden können!« Diesmal sprach er seine Selbstvorwürfe so laut aus, dass er sich erschrocken auf den Mund schlug. Wenn er so weitermachte, würde er noch verrückt werden, und dann bestand die Gefahr, dass er Huldas Verbrechen vor aller Welt hinausschrie. Er versuchte, seine Gedanken auf die Pflichten zu lenken, die der Pfalzgraf ihm aufgetragen hatte, doch nach kurzer Zeit kreisten sie um Maries Ehemann Michel Adler.

Schon seit Wochen versuchte der Kaiser, eine reiche Erbin für den geadelten Wirtsschwengel zu finden, aber seine Bemühungen waren bis jetzt vergeblich gewesen. Sigismund ahnte nicht, dass er, Lauenstein, hinter all den Absagen und ausgeschlagenen Einladungen steckte, denn er hatte die ins Auge gefassten Familien frühzeitig gewarnt. Bislang war es ihm ein höllisches Vergnügen gewesen, diesen Adler durch seine Intrigen fühlen zu lassen, wie sehr der wahre Adel ihn als Emporkömmling verachtete. Dieses Spiel musste nun jedoch ein Ende haben. Wenn der Kaiser von seinen Machenschaften erfuhr, konnte er sich dessen Ungnade sicher sein und der seines eigenen Herrn dazu. Schließlich hatte Pfalzgraf Ludwig ihn hierher nach Nürnberg geschickt, um sich Sigismund geneigt zu machen, und nicht, um den Kaiser gegen sich aufzubringen.

Für das Problem, das er sich selbst eingebrockt hatte, gab es nur eine einzige Lösung. Er selbst musste dafür sorgen, dass sich eine Braut für diesen Wirts-Adler fand. In Lauenstein kochte bei dieser Vorstellung heiße Wut hoch, denn nun musste er bei einer der hohen Familien für diesen Gassenschenk betteln gehen. Mit der Tochter eines einfachen Ritters oder gar des Inhabers eines Afterlehens würde der Kaiser sich nicht zufrieden geben, und es war schier unmöglich, eine der hohen Familien wie die Bentheim, Erbach oder Ysenburg dazu zu bringen, eine ihrer Töchter zu opfern. Während er sich noch Vorwürfe machte, diese Intrige gegen Adler angezettelt zu haben, durchfuhr es ihn wie ein Blitz. Es gab ein passendes Mädchen, und es würde nicht schwer sein, dessen Vater für diese Ehe zu begeistern. Von neuer Zuversicht und klammheimlicher Schadenfreude beseelt, sprang Lauenstein auf und eilte zur Tür.

Sofort kam einer der Diener, die draußen auf Befehle der Gäste warteten, auf ihn zu. »Ihr wünscht, Herr?«

»Weißt du, ob Ritter Kunner von Magoldsheim in Nürnberg weilt?«

Der Mann schüttelte den Kopf, erklärte aber wortreich, sich erkundigen zu wollen.

»Dann tu es und schwatze hier nicht herum! Wenn Herr Kunner anwesend ist, bringe ihn sofort zu mir, verstanden?«

»Jawohl, Herr!« Der Diener drehte sich um und rannte den Gang hinab, als wären scharfe Hunde hinter ihm her. Rumold von Lauenstein kehrte in seine Kammer zurück, füllte sich einen weiteren Becher Wein und spürte, dass dieser ihm besser mundete. Ritter Kunners Tochter war genau die Frau, die er Michel Adler vergönnte.

Bis er Nachricht erhielt, vertrieb Lauenstein sich die Zeit damit, sich möglichst genau an den Skandal zu erinnern, den Magoldsheims Tochter Schwanhild verursacht hatte, und je mehr Einzelheiten ihm einfielen, umso zufriedener war er mit seiner Wahl. Sogar seine Tochter würde nichts gegen diese Verbindung einzuwenden haben, denn weder gewann der Wirtsschwengel mit ihr die Unterstützung einer mächtigen Sippe, noch konnte er sein Ansehen steigern. Kunner von Magoldsheim war ein freier Reichsritter, verfügte aber nur über einen kleinen Besitz. Seine Tochter konnte jedoch auf eine stolze Ahnenreihe zurückblicken, denn ihre Mutter stammte aus einer Nebenlinie des Hauses Wittelsbach. Diese hatte die Heirat mit dem damals noch schmucken Ritter gegen den Willen ihres Vaters ertrotzt und mit ihrer Familie gebrochen. Zwar würden Michel Adlers Nachkommen das Rautenwappen der Bayern auf dem Schild tragen dürfen, aber als nutzlose Zier, die ihnen keinerlei Vorteile verschaffte.

Lauenstein schwelgte so in seinem neuen Plan, dass ihn das Pochen an der Tür hochschrecken ließ. Er forderte zum Eintreten auf und seufzte im ersten Augenblick enttäuscht, denn es erschien nur sein Leibdiener. Dieser wies jedoch nach draußen. »Ritter Kunner von Magoldsheim wird gleich eintreffen. Mir wurde gesagt, Ihr wollt ihn empfangen.«
»Das will ich!« Lauenstein ignorierte die Neugier seines Dieners und befahl ihm, für eine kräftige Brotzeit und frischen Wein zu sorgen.
In jenen Tagen auf der Otternburg war der Knecht Zeuge von Vorgängen geworden, die absolut geheim bleiben mussten, und wenn der Mann auch nicht alles wusste, so nahm er sich seitdem doch viel zu viel heraus. Lauenstein konnte ihn jedoch nicht wegschicken und durch einen devoteren Diener ersetzen, dann hätte der Kerl aus Rachsucht alles ausgeplaudert. Am liebsten hätte Lauenstein den Mann umgebracht, aber das wagte er nicht. Auch wenn sich im Allgemeinen niemand um einen verstorbenen Knecht kümmerte, mochte ein weiterer Todesfall auffallen, denn in der Umgebung seiner Tochter hatte es bereits zu viele Tote gegeben. Lauenstein dachte schaudernd an die Magd Trine, die getötet worden war, um für die Leiche der Marie Adlerin gehalten zu werden. Ihre Schwester Mine hatte Selbstmord begangen, und kurz darauf war Marga, die ehemalige Wirtschafterin Maries, tot in ihrem Bett aufgefunden worden. Auch Huldas Vasallen Erwin Tautacher hatte ein allzu plötzlicher Tod dahingerafft.
Lauenstein war sicher, dass seine Tochter bei den beiden letzten Todesfällen mit Gift nachgeholfen hatte, und spürte bei der Vorstellung eine eisige Hand auf seinem Rücken. Nur mühsam kehrten seine Gedanken in die Gegenwart und zu dem Gast zurück, der eben eintrat. Er holte tief Luft, als müsse er einen Ring um seine Brust sprengen, und ging Ritter Kunner entgegen.
Dieser begrüßte ihn devot und blickte ihn dabei etwas verwirrt an, denn sein Besitz grenzte weder an die Pfalz noch an andere

Gebiete, auf die Lauenstein Ansprüche erheben konnte. Von einem solch hohen Herrn wahrgenommen zu werden gefiel ihm gar nicht, zumal die Wittelsbacher ihm seine Hochzeit mit einer der Ihren wohl niemals verzeihen würden und er daher mehr als genug Feinde hatte.

»Seid mir willkommen, Herr Kunner! Kommt, setzt Euch und trinkt einen Becher Wein mit mir. Man wird uns auch gleich einen kleinen Happen zum Essen bringen.«

Die Herzlichkeit, mit der Lauenstein ihn empfing, beruhigte den Magoldsheimer fürs Erste, und er nahm den Becher, den sein Gastgeber ihm reichte, dankbar entgegen.

»Auf Euer Wohl und auf Eure Gesundheit, Herr Rumold!«

Lauenstein trat neben ihn und legte ihm die Hand um die Schulter. »Sagt, mein Freund, ist der Streit um das Reichslehen Kehrheim zu Euren Gunsten beendet worden?«

Ritter Kunner schüttelte mit schmerzlicher Miene den Kopf. »Leider nein. Neider haben dies zu verhindern gewusst.«

»Das ist nicht gut für Euch. Wenn Eure Tochter heiratet und ihr Erbe in den Besitz ihres Gemahls übergeht, bleiben Euch und Euren Erben nur Burg Magoldsheim und ein kleiner Flecken Land darum herum.«

Lauenstein sah, wie sein Gast sich innerlich krümmte. Wohl war Jungfer Schwanhilds Erbe nur ein Bruchteil dessen, auf das ihre Mutter Anspruch gehabt hätte, denn dem einfachen Ritter hatten die Herren von Wittelsbach das meiste davon verwehrt. Aber der Rest war groß genug, Ritter Kunner eine gewisse Bedeutung in seiner näheren Umgebung zu verleihen. Die würde er bald verlieren, denn seine Wittelsbacher Gemahlin war bei Schwanhilds Geburt gestorben, und ihre Mitgift würde bei einer Heirat auf ihre Tochter übergehen. Die später geborenen Kinder des Ritters mit seiner zweiten Frau hatten keinerlei Anrecht darauf.

Kunner schüttete den Wein in einem Zug hinunter, als wolle er die schlechte Laune hinwegspülen, in die ihn die Erwähnung seiner Probleme versetzte hatte, und schnalzte dann anerkennend. »Das ist ein Tropfen, wie ich ihn mir lobe. Einen besseren Wein trinkt gewiss auch der Kaiser nicht.«

»Als Gast des Kaisers erhalte ich meinen Wein aus Herrn Sigismunds eigenen Kellern«, erklärte Lauenstein mit einem gewissen Stolz. »Doch lasst uns nun zu Euren Schwierigkeiten zurückkehren. Der Kaiser hat Kehrheim also zu einem an das Reich zurückgefallenen Lehen erklärt?«

Der Ritter nickte verärgert. »So ist es, Herr Rumold. Dabei konnte ich meine Verwandtschaft zu dem letzten Ritter auf Kehrheim bis ins letzte Glied beweisen.«

»Vielleicht gibt es eine Möglichkeit, das Verlorene wiederzugewinnen.« Rumold von Lauenstein behandelte seinen Gast wie einen kleinen Hund, dem man ein Stückchen Fleisch vor der Nase baumeln lässt.

Der Magoldsheimer grub die Finger seiner Rechten in Herrn Rumolds Unterarm. »Glaubt Ihr wirklich, Ihr könntet mir helfen?«

Ritter Kunners sichtlich erwachende Hoffnung belustigte Lauenstein. »Vielleicht! Es kommt darauf an, was Euch die Sache wert ist.«

Das Gesicht des Ritters verdüsterte sich jäh, denn wie bei den meisten seiner Standesgenossen bestand sein Besitz aus Land und nicht aus gemünztem Gold. »Wie meint Ihr das?«

»Nun, Ihr habt eine Tochter, die über kurz oder lang heiraten oder ins Kloster gehen muss. In beiden Fällen verliert Ihr deren Besitz entweder an den Ehemann oder an die frommen Frauen, ohne dass Ihr einen Ausgleich dafür erhaltet. Wenn Ihr jedoch meinem Rat folgt ...« Lauenstein brach ab und betrachtete den anderen lauernd.

Das Gesicht des Magoldsheimers glänzte auf, und er rückte seinem Gastgeber so eng auf den Leib, dass sich ihre Nasen beinahe berührten. »Welchen Rat?«

Seine Miene zeigte, dass er zu allem bereit sein würde, was Lauenstein ihm vorschlug. Herr Rumold nahm es mit einem feinen Lächeln zur Kenntnis. »Ihr werdet gewiss von dem Reichsritter Michel Adler auf Kibitzstein gehört haben.«

»Ein Wirtsbalg, soviel ich gehört habe.« Ritter Kunners Miene drückte die ganze Selbstgefälligkeit eines Mannes aus, dessen Ahnen bereits unter den Staufern auf Rang und Titel hatten pochen können.

»Ein Wirtsbalg, dessen Besitz den Euren an Größe und Ertrag um ein schönes Stück übertrifft. Doch hört mir nun zu.« Lauensteins Stimme wurde schärfer, und er erklärte Ritter Kunner, dass der Kaiser seine Ehre eingesetzt hätte, Michel Adler zu einer edel geborenen Erbin zu verhelfen.

Kunners Miene verdüsterte sich wieder. »Der Kerl ist doch verheiratet!«

»Er ist Witwer. Sein Weib verstarb im Rhein.« Lauenstein hatte Mühe, die Worte über die Lippen zu bringen, so trocken wurde seine Kehle bei dieser Lüge. Rasch füllte er seinen Becher nach und trank, um sich den Mund anzufeuchten.

Dann fuhr er seinen Gast verärgert an. »Wenn Ihr mich noch einmal unterbrecht, könnt Ihr gleich gehen, damit Ihr es wisst! Ich kann mir auch einen gefälligeren Mann suchen.«

Diese Drohung verfing; als Lauenstein weitersprach, hörte der Ritter ihm stumm zu, auch wenn es in seinem Gesicht das eine oder andere Mal heftig arbeitete. »Meint Ihr wirklich, ich könnte das Kehrheimer Lehen doch noch bekommen, wenn ich Schwanhild dafür diesem Wirtsbalg ins Bett lege?«

Lauenstein nickte lächelnd und klopfte Kunner leutselig auf die Schulter. »Dieses Zugeständnis könnte ich dem Kaiser gewiss abringen. Aber ich muss mir sicher sein, dass die Ehe zustande kommt. Sollte Herr Sigismund bei der Angelegenheit sein Gesicht verlieren, möchte ich nicht in Eurer Haut stecken und in der meinen auch nicht.«

Kunner von Magoldsheim dachte an seine Tochter, die ihn, seine zweite Ehefrau und ihre jüngeren Halbgeschwister stets fühlen ließ, dass sie sich als etwas Besseres dünkte, und ihm wurde klar, dass es alles andere als leicht sein würde, sie zu einer solchen Heirat zu bewegen. Doch notfalls mussten Nahrungsentzug und der Stock nachhelfen, sie zum Gehorsam zu zwingen.
Lauenstein schien seinem Gast die Gedanken von der Stirn abzulesen, denn er zupfte ihn spöttisch am Bart. »Sollte die Maid sich allzu sehr sträuben, so erinnert sie an ihre geplatzte Verlobung mit dem jüngeren Öttingen. Der junge Herr war bereit gewesen, um sie zu freien und den Rest der Mitgift ihrer Mutter von seinen Wittelsbacher Nachbarn zu erstreiten. Da gab es aber, wie ich gehört habe, einen schmucken Knappen, der zur falschen Zeit am falschen Ort erwischt wurde!«
Ritter Kunners Gesicht verzerrte sich vor Wut. Zwar hatte die weise Frau, von der Schwanhild hinterher untersucht worden war, dieser eine unversehrte Jungfräulichkeit bescheinigt. Doch der Zwischenfall war für den Grafen von Öttingen Grund genug gewesen, von der geplanten Heirat abzusehen.
»Erinnert sie daran, dass ihre damalige Unbesonnenheit es ihr unmöglich macht, einen besseren Ehemann als den Kibitzsteiner zu bekommen.« Herr Rumold hatte den nächsten Keil gesetzt und sah zufrieden, wie tief dieser ging.
Ritter Kunner nickte versonnen und betrachtete seine massigen Pranken. Er würde seine Tochter gewiss nicht schonen, wenn er über sie an das Kehrheimer Lehen gelangen konnte.
Lauenstein rieb sich innerlich die Hände, denn mit dieser Verbindung vollendete er Huldas und seine Rache. Die überstolze Schwanhild von Magoldsheim würde diesem Wirts-Adler das Leben zur Hölle machen. Während er Ritter Kunner noch einmal einschärfte, die Hochzeit nicht scheitern zu lassen, amüsierte es ihn, dass er selbst ebenfalls Gewinn aus dieser Sache ziehen konnte, denn der Kaiser würde denjenigen, der ihn aus seinem

Dilemma erlöste, gewiss nicht vergessen. Seinem pfälzischen Lehnsherrn würde er berichten, dass er die Heirat einer entfernten Verwandten nur aus einem Grund in die Wege geleitet hatte: um Sigismunds Gnade dem Hause Wittelsbach zu erhalten.

Zufrieden mit dem, was er erreicht hatte und noch zu erreichen hoffte, schob Lauenstein die düsteren Gedanken, die ihn eben noch gequält hatten, weit von sich und verdrängte auch Marie aus seinem Gedächtnis.

Fünfter Teil

Verschlungene Pfade

I.

Marie war mit einem Mal hellwach. Ein Geräusch musste sie geweckt haben, vielleicht das Heulen des Windes oder das Knarren eines Bodenbretts. Als sie die Augen öffnete, war es so dunkel, dass sie nicht einmal die Bettpfosten erkennen konnte. Im nächsten Augenblick hörte sie ein leichtes Tapsen vor ihrer Kammer.

Marie tastete nach dem Dolch, der unter der gesteppten Matte verborgen lag, die ihr als Lager diente. Die Waffe hatte sie vor einiger Zeit einem der Krieger des Fürsten abgenommen, der betrunken im Stall eingeschlafen war. Es handelte sich um kein besonders wertvolles Stück, und sollte man das Ding bei ihr entdeckten, würde sie behaupten, es im Abfall hinter dem Pferdestall gefunden und wieder blank poliert zu haben. Sie benötigte den Dolch nicht als Schutz gegen aufdringliche Männer, denn die konnte sie sich mit einigen scharfen Worten besser vom Leib halten. Als Amme des Thronfolgers stand sie unter dem persönlichen Schutz der Fürstin und war für alle außer dem Fürsten selbst unantastbar, und Dimitri sah ein altes Weib wie sie nicht einmal an. Die Klinge war für sie nicht mehr und nicht weniger als ein Symbol der Freiheit, die sie sich erringen wollte.

Jetzt aber galt es, sich auf etwas anderes zu konzentrieren als auf die Frage, wie sie endlich von hier fortkam. Sie umklammerte den Griff der Waffe, schlug mit der freien Hand die Decke aus zusammengenähten Schafsfellen zurück und tastete sich möglichst lautlos zur Tür, um Alika nicht zu wecken, die an der anderen Wand der Kammer schlief. Ihre Freundin hätte gewiss gefragt, was los sei, und damit möglicherweise einen Feind gewarnt.

An der Tür angekommen, hob Marie den hölzernen Haken an, der diese verschloss. Dabei entstand kein Laut, denn Gelja, die ihr auf Fürstin Anastasias Anweisung hin dienen musste, hatte ihn erst am Vortag mit Fett eingerieben, weil er erbärmlich gequietscht hatte. Zuerst war Marie verärgert gewesen, denn das Geräusch hatte sie stets gewarnt, wenn jemand eintreten wollte, jetzt aber dankte sie Gelja im Stillen für diese Entscheidung.

Auf dem Flur war kein Laut mehr zu vernehmen. Die einzigen Geräusche, die zu Marie drangen, verursachten der Wind und ein Pferd, das mit den Hufen gegen die Boxenwand trat. Daher glaubte sie schon, ein Opfer ihrer überreizten Nerven geworden zu sein. Dann aber hörte sie in der Kammer, in der der kleine Wladimir schlief, Stoff rascheln. Anscheinend befand sich jemand bei dem Kind, und das war verdächtig. Nur sie und Alika durften sich um den Thronfolger kümmern, allen anderen war das Betreten der Schlafkammer des Prinzen ohne ihre oder Fürstin Anastasias ausdrückliche Erlaubnis verboten. Wer heimlich und mitten in der Nacht dort eindrang, hatte nichts Gutes im Sinn.

Marie glitt weiter und fand die Tür zu Wladimirs Kammer offen. Ein Öllämpchen, das in einer Laterne mit getönten Scheiben auf einem Kasten stand, spendete einen Hauch von Licht, damit sie auch während der Nacht nach dem Kind sehen konnte. Jetzt beleuchtete es den Schattenriss einer Person, die sich über die Wiege beugte und die Hand nach Wladimir ausstreckte. Ein erstickter Laut des Kleinen deutete darauf hin, dass jemand dem Kind den Mund zuhielt. Dann zog der Eindringling mit der anderen Hand etwas aus einer Tasche seiner Kleidung und führte es an den Mund des Kindes.

»Stoj!« Maries Befehl war noch einige Korridore weiter zu vernehmen. Die Gestalt zuckte erschrocken zusammen und ließ das Kind los, das sofort lauthals zu schreien begann. Gleichzeitig fiel etwas, das wie ein Fläschchen aussah, zu Boden und rollte bis an die Wand.

Im ersten Impuls wollte der nächtliche Besucher wieder danach greifen, wandte sich dann aber Marie zu und hob drohend die Fäuste. Diese konnte nicht erkennen, mit wem sie es zu tun hatte.

Da die meisten Männer im Palast größer waren als sie, musste es sich um eine Frau handeln. Das gab ihr den Mut, auf die andere zuzugehen, ohne direkt zuzustechen. Aber sie hielt den Dolch so, dass sie die Person jederzeit abwehren konnte.

Aufbrandender Lärm verriet, dass ihr scharfer Ruf und das Schreien des Kindes die Bewohner des Terems geweckt und die Wachen alarmiert hatten, und gleich würden die Mägde der Fürstin und Männer aus Dimitris Leibgarde erscheinen. Dies schien auch Maries Gegenüber zu begreifen, denn die Frau versuchte, mit einem raschen Satz an ihr vorbei zur Tür zu gelangen. Marie packte mit der freien Hand zu, bekam den Stoff eines derben Kleidungsstücks zu fassen und zerrte daran.

»Hier geblieben!« Die Frau schien unbewaffnet zu sein, daher warf Marie sie mit einem Ruck zu Boden, kniete sich auf sie und setzte ihr den Dolch auf die Kehle.

Das kalte Metall ließ die andere entsetzt aufschreien. »Heilige Jungfrau von Wladimir, hilf!«

Marie verstand den Ausruf, denn nach zwei Monaten in Worosansk beherrschte sie die Sprache der Einheimischen besser, als ihre Umgebung es ahnte. Daher nahm sie an, die Frau sei starr vor Angst, und zog den Dolch etwas zurück.

»Wer bist du?«, fragte sie auf Deutsch und wiederholte die Worte noch einmal in einem sehr holprigen Russisch.

Statt einer Antwort drehte diese ihr den Kopf zu und spie ihr ins Gesicht. Marie war so wütend, dass sie am liebsten zugestoßen hätte, doch in dem Augenblick drangen Andrej und der Beichtvater des Fürstenpaars in den Raum. Marie hielt die Frau, die sich im Schein der herbeigebrachten Laternen als Wladimirs ehemalige Kindsmagd Darja entpuppte, am Boden fest und wollte Andrej erklären, was vorgefallen war, doch die Russin kam ihr zuvor.

»Ich wollte den Thronfolger retten! Diese Deutsche war dabei, ihn umzubringen! Dort hinten an der Wand liegt das Gefäß mit dem Gift, das ich ihr der Heiligen Jungfrau zum Dank gerade

noch rechtzeitig aus der Hand schlagen konnte. Aus Rache hat sie mich überwältigt und wollte mich töten. Ich danke Gott dem Herrn, dem Sohne und dem Heiligen Geist, der zu Pfingsten über die Jünger des Gottessohnes gekommen ist, dass ihr noch rechtzeitig gekommen seid, um mich zu retten.«
Zwei der Gardisten, die kurz hinter Andrej erschienen waren, richteten ihre Speere auf Marie, doch Andrej befahl ihnen mit einer herrischen Geste, zurückzutreten. »Diese Frau erhebt schwere Anklage gegen dich«, sagte er so langsam und deutlich wie möglich zu Marie.
Diese ließ Darja los, stand auf und schüttelte wild den Kopf. »Ich kann mir denken, was dieses Miststück behauptet! Es will mir die Schuld an dem in die Schuhe schieben, das sie selbst tun wollte. Ich habe sie mit dem Fläschchen in der Hand an Wladimirs Wiege angetroffen und daran gehindert, ihm den Inhalt einzuflößen.«
Maries mit einigen Brocken Latein durchsetztes Russisch klang holpernd, aber so verständlich, dass nun auch die Wachen unsicher wurden. Für einen Augenblick bedauerte Marie, die Magd nicht sofort getötet zu haben, denn sie hatte ihre wachsenden Sprachkenntnisse bisher verschleiert. Darjas Übergriff aber zwang sie, ihr Wissen aufzudecken. Sie blickte Andrej in die Augen und zeigte auf das Kind, das nun von Alika auf den Arm genommen und gewiegt wurde.
»Ich habe Fürstin Anastasia geschworen, ihren Sohn zu nähren und zu schützen, und dieses Versprechen habe ich gehalten. Ich habe dieses Fläschchen nicht in den Raum gebracht!«
»Doch, das hat sie!« Darja keifte, wirkte aber sichtlich erschrocken. Offensichtlich hatte sie gehofft, den Mord an dem Thronerben einer Fremden, die sich nicht verständlich machen konnte, in die Schuhe schieben zu können. Von Angst geschüttelt kroch sie auf Pantelej zu, fasste dessen Kutte mit beiden Händen und überschüttete den Saum mit Küssen.

»Du glaubst mir doch, ehrwürdiger Vater! Sie war es, die den Prinzen töten wollte, nicht ich.«

Der Pope blickte nachdenklich auf sie hinab und rieb sich den Bart. Mit einem Mal trat er zur Wand und hob das Fläschchen auf. Es war etwa eine Handspanne lang und von einem dunklen, fast schwarz erscheinenden Blau. »Hat jemand von euch dieses Gefäß schon einmal gesehen?«, fragte er die Leute, die sich immer zahlreicher vor der Kammer des Prinzen versammelten.

Die Leibmagd der Fürstin trat vor und streckte die Hand aus, um das Fläschchen zu nehmen, wich dann aber wie vor einem bösen Dämon zurück und schlug das Kreuz. »Das Fläschchen kenne ich. Die Herrin hat Duftöl darin aufbewahrt. Wenn du es aufmachst, müsstest du die Wohlgerüche Griechenlands darin finden.«

Pantelej zog den Korken, roch daran und verzog das Gesicht voller Ekel. »Es mag einmal mit Wohlgerüchen gefüllt gewesen sein, doch jetzt rieche ich nur den scharfen Geruch des Todes.«

Marie trat neben ihn und schnupperte ebenfalls. »Dem Geruch nach besteht der Inhalt aus mehreren Pflanzensäften, das meiste dürfte Gallenkraut sein. Man nennt es auch Herba gratiolae oder Gottesgnadenkraut. In geringer Dosis hilft es gegen Wassersucht, Verstopfung und Gallenbeschwerden, doch zu viel davon kann selbst einem kräftig gewachsenen Mann das Herz erstarren lassen. Für das Kind wäre diese Menge hier absolut tödlich gewesen.«

»Das weiß sie alles, weil sie diesen Trank selbst gebraut hat«, kreischte ihre Gegnerin.

Einige der umstehenden Russen nickten unwillkürlich und bedachten Marie mit leisen feindseligen Bemerkungen, denn so viel Wissen trauten sie Darja nicht zu.

Der Priester winkte ihnen, still zu sein. »Wir werden gleich sehen, wer hier die Wahrheit spricht und wer nicht. Andrej Grigorijewitsch!«

Der Angesprochene trat vor. »Ja, ehrwürdiger Vater?«
»Du wirst dich sofort in die Stadt begeben und die alte Wassilissa holen. Sie soll sich beeilen, sonst bekommt sie die Knute. Sag ihr das!«
Obwohl dies ein Auftrag war, den auch ein Knecht hätte ausführen können, nickte Andrej, denn die Alte mochte helfen, Maries Unschuld zu beweisen. Die Deutsche hatte seines Erachtens nicht den geringsten Grund, dem Thronfolger zu schaden, denn wenn sie nicht auf Wladimir Acht gab und Anastasias Vertrauen verlor, würde sie unter der Knute enden.
Die gleichen Gedanken gingen auch dem Priester durch den Kopf, und er behielt die Leute scharf im Auge. Diese glaubten an die Unschuld der Magd, weil sie sie kannten und sie eine von ihnen war. Marie war eine Fremde und auch noch eine Ketzerin, der sie von Haus aus alles Schlechte zutrauten.
Als Pantelej die Umstehenden musterte, entdeckte er den Fürsten, der die Szene mit grimmigem Gesicht verfolgte. »Was willst du mit dem Kräuterweib, ehrwürdiger Vater? Wir sollten Gott selbst um ein Urteil bitten. Er wird das Weib verschonen, das unschuldig ist.« Dimitri war anzusehen, dass er die Angelegenheit rasch beseitigt sehen und in sein Bett zurückkehren wollte.
Der Pope wusste, dass er mit aller Vorsicht handeln musste. »Dein Wort ist gerecht und weise wie immer, mein Fürst. Doch müssten wir mit einer solchen Probe bis zum hellen Tag warten. Jetzt in der Nacht spähen die Dämonen der Finsternis uns Menschen aus und würden der Schuldigen helfen, über die Unschuldige zu triumphieren.«
Dimitri kniff die Augenlider zusammen, nickte dann aber und befahl seinem Diener, ihm einen Stuhl zu bringen. Auch die hinzugekommene Fürstin wies ihre Dienerin an, eine Sitzgelegenheit zu besorgen. Da bemerkte sie, dass sie im Hemd vor ihren Leuten stand, als wäre sie eine einfache Magd. Daher rief sie der

Bediensteten noch nach, ihr einen Sarafan mitzubringen. Noch etwas mitgenommen blickte sie zu ihrem Sohn, den das Schicksal ihr beinahe entrissen hätte, und dankte in Gedanken Gott, dass er dies nicht zugelassen hatte.

Unterdessen versuchte Gelja, den kleinen Wladimir in den Schlaf zu wiegen, denn Alika hatte sich angesichts der feindseligen Bediensteten fluchtartig in ihre und Maries Kammer zurückgezogen. Doch als der kleine Prinz nicht aufhören wollte zu schreien, befahl Anastasia, die Mohrin aus dem Bett zu holen, damit sie den Kleinen beruhige.

Die Wachen drückten unterdessen Marie und ihre Gegnerin mit ihren Speeren jeweils in eine Ecke und hielten sie dort fest. Darja krümmte sich, als hätte sie Bauchweh, und flehte alle Augenblicke die Muttergottes oder einen der schier zahllosen Heiligen ihrer Kirche an, ihr beizustehen. Dazwischen beteuerte sie ihre Unschuld und brach in Verwünschungen gegen Marie aus. Schließlich wurde es der Fürstin zu bunt, und sie befahl der Magd, den Mund zu halten, wenn sie nicht ein paar Hiebe mit dem Speerschaft bekommen wolle.

Dabei deutete Anastasia mit keiner Geste an, welche der beiden Frauen sie für unschuldig hielt, denn sie kannte ihren Gemahl und wusste, dass er genau diese verurteilen würde. Auch so war sie höchst besorgt, denn wenn Dimitri die Frau aus dem Westen sterben sehen wollte, würde ihr nichts anderes übrig bleiben, als ein stilles Gebet für sie zu sprechen.

II.

Nach fast einer Stunde kehrte Andrej mit einer kräftig gebauten älteren Frau zurück, die mit einem waidblauen Sarafan, einer braunen Jacke und einer einfachen Haube bekleidet war. In ihrer Hand trug sie einen großen Korb, der den Geruch verschiedener

Kräuter verströmte. Ihr Gesicht wirkte mürrisch, und als sie sich Pantelej zuwandte, klang ihre Stimme nicht gerade ehrfurchtsvoll.
»Was soll das, Väterchen? Ich bin gerade erst vom Kräutersammeln zurückgekehrt und als alte Frau brauche ich meinen Schlaf. Krank ist hier ja niemand, wie ich gehört habe.«
»Es geht um einen Mord oder, besser gesagt, einen versuchten Mord«, klärte der Priester sie auf. »Hier, sieh dir den Inhalt dieses Fläschchens an und sag mir, was du davon hältst.« Mit diesen Worten streckte er ihr das Fläschchen hin.
Die alte Kräuterfrau nahm es, schnupperte misstrauisch daran und ließ einen Tropfen auf ihren Zeigefinger fallen. Vorsichtig berührte sie diesen mit ihrer Zungenspitze und spie dann aus.
»Das ist keine Medizin, sondern ein übles Gebräu, das nur schaden kann.«
»Weißt du, woraus es besteht?«, fragte Pantelej ungeduldig.
»Der Hauptteil ist Saft von Gallenkraut, aber ich glaube, auch Mutterkorn zu spüren. Dazu rate ich aber nur dann, wenn ein Weib bei der Geburt eines Kindes so stark blutet, dass es in Gefahr gerät, sein Leben zu verlieren. Es kann auch Rehfarn dabei sein, der gegen Würmer hilft, in größerer Menge aber den Tod bringt.« Die Frau wollte weitersprechen, als der Priester sie kurzerhand unterbrach.
»Das sind wohl alles Sachen, die einem kleinen Kind schaden können?«
»Schaden?« Die Kräuterfrau sah ihn an, als zweifele sie an seinem Verstand. »Mit dem Inhalt dieses Gefäßes kannst du zehn Kinder umbringen.« Sie begriff jetzt erst so richtig, wo genau sie sich befand, und schlug das Kreuz. »Bei der Heiligen Jungfrau. Es wollte doch wohl niemand den Thronfolger ermorden?«
»Genau das wurde versucht. Du wirst uns jetzt helfen, die Schuldige von der Unschuldigen zu scheiden. Diese beiden Weiber dort«, Pantelej wies auf Marie und Darja, »behaupten jeweils, die

andere daran gehindert zu haben, dieses Mittel dem Thronfolger einzuflößen.«

»Aber was kann ich denn da tun, wo doch du selbst und der hochmächtige Fürst Dimitri um so viel klüger seid als ich altes, dummes Weib?«, wunderte sich die Frau.

»Diese Magd hier behauptet, die Fremde habe dieses Mittel zusammengemischt, um den Thronfolger zu töten. Kannst du uns sagen, ob dies möglich ist?«

Die Alte schüttelte heftig den Kopf. »Das kann sie nicht gebraut haben, denn zum einen hätte es jeder gerochen, und zum anderen ist sie nicht bei mir in die Lehre gegangen. Jede Kräuterfrau hat ihre eigenen Rezepturen und gibt sie nur an ihre besten Schülerinnen weiter.«

Sie schnüffelte noch einmal an dem Fläschchen. »Ein Teil des Inhalts ist mit Sicherheit von mir. Das rieche ich deutlich. Andere Kräuterfrauen aus Worosansk benutzen diese Mischung nicht, so dass ich den Unterschied erkennen kann. Den Hauptteil der Tinktur habe ich vor der Geburt des Thronfolgers zubereitet, um der Fürstin zu helfen. Damals wurde ich gerufen, weil es sehr schlecht um die Herrin stand, konnte sie aber mit meiner Kunst und der Hilfe Gottes und der Heiligen Jungfrau von Wladimir retten.« Es klang sehr zufrieden – und wohl auch mit Recht, denn die alte Wassilissa hatte Anastasia damals von der Schwelle des Todes zurückgeholt.

Der Beichtvater des Fürstenpaars nickte, als habe er keine andere Auskunft erwartet. »Wenn diese Mittel schon seit Monaten hier im Palast waren, kann die Amme des Prinzen sie nicht gebraut haben.«

Die alte Kräuterfrau bestätigte seine Worte energisch. »Da sind mehrere Tinkturen von mir zusammengeschüttet worden. Das konnte nur eine der Dienerinnen unserer Herrin tun, die wusste, welche Medizin ich für die Fürstin gebracht hatte.«

Die Mägde tuschelten, und es war deutlich zu vernehmen, dass

die meisten Wassilissa vertrauten und von Darja abrückten, die Anastasia schon während der Schwangerschaft gedient hatte.
Die engsten Freundinnen der früheren Kindsmagd aber zischten Verwünschungen in Maries Richtung und eine trat entschlossen vor den Priester. »Die Fremde kann das Zeug aus der Truhe genommen haben, in der die Fläschchen aufbewahrt wurden!«
»So muss es gewesen sein! Ich wusste doch gar nicht, wo dieses Teufelszeug steckte.« Darja versuchte, mit fester Stimme zu sprechen, doch jedes Wort verriet ihre Angst.
Die Oberhofmeisterin klopfte mit ihrem Stock auf die Erde. »Du lügst! Ich habe selbst gesehen, wie du die Behältnisse mit den Arzneien in die dafür bestimmte Truhe geräumt hast.«
Verblüffung schwang nun in dem allgemeinen Gemurmel mit, denn alle wussten, dass die Aufseherin über die Mägde die Fremde nicht mochte. Aber die meisten erinnerten sich auch daran, wie hart diese Frau Lügen bestrafte. Jetzt setzte sie Darja die Spitze ihres Stocks auf die Brust. »Hat dir die Herrin nicht ein Fläschchen mit ein wenig Duftöl geschenkt, weil du dich ihres Sohnes angenommen hast? Wir konnten es viele Tage an dir riechen.«
»Das ist wahr!«, rief Gelja. Die junge Russin hatte anfangs nur ungern dem Befehl der Fürstin gehorcht, der Fremden zu dienen, die als gekaufte Sklavin eigentlich unter ihr stand. Doch inzwischen kam sie mit der Lateinerin besser zurecht als mit den älteren Mägden, die sie zumeist wie ein dummes Kind behandelten. Doch jetzt zeigten ihre Worte Wirkung, und diejenigen, die noch offen zu Darja gehalten hatten, zogen sich hinter die anderen zurück, als fürchteten sie, für Mitwisserinnen gehalten zu werden.
Die einstige Kindsmagd begriff, dass sich die Schlinge um ihren Hals zuzog, und warf sich schreiend und um Gnade flehend zu Boden. Der Ausdruck im Gesicht des Fürsten zeigte jedoch nicht nur ihr, dass er das Urteil über sie gefällt hatte. Er entriss einem seiner Männer die Knute und schlug damit auf die Kindsmagd ein. »Wer hat dich dafür bezahlt, meinen Sohn zu töten? War es

mein Bruder Jaroslaw? Oder diese von Gott verfluchten Moskowiter?« Bei jedem Wort fraß sich die Peitsche tief in das Fleisch der Frau.

»Ja, ja, so war es, Herr! Sie haben mich dazu angestiftet!« Die Kindsmagd kreischte und verfluchte in einem Atemzug den Bruder des Fürsten, den Großfürsten Wassili von Moskau und Marie, die sie von allen am meisten hasste.

Schließlich fiel Pantelej dem Fürsten in den Arm. »Verzeih, Väterchen Dimitri Michailowitsch, doch in seiner Verderbtheit würde dieses Weib jeden beschuldigen, den Tod des Thronfolgers zu wünschen, nur um eine leichtere Strafe zu erhalten. Moskau mag vielleicht dahinterstecken, doch die Männer des Großfürsten hätten gewiss nicht so ein dummes Ding dazu angestiftet. An Jaroslaws Schuld wage ich ebenfalls zu zweifeln, denn dafür wird er zu gut bewacht. Oder willst du etwa Lawrenti Jurijewitsch misstrauen, deinem Schwertträger und rechten Arm in der Schlacht?« Die Augen des Priesters flackerten, denn vom Zorn übermannt, wusste der Fürst nicht mehr Freund von Feind zu unterscheiden.

Man sah Dimitri an, dass er seinem Beichtvater am liebsten widersprochen hätte, doch er war nüchtern genug, um die Wahrheit in Pantelejs Worten zu erkennen.

Andrej kam dem Popen zu Hilfe. »Ein von Moskau oder Jaroslaw ausgesandter Meuchelmörder hätte gewiss klüger gehandelt. Diesem hätte es nämlich gereicht, das Kind im Schlaf zu ersticken. Das Weib aber wollte mit ihrem Verbrechen die Amme ins Verderben reißen.«

Als Fürst Dimitri Darja mit der Knute züchtigte, erstarrte Marie innerlich und kämpfte mit dem Juckreiz, den ihre eigenen, beinahe zwanzig Jahre alten Narben auslösten. Gleichzeitig begriff sie, in welcher Gefahr sie geschwebt hatte, und betete stumm zur Jungfrau Maria und ihrer Schutzheiligen Maria Magdalena. Doch sie war nicht nur den Himmlischen dankbar für die Hilfe,

die diese ihr angedeihen ließen, sondern auch Andrej und dem Priester, die sich beide für sie eingesetzt hatten. Während der junge Edelmann eher erleichtert wirkte, machte der Priester ein betrübtes Gesicht, als könne er nicht begreifen, dass der Mordversuch an dem Thronfolger von einer Frau begangen worden war, die die Riten seiner Kirche mit Inbrunst befolgt hatte.
Die Fürstin schien mit der Entwicklung offensichtlich zufrieden zu sein, wohl weil sie Darja von Anfang an in Verdacht gehabt hatte. Nun nahm sie ihrem Gemahl die Knute aus der Hand und zog sie der Magd einige Male über. Dabei beschimpfte sie die Frau in ihrer Muttersprache, die ihr leichter über die Lippen kam als das mühsam erlernte Russisch. Als sie innehielt, schimmerten die Riemen der Peitsche rot.
Schwer atmend warf sie die Knute weg und wandte sich an ihren Gemahl. »Das Weib verdient schwere Strafe!«
Nun verwendete sie wieder die russische Sprache, denn im Gegensatz zu seinem Vater Michail, der Anastasia aus Konstantinopel mitgebracht hatte, war Dimitri des Griechischen nicht mächtig und weigerte sich zum Leidwesen seiner Frau, es zu lernen.
Der Fürst nickte und stieß die am Boden kauernde Magd mit der Fußspitze an. »Du Tochter einer räudigen Hündin wolltest meinen Sohn ermorden. Dieses Verbrechen kann nur der Tod sühnen. Übergebt sie meinen Tataren. Sie sollen mit ihr verfahren, wie sie es gewohnt sind. Bei Tagesanbruch muss das Weib tot sein.«
Darja schrie auf und umklammerte seine Füße. »Nicht die Tataren, mein Herr! Verschone mein Leben, und ich werde dir und deinem Sohn mit aller Kraft dienen. Gnade! Ehrwürdige Fürstin, ich flehe dich an ...«
Zu mehr kam sie nicht, denn Fürst Dimitri versetzte ihr einen Fußtritt mitten ins Gesicht. Blut strömte aus ihrem Mund, und ihr Schluchzen wurde zu einem erstickten Gurgeln. Zwei Knechte packten sie, hoben sie hoch und blickten ihren Herrn fragend an.

»Bringt sie in den Hof! Und ruft alle hier im Kreml zusammen, meine Gefolgsleute und die Knechte. Auch Jaroslaw darf nicht fehlen. Jeder soll wissen, was mit Verrätern und Mördern geschieht.«

Dimitri trat einen Schritt beiseite, damit die Knechte die Magd hinausschleifen konnten, und beugte sich dann über Wladimir, der nun zufrieden in Alikas Armen schlief. Doch der Fürst interessierte sich weniger für seinen schlafenden Sohn als für die Mohrin. Bis jetzt hatte er die Sklavin nur einmal benutzt, und er erinnerte sich an die Summe, die dieses schwarze Ding ihn gekostet hatte.

»Gib meinen Sohn der Amme, damit sie ihn nähren kann, denn er dürfte hungrig sein. Du aber kommst mit mir.«

Obwohl Alika das Russische nicht so gut verstand wie Marie, sagten seine Gesten ihr genug. Sie warf ihrer Freundin einen angsterfüllten Blick zu, nun war genau das eingetreten, was sie befürchtet hatte. Doch wenn sie sich weigerte, dem Fürsten zu Willen zu sein, würde sie wieder ausgepeitscht werden.

Marie konnte nichts anderes tun, als ihrer Freundin das Kind abzunehmen und ihr aufmunternd zuzulächeln. »Erinnere dich an das, was ich dir geraten habe. Wenn der Herr nach dir verlangt, musst du so nachgiebig werden wie Wasser und deinen Gedanken die Freiheit geben, an jeden Ort zu schauen, an den sie sich sehnen. Lass deine Seele zu den schönsten Augenblicken deines Lebens zurückkehren!«

Alika nickte unglücklich und folgte dem Fürsten mit hängendem Kopf und einer Miene, als ginge sie zu ihrer Hinrichtung.

Anastasias Blicke folgten ihr, bis sie den Vorraum des Terems erreicht hatte und ins Freie trat. Dann wandte sie sich an ihre Amme. »Deine Freundin scheint sich nicht darüber zu freuen, dass mein Gemahl sie ausgewählt hat.«

Marie zog seufzend die Schultern hoch. »Keine Frau liebt es, gegen ihren Willen genommen zu werden. Außerdem wünscht Alika nicht, dir Kummer zu bereiten.«

»Das sollte sie auch nicht wagen.« Es lag eine deutliche Warnung in den Worten, die Marie an ihre Freundin weitergeben wollte. Selbst wenn die Mohrin doch noch Gefallen an dem finden sollte, was der Fürst mit ihr trieb, durfte sie es nicht erkennen lassen.

In diesem Augenblick erwachte der kleine Prinz und erinnerte Marie nachdrücklich daran, dass es Wichtigeres gab, als sich Sorgen um Alika zu machen. Sie wies Gelja und eine weitere Magd an, die Wiege des Thronfolgers in ihre Kammer zu bringen, und folgte ihnen, um das Kind zu säugen. Doch kaum hatte sie es sich auf dem Schemel bequem gemacht und dem Prinzen die Brust gereicht, zupfte die Dienerin sie am Ärmel.

»Du musst mitkommen und zusehen, was die Tatarenhunde mit Darja tun.«

»Der Fürst hat mir befohlen, seinem Sohn die Brust zu geben.« Marie hoffte, sich hinter dieser Anweisung verschanzen zu können.

Gelja schüttelte heftig den Kopf. »Wenn du nicht gehst, werden andere Mägde sagen, Darja wäre doch unschuldig, weil du ihre Bestrafung nicht mit ansehen konntest.«

»Aber ich kann den Jungen doch nicht mit nach draußen in die Kälte nehmen!«

Marie blickte auf Wladimir, der ihre Brust jedoch fahren gelassen hatte und wieder eingeschlafen war. Dafür war Lisa munter geworden und begann nun zu weinen.

»Gib ihr die Brust, bis sie still ist. Aber beeil dich, wir müssen gleich hinaus.« Die Russin nahm Marie den Prinzen ab und legte ihn in die Wiege.

Marie hob Huldas Tochter auf und legte sie an die andere Brust. Die Kleine hatte offensichtlich nur ihre Nähe spüren wollen und schlief nach wenigen Atemzügen ein. Marie löste vorsichtig das Mündchen, das sich an ihrer Brustwarze festgesaugt hatte, und bettete Lisa wieder in den alten Korb, der als

Kinderbett diente. Rasch band sie das Oberteil ihres Hemdes zu, zog ihre drei Sarafane übereinander an und dazu noch eine alte, gewebte Wolljacke, die dem Muster nach einst von Anastasia aus ihrer Heimat mitgebracht worden war. So eingepackt folgte sie Gelja ins Freie.

III.

Der große Platz, der sich zwischen dem Palast und den Ställen erstreckte, wurde von vier Feuerstößen fast taghell erleuchtet. Auf einem der beiden Sessel, die am Rand eines markierten Kreises standen, saß Fürstin Anastasia, die über einem dunkelroten Sarafan einen Umhang aus Wolle trug, mit dem sie sich vor der kalten Feuchtigkeit der Nacht zu schützen suchte. Der zweite Sessel war leer.

Marie und Gelja wurden von Dimitris Wachen zu einer Gruppe eng zusammenstehender Mägde gescheucht, in deren Mienen sich so viel Entsetzen spiegelte, als sollten sie ebenso bestraft werden wie Darja. Dabei sah Marie etliche scheele Blicke auf sich gerichtet, doch es fiel kein böses Wort. Auch wenn die Russinnen sie nicht mochten, weil sie in ihren Augen eine Ketzerin war, so schüttelten sie sich alle bei dem Gedanken, Darja hätte ihre Tat ausführen können. In dem Fall hätte der Zorn des Fürsten alle Mägde im Terem getroffen, und er wäre imstande gewesen, jede von ihnen dafür umbringen zu lassen. Aus diesem Grund waren sie der Fremden sogar ein wenig dankbar, weil diese den Mord an dem Kind vereitelt hatte, doch das wollte keine von ihnen offen zugeben.

Stattdessen wurde Marie von einer älteren Magd getadelt. »Warum hast du Darja nicht gleich niedergestochen? Das wäre gnädiger gewesen.«

Sie kam nicht dazu, ihr eine Antwort zu geben, denn Anastasia

hatte sie entdeckt und winkte sie zu sich. Auf ihren Befehl musste sie sich zu der alten Kräuterfrau gesellen, die links von der Fürstin stand und offensichtlich dem Schlaf nachtrauerte, von dem der Befehl des Fürsten sie fern hielt. Hinter ihr standen Andrej, der Wassilissa um mehr als Haupteslänge überragte, und neben ihm, fast hinter Anastasias Sessel, der Priester.
Von ihrem neuen Platz aus hatte Marie keine Chance, sich hinter andere Zuschauer zurückzuziehen und den Blick unauffällig abzuwenden, insbesondere weil Anastasia sie immer wieder musterte, als wolle sie ihre Standhaftigkeit oder ihr schlechtes Gewissen prüfen. Daher heftete Marie ihren Blick auf die Stelle, an der Dimitris Tataren sich versammelt hatten. Es handelte sich um zwanzig Männer, die erwartungsvoll grinsten und immer wieder auflachten. Sie ließen einen Weinkrug kreisen und sahen dabei zu, wie eines der Branntweinfässchen angeschlagen wurde, die Lawrentis Freund Anatoli aus Nowgorod mitgebracht hatte. Ein Knecht füllte den Inhalt in große Becher und verteilte sie an die Steppenkrieger. Während die Tataren tranken, begannen sie zu würfeln und benahmen sich dabei wie fröhliche Kinder. Freudige Rufe klangen auf, wenn einer von ihnen gewonnen hatte, während die Verlierer enttäuscht aufstöhnten. Nichts an der friedlichen Szene deutete darauf hin, dass diese Männer in Kürze ein Todesurteil vollstrecken würden.
»Das ist typisch für unseren Fürsten«, murmelte Wassilissa vor sich hin. »Uns lässt er hier in der Kälte stehen, während er selbst seinen Vergnügungen nachgeht. Bis er sich ausgerammelt hat, sind wir zu Eis erstarrt.«
Zum Glück für die Kräuterfrau stand niemand nahe genug, um die Worte verstehen zu können, außer Marie, die der Alten im Stillen Recht gab. Der Herr von Worosansk schien sich wirklich nur für seine eigenen Bedürfnisse zu interessieren, denn er ließ sich viel Zeit. Dem Stand des Mondes nach war Mitternacht längst vorüber, als er auf den Hof hinaustrat. Eingehüllt in einen

Mantel aus Zobelfellen, ließ sich er sich auf seinem Sessel nieder und winkte seinem Leibdiener, der ihm einen Becher voll Branntwein brachte. Während Dimitri genüsslich trank, schlüpfte Alika zwischen den dicht stehenden Leuten hindurch und blieb neben Marie stehen. Ihr Gesicht wirkte starr und sie hatte ihre Lippen zu einem schmalen Spalt zusammengepresst.
»War es schlimm?«, fragte Marie besorgt.
Alika machte eine verächtliche Handbewegung. »Habe gemacht, was Ziege tut, wenn Bock sie bespringt, nämlich stillgehalten.« Sie sagte es nicht besonders laut, benutzte aber die russische Sprache, wie die Fürstin es ihr und Marie befohlen hatte, so dass Anastasia ihre Worte verstand und zu kichern begann. Doch sie wurde sofort wieder ernst, als sie ein zorniger Blick ihres Gemahls streifte.
Dimitri ließ sich einen zweiten Becher voll Branntwein reichen und hob die Hand. »Wo ist Jaroslaw?«
»Hier!« Lawrenti schob den Bruder des Fürsten nach vorne.
Man hatte Jaroslaw nicht einmal mehr Zeit gelassen, sich richtig anzuziehen, daher steckte er trotz der kühlen Nacht nur in einem bis zu den Knien reichenden Kittel, dessen Ärmel oberhalb der Ellbogen endeten. Er sah so verschreckt aus, als fürchte er, in dieser Nacht selbst seinen Kopf zu verlieren.
Dimitri schenkte ihm einen Blick, mit dem ein Adler das Kaninchen betrachtet, welches er schlagen will, und entblößte die Zähne zu einem freudlosen Grinsen. »Sieh gut zu, mein Bruder, wie ich diejenigen bestrafen lasse, die meinem Sohn übel wollen. Beim letzten Mal warst du leider nicht dabei.«
»Beim letzten Mal?«, fragte Marie Wassilissa entgeistert.
Die Russin nickte mit düsterer Miene. »Er meint die erste Amme des Thronfolgers, deine Vorgängerin. Sie hat versucht, ihre Brustwarzen mit Gift einzuschmieren, um das Kind zu töten. Darja hat es durch Zufall gesehen und den Mord verhindert. Nun wird sie den gleichen Tod sterben.«

Marie spürte ein nervöses Kribbeln im Nacken. »Wie wird man sie hinrichten?«

»Das wirst du gleich sehen!«

Mehr konnte sie nicht sagen, denn der Fürst befahl den Tataren, mit der Bestrafung zu beginnen. Bis zu diesem Augenblick hatten die Männer unbeirrt weitergewürfelt und gezecht. Nun sprangen sie auf, und Marie konnte jetzt erkennen, dass sie statt der Lederkleidung und der Rüstungen, ohne die sie sich sonst kaum außerhalb ihrer Unterkünfte sehen ließen, nur Hosen und eng am Körper liegende Jacken trugen. Jeder von ihnen nahm sich eine Hetzpeitsche, dann stellten sie sich im Kreis auf.

Wassilissas Finger deutete auf ein am Boden liegendes Bündel, und erst als Marie genauer hinsah, erkannte sie Darja, die wie ein Paket verschnürt und geknebelt war. Einer der Tataren trat jetzt auf sie zu und nahm ihr den Knebel ab. Die Frau jammerte vor sich hin, rührte sich aber auch nicht, als er die Fesseln löste. In dem Augenblick jedoch, in dem er zurücktrat, schnellte sie hoch und versuchte, nach seinem Dolch zu greifen. Der Krieger wich ihren Händen fast spielerisch aus, packte sie und drehte sie so, dass sie mit dem Rücken zu ihm stand. Dann riss er ihr das Kleid vom Leib.

Darja war eine noch junge Frau mit kleinen, festen Brüsten und schmalen Schenkeln, die von einem dunkelblonden Dreieck gekrönt wurden. Früher hatte sie als hübsch gegolten, doch jetzt glich ihr blutig geschlagenes Gesicht mit den aufgeschwollenen Lippen einer grotesken Fratze. Sie wirkte wie in Trance, wand sich jedoch im Griff des Tataren, der nun sein Glied aus der Hose holte, sie zu Boden warf und in eine Stellung brachte, in der er sie nehmen konnte wie ein Hengst die Stute. Da die Frau alles stumm über sich ergehen ließ, riss der Tatar ihr die Arme nach hinten und drehte so heftig daran, dass ihre Gelenke hörbar knirschten.

Nun brüllte Darja ihren Schmerz heraus und erntete grölendes

Gelächter. Der Mann über ihr bewegte noch ein- oder zweimal die Hüften und ließ die Frau dann los. Sie rollte sich zusammen und jammerte vor Angst und Scham, und als der nächste Tatar auf sie zukam, versuchte sie, von ihm fortzukriechen.
Der Mann schlug mit der Peitsche auf sie ein, bis sie sich aufbäumte, dann packte er sie und vergewaltigte sie auf die gleiche Weise wie sein Vorgänger. Auch ihm schien sein Opfer nicht laut genug zu schreien, denn er versetzte ihr ein paar Hiebe mit dem Knauf seiner Peitsche und zielte dabei auf ihren Kopf.
Das widerwärtige Schauspiel dauerte wohl über eine Stunde. Kaum war ein Tatar mit der Magd fertig, stürzte sich der nächste auf Darja, quälte sie und benutzte sie geradezu bestialisch. Als der letzte der zwanzig Krieger fertig war, nahm wieder der erste dessen Platz ein. Längst hatte die Magd jede Beherrschung verloren und brüllte und kreischte, dass den Umstehenden die Ohren gellten. Marie hatte in ihrem Leben schon viel erlebt, doch jetzt fühlte sie sich am Rande einer Ohnmacht. Zwar hielt sie ihren Blick nun starr auf das Stalldach gerichtet, um diese Scheußlichkeiten nicht weiter mit ansehen zu müssen, doch Darjas Schreie ließen Bilder in ihrem Kopf entstehen, die noch schlimmer sein mochten als die Wirklichkeit.
»Bei Gott, wie entsetzlich! Hätte ich das gewusst, hätte ich ihr einen schnellen Tod verschafft«, flüsterte sie Wassilissa erschüttert zu.
Die alte Kräuterfrau schnaubte. »Sei nicht so weich, Frau aus dem Westen. Das Weib da erleidet nur das Schicksal, das es dir zugedacht hat.«
Das war Marie klar, aber dennoch hinderte diese Erkenntnis sie nicht, die Verurteilte zu bedauern. Die Tataren machten sich einen Spaß daraus, Darja auf alle möglichen Arten Schmerzen zuzufügen, und als die Frau nicht mehr stehen konnte, zerrten sie sie wie einen Sack Lumpen herum und dachten sich immer neue, für ihr Opfer qualvolle Stellungen aus.

Marie musste mit ihrem Magen kämpfen, der schon gegen ihre Kehle stieß. »Wollen die Männer Darja auf diese Weise zu Tode bringen?«

»Das ist der Zweck des Ganzen.« Wassilissa hatte in ihrem langen Leben schon viele brutale Strafen miterleben müssen, auch wenn Dimitris Vater Michail es niemals zu solchen Exzessen hatte kommen lassen. Ihr Blick wanderte zu Jaroslaw hinüber, der seine Hände in die Rückenlehne des Sessels gekrallt hatte, auf dem sein Bruder saß, und so aussah, als müsse er sich jeden Augenblick übergeben. Die alte Kräuterfrau hoffte für den Jungen, dass er sich beherrschen konnte, denn Dimitri Michailowitsch war so gereizt, dass er seinen Bruder für jede Schwäche mit der Knute züchtigen lassen würde.

Allmählich schien den Tataren die Lust zu vergehen, über das blutige Bündel Mensch herzufallen, denn sie traten zurück und der Anführer blickte den Fürsten fragend an. Als Dimitri nickte, zog der Krieger seinen Dolch und stellte sich breitbeinig über die sich am Boden krümmende Frau. Einen Augenblick blickte er auf sie herab, als wolle er seine Tat auskosten, dann riss er ihren Kopf hoch und schnitt ihr die Kehle durch.

Als Stille eintrat, hatte Marie unwillkürlich ihren Blick auf die Szene gerichtet und schüttelte sich nun vor Grauen. Gleichzeitig wuchs in ihr der Druck, dieses barbarische Land zu verlassen, so stark, dass er ihr schier den Atem abschnürte.

IV.

In dieser Nacht war nicht mehr an Schlaf zu denken, und so fühlte Marie sogar eine gewisse Erleichterung, als die Fürstin ihr befahl, sie zu begleiten. Wassilissa folgte ihnen auf den Fuß, obwohl die Fürstin erstaunt die Augenbrauen hochzog.

»Ich muss meinen Korb holen!«, erklärte die alte Kräuterfrau

selbstbewusst und schob sich an Anastasia vorbei, um in das Zimmer zu gelangen, in dem der Thronfolger geschlafen hatte.
»Ungehobeltes Ding!« Die Fürstin achtete jedoch nicht weiter auf die Alte, sondern winkte Marie heftig, in ihr Schlafgemach zu treten. Dort befahl sie ihrer Leibmagd, zwei Becher mit erwärmtem Würzwein zu bringen.
Dann sah sie Marie freundlich lächelnd an. »Es ist zwar Sommer, doch die Nächte in Russland sind kalt. Daran werde ich mich wohl nie gewöhnen können.«
Sie sagte es in einem so lockeren Tonfall, als hätte sie das Geschehen auf dem Hof bereits vergessen. Auf ihre Weisung nahm Marie auf einem Schemel Platz, während die Fürstin sich auf ihr Bett setzte und eine gemusterte Decke um sich schlug.
»Wo war ich stehen geblieben? Ach ja, dieses Russland ist so kalt, während es bei uns zu Hause …« Anastasia seufzte tief. »In Griechenland ist es warm, und es wachsen dort Orangen oder – wie ihr sie im Westen nennt – Apfelsinen. Hier aber wächst rein gar nichts.«
So schlimm, wie die Fürstin es schilderte, fand Marie Russland nicht. Auf ihren Streifzügen, bei denen sie Kräuter, Wurzeln und Rinden sammelte, hatte sie viele Pflanzen entdeckt, die in ihrer Heimat wuchsen, und andere, die ihr völlig unbekannt waren. Zu dieser Zeit stand das Korn hoch und würde wohl bald geschnitten werden. Auch machten die Bauern bereits Heu für ihr Vieh und brachten viel mehr ein, als sie es gewohnt war. Daraus schloss sie, dass die Winter hier tatsächlich länger waren als in ihrer Heimat. Sie wagte jedoch nicht, Anastasia zu widersprechen, denn der Fürstin saß die Peitsche beinahe ebenso locker wie ihrem Gemahl. Stattdessen ging sie auf den lockeren Tonfall ein, ohne den nötigen Respekt vermissen zu lassen. »Ich habe schon viel über Griechenland gehört, vor allem aber über Konstantinopel oder Byzantium, wie jene herrliche Stadt genannt wird, die einst über die halbe Welt geherrscht haben soll.«

»Geherrscht haben soll? Es ist die Wahrheit! Aber es ist so lange her, dass nur noch Sagen und die Schriften im Archiv davon sprechen. Es waren jedoch nicht die Osmanen, die das Zweite Rom niedergeworfen haben, sondern ihr Franken aus dem Westen. Im Jahre des Herrn 1204 habt ihr die heilige Stadt aus heiterem Himmel angegriffen und die Bewohner brutal ermordet, obwohl sie auch Christen waren und eure Scharen freudig empfangen wollten, um mit ihnen gegen die Heiden zu ziehen. Von diesem elenden Verrat hat sich meine Heimat nie wieder erholt.« Hatte Anastasias Stimme zuerst nur ein wenig traurig geklungen, nahm sie zuletzt an Schärfe zu und wurde zu einer einzigen zornigen Anklage.
Marie hob beschwichtigend die Arme. »Verzeiht, Herrin, doch davon weiß ich nichts. Ich bin nur ein dummes Weib, das gerade in der Lage ist, seinen Namen zu schreiben. Für die Taten vergangener Zeiten habe ich mich nie interessiert.«
Anastasia schien zu begreifen, dass sie das falsche Opfer vor sich hatte. Sie sagte jedoch nichts, da ihre Leibmagd gerade mit einem Krug dampfenden Würzweines zurückkehrte. Die Frau stellte das Gefäß auf ein kleines Tischchen, holte aus einer Falte ihres Gewands zwei silberne Becher und füllte sie.
»Benötigst du noch etwas, Mütterchen?«, fragte sie.
Anastasia ergriff einen Becher, drehte ihn unschlüssig in der Hand und schüttelte dann den Kopf. »Du kannst dich schlafen legen. Sollte mich nach etwas verlangen, kann Marija es holen.«
Die Magd bedachte Marie mit einem verärgerten Blick, denn in ihren Augen brach die Fremde in ihr Privileg ein, die Fürstin bedienen zu dürfen. Sie verabschiedete sich mit einer tiefen Verneigung und ließ Anastasia und Marie allein zurück.
»Meine Magd ist ein geschicktes und recht eifriges Ding, aber manchmal ist sie mir zu aufdringlich. Auch braucht sie nicht alles zu erfahren, was wir beide besprechen.«
Marie musste an sich halten, um nicht abwehrend die Hände zu

spreizen, denn sie hatte kein Interesse daran, von der Fürstin zur Mitwisserin irgendwelcher Geheimnisse gemacht zu werden. Das würde nur weitere Probleme aufwerfen und ihren Stand beim Gesinde, den sie sich mühsam errungen hatte, wieder verschlechtern. Aber es gab keine Möglichkeit, Anastasia zu hindern, ihr etwas anzuvertrauen, ohne ihren Zorn zu erregen. Also hörte Marie ihr aufmerksam zu.
»Den Dienst, den du mir heute erwiesen hast, werde ich dir niemals vergessen. Ohne deine Aufmerksamkeit wäre mir mein geliebter Sohn durch schnöden Mord entrissen worden. Nun zeigt mir dieser Vorfall, auf welch schwachen Füßen die Thronfolge von Worosansk steht. Stößt Wladimir etwas zu, rückt diese elende Kreatur Jaroslaw in der Thronfolge auf. Aus diesem Grund ist es unerlässlich, dass ich so bald wie möglich einem zweiten Sohn das Leben schenke.«
Marie verneigte sich vor der Fürstin, mehr, um ihre eigene Verwirrung zu verbergen, denn aus Achtung vor ihr. »Ich bin sicher, dass dies bald geschehen wird, Herrin. Der Fürst ist, wie man weiß, ein starker Mann und wird seinen Samen gewiss bald wieder in dir zum Keimen bringen.«
»Mein Gemahl verkehrt beinahe jeden zweiten Tag mit mir, ohne dass mein Leib seinen Samen annimmt. Im Gegenteil …« Anastasia beugte sich zu Marie hinüber, damit wirklich nur die kräuterkundige Amme und niemand anderer sie hören konnte. »Es bereitet mir immer weniger Vergnügen, meinen Gemahl in mir zu spüren. Es tut fürchterlich weh, und ich blute oft außerhalb der Zeit, die der Mond mir setzt.« Für einen Augenblick spiegelte ihr Gesicht nackte Angst, denn eine Frau, die ihren Ehemann nicht mehr zufrieden stellen konnte, musste einer anderen Platz machen und fand sich mit geschorenen Haaren in einem Kloster wieder.
Anastasia nahm Maries Hand und blickte sie flehentlich an. »Ich wage es nicht, mich den hiesigen Weibern anzuvertrauen, auch

nicht meiner Leibmagd oder der alten Kräuterfrau, denn Dimitri darf nie erfahren, wie schlecht es um mich steht.«

»Von mir wird niemand etwas erfahren«, versprach Marie.

Sie fühlte sich wie auf der Schneide eines Schwertes, denn die Fürstin erwartete schier Unmögliches von ihr. Sie kannte die Zutaten für jenes Mittel nicht, das Schwangerschaften förderte und welches ihre Freundin Hiltrud so meisterlich zu mischen verstand.

»Verzeih, Herrin, doch wenn ich dir raten soll, muss ich alles über dich und deine körperliche Beschaffenheit an dieser delikaten Stelle wissen. Berichte mir, wie es ist, wenn der Fürst dich mit seiner Männlichkeit ausfüllt, und was es mit diesen Blutungen auf sich hat.«

»Es ist unangenehm, es spannt und tut weh, und wenn er sich heftig bewegt, muss ich die Zähne zusammenbeißen, um nicht vor Schmerzen zu schreien. Was die Blutungen betrifft, so treten sie meist kurz nach dem Zeitpunkt auf, an dem mein Gemahl das Bett mit mir geteilt hat.«

Marie sah der Fürstin an, wie schwer es ihr fiel, über derlei Dinge zu reden. Als sie die Fürstin mit klopfendem Herzen bat, sich unten zu entkleiden und auf das Bett zu legen, war sie erleichtert, dass Anastasia freundlich zustimmte.

Nach einer kurzen Untersuchung lief sie zur Küche hinüber, in der nachts zwei Mägde das Herdfeuer hüteten und sich bereithielten, die Befehle ihrer Herrschaften zu erfüllen. Sie erhielt von den Frauen, die noch sichtlich von dem Geschehen gezeichnet waren, einen sauberen Topf mit warmem Wasser und ein Stück feiner Seife und holte aus ihrer Kammer noch Salben, die sie für die Pflege der Kinder angerührt hatte. Im Schein des Öllämpchens konnte sie sehen, dass Alika mit tränennassem Gesicht eingeschlafen war. Zum Glück rührten Lisa und Wladimir sich nicht, so dass sie unbesorgt zu Anastasia zurückkehren konnte. Da auch die Tür zum Gemach der Fürstin keinen Riegel hatte, klemmte sie einen Stuhl gegen den Schließhaken, so dass niemand ohne Gewaltanwendung eindringen konnte. Dann machte sie sich daran, Anastasia genauer zu untersuchen. Zunächst tastete sie nur ihren Bauch und Unterleib ab und achtete dabei genau auf jede Regung des Gesichts der Fürstin. Zuletzt rieb sie ihre rechte Hand dick mit Salbe ein und drang zunächst mit zwei Fingern und schließlich mit der ganzen Hand in Anastasias Scheide ein.

»Sage mir sofort, wenn es wehtut!«, forderte sie die Fürstin auf. Diese keuchte überrascht auf und starrte sie mit großen Augen an.

»Es spannt, aber es schmerzt nicht. Dabei ist deine Hand gewiss um einiges kräftiger als der Aronstab meines Gemahls. Wie machst du das?«

»Nun, ich führe meine Hand gewiss nicht mit jenem Ungestüm ein, mit dem Männer es tun.« Marie konzentrierte sich dabei ganz auf die Spitzen ihrer Finger, die etwas ertastet hatten. Die Fürstin sog scharf die Luft ein und unterdrückte im letzten Augenblick einen lauten Ausruf.

»Hier tut es weh«, sagte sie stattdessen leise.

Marie nickte verbissen. »Ich habe es mir gedacht. Du hast an dieser Stelle eine Verletzung, die wohl noch von deiner Niederkunft stammt. Die Kräuterfrau hat ja erwähnt, dass es Komplikationen gegeben hat. Durch den Verkehr mit deinem Mann bricht die Verletzung immer wieder auf, und ich vermute, die Schwellung verhindert, dass du schwanger werden kannst.«

Anastasia begann zu weinen. »Ich werde also keinen Sohn mehr empfangen können?«

»Das habe ich nicht gesagt. Wenn diese Verletzung ausgeheilt ist, dürfte alles wieder in Ordnung sein. Am besten wäre es, wenn du zwei oder drei Wochen lang nicht mit deinem Mann schlafen würdest.«

Anastasia schüttelte sofort den Kopf. »Ich kann mich meinem

Gemahl nicht verweigern. Wenn er glaubt, mit mir würde etwas nicht stimmen, wird er mich kein einziges Mal mehr ansehen, sondern sich an diese Schwarze und andere willige Mägde halten.«

Ihre Worte klangen so giftig, dass Marie auffuhr. »Alika ist gewiss keine willige Magd. Ihr wäre es lieber, der Fürst würde sie nicht auf sein Bett zwingen.«

»Andererseits mag es mir nützen, wenn Dimitri jetzt wieder nach ihr verlangt. Damit erschöpft er seine Kräfte und vermag mich nicht mehr so oft und so machtvoll zu besteigen, wie er es sonst tut.« Anastasia hatte ihre Ruhe wieder gefunden und lächelte, als freue es sie, einen nützlichen Aspekt in der augenblicklichen Situation entdeckt zu haben.

Marie musste an sich halten, um der Dame nicht ein paar deutliche Worte zu sagen. Anscheinend war Alika für die Fürstin so etwas wie eine Ziege oder ein Schaf, aber kein Mensch mit einer unsterblichen Seele. Da sie jedoch auf die Gunst dieser launenhaften Frau angewiesen war, senkte sie erneut den Kopf.

»Herrin, ich werde dir Spülungen machen müssen, damit die Wunde abheilt. Außerdem mische ich dir eine Salbe, die du dir jedes Mal, wenn dein Mann zu dir kommt, in deine Scheide streichen musst. Sie sorgt dafür, dass du weniger Schmerzen empfindest und nicht erneut wund wirst.«

»Das Vergnügen meines Gemahls darf dadurch in keiner Weise geschmälert werden«, erklärte die Fürstin resolut.

Marie behielt den Kopf unten, damit diese ihr Gesicht nicht sehen konnte. »Das wird es auch nicht«, sagte sie. »Er wird es im Gegenteil als angenehm empfinden, von einem weichen, feuchten Schoß empfangen zu werden.«

»Dann ist es gut. Wann wirst du beginnen?« Die Fürstin hörte sich so an, als erwarte sie ein »Sofort!«.

Da Marie ahnte, dass sie in dieser Nacht keinen Schlaf mehr finden würde, war sie bereit, die erste Behandlung auf der Stelle vorzunehmen. Je mehr ihre Herrin sie zu schätzen lernte, umso sicherer war ihre Position in Worosansk und umso größere Freiheiten würde sie genießen, Freiheiten, die sie in nicht allzu ferner Zukunft auszunützen gedachte. Während Marie Kräuter und Salben aus ihrer Kammer holte, von denen sie annahm, sie könnten der Fürstin helfen, musste sie an ihren eigenen Sohn denken, den sie nicht ein einziges Mal in die Arme hatte nehmen können. Sie biss die Zähne zusammen, um nicht vor Schmerz aufzuschreien. Wie mochte es dem Kleinen in den Händen dieser Hexe Hulda ergehen? Würde er noch leben, wenn sie zurückkehrte? Ihre Gedanken wanderten weiter zu Trudi, die nun ohne Mutter aufwachsen musste, und dann zu Michel, der sie wohl ebenso sehr vermisste wie sie ihn.

V.

Jungfer Schwanhilds Rücken schmerzte von den Schlägen, die ihr Vater ihr versetzt hatte, und in ihrem Magen wühlte der Hunger. Nach all den Tagen, in denen man ihr nur Wasser zugestanden hatte, fühlte sie sich so kraftlos und ausgemergelt, dass sie kaum noch einen Fuß vor den anderen setzen konnte, und in diesem Zustand brauchte sie keinen Gedanken mehr an Flucht zu verschwenden. Bisher hatte sie gehofft, ihr Schicksal irgendwie wenden zu können. Auch wenn ihre Verwandten die Heirat ihrer Mutter nicht anerkannt hatten, so war sie doch eine der Ihren, und kein Wittelsbacher – davon war sie überzeugt – würde ein Sippenmitglied im Stich lassen. Aber ihr Vater ließ sie so scharf bewachen, dass sich keine Möglichkeit zur Flucht ergeben hatte. Nun würde sie in wenigen Stunden das uneingeschränkte Eigentum eines Mannes werden, den sie nie zuvor gesehen hatte und von dem sie nur wusste, dass er in der Gosse geboren worden war. Zunächst hatte sie den Vorschlag ihres Vaters, Michel Adler auf

Kibitzstein zu heiraten, als Zumutung abgetan. Doch anders als früher hatte Kunner von Magoldsheim sich ihrem Willen nicht gebeugt. Da auch sie nicht nachgegeben hatte, war sie in eine kleine Kammer in ihrem bescheidenen Quartier auf der Nürnberger Burg gesperrt worden und bekam noch nicht einmal ein Stück Brot, sondern nur Wasser zum Trinken und jeden Tag Schläge, so dass sie auf dem Bauch schlafen musste. Anfangs hatte sie nicht verstanden, weshalb ihr Vater sie auf einmal so brutal behandelte. Dann hatte ihre Leibmagd ihr durch die Tür zugeflüstert, dass er vom Kaiser das strittige Lehen Kehrheim erhalten würde, wenn er sie diesem Adler zur Frau gab, und zwar mit dem verbrieften Recht, es an einen Sohn weitergeben zu können. Diese Nachricht hatte ihre Wut und ihren Trotz angefacht, denn sie war nicht bereit, sich für ihren lumpigen Halbbruder zu opfern. Doch ihr Vater ließ ihr nur die Wahl, sich in ihr Schicksal zu fügen oder zu verhungern.

Da sie sich weder an ihrem Halbbruder noch an ihrem Vater für diese Erniedrigung rächen konnte, würde sie diesen Gossen-Adler für die erzwungene Ehe bezahlen lassen, das hatte sie sich geschworen. Ihr Vater war so begierig, die Ehe besiegeln zu lassen, dass er ihr nicht einmal erlaubt hatte, vorher ihren Hunger zu stillen. Stattdessen ließ er sie von Mägden in ein blaues Kleid mit Schleppärmeln stecken und ihre Haare sittsam aufbinden. Gleich würde sie hinausgeführt, in eine Sänfte gesetzt und zum Rathaus der Stadt gebracht werden. Dort, im größten Saal der Stadt, würden sich die hohen Herrschaften versammeln, um ihrer Hochzeit mit Michel Adler beizuwohnen.

Obwohl sie noch Jungfrau war, wusste Schwanhild, was es mit dem Zusammenleben von Mann und Frau auf sich hatte. Daher fragte sie sich, wie sie, die mütterlicherseits immerhin aus dem hocherhabenen Hause Wittelsbach stammte, es würde ertragen können, einen ehemaligen Schankknecht auf sich liegen zu sehen.

Ihr Vater unterbrach ihr Grübeln. »Bist du immer noch nicht fertig? Der Kaiser wartet auf uns!«

Auch die Tatsache, dass Kaiser Sigismund persönlich diese Ehe gestiftet hatte, vermochte Schwanhild nicht zu versöhnen. Sie hatte nie die Hoffnung aufgegeben, ein Herr aus hohem Haus würde um sie freien, wie es ja bereits einmal geschehen war. Der Neid missgünstiger Menschen hatte verhindert, dass sie sich Gräfin Öttingen nennen konnte, und sie war sich sicher, dass das Weib, das nun mit ihrem ehemaligen Bräutigam vermählt war, damals eine Hexe beauftragt hatte, ihr den jungen Grafen abspenstig zu machen.

»Trödelt nicht so!«, brüllte ihr Vater die Mägde an.

Schwanhild zuckte erschrocken zusammen, und ihre Bewegung war so heftig, dass ihre Leibmagd Frieda, die eben die Brautkrone befestigte, sie mit einer Haarnadel stach.

»Pass doch auf, du Trampel!« Schwanhild versetzte dem Mädchen einen Schlag, dem nicht anzumerken war, dass sie sich eben noch völlig kraftlos gefühlt hatte.

Ritter Kunner stampfte ärgerlich auf den Boden. »Wenn der Kaiser verärgert ist, werde ich dir vor allen Leuten eine Tracht Prügel versetzen, gegen die die letzten ein laues Streicheln waren.«

Er hob die Hand, als wolle er seine Worte mit einer Ohrfeige unterstreichen, und Schwanhild begriff, dass er sie auch noch halb tot vor den Altar schleppen würde. Am liebsten hätte sie sich auf den Boden geworfen und vor Wut um sich geschlagen. Doch ein Blick in Ritter Kunners verbissenes Gesicht ließ sie davon Abstand nehmen.

»Jetzt mach endlich, damit wir es hinter uns bringen können«, herrschte sie ihre Leibmagd an. Diese nickte mit schreckensbleicher Miene und befestigte zitternd die Brautkrone.

Ritter Kunner versuchte, das Thema zu wechseln, um die Spannungen zwischen sich und seiner Tochter zu mindern. »Es ist bedauerlich, dass deine Mutter nicht mit nach Nürnberg gekommen ist. Eine Hochzeit, die der Kaiser stiftet, erlebt man nicht alle Tage.«

Schwanhild reagierte giftig. »Dein Weib ist nicht meine Mutter!« Inzwischen war Frieda fertig geworden. Daher erhob Schwanhild sich, ging zur Tür und fauchte ihren Vater schnippisch an. »Warum kommst du nicht? Ich denke, der Kaiser wartet auf uns!«

Der Magoldsheimer stieß einen Fluch aus und eilte hinter ihr her. Im Hof des Anwesens empfing ein Herold mit dem kaiserlichen Wappen auf der Brust die Braut. Er verneigte sich tief vor Schwanhild und bat sie, in der wartenden Sänfte Platz zu nehmen. Ihr Vater und ihr ältester Halbbruder mussten zu Fuß nebenhergehen wie gewöhnliche Bürger.

Vor dem Rathaus hielten die Träger an. Schwanhild stieg aus und ließ den Blick über das stattliche Gebäude wandern, in dem ihr Schicksal eine ihrem Stand wenig angemessene Wendung nehmen würde.

Ritter Kunner fasste die Hand seiner Tochter und führte sie durch das Eingangstor. Sofort eilten ihnen mehrere Pagen in roten Tuniken entgegen, auf denen der Reichsadler auf goldenem Grund prangte. Eigentlich hätten sie die Schleppe der Braut tragen sollen, doch auf diese hatte Schwanhilds Vater bei der Auswahl des Kleides verzichtet. So konnten die noch pausbäckigen Jungen nichts anderes tun, als sie in den großen Saal zu begleiten. Schwanhild blieb einen halben Herzschlag lang in der Tür stehen und starrte in die lange Halle, die ihr so riesig erschien, als würden alle Kammern der väterlichen Burg darin Platz finden. Wuchtige Balken trugen die hölzerne Decke, die so hoch über dem Boden schwebte, dass ein Mann sich ausstrecken musste, um sie mit der Spitze einer Lanze berühren zu können. Hohe, bleiverglaste Fenster spendeten Licht. Hinzu kamen Dutzende brennende Kerzen auf kunstvoll geschmiedeten Haltern, die wie Arme aus den Wänden ragten. In Schwanhilds Augen war das

eine entsetzliche Verschwendung, auch wenn das Wachs für die Kerzen hier in Nürnberg, wo die Zeitler Hunderte von Bienenvölkern hielten, billiger sein mochte als andernorts.
Bis auf einen thronartigen Sitz, auf dem der Kaiser saß, war der Saal unmöbliert. Sigismund trug ein Prunkgewand, das beinahe mehr Goldfäden als normales Garn aufwies und trotz der sommerlichen Hitze reichlich mit Zobel und anderem wertvollen Pelzwerk besetzt war. Über dem roten Handschuh an seiner Rechten funkelte ein großer Siegelring, während die linke Hand den goldenen Knauf seines Schwertes streichelte.
Der Kaiser war sehr zufrieden, weil sich dieses störende Problem doch noch hatte lösen lassen. In seiner Erleichterung hatte er Michel Adler ein neues Wappen verliehen, das neben dem Reichsadler nun auch die bayerischen Rauten enthielt. Es war ein Hochzeitsgeschenk, das ihn ebenso wenig kostete wie der Titel eines Freiherrn, den er dem Bräutigam versprochen hatte. Schließlich konnte eine Braut aus dem Hause Wittelsbach keinen einfachen Reichsritter heiraten. Die Tatsache, dass Schwanhilds Mutter eben genau dies getan hatte, schob er dabei mit ebenso leichter Hand beiseite wie das Wissen, dass weder die Herzöge von Bayern noch der Pfalzgraf am Rhein bereit waren, Michel Adler als neues Familienmitglied zu akzeptieren.
Als Schwanhild hereingeführt wurde, blickte Sigismund überrascht auf, denn das Mädchen war bildhübsch. Mit Adlers erster Ehefrau konnte es sich zwar nicht messen, denn Frau Marie war eine der schönsten Frauen gewesen, denen der Kaiser je begegnet war. Dennoch konnte er mit Fug und Recht sagen, dass der Ritter, der ihm während eines Feldzugs gegen die Böhmen das Leben gerettet hatte, das Aussehen seiner Braut nicht beklagen durfte.
»Sei mir willkommen, mein Kind!« Sigismund streckte Schwanhild die Hand zum Kuss hin.
Die junge Frau knickste und drückte ihre Lippen auf das feine

rote Leder, das so dünn war wie Stoff. Dabei stellte sie sich das Gesicht des Kaisers vor, wenn sie ihm stattdessen in die Finger beißen würde. Fast war sie gewillt, es zu versuchen. Doch da entzog er ihr die Hand und hob sie zum Zeichen, dass die Vermählung beginnen könne.

Schwanhild ließ ihren Blick über die übrigen Anwesenden schweifen, fand aber kein ihr bekanntes Gesicht darunter, sondern musste die Gäste anhand ihrer Wappen einordnen. Von den großen Herren des Reiches war keiner anwesend, nicht einmal der Nürnberger Burggraf Friedrich von Hohenzollern. Dem Vernehmen nach weilte dieser in Brandenburg, um das Land vor den immer noch wie Heuschrecken schweifenden Hussiten zu beschützen und um die Huldigung einiger bislang recht renitenter Ritter und Städte entgegenzunehmen.

Albrecht von Österreich, der Schwiegersohn des Kaisers, hatte als einziger Reichsfürst den Weg nach Nürnberg auf sich genommen. Als Sigismunds designierter Nachfolger stand es in seinem Interesse, mit den Ungarn und Böhmen zu sprechen, die den Kaiser begleiteten, um sich deren Treue zu sichern.

Schwanhild, die sich um ihrer edlen Herkunft willen mehr für die Belange des Römischen Reiches Deutscher Nation interessiert hatte, als ein weibliches Wesen ihres Standes es sonst tat, schenkte dem Habsburger ein freundliches Lächeln. Sollte Albrecht dereinst Kaiser werden, wollte sie alles versuchen, um dem Sohn, den sie gewiss gebären würde, den ihm gebührenden Rang zu verschaffen. Erst ganz zuletzt wandte sie sich der Person zu, mit der ihr weiteres Leben verbunden sein würde. Michel Adler war ein mittelgroßer Mann mit breiten Schultern und ohne den Bauch, den Ritter seines Alters oft aufwiesen. Sein breites, kantiges Gesicht wirkte beinahe grimmig, und sie stellte verärgert fest, dass er über sie hinwegsah, als sei sie Luft. Auch wenn sie sich mit Händen und Füßen gegen die Heirat mit ihm gesträubt hatte, so erbitterte diese Haltung sie. Dieser Brauknecht wusste die Ehre, die ihm mit ihrer Hand angetragen wurde, offensichtlich nicht zu schätzen.

Der Kaiser winkte seinen Beichtvater zu sich heran. Dieser bat Michel und Schwanhild, vor ihn zu treten, und haspelte ein paar lateinische Worte herunter, die ihren Bund segnen sollten. Ein hastiges Amen beendete die für Schwanhild mehr als enttäuschende Zeremonie. Hinter ihr rieb Ritter Kunner sich freudestrahlend die Hände, denn Lauenstein hatte Wort gehalten und ihm das erhoffte Lehen verschafft. Damit konnte er die Mitgift seiner Tochter verschmerzen, die immerhin aus mehreren Flecken Land und zwei Burgen bestand, welche nun in den Besitz ihres Ehemanns übergehen würden.

Schwanhild nahm seine Geste aus den Augenwinkeln wahr, drehte sich um und stellte fest, dass ihr Vater mit einem Mal wie ein Fremder auf sie wirkte. War dieser Mann mit seinem aufgeblähten Wanst, den Hängebacken und fast fingerdicken Tränensäcken wirklich einmal jener stattliche schlanke Jüngling gewesen, für den ihre Mutter all jene zu ihrer hohen Herkunft passenden Freier aufgegeben hatte? Was für ein Glück für Mama, dachte Schwanhild, dass sie so früh verstorben ist, denn die Ehe mit diesem plumpen Menschen wäre gewiss eine große Enttäuschung für sie geworden. Seine zweite Ehefrau war die Tochter eines Nachbarn und passte in ihrer reizlosen Fülle weitaus besser zu ihm.

Allerdings konnten ihr Vater und ihre Stiefmutter auf mindestens acht Ahnen aus edlem Blut zurückblicken, während dem Adel ihres Ehemanns noch der Geruch der Bierhefe anhaftete. Sie würde den Atem anhalten müssen, wenn er in der Nacht zu ihr kam, und hoffen, dass er sein Werk so rasch tat wie der Bulle, der zur Kuh geführt wurde.

Noch aber war es nicht so weit, denn der Kaiser erlaubte nun den Nürnberger Ratsherren, ihn und die übrigen Hochzeitsgäste zu bewirten. Das Essen, das die Honoratioren der Stadt auffahren ließen, vermochte selbst den anspruchsvollsten Gaumen zu entzücken, und Schwanhild, die neben Michel gesetzt worden war, spürte, wie ihr nach dem mehrtägigen Fasten das Wasser im Mund zusammenlief. Man schenkte Ungarwein aus, der wie Feuer durch die Glieder rann, und der Durst brachte Schwanhild dazu, mehr zu trinken, als sie es sonst tat. Schon bald fühlte sie einen leichten Schwindel und ertappte sich dabei, schallend über eine schlüpfrige Bemerkung Rumold von Lauensteins zu lachen. Ihr Ehemann aber verzog keine Miene, sondern saß steif wie ein Hackstock auf seinem Stuhl und schien nicht einmal zu merken, dass er anstelle harten, trockenen Roggenbrots köstliche Suppen und feine Braten zu sich nahm. Dafür sprach er dem Wein in der gleichen Weise zu wie sie selbst.

»Wie Ihr seht, Eure Majestät, ist alles gut verlaufen.« Lauenstein beugte sich vor, um den Kaiser daran zu erinnern, wer ihm aus dieser Zwickmühle geholfen hatte.

Sigismund nickte ihm lächelnd zu und hob seinen goldenen Pokal. »Euer Rat war gut, Lauenstein. Ich werde es im Gedächtnis behalten. Nur bedauerlich, dass Ihr nicht schon ein paar Wochen früher darauf gekommen seid, denn wegen dieser Sache musste ich länger hier verweilen als geplant. Dabei hätte ich längst wieder in Ungarn sein sollen.«

»Wäre es nicht dringlicher, den Kelchbrüdern, unseren Freunden in Böhmen, zu Hilfe zu eilen?«, wandte Michel ein.

Der Kaiser zog ein Gesicht, als hätte sich der Ungarwein in seinem Pokal in Essig verwandelt. »Ich muss Ungarns Grenze gegen die Osmanen schützen. Sultan Murad zieht neue Truppen zusammen und wird den Waffenstillstand, den er mit mir geschlossen hat, in dem Augenblick brechen, in dem er sich stark genug fühlt. Aus diesem Grund muss ich so bald wie möglich in Ofen sein und den Heerbann der Madjaren sammeln. Es ist ein Kreuz, dass es an so vielen Ecken und Enden meines Reiches brennt. Doch ich bin sicher, dass wir mit Gottes Hilfe und der des heiligen Michael alle Gefahren von unseren Thronen abwenden und die kommenden Schlachten siegreich beenden werden.«

Michel wollte den Kaiser schon fragen, ob dieser ebenso siegreich zu sein gedachte wie in jener Schlacht gegen die Böhmen, in der er Sigismunds Leben gerettet hatte, schluckte diese Bemerkung aber noch rasch genug hinunter. Stattdessen brachte er einen Trinkspruch aus, in dem er das Kriegsgeschick seines Lehnsherrn pries und gleichzeitig der Hoffnung Ausdruck gab, dass Sigismund noch viele Jahre als Kaiser im Reich und als König in Ungarn und Böhmen herrschen würde.

Albrecht von Österreich stimmte ihm eifrig zu, doch seinem Gesicht war anzusehen, dass er die Zahl der Jahre, die Sigismund noch verbleiben sollten, nicht allzu hoch angesetzt sehen wollte.

Das Gespräch verflachte, denn nun traten Gaukler auf. Michel sah den Männern und Frauen zu, die geschmeidig ihre Kunststücke zum Besten gaben, und erinnerte sich daran, dass Marie einst mit dem fahrenden Volk hatte ziehen müssen, weil man ihr die Heimat genommen hatte. Marie gab es nicht mehr, und er war wieder ein verheirateter Mann. Nun sah er seine Braut zum ersten Mal bewusst an. Hässlich ist sie nicht, schoss es ihm durch den Kopf, doch den Platz seiner ersten großen Liebe würde sie niemals einnehmen können. Er wollte jedoch zufrieden sein, wenn sie Trudi die Mutter ersetzte, die diese dringend benötigte. Vielleicht gab es bald Kinder, die das Band zwischen ihm und ihr festigten würden, so dass sie friedlich miteinander leben konnten.

Der kalte Ausdruck auf dem Antlitz seiner Angetrauten ließ ihn an seinem künftigen Glück zweifeln. Gleich darauf schalt er sich einen Narren. Diese Schwanhild war nun sein Weib und würde ihm gehorchen müssen. Ein weiterer Becher Wein festigte diesen Gedanken, und zum ersten Mal seit langem verspürte er wieder so etwas wie Verlangen nach einem weichen, nachgiebigen Frauenleib.

VI.

Da ein weiterer Kriegszug auf den Kaiser wartete, hatte dieser nicht die Absicht, länger in Nürnberg zu bleiben. In den letzten Jahren hatte er zwei Schlachten gegen die Türken verloren und sich dabei nicht mit Ruhm bekränzt. Daran waren nicht zuletzt der Mangel an Unterstützung durch die Reichsfürsten schuld und natürlich auch seine eigenen, leeren Truhen, die es ihm ebenso unmöglich machten, seine neuesten Verbündeten, die böhmischen Kelchbrüder, in der Weise zu unterstützen, wie diese es sich wünschten. Abgesehen von der mageren Hilfe weniger Herren im Reich, die aus eigenem Interesse den Aufstand in Böhmen eindämmen mussten, würden die kaiserfreundlichen Böhmen sich allein gegen die mit ihnen verfeindeten Taboriten um ihren Anführer Prokop behaupten müssen.
Noch während des Umtrunks zu Ehren des jungen Paares besprach der Kaiser mit seinem Schwiegersohn die Lage und ernannte ihn zu seinem Stellvertreter. Albrecht von Österreich, der hoffte, Sigismunds Nachfolger als Kaiser des Heiligen Römischen Reiches Deutscher Nation zu werden und auch seine restlichen Kronen zu beerben, stimmte ihm in allem eifrig zu. Ein paar Tagereisen weit würde er seinen Schwiegervater begleiten und dann die Verteidigung seiner eigenen Lande gegen die Hussiten organisieren. Um seinetwillen sollten die Taboriten ruhig in Bayern, der Oberen Pfalz und in Sachsen hausen, denn nur auf diese Weise würden die Wittelsbacher und Wettiner begreifen, dass sie ohne Schutz und Schirm des Kaisers Schafe waren, die vom Wolf bedroht wurden.
Früher als üblich hob Sigismund diesmal die Tafel auf und empfahl den versammelten Herren und ihren Damen, das Brautpaar ins Schlafgemach zu geleiten. Lachen und anzügliche Bemerkungen klangen auf und einer der Ritter boxte den Bräutigam in die

Rippen. »Na, Adler, kannst du dein Werk noch vollbringen oder soll ich es für dich tun?«

»Hüte dich, so etwas noch einmal zu sagen!« Die Ehefrau des Ritters hatte seine Worte gehört und drohte ihm mit erhobenem Zeigefinger. Doch genau wie die anderen nahm sie die Bemerkung nur als Auftakt, mit anderen Frauen das Brautpaar unter Lachen und Scherzen zu trennen. Wie es Sitte war, nahmen die Damen Schwanhild in ihre Mitte und führten sie hinaus, während den Männern ein weiteres Mal eingeschenkt wurde. Diese würden nach einer angemessenen Zeit den Frauen folgen und den Bräutigam zu seiner Braut bringen.

Zu den männlichen Gästen zählten auch Heinrich von Hettenheim und Heribert von Seibelstorff, die sich sowohl beim Trinken als auch bei den immer eindeutiger werdenden Anzüglichkeiten zurückhielten.

»Ich glaube nicht, dass dieses Weib unserem Freund Michel zum Guten ausschlägt«, prophezeite der Seibelstorffer düster.

»Vielleicht doch. Sie ist schön genug, ihn über den Verlust Maries hinwegzutrösten«, gab Ritter Heinrich hoffnungsvoll zurück.

Heribald von Seibelstorff schüttelte energisch den Kopf. »Wenn er Marie vergisst, ist er nicht der Mann, der ihrer wert gewesen wäre.«

»Ihr Andenken soll er ja in Ehren halten. Doch es gilt auch, die Zukunft zu gestalten. Ein paar weitere Kinder wären gewiss kein Schaden für sein reiches Lehen, und Schwanhild sieht aus, als könne sie Michel dazu verhelfen.«

»Das bezweifle ich, denn ich habe nichts Gutes über sie gehört!« Heribert hatte sich entschlossen, die junge Frau abzulehnen, und nichts von dem, was sein Freund sagte, konnte ihn umstimmen.

Schließlich zupfte Ritter Heinrich ihn am Ärmel. »Komm jetzt, es wird Zeit, Michel nach oben zu geleiten. Mach aber ein freundlicheres Gesicht. Du siehst ja aus, als wollest du an seinem Grabe beten.«

Auch die übrigen Gäste versammelten sich, um Michel ins Brautgemach zu führen, das in den wiedererrichteten Teilen der Burg vorbereitet worden war. Ritter Heinrich und Heribert schlossen sich der Gruppe an, enthielten sich aber aller Scherze, sondern hingen ihren eigenen Gedanken nach. Beide wünschten ihrem Freund nur das Beste, doch selbst Heinrich von Hettenheim konnte nicht verhindern, dass es ihn bei der Erinnerung an die abweisende Miene fröstelte, die Schwanhild bei der Trauung und auch bei Tisch gezeigt hatte.

Michel verschwendete in diesem Augenblick keinen Gedanken an seine Braut, denn die frische Luft traf ihn wie ein Keulenhieb, und als er die Silhouette der Burg vor sich aufragen sah, schwankten der runde Sinwellturm und der wuchtige Heidenturm vor seinen Augen, als wollten sie miteinander tanzen. Das machte ihm bewusst, wie stark er dem Wein zugesprochen hatte, und er versuchte, gegen den Rausch anzukämpfen. Doch in seinem Kopf vermengten sich Vergangenheit und Gegenwart zu einem wirren Bilderreigen. Schon einmal hatte der Kaiser ihm eine Ehe gestiftet, mit Marie, der rehabilitierten Wanderhure, und dabei war er zum geachteten Burghauptmann und Stadtvogt aufgestiegen.

Nun war es ganz anders. Nicht seine Marie würde im Brautbett auf ihn warten, sondern eine Fremde, von der er nicht mehr als den Namen wusste. Er stellte sich vor, wie es sein würde, mit ihr unter einem Laken zu liegen, und spürte wider Erwarten eine gewisse Erregung, die ihn schneller ausschreiten ließ.

Unterdessen hatten die Frauen das Brautgemach erreicht. Eine der älteren Damen wandte sich mit tadelnder Miene an Schwanhild. »Du hättest dem Wein etwas weniger zusprechen sollen, mein Kind. Es wäre ein böses Omen, wenn er dich überwältigt und dich einschlafen lässt, bevor dein Gemahl dich umarmen kann!«

Eine jüngere Frau lachte schallend auf. »Ich finde es gut, dass Jungfer Schwanhild sich Mut angetrunken hat. Das hätte ich bei meiner Hochzeit auch tun sollen. Mein Bräutigam war alles andere als nüchtern und hat mich wohl für ein störrisches Ross gehalten, das er zureiten musste. Ich war hinterher so wund, dass ich auf dem Nachttopf vor Schmerzen geweint habe.«

»Aber hinterher hattest du gewiss Freude daran, wenn dein Mann zu dir unter die Decke kam«, rief eine weitere Frau der Sprecherin zu, offensichtlich in der Absicht, der Braut Schwanhild die Angst vor dem zu nehmen, was sie in dieser Nacht erwarten würde.

»Das eine oder andere Mal, vielleicht«, gab die andere unumwunden zu. »Mein Mann ist leider einer von der raschen Sorte. Er springt auf wie ein Bulle, bewegt sich ein paarmal hin und her – und das war's!«

»Du Ärmste! Was müssen das für Nächte sein, wenn die eigene Lust ungestillt bleibt. Aber das wird Schwanhild gewiss nicht passieren. Nach allem, was ich gehört habe, soll Herr Michel ein ausdauernder Liebhaber sein und ein zärtlicher dazu.«

Die Anführerin der Gruppe drohte den anderen scherzhaft mit dem Zeigefinger. »Schwatzt nicht so viel! Wir müssen die Braut herrichten, damit Ritter Michel erscheinen kann. Also husch, husch, herunter mit dem Kleid!«

Sofort machten sich die Edeldamen, die der Sitte nach Ehefrauen oder Witwen waren, ans Werk. Sie banden die Schlaufen auf und zogen Schwanhild die Kleidungsstücke über den Kopf, bis diese nackt vor ihnen stand. Die Jungvermählte war zu betrunken, um sich zu genieren, sondern genoss die neiderfüllten Blicke, die ihre Figur taxierten.

»Michel Adler wird sein Werk mit Freude vollbringen, denn seine Braut ist nicht nur schön, sondern auch feurig genug, um ihm das Blut zu erhitzen.« Die Sprecherin strich Schwanhild dabei über die blassen Brustspitzen, die sich bei der Berührung rot färbten und keck nach vorne strebten.

Trotz ihrer Benommenheit spürte Schwanhild ein beinahe unerträgliches Kribbeln im Unterleib und hätte ihre übermütig scherzenden Begleiterinnen am liebsten aus dem Zimmer geschickt, um sich mit der Hand Erleichterung zu verschaffen, so wie sie es auch daheim getan hatte. Auf diese Weise hatte sie die sie anbalzenden Männer auf Abstand halten und ihre Jungfräulichkeit bewahren können.

Sie erinnerte sich an den galanten Troubadour, der extra nach Magoldsheim gekommen war, um ihre Schönheit zu besingen. Dafür hatte sie ihm erlaubt, sie zu küssen und ihre Brust zu berühren. Mehr war nicht vorgefallen, auch nicht zwischen ihr und dem hübschen Knappen, der schier den Boden angebetet hatte, über den sie geschritten war. An diese Begebenheit erinnerte sie sich jedoch nicht so gerne, denn der Zwischenfall hatte ihre Hoffnungen, eine Gräfin Öttingen zu werden, schnöde zunichte gemacht. An jenem Tag hatte sie das Verlangen, das heute gestillt werden würde, am stärksten verspürt.

Die Anspannung und ihre innere Zerrissenheit ließen ihr Tränen in die Augen treten. Die Frauen um sie herum glaubten, sie hätte Angst, und geleiteten sie unter vielen Trostworten und Aufmunterungen auf das Bett und deckten sie mit einem dünnen Laken zu.

»Sei ohne Furcht, mein Kind. Auch wenn die Lanze deines Mannes dich im ersten Augenblick durch ihre Größe erschrecken sollte, so hat unser Herrgott im Himmel es so gefügt, dass eine Frau sie in sich aufnehmen kann«, erklärte ihr die älteste der anwesenden Damen noch einmal.

»Kommt jetzt, ich höre die Männer schon draußen im Flur!« Die Anführerin trieb die ausgelassen kichernden Edeldamen wie eine Herde Schafe zur Tür hinaus, so dass Schwanhild für einen Augenblick allein zurückblieb. Ein paar Atemzüge später sprang die

Tür auf, und die sonst so würdigen Herren platzten wie eine Rotte Wildschweine in den Raum. Sie hatten Michel, der ihnen zu kalt und zu abweisend erschienen war, unterwegs noch mehrere Becher Wein aufgezwungen, und einige spotteten bereits, dass es für die Braut eine lange, unerfüllte Nacht werden würde. Schwanhild biss die Zähne zusammen, sagte sich dann aber, dass sie sich selbst Entspannung bringen konnte, wenn ihr Bräutigam kläglich versagte. Die Neugier auf das, was sie fühlen mochte, wenn ein Mann ihre Pforte durchschritt, ließ sie jedoch hoffen, dass dieser Brauknecht mit der tierischen Primitivität seines wahren Standes das Manneswerk vollenden konnte.
Interessiert sah sie zu, wie Michels Begleiter ihren Gatten entkleideten. Die Männer gingen nicht sehr rücksichtsvoll vor und überboten sich mit Zoten. Schwanhild hätte nie geglaubt, dass Edelleute sich benehmen könnten wie das Volk auf den Gassen, und sie ekelte sich vor ihnen und auch ein wenig vor dem, was auf sie zukommen mochte. Wenn es in den hohen Familien so zuging, wie die Männer um sie behaupteten, wurden die Frauen in ihnen wie Tiere behandelt.
Als Michel sich vollends entkleidet hatte, schlug sie scheinbar verschämt die Augen nieder und blinzelte durch die Wimpern, um sich nichts entgehen zu lassen. Im ersten Augenblick war sie enttäuscht, denn da war nichts von einer kampfbereit aufgerichteten Lanze zu sehen. Sein Glied hing traurig herab und schien ihr eine unerfüllte Nacht zu versprechen.
»So wirst du wohl keine Ehre einlegen«, spottete einer von Michels Begleitern.
Michel warf den Kopf hoch und biss die Zähne zusammen, denn im ersten Impuls hätte er den Sprecher am liebsten niedergeschlagen.
Da der Bräutigam zur Salzsäule erstarrt zu sein schien, zog einer der Männer das Laken vom Bett und gab Schwanhild den Blicken der Anwesenden preis, während Schwanhilds Vater den

Bräutigam auf seine Tochter zuschob. Michel wehrte sich nicht, denn er spürte, wie ihm beim Anblick der nackten Frau das Blut in die Lenden schoss.
»Na, wer sagt es denn. Einem Ritter versagt die Lanze nie!« Kunner von Magoldsheim klopfte seinem Schwiegersohn gönnerhaft auf die Schultern und scheuchte seine Begleiter, die zumeist Freunde und entfernte Verwandte von ihm waren, mit den Worten hinaus, es sei besser, die Brautleute nun alleine zu lassen.
Michel folgte ihnen bis zur Tür und schob schnell den Riegel vor.
»Wenn man schon heiraten muss, sollte man wenigstens von derlei Dummheiten verschont bleiben.«
Damit wandte er sich Schwanhild zu, die ihre Beine langsam an den Körper zog und den Blick auf jenen Körperteil freigab, der mit dem Segen der heiligen Kirche nun sein alleiniges Eigentum war. Für einen Augenblick dachte er seufzend daran, dass er mit der Frau, mit der er sich im gottgefälligen Ehewerk vereinigen sollte, noch keine zehn Worte gewechselt hatte. Solche Verbindungen waren in Adelskreisen jedoch üblich, und er durfte froh sein, dass man ihm kein halbes Kind aufgezwungen hatte, sondern eine durchaus verlockend gestaltete Jungfer.
Ausgezogen ließ Schwanhild sich überhaupt nicht mit Marie vergleichen, sie hatte breitere Hüften, schwerere Schenkel und einen jetzt schon ausladenden Busen. Ihr ovales Gesicht wirkte angespannt, und leichte Schweißperlen standen auf ihrer Stirn. Michel hatte noch keiner Jungfrau das Häutchen durchstoßen, aber schon oft vernommen, dass das erste Mal für ein Mädchen sehr unangenehm sei.
Daher fasste er nach ihrer Hand. »Keine Angst, ich werde versuchen, dir nicht wehzutun.«
Er stieg so vorsichtig auf das Bett, als wäre Schwanhild aus Glas, und schob sich auf sie. Mit Marie hatte er vor der eigentlichen Vereinigung noch gekost und spielerisch ihren Körper erkundet, doch dazu fehlte ihm das wunderbare Verständnis, das er mit sei-

ner ersten Frau geteilt hatte. Außerdem war er zu betrunken, um sein Verlangen steuern zu können. So kam es, dass er für einen Mann mit seiner Erfahrung recht ungeschickt vorging, denn es gelang ihm nicht auf Anhieb, Schwanhilds Pforte zu finden. Dann aber drang er leichter in sie ein, als er es erwartet hatte, und für einen Augenblick fragte er sich, ob seine Braut tatsächlich noch Jungfrau war. Wichtig war ihm diese Frage jedoch nicht, denn Marie war keine mehr gewesen, und doch hatte er lange Jahre glücklich und zufrieden mit ihr zusammengelebt.

Der Gedanke an seine tote Frau trieb ihm die Tränen in die Augen, und es war ihm, als betrüge er sie. Mühsam erinnerte er sich daran, dass die meisten Ritter und hohen Adeligen sich zu ihren Ehefrauen noch Beischläferinnen hielten, mit denen sie ungeniert verkehrten. Zudem war Schwanhild sein ihm angetrautes Weib, also tat er nichts Unrechtes, sondern verhielt sich so, wie die Kirche und auch der Kaiser es von ihm erwarteten. Dennoch musste er sich zwingen weiterzumachen.

Schwanhild schossen ganz andere Gedanken durch den Kopf, denn all ihre Neugier hatte sie nicht darauf vorbereitet, das Gewicht eines Mannes auf ihrem eigenen Körper zu spüren. Ihr Verstand spottete, dass sie tatsächlich nur eine Stute war, die die Begattung über sich ergehen lassen musste, und beinahe hätte sie bei dem Schmerz, den er beim Eindringen verursachte, protestierend aufgeschrien und sich gewehrt. Doch nicht lange danach verspürte sie ein angenehmes Ziehen in ihrem Bauch, das nach mehr verlangte.

VII.

*D*ie Lust der ersten Nacht hätte die Ehegatten vereinen können, doch Michel fühlte sich schuldig, weil er die Freuden des Bettes, die er mit Marie geteilt hatte, nun bei einem Weib emp-

fand, das im Grunde eine Fremde für ihn war, und in Schwanhild hatten Stolz und Hochmut erneut die Oberhand gewonnen. Innerlich verachtete sie sich selbst nicht weniger als ihren Mann und verfluchte ihren Leib, der ihn so gierig in sich aufgenommen hatte. Den Rest der Nacht hatte sie mit Selbstvorwürfen verbracht, und am Morgen wusch sie ihren Körper und vor allem den Unterleib so heftig, als müsse sie Michels Geruch und jede Erinnerung an seine Berührungen beseitigen. Sie schenkte ihm keinen Morgengruß und reagierte auch nicht auf seine Worte, sondern zog sich an und verließ die Kammer. Erst auf dem Flur kam ihr zu Bewusstsein, dass sie sich nicht mehr im Quartier ihres Vaters befand und weder wusste, wo ihre eigenen Sachen zu finden waren, noch, in welchem Raum man Frühstück bekommen konnte. Dabei hatte sie nach dem tagelangen Fasten vor der Hochzeit einen mörderischen Hunger.
Ein Page, der ihr zufällig über den Weg lief, führte sie schließlich in einen Saal, in dem bereits etliche Gäste des Kaisers an einer langen Tafel saßen und es sich schmecken ließen. Zumeist waren es Edeldamen, die sich am Abend zuvor beim Trinken zurückgehalten hatten. Ihre Gatten und die jüngeren Männer zahlten nach den spöttischen Worten der Frauen zufolge dem reichlich genossenen Wein Tribut.
»Nun, meine Liebe, hast du deine Hochzeitsnacht gut überstanden?«, fragte eine der Frauen anzüglich.
»Es ging.« Schwanhild schielte auf die große Platte mit Bratwürsten, die eben von einem Knecht hereingetragen wurde.
Die andere sah ihren hungrigen Blick und winkte den Mann heran. »Eine Hochzeitsnacht macht Appetit, nicht wahr, mein Kind?«
»Nicht nur die Hochzeitsnacht. Auch das Fasten, zu dem mein Vater mich gezwungen hat, damit ich dieser Ehe zustimme.« Schwanhild sah keinen Grund, ihren Vater oder gar ihren Ehemann zu schonen. Mit vielen Worten, die nur durch ihr hastiges

Kauen unterbrochen wurden, berichtete sie den eifrig lauschenden Damen, wie brutal man sie behandelt hatte, um ihre Zustimmung zu der Heirat mit diesem zum Ritter erhobenen Brauschwengel zu erzwingen. Die anderen schüttelten entsetzt die Köpfe und sprachen der gequälten Braut ihr Mitleid und ihr Bedauern aus.

Die ältliche Frau eines kaiserlichen Ministerialen versuchte Schwanhild zu trösten. »Du solltest es nicht so schwer nehmen, denn Ritter Michel ist ein umgänglicher Mann mit einem großen Besitz. Außerdem hat er bis jetzt nur eine Tochter und wird dich auf Händen tragen, wenn du ihm den erhofften Sohn schenkst.«

»Ich werde mein Leben so tragen, wie es mir bestimmt wurde«, sagte sie im Tonfall einer Märtyrerin.

Das Gespräch endete abrupt, denn gerade betrat Michel den Saal und sah sich um. Als er Schwanhild entdeckte, atmete er erleichtert auf. »Wie ich sehe, hast du den Futternapf bereits entdeckt. Das ist gut, denn ich bin am Verhungern.« Er setzte sich neben sie und bediente sich von ihrem Teller.

Schwanhild starrte auf das Messer in ihrer Hand und widerstand nur mühsam dem Wunsch, es ihm in die Kehle zu jagen. Der Mann behandelte sie wie eine beliebige Wirtsmagd und nicht wie den Spross eines hohen Hauses. Welche Demütigungen habe ich noch zu erwarten?, fragte sie sich und sah die Zukunft düster vor sich aufsteigen.

Doch unwillkürlich regte sich ein Gefühl in ihrem Bauch, das ihr eher vergnügliche Momente versprach, und sie sagte sich, dass es das Beste sein würde, wenn sie sich so rasch wie möglich schwängern ließ und einen Sohn gebar. Ihn würde sie lehren, dass er der Nachkomme mächtiger Herren war und sein Vater ein Nichts.

Michel bemühte sich, ein Gespräch mit Schwanhild zu beginnen, doch sie tat, als wäre er nicht vorhanden, und wenn sie etwas sagte, so richtete sie ihr Wort an eine der Damen um sie herum. Marie hatte ihn niemals vernachlässigt, dachte er mit einer gewissen Bitterkeit, sondern sich zuallererst um ihn und sein Wohlergehen gekümmert. Stärker noch als in den letzten Monaten spürte er den Schmerz über den Verlust jener Frau, die ihm eine leidenschaftliche Geliebte und eine treue Kameradin gewesen war. Schwanhild würde nicht einmal ansatzweise in Maries Schuhe hineinwachsen.

Da seine Frau ihn trotzig ignorierte, änderte er seinen Plan. Eigentlich hatte er noch ein paar Tage in der Stadt bleiben wollen, damit Schwanhild Stoffe, Schmuck und all die anderen Dinge einkaufen konnte, die eine Frau glücklich machten. Doch jetzt würde sie erst einmal mit dem auskommen müssen, das sie selbst besaß oder was an Stoff und Bändern in den noch von Marie gefüllten Truhen auf Kibitzstein zu finden war. Bis auf deren liebste Schmuckstücke würde er ihr alles zur Verfügung stellen.

»Beeile dich mit dem Frühstück! Ich will heute noch die Heimreise antreten.« Seine Stimme klang so kühl, dass Schwanhild verletzt auffuhr.

»Heute schon?«, fragte sie empört.

»Aber doch nicht am Tag nach der Hochzeit!«, warf eine der Frauen ein.

»Es ist ein guter Tag zum Reisen. Die Sonne scheint, und für die nächste Zeit ist kein Regen zu erwarten. Da auch der Kaiser und Albrecht von Österreich bereits am frühen Morgen aufgebrochen sind, gibt es für mich keinen Grund, tatenlos hier herumzusitzen.«

Michels Tonfall ließ keinen Zweifel daran, dass alles so zu geschehen hatte, wie er es befahl. Er nickte Schwanhild noch einmal kurz zu, ermahnte sie, nicht zu lange zu säumen, und machte sich auf die Suche nach seinen Leuten. Während er in die Burg umquartiert worden war, hatten seine Knechte in dem Bürgerhaus bleiben müssen, in dem er und seine Leute Unterkunft gefunden hatten. Doch er brauchte nicht so weit zu gehen, denn Karel hatte sich auf die Suche nach ihm gemacht und kam ihm auf dem Burghof entgegen.

»Welches sind Eure Befehle, Herr?«, fragte er mit einer schwungvollen Verbeugung.

»Ruf unsere Leute zusammen! Sie sollen unsere Sachen packen und die Pferde satteln. Wir reiten nach Hause.«

»Heute noch?« Karel riss die Augen auf, hatte Michel ihm und den Waffenknechten doch am Vortag erklärt, er wolle noch eine Weile in Nürnberg bleiben.

»Ja, heute noch! Also beeil dich!« Michel wedelte ungeduldig mit der Hand, als wolle er den Jungen antreiben. Karel verschluckte einen Seufzer, denn er hatte sich darauf gefreut, noch ein wenig in der großen Stadt herumstromern zu können. Nun fragte er sich, was in seinen Herrn gefahren sein mochte, aber er wagte nicht, ihn darauf anzusprechen, sondern drehte sich um und rannte zum Tor hinaus.

Michel kehrte in den Palas der Burg zurück und wies ein paar Knechte an, ihm zu seiner Kammer zu folgen. Zum Glück gab es nicht viel einzupacken, denn seine eigenen Sachen waren zum größten Teil noch im alten Quartier, und Schwanhilds Truhe stand in dem Raum, der ihrem Vater und dessen ältestem Sohn anlässlich der bevorstehenden Hochzeit zugeteilt worden war. Daher schickte Michel die Knechte zu Ritter Kunner, um das Eigentum seiner Frau zu holen. Die Männer tauchten schnell wieder auf und brachten nicht nur die Truhe, sondern auch seinen Schwiegervater mit.

»Aber Eidam, was denkst du dir denn? Du kannst doch nicht schon heute aufbrechen wollen! Es gibt doch noch so viel zu besprechen. Schwanhilds Erbe …«

»Um das werde ich mich zu gegebener Zeit kümmern! Am besten bei einem Besuch auf deiner Burg. Ich denke, Schwanhild wird mich gerne dorthin begleiten. Erwarte uns im Herbst.« Michel wehrte jeden weiteren Widerspruch des Ritters ab und ließ die Truhe und sein Bündel in den Hof tragen.

Karel hatte unterdessen ein Ochsengespann mit einem Wagen gemietet und den größten Teil des Gepäcks verladen lassen. Nun wurde noch der Rest verstaut und festgezurrt. Die Abreise verzögerte sich jedoch, denn Schwanhild ließ auf sich warten.

Da Ritter Kunner den Starrsinn seiner Tochter kannte, sagte er sich mit einer gewissen Schadenfreude, dass diese mit ihrem Mann wohl das gleiche Spiel zu treiben gedachte wie zuvor mit ihm. Nun wartete er gespannt darauf, wie sein Schwiegersohn reagieren würde.

Michel kam gar nicht auf den Gedanken, er müsse sich den Launen seiner frisch Angetrauten beugen, sondern machte sich auf die Suche nach ihr. Ein paar Münzen brachten zwei Knechte dazu, ihm den Weg zu jener Kammer zu weisen, in der Schwanhild es sich mit ein paar neu gefundenen Freundinnen bequem gemacht hatte. Dort riss er die Tür auf, stemmte die Arme in die Seiten und fixierte seine Gattin mit einem tadelnden Blick. »Ich habe dir gesagt, dass ich aufbrechen will!«

Ehe Schwanhild es sich versah, hatte er sie gepackt und auf die Füße gestellt.

»Aber Ritter Michel, behandelt die Ärmste doch nicht so grob!«, rief die Dame, die in dieser Kammer Unterkunft gefunden hatte und sich daher als Gastgeberin sah.

»Ein Weib, das nicht gehorcht, verdient Prügel, genau wie der Mann, der sich von seiner Frau auf der Nase herumtanzen lässt.« Michel hatte Marie nie mit Schlägen gedroht, obwohl sie ihm oft widersprochen und nicht selten Recht behalten hatte. Allerdings hätte sie sich nie so kindisch aufgeführt wie seine neue Frau, und das verstärkte sein Gefühl, einen schlechten Tausch gemacht zu haben.

»Du kommst jetzt mit!«, befahl er Schwanhild. Seine Stimme klang zwar ruhig, aber es schwang eine unüberhörbare Drohung darin. Trotz seiner Verärgerung brachte er genügend Höflichkeit auf, sich vor den anderen Damen zu verneigen und sich freundlich zu verabschieden. Dann drehte er sich um, verließ die Kammer und eilte mit langen Schritten durch die Flure der Burg.

Schwanhild, die seine Hand wie eine eiserne Klammer um ihren Oberarm spürte, musste rennen, um nicht mitgeschleift zu werden. »Du bist ein Rüpel!«, zischte sie mit zusammengebissenen Zähnen.

»Daran wirst du dich gewöhnen müssen«, antwortete er schroff. Schwanhild begriff, dass dieser Mann ihr nicht so aus der Hand fressen würde wie ihr Vater. Daher presste sie die Lippen zusammen, um all die Anklagen gegen ihn zurückzuhalten, die ihr durch den Kopf schossen. Nach Sitte und Brauch war dieser ungehobelte Tölpel ihr Herr, und wenn er sie auf der Stelle grün und blau schlug, würde ihn niemand dafür tadeln. So blieb ihr nichts anderes übrig, als den Tränen, die die Wut ihr in die Augen trieb, freien Lauf zu lassen. Als sie den plumpen Gepäckwagen sah, weigerte sie sich jedoch strikt, auf dem Bock Platz zu nehmen, sondern forderte eine Sänfte.

Michel hatte keine Lust, sich mit ihr zu streiten, und schickte Karel los, den Kastellan der Burg um eine Pferdesänfte zu bitten. Der Bursche kam kurz darauf mit einem Knecht zurück, der zwei hintereinander gehende Pferde führte. Diese trugen eine auf zwei langen Stangen befestigte Sänfte zwischen sich, die dringend eines neuen Anstrichs bedurft hätte und muffig roch. Schwanhild verzog missmutig das Gesicht, sagte aber nichts, sondern stieg mithilfe des Knechts ein und schloss die Vorhänge, als wolle sie die Welt, vor allem aber ihren Ehemann für die nächsten Stunden aus ihrem Leben streichen. Zu ihrem Leidwesen gab niemand etwas auf ihren Unmut, und erst als die Umrisse Nürnbergs hinter den Hügeln versunken waren, fiel ihr ein, dass sie ihre Leibmagd Frieda zurückgelassen hatte. Nun würde sie sich auf der Reise selbst behelfen müssen.

VIII.

Auf Kibitzstein freuten sich die Bewohner, als der Türmer Michels Ankunft meldete. Er hatte ihnen gefehlt, auch wenn er sich in den letzten Monaten nur wenig um sie gekümmert hatte, und sie hofften, er könne ein Problem lösen, das in seiner Abwesenheit entstanden war. Nicht ganz unerwartet hatte Ingomar von Dieboldsheim eine Fehde mit einem Vasallen des Würzburger Bischofs vom Zaun gebrochen und drängte nun seinen Sohn Ingold, der als Michels Vertreter und Kastellan auf Kibitzstein weilte, ihm beizustehen. Die Bewohner der Burg rechneten es dem Jüngling hoch an, dass er bislang der Bitte seines Vaters widerstanden hatte. Alle atmeten auf, als das Tor aufschwang und ihr Herr an der Spitze des Reisezugs auf dem Hof einritt.
Ingold von Dieboldsheim eilte auf ihn zu und streckte ihm die Hand entgegen. »Willkommen daheim, Herr Michel. Ihr erscheint zu einer guten Stunde. Ich hätte sonst einen Boten zu Euch senden müssen.«
Michel blickte erstaunt auf den Junker nieder. »Gibt es Schwierigkeiten?«
Der junge Ritter nickte mit verkniffenem Gesicht. »Leider ja! Und bedauerlicherweise muss ich zugeben, dass mein Vater dahintersteckt. Es geht um irgendeinen alten Vertrag, den er mit einem Lehnsmann Johann von Brunns, des Bischofs von Würzburg, ausgehandelt haben will. Jedenfalls erfüllt der Sohn des Verstorbenen die Vereinbarungen nicht so, wie es angeblich geschrieben steht. Mein Vater hat dem Mann die Fehde angesagt und letztens eines von dessen Dörfern überfallen. Seine Leute haben sich dann über Kibitzsteiner Land zurückgezogen, um den Anschein zu erwecken, wir wären mit ihm im Bunde. Sein Gegner wollte als Rache dafür unser Spatzenhausen angreifen, doch ich konnte den Mann mit guten Worten und einem ausreichend großen Trupp bewaffneter Knechte davon abhalten. Viel-

leicht gelingt es Euch, zwischen meinem Vater und dem Würzburger zu vermitteln, denn einen Krieg können wir in unserer Gegend wirklich nicht brauchen.«

Die Stimme seines Kastellans klang so aufrichtig und erleichtert, dass Michel gar nicht der Gedanke kam, der Junker würde für seinen Vater Partei ergreifen wollen. Das mochte an Ingolds Streit mit seinem Bruder liegen. Offensichtlich war der junge Mann nicht gewillt, an dessen Seite zu kämpfen, und stand loyal zu seinem Herrn. Es war kein Fehler gewesen, ihn in seine Dienste zu nehmen.

Er beugte sich aus dem Sattel und klopfte seinem Kastellan auf die Schulter. »Ihr habt richtig gehandelt, denn eine Fehde würde uns alle in Schwierigkeiten bringen. Ich will versuchen, mit Eurem Vater und seinem Widerpart zu sprechen, und wenn es notwendig sein sollte, werde ich sogar Seine Eminenz Johann von Brunn in Würzburg aufsuchen. Er dürfte wissen, dass ich hoch in der Gunst des Kaisers stehe, und das vermag meinem Wort das entscheidende Gewicht zu verleihen. Vorher werdet Ihr mir alles erzählen, was Ihr über diesen Streit wisst. Ich hoffe jedoch, die Angelegenheit hat Zeit, bis ich mich frisch gemacht habe, denn ich sehne mich nach einem heißen Bad und einem kräftigen Mahl. Meinen Begleitern dürfte es ebenso ergehen, besonders meiner Frau.«

»Eurer Frau?« Junker Ingold starrte Michel verwirrt an, dann wanderte sein Blick zu der Sänfte hinüber, deren Tragpferde eben auf den Hof geführt wurden.

»Es hat Seiner Majestät, dem Kaiser, gefallen, mich erneut zu vermählen, um mich über Maries Verlust hinwegzutrösten.« Michels Stimme verriet nicht, wie er zu dieser Tatsache stand. Wie ein verliebter Ehemann wirkte er in Ingolds Augen nicht. Da die meisten Paare von ihren Eltern oder dem Lehnsherrn verheiratet wurden und sich zusammenraufen mussten, nahm er die Neuigkeit ohne Verwunderung hin. Ehen wie diese entwickelten sich

zumeist zu glücklicheren Verbindungen als jene, die aus heißer Liebe geschlossen wurden und in denen Mann und Frau bald merkten, dass ihre Sehnsucht einem Trugbild gegolten hatte.
Der junge Kastellan trat nun auf die Sänfte zu und verbeugte sich. »Erlaubt mir, Euch als Erster in Eurer neuen Heimat willkommen zu heißen, Herrin.«
Bis jetzt hatte Schwanhild weder der Burg noch dem Umland einen Blick gegönnt, geschweige denn den Menschen, die sich auf dem Hof versammelt hatten, um ihren Herrn willkommen zu heißen. Bei Ingolds höflichen Worten hob sie jedoch den Vorhang ihrer Sänfte und sah einen gut gewachsenen jungen Mann mit angenehmen Gesichtszügen, hellblauen Augen und blonden Haaren vor sich. Das bis zu den Knien reichende, malvenfarbene Wams, die eng anliegenden roten Strumpfhosen und der grüne, über die Schulter zurückgeschlagene Umhang verrieten seinen Stand ebenso wie der schmucklose Schwertgurt und die mehr für den Gebrauch als zur Zier bestimmte Waffe an seiner Seite. Schwanhild seufzte, denn der Gefolgsmann ihres Ehemanns gefiel ihr weitaus besser als dieser selbst. Die mürrische Miene, die sie während der Reise aufgesetzt hatte, machte einem freundlichen Lächeln Platz.
»Ich danke Euch für den warmen Empfang, Herr Ritter. Wenn Ihr so freundlich sein würdet, mir aus der Sänfte zu helfen?«
Ingold öffnete sofort den Verschlag und ergriff Schwanhilds Rechte. Als die Sonne ihr Gesicht beschien, blieb ihm für einen Augenblick der Atem weg. Michels neue Frau war so wunderschön wie ein Traum, und er fühlte ein Verlangen in sich wachsen, mehr als ihre Hand berühren zu dürfen. Schnell senkte er den Kopf und versuchte, diesen Gedanken weit von sich zu schieben, aber das wollte ihm nicht so recht gelingen. Für einen Augenblick hoffte er, Michel würde ihm die Aufgabe abnehmen, die Dame zum Palas zu führen, doch gleichzeitig sehnte er sich danach, es selbst tun zu dürfen.

Mit sicherem Instinkt erkannte Schwanhild, welchen Eindruck sie auf den unerfahrenen jungen Mann machte, und lächelte. Mit ihm gab es hier zumindest einen Menschen, den sie zu ihrem Verbündeten machen konnte. Den benötigte sie dringend, das wurde ihr angesichts der finsteren Mienen klar, mit denen einige der Umstehenden sie musterten.

Schwanhilds Blick blieb auf dem Kind haften, das die Tochter ihres Mannes sein musste. Es mochte drei oder vier Jahre zählen und hatte trotzig die Unterlippe vorgeschoben. Ihre Kindsmagd war ein etwa zwölfjähriges, eitel wirkendes Ding in einem viel zu guten Kleid und überdies viel zu hübsch für seinen Stand. Dieses Mädchen würde ihr gewiss noch Probleme bereiten, denn es starrte sie an, als wünschte es ihr die Seuche an den Hals. Die Renitenz, die sie auch in anderen Gesichtern las, verriet ihr, dass diese Burg dringend die feste Hand einer Hausfrau benötigte. Darüber wunderte sie sich nicht, denn die erste Gattin ihres Mannes war dem niederen Volk entsprossen und hatte sich mit viel Geschick und einer gewissen Nachgiebigkeit, die sich keine ehrbare Frau zuschulden kommen lassen sollte, in die Gunst der Mächtigen geschlichen. Doch wie man den Haushalt einer Burg führt, hatte diese Hure nie gelernt.

Michel war auf Reimo zugetreten, um ihn zu begrüßen, und wollte sich eben dessen Frau Zdenka zuwenden, als er sich der Tatsache entsann, dass er seine frisch angetraute Ehefrau nicht wie ein Gepäckstück auf dem Hof stehen lassen konnte. Er drehte sich zu ihr um, nahm ihre Hand aus der Ingolds und führte sie zu Trudi.

»Das ist meine Tochter Hiltrud, mein Ein und Alles«, erklärte er Schwanhild, während er mit der Linken über die Wange des Kindes strich. »Nun, mein Schatz, freust du dich, dass ich wieder da bin? Sieh an, du bist ja schon wieder gewachsen! Wenn du so weitermachst, wirst du bald groß sein. Schau her, wen ich dir mitgebracht habe. Das ist deine neue Mama. Sie heißt Schwanhild.«

Der Trotz auf Trudis Gesicht verstärkte sich noch. »Aber ich habe doch eine Mama! Ich brauche keine neue.«
Michel seufzte. »Trudi, mein Kleines, du musst endlich begreifen, dass deine Mama tot und bei den Engeln im Himmel ist. Sie schaut von dort auf dich herab und ist bestimmt ganz traurig, weil du so widerborstig bist und Mama Schwanhild keinen Begrüßungskuss gibst.«
Schwanhilds Mundwinkel bogen sich nach unten, auf einen Kuss von diesem rebellischen Ding legte sie wahrlich keinen Wert. Ihrer Meinung nach gebührten dem Mädchen ein paar kräftige Hiebe auf den Hintern. Sie bedachte Trudi mit einem Blick, der dieser riet, es nicht zu weit zu treiben, und achtete dann nicht weiter auf das Kind.
»Ich bin erschöpft und wünsche mich auszuruhen. Außerdem benötige ich wegen unseres überstürzten Aufbruchs dringend eine Leibmagd. Ich werde mir die Frauen auf der Burg ansehen, um zu entscheiden, wer von ihnen dafür in Frage kommt.«
Eva, die alte Marketenderin, lehnte mit der rechten Schulter an einem Pfosten der Stalltür und hatte die Szene mit einem gewissen Abstand verfolgt. Nun spuckte sie den Pflaumenkern aus, auf dem sie gelutscht hatte. »An diesem Früchtchen werden wir noch unsere Freude haben, das sage ich dir.«
Sie meinte Theres, die wie sie einst Marketenderin gewesen war und ebenfalls zu den Freundinnen gehörte, die Marie auf dem böhmischen Feldzug gewonnen hatte.
Theres bleckte die Zähne und widerstand nur mit Mühe dem Wunsch, ebenfalls auszuspucken. »Wenn ich die so ansehe, bekomme ich geradezu Lust, meinen alten Wagen anzuspannen und mir einen Heerzug zu suchen, mit dem ich ziehen kann.«
»Dafür ist es heuer bereits zu spät. Aber ich fürchte, im nächsten Frühjahr werden wir unser bisher so warmes Nest verlassen müssen.« Eva hatte ihr Urteil über Schwanhild gefällt und haderte

wieder einmal mit Gott und den Heiligen, weil sie Marie auf eine so schlimme Art von dieser Welt geholt hatten.
»Wenn wir gehen, verliert Trudi zwei Menschen, die es gut mit ihr meinen. Die dort tut es gewiss nicht.« Theres zeigte mit dem Kinn auf Schwanhild, die eben an der Reihe der Mägde entlangging, um sich einen ersten Überblick über ihre neuen Untergebenen zu verschaffen. Als Michel ihr Zdenka vorstellte und dabei erwähnte, dass die Wirtschafterin aus Böhmen stammte, wurde Schwanhilds Gesicht hart.
»Ich will keinen von diesen verfluchten Hussiten in der Burg!«
»Zdenka ist eine gute Katholikin und wurde von den aufrührerischen Böhmen verfolgt und mit dem Tode bedroht.« Michels Stimme klang scharf.
Schwanhild kämpfte mit den Tränen. Ihr aufgezwungener Ehemann hatte ihr vor aller Augen gezeigt, wie wenig sie in dieser Burg gelten würde.
Junker Ingold biss ebenfalls sie Zähne zusammen, denn er fand, dass Michel Adler ein wenig mehr Rücksicht auf seine Gemahlin nehmen sollte. Die wunderschöne Schwanhild schien den Burgherrn zumindest in diesem Augenblick weniger zu interessieren als die Bäuerin aus Böhmen oder die Trossweiber, die er jetzt herzlich begrüßte.
Schwanhild betrachtete Eva und Theres wie zwei Wesen aus einer anderen Welt. Ihrem Aussehen nach waren sie ehrloses Volk aus dem Staub der Landstraße, wohl Freundinnen von Michels erster Frau und gewiss ebenso ordinär, wie diese einst gewesen sein musste. Daher beachtete sie die wenig herzlich klingenden Willkommensgrüße der Marketenderinnen nicht, sondern kehrte ihnen brüsk den Rücken. Neben der Böhmin würden diese Weiber als Erste von hier weichen müssen.
Auf Burg Kibitzstein mussten schier unerträgliche Zustände eingerissen sein, wenn sich solch ein Abschaum hatte breit machen können, dachte sie und schämte sich, dass ausgerechnet sie

den Herrn dieser Herrlichkeit hatte heiraten müssen. Während sie im Stillen Spott und Hohn über Michel ausgoss, erinnerte ein leichtes Kribbeln in ihrem Unterleib sie daran, dass es bald dunkel werden würde. Während der Reise hatte der Wirtsspross sie allein in ihrem kalten Bett schlafen lassen, weil er ihr nach dem ständigen Schaukeln und Rucken der Pferdesänfte angeblich Ruhe gönnen wollte. Hier aber würde er wohl kaum auf sein Recht als Ehemann verzichten. Beim ersten und bisher einzigen Mal war sie zu betrunken gewesen, um die Freuden der Ehe richtig genießen zu können, aber in ihrer Erinnerung hatte sie Wonnen erlebt, nach denen ihr Körper nun Nacht für Nacht verlangte.

IX.

Marie tastete noch einmal den Unterleib der Fürstin ab und schob dann zwei Finger in deren Scheide. Anastasia keuchte kurz, aber nicht vor Schmerz, sondern wegen der Gefühle, die dieses Eindringen in ihr auslösten. Da es jedoch sündhaft war, an Lust auch nur zu denken, wenn nicht ihr Gemahl sein Recht an ihr ausübte, murmelten ihre Lippen ein Gebet aus ihrer Heimat. Sie flehte die Heilige Jungfrau an, nicht ihre Beherrschung zu verlieren und ihre Kräuterfrau und Vertraute zu Dingen aufzufordern, die vor Gott keinen Gefallen fanden. Zu ihrer Erleichterung zog Marie die Hand schnell wieder zurück und wusch sie mit scharfer Seife in einer kupfernen Schale.
Dabei lächelte sie Anastasia aufmunternd zu. »Die Geschwulst ist nicht mehr zu ertasten, Herrin. Nun wirst du deinen Gemahl wieder mit der Freude in dich aufnehmen können, die du dir wünschst.«
»Gott im Himmel und der Heiligen Jungfrau sei Dank! Ich

werde also doch den erhofften Sohn empfangen können.« Anastasia faltete die Hände und sprach ein weiteres Gebet.
Über ihrem Dank an die himmlischen Kräfte vergaß sie ihre irdische Helferin jedoch nicht. »Ich bin so glücklich, dass unsere Wege sich gekreuzt haben, Marija. Du hast heilende Hände!«
Marie neigte scheinbar demütig ihren Kopf, um ihren Gesichtsausdruck zu verbergen, denn sie war alles andere als glücklich, in dieses Land verschleppt worden zu sein. Und doch musste sie froh sein, das Interesse und schließlich auch die Gunst der Fürstin errungen zu haben. Das Schicksal hätte sie auch in ein Hafenbordell verschlagen können.
Sie schlug das Kreuz auf die hier übliche Art, um sich keinen Tadel zuzuziehen, und dankte im Stillen der heiligen Maria Magdalena dafür, dass sie derzeit ein recht angenehmes Leben führen konnte. Gleichzeitig haderte sie mit sich selbst und verfluchte ihre Schwäche. Anastasias Wunsch nach einem weiteren Sohn erinnerte sie tagtäglich an ihren eigenen, der in den Händen Hulda von Hettenheims zurückgeblieben war, und sie hasste sich beinahe dafür, dass sie nicht den Mut aufbrachte, alles hinter sich zu lassen und sich auf den Weg in die Heimat zu machen, auch wenn mehr als die halbe Welt zwischen Worosansk und Kibitzstein lag.
»Das darf nicht sein!« Zum Glück stieß sie die Worte auf Deutsch hervor, so dass die Fürstin sie nicht verstand.
Anastasia schien sie für eine Dankesäußerung oder ein kurzes Gebet zu halten, denn sie nahm ihre Hand und streichelte sie dankbar. »Du bist so geschickt in allem, was uns Frauen und unseren Leib betrifft.«
Marie hob die Linke und schüttelte den Kopf. »Dankt Gott, dem Herrn, und der Heiligen Jungfrau von Wladimir, Herrin, aber nicht mir. Ich bin nur eine einfache Frau.«
Obwohl sie eben noch den Tränen nahe gewesen war, musste sie sich jetzt ein Lächeln verkneifen. Die Fürstin durfte niemals er-

fahren, woher sie ihre Kenntnisse besaß, nämlich von ihrer Freundin Hiltrud, die nicht nur als Bäuerin, sondern auch als Kräuterheilerin gefragt war. Deren Wissen stammte aus der Zeit, in der sie als wandernde Huren von Markt zu Markt gezogen waren, und von den weiblichen Tieren auf Hiltruds Hof. Marie hatte manchmal innerlich den Kopf geschüttelt, wenn ihre Freundin all die Probleme vor ihr ausgebreitet hatte, die ihre Ziegen und Kühe betrafen. Beinahe bei jedem Besuch hatte Hiltrud ihr erklärt, welche Krankheiten man mit welchen Pflanzen bei Tieren und bei Menschen heilen konnte. Auch wenn ihr der Apotheker in Rheinsobern viele Aussagen Hiltruds bestätigt und ihr ebenfalls so manches erklärt hatte, leistete sie ihrer Freundin nun über all die Meilen, die zwischen ihnen lagen, Abbitte, denn ohne jene Vorträge wäre es ihr kaum gelungen, Anastasia und ihrem Sohn zu helfen und das Vertrauen der Fürstin zu gewinnen.
Deren Gedanken wanderten unterdessen in die Zukunft. »Du hast einmal gesagt, du würdest Kräuter kennen, die den Samen des Mannes im Leib seiner Frau rasch keimen lassen können. Kannst du sie für mich suchen?«
»Ich sagte, eine Freundin von mir kannte ein Mittel, doch sie hat mir leider nicht alle Zutaten aufgezählt, aus denen sie es gebraut hat.« Marie ärgerte sich, dass sie Hiltruds Trank vor Anastasia erwähnt hatte, denn nun erwartete die Fürstin schiere Wunder von ihr.
»Aber du kennst Kräuter, die dabei helfen können.«
Marie spürte, dass Anastasia sich an diese Hoffnung klammerte wie an ihr Seelenheil. Also würde ihr nichts anderes übrig bleiben, als Pflanzen zu suchen, die einer Schwangerschaft zuträglich sein sollten, und versprach gleichzeitig der heiligen Maria Magdalena für den Fall, dass Anastasia schwanger wurde, eine armdicke Kerze. Die würde sie, und das flocht sie in ihr Gebet ein, aber erst dann stiften können, wenn sie in die Heimat zu-

rückgekehrt war. Doch auf dieses unsichere Geschäft sich würde die Heilige wohl kaum einlassen.
»Ich werde tun, was in meiner Macht steht, Herrin.« Marie seufzte und fragte sich, welche Forderung die Fürstin als Nächstes stellen würde. Sie musste nicht lange auf die Antwort warten.
»Kannst du mir eine Salbe anmischen, die das Verlangen meines Gemahls nach mir so steigert, dass er die schwarze Kuh vergisst, die er nun Tag für Tag besteigt?«
Es war für Marie schmerzlich, in einem solch verächtlichen Tonfall von Alika sprechen zu hören. Ihre dunkelhäutige Freundin konnte doch nichts dafür, dass Fürst Dimitri sich frei dünkte, zu tun und zu lassen, wonach ihm der Sinn stand. Er hatte Vater Pantelej die Mittel für einen weiteren Kirchenbau im Worosansker Kreml versprochen und auch schon eine gewisse Summe als Anzahlung geleistet. Nun glaubte er, seine bereits begangenen und die noch vor ihm liegenden Sünden als abgegolten ansehen zu können, und ließ seiner Gier nach der jungen Mohrin freien Lauf. Inzwischen beackerte er die arme Alika viel öfter als seine ihm angetraute Frau.
Marie lag schon auf der Zunge, Anastasia zu raten, sie solle sich Gesicht und Leib schwarz und die Lippen besonders dick rot anmalen, um Alika auszustechen, denn die Leidenschaft der jungen Mohrin war nicht so groß, dass sie Dimitris Verlangen erklären konnte. Der Fürst hatte sie einmal sogar hier im Terem in ein Zimmer geschleift und benutzt. Da die Tür weit offen geblieben war, hatte Marie einen Blick riskiert und festgestellt, dass Alikas Gesicht von Schmerz und Angst statt von Lust gezeichnet gewesen war. Dimitri schien Alika jedes Mal so wund zu reiten, dass sie danach regelmäßig die Salbe verwendete, die Marie ihr zubereitete.
Der Fürstin dauerte das Schweigen ihrer Kräuterfrau zu lange, und sie stampfte wie ein trotziges Kind auf den Boden. »Wenn

mein Gemahl nicht von dieser Heidin ablässt, wird das schwarze Ding sterben müssen.«

Marie zuckte zusammen, versuchte aber, sich nichts von ihrem Schreck anmerken zu lassen. Mit dem Mut der Verzweiflung versuchte sie, Anastasia von ihren mörderischen Gedanken abzubringen.

»Herrin, du solltest Gnade walten lassen, denn du findest keine bessere Kindsmagd als sie. Sie versorgt deinen Sohn so getreulich wie keine Zweite und hilft mir, ihn Tag und Nacht zu überwachen.«

»Das mag sein. Doch ich will nicht, dass sie Wladimir mit Brüdern versorgt!« Anastasias Stimme klang scharf.

»Das werde ich zu verhindern wissen.« Marie kniff die Lippen zusammen, kaum dass ihr diese Worte entschlüpft waren, denn für ein solches Versprechen könnte sie in ihrer Heimat als Hexe gelten. Die Priester sahen derlei gar nicht gerne, und wenn eine der kräuterkundigen Frauen es zu arg trieb, wurde sie ertränkt oder kam auf den Scheiterhaufen. Außerdem war Alika mit einem Mittel, das die Frucht abtrieb, nicht wirklich geholfen. Nach kurzem Überlegen fasste sie einen anderen Plan. Sie würde ihrer Freundin eine Pflanze zu essen geben, die dieser an einer gewissen Stelle dicke, ekelhafte Pusteln verschaffte. Alika würde es gewiss begrüßen, wenn Dimitri sich von ihr abwandte und wieder das Bett seiner Gemahlin aufsuchte.

»Es wäre besser für die Mohrin! Bastarde werde ich hier nicht dulden.« Anastasia schien vergessen zu haben, dass sie Marie gerade noch gelobt hatte, denn ihr Gesicht spiegelte nun Ärger und Wut.

»Außerdem gefällt mir nicht, dass mein Sohn von dir und der Schwarzen genauso behandelt wird wie deine Tochter. Sollen der Thronfolger und die Tochter einer Sklavin etwa wie Geschwister aufwachsen?« Diesen Stich hatte die Fürstin sich nicht verknei-

fen können, und sie sah zufrieden, dass sie die Amme mit dieser Bemerkung verletzt hatte.
Maries Gesicht wurde weiß und sie öffnete bereits den Mund zu einer heftigen Antwort. Dann schluckte sie die Worte, die ihr über die Lippen kommen wollten, und beugte stattdessen den Nacken. »Wie du befiehlst, Herrin.«
Im Grunde ihres Herzens fand sie es lächerlich, wie kleinlich die Fürstin sich gab. Obwohl Anastasia ihren Gatten nicht liebte, bekämpfte sie jede Frau, der er sein Interesse zuwandte, mochte es die Tochter eines seiner Bojaren sein oder eine Sklavin wie Alika. Auch kehrte sie stets ihren Rang als Fürstin und Gemahlin des Herrn über Worosansk heraus und schien Freude zu empfinden, wenn sie ihre Untergebenen kränken konnte.
»Du kannst jetzt gehen! Ich lasse dich rufen, wenn ich dich brauche.«
Marie war froh, der launischen Frau zu entkommen. Sie packte die Salbentöpfe in ihre Schatulle, schulterte die Beutel mit den Tinkturen und getrockneten Kräutern und verließ mit einer Verbeugung den Raum. Draußen atmete sie erst einmal auf, so bedrückend wie heute war ihr die Nähe der Fürstin schon lange nicht mehr erschienen.
»Ich sollte mich mehr um meine Flucht kümmern, als mir Gedanken über dieses hochnäsige Weib zu machen!« Beim Klang ihrer eigenen Stimme drehte Marie sich erschrocken um und erinnerte sich dann erst daran, dass es in Worosansk niemanden gab, der ihre Muttersprache verstand. Ein Gutes konnte sie dem Benehmen der Fürstin jedoch abgewinnen: Sie fühlte ihr Blut schneller durch die Adern kreisen und wusste, dass sie mit den Vorbereitungen für ihre und Alikas Flucht beginnen musste. Mit diesem Gedanken stellte sie ihre Sachen in ihr Zimmer und verließ den Terem.
Draußen blieb sie stehen, sah sich bewusster um als sonst und zog enttäuscht die Mundwinkel herab. Der Sommer hatte inzwi-

schen dem Herbst Platz gemacht, und die Blätter der Birken färbten sich schon gelb. Also würde in diesem Jahr keine Flucht mehr möglich sein, selbst wenn die Erzählungen, die sie über die Winter in diesen Landen gehört hatte, weit übertrieben sein sollten. Doch wenn das Frühjahr ins Land zog, würde sie es wagen. Bis dorthin hatte sie genügend Zeit, all die Dinge zu sammeln, die für den weiten Weg notwendig waren. Sie besaß bereits ein wenig Geld, denn Andrej und einige seiner Freunde hatten ihr als Dank für einen Trank, der ihnen nach einer ausgiebigen Zecherei den Kopf nicht so schwer erscheinen ließ, kleine Münzen zugesteckt. Auch hatte sie ihren Dolch trotz des Zwischenfalls mit Darja behalten können.

Einen Augenblick erschauderte sie, als sie an das Schicksal der einstigen Kindsmagd denken musste. Darjas Tod lag erst wenige Wochen zurück, doch selbst diejenigen, welche die Frau einst Freundin genannt hatten, taten so, als hätte es sie nie gegeben. Die Mägde lachten über die Witze der tatarischen Söldner und mehr als eine schlüpfte mit ihnen ins Heu der Scheuern, die bei den Ställen standen.

Diese Russen sind ein seltsames Volk, dachte Marie und musste über sich selbst lachen, denn hier sagte man das Gleiche über sie und die Deutschen. Sie durfte die Mägde nicht verurteilen. In ihrer Heimat gab es ebenfalls genügend Frauen, die sich zu gewalttätigen Männern hingezogen fühlten, und Männer, die auf Befehl ihrer Herren schreckliche Taten begingen. Daher wollte sie weder über die Russen noch über die Tataren schlechter denken, als diese es verdienten. Mit diesem Vorsatz setzte sie ihren Weg fort.

Der Kreml war ein Konglomerat aus unterschiedlichen Bauwerken. Um den eigentlichen Palast und den Terem, die beide aus Stein errichtet worden waren, hatte man scheinbar wahllos Ställe, Scheunen und verschiedene andere Bauten gruppiert, die ihr inzwischen so vertraut waren, dass sie mit geschlossenen Augen sagen konnte, wo sie sich befand. Was ihre Hände nicht ertasten konnten, verriet ihr die Nase, denn jedes Haus und jeder Trakt hatte seinen ganz eigenen Geruch. Aus der Küche quollen Essensdüfte, bei den Unterkünften der Männer roch es nach Leder und Schweiß, und der Schlafsaal der Mägde hatte wieder einen ganz eigenen Duft nach Seife und nach Frau. Früher hätte Marie nie gedacht, dass sogar die Orte, an denen sich nur Männer oder nur Frauen aufhielten, so unterschiedlich riechen könnten. Hier fiel es ihr zum ersten Mal auf. Männer rochen strenger, als wechselten sie ihre Lendentücher nicht oft genug. Die Frauen umgab ein süßlicher Duft, der den Geruch des Blutes, das sie einmal im Monat von sich gaben, nicht ganz überdecken konnte.

Marie wunderte sich, wohin ihre Gedanken sich verirrten, wenn sie sich nicht auf eine Arbeit oder ihre Pläne konzentrierte. Sie ging weiter, bis sie ein einzeln stehendes, ebenfalls aus Stein und wie der Palast im griechisch-russischen Mischstil erbautes Haus erreichte, aus dem ihr feuchtwarme Luft entgegenschlug. Das war das Badehaus, welches von den Edelleuten und dem Gesinde gemeinsam benutzt wurde. Auch wenn sie sich die Hände gründlich gewaschen hatte, glaubte sie immer noch die Ausdünstung von Anastasias Scheide an sich zu riechen und hoffte, mit dem Geruch der Fürstin gleichzeitig auch deren Kränkungen abwaschen zu können.

Im Allgemeinen badeten die Frauen und Männer im selben Raum, nur in getrennten Wannen. Aber für die Fürstin, die sich mit dieser Sitte nicht hatte abfinden können, war ein eigenes Zimmer eingerichtet worden, das auch Marie und Alika benutzen durften. Die Männer hätten nichts dagegen gehabt, wenn sie mit den anderen Frauen zusammen in die Wanne gestiegen wären, doch die Mägde duldeten die Mohrin, die als unreine Heidin galt, nicht unter sich, und Marie war ihnen als Ketzerin aus dem Westen unheimlich. Daher glaubten die Russinnen, sie würden sich beschmutzen, wenn sie ihr Badewasser mit Alika und der deutschen Amme teilten.

Die vier steinernen Wannen im großen Raum waren gut besucht, denn es stand der Festtag eines Heiligen bevor, und Pantelej drang darauf, dass seine Schäfchen sauber in die Kirche kamen. Die einfachen Knechte saßen dicht an dicht in dem kleineren, niedrigeren Bottich, dessen Wasser nicht so stark erhitzt wurde wie das der Gefolgsleute des Fürsten, unter denen sich zu dieser Stunde auch Jaroslaw, Lawrenti und Andrej befanden.
Als Marie eintrat, hatte Andrejs Freund Wasja sich gerade erhoben und präsentierte sich den Frauen in seiner ganzen Nacktheit. Dabei rieb er sein Glied so, dass es rasch wuchs. Ein paar junge Mädchen drehten schamhaft die Köpfe weg, um dann doch einen scheuen Blick zu wagen. Die älteren Frauen hingegen verfolgten das Tun des jungen Mannes mit spöttischen Blicken.
»Länger wird er nicht, auch wenn du noch so sehr daran ziehst!«, rief eine von ihnen lachend.
Wasja sah sie an und bewegte sein Becken anzüglich vor und zurück. »Für dich langt er allemal!«
»Angeber!«, antwortete die Frau mit einer verächtlichen Handbewegung. Das wollte der Mann nicht auf sich sitzen lassen und so entspann sich zwischen den beiden ein heftiges Wortgefecht.
Marie war froh, dass sich die Aufmerksamkeit der Anwesenden auf dieses Paar konzentrierte, und schlich ungesehen in die Badekammer der Fürstin hinüber. Dort schloss sie aufatmend die Tür hinter sich. Die kupferne Wanne, die allein Anastasia zur Verfügung stand, war leer, doch über einem großen Holzbottich kräuselte sich Dampf. Ein dunkles Gesicht mit krausen Haaren schälte sich zwischen den Schwaden hervor, und große schwarze Augen blickten Marie erleichtert entgegen.
»Ich dachte schon, es wäre Anastasia oder die Haushofmeisterin. Von denen hätte ich mir gewiss Schläge eingefangen.« In den letzten Wochen hatte Alikas Kenntnis der deutschen Sprache große Fortschritte gemacht, während ihr Russisch grauenhaft klang und sich auf den notwendigsten Wortschatz beschränkte.

Sie schien diese Sprache aus Trotz nicht richtig lernen zu wollen, wohl weil die anderen sie als halbes Tier ansahen. Dennoch verstand sie mehr von dem, was gesagt wurde, als die Leute annahmen.

»Anastasia ist eifersüchtig auf dich, weil der Fürst dich häufiger in sein Bett holt, als er zu ihr kommt. Deswegen sucht sie immer wieder nach Gründen, dich bestrafen zu können.«

Alika bleckte die Zähne. »Von mir aus kann sie ihn den ganzen Tag haben. Ich frage mich, was sie an diesem Kerl findet. Der ist mir so was von zuwider! Wenn er mich besteigt, führt er sich so auf, dass es mir wehtut, und er fordert Sachen von mir, für die ich ihm das Ding zwischen seinen Beinen abbeißen könnte. Aber wenn ich mich weigere, schlägt er mich mit der Peitsche.«

Die Mohrin spuckte angeekelt auf den Boden. Auch ohne nähere Erklärung verstand Marie, was der Fürst mit ihrer Freundin trieb. Männer, die glaubten, die absolute Macht über Frauen zu haben, forderten derlei oft, und diese von Gott und der Kirche verbotenen Dinge erregten die meisten mehr als der Gebrauch des weiblichen Körperteils, welches dafür geschaffen war. Nun hatte Marie noch einen Grund, so bald zu fliehen, wie es möglich war, und sie würde schon in den nächsten Tagen mit den Vorbereitungen beginnen.

Von einer gewissen Vorfreude erfüllt nickte sie ihrer Freundin aufmunternd zu. »Keine Sorge! Auch das wird bald vorbei sein. Lass dich nur ja nicht dazu hinreißen, den Fürsten zu verletzen. Darjas Ende dürfte harmlos gewesen sein gegen das, was man dir antun würde.«

»Nicht wenn es mir gelingt, an Dimitris Dolch zu kommen.« Alikas Augen blitzten dabei, und Marie begriff, dass die Mohrin diesen Ausweg ernsthaft in Erwägung zog.

»Bei Gott, nein! Du darfst dein Leben nicht so einfach wegwerfen.« Marie fasste ihre Freundin bei den Schultern und grinste wie ein Bub, der gerade einen tollen Streich ausheckt. »Ich werde

dir helfen. Du bekommst von mir Kräuter, die dich für jeden Mann abstoßend werden lassen. Du wirst allerdings hier«, sie tippte Alika dabei gegen die Innenseite der Schenkel, »und auch im Gesicht hässliche Pusteln bekommen.«
»Pah, nichts ist so schlimm, wie dem Fürsten zu Willen sein zu müssen. Er hat doch ein Weib, das er besteigen kann.« Alika schüttelte ihre krause Mähne und ließ ihre weißen Zähne aufblitzen.
»Gib mir das Zeug! Je eher Fürst Dimitri mich in Ruhe lässt, desto besser.«
Marie senkte etwas betrübt den Kopf. »Ich muss die Kräuter noch suchen und den richtigen Sud herstellen. Das kann noch ein paar Tage dauern. Was ist, wenn du bis dorthin behauptest, dass dein Mond sich vollendet hätte und du bluten würdest?«
»Das kann ich tun. Ich hoffe nur, dass er nicht nachzählt.« Alika klopfte auf den Rand der Wanne und blickte Marie auffordernd an. »Zieh dich aus und komm herein, sonst wird das Wasser kalt.«
Marie erinnerte sich, dass sie zum Baden und nicht zum Schwatzen in diesen Raum gekommen war, und folgte dem Ratschlag. Kurz darauf hockte sie Alika gegenüber in der Wanne und benutzte die scharfe Seife, die ihre Freundin bereitgelegt hatte.
»Wie weit bist du mit deinen Plänen zur Flucht?«, fragte Alika in die entstandene Stille hinein.
Marie zuckte zusammen und verlor die Seife im Wasser. Während sie mit ihren Händen den Grund der Wanne nach dem glitschigen Ding abtastete, sah sie Alika warnend an. »Sei vorsichtig! Die Tür ist dünn, und wenn draußen jemand badet, der unsere Sprache versteht, könnte er uns verraten.«
»Es ist deine Sprache, nicht die meine. Die ist so!« Alika sprudelte ein paar Sätze mit einer völlig fremden Wortmelodie heraus und sah Marie streng an. Nun erinnerte Marie sich beschämt, dass sie es nach ersten Versuchen aufgegeben hatte, Alikas Mut-

tersprache zu erlernen, und schalt sich eine Egoistin. Es würde ihrer Freundin gewiss gut tun, in der Stimme ihrer Heimat getröstet zu werden. Sie streichelte ihr über das Gesicht und versuchte zu lächeln. »Verzeih, ich wollte dir nicht wehtun.«
»Du hast mir nicht wehgetan. Außerdem hast du Recht! Wenn wir von hier wegkommen wollen, dürfen wir keinen Verdacht erregen. Komm, dreh dich um, damit ich dir den Rücken waschen kann. Das kannst du danach bei mir tun.«
Während die beiden Frauen sich säuberten, wurde die Tür geöffnet. Marie glaubte, einige der Männer, die draußen gebadet hatten, wollten sich nun einen Scherz erlauben. Daher fuhr sie hoch und wollte nach ihren Kleidern greifen. Es war jedoch Gelja, die Anastasia ihr als Dienerin zugeteilt hatte, obwohl die Magd als freie Frau galt. Die untersetzte Russin mit dem breiten Gesicht und den tatarisch anmutenden Schlitzaugen, die im seltsamen Gegensatz zu ihren weizenblonden Haaren standen, trug mehrere Tücher und ein sauberes Gewand auf den Armen.
»Ich dachte mir, dass ihr wieder die Lappen vergessen habt, mit denen ihr euch abtrocknen könnt«, sagte sie und legte die Sachen auf einen Hocker.
»Ich danke dir!« Marie erwartete, dass die Frau wieder gehen würde.
Gelja blieb jedoch und räumte verlegen ein paar Sachen um.
»Beeilt euch! Die Fürstin will baden, um ihren Gemahl heute Abend im Duft ihrer griechischen Wohlgerüche empfangen zu können. Wie ihr wisst, mag sie es nicht, wenn sie euch hier vorfindet.«
Alika schoss so schnell aus der Wanne heraus, dass es spritzte. Wenn die Fürstin sie hier antraf, bedeutete das trotz der Erlaubnis, diesen Raum nutzen zu dürfen, mindestens Schläge mit der flachen Hand oder gar dem Stock, den die Haushofmeisterin stets bei sich trug.
Marie bekam die scharfe Lauge in die Augen und stöhnte, wäh-

rend Gelja die Mohrin strafend anblickte. »Kannst du nicht aufpassen? Jetzt ist alles nass! Man sollte dir wirklich die Peitsche geben.«

»Die bekommt Alika oft genug zu spüren!« Marie erhob sich jetzt auch aus der Wanne und riss Gelja das Tuch aus der Hand, das diese ihr reichen wollte.

Die Russin musterte Alika, deren Rücken noch recht frische Peitschenmale aufwies, und betrachtete dann das feine, kaum noch zu erkennende Muster auf Maries Rücken. Obwohl die Amme diese Strafe sicher schon vor vielen Jahren hatte erleiden müssen, verrieten die Narben, dass man sie fast totgeprügelt haben musste. Nun wunderte es Gelja nicht mehr, dass die Frau aus dem Westen bei der Erwähnung der Peitsche wütend wurde.

»Verzeih, aber ich wollte weder dich noch die Schwarze kränken. Vielen hier ist sie ein Dorn im Auge. Man nennt sie Tochter des Satans, weil ihre Haut so dunkel ist wie die eines Höllendämons.« Gelja schüttelte sich bei dem Gedanken an die dunklen Mächte und schlug das Kreuz, um sich vor ihnen zu schützen.

Marie wusste nicht, was sie gegen den Aberglauben der Magd unternehmen sollte, die offensichtlich den gleichen Widerwillen gegen Alika hegte wie die anderen Frauen. Sie selbst hatte in der Mohrin einen Menschen kennen gelernt, der selbstlos und zuverlässig war. Ihre Hautfarbe ließ wahrscheinlich jeden im ersten Moment schaudern, und auch bei ihr zu Hause gab es genug Leute, die Alika für eine Dienerin Luzifers halten würden.

»Wenn die Fürstin kommt, sollten wir uns beeilen.« Marie rieb sich trocken und schlüpfte in das frische Hemd, das Gelja ihr reichte. In dieser Hinsicht war die Russin ein Goldstück, denn es gelang ihr, all das zu besorgen, was nötig war, und darüber hinaus auch Dinge, mit denen man sich das Leben etwas behaglicher einrichten konnte.

»Danke!« Marie lächelte Gelja zu und half dann Alika, die so nervös und ängstlich geworden war, dass sie sich in ihren Kleidungsstücken verhedderte.

Gelja zupfte bei beiden noch den Stoff glatt und machte dann eine Bewegung, als wolle sie sie hinausscheuchen. »Die Haare solltet ihr besser in eurer Kammer trocknen, sonst begegnet ihr doch noch der Herrin!«

Marie deutete auf die Bescherung, die Alika angerichtet hatte. »Wir müssen noch aufwischen!«

»Ach, verschwindet lieber! Ich mache das schon.« Bei diesen Worten ergriff Gelja einen Lumpen und rückte den Pfützen zu Leibe.

Marie sah ihr noch einen Augenblick zu und verließ dann mit Alika zusammen den Raum. Als sie draußen zwischen den Bottichen dem Ausgang der großen Badekammer zustrebten, riefen ihnen die Männer Scherzworte nach.

»He, du kleiner schwarzer Fladen, warum musst du dich immer drinnen anziehen? Die anderen Weiber sind doch auch nicht so schamhaft!«

»Ja, außerdem wollen wir doch sehen, warum der Fürst ausgerechnet auf dich so scharf ist. Bist du unten anders gebaut als unsere Weiber oder kannst du besondere Dinge?«

Die Neugier der Männer artete zum Glück nicht in Handgreiflichkeiten aus. Daher setzen Marie und Alika freundliche Mienen auf, als sie an den Bottichen vorbeiliefen, und schlüpften hastig zur Tür hinaus.

Wasja, der neben Andrej in der Wanne saß, stieß diesen grinsend an. »Die kleine Schwarze einmal nackt zu sehen würde mich schon reizen. Und was sagst du zu der Kräuterhexe aus dem Westen? Als die zu uns kam, wirkte sie so dürr und eingeschrumpft wie eine alte Frau. Doch mittlerweile bietet sie einen Anblick, bei dem mein kleiner Iwan sich jedes Mal genüsslich recken will.«

Andrej grinste nur spöttisch, gab aber keine Antwort, denn auch seine Gedanken beschäftigten sich mit Marie. Gelja, die die Bemerkung durch die offene Tür gehört hatte, machte eine besorgte Miene und nahm sich vor, die Amme zu warnen.

X.

Wladimir und Lisa schliefen nebeneinander in der großen Wiege und boten einen so friedlichen Anblick, dass Marie andächtig neben ihnen stehen blieb. Dann erinnerte sie sich an Anastasias Worte, dass die beiden Kinder nicht wie Geschwister aufwachsen dürften, und verzog verärgert das Gesicht. Auch wenn Lisa nicht ihre Tochter, sondern die ihrer Todfeindin war, hatte sie es in erster Linie der Kleinen zu verdanken, dass ihr Lebensmut im stinkenden Bauch der Geit nicht gebrochen worden war. Mittlerweile war Lisa ihr ans Herz gewachsen, als sei sie ihr eigenes Kind, und sie war nicht bereit, das Mädchen Wladimir gegenüber zurückzusetzen.
Alika spürte, dass Marie über etwas Unangenehmes nachdachte, und zupfte sie am Ärmel. »Du hast Ärger?«
Marie winkte ab. »Es ist nicht der Rede wert. Wir müssen in Zukunft schauen, dass der Sohn der Fürstin bessere Windeln bekommt als unsere Kleine, und sie darf wohl auch nicht mehr mit ihm in der Wiege liegen – obwohl er dann ruhiger schläft. Aber wir werden sie genauso gut versorgen wie bisher.«
Als hätte Lisa die Worte vernommen, öffnete sie die Augen und sah Marie an. Dabei bewegte sie ihren Mund, als wolle sie saugen. Marie verstand die stumme Aufforderung und entblößte ihre Brust. Eigentlich hätte Anastasias Sohn Vorrang haben müssen, doch aus Trotz nährte Marie die Kleine als Erste.
»Soll ich in die Küche gehen und Brei machen?«, fragte Alika, da die beiden Kinder von Marie bereits an festere Nahrung gewöhnt wurden als nur an Muttermilch.
»Tu das, aber verrate auf keinen Fall, für wen der Brei ist. Die

Mägde sollen weiterhin glauben, er sei für uns. Wenn es auf die Frauen hier ankäme, müsste der kleine Prinz noch ganz von Muttermilch leben. Sie würden uns beschimpfen und bei Anastasia verleumden, wenn sie wüssten, dass er auch schon festere Nahrung bekommt.«

»Die Fürstin würde dich auspeitschen lassen!« Alika traute Anastasia alles Üble zu und versprach Marie, vorsichtig zu sein. Während sie die Kammer verließ, entzog Marie der Kleinen die Brust und nahm Wladimir in die Arme. Es war keinen Augenblick zu früh, denn die Tür sprang auf, und die Fürstin trat herein. Bei dem Anblick, der sich ihr bot, nickte Anastasia zufrieden. Marie hatte Lisa auf ihr eigenes Bett gelegt, so dass die Wiege des Thronfolgers leer war, und die Kleine tat ihrer Pflegemutter nun auch noch den Gefallen, so zu greinen, als hätte sie Hunger.

Trotzdem kam es fast zu einer Katastrophe, denn Alika erschien mit einem Topf und hätte vor Schreck beinahe den Inhalt über der Fürstin ausgegossen. Nur mit Mühe gelang es ihr, zumindest äußerlich das Gleichgewicht wiederzufinden.

Anastasia drehte sich zu ihr um und musterte den Brei in dem dampfenden Gefäß. »Was ist das?«

Marie schluckte, so leicht würde sie der Fürstin nicht weismachen können, dass der Brei für sie selbst war. Wenn sie dann doch beim Füttern der Kinder ertappt wurde, würde Anastasia die Peitsche über ihren Rücken tanzen lassen. Daher beschloss sie, so nahe an der Wahrheit zu bleiben, wie es ihr möglich war.

»Der Brei ist für Lisa. Da Wladimir größer wird, braucht er mehr Milch, und deswegen muss meine Tochter anders ernährt werden. Von Ziegenmilch allein wird sie nämlich krank.«

Die Fürstin antwortete mit einem Nicken. »Du machst deine Sache gut, Amme. Ich werde dich bei Gelegenheit belohnen. Doch nun muss ich weiter ins Bad. Meine Leibmagd wird später die Salbe holen, welche die Lust des Fürsten erhöht. Er soll so zufrieden sein, dass er möglichst jede Nacht zu mir kommt.«

Ohne ihrem Sohn mehr als einen prüfenden Blick zu schenken, drehte sie sich um und rauschte hinaus. Als die Tür sich hinter ihr geschlossen hatte, streckte Alika ihr die Zunge heraus. »Der Fürst stellt keine besonderen Ansprüche. Hauptsache, er kann seinen Nagel, wie du sein Ding genannt hast, in das nächste weibliche Wesen stoßen. Ich glaube, er würde auch eine Ziege oder Kuh nicht verschonen.«
Obwohl es bereits eine Sünde darstellte, an so etwas Abstoßendes zu denken, musste Marie bei dieser Vorstellung kichern. Dann rief sie sich zur Ordnung und wies auf den Brei. »Du solltest jetzt Lisa füttern, bevor wieder jemand hereinkommt. Ich lehne mich derweil mit dem Rücken gegen die Tür.«
Im selben Augenblick trat Gelja ein. »Die Fürstin ist wohl hier gewesen, um nachzusehen, ob du ihren Sohn nicht vernachlässigst? Aber nun setz dich, damit ich dir die Haare flechten kann.«
Marie blies ärgerlich die Luft aus der Nase. Musste die Magd ausgerechnet jetzt kommen? Gelja schien ihre Ablehnung zu bemerken, denn sie lächelte verschwörerisch und hob beruhigend die Hand. Dann schloss sie die Tür, trat an die Wand dahinter und nahm den kleinen Löffel von dem Balken herab, den Marie dort zu verstecken pflegte. Es handelte sich eher um ein Spielzeug, mit dem derjenige, der es aus einem Horn geschnitzt hatte, wohl seine Fingerfertigkeit hatte beweisen wollen. Aber für den Zweck, für den Marie ihn benutzte, war er besser geeignet als die Löffel, die hier sonst verwendet wurden.
»Hier, damit du die Kleine füttern kannst!« Gelja reichte Alika den Löffel.
Marie hatte sich bemüht, alles sehr heimlich zu tun, aber die Magd hatte unerwartet scharfe Augen und einen wachen Sinn. Nun konnte sie nur hoffen, dass Gelja keine falschen Schlüsse zog und sie verriet. Mit dem unangenehmen Gefühl, der Russin ausgeliefert zu sein, setzte sie sich auf den Schemel und ließ es zu, dass Gelja ihr die Zöpfe flocht, während Wladimir ärgerlich

schnaubte, weil ihre Brüste ihm nun, da Lisa bereits daran getrunken hatte, nicht mehr genug Milch spendeten.
»Gib ihm etwas von dem Brei!«, sagte Gelja zu Alika, als der Thronfolger zu greinen begann.
Die Mohrin blickte Marie fragend an, legte auf deren Nicken hin Lisa auf das Bett und übernahm Wladimir, der wie gewöhnlich abwehrend die Nase krauste, als sie ihm etwas Brei ins Mündchen schob. Dann aber begann er eifrig zu schlucken und vertilgte so viel, dass Alika es mit der Angst zu tun bekam. »Kann er wirklich so viel Hunger haben?«
»Was sagt sie?«, fragte Gelja.
»Alika wundert sich über den Appetit des Prinzen.«
»Dimitris Sohn ist beinahe ein Jahr alt und muss kräftig essen, damit er groß und stark wird. Milch allein reicht da nicht aus. Leider will unsere Fürstin das nicht einsehen, und die anderen plappern natürlich nach, was sie sagt. Zum Glück bist du eine kluge Frau, allerdings nicht klug genug, zumindest, was dich selbst betrifft.«
»Wie meinst du das?« Marie erschrak, denn sie fürchtete, gegen eine der ihr unverständlichen Sitten oder gar gegen ein Gesetz dieses Landes verstoßen zu haben.
Gelja nahm eine Strähne ihres Haars und hielt sie ihr vor die Augen. »Als die Fürstin dich gekauft hat, war dein Haar spröde und wirkte wie angegraut. Alle hier haben dich für eine alte Frau gehalten, und manch einer dürfte sich gewundert haben, dass du noch ein Kind geboren hast. Nun aber glänzen deine Locken wie Gold, deine Haut ist glatt und weich und dein Busen trotz der zwei Kinder, die du nährst, immer noch recht ansehnlich. Du musst früher einmal eine wunderschöne Frau gewesen sein und siehst heute noch viel zu gut aus für eine Sklavin. Das ist gefährlich für dich.«
Marie schüttelte irritiert den Kopf. »Das verstehe ich nicht.«
»Die Männer reden schon über dich, und es kann nicht mehr

lange dauern, dann stichst du unserem Herrn ins Auge und er holt dich in sein Bett. Das aber dürfte der Fürstin nicht gefallen. Anastasia ist keine Russin, die zu gehorchen weiß, sondern stammt aus dem Kaiserlichen Haus von Konstantinopel. Daher ist sie es nicht gewohnt, im Schatten einer anderen Frau zu stehen. Außerdem fühlt sie sich in unserem Land unglücklich und ist deswegen so reizbar. Wenn du deinen Rücken vor Schlägen bewahren willst, solltest du dieser Tatsache Rechnung tragen.«
Bisher hatte Marie sich nicht vorstellen können, dass Fürst Dimitri in ihr etwas anderes sehen könnte als die Amme, die seine Gemahlin auf dem Sklavenmarkt gekauft hatte. Jetzt führte sie sich Alikas Schicksal vor Augen und begriff, dass auch sie nicht vor den Nachstellungen des großen Bullen sicher war, wie seine Gefolgsleute Dimitri halb spöttisch und halb ehrfurchtsvoll nannten.
»Danke für die Warnung, Gelja. Du bist ein Schatz.« Marie blickte nach oben und zog sich eine Rüge der Russin zu, die gerade Maries Zöpfe aufstecken wollte.
»Ich weiß nicht, warum ich mich überhaupt für dich interessiere. Eine Sklavin besitzt kein Geld, um mir auch nur einen halben Denga zu schenken!«, setzte die Magd achselzuckend hinzu.
Marie musste an sich halten, um nicht erschrocken zusammenzuzucken. Hatte Gelja etwa auch das Versteck mit den Münzen entdeckt, die sie bis jetzt in ihren Besitz gebracht hatte? Doch als sie nervös aufblickte, malte sich auf dem Gesicht der Magd nicht der geringste Verdacht ab.

XI.

In der Badekammer unterhielten sich die Männer derweil immer noch über die körperlichen Vorzüge und Nachteile der einen oder anderen Frau und rätselten, ob die Amme unter ihren Kleidern ebenso glatt war wie im Gesicht. Auch Alika bot genügend Gesprächsstoff.

Lawrenti, der Waffenträger des Fürsten, schüttelte sich mit einem Mal und winkte einem Knecht, heißes Wasser nachzugießen. »Man hat das Gefühl, in der Eis tragenden Wolga zu baden«, sagte er lachend zu Jaroslaw.

Der Bruder des Fürsten hatte sich bis jetzt still verhalten, um bei den Gefolgsleuten seines Bruders keinen Anstoß zu erregen. Es waren genug Männer unter ihnen, die ihrem Herrn gerne den Gefallen getan hätten, ihn bei passender Gelegenheit zu töten, und was wäre unauffälliger gewesen, als ihn bei einer Rauferei in dem großen Badebottich lange genug unter Wasser festzuhalten? Mit sechzehn war er älter als der herrschende Großfürst in Moskau, der immer noch hart um seinen Thron kämpfen musste, doch Wassili II. befand sich nicht in einer so verzweifelten Lage wie er hier in Worosansk. Da ihm die Vorsicht zur zweiten Natur geworden war, beeilte er sich, Lawrenti zuzustimmen, und erklärte, das Wasser sei tatsächlich arg kalt geworden.

»Wladimir Dimitrijewitsch wird in wenigen Wochen seinen ersten Geburtstag feiern. Wäre es da nicht gut, wenn du zu diesem Anlass ein passendes Geschenk überreichen würdest?« Diese Aufforderung überraschte Jaroslaw noch mehr.

»Aber ich ...«, begann er stotternd und schluckte mehrfach, damit die Worte besser aus seiner Kehle rutschten. »Ich habe doch kein Geld, Lawrenti Jurijewitsch, um meinem geliebten Neffen etwas kaufen zu können, das seiner würdig ist.«

Einige der jüngeren Gefolgsleute des Fürsten lachten spöttisch auf. Es war allgemein bekannt, dass Dimitri seinen Bruder kurz hielt, damit dieser nicht in der Lage war, anderen Leuten Geschenke zu machen oder gar ein paar Söldner als Getreue anzuwerben. Zunächst dachten sie, Lawrenti wolle sich auf Jaroslaws Kosten einen Spaß machen, doch seine nächsten Worte belehrten alle eines Besseren.

»Ich werde Dimitri Michailowitsch bitten, dir eine gewisse Summe zu schenken, damit du auch in seinem Namen Ehre einlegen kannst. Zu diesem Anlass solltest du auch deinen Bruder nicht vergessen. Ich habe mir letztens ein Fässchen Branntwein aus Nowgorod kommen lassen. Wenn du willst, überlasse ich es dir, damit du es ihm verehren kannst.«

Jaroslaw starrte Lawrenti verwirrt an und lächelte dann erleichtert, denn er wusste, dass sein Bruder ihn ohne ein Geschenk der Missachtung seines Sohnes beschuldigen würde. »Hab Dank, Lawrenti Jurijewitsch. Ich habe schon die ganze Zeit überlegt, was ich meinem Neffen schenken könnte, doch mir ist nichts eingefallen. Würdest du mir auch da einen Rat geben?«

»Gern! Begleite mich später zu deinem Bruder, damit wir ihn um Geld bitten können. Dann werden wir auch wissen, wie viel du ausgeben darfst.«

Lawrenti nickte Jaroslaw kurz zu und wandte sich an Andrej, der sich über das plötzliche Interesse seines Onkels am Bruder des Fürsten nicht weniger wunderte als die anderen Männer im Bad. »Von einem Mann aus Twer habe ich gehört, dass es wieder Krieg geben soll. Ein paar der Moskauer Bojaren haben sich mit dem Fürsten von Galic verschworen, Wassili II. zu stürzen. Unser Freund Sachar Iwanowitsch soll auch zu ihnen gehören. Nachdem er letztens arg gerüffelt worden ist, scheint seine Treue zu Moskau zu schwinden.«

Andrej blickte auf den kräuselnden Dampf, der nun wieder von der Wasseroberfläche aufstieg, und überlegte. »Von einem Krieg weiß ich nichts. Bis jetzt scheint auch niemand an Dimitri herangetreten zu sein, um ihn als Verbündeten zu gewinnen.«

»Das ist nicht gut.« Lawrenti verzog sein Gesicht. »Wenn Moskau nicht einmal mehr den Versuch unternimmt, mit unserem Fürsten zu reden, sehen sie ihn als Feind an. Das wundert mich allerdings weniger als die Tatsache, dass auch Juri von Galic nicht an Dimitris Unterstützung gelegen ist. Es sieht fast so aus, als sei niemand mehr bereit, unserem Herrn zu vertrauen. Sein Vater, Fürst Michail, wusste sich geschickt zwischen den beiden Parteien zu bewegen, und ein nicht unbedeutender Teil des Worosansker Landes war ein Geschenk Wassilis I., mit dem er unseren Fürsten dazu bewegen wollte, sich nicht gegen seinen Sohn zu stellen. Wenn Dimitri dies nun doch tut und damit scheitert, wird es das Ende unseres Fürstentums sein.«

So offen hatte noch keiner der Gefolgsleute gewagt, Dimitri zu kritisieren. Während Andrej seinen Onkel mit verzweifelten Gesten zum Schweigen bringen wollte, stießen sich ein paar von Dimitris besonderen Günstlingen grinsend an. In ihren Augen wurde es Zeit, Lawrenti, der seinen Rang als Schwertträger und Berater des Fürsten noch unter Dimitris Vater Michail erhalten hatte, durch einen jüngeren Mann zu ersetzen. Da Andrej von allen Gefolgsleuten das meiste Anrecht auf diesen Posten hatte, aber selbst nichts zum Sturz seines Onkels beitragen würde, hoffte jeder der Höflinge, zum neuen Vertrauten des Fürsten aufsteigen zu können.

Anatoli und einige andere Männer, die von Dimitri in der Vergangenheit zu schwer oder zu Unrecht bestraft worden waren, nickten jedoch bei Lawrentis Worten und sahen einander vielsagend an.

Sechster Teil

◆

Die Rebellion

I.

Zu Lawrentis Ärger wirkte Jaroslaw so verzweifelt und verängstigt, als würde er zu seiner eigenen Beerdigung geschleppt. Dimitri hätte an seiner Stelle gelacht und Witze gerissen, wie sie zu einem vergnüglichen Spaziergang gehörten. Seinem Bruder aber konnte man das schlechte Gewissen auf einen halben Werst ansehen. Daher war der alte Schwertträger froh um die Kälte, welche die Menschen in ihren Häusern hielt, und um die dicken Wintermäntel und Pelzmützen, die Jaroslaw und er trugen. Die wenigen Passanten, denen sie auf den verschneiten Gassen begegneten, kümmerten sich nicht um sie, sondern beeilten sich, rasch wieder ins Warme zu gelangen. Dennoch befürchtete Lawrenti, Jaroslaw könnte die Zuträger des Fürsten durch seine Haltung misstrauisch machen.

»Nimm dich zusammen, Jaroslaw Michailowitsch, oder willst du Verdacht erregen?« Obwohl Lawrenti nur flüsterte, klangen seine Worte scharf.

Der Prinz zuckte zusammen, stotterte etwas Unzusammenhängendes und sah den alten Edelmann so entsetzt an, als hielte dieser sein Todesurteil in den Händen. »Wohin bringst du mich?« Lawrenti fluchte innerlich, weil der Junge kein Rückgrat zu haben schien. »Ich habe es dir doch vorhin im Kreml erklärt! Wir suchen den Honig- und Methändler Grischa Batorijewitsch auf, um ihm einen besonderen Tropfen für deinen Bruder abzuhandeln. Dimitri war über deine Gabe zum Geburtstag seines Sohnes so erfreut, dass es niemanden wundern dürfte, wenn du weiterhin versuchst, seine Gunst durch kleine Geschenke zu erringen.«

Jaroslaw nickte gehorsam, aber seine verkrampfte Miene löste sich nicht. Jetzt war Lawrenti wütend auf sich selbst, weil er ein paar Andeutungen fallen gelassen hatte, sie würden bei Grischa Batorijewitsch eben nicht nur ein Fässchen Met kaufen.

»Wir sind gleich da!« Lawrenti zeigte erleichtert auf das niedrige

Blockhaus mit seinem langen, aus Brettern zusammengenagelten Anbau, in dem der Methändler im Winter seine Bienenvölker hielt. Grischa Batorijewitsch war reicher, als die meisten in Worosansk ahnten, auch wenn er bescheiden auftrat und nur ein kleines Haus bewohnte, das sich bis auf den Schuppen nicht von den anderen Häusern in der Gasse unterschied.
Als Lawrenti an die Tür pochte, öffnete ihm eine Magd. Sie war nicht mehr jung und so hager wie ein Strich. Beim Anblick der Besucher verzog sich ihr Gesicht, als stünden Räuber vor ihr.
Im Gegensatz zu seiner Bediensteten begrüßte Grischa Batorijewitsch den Bruder des Fürsten und Lawrenti mit überschäumender Freude. »Willkommen in meinem bescheidenen Heim, meine Freunde. Setzt euch! Lanka wird uns gleich einen guten Tropfen vorsetzen. Doch vorher soll sie uns Brot und Salz bringen und eine geweihte Ikone, damit wir den Freundesschwur leisten können.«
Die Magd schien auf diese Worte gewartet zu haben und erschien prompt mit einem Tablett, auf dem ein geschnittener Laib Brot, ein Schüsselchen Salz und das goldgeschmückte Bildnis der Heiligen Jungfrau lagen. Der Methändler wartete, bis seine Gäste Brot und Salz genommen hatten, tat es ihnen dann gleich und küsste anschließend inbrünstig die Ikone.
»Hiermit schwöre ich bei Gott, der Heiligen Jungfrau und bei allen Heiligen unserer geliebten russischen Kirche, dass ich euch keinen Schaden zufügen, sondern euren Nutzen mehren will.«
Er küsste die Ikone noch einmal und reichte sie an Jaroslaw weiter, der sie verwirrt anstarrte und erst auf Lawrentis Aufforderung hin seine Lippen auf das Antlitz der Gebärerin Christi drückte. Als Letzter küsste Lawrenti die Ikone und gab sie der Magd zurück.
Der Methändler fasste Jaroslaw und Lawrenti an den Ärmeln ihrer Kaftane und zog sie mit sich. »Folgt mir, meine Freunde. Ihr werdet heute nicht meine einzigen Gäste sein.«

Grischa führte sie in eine kleine, fensterlose Kammer ganz am Ende des Hauses, die nach Lawrentis Einschätzung bereits in den Anbau hineinreichte. Für einen Besucher, der nur einen flüchtigen Blick hineinwarf, wirkte sie wie ein mit Fässern und Kisten voll gestopfter Lagerraum. Doch der Methändler räumte das Durcheinander mit wenigen Handgriffen um, so dass Fässer zu Sitzgelegenheiten wurden und die Kisten eine Schutzwand bildeten, die jedem, der in den Raum trat, zunächst den Blick auf die Versammelten verwehrte.

Lawrenti hätte nicht dagegen gewettet, dass es in der abgeteilten Ecke eine geheime Tür gab, durch die man den Raum verlassen konnte. Das Talglicht, das die Magd hereingebracht hatte, leuchtete die Wände jedoch nicht weit genug aus, um Spalten im Holz oder andere Anzeichen für einen Fluchtweg erkennen zu können. Grischa schenkte drei Becher mit Met voll und teilte sie aus.

»Auf dich, Jaroslaw Michailowitsch, und auch auf dich, Lawrenti Jurijewitsch! Mögen Gott und alle Heiligen euch mit ihrem Segen bedenken.«

»Gott möge auch dich segnen, Grischa Batorijewitsch!« Lawrenti stieß mit ihrem Gastgeber und seinem Begleiter an und trank einen Schluck des starken, süßen Mets. Dabei fragte er sich, ob der Methändler mit dem guten Getränk nur seine Gastfreundschaft bekunden oder sie betrunken machen wollte. Er beschloss, auf den Busch zu klopfen, um so rasch wie möglich Klarheit zu erlangen. »Wie du siehst, mein Freund, bin ich deinem Wunsch nachgekommen und habe Jaroslaw Michailowitsch mitgebracht.«

Grischa nickte lächelnd und schenkte dem Bruder des Fürsten noch einmal ein. Der Prinz trank viel zu hastig und mit zittrigen Händen. Ihm schien nun endgültig bewusst geworden zu sein, dass er auf Pfaden wandelte, die ihn den Kopf kosten konnten.

»Hast du nicht die Höflichkeit, unser Gespräch fortzuführen, Grischa Batorijewitsch?« Lawrentis Stimme klang schneidend.

Der Methändler hob beschwichtigend die Hände. »Das habe ich wohl, Väterchen. Ich will jedoch auf meine anderen Gäste warten, bevor wir uns über wichtige Dinge unterhalten. Jetzt würde ich gerne von dir wissen, wie dir dieser Met schmeckt. Großfürst Wassili, dem ich letztens ein Fässchen davon zukommen ließ, fand ihn ein wenig zu süß.«

»Der Großfürst trinkt deinen Met?« Jaroslaw starrte Grischa mit großen Augen an.

»Es ist nicht verboten, meinen Met nach Moskau zu verkaufen«, antwortete sein Gastgeber unvermindert freundlich.

Diese Bemerkung entlockte Lawrenti ein schallendes Gelächter, denn mit diesen Worten hatte der Methändler sich als Anhänger und Spion des Moskauer Großfürsten entlarvt. Sein Ausbruch verblüffte seinen Gastgeber ebenso wie seinen Begleiter.

»Habe ich etwa etwas Falsches gesagt?«, fragte der Methändler erstaunt.

Lawrenti schüttelte den Kopf. »Oh nein! Es beruhigt mich, dass mein Blick mit einem Mal so klar ist wie das Eis der Wolga, das du in deinen Kellern stapelst.«

Dem alten Mann war die Erleichterung anzusehen, Moskaus Macht hinter dem Methändler zu wissen. Da Dimitri eine ihm ergebene Gefolgschaft junger Männer um sich geschart hatte und über seine Tatarengarde verfügte, war jeder Versuch eines Aufstands gegen ihn ohne einen starken Verbündeten im Rücken gleichbedeutend mit dem eigenen Todesurteil. Großfürst Wassili aber würde nichts umsonst tun, und Lawrenti hoffte, an diesem Tag den Preis für seine Hilfe zu erfahren.

Er trank den Becher leer und schob ihn dann von sich. »Mir ist dein Met auch zu süß!«

»Soll ich dir einen anderen bringen, Väterchen, oder gar einen Branntwein, so wie ihn unser geliebter Fürst seit neuestem gerne trinkt?« Der Methändler wollte die Kammer verlassen, doch Lawrenti hielt ihn auf.

»Nein! Warte damit, bis die übrigen Gäste kommen. Ich hoffe, sie verspäten sich nicht. Der Fürst nähme es seinem Bruder übel, bliebe dieser zu lange aus.«

»Dimitri ist ein sehr gestrenger Herr, nicht wahr?« Grischa wandte sich mit einer Geste scheinbaren Mitgefühls an Jaroslaw und füllte dessen noch halb vollen Becher bis zum Rand.

Der Prinz nickte schüchtern. »Ein wenig streng ist er schon. Aber erst seit er Fürst ist. Früher war er anders.«

Der Methändler legte dem jungen Burschen die Hand auf die Schulter und lächelte sanft. »Nicht jeder Mann verträgt es, an der Spitze zu stehen. Dimitri Michailowitsch war ein angenehmer junger Mann und ein tapferer Krieger, solange sein Vater noch lebte. Nun ist er beides nicht mehr.«

»Tapfer ist mein Bruder immer noch!« Trotz der schlechten Behandlung durch Dimitri fühlte Jaroslaw sich bemüßigt, ihn zu verteidigen.

»Tapfer sein heißt nicht nur, kräftig dreinschlagen zu können und furchtlos zu sein, sondern auch seinen Verstand zu gebrauchen. Genau daran fehlt es Dimitri. Er hält nicht zu Moskau, weil er nicht im Schatten des Großfürsten stehen will, und Juri von Galic versucht nicht einmal mehr, ihn als Verbündeten zu gewinnen, da Dimitri ihn mit seiner Unzuverlässigkeit und Raffgier zutiefst verärgert hat.«

Grischa hatte sich in Rage geredet, und Lawrenti stellte verblüfft fest, dass es Jaroslaw trotz seiner Schüchternheit gelungen war, ihrem Gastgeber solche Aussagen zu entlocken. In dem Augenblick, in dem er überlegte, wie er das Gespräch am Laufen halten konnte, um noch mehr zu erfahren, erschien die dürre Magd und kündete weitere Gäste an.

Lawrenti wunderte sich nicht, seinen Freund Anatoli hier zu sehen, denn dieser hegte schon seit längerem einen tiefen Groll gegen den Fürsten. Mehr überraschte ihn die Anwesenheit zweier greiser Edelleute, die Dimitris Vater Michail lange Jahre als Bera-

ter gedient hatten und von dem jungen Fürsten aus ihrem Amt vertrieben worden waren. Sie grüßten ihn erfreut und nahmen dann die Plätze ein, die ihr Gastgeber ihnen zuwies. Als kurz darauf noch zwei angebliche Handelspartner des Methändlers erschienen, wurde es eng in der Kammer.
»Nun sind wir alle versammelt!« Grischa schenkte jedem ein großes Glas Met ein.
Lawrenti achtete nicht auf das Getränk, obwohl es ihm besser schmeckte als das, was sein Gastgeber ihm zuerst angeboten hatte, sondern richtete sein Augenmerk auf die Fremden. Ihre einfachen, aber aus gutem Stoff genähten Kaftane und Mützen wiesen sie als Kaufleute aus, doch ihre Haltung war nicht die von Männern, die um Kunden buhlen mussten. Dafür blickten ihre Augen zu kalt und ihre Mundwinkel waren zu einem überheblich wirkenden Lächeln verzogen.
»Da dachte ich, ich komme mit Jaroslaw auf einen Becher Met vorbei, und finde eine Versammlung vor, wie sie in der Halle des Fürsten kaum größer sein könnte«, sagte Lawrenti in der Hoffnung, die Fremden etwas aufzuheitern und redselig zu machen.
Einer der ehemaligen Berater von Fürst Michail legte ihm die Hand auf den Arm und flüsterte ihm zu, die Herren kämen aus Moskau und nähmen dort bedeutende Stellungen am Hofe des Großfürsten ein. Ihr Anführer Boris Romanowitsch sei ein entfernter Verwandter des Großfürsten. Da der Alte etliche Male im Auftrag des Fürsten Michail in Moskau gewesen war und die Männer dort kennen gelernt haben musste, hegte Lawrenti keinen Zweifel an seinen Worten. Er fragte sich, weshalb Wassili und dessen Berater so hochrangige Gefolgsleute nach Worosansk geschickt hatten.
Der Anführer der Moskauer schien Lawrentis Misstrauen erkannt zu haben, denn er wandte sich ihm mit einer ebenso hochmütigen wie angespannten Miene zu. »Du bist der Schwertträger deines Fürsten und müsstest wissen, was in eurem Land vorgeht.

Dimitri Michailowitsch hat den segensreichen Bund mit Moskau aufgekündigt, den sein Vater geschlossen hatte, um sich den Feinden Moskaus anzuschließen. In seiner Gier aber hat er auch diese verprellt. Nun steht er allein da und sein Fürstentum wird zum Spielball seiner Nachbarn. Schließlich ist Worosansk nicht ganz unbedeutend, denn es kann den Handelsweg nach Pskow und damit auch die Heerstraße nach Litauen blockieren. Juri von Galic plant, eure Stadt zu erobern und sie seinem Reich einzugliedern. Um dies zu verhindern, verlangt Großfürst Wassili II., dass Dimitri gestürzt und ein besserer Anführer auf seinen Thron gesetzt wird. Du, Lawrenti Jurijewitsch, und ihr anderen müsst euch entscheiden, ob ihr für oder gegen Moskau sein wollt.«

Als die Worte des Bojaren verhallt waren, blieb es einige Augenblicke lang still im Raum. Dann schüttelte Lawrenti seine Starre ab, kratzte sich am Bart und wiegte den Kopf, als könne er nicht recht begreifen, was er eben gehört hatte. »Wenn ich dich richtig verstehe, Brüderchen, willst du, dass wir uns Moskau unterwerfen und Wassili als Großfürsten anerkennen!«

Boris Romanowitsch hob beschwichtigend die Rechte. »Worosansk ist ein freies Fürstentum und soll es auch bleiben, solange es Moskaus Verbündeter ist.«

Diese Pirogge hat zwar eine angenehme Hülle, aber eine bittere Füllung, fuhr es Lawrenti durch den Kopf. Bislang war es den Fürsten von Worosansk stets gelungen, zwischen Moskau und den anderen Fürstentümern zu lavieren, ohne sich eindeutig auf die eine oder die andere Seite festzulegen. »Du verlangst also, dass wir Moskauer Vasallen werden. Ich kann nicht sagen, dass mir das gefällt.«

»Nicht Vasall! Verbündeter!«, rückte Romanowitsch die Umschreibung desselben Zustands ein wenig zurecht. »Worosansk behält seinen eigenen Fürsten und wird auch nicht verpflichtet sein, Moskau Tribut zu zahlen. Aber es muss den

Großfürsten mit eigenen Truppen im Kampf gegen seine Feinde unterstützen.«

»Wo siehst du den Unterschied zwischen Vasall und Verbündetem?«, antwortete Lawrenti heftig, denn so hatte er sich Dimitris Ablösung und Jaroslaws Zukunft nicht vorgestellt.

Erneut suchte ihn einer der beiden alten Berater zu beschwichtigen. »Moskau ist ein großes Reich, und ihm dienen Fürsten von Ländern, die weitaus mächtiger sind als unser Worosansk, mit Freuden als Vasallen. Doch all diese hohen Herren müssten hinter Fürst Jaroslaw zurückstehen, wenn dieser als Freund und Verbündeter Wassilis auftritt.«

»Noch ist Jaroslaw nicht Fürst und euer Plan nicht mehr als ein Hirngespinst«, gab Lawrenti scharf zurück.

»Ich dachte nicht, dass du so an Dimitri hängst, der unser Land in den Untergang führt. Immerhin hast du ihn selbst heftig kritisiert.« Der Alte maß Dimitris Schwertträger mit einem verächtlichen Blick.

Der Anführer der Moskauer hielt es für geraten, die erhitzten Gemüter abzukühlen. »Bis jetzt reden wir nur über das, was Moskau will. Sieh dir an, Lawrenti Jurijewitsch, was Juri von Galic vorhat. Wenn es nach ihm geht, wird Worosansk erobert und als Teilfürstentum an Sachar Iwanowitsch übergeben. Willst du ihn hier als neuen Herrn sehen?«

Bei dem Gedanken an den verräterischen Bojaren schüttelte Lawrenti den Kopf. »Gewiss nicht! Wie es aussieht, haben wir nur die Wahl zwischen Sachar Iwanowitsch, vor dem uns die Heilige Jungfrau bewahren möge, und der Moskauer Knechtschaft.«

»Warum siehst du es als Knechtschaft an, wenn Großfürst Wassili Jaroslaw von Worosansk an sein Herz drückt und ihn seinen Bruder nennt? Aber ich kann dir die Alternative nennen, die euch im Fall einer Weigerung bleibt. Da Worosansk aus strategischen Gründen nicht in die Hand des Feindes fallen darf, wird Moskau

es erobern müssen. Der neue Herr wird dann jedoch kein Fürst aus dem alten Worosansker Blut sein, sondern ein Moskauer Bojar. Zwischen diesen drei Möglichkeiten müsst ihr wählen, und ich glaube nicht, dass die Wahl schwer fallen wird.«
Das war auf alle Worosansker gemünzt, die sich im Raum befanden. Wie die anderen blickte Lawrenti als Erstes Jaroslaw an. Von dessen Entscheidung hing nun die Zukunft des Fürstentums ab. War er bereit, sich gegen seinen Bruder zu stellen, oder würde er den Rücken krümmen und versuchen, das Gewitter, das am Horizont aufzog, irgendwie zu überstehen?
Da Jaroslaw stumm blieb, breitete Lawrenti ratlos die Hände aus. »So einfach, wie du es dir vorstellst, Brüderchen, ist die Sache nicht. Wir sind nur ein paar Männer und können keinen Heerhaufen um uns scharen, der groß genug ist, um sich gegen Dimitris Gefolgsleute und seine Tataren zu behaupten.«
Der Moskauer winkte ab. »Es bleibt euch keine Zeit, lange Intrigen zu spinnen, denn Juri von Galic und Sachar Iwanowitsch kommen bald über euch. Der Großfürst weiß, dass seine Getreuen in Worosansk zu schwach sind, um sich ihres Fürsten zu entledigen. Aus diesem Grund ist bereits ein Heer auf dem Marsch nach Worosansk. Werden ihm die Tore geöffnet, kommt es als Freund. Ansonsten werden wir Worosansk erobern und unter Moskaus direkte Herrschaft stellen.«
Lawrenti erbleichte, ein Angriff der Moskowiter würde ein Blutbad nach sich ziehen, die Krieger würden morden, plündern und schänden, bis die Stadt halb entvölkert war und in Trümmern lag. Dann würde der Anführer des Heerhaufens, möglicherweise dieser Romanowitsch, zum neuen Statthalter ernannt werden.
Ihm graute bei dieser Vorstellung, und er bot dem Bojaren die Stirn. »Wollt ihr jetzt, mitten im Winter, Krieg führen? Wenn die Tore unserer Stadt fest geschlossen bleiben, würde euch dies viele Männer kosten.«
Boris Romanowitsch maß ihn mit einem verächtlichen Blick.

»Seit wann fürchtet ein Russe den Winter? Oder wird hier in Worosansk erzählt, Alexander Newski habe die Deutschen Ritter bei Sommerhitze auf dem Peipussee besiegt, statt in Eis und Schnee?«

Während Lawrenti an diesen Argumenten zu kauen hatte, wandte sich der andere Ratgeber des früheren Fürsten händeringend an den Prinzen. »Du musst dich entscheiden, Jaroslaw Michailowitsch! Entweder erhebst du dich gegen deinen Bruder und rettest so deine Stadt, oder du beschwörst unser aller Ende herauf. Du solltest bedenken, dass Dimitri uns durch seine Unbesonnenheit in diese schlimme Situation gebracht hat.«

Jaroslaw saß wie erstarrt, umklammerte den Becher und versuchte, seine Gedanken zu ordnen. Da Lawrenti spürte, dass der Prinz zu keinem Entschluss kommen würde, stand er auf und legte ihm die Hand auf die Schulter.

»Erinnere dich an die Grausamkeit deines Bruders, Jaroslaw Michailowitsch. Hat er doch schon mehr als ein braves russisches Mädchen auf viehische Art durch seine Tataren umbringen lassen! Es kostet ihn nur ein Wort, sich deiner auf ähnlich barbarische Weise zu entledigen. Wenn du aber fest bleibst und handelst, wirst du nie mehr Angst vor ihm haben müssen.« Nur noch vor Moskau, setzte er den Satz in Gedanken fort, doch der Schatten der Metropole fiel auch jetzt schon über das Land.

»Wohl gesprochen!« Boris Romanowitsch kam auf Lawrenti zu und umarmte erst ihn und dann den jungen Prinzen. »Lang lebe Fürst Jaroslaw von Worosansk! Ehe ich es vergesse: der Großfürst beliebt in seiner Güte, das Gebiet, das Sachar Iwanowitsch derzeit noch verwaltet, dem Fürstentum Worosansk als Dank für dessen treue Unterstützung zu überlassen.« Diesen Trumpf hatte Wassilis Abgesandter sich bis zuletzt aufbewahrt, um den Gefühlen der Worosansker zu schmeicheln, denn sie sollten den Großfürsten von Moskau nicht nur aus Angst, sondern auch aus Dankbarkeit als ihren Oberherrn anerkennen.

Die Berater des verstorbenen Fürsten ließen Wassili II. hochleben und dann Jaroslaw, der nicht zu wissen schien, wie ihm geschah. Doch der Bojar war sicher, dass der Prinz von der Woge, die von Moskau ausging, einfach mitgerissen werden würde. Auch Lawrenti war nun bewusst geworden, dass der Junge nicht eher zur Ruhe kommen durfte, bis sein Bruder gestürzt und er Fürst war – oder tot.

II.

Die Fürstin war schwanger. Das konnte Marie Anastasia mit gutem Gewissen bestätigen, die Anzeichen waren deutlich genug. Sie atmete erleichtert auf, denn die sich immer launischer gebärdende Frau war in den letzten Wochen kaum noch zu ertragen gewesen. Obwohl sie alles getan hatte, um sich selbst und Alika den Begehrlichkeiten des Fürsten zu entziehen, hatte Anastasia sie immer wieder beschimpft und die Mohrin, die jetzt unter einem hartnäckigen Ausschlag litt, zweimal auspeitschen lassen. Dafür hatte Marie der Fürstin zu einem argen Durchfall verholfen und nicht nur ihre kleine Rache genossen, sondern auch ihren Ruf als Heilerin festigen können.

An jenem Tag war sie zu einer völlig verängstigten Anastasia gerufen worden, die fürchtete, sie habe sich jene tödliche Krankheit zugezogen, die in ihrer Heimat immer wieder grassierte. Da Marie wusste, was die Krankheit der Fürstin verursacht hatte, war es ihr möglich gewesen, Anastasia im Handumdrehen zu heilen. Trotzdem würde sie so etwas nicht noch einmal riskieren. Wenn sie auch nur in den Hauch des Verdachts geriet, der Fürstin übel zu wollen, würde deren Strafe hart und grausam sein. Ihr war bewusst, dass sie bisher nur deswegen von der Peitsche verschont worden war, weil sie den Prinzen säugte, aber dieser Umstand würde sie nicht mehr lange schützen. Ihr Rücken juckte bei dem

Gedanken wie schon seit Jahren nicht mehr, und sie hatte Mühe, sich auf die erregten Worte Anastasias zu konzentrieren.

»Wird es ein Sohn, sprich? Es gibt doch gewiss Kräuter, die dafür sorgen können, dass ich dem Fürsten einen zweiten Sohn gebäre.«

Marie schüttelte den Kopf. »An so etwas auch nur zu denken hieße den Herrgott versuchen. Er gibt und er nimmt. Wenn es ihm genehm ist, wirst du einen Sohn zur Welt bringen, doch solltest du ihm auch dankbar sein, wenn es ein Mädchen wird. Denke daran, eine Tochter kann dein Gemahl mit einem der anderen Fürsten vermählen und damit Allianzen schließen.«

Sie konnte nur hoffen, dass die Fürstin sich diesem Argument öffnen würde, denn im Augenblick sehnte Anastasia sich in einer fast verzweifelten Weise nach einem zweiten Sohn, der die Thronfolge auf festere Beine stellen konnte, auch wenn seine Geburt für jene Zeiten Streit und Hader versprach, in denen die Prinzen alt genug waren, sich um das väterliche Erbe zanken zu können. Dimitri hatte das Glück gehabt, mehrere Jahre älter zu sein als sein Bruder Jaroslaw und beim Tod des Vaters als erwachsen zu gelten. Daher hatte er den Thron von Worosansk unangefochten besteigen können. Dennoch sah er in Jaroslaw, der sich nun bald zu den Erwachsenen zählen durfte, einen gefährlichen Konkurrenten, den er früher oder später beseitigen lassen musste. Marie tat der unbeholfene junge Bursche leid. Doch ihr eigenes Leben war schwer genug, sie konnte sich nicht noch mit den Problemen Fremder herumschlagen.

»Du hörst mir ja gar nicht zu!« Anastasias Stimme erinnerte an ein kleines verwöhntes Mädchen.

»Verzeih, Herrin, doch ich habe überlegt, wie ich dir die Schwangerschaft erleichtern kann.« Marie hoffte, die Heilige Jungfrau würde ihr diese kleine Notlüge verzeihen.

Zu ihrer Erleichterung gab Anastasia sich mit dieser Antwort zufrieden und lächelte dankbar. »Ich wäre froh darum. An Wladimir habe ich schwer getragen, und ich konnte ihn bei der Niederkunft kaum aus meinem Leib bringen. Damals haben alle um mich herum geglaubt, ich würde sterben, doch unser Gott im Himmel und die Heilige Jungfrau haben mich vor einem frühen Tod bewahrt. Es erleichtert mich, dich bei dieser Schwangerschaft an meiner Seite zu wissen.«

Anastasias Worte fraßen sich wie Säure in Maries Seele. Da ihre geheimsten Gedanken der Flucht in die Heimat galten, war in ihren Plänen kein Platz mehr für einen längeren Aufenthalt in diesem Land. Sie wusste jedoch, dass sie sich zeit ihres Lebens schlecht fühlen würde, wenn sie die Fürstin mit einer Problemschwangerschaft zurückließ und damit rechnen musste, dass weder Anastasia noch ihr Kind die Geburt überlebten. Zwar gingen die Probleme der Fürstenfamilie von Worosansk sie nichts an, aber Anastasias Schwangerschaft war keine Sache der Politik, sondern eine von Frau zu Frau. Die Fürstin mochte launenhaft und unberechenbar sein, doch sie vertraute ihr und ihren Fähigkeiten.

Marie überschlug die Zeit und fand heraus, dass Anastasia im Juni gebären würde. Da begann hier der Sommer, und in dieser Zeit würde es ihr am leichtesten fallen, nach Hause zurückzukehren. Bei Schnee, Dauerregen und Kälte konnte sie nicht reisen, also verlor sie höchstens zwei Monate, und die würde sie wohl verschmerzen können.

Ihr Blick fiel durch das Fenster ins Freie. Die einzelnen Scheiben waren nicht größer als ihre Handflächen und gelb getönt, wie sie es auch aus ihrer Heimat kannte. Trotzdem konnte sie deutlich sehen, dass es draußen dicke Flocken schneite. Das hatte es schon vor einer Woche getan und auch vor zwei, aber jetzt erst kam ihr zu Bewusstsein, dass das Jahr bald zu Ende ging. Vor zwölf Monaten war sie Hulda von Hettenheims Gefangene gewesen, und das Jahr davor eine Sklavin der Hussiten. Es schien ihr, als wolle das Schicksal sie für die zehn glücklichen Jahre mit Michel auf der Sobernburg und die wenigen Monate nach ihrer Rückkehr aus Böhmen doppelt und dreifach bezahlen lassen.

Anastasia fand ihre Gesprächspartnerin an diesem Tag sehr unaufmerksam, doch die Erleichterung, ihre Schwangerschaft bestätigt zu wissen, ließ sie darüber hinwegsehen. »Ich habe Appetit auf den warmen Würzwein, den die Köchin nach deinem Rezept zubereitet!«

Marie nickte zustimmend und bat die Leibdienerin mit einer Geste, der Fürstin dieses Getränk zu besorgen. »Ein Becher Würzwein schadet dir gewiss nicht, Herrin. Ich werde nun in die Stadt gehen und Wassilissa aufsuchen, denn ich möchte mit ihr über deine letzte Schwangerschaft sprechen und mir Rat holen, damit ich dir die jetzige erleichtern kann.«

»Das wäre mir sehr angenehm. Es ist zwar die Pflicht der Frauen, neues Leben zu empfangen und in die Welt zu setzen, doch der Herrgott hätte es uns auch leichter machen können. Warum musste er uns als Evas Töchter für den Raub einer einfachen Frucht so hart bestrafen?« Anastasia seufzte und griff zu ihrem Gebetbuch, das auf einem Gestell für sie bereitlag. Marie, die ihr über die Schulter blickte, sah, dass es aus ihrer Heimat Konstantinopel stammte, denn die Buchstaben unterschieden sich von den hier gebräuchlichen und noch mehr von denen, die in deutschen Landen benutzt wurden.

»Erlaube mir, mich zurückzuziehen, Herrin.« Marie verneigte sich und verließ nach einer zustimmenden Geste Anastasias rückwärts gehend den Raum. Vor der Tür traf sie auf Alika, die eben mit dem Kinderbrei aus der Küche kam.

»Hilfst du mir beim Füttern der Kleinen?«, fragte die Mohrin.

Marie wollte schon den Kopf schütteln, sagte sich dann aber, dass sie auch ein wenig später zur Kräuterfrau gehen konnte, und folgte der Freundin in ihr gemeinsames Kämmerchen. Die Wiege des Thronfolgers versperrte den knappen Platz zwischen den Betten und Lisas Lager, und doch war Marie froh, dass Anastasia dieses Arrangement nicht rückgängig gemacht und ihrem Sohn wieder seine eigene Kammer zugewiesen hatte, denn die jetzige Situation erleichterte ihr und Alika die Arbeit. Sie musste allerdings immer noch Acht geben, dass die Fürstin und deren vertraute Dienerinnen ihnen nicht vorwerfen konnten, die beiden Kinder gleichrangig zu behandeln.

Da Wladimir deutlich sichtbar bevorzugt werden musste, bekam er scheinbar bessere Nahrung, wurde in feinere Tücher gewickelt und lag natürlich allein in seiner mit duftenden Polstern und bestickten Zudecken ausgestatteten Wiege. Seltsamerweise hatte die Tatsache, dass Marie Lisa nach dem Mordversuch zu ihm gelegt hatte, weil er an ihrer Seite ruhiger schlief, nicht nur bei der Fürstin Anstoß erregt. Dabei waren die beiden Kinder noch viel zu klein, um den entscheidenden Unterschied zwischen ihnen erkennen zu können.

»Ist die Fürstin trächtig?«, fragte Alika.

Sie hasste Anastasia wegen der Hiebe, die sie auf deren Befehl beinahe regelmäßig erhielt. Die Fürstin hatte nicht aufgehört, Alika für die kleinste Kleinigkeit zu bestrafen, obwohl Fürst Dimitri die Mohrin wegen des hässlichen Ausschlags im Gesicht und an den Geschlechtsteilen mied. Aus diesem Grund drängte Alika immer wieder zur Flucht. Auch jetzt fragte sie, wie weit ihre Freundin mit ihren Vorbereitungen gekommen war.

Nun bekam Marie ein schlechtes Gewissen, weil sie sich entschlossen hatte, bis zum nächsten Sommer zu bleiben und Fürstin Anastasia als Geburtshelferin zur Seite zu stehen. Für Alika bedeutete das, wohl noch viele Monate lang mit dem unangenehmen Ausschlag herumlaufen müssen, denn wenn sie das Mittel absetzte, würde der Fürst sie wieder in sein Bett zerren. Irgendwie tue ich immer das Falsche, dachte Marie ein wenig traurig, denn hätte ich mich im letzten Jahr nicht so überstürzt auf die Reise zu Hiltrud begeben, wäre ich nicht in Huldas Falle gelau-

fen, sondern säße nun warm und gemütlich auf Kibitzstein und würde meinen eigenen Sohn füttern.
»Leider bin ich noch nicht weitergekommen. Ich kann hier im Kreml weder Decken noch Ersatzkleidung oder andere Dinge verstecken, die wir dringend brauchen, und in der Stadt kenne ich niemanden, dem ich mich anvertrauen könnte.« Marie hoffte, Alika würde das Thema fallen lassen, doch die Mohrin rieb sich kurz über die Nase und sah sie dann lächelnd an.
»Und was ist mit der Kräuterfrau? Sie ist doch deine Freundin geworden.« Alika sprach eine Überlegung an, mit der Marie schon länger gespielt und die sie jedes Mal wieder verworfen hatte. Zwar kam sie mit Wassilissa ausgezeichnet zurecht und lernte viel von ihr über den Gebrauch der hiesigen Kräuter, Wurzeln und Rinden. Dennoch konnte sie nicht abschätzen, ob die Alte sie bei einem solchen Vorhaben unterstützen oder an die Fürstin verraten würde.
Unschlüssig hob sie die Schultern. »Ich weiß nicht, ob ich das wagen kann. Noch eilt es ja nicht. Erst muss der Winter hinter uns liegen.«
»Wir sollten lieber jetzt verschwinden«, unterbrach sie Alika. »In dieser weißen Wüste wird man uns gewiss nicht verfolgen. Essen können wir stehlen und in den Nächten werden wir uns gegenseitig wärmen.«
Marie seufzte. Ihre Freundin hatte den Winter bis jetzt nur im Innern des warmen Terems und auf den kurzen Wegen über die windgeschützten Höfe erlebt. Daher wusste sie nicht, wie scharf der Biss der Kälte sein konnte, insbesondere wenn man nicht genug zu essen bekam. Sie selbst dachte mit Grauen an die Erfahrungen, die sie bei den Hussiten gemacht hatte, und selbst in ihrer Heimat hätte sie sich während dieser Jahreszeit nicht ohne Not auf eine lange Reise begeben. In diesem Land mussten sie zudem noch heimlich wandern, und das war bei den draußen herrschenden Schneeverhältnissen unmöglich.

»Wir würden schon in der ersten Nacht erfrieren oder ein Opfer der Wölfe werden, meine Gute. Außerdem bräuchten wir für eine Winterflucht viel wärmere Sachen, als man uns hier gibt. Selbst der Pelzmantel der Fürstin ist zu dünn, um sich lange im Freien aufhalten zu können.«
Alika zog eine Schnute und flößte Lisa den Brei etwas unachtsam ein. Prompt verschluckte sich die Kleine und begann zu husten, so dass die Mohrin sich um sie kümmern musste. Als sie sich Marie wieder zuwandte, hatte sie sich mit deren Entscheidung abgefunden. »Dann warten wir bis zum Frühjahr.«
Während Alika Lisa fütterte, die wieder brav ihr Mündchen öffnete und den Brei von der Spitze des viel zu großen Löffels lutschte, hatte Marie alle Hände voll mit Wladimir zu tun. Der Thronfolger war nun über ein Jahr alt und schluckte normalerweise den Brei gierig. An diesem Tag aber spie und spuckte er und plärrte zwischendurch, dass Maries Nerven zum Zerreißen angespannt waren.
»Er bekommt Zähne«, vermutete Alika.
Marie tastete über das Zahnfleisch des Jungen. »Ich spüre gleich mehrere. Es wird ja auch höchste Zeit. Lisa hat schon einige, und bei meiner Tochter Trudi sind die Zähne ebenfalls viel früher durchgebrochen. Anastasia wird sich freuen. Aber ich melde es ihr erst, wenn ich von Wassilissa zurückgekehrt bin. Die Kräuterfrau gibt mir gewiss eine Tinktur, die Wladimir das Zahnen erleichtert.«
Da Lisa satt war, legte Marie Alika den Jungen auf den Schoß und stand auf. »Mach du bitte weiter! Du kommst mit unserem Prinzlein besser zurecht als ich.«
Alika musterte sie mit leichtem Spott. Marie wurde nur selten ungeduldig, aber nun schien die Tatsache, dass sie noch etliche Monate bis zur Flucht würden warten müssen, auch sie zu belasten. »Wir hätten heuer noch fliehen sollen«, sagte sie ohne besonderen Nachdruck, obwohl ihr bewusst war, dass ihnen die

Kraft dazu ebenso gefehlt hatte wie das Wissen um das Land, in das man sie verschleppt hatte, und all die vielen kleinen Reiche, die es umgaben.

Während die Mohrin Wladimir fütterte, der sich bei ihr sofort wieder beruhigt hatte, wanderten ihre Gedanken in die ferne Heimat, in der kein weißes Pulver vom Himmel regnete und in dem einem nicht die Finger vor Kälte erstarrten, wenn man ohne Handschuhe ins Freie ging. Seufzend fragte sie sich, ob sie die grüne Landschaft am großen Strom und die Stadt mit den weiß gekalkten Häusern, die aus von der Sonne hart gebackenem Lehm errichtet worden waren, jemals wiedersehen würde. Im Grunde ihres Herzens ahnte sie, dass dies nicht möglich war, denn sie war weder in der Lage, die vielen fremden Länder zu bezwingen, die zwischen diesem kalten Ort und ihrer Heimat lagen, noch das große Meer, über das sie als Sklavin gebracht worden war. Sie bezweifelte auch, dass es ihr und Marie gelingen würde, deren Heimat zu erreichen. Doch ehe sie sich hier totschlagen ließ, würde sie sich ihrer Freundin und deren Wissen anvertrauen. Dabei fürchtete sie sich durchaus auch vor dem, was sie an jenem Ort erwarten würde, an dem Maries Haus stand, denn sie konnte sich nicht vorstellen, dass die Menschen dort freundlicher zu einer Frau mit dunkler Haut sein würden als die Russen.

III.

Wassilissas Hütte lag abseits der Hauptstraße in einem freien Geviert, welches die Kräuterfrau als Garten nutzte. Jetzt reichte der Schnee dort Marie bis zur Hüfte. Zu ihrer Erleichterung hatte die Kräuterfrau einen schmalen Pfad freigeräumt, der schnurgerade auf das Blockhaus zuführte. Die Fensterläden waren fest geschlossen, doch der Rauchfaden, der aus einer kleinen

Öffnung unter dem Giebel herausdrang, verriet, dass Wassilissa zu Hause war. Marie pochte kurz gegen die Tür und trat ins Haus, ohne die Antwort abzuwarten, denn ihr war auf dem Weg durch die Stadt so kalt geworden, dass sie zu erstarren glaubte. Wohl trug sie einen Fellmantel und dicke Stiefel, doch beide waren so kahl wie ein von Räude befallener Hund. Für lange Wanderungen oder gar eine Flucht war diese Kleidung gänzlich ungeeignet. Da Marie in der Gunst der Fürstin stand, hätte sie ein Anrecht auf bessere Sachen gehabt, doch die Verwalterin der Kleiderkammer gehörte zu den hochrangigen Frauen am Hof, die ihr den vertrauten Umgang mit Anastasia neideten, und hatte sie daher mit diesen Lumpen abgespeist.

»Na, heute wieder tief in Gedanken verstrickt?« Wassilissa war solche Augenblicke der Abwesenheit von Marie gewohnt, doch bisher hatte ihr Gast noch nie vergessen, sie zu begrüßen.

Marie entschuldigte sich hastig und holte ihr Versäumnis rasch nach. Dann schälte sie sich aus Mantel und Stiefeln. Die Kräuterfrau nahm ihr beides ab und schüttelte verwundert den Kopf.

»Ist man am Hofe des Fürsten so arm geworden, dass du solche Sachen tragen musst?«

»Für eine Sklavin wie mich sind sie gut genug«, antwortete Marie bitter.

Die alte Frau musterte sie nachdenklich. »Es kränkt dich, eine Sklavin zu sein. Ich habe es bereits bemerkt, als wir uns zum ersten Mal begegnet sind, und die Zeit hat deinen Schmerz nicht geheilt. Ich sehe den Tag kommen, an dem du etwas Unbesonnenes tun wirst. Dennoch wünsche ich dir Glück.«

Es war, als könne sie Maries Gedanken lesen, denn sie hob die Hände. »Ich werde dich jedoch nicht unterstützen und lasse auch nicht zu, dass du irgendwelche Dinge bei mir verbirgst, die man im Kreml nicht zu Gesicht bekommen darf. Käme ich in den Verdacht, dir geholfen zu haben, würde man mich mit dir oder an deiner Stelle mit dem Tod bestrafen.«

Marie senkte den Kopf, damit die alte Frau nicht sehen konnte, wie ihr die Tränen in die Augen stiegen. Die Kräuterfrau war die einzige Person gewesen, an die sie sich hatte wenden können, und die Hoffnung, die sie gehegt hatte, war nun zerplatzt.

»Deswegen bist du doch zu mir gekommen, nicht wahr? Um mich um einen Gefallen zu bitten!« Wassilissas Stimme klang freundlich, beinahe mitfühlend, doch Marie sah ihr an, dass sie sich nicht umstimmen lassen würde. Daher verneinte sie die Frage und goss sich einen Becher Kräutertee aus dem Kessel ein, der auf einem einfachen Lehmziegelherd stand.

»Ich bin gekommen, um deinen Rat zu erbitten. Die Fürstin ist endlich wieder schwanger und fürchtet, dass es Probleme geben könnte.«

»Nicht zu Unrecht, denn beim letzten Mal war auch ich mir nicht sicher, ob sie das Kind behalten würde, und als es zur Geburt kam, hätten wir beinahe sie und den Jungen verloren. Doch mit der Hilfe der Heiligen Jungfrau« – Wassilissa bekreuzigte sich bei diesen Worten – »ist es uns gelungen, sie und Wladimir am Leben zu erhalten. Fürst Dimitri war damals so erregt, dass er gedroht hat, mich und ihre Mägde dem Kind nachzuschicken, wenn es uns nicht gelänge, den Jungen zu retten, und ich bin mir sicher, dass er uns eigenhändig umgebracht hätte.«

Marie verschluckte sich beinahe an ihrem Tee, an diese Gefahr hatte sie noch gar nicht gedacht. Wenn Anastasia und ihr Kind die Geburt nicht überlebten, konnte es durchaus sein, dass Dimitri seinen Zorn an ihr und den anderen Geburtshelferinnen ausließ. Zu was er fähig war, hatte sie bei Darjas Hinrichtung erlebt.

»Ich sollte dir wünschen, dass dir vorher die Flucht gelingt. Ich werde den Kelch wohl bis zum bitteren Ende leeren müssen.« Wassilissa seufzte, zuckte schicksalsergeben mit den Schultern und füllte ihren Becher. Dann setzte sie sich auf ihr Bett, damit Marie den einzigen Schemel benutzen konnte.

»Ich zähle dir die Krankheitszeichen auf, die ich bei Anastasia entdeckt habe, und alles, was ich tun konnte, um ihr zu helfen. Damals hat Fürst Dimitri sich vor lauter Misstrauen geweigert, Ärzte aus Nowgorod, Pskow oder gar aus Moskau holen zu lassen, und so musste ich mich ganz auf mein Wissen und meine Erfahrung verlassen. Vielleicht kannst du mir sagen, was wir diesmal besser machen können.«

Die Kräuterfrau begann mit gleichmütiger Stimme zu berichten, als handele es sich um die Leiden einer Magd, doch sie taute auf, als sie bemerkte, dass Marie sich tatsächlich um die Gesundheit der Fürstin sorgte, und es entspann sich ein angeregtes Gespräch. Für eine Weile war es, als gäbe es nichts Wichtigeres auf der Welt als Anastasias Schwangerschaft, doch mit einem Mal hob Wassilissa den Kopf und blickte Marie mit gerunzelter Stirn an.

»Du bist doch gut mit Andrej Grigorijewitsch bekannt, dem Neffen des Schwertträgers Lawrenti.«

»Ich teile nicht das Bett mit ihm, wenn du das meinst!« Maries Stimme klang gekränkt.

Ihre Bemerkung reizte die Alte zu einem Kichern. »Jetzt hab dich nicht so! Andrej würde wohl gerne mit dir unter die Decke schlüpfen, auch wenn du einige Jahre älter bist als er.«

»Ich könnte seine Mutter sein!«, behauptete Marie.

»Eine hübsche Mutter! Du bist ein ansehnliches Weib, Marija, auch wenn du dies klugerweise zu verbergen suchst. Man nennt Fürst Dimitri nicht umsonst den Bullen von Worosansk, und es heißt, er soll nicht gerade zärtlich sein, weder zu seinen Bettgespielinnen noch zu seiner Ehefrau.«

»Das weiß ich! Meine Freundin Alika musste ihn lange genug ertragen.« Marie ärgerte sich ein wenig, denn sie war nicht hier, um mit Wassilissa über den sexuellen Appetit des Fürsten zu sprechen.

Die alte Kräuterfrau bemerkte den Unmut ihres Gastes und kam auf den Grund ihres Themenwechsels zu sprechen. »Ich wollte nur wissen, ob Andrej etwas von einem geplanten Kriegszug er-

wähnt hat. Heute Morgen bin ich in den Wald gegangen, um Beeren zu sammeln, die mindestens drei Wochen lang gefroren sein müssen, bevor sie ihre volle Wirkung erlangen. Dabei habe ich Spuren von Männern und Pferden entdeckt, die von Osten kamen, von Moskau her. Es mögen Verbündete sein, mit denen unser Fürst gegen Sachar Iwanowitsch oder einen der anderen untreuen Bojaren ziehen will. Aber wenn es sich um Feinde handelt, ist Worosansk in höchster Gefahr! Jetzt im Winter rechnet doch niemand mit einem Angriff.«
»Ich weiß nichts von einem geplanten Kriegszug.« Marie spreizte die Hände, Unruhen oder gar ein Angriff würden ihre Lage verschlimmern. Wenn fremde Krieger die Stadt erstürmten, galten das Leben und die körperliche Unversehrtheit einer Frau, noch dazu einer Sklavin, weniger als die eines Tieres. Und selbst wenn Alika und sie die wiederholten Vergewaltigungen durch die vom Kampf aufgepeitschten Männer überleben würden, würde man sie als Beute in ein anderes Land schleppen, das der Heimat vielleicht noch ferner lag als Worosansk.
Wassilissa ergriff ihre Hand und tätschelte sie. »Es wird schon alles gut werden. Immerhin war Dimitris Vater kein Feind der Moskowiter, und bisher hat unser Fürst sein Schwert nicht gegen Wassili II. gezogen. Vielleicht sind es nur durchziehende Scharen, die in ihre Heimat zurückwollen, Litauer zum Beispiel oder Männer aus Pskow.«
»Ja, so wird es sein, Wassilissa.« Zwar war Marie anderer Meinung, aber sie lächelte, um ihre Gastgeberin nicht zu beunruhigen. Im Kreml bekam sie einiges mehr mit als die Kräuterfrau, und sie hatte die Wutausbrüche des Fürsten gegen Moskau und seinen Herrscher erlebt. Dimitri mochte zwar noch nicht das Schwert gegen Wassili II. gezogen haben, aber mit Worten hatte er den Krieg längst begonnen.
Die alte Kräuterfrau schien einen möglichen Angriff sofort wieder aus ihren Gedanken zu verbannen, denn sie erwiderte Maries

Lächeln und kam noch einmal auf Anastasia zu sprechen. »In der nächsten Zeit wirst du einiges an Medizin für deine Herrin benötigen. Während der Schwangerschaft neigt sie zu Übelkeit und Erbrechen und leidet dann unter starken Gemütsschwankungen.«
»Um Gottes willen! Wenn es noch schlimmer wird als bisher, weiß ich mir kaum noch einen anderen Rat, als ihr den Saft von beruhigenden Pflanzen einzuflößen. Aber der schmeckt ihr wahrscheinlich nicht, und ich weiß auch nicht, wie er sich auf das Ungeborene auswirkt.«
Wassilissa nickte bekümmert und riet Marie von allen Mitteln ab, die mehr bewirkten, als das Einschlafen zu erleichtern. Stattdessen zählte sie jene Säfte, Tees und Tinkturen auf, die Marie für Anastasia bereithalten sollte, und lenkte sie so von ihrer Angst vor der Zukunft ab. Eine Weile diskutierten die beiden Frauen noch eifrig, dann hatten sie beide das Gefühl, dass es vorerst nichts mehr zu sagen gab, und verabschiedeten sich herzlich voneinander.
Während des Gesprächs hatte Marie die fremden Soldaten beinahe schon vergessen, doch als sie durch den einsetzenden Schneefall zum Kreml wanderte, erinnerte sie sich wieder an Wassilissas Vermutungen. Es war wirklich keine Zeit für Krieg und Kampf, denn der Schnee reichte den Pferden mindestens bis an den Bauch. In ihrer Heimat hätte sich bei einem solchen Wetter kein Bewaffneter im Freien herumgetrieben, und sie nahm auch nicht an, dass das hier der Fall war.
Trotz dieser eher beruhigenden Überlegung wuchs in Marie mit jedem Schritt die Sorge vor dem, was noch auf sie zukommen mochte. Die weißen Mauern des Kremls waren in dem Schneetreiben kaum zu erkennen und die Torwachen tauchten wie Gespenster aus dem Halbdunkel auf. Die Männer stiegen von einem Bein auf das andere und klopften mit ihren Armen gegen Schultern und Leib, um sich aufzuwärmen und den Schnee ab-

zuschütteln, der an ihnen klebte. Unter ihren spitz zulaufenden Helmen, die ein wenig an die Kuppeln der hiesigen Kirchen erinnerten, wirkten sie verärgert.
Als Marie durch das Tor trat, kam einer der Männer auf sie zu. »Du, Marija! Frag doch oben nach, wo unsere Ablösung bleibt. Wir stehen uns hier schon viel zu lange die Beine in den Bauch. Diese verdammten Kerle denken wohl, sie können in der warmen Stube hocken bleiben, während wir uns hier den Arsch abfrieren.«
»Ich werde mich darum kümmern!« Marie setzte ein Lächeln auf und nickte dem Wächter aufmunternd zu. In ihrem Kopf aber hörte sie Alarmhörner blasen. Es konnte vorkommen, dass ein Krieger zu spät zur Ablöse kam, doch dabei handelte es sich höchstens um die Zeit, die er auf dem Abtritt verbrachte oder noch einen Becher leerte. Jedes längere Verweilen zog nämlich empfindliche Strafen nach sich. Die beiden Wachen aber wirkten so verfroren, als hätte man sie schon Stunden über ihre Zeit hier stehen lassen. Das jedoch hätte Dimitris Offizieren auffallen müssen, denn diese kontrollierten regelmäßig die Wachen und wichtige Teile des Kremls. Wahrscheinlich, dachte Marie, kommt es den Wächtern nur so vor, als hätte man sie vergessen, denn der heutige Tag ist noch kälter als die vorhergehenden. Da der Wind so eisig über die freien Flächen jagte, als wolle er alles Leben erstarren lassen, beschleunigte sie ihre Schritte, um nicht im Gehen zu erfrieren.
Dabei schossen ihr Wassilissas Vermutungen durch den Kopf. Die Spuren, die die Kräuterfrau entdeckt hatte, mussten ganz frisch gewesen sein, das unaufhörliche Schneetreiben hätte sie sonst längst wieder aufgefüllt. Also konnte das fremde Heer kaum mehr als eine Stunde, bevor Wassilissa Beeren gesucht hatte, an jener Stelle vorbeigezogen sein, die abseits jeder Straße lag.
Marie sah sich außerstande, dieses Rätsel zu lösen. Wenn sie jemandem davon erzählte, würde sie sich nur Spott und vielleicht auch einen Schlag mit dem Stock einhandeln. Daher beeilte sie

sich, ins Warme zu kommen. Als sie das Tor des Terems erreichte, erinnerte sie sich daran, was sie den Wachen versprochen hatte, stemmte sich gegen den Wind und ging weiter zum Quartier der russischen Soldaten. Sie öffnete die Tür des Saales und sah, dass die Männer sich auf den Bänken, ihren Schlafplätzen oder einfach auf dem Boden herumflegelten und den Inhalt eines Fasses schmecken ließen, das mitten im Raum aufgebockt stand.

Als einer von ihnen Marie entdeckte, erhob er sich und torkelte auf sie zu. »Na, meine Süße, wollen wir nicht ein wenig unsere Bäuche aneinander reiben? Mir wäre so richtig danach.«

Mir aber nicht, dachte Marie und entzog sich den nach ihr greifenden Armen. Der Kerl blieb jedoch hartnäckig, und ein paar seiner Kameraden sahen so aus, als wollten sie ihm helfen, sie zu fangen, und dann weitermachen, wo er aufgehört hatte. Rasch schlüpfte sie wieder hinaus und schlug die Tür hinter sich zu. Die Wachen am Tor würden wohl noch länger auf Ablösung warten müssen. Sie bedauerte die Männer ein wenig, doch wenn es den Hauptleuten des Fürsten nicht gelang, die Disziplin unter ihren Soldaten aufrechtzuerhalten, so war das nicht ihre Sache. Mit diesem Gedanken lief sie hinüber zum Terem und suchte ihre Kammer auf. Alika wiegte gerade den Thronfolger in den Schlaf, während Gelja die kleine Lisa neu wickelte.

»Es ist kein guter Tag heute«, murmelte die Russin. »Es geht Böses vor. Das spüre ich bis in die Haarspitzen!«

IV.

Andrej saß neben dem Popen Pantelej, hielt einen vollen Becher in der Hand und starrte Wasja an, der auf dem Fußboden lag und hilflos mit Armen und Beinen ruderte. Nachdem Dimitri sein bevorzugtes Opfer dazu verurteilt hatte, sechs große Becher

Branntwein hintereinander zu trinken, war der junge Mann halb bewusstlos zu Boden geglitten und nicht mehr in der Lage, sich aufzusetzen. Nun schien Wasjas Magen die Last loswerden zu wollen, denn er wand sich und würgte, brachte das Erbrochene jedoch nicht aus dem Schlund.
Der Fürst und die anderen Gefolgsleute sahen gespannt zu, wie der junge Mann sich hilflos krümmte, und brüllten dabei vor Lachen. Keinen von ihnen schien zu interessieren, dass Wasja jeden Augenblick zu ersticken drohte. Nur Andrej begriff, in welcher Gefahr sein Freund steckte, und sprang auf. Bevor einer der anderen ihn hindern konnte, packte er den Betrunkenen und zerrte ihn zur Tür hinaus. Draußen drehte er ihn auf den Bauch, so dass Wasja das Erbrochene von sich geben konnte. Andrej schüttelte ihn so lange, bis der Magen seines Freundes leer sein musste und dessen Gesicht wieder eine halbwegs normale Farbe angenommen hatte. Dann brachte er ihn in sein Quartier und legte ihn so auf seine Schlafstatt, das er notfalls erbrechen konnte, ohne daran zu ersticken. Auf dem Flur hielt er den ersten Knecht auf, der ihm begegnete, und befahl ihm, auf Wasja aufzupassen.
Als Andrej kurz darauf wieder in die Halle zurückkehrte, hockte Dimitri wie ein düsterer Schatten auf seinem Hochsitz und starrte ihn durchbohrend an. Der Fürst war kaum weniger betrunken als Wasja und in einer höllischen Stimmung. Deswegen wappnete Andrej sich gegen eine geharnischte Strafpredigt.
Dimitri schwieg jedoch verbissen und überließ die Anklagen einem seiner Vertrauten. »Nun hast du uns den ganzen Spaß verdorben, Andrej Grigorijewitsch, und überdies unseren allererhabensten Fürsten mit deiner Eigenmächtigkeit beleidigt. Deswegen wird Dimitri dich bestrafen!«
»Lass ihn zehn Becher Branntwein trinken, Dimitri Michailowitsch! Dann können wir mit ihm unseren Spaß haben!«, warf ein anderer ein.
Andrej begriff, dass es den Männern bitterernst war. Zehn Be-

cher von diesem fremdländischen Gesöff konnte kein Mann lebend überstehen, noch dazu, wenn er sie direkt hintereinander trinken musste. Weigern durfte er sich jedoch nicht, denn das würde ebenso sicher den Tod bedeuten. Daher verbeugte Andrej sich übertrieben tief vor seinem Fürsten und griff scheinbar gierig nach einem leeren Becher.
»Verzeih, mein Herr, aber ich wollte nur nicht, dass dieses Ferkel Wasja deine Halle beschmutzt oder sich gar in die Hose macht. Der Kerl neigt nämlich dazu.«
Dimitri schlug mit der Faust auf die Lehne. »Du Idiot! Genau das haben wir doch sehen wollen. Jetzt wirst du uns dieses Schauspiel liefern müssen.«
Die Gefolgsleute des Fürsten scharten sich enger um Andrej, und einer hielt ihm ein Fässchen Branntwein vor die Nase. So, wie der Mann damit umging, konnte nicht mehr viel drin sein.
Andrej nahm es ihm aus der Hand und schüttelte es. »Beim Teufel, wollt ihr mich beleidigen? Das reicht doch nicht einmal für einen Knaben, geschweige denn für einen Kerl wie mich! Ich will ein volles Fass, verstanden? Und wehe dem Schurken, der es wagt, davon zu trinken, bevor ich damit fertig bin!«
»Ein ganzes Fass?« Andrej erntete fassungslose Blicke. »Aber das kannst du doch nicht ernst meinen! Es ist nur noch ein einziges Fass da. Bis neuer Branntwein aus Nowgorod geliefert wird, werden wir uns mit Met und Wein begnügen müssen.«
Andrej winkte großspurig ab. »Das geschieht euch recht, ihr Schurken! Da ihr mich beleidigt habt, trinke ich euch den Branntwein weg, und wenn ich ihn euch vor die Füße kotzen muss.« Der Ärger hatte ihn beinahe nüchtern gemacht, aber er bemühte sich, so derb und undeutlich zu sprechen wie ein Mann, der schon zu tief in den Becher geschaut hat. Eine höflichere Rede hätte die Männer nur dazu gebracht, ihn zu zwingen, die angedrohten zehn Becher bis zur Neige zu leeren.
Nun stand Pantelej auf, der sich sowohl beim Trinken wie auch

beim Reden zurückgehalten hatte, und sah sich unschlüssig um. Der Beichtvater des Fürsten, der auch Oberhaupt der Kirche von Worosansk war, ohne sich mit dem Titel eines Metropoliten schmücken zu dürfen, versuchte, seinen Ärger über Dimitri zu verbergen. Doch man konnte ihm ansehen, was er dachte. Ein Fürst hatte seinen Gefolgsleuten gegenüber Pflichten, und dazu gehörte es nicht, ihnen zu befehlen, sich bis zur Bewusstlosigkeit mit Branntwein voll laufen zu lassen. Er nahm sich vor, bei nächster Gelegenheit mit Lawrenti zu sprechen, denn er hoffte, zu zweit würde es ihnen gelingen, Dimitri wieder auf den rechten Pfad zu bringen. So wie jetzt konnte es nicht weitergehen. Er suchte nach dem Schwertträger des Fürsten, entdeckte ihn jedoch nicht, obwohl Lawrenti seinem Fürsten vor kurzem noch zugeprostet hatte.

Da sich die Situation zuspitzte, trat der Pope zwischen die johlenden und schreienden Kerle und legte Andrej den Arm auf die Schulter. »Wenn ich dich richtig verstanden habe, mein Sohn, forderst du das volle Fässchen Branntwein für dich allein und willst es mit niemandem teilen?«

»So ist es, ehrwürdiger Vater!« Andrej grinste herausfordernd, obwohl ihm alles andere als zum Lachen zumute war.

»Du willst also auch nicht den geringsten Schluck an unser liebes Väterchen Dimitri Michailowitsch abgeben?«

»Ein Becherchen vielleicht, weil er der Fürst ist, mehr aber nicht.« Bei diesen Worten starrte Andrej den Priester an, als wolle der ihn berauben.

Dennoch begriff der Pope, dass der Junge alles andere im Sinn hatte, als sich weiter zu betrinken, und ging auf sein Spiel ein. »Und was ist mit mir?«

»Ihr sollt auch ein Becherchen bekommen, ehrwürdiger Vater, aber nur ein ganz kleines! Alles andere ist für mich!« Er sah sich herausfordernd um, raffte noch zwei Becher an sich und lachte wie über einen guten Spaß. »Worauf wartet ihr noch? Gebt unse-

rem hohen Herrn und dem Vertreter Gottes in Worosansk ihren Anteil und mir den meinen!« Dabei streckte er die freie Hand nach dem letzten Branntweinfass aus.
Wären die anderen nüchtern gewesen, hätten sie begriffen, dass kein Mensch auf der Welt den Inhalt des Fässchens allein austrinken konnte. In ihrem Rausch hielten sie jedoch alles für möglich und scharten sich so schnell um den Branntwein, als müssten sie ihn mit ihrem Leben verteidigen.
Einer von ihnen baute sich schwankend vor Andrej auf. »So geht das nicht, Grigorijewitsch. Du kannst uns doch nicht alles wegtrinken. Wir wollen auch noch etwas haben!«
»Genau! Das Fass ist für alle da und nicht allein für Andrej. Dimitri Michailowitsch, das darfst du nicht zulassen.« Der letzte Aufschrei galt dem Fürsten. Dieser musterte Andrej grimmig, dann befahl er, das Fass zu ihm zu bringen.
»Du maßt dir zu viel an, Andrej Grigorijewitsch. Dies ist meine Halle und das Fass gehört ebenfalls mir. In meiner Güte erlaube ich dir und den anderen, davon zu trinken. Aber ich kann nicht zulassen, dass du es für dich forderst!«
»Genauso ist es, mein Herr!«, rief einer der Männer erleichtert. Die anderen Höflinge stimmten ihm wortreich zu und priesen die Weitsicht des Fürsten, der das freche Ansinnen Andrejs zurückgewiesen hatte.
Pantelej entschloss sich, dem bösen Spiel ein Ende zu bereiten, und hob die Hand, um die Aufmerksamkeit des Fürsten auf sich zu ziehen. »Dimitri Michailowitsch, ich schlage vor, dass wir diesen frechen Burschen für heute mit dem Ausschluss aus unserer frohen Runde bestrafen und ihn in seine Kammer schicken, wo er mit Wasser vorlieb nehmen muss.«
»Genau! Das ist die rechte Strafe. Andrej soll Wasser saufen! Lasst einen Eimer holen, damit er seine zehn Becher bekommt.«
Dieser Vorschlag eines Höflings war nicht gerade nach Andrejs Geschmack, aber zehn Becher Wasser würde er eher überstehen

als die gleiche Menge Branntwein. Da er weiterhin ein Schauspiel liefern musste, schimpfte er wie ein Rohrspatz und drohte dem Mann, der mit dem Eimer auf ihn zukam, ihm den Inhalt an den Kopf zu schütten.

»Trink, Andrej!«, forderte Dimitri ihn auf. »Das ist mein Befehl.«

Jetzt gab Andrej sich scheinbar geschlagen. Er seufzte, nahm den Becher Wasser, den man ihn reichte, und trank Dimitri zu. »Möge dein Becher stets so voll sein, wie der meine es jetzt ist, mein Herr!« Dann setzte er das Gefäß an und trank es leer. An heißen Tagen im Sommer hatte er frisches Wasser stets als eine Gnade Gottes empfunden. Jetzt war es Winter und im Eimer schwammen Eisstücke. Aber auch wenn Andrejs Zähne bei der Berührung mit dem kalten Nass bis in den Kiefer schmerzten, trank er wacker den nächsten Becher aus und noch einen weiteren. Seine Hoffnung, mit den drei davonzukommen, erfüllte sich jedoch nicht, denn ausgerechnet die Kerle, die er für seine besten Freunde gehalten hatte, überredeten den Fürsten, ihn nicht eher aufzuhören zu lassen, als bis der zehnte Becher geleert war.

Schließlich war Andrejs Bauch zum Platzen gefüllt, und er wagte kaum mehr zu atmen, aus Angst, die Flüssigkeit wieder von sich geben zu müssen. Auch tränten ihm die Augen, als wolle sein Körper einen Teil des Wassers auf diese Weise loswerden. Um kein weiteres Schauspiel liefern zu müssen, drehte er sich um und wankte zur Tür, ohne sich vor dem Fürsten zu verbeugen, aus Angst, ihm könnte das Wasser dabei aus Mund und Ohren rinnen.

»Ich bringe den Sünder in sein Quartier!« Pantelej fasste Andrej unter und führte ihn wie einen Betrunkenen hinaus, während sich die Höflinge schier vor Lachen ausschütten wollten und auf die Schenkel klopften.

»Bei Gott, war das ein köstlicher Spaß!«, hörte der Pope den Fürsten noch rufen, dann schloss ein Knecht die Tür hinter ihnen, und er war mit Andrej allein.

»Manchmal frage ich mich, ob dein Onkel Lawrenti nicht Recht hat, wenn er den Fürsten insgeheim heftig tadelt. So wie Dimitri sollte sich kein Herrscher aufführen.« Pantelej schnaubte ärgerlich, sah sich dann aber erschrocken um, ob ihn irgendjemand gehört hatte. Zu seinem Glück war der Knecht, der die Tür bewachte, weit genug entfernt.
Während der Pope erleichtert aufatmete, blickte Andrej ihn erstaunt an. »Mein Onkel tadelt den Fürsten? Davon weiß ich ja gar nichts.«
»Wahrscheinlich hütet er sich, etwas an deine Ohren dringen zu lassen, denn du giltst als Dimitris engster Freund.«
»Wie eng seine Freundschaft zu mir ist, hast du ja an den zehn Bechern Wasser gesehen, die er mich saufen ließ.« Andrej sah nicht so aus, als würde er seinem Fürsten diesen Streich so rasch verzeihen.
»Immer noch besser als zehn Becher Branntwein!«, wies der Priester ihn zurecht.
»Da hast du Recht, ehrwürdiger Vater. Auf alle Fälle wird mir das Pissen in den nächsten Stunden leicht fallen. Ich glaube, ich muss es bereits.« Andrej lenkte seine Schritte nach draußen und suchte sich einen Haufen aufgeschichteten Schnees, um dort Wasser zu lassen.
»Bist du denn ein Hund, der dorthin pinkelt, wo es ihn gerade überkommt?«, tadelte der Pope ihn.
»Gewiss nicht, ehrwürdiger Vater, sonst hätte ich es direkt vor Dimitris Hochsitz getan«, antwortete Andrej lachend, während er sichtlich erleichtert den Strahl rinnen ließ. Dabei entblößte er seine Zähne zu einem freudlosen Lächeln und wies auf die Fenster der großen Halle, durch deren geschlossene Läden dünne Lichtstreifen ins Freie drangen. »Wenigstens weiß ich jetzt, weshalb Jaroslaw sich von den Festlichkeiten seines Bruders fern hält. Man würde sonst ihn zum Opfer derber Späße machen.«

V.

Mitten in der Nacht glaubte Marie, das Klirren von Waffen zu hören, und fühlte, wie sich ihr die Haare auf den Armen aufrichteten. Wie es aussah, bewahrheitete sich die böse Vorahnung, die sie seit dem Besuch bei Wassilissa quälte. Besorgt weckte sie Alika und befahl ihr, die beiden Kinder in mehrere Lagen warmer Tücher zu hüllen. »Es kann sein, dass wir das Haus verlassen und durch die Kälte laufen müssen«, sagte sie und suchte rasch all das zusammen, was sie in den letzten Monaten mühsam gesammelt hatte.

»Endlich fliehen wir! Das ist gut. Der Fürst hat mich heute angesehen wie die Hyäne ein Antilopenkalb!« Alika atmete sichtlich auf, denn die Kräuter, die ihrem Körper zu einem hässlichen Ausschlag verholfen hatten, wirkten im frischen Zustand besser als getrocknet, und der größte Teil der Pusteln begann sich bereits zurückzubilden.

Zu ihrer Enttäuschung schüttelte Marie den Kopf. »Nein, wir fliehen nicht. Es ist nur eine Vorsichtsmaßnahme. Dennoch solltest du uns warme Kleidung besorgen. Ich sehe mich inzwischen um.«

Alika war klar, dass sie am nächsten Morgen Prügel beziehen würde, wenn sie sich ohne Erlaubnis der Aufseherin in der Kleiderkammer bediente, aber ehe sie die Freundin fragen konnte, hatte diese sich ihren abgeschabten Mantel um die Schultern geworfen und war zur Tür hinausgeschlüpft.

Nun schlich Marie lauschend den Gang entlang, der zum Hauptausgang führte, und wunderte sich über die unheimliche Stille. Sonst hörte man draußen einen Knecht fluchen, der auf dem Weg zum Abtritt über einen Gegenstand gestolpert war, die Stimmen der Wachen, die sich unterhielten, um nicht einzuschlafen, und oft sogar den Lärm, den Dimitri und seine Gefolgsleute bei ihren bis früh in den Morgen dauernden Saufgelagen machten. Nicht einmal der Wind war zu vernehmen, der sonst um das Haus strich und es das eine oder andere Mal erzittern ließ. Als Marie an einem der Fenster vorbeikam, blieb sie stehen und öffnete die Läden. Sie sah jedoch nicht mehr als dicke Flocken, die so dicht vom Himmel fielen, als wollten sie den Kreml und die Stadt unter ihrer weißen Last ersticken.

Nun vernahm sie erneut das Geräusch, mit dem Eisen auf Eisen schlug, und wütende und entsetzte Rufe. Obwohl der Schnee jedes Geräusch dämpfte, war ihr, als würde in der Stadt gekämpft. Doch keiner der Soldaten, die auch nachts die wichtigsten Pforten bewachten, schlug Alarm.

Marie lief schnell weiter, ohne das Fenster wieder zu schließen, und trat ins Freie. Das Haupttor in der Umzäunung, die den Terem umgab, stand weit offen, nirgends war ein Soldat zu erblicken. Im Palast brannte noch Licht, und Marie wandte sich dem Schein zu wie eine Motte, die von einer Flamme angezogen wird. So schnell der Schnee es erlaubte, lief sie hinüber und stellte fest, dass es auch vor diesem Tor keine Wachen gab. So schlich sie weiter, obwohl sie sich der Gefahr bewusst war, von einem der angetrunkenen Gefolgsleute des Fürsten in eine Ecke gezerrt zu werden. Sie wollte wissen, was geschehen war.

Die große Halle wurde von den Resten blakender Fackeln erhellt, so dass die Folgen eines Saufgelages zu erkennen waren, das heftiger gewesen sein musste als alle, von denen Marie gehört hatte. Mehr als zwei Dutzend der Gefährten des Fürsten lagen durcheinander auf dem Fußboden und gaben gurgelnde Schnarchgeräusche von sich, und es stank widerlich nach Branntwein und Erbrochenem.

Angeekelt ging Marie an den Männern vorbei, um zu sehen, ob es noch jemanden gab, den sie auf die Beine bringen konnte. Sie kannte alle, die hier ihren Rausch ausschliefen. Selbst Dimitri hatte es nicht mehr bis in seine Kammer geschafft, sondern hing halb über die Lehne seines Thrones. Hatte es zuerst ausgesehen, als wären alle Mitglieder des engeren Kreises um den Fürsten vom Branntwein außer Gefecht gesetzt worden, so vermisste Marie nun Andrej, dessen Onkel Lawrenti, den Priester Pantelej und einen der Jüngsten aus diesem Kreis. Auch Dimitris Bruder war nirgends zu sehen.

Für einen Augenblick atmete sie auf, denn sie nahm an, dass Lawrenti und sein Neffe sich bereits um den Aufruhr in der Stadt kümmerten. Doch in dem Moment hallten draußen Schritte auf, und Andrej stolperte fluchend durch die Tür, stieg über die Schlafenden und blieb vor dem Hochsitz des Fürsten stehen. Dort nestelte er an seiner Hose und holte sein Glied heraus.

Dann bemerkte er Marie und fuhr sie an. »Du hast nichts gesehen, verstanden!«

»Gewiss nicht, Herr! Aber hier ist niemandem mehr zu helfen.« Marie drückte sich in eine Ecke und überlegte verzweifelt, was sie tun sollte. Einfach weglaufen und in den Terem zurückkehren wollte sie nicht, denn es war nicht ihre Art, in einer offensichtlich gefährlichen Situation die Hände in den Schoß zu legen. So tastete sie nach dem Dolch, den sie in die Tasche ihres Mantels geschoben hatte, um sich notfalls wehren zu können.

Andrej aber folgte ihr nicht, sondern lachte bitter auf. »Helfen? Ha! Ich will auf Dimitris Thron pinkeln, das hat er nämlich verdient! Soll er sich doch fragen, welches dieser besoffenen Schweine es gewesen sein kann.«

Während Andrej seinem übermächtig werdenden Harndrang freien Lauf ließ, schüttelte Marie nur den Kopf. Männer waren eine seltsame Gattung Mensch, die zu begreifen einer Frau wahrlich schwer fiel. Selbst ihr Michel hatte von Zeit zu Zeit auf eine für sie seltsame Weise reagiert. Doch jetzt war nicht die Zeit, über die Verrücktheiten der Männer zu philosophieren.

Nachdem Andrej erleichtert grinsend sein Glied verstaut hatte, fasste sie wieder Mut, trat auf ihn zu und zupfte ihn am Hemd.

»Herr, in der Stadt gehen eigenartige Dinge vor. Ich glaube, dort wird gekämpft!«

Andrej begriff zunächst nicht, was sie da gesagt hatte, doch dann packte er sie bei den Schultern und schüttelte sie. »Was faselst du da?«

»In der Stadt wird gekämpft! Ich habe das Klirren von Schwertern gehört und Schreie. Außerdem stehen unsere Wachen nicht auf ihren Posten.«

»Unmöglich!« Andrej ließ Marie los und stieß sie von sich. Marie stolperte über einen der betrunkenen Schläfer und fiel zu Boden. Angeekelt von dem Gestank, der von dem Mann aufstieg, sprang sie auf und eilte zu einem der Fenster und stieß die Läden auf. »Hört doch selbst, Herr!«

Jetzt waren die Geräusche ganz deutlich zu vernehmen und erklangen viel näher als vorher. Andrej eilte an ihre Seite und starrte in die helle Winternacht hinaus. Zunächst wollte er nicht glauben, was seine Ohren ihm meldeten. Dann stieß er einen Fluch aus, für den Pantelej ihn mit Fasten und Gebeten bestraft hätte. »Verdammt, was ist denn da im Gange? Los, aufwachen!«

Er versetzte einigen der Schläfer heftige Fußtritte, doch außer missmutigen Lauten erreichte er nichts. Auch als er den Fürsten rüttelte, lallte dieser nur etwas, ohne aus seinem Rausch zu erwachen. Andrejs Flüche steigerten sich noch, und dann brüllte er schier den Palast zusammen.

»Heh, aufwachen, Alarm, verdammt noch mal. Wollt ihr wohl aufwachen?«

Es dauerte nicht lange, da kamen ein paar erschreckte Knechte zur Tür herein. Andrej packte einen von ihnen und schleppte ihn zum offenen Fenster. »Sieh nach, was in der Stadt los ist, und gib mir Bescheid.«

»Ja, Herr«, antwortete der Knecht, machte aber keine Anstalten zu gehen.

Andrej versetzte ihm einen Hieb mit der Faust. »Verschwinde endlich, du Hund! Und ihr anderen bewaffnet euch gefälligst. Wo stecken die Wachen und was ist mit der Garde des Fürsten?«

»Die Soldaten haben ordentlich gebechert, aber nicht so schlimm wie die Tataren. Die haben nämlich den Branntwein nicht vertragen, den dein Onkel ihnen spendiert hat«, erklärte einer der Knechte.

»Lawrenti hat den Tataren Branntwein spendiert? So viel Großzügigkeit sieht ihm gar nicht ähnlich. Wo ist er eigentlich abgeblieben? Seht zu, dass ihr ihn findet. Weckt jeden auf, der in der Lage ist, auf seinen eigenen Beinen zu stehen. Schüttet notfalls Wasser über die Kerle, damit sie wach werden. Dies gilt auch für die Tataren.«

»Wie du befiehlst, Herr.« Die Knechte nickten zustimmend, doch die Blicke, die sie einander zuwarfen, hätten einem aufmerksameren Beobachter als Andrej verraten, dass sie wenig Lust hatten, ihre Haut zu riskieren. Die hohen Herren waren gleich mit Stock und Peitsche bei der Hand, wenn man sie allzu energisch weckte, und bei den Tataren konnte man diesen Versuch mit dem Leben bezahlen.

Die Männer liefen aus dem Saal, als wollten sie die Anweisungen ausführen, draußen aber suchten sie versteckte Winkel auf, in der Hoffnung, ungeschoren davonzukommen, ganz gleich, wer sich draußen in der Stadt stritt. An einen Feind von außen dachte niemand, auch Andrej nicht, der viel zu erregt war, um einen klaren Gedanken fassen zu können. Da er nicht wusste, was er von dem Ganzen halten sollte, eilte er in seine Kammer, um seine Rüstung anzulegen und sein Schwert zu holen.

Marie wollte die Gelegenheit nützen, wieder in den Terem zurückzukehren und sicherheitshalber alles an sich zu nehmen, was für eine Flucht notwendig war. Wenn wirklich ein fremdes Heer in die Stadt eingedrungen war, mussten Alika und sie die

Verwirrung nutzen, um nicht den Feinden in die Hände zu fallen. Auf dem Weg zum Tor kam ihr Anastasia entgegen. Sie hatte sich nur ihren Pelzmantel über das Nachtgewand gezogen und zwei verschiedene Pelzstiefel an.

»Was ist passiert? Was bedeutet dieser Tumult? Ich habe gerufen und gerufen, aber außer deinen beiden Mägden ist niemand erschienen, auch meine Leibmagd nicht!«

Marie zuckte mit den Schultern. »Ich weiß es nicht, Herrin. Andrej Grigorijewitsch hat einen Knecht in die Stadt geschickt, um es herauszufinden.

»Was ist mit meinem Gemahl?«

»Er schläft.«

»Er ist also wieder einmal stockbetrunken.« Anastasias Gesicht verzog sich zu einer angewiderten Grimasse, denn sie hatte in letzter Zeit immer häufiger erlebt, dass ihr Gemahl nach dem Genuss dieses ausländischen Branntweins nicht mehr in der Lage war, auf den eigenen Beinen zu stehen. Es wunderte sie nur, Andrej scheinbar nüchtern auf sich zukommen zu sehen, denn der war immer einer der eifrigsten Zechgenossen ihres Mannes gewesen. Jetzt steckte der junge Edelmann in seiner Rüstung und hielt das Schwert in der Faust, als erwarte er jeden Augenblick, Feinde auftauchen zu sehen.

»Ist alles bereit?«, fragte Andrej einen Knecht, der draußen vorbeihuschen wollte. Der Bursche nickte wider besseres Wissen und verschwand wieder.

»Was ist geschehen, Andrej Grigorijewitsch?« Die Fürstin zog den Mantel enger um sich, als suche sie Schutz.

»Ich kann es noch nicht sagen, Herrin. Wahrscheinlich werde ich selbst in die Stadt gehen müssen, um es zu erfahren.« Er verbeugte sich knapp und wollte weitergehen, als der Knecht wieder auftauchte, den er weggeschickt hatte.

Der Bursche zitterte am ganzen Körper, allerdings weniger aus Angst, sondern weil er sich nicht die Zeit genommen hatte, einen

Mantel und feste Stiefel anzuziehen. »Feinde, Herr! Sehr viele Feinde, und sie kommen genau auf den Palast zu.«
»Wie konnten sie das Stadttor gewinnen? Es hat doch keinerlei Alarm gegeben.« Andrej fragte den Mann nach Einzelheiten aus, und was er vernahm, versetzte ihn in Panik. Da kam kein kleiner Kriegshaufen, der in der Stadt plündern und vor den Toren des Kremls Halt machen würde.
»Da ist Verrat im Spiel! Die Kerle wollen wahrscheinlich nichts weniger, als Worosansk in ihre Hand bekommen. Verflucht seien Dimitri und seine Speichellecker, die es dazu haben kommen lassen!« Andrej schüttelte sich trotz der Rüstung und wandte sich an Anastasia.
»Uns bleibt nur die Flucht, Herrin. Lauf hinüber und kleide dich warm an. Nimm an Schmuck und Gold mit, was du findest. Marija, hilf der Fürstin! Und du Hund«, sein Blick suchte den Knecht, »sorgst dafür, dass die besten Pferde im Stall gesattelt werden. Außerdem schickst du ein paar Knechte in die Halle, die Dimitri Michailowitsch zu den Ställen bringen sollen. Notfalls müssen sie ihn wie einen Sack auf sein Pferd binden. Wenn er morgen aus seinem Rausch erwacht und erfährt, dass er durch seine Trunksucht sein Reich verloren hat, wird er zwar fluchen, aber er ist wenigstens noch am Leben.«
Für einen Augenblick huschte ein böses Grinsen über Andrejs Gesicht, dann hatte er sich wieder in der Gewalt.
»Worauf wartet ihr noch?«, herrschte er Marie und die Fürstin an, die sich wie Schlafwandlerinnen bewegten, und hob die Hand, als wolle er sie mit Schlägen zur Eile antreiben.
Marie nahm Anastasia, die wie erstarrt stehen geblieben war, bei der Hand und führte sie zum Terem. Dort trafen sie auf Alika und Gelja, die den Thronfolger und Lisa auf den Armen trugen und sich ratlos umsahen. Die Kinder waren warm verpackt, und die Frauen hatten sich großzügig in der Kleiderkammer bedient.
»Sie sind alle weg!«, stotterte Gelja.

»Wer ist weg?«, fragte Marie.

»Die Hofdamen! Einige Mägde schlafen wie betäubt, und die anderen sind verschwunden.«

»Andrej hat Recht! Da ist verdammt viel Verrat im Spiel«, antwortete Marie. »Machen wir, dass wir wegkommen, ehe es zu spät ist.«

Sie führte Anastasia zu deren Gemächern, und dort bestätigte sich, was Gelja berichtet hatte. Das Lager der Leibmagd war unberührt und die Kammern der Hofdamen, die sich um die Zimmer der Fürstin gruppierten, standen leer. Marie zog Anastasia aus und half ihr in einige Schichten warmer Kleider. Dann bediente sie sich selbst aus den Truhen der Fürstin. Die Kleider waren weit genug, aber es fand sich kein Mantel darin, und da Marie nicht quer durch das Gebäude zur Kleiderkammer laufen wollte, schlüpfte sie in das Zimmer der Haushofmeisterin, zündete die von der Decke herabhängende Öllampe an und schlug mit einem eisernen Kerzenständer die Schlösser an einer der Truhen ab. Wie sie gehofft hatte, lag der ältere der beiden dicken Pelzmäntel, die die Dame besaß, noch an seinem Platz.

Einmal im Schwung erbrach Marie noch eine kleinere Schatulle und schüttete die zumeist goldenen Münzen in ein kleines Kopfkissen, aus dem sie einen Teil der Wolle entfernte. Sie verteilte das Geld so, dass es nicht auffällig klirrte, und befestigte den Beutel mit ein paar Lederriemen an einem Gürtel, den sie ebenfalls zu ihrem Eigentum machte. Schon ein kleiner Teil dieses Schatzes würde ihr helfen, mit Alika und Lisa bequem in die Heimat zu reisen. In dem ganzen Trubel hier würde das Fehlen des Goldes nicht auffallen; wenn der Palast wirklich von fremden Kriegern geplündert wurde, war das Geld so oder so verloren. In ihren Taschen vermochte es bessere Dienste zu leisten als in denen eines Soldaten, der es doch nur für Met und Huren ausgeben würde.

Als sie zur Fürstin zurückkehrte, kniete Anastasia auf dem Fuß-

boden und betete inbrünstig. Von irgendwoher war Pantelej aufgetaucht und hatte sich zu ihr gesellt. Der Priester sah um Jahre gealtert aus und schlug immer wieder das Kreuzzeichen, als müsse er sich gegen böse Kräfte wappnen.
Kurz darauf erschien Andrej mit einem Gesicht, das von Wut und höchster Anspannung gezeichnet war. »Wir müssen sofort aufbrechen, Herrin! Die ersten Feinde haben den Palast schon erreicht. Wenn wir Glück haben, können wir eine der Nebenpforten öffnen, ehe man uns bemerkt.« Da Anastasia nicht auf seine Worte reagierte, hob er sie kurzerhand auf und trug sie hinaus.
Marie schob Alika und Gelja hinter ihnen her. »Auf geht's!« Anders als die Fürstin war sie nicht vor Angst erstarrt, sondern spürte, wie ihr Körper vor Erregung kribbelte. Die Freiheit schien nun greifbar nahe zu sein, denn sie hatte vor, sich in dem Moment, in dem sich eine halbwegs sichere Gelegenheit bot, mit Lisa und Alika in die Büsche zu schlagen. Während sie hinter Andrej herhastete, dachte sie daran, dass sie eigentlich bei der Fürstin hatte bleiben wollen, bis deren zweites Kind geboren war, streifte ihre Gewissensbisse aber mit einem Achselzucken ab, denn in der Not war sich jeder selbst der Nächste. Ganz wohl war ihr bei diesem Gedanken jedoch nicht. Immerhin hatte Anastasia sie durch den Kauf vor einem schrecklicheren Schicksal bewahrt und trotz aller Launen recht gut behandelt. Doch ihr Wunsch, frei zu sein und zu den Ihren zurückzukehren, war stärker als jede Dankbarkeit.
Als Marie den Stall erreichte, hob Andrej gerade die Fürstin auf ihre Stute. Die Pferde waren bereits gesattelt worden, doch der Hengst, den Fürst Dimitri gewöhnlich ritt, wartete noch auf seinen Herrn. Dies bemerkte Andrej erst, als er selbst aufsteigen wollte. Außer ihm, Anastasia und dem Priester waren offensichtlich nur Marie, die junge Afrikanerin und Gelja bereit, ihm zu folgen. Da die beiden Mägde die Kinder festhalten mussten, würden sie sich eher als Hindernis erweisen, denn sie konnten keinen

scharfen Trab, geschweige denn einen Galopp durchstehen. Andrej bleckte ärgerlich die Zähne und blickte kurz in die Unterkünfte der Pferdeknechte, um wenigstens dort Männer zu finden, die mit ihnen reiten und den Frauen helfen konnten. Doch die Kerle hatten sich ebenfalls aus dem Staub gemacht.
»Der Teufel soll sie holen!«, fluchte er, als er sein Pferd zum Stalltor führte. Da die Fürstin vor Angst wie erstarrt schien, stieß er Marie an und zeigte auf eine Lücke zwischen zwei Gebäuden. »Dahinter führt eine Pforte in den südlichen Teil der Stadt! Man hört von dort noch keinen Lärm aufklingen. Also können wir hoffen, dass der Feind da noch nicht herumschwärmt. Reitet geradewegs die Straße hinunter zum Südtor. Wenn Gott uns gnädig ist, findet ihr es noch unbesetzt.«
»Und wenn nicht?«, fragte Marie.
»Dann soll Gott uns doppelt gnädig sein. Und jetzt verschwindet endlich! Ich kehre noch einmal in die Halle zurück und hole Dimitri.« Andrej gab dem Pferd, auf dem Marie saß, einen Klaps auf den Hintern und sah es antraben.
Ihre Reitkünste waren mehr als bescheiden, doch die Stute, die man ihr gesattelt hatte, erwies sich als sanft und gehorsam. Das galt wohl auch für die anderen Pferde, denn sie liefen eines nach dem anderen hinter Maries Reittier her, obwohl Alika und Gelja nicht einmal die Zügel festhielten.
Andrej blickte ihnen nach, bis sie von der Dunkelheit und dem dichter werdenden Schneetreiben verschluckt worden waren, und wollte dann in den Palast zurückkehren. Doch er hatte das Portal noch nicht erreicht, als mehrere Krieger vor ihm auftauchten. Es waren keine Tataren auf einem Winterstreifzug, wie er angenommen hatte, sondern einfache russische Soldaten. Kaum hatten die Männer ihn gesehen, drangen sie brüllend auf ihn ein. Andrej wehrte sie beinahe spielerisch, aber mit tödlichen Hieben ab und sah für einen Augenblick auf ihre Leiber hinab, unter denen sich der Schnee dunkel färbte. So einfach, wie diese Kerle es

offensichtlich angenommen hatten, würde es ihnen doch nicht fallen, den Palast zu erobern.

»Verdammt sei Lawrenti! Warum hat er den Tataren Branntwein gegeben? Wären sie nur halbwegs nüchtern, würde ich dieses Geschmeiß mit ihnen zum Teufel jagen!«

In dem Augenblick vernahm Andrej nicht weit von sich ebenfalls Waffengeklirr. Er eilte vorsichtig darauf zu und entdeckte weiter vorne einige Tataren, die sich gegen eine überlegene Schar von Feinden zur Wehr setzten. Sie waren zu betrunken, um richtig kämpfen zu können, und wurden von ihren Gegnern in Stücke gehauen. Geräusche von Schwerthieben in ihrem Quartier verrieten, dass ihre Kameraden, die nicht mehr auf die Beine gekommen waren, drinnen erschlagen wurden.

Andrej begriff, dass er hier nichts mehr tun konnte, und rannte zum Palast zurück. Dabei sah er sich aufmerksam um und entdeckte eine größere Zahl von Feinden, die sich dem Prunkbau näherten, den Fürst Michail einst für sich hatte errichten lassen. Gegen so viele Gegner konnte auch er nichts mehr ausrichten, und so musste er Dimitri verloren geben. Obwohl er sich im letzten halben Jahr beinahe ständig über seinen fürstlichen Freund geärgert hatte, tat ihm der Gedanke weh, ihn hilflos in die Hände der Angreifer fallen zu lassen. Doch es war niemandem damit geholfen, wenn er für Dimitri kämpfte, bis die Übermacht ihn überwältigte und in Stücke riss, wie die Angreifer es mit den Tataren gemacht hatten. Anastasia brauchte ihn lebend, denn allein würde ihr und ihren Mägden, die überdies noch mit Kindern belastet waren, die Flucht nicht gelingen. Wenn sie nicht den Verfolgern in die Hände gerieten, würden sie ein Opfer der Wölfe werden, die zu dieser Zeit in großen Rudeln auftauchten und besonders aggressiv waren. Trotz dieser guten Gründe hasste er sich dafür, dass er floh.

Als er sich auf dem Weg zum Stall noch einmal umsah, traf ihn der Anblick, der sich ihm nun bot, wie ein Schlag. Eine Gruppe von gut gerüsteten Anführern, die von Soldaten mit Fackeln begleitet wurden, hielt auf den Eingang des Palastes zu. Unter ihnen erkannte er neben einigen von Dimitris früheren Beratern seinen Onkel Lawrenti, Anatoli Jossifowitsch und den Methändler Grischa Batorijewitsch, der jetzt allerdings keinen untertänigen Eindruck machte, sondern stolz in Eisen gewappnet neben den anderen Recken einherschritt.

Andrej begriff in diesem Moment das Ausmaß des Verrats und weinte vor Wut über die Falschheit der Männer, die er für seine Freunde gehalten hatte. Nun konnte er nicht mehr für seinen einstigen Freund Dimitri tun, als Anastasia und seinen Sohn zu retten. Da die Angreifer sich als Herren der Lage fühlten und nur wenig Vorsicht walten ließen, erreichte er unbehelligt sein Pferd, schwang sich in den Sattel und ritt los. Die Pforte in der Kremlmauer stand weit offen, und als er durch die Stadt ritt, huschten die wenigen Menschen, die sich außerhalb ihrer Häuser sehen ließen, beim Knirschen des Schnees unter den Hufen seines Pferdes davon. Zu seiner Erleichterung hatte der Feind das Südtor von Worosansk noch nicht besetzt, und als er das freie Land erreichte, schöpfte er Hoffnung, mit den Frauen und dem Popen entkommen zu können. Er kannte die Gegend um Worosansk besser als den Inhalt seines Geldbeutels, und als er der schon von Schnee bedeckten Spur der anderen Pferde folgte, schmiedete er Pläne, wie er die Verfolger, die sich mit Sicherheit auf seine Spur setzen würden, täuschen konnte.

VI.

Lawrenti warf einen zufriedenen Blick auf die betrunkenen Schläfer in der Halle. Die meisten hätten seinen Plänen gefährlich werden können, doch der Branntwein hatte sie sicherer gefällt als jedes Schwert. Während Waffenknechte frisch angezündete Fackeln in die Halterungen an den Wänden stellten, trat er auf den Anführer der Moskauer zu und grinste.

»Die Sache ist noch einfacher vonstatten gegangen, als ich es mir vorgestellt hatte, Boris Romanowitsch. Dimitri war ein Narr, seine Stadt so nachlässig bewachen zu lassen.«

»Es war gut vorbereitet!«, wandte Grischa Batorijewitsch ein. Der ehemalige Händler machte keinen Hehl daraus, dass er sich den anderen nun gleichrangig fühlte. Dem Willen Wassilis zufolge würde er eine bedeutende Stellung am Hofe des neuen Fürsten Jaroslaw einnehmen und wollte dies von Anfang an kundtun.

»Gut vorbereitet und gute Schwertarbeit, auch von dir und deinen Leuten, Lawrenti Jurijewitsch. Hättet ihr nicht das Haupttor der Stadt für uns geöffnet, ohne dass die Wachen Alarm schlagen konnten, wären wir auf weitaus stärkere Gegenwehr gestoßen.« Boris Romanowitsch nickte Lawrenti anerkennend zu und übersah Grischa Batorijewitsch geflissentlich, denn der Methändler war für ihn ein dreister Emporkömmling ohne Lebensart, ein Mann, dessen man sich bediente, um zu siegen, und den man mit ein paar Brosamen abspeiste. Mehr würde der Rang, den Grischa Batorijewitsch als einer der Berater Jaroslaws hier in Worosansk einnehmen würde, auch nicht darstellen. Die Befehle wurden in Moskau erteilt, und Jaroslaw von Worosansk hatte zu gehorchen. Tat er es nicht, würde einer der Moskauer Bojaren als neuer Herr seinen Einzug hier halten, und Romanowitsch hoffte, der neue Fürst von Worosansk würde so viele Fehler machen, dass er ihn beerben konnte.

Der Bojar wandte sich an seine Krieger, die bereits zu plündern begannen, und stauchte sie zusammen. »Verdammte Hunde, lasst das! Seht lieber zu, dass ihr die Fürstin findet! Bringt sie hierher, und zwar zusammen mit ihrem Balg.«

Während die Männer verschwanden, strich Lawrenti nervös über seinen Bart. »Es wäre nicht gut, die Fürstin zu harsch zu be-

handeln. Sie stammt aus der Kaiserfamilie des Oströmischen Reiches, und wir sollten den Basileios nicht erzürnen.« Auch Lawrenti wusste, dass die glorreiche Zeit Konstantinopels längst Geschichte war und die Stadt sich kaum mehr den Zugriffen ihrer osmanischen Nachbarn erwehren konnte. Doch für Boris Romanowitsch war Konstantinopel immer noch das Zentrum des Glaubens und damit heilig. »Keine Sorge, Lawrenti Jurijewitsch. Fürstin Anastasia ist bei uns in sicheren Händen. Sie wird als geehrter Gast des Großfürsten in Moskau leben, und ihr Sohn soll so erzogen werden, wie es sich für einen Nachkommen des großen Rurik und Wladimirs des Heiligen gebührt.«
Dem Bojaren war klar, dass der kleine Wladimir nach dem Willen des Großfürsten in ein Kloster gesteckt werden würde, um als Mönch Gott zu dienen. Dieses Schicksal würde auch seine Mutter ereilen, denn Wassili II. konnte nicht wagen, sie mit einem seiner Gefolgsleute zu vermählen. Das byzantinische Blut in ihr war von Gott besonders gesegnet und würde jeden der zahlreichen Nachkommen Wladimirs des Heiligen dazu bringen, den Griff nach der Großfürstenkrone zu wagen. Selbst im Kloster stellten die Fürstin und ihr Sohn noch eine Gefahr dar, für Moskau wäre es im Grunde das Beste, wenn beide frühzeitig starben. Der Bojar konnte jedoch nicht wagen, jetzt schon Hand an sie zu legen. Für eine Weile würde Großfürst Wassili das Gesicht wahren müssen, zumindest so lange, bis niemand mehr von der Fürstin von Worosansk und ihrem Sohn sprach.
Der Schutz des geheiligten Blutes galt zwar für Anastasia und ihre Nachkommen, aber nicht für den bisherigen Fürsten von Worosansk. Der Bojar maß den schnarchenden Dimitri, der immer noch so dalag, wie Andrej ihn zurückgelassen hatte, mit einem höhnischen Blick und seine Hand wanderte zum Schwertgriff. Im letzten Augenblick hielt er inne und sah Lawrenti auffordernd an. »Dimitri Michailowitsch darf diese Nacht nicht überleben. Töte ihn!«

Lawrenti trat einen Schritt zurück und hob abwehrend die Hände. Er hatte Dimitri Treue geschworen und diese gebrochen. Jetzt spürte er die Last des Verrats, und ihm war klar, dass er nicht auch noch zum Mörder werden durfte. Tötete er den Fürsten, würde man ihn zum Sündenbock machen und früher oder später auf grausame Weise vom Leben zum Tod befördern. Aber wenn Worosansk nicht an Moskau fallen sollte, musste der ältere Sohn seines geliebten Fürsten Michail in dieser Nacht sterben. Sein Blick suchte Jaroslaw, der von einer Gruppe Moskauer Krieger in die Halle geführt wurde.

»Ruhm und Ehre dem Fürsten Jaroslaw Michailowitsch«, rief er und verneigte sich. Die anderen einschließlich des Moskauer Bojaren taten es ihm gleich. Als Lawrenti sich wieder erhob, brannte sich sein Blick in Jaroslaws Augen.

»Es muss nur noch eine Tat vollbracht werden, die deine Thronerhebung vollkommen macht, mein Fürst. Dimitri, der Verschwender, der Feind seiner eigenen Stadt, muss sterben – und zwar durch deine Hand!«

Jaroslaw starrte ihn entgeistert an. »Ich soll meinen Bruder töten?«

»Du hast keine andere Wahl! Niemand von uns darf fürstliches Blut vergießen, und würde einer unserer Moskauer Verbündeten es tun, hieße es sofort, du wärest von ihnen als Marionette eingesetzt worden.«

»So ist es!« Bojar Boris stimmte dem alten Berater zu und riet Jaroslaw ebenfalls eindringlich, das Werk zu vollenden.

Schließlich nahm Lawrenti das Schwert herab, welches hinter Dimitris Hochsitz hing, zog es aus der Scheide und drückte es dem zögernden Prinzen in die Hand. »Vollbringe die Tat, Jaroslaw Michailowitsch, und die Menschen von Worosansk werden deinen Namen preisen!«

Wie unter Zwang trat Jaroslaw auf seinen Bruder zu und blickte auf ihn hinab. Die Klinge zitterte in seiner Hand, und

er vermochte sie kaum zu heben. Er versuchte daran zu denken, wie oft sein Bruder ihn verhöhnt und für vermeintliche Vergehen bestraft hatte. Stattdessen schob sich das Bild des Älteren so in seine Gedanken, wie dieser vor dem Tod des Vaters gewesen war, und er erinnerte sich an seine erste Flöte, die Dimitri ihm aus einem Stück Holunderholz geschnitzt hatte. Auch musste er an jene Tage denken, an denen Dimitri ihn auf sein Pferd gesetzt hatte und mit ihm durch die Stadt geritten war.
Ich kann es nicht, dachte er unter Tränen.
Er spürte jedoch die Unerbittlichkeit der Männer um ihn herum, besonders derer, die Dimitri verraten hatten. Sie verlangten nach dem Tod des Fürsten, schon aus Angst, dieser könne entkommen, neue Anhänger um sich sammeln und sie später für ihren Verrat zur Rechenschaft ziehen. In dem Moment begriff er, dass Dimitri auch ihn schrecklich bestrafen würde, und die Angst vor der Grausamkeit seines Bruders überschwemmte sein Denken. Er riss die Waffe hoch und schlug mit der Kraft der Verzweiflung zu.
Die Klinge traf Dimitris Hals und durchschlug ihn. Der Kopf kollerte durch den Raum, prallte gegen die Wand und blieb mit dem Gesicht auf seinen Mörder gerichtet liegen. Ungläubig starrte Jaroslaw auf die Miene des Toten, die immer noch so wirkte, als schliefe Dimitri friedlich. Gleich darauf krümmte er sich innerlich unter einer Welle von Übelkeit. Die Männer um ihn herum schienen seine Schwäche nicht zu bemerken, denn sie starrten ihn mit offenen Mündern an, als hätten sie einen ganz anderen Prinzen in ihm entdeckt. Der energisch geführte Hieb nötigte ihnen Achtung ab, flößte ihnen aber auch Furcht vor dem ein, was in ihrem neuen Fürsten stecken mochte. So unähnlich, wie man angenommen hatte, schienen die beiden Brüder sich nicht zu sein.
Der Bann, der sich über die Halle gesenkt hatte, löste sich erst

wieder, als einige der ausgesandten Krieger sichtlich nervös zurückkehrten.

»Die Fürstin ist nirgends aufzufinden«, berichteten sie.

Boris Romanowitsch fuhr herum. »Was sagt ihr da? Sie muss hier sein! Habt ihr den gesamten Kreml durchsucht? Nehmt mehr Leute und schaut in jeden Stall und in jede Hütte hinein. Notfalls grabt ihr die gesamte Stadt um! Sie muss gefunden werden!«

Während die Krieger vor dem Zorn ihres Anführers davonrannten, als sei der Teufel hinter ihnen her, blickte Lawrenti sich suchend um. »Hat jemand meinen Neffen gesehen? Der muss betrunken in einer Ecke liegen, und ich will nicht, dass einer der Krieger ihn aus Spaß erschlägt.« Niemand konnte seine Frage beantworten, und als der Tag anbrach, wurde klar, dass es Andrej gewesen sein musste, der der Fürstin und dem Thronfolger zur Flucht verholfen hatte.

Boris Romanowitsch tobte vor Wut, und Jaroslaw wirkte so verängstigt, als sähe er den Freund seines toten Bruders bereits an der Spitze eines großen Heeres in Worosansk einreiten.

Nachdem der Bojar sich halbwegs beruhigt hatte, wandte er sich an Lawrenti. »Schick Reiter los, die die Flüchtlinge suchen! Am besten ist, sie finden sie tot, dann kann man den Wölfen die Schuld in die Schuhe schieben.«

Lawrenti bleckte die Zähne. »Ich glaube nicht, dass Wölfe Schuh- oder Hufabdrücke hinterlassen. Aber ich gebe dir Recht. Wir müssen Andrej und die Fürstin verfolgen. Wenn du erlaubst, werde ich mich selbst an die Spitze der Männer setzen, denn ich kenne jeden Schlupfwinkel im weiten Umkreis.«

»Tu das!«, antwortete der Moskauer und befahl dann einigen Knechten, Dimitris Leichnam und die immer noch schlafenden Betrunkenen aus der Halle zu schaffen und dafür zu sorgen, dass der neue Fürst Jaroslaw standesgemäß Hof halten konnte.

VII.

Im fernen Kibitzstein war der Winter ebenfalls hereingebrochen. Schwanhild lebte bereits seit etlichen Monaten als Michels Ehefrau auf der Burg und konnte sich immer noch nicht mit den Verhältnissen abfinden. Auch an diesem Morgen baute sie sich vor Michel auf und starrte ihn zornig an. »Diese impertinente Bauerndirne muss bestraft werden. Ich bestehe darauf!«
Michel seufzte. Er hasste die Ausbrüche der jungen Frau, die in jedem Blick, jeder Geste und jedem Wort eine Missachtung ihrer Person sah und mit Drohungen so rasch bei der Hand war, als warte sie nur auf einen Vorwand.
»Gott im Himmel, kannst du nicht endlich Frieden geben? Mariele hat sich gewiss nichts Böses dabei gedacht, als sie den Mägden aufgetragen hat, die Halle für das Weihnachtsfest zu schmücken.«
»Es wäre meine Aufgabe gewesen, dies anzuweisen und zu sagen, wo die Tannenreiser aufgehängt werden sollen. Das Bauernding aber führt sich auf, als sei es hier die Herrin und ich nur ein geduldeter Gast!«
Michel schüttelte sich innerlich und fragte sich, weshalb das Schicksal ihn mit einer solch zänkischen Frau geschlagen hatte. Mehr denn je sehnte er sich nach Marie, die zu jedermann freundlich und verbindlich gewesen war, und die Trauer, die er in einem Winkel seines Herzens verbannt hatte, überschwemmte wieder seinen Geist.
Seine Gefühle ließen ihn harscher reagieren, als er eigentlich wollte. »Mariele wäre gewiss ehrerbietiger zu dir, wenn du sie nicht wie eine einfache Magd behandeln würdest.«
»Sie ist eine einfache Magd!«, keifte Schwanhild.
»Weib, du reizt mich!« Michels Stimme nahm ebenfalls an Lautstärke zu. »Mariele wurde von meiner Frau als Ziehkind nach Kibitzstein geholt, und nicht, um Magddienste zu leisten. Behandle

sie, wie es ihr gebührt, und sie wird dir so dienen, wie du es dir wünschst.«

Schwanhild schüttelte mit einem misstönenden Lachen den Kopf. »Ich soll um die Gunst eines dreckigen kleinen Bauerntrampels buhlen? Ich, deine Frau? Bei Gott und der Heiligen Jungfrau, was bist du nur für ein Mann. Das Weib, mit dem du das Bett teilst, gilt dir weniger als eine Bauerndirne, die mit Mist zwischen den Zehen zur Welt gekommen ist. Wundern tut es mich nicht, denn du wurdest ja selbst als Sohn eines schmierigen Gassenschenks geboren.«

Michels Gesicht wurde bleich, und er presste die Fäuste zusammen, bis die Knöchel weiß hervorstanden. Schwanhild hatte ihm schon oft seine unedle Geburt vorgehalten, doch noch nie in solch beleidigenden Worten. Ich hätte mich weigern sollen, sie zu heiraten, dachte er. Aber er wusste, dass dies unmöglich gewesen wäre. Der Kaiser hatte sie ihm bestimmt, und nun musste er die Suppe auslöffeln, die Sigismund ihm eingebrockt hatte.

Er wandte sich halb von Schwanhild ab und zwang sich mühsam, ruhig zu bleiben. »Dies hier ist meine Burg, und du wirst dich in die Gegebenheiten einfinden müssen. Versuche, freundlicher zu den Leuten zu sein, dann sind sie es auch zu dir. Es war ein Fehler von dir, Zdenka so schlecht zu behandeln, obwohl sie sich wirklich nichts hat zuschulden kommen lassen. Sie ist auf der Burg beliebt, und man nimmt es dir übel, dass du sie vertreiben wolltest.«

Schwanhild stiegen die Tränen in die Augen, als sie an den Streit mit der böhmischen Wirtschafterin dachte. Sie hasste dieses Weib, das mit ihrem Mann umging, als sei er ihresgleichen, und hatte es durch eine ihr genehme Person ersetzen wollen. Aber Michel schien einen Narren an dieser impertinenten Person gefressen zu haben. Zuerst hatte sie vermutet, die Böhmin sei seine geheime Bettmagd, doch in der Hinsicht konnte sie Michel nichts vorwerfen. Die einzige Frau, die er unter die Decke nahm, war sie, auch wenn er es nicht so oft tat, wie sie es sich wünschte. So aber waren die Augenblicke der Lust, die sie miteinander teilten, für sie nur Honigtropfen in einem Meer von Bitterkeit.

Michel sah seine Frau weinen und schüttelte den Kopf, denn er verstand nicht, warum Schwanhild so verbohrt sein musste. Es wäre ein Leichtes für sie gewesen, sich mit Zdenka auszusöhnen. Die Wirtschafterin war nicht nachtragend und hätte der neuen Herrin gerne gehorcht. Doch mit ihrer unnachgiebigen Haltung hatte Schwanhild nicht nur Zdenka von sich gestoßen, sondern sich sämtliche alten Freundinnen von Marie zu Feinden gemacht. Mariele und Anni mussten niedere Magddienste leisten, und die schwarze Eva und Theres, die ehemaligen Marketenderinnen, durften den Palas nicht mehr betreten und schliefen nun im Stall bei den Ziegen und Kühen. Schwanhild hatte sich auch umgehend mit Michi angelegt, der knapp vor Ausbruch des Winters auf Kibitzstein erschienen war. Dabei hatte der Junge, der erst hier von Maries Tod erfahren hatte, nur seine Trauer zum Ausdruck gebracht.

Wäre es in Michels Macht gelegen, hätte er Schwanhild zu ihrem Vater zurückgeschickt. Aber damit hätte er höchstwahrscheinlich eine Fehde vom Zaun gebrochen und sich Sigismund zum Feind gemacht. So blieb ihm nur zu hoffen, seine Frau würde mit der Zeit etwas Vernunft annehmen. Danach sah es im Augenblick jedoch nicht aus, denn ihre Stimme nahm erneut an Schärfe zu.

»Du bist ein Narr, Michel Adler! Wie kannst du zulassen, dass das Gesinde mir, deiner Gemahlin, auf der Nase herumtanzt? Deine Burg und dein ganzer Besitz werden noch an deiner Dummheit zugrunde gehen! Doch was kann man von einem Wirtsschwengel anderes erwarten? Gleich zu Gleich gesellt sich gern, heißt es. Wie konnte der Kaiser nur so einen armseligen Kerl zum Ritter des Heiligen Römischen Reiches schlagen? Statt wenigstens zu versuchen, dich deinem neuen Stand gemäß zu benehmen, hast du auch noch einen tumben Bauernbengel zu deinem Knappen ernannt. Bei Gott, das ist doch der Gipfel der Narretei! Schick diesen frechen Burschen samt seiner Schwester zu seinen Eltern zurück, und du wirst sehen, wie friedlich es bei uns auf Kibitzstein sein wird.«

Ganz Unrecht hatte sie nicht, das war Michel klar, denn Mariele trug ein gerüttelt Maß Schuld daran, dass seine Frau vom Gesinde nicht anerkannt wurde. Doch wenn er Schwanhild nur in einem Punkt nachgab, würde sie ihre Forderungen immer höher schrauben, bis er zuletzt nur noch ein Knecht ihrer Launen war. Dazu war er nicht bereit.

»Michel und Mariele bleiben, und zwar in der Position, die ich als richtig erachte.«

»Schick sie fort und nimm den edel geborenen Sohn eines Nachbarn als Knappen auf!« Schwanhild war ebenso wenig bereit, nachzugeben. Als Michel nicht auf ihre Worte reagierte, packte sie ihn am Wams und versuchte, ihn zu schütteln. »Verstehst du mich nicht? Ich bin hier die Burgherrin, und ich will es so!«

»Und ich will es nicht! Michel und Mariele sind die Kinder der besten Freundin meiner Marie und überdies meine und Maries Patenkinder, für die ich vor Gott und den Menschen eine Pflicht zu erfüllen habe. Finde dich damit ab und versuche so zu werden, wie meine erste Frau war.«

»Eine Hure, die sich von jedem geilen Bock stoßen lässt?«

Die Worte waren Schwanhilds Mund kaum entflohen, da schlug eine dunkle Wolke über Michels Geist zusammen, und ehe er wusste, was er tat, saß ihr seine Hand im Gesicht. Es war die erste körperliche Züchtigung, die sie von ihm erhielt, diese Bemerkung hatte das Fass zum Überlaufen gebracht.

»Sage nie mehr etwas gegen Marie, sonst wirst du es bereuen!« Sein Gesicht war dunkelrot angelaufen, und die Adern an seinen Schläfen traten hervor.

Schwanhild wich vor ihm zurück und berührte mit den Fingerspitzen ihre schmerzende Wange. »Das hast du nicht umsonst getan!«

Mit einem erstickten Ruf wandte sie sich ab und stürzte davon. Ohne darauf zu achten, dass sie nur ein Hauskleid trug, eilte sie ins Freie und stieg auf die Wehrmauer.

Gereon, der auf dem Turm Wache hielt, bemühte sich, die Herrin zu ignorieren. Wie die meisten Burgbewohner trauerte auch er Marie nach, die in den wenigen Monaten ihres Wirkens auf Kibitzstein jedem das Gefühl gegeben hatte, willkommen zu sein. Die neue Frau des Herrn hatte jedoch nur Zank und Hader mitgebracht, und es stand zu befürchten, dass sie ihnen allen das Christfest verhageln würde. Obwohl der Reisige sah, wie dünn Schwanhild gekleidet war, kümmerte er sich nicht darum, denn in seinen Augen wäre es das Beste, wenn sie sich erkältete oder sich gar eine Lungenentzündung zuzog. Eine Krankheit würde sie über das Christfest hinaus ans Bett fesseln, und dann konnte Ritter Michel mit dem Gesinde unbehelligt von ihr die Geburt des Herrn feiern.

Schwanhild war es nach wenigen Augenblicken schon kalt, doch sie kehrte aus Trotz nicht in den Palas zurück. In dem scharfen Wind, der über die Höhen strich, schienen ihre Tränen zu kleinen, eisigen Tropfen zu gerinnen, und mehr denn je haderte sie mit ihrem Schicksal, das sie auf diese Burg verschlagen hatte. Warum nur habe ich Närrin dem Knappen damals erlaubt, mich zu küssen und meine Brust zu berühren?, fragte sie sich zum ersten Mal. Bis zu diesem Augenblick hatte sie über die Leute geschimpft, die sie dabei überrascht hatten, doch nun gab sie sich selbst die Schuld, dass ihre Verlobung mit dem jungen Grafen Öttingen geplatzt war. Wäre sie damals klüger gewesen, säße sie jetzt als dessen anerkannte und geliebte Gemahlin auf einer stolzen Feste im Schwabenland und müsste sich nicht mit einem widerspenstigen Gesinde und einem Mann herumschlagen, dem jegliche feine Lebensart fehlte.

Ein Schatten fiel über sie, und als sie den Blick hob, erkannte sie Junker Ingold, der mit einem pelzbesetzten Wollumhang auf sie zutrat und ihr das Kleidungsstück über die Schulter legte.

»Verzeiht, Herrin, aber Ihr dürft nicht in einem so dünnen Gewand in diesem eisigen Wind stehen.« Die Stimme des jungen Mannes klang weich und besorgt, und das tat ihrer verletzten Seele gut.

Ein Lächeln erhellte ihr Gesicht. »Ihr seid so freundlich zu mir, Junker. Wenn doch nur alle hier so wären wie Ihr.«

Als er den Mantel zurechtzupfte, kam er ihrer Brust recht nahe und löste Gefühle in ihr aus, von denen sie geglaubt hatte, nur ihr Ehemann könnte sie entfachen. Für einen Augenblick lehnte sie sich gegen Ingold, erschrak dann aber über sich selbst und trat rasch einen Schritt beiseite.

Dabei bemerkte sie eine Bewegung, wandte sich um und sah Mariele an die Rundung des Turmes geschmiegt, als wolle sie sie belauschen.

Das Mädchen war dem Junker heimlich gefolgt und hatte die Szene beobachtet. Ihre Augen glühten vor Hass, nicht nur, weil die neue Herrin sie wie eine Spülmagd behandelte, sondern auch aus Eifersucht. Zuerst hatten sich ihre Gefühle auf Michel gerichtet, den sie eines nicht allzu fernen Tages über Maries Verlust hatte hinwegtrösten wollen. Die vom Kaiser arrangierte Heirat hatte diese Hoffnung zerstört, doch nach einer kurzen Zeit schmerzlicher Trauer, die sie sogar vor Evas scharfen Augen hatte verbergen können, war ihr Junker Ingold als der Inbegriff männlicher Schönheit erschienen. Diesen so vertraut bei Schwanhild stehen zu sehen, versetzte ihren Hoffungen und ihrem gerade erst keimenden weiblichen Selbstbewusstsein einen herben Stoß.

»Hätte Herr Michel Euch so gesehen, würde ihm dies wohl kaum gefallen!«

Marieles anklagende Worte erregten Ingolds Zorn. »Beleidige nicht die Herrin, du unnützes Ding, sonst wirst du mich kennen

lernen!« Er hob die Hand und trat auf Mariele zu, als wolle er sie schlagen, doch das Mädchen wich ihm flink aus und sprang mit einem höhnischen Lachen die Treppe des Wehrturms hinunter.
Schwanhild blickte Mariele mit verbissener Miene nach. »Es bringt nur Ärger, wenn man Bauerngesindel über seinen Stand erhebt. Ich habe meinen Gemahl gebeten, diese Dirne und ihren Bruder fortzuschicken, doch mein Wort gilt ihm weniger als das Heulen der Wölfe im Wald.«
»Das bildet Ihr Euch gewiss nur ein, Herrin. Ritter Michel ist ein tapferer und gerechter Mann und in hohen Kreisen sehr angesehen. Bedenkt nur, wie leicht es ihm gefallen ist, Frieden zwischen meinem Vater und den Würzburgern zu stiften. Beide Seiten sind mit seiner Vermittlung sehr zufrieden, und das gleicht bei meinem Vater schon einem Wunder.«
Die Anerkennung in Ingolds Stimme hielt Schwanhild davon ab, weitere Schmähungen gegen ihren Ehemann auszustoßen. In gewisser Weise machte es sie sogar stolz, dass Michel unter den Rittern und Grafen des Gaus etwas galt. Doch das tröstete sie nicht über die Art hinweg, mit der er sie behandelte.
»Ich will ja nichts gegen meinen Gemahl selbst sagen. Allerdings empört es mich, welche Rechte er diesem Gesindel einräumt, welches sich um ihn und seine erste Ehefrau versammelt hat und ihn nun schamlos ausnützt. Ihr habt selbst gesehen, wie frech dieser Bauerntrampel eben zu mir war. So muss ich mich behandeln lassen, seit ich diese Burg betreten habe. Ich gelte hier nichts und dieser Abschaum alles.«
»So ist es aber nicht!«, behauptete Ingold, doch bei seinen Worten huschte eine verräterische Röte über sein Gesicht.
Er wusste, auf welch vertrautem Fuß Michel mit den Leuten stand, die mit ihm zusammen nach Kibitzstein gekommen waren. Ein Uneingeweihter hätte glauben müssen, es seien Verwandte des Burgherrn. Tatsächlich waren es wildfremde Leute, die seinen und Maries Weg gekreuzt und sich wie Kletten an das

Paar gehängt hatten. In seinen Augen sollte Weibern wie Theres und der schwarzen Eva, die im Tross großer Heere gezogen waren, gar nicht erlaubt werden, auf einer Burg wie Kibitzstein zu leben. Diesem Abschaum noch weitere Rechte einzuräumen überstieg jede Vernunft. Er war sich sicher, dass die beiden das Gesinde gegen Schwanhild aufhetzten, weil die Burgherrin sie von ihrer Tafel verbannt hatte. Dabei sollten die Marketenderinnen froh sein, überhaupt ein Obdach bei ehrlichen Leuten gefunden zu haben. Das sagte er auch zu Schwanhild und fand sich von ihr bestätigt.

»Ihr habt ja so Recht, was die Unvernunft meines Gemahls betrifft. Ich habe ihn etliche Male gebeten, einen Edelknaben zu seinem Knappen zu machen. Gerade weil er aus dem niederen Volk zu solch hohen Ehren aufgestiegen ist, müsste er darauf achten, sich seinem neuen Rang gemäß zu verhalten.«

Schwanhild seufzte und legte ihre Hand lächelnd auf Ingolds Schulter. »Ihr, Junker, seid der einzige Mensch in diesen Mauern, der mich versteht. Nehmt meinen Dank dafür entgegen.«

»Herrin, Ihr macht mich glücklich.« Ingold blickte Schwanhild mit strahlenden Augen an und empfand mit einem Mal Neid auf Michel, der eine so herrliche Frau hatte und sie nicht zu würdigen wusste.

VIII.

Andrej wies Pantelej und die Frauen an, sich tiefer in das Gebüsch zu drücken, und spähte über den Schneehügel, hinter dem sie Deckung gefunden hatten. Keine fünfzig Schritte von ihnen entfernt folgten zwei Dutzend Reiter dem im Schnee kaum auszumachenden Weg. Zu seiner Erbitterung ritt sein Onkel Lawrenti an ihrer Spitze. Drei Männer des Trupps waren frühere Gefolgsleute Dimitris und hatten schon dessen Vater Michail

gedient. Bei dem Rest handelte es sich ihrer Ausrüstung und den Wappen auf ihren Schilden nach um Moskowiter.
Das überraschte ihn nicht, denn im Gegensatz zu Fürst Michail, dem es gelungen war, seine eigene Macht im Schatten Moskaus zu erhalten und sogar auszudehnen, hatte dessen Sohn sich offen gegen den Großfürsten Wassili II. gestellt und dabei Fehler über Fehler begangen. Dennoch fragte Andrej sich, was Lawrenti dazu gebracht hatte, sich auf die Seite Moskaus zu schlagen, schließlich hatte sein Onkel als Einziger von den engeren Gefolgsleuten des alten Fürsten seine Stellung behalten. Gerade ihn auf ihrer Spur zu wissen war fatal, denn Lawrenti kannte die Umgebung von Worosansk besser als jeder andere, er selbst eingeschlossen, und würde sie in jedem Versteck aufstöbern.
Mit einem bitteren Geschmack im Mund blickte Andrej den Reitern nach, bis sie in der Ferne verschwunden waren, und wandte sich dann mit besorgter Miene an die Fürstin. »Der Verräter Lawrenti wird jeden einzelnen Stein umdrehen, bis er uns gefunden hat.«
Anastasia zog die Schultern nach vorne und starrte auf das froststarre Land, das sie umgab. Hier war alles hell und fahl, angefangen von dem Schnee, der den Boden so hoch bedeckte, dass er den Pferden bis an den Bauch und oft auch darüber reichte, über die hellen Birkenstämme, deren blätterlose Äste von Eis überkrustet waren, bis hin zum Himmel, der sich schier endlos und ohne eine Spur von Blau über ihren Köpfen spannte.
»Was sollen wir tun, Andrej Grigorijewitsch?«
Andrej hob unschlüssig die Arme. »Ich weiß nicht, was ich raten soll. Uns den Verfolgern zu ergeben, ist gewiss die schlechteste Lösung. Da Lawrenti deinen Gemahl verraten hat, kann er es nicht riskieren, Dimitris Sohn am Leben zu lassen.«
»Gewiss nicht!« Anastasias Blick wanderte zu Marie, die den Thronfolger unter ihren Mantel gesteckt hatte, um ihn zu säugen. Die Methode bot die einzige Möglichkeit in dieser Kälte, den

Hunger der Kinder zu stillen, doch Maries Milch reichte nicht für beide. Anastasia erwog kurz, Andrej zu befehlen, die kleine Lisa zu töten, damit Maries Brüste allein ihrem Sohn zugute kamen, doch die Angst vor Maries Reaktion ließ sie vor einem solchen Schritt zurückschrecken. Stattdessen richtete sie ihre Aufmerksamkeit wieder auf den jungen Edelmann.

»Weißt du keinen besseren Rat?«

Andrej bückte sich, nahm eine Hand voll Schnee auf und verrieb sie auf seinem Gesicht, in der Hoffnung, die Kälte würde seine Gedanken klären. »Ich habe schon überlegt, zu Sachar Iwanowitsch zu fliehen. Mein Verstand warnt mich jedoch vor diesem Schritt. Moskau hat rasch zugeschlagen, und es mag sein, dass der Mann sich Wassili II. zu Füßen werfen wird, um einem ähnlichen Schicksal zu entgehen. Gewiss käme es ihm gerade recht, wenn er die Witwe und den Sohn des Fürsten von Worosansk dem Großfürsten als Zeichen seiner Ergebenheit ausliefern könnte.«

»Du nennst mich Witwe? Bist du so überzeugt, dass mein Gemahl tot ist?«

Andrej nickte mit düsterer Miene. »Wenn Lawrenti von Dimitri abgefallen und zu den Moskowitern übergegangen ist, durfte er ihn auf keinen Fall am Leben lassen.«

»Der Satan soll diesen Verräter holen!« Die Fürstin spie angeekelt aus und wollte weitere Vorschläge hören.

»Da Sachar Iwanowitsch uns höchstwahrscheinlich dem Großfürsten ausliefern wird, könnten wir uns auch selbst nach Moskau begeben und Wassili um Gnade anflehen. Da du dem oströmischen Kaiserhaus entstammst, wird er es kaum wagen, dir etwas anzutun. Dein Sohn aber dürfte in höchster Gefahr schweben, denn man wird verhindern wollen, dass er seinen Vater an dessen Mördern rächen kann.«

Als Andrej den Vorschlag machte, nach Moskau zu gehen, zog sich Maries Magen schmerzhaft zusammen. Die Stadt lag noch

weiter im Osten als Worosansk und der Ritt dorthin würde sie noch einmal etliche Tagesmärsche von ihrer Heimat entfernen. Deshalb atmete sie auf, nachdem Andrej die Gefahren aufgezählt hatte, die dem kleinen Wladimir dort drohen mochten, und die Fürstin mit dem Kopf nickte, denn das war seltsamerweise als Verneinung gedacht.
»Lass uns zu Fürst Juri von Galic reiten, der ist Wassilis Feind und wird uns gewiss willkommen heißen.«
»Das mag sein. Aber ich wage zu bezweifeln, dass wir dort in Sicherheit wären. Fürst Juri würde dich umgehend mit einem seiner Söhne oder einem vertrauten Bojaren verheiraten, um seinen Anspruch auf Worosansk zu untermauern. Dabei wäre dein Sohn sowohl ihm als auch deinem neuen Ehemann im Weg. Auch müsstest du beten, dass dein zweites Kind eine Tochter wird, denn sonst nimmt man es dir ebenfalls.«
Andrej klang ein wenig ratlos. Allein mit vier Frauen und zwei Kindern sah er kaum Chancen, weit zu kommen. Pantelej war ihm keine große Hilfe, sondern eher eine Last. In der Ferne hörte er Wölfe heulen. Die vierbeinigen Würger stellten eine ebenso große Gefahr für die kleine Gruppe dar wie die Verfolger, die ihnen jeden Augenblick den Weg verlegen konnten.
Anastasia starrte in die Richtung, aus der das Geheul erklungen war. »Also werden wir wohl in dieser Einöde erfrieren oder ein Opfer der grauen Bestien werden!«
Ihre Worte trieben Marie Schauer über den Rücken. Es war, als würde die Furcht, die sie gepackt hatte, ihre Milch versiegen lassen, denn Wladimir begann plötzlich zu strampeln und biss in ihre Brust.
»Aua, verdammt!« Marie zog ihn unter ihrem Mantel hervor und widerstand nur mit Mühe den Wunsch, ihn zu schütteln.
»Nimm ihn bitte und sieh nach, ob seine Windeln nass sind«, forderte sie Gelja auf, da Alika sich gerade um Lisa kümmerte. Sie richtete ihre Kleidung und wollte den Vorschlag machen,

nach Westen zu reiten, denn sie hoffte, dass ihre Verfolger dann ihre Spur verlören.
Im gleichen Augenblick kam Andrej zu einer Entscheidung. »In Russland gibt es keinen Ort, an dem du sicher bist, Herrin. Auch können wir uns nicht nach Litauen oder Polen wenden, denn die Herren Vytautas und Jogaila sind Moskau zugetan und würden uns unbesehen an Wassili ausliefern. Daher bleibt uns nur ein einziger Weg, und der führt nach Süden durch die Tatarensteppe. Mit etwas Glück erreichen wir einen der von Genua besetzten Häfen am Schwarzen Meer und können von dort aus mit einem Schiff nach Konstantinopel fahren. In deiner Heimatstadt werden du und dein Sohn dem Zugriff der Moskowiter entzogen sein.«
Dieser Vorschlag gefiel Marie nicht besonders, denn für eine solch lange Reise benötigten sie mehr Glück, als das Schicksal einem Menschenleben zugestand. Aber wenn sie wider Erwarten Konstantinopel erreichten, mochte Alika und ihr dies zum Guten ausschlagen, dort würde es ihnen am ehesten gelingen, sich von Anastasia abzusetzen und ein Schiff zu finden, das sie nach Venedig brachte. Von dieser Handelsmetropole hatte sie schon viel gehört, da sie das Ziel zahlreicher deutscher Kaufleute war, die dort kostbare Waren aus dem sagenhaften Indien und anderen fernen Ländern erstanden, um sie daheim zu hohen Preisen zu verkaufen. Also würde sie in dieser Stadt Landsleute finden, die ihr helfen konnten, in die Heimat zurückzukehren. Sie griff unter ihren Mantel und tastete nach dem Beutel, den sie unter ihrem Kleid befestigt hatte. Auch wenn sie den Wert der hiesigen Münzen nicht genau kannte, so glaubte sie, genug Geld zu besitzen, um die wagnisvolle Reise antreten zu können. Daher nickte sie Andrej zu, um ihr Einverständnis zu erklären, während Anastasia auf griechische Art den Kopf schüttelte und damit ebenfalls ihre Zustimmung bekundete.
»Auf in die Heimat!«, rief sie mit so leuchtenden Augen, als sähe sie die große Stadt am Bosporus schon vor sich.

Marie ließ sich von Anastasias Begeisterung anstecken und sah sich schon einen Arm um Michels Hals schlingen, um ihn innig zu küssen, während sie mit dem anderen Trudi an ihr Herz drückte. Dann glitten ihre Gedanken weiter zu der Frage, auf welche Art sie ihren Sohn den Händen Hulda von Hettenheims entreißen konnte, ohne sein Leben zu gefährden.

IX.

Nachdem die Entscheidung gefallen war, gab es für Andrej keine Zweifel mehr. Der russische Winter war grausam zu jenen, die nicht genügend gegen die Kälte gewappnet waren oder sich zu weit von Siedlungen und Unterkünften entfernten. Dennoch bot er den Flüchtlingen eine geringe Chance, ihren Feinden zu entkommen. Vorerst war ihr schlimmster Feind die Kälte, denn sie saugte ihnen die Kraft aus den Knochen. Aber sie sorgte auch dafür, dass die Menschen bei ihren Hütten und in ihren Städten blieben, so dass die kleine Gruppe unbemerkt vorwärts kam. Lawrenti und die Moskowiter schienen nicht damit zu rechnen, dass Andrej mit den Frauen in die Tatarensteppe ritt, denn es gab keine Spur mehr von ihnen, und auch sonst hinderte niemand die Flüchtlinge daran, auf verschneiten Wegen südwärts zu ziehen.

Andrej erwog immer wieder, einen Schlitten zu besorgen, mit dem sie rascher vorwärts kommen würden als zu Pferd. Aber er wagte nicht, eine der Städte zu betreten oder sich einer der großen Herbergen zu nähern, die zumeist mitten in einem Dorf lagen und in denen neben Kaufleuten, die dem Wetter trotzen mussten, auch Krieger und Kuriere übernachteten. Um den Hunger seiner Schützlinge zu stillen, nutzte er jede Möglichkeit zur Jagd. Oft kam ihm der Zufall zu Hilfe, so scheuchten sie Hasen auf, die zumeist nicht schnell genug waren, seinen Pfeilen zu entkommen. Während die Menschen sich um ein kleines Feuer drängten und das halbgare Fleisch verschlangen, knabberten die Pferde Rinde von den Bäumen und rupften dünne Zweige ab, um ihre Bäuche zu füllen.

Einmal kamen sie einem Wolfsrudel in die Quere, doch Andrejs Pfeile, Pantelejs Gebete und die schrillen Schreie, die Marie und die anderen Frauen ausstießen, verscheuchten die Tiere. Anscheinend hatten die Bestien erst vor kurzem Beute geschlagen und waren nicht hungrig genug, Menschen anzugreifen.

Andrej zählte die Städte, an denen sie vorbeiritten, und atmete auf, als sie auch Tula seitlich hinter sich zurückgelassen hatten, denn bis dorthin reichte der Arm des Moskauer Großfürsten. Nun kamen sie in das Gebiet der Tataren, die er weniger fürchtete, weil er hoffte, sich mit diesen einigen zu können. Immerhin hatte er als Knabe jahrelang bei ihnen gelebt und dabei Freunde gewonnen, die ihm jetzt vielleicht helfen würden.

Der Ritt forderte Menschen und Tieren alles ab, und doch musste Andrej sich sagen, dass eine Schar Männer die Strapazen nicht besser hätte durchstehen können als seine Begleiterinnen, die sich den Gegebenheiten klaglos anpassten. So gelang es Alika, die am meisten unter der Kälte litt, Wladimir und Lisa mit Fleisch zu füttern, das sie ihnen vorkaute und in kleinen Portionen in die Münder steckte. Die Kinder nahmen die Kost erstaunlich gut an und blieben zu Andrejs Überraschung ebenso von Krankheiten verschont wie Anastasia, die in Worosansk unter allen möglichen Übeln gelitten hatte. Der junge Edelmann streifte die Fürstin mit anerkennenden Blicken, auch wenn er Marie und den beiden anderen Frauen nicht das Verdienst absprach, Anastasia mit ihrem beherzten Verhalten ein gutes Beispiel zu geben. Selbst der Pope hielt sich weitaus besser, als es zu Beginn der Flucht ausgesehen hatte.

Kaum war Tula hinter dem Horizont versunken, hob Pantelej den Kopf in den Wind und schnupperte vernehmlich. »Ich glaube, es wird wärmer, Andrej Grigorijewitsch. Da wird uns das Reiten leichter fallen.«

Andrej hatte den warmen Lufthauch ebenfalls gespürt und zog die Mundwinkel nach unten. »Ich hoffe, es wird nicht so warm, dass der Schnee schmilzt und den Boden in Schlamm verwandelt. Der würde unser Weiterkommen weitaus stärker behindern als der Schnee, und wenn es dann noch regnet, werden die Frauen erkranken.«

»Ich gewiss nicht!«, rief die Fürstin kämpferisch.

Marie seufzte. »Schade, dass ich die meisten meiner Kräuter und Säfte zurücklassen musste und nichts besitze, was gegen Erkältung hilft. Wenn Alika nicht die Tinkturen und Salben mitgenommen hätte, die wir für die Kinder brauchen, sähe es auch jetzt schon böse aus.«

Während des Gesprächs lenkte sie ihr Pferd näher an Andrejs Hengst und hob bedeutungsvoll die Augenbrauen.

»Wir haben Gesellschaft bekommen, Herr!«

Andrej zuckte zusammen. »Gesellschaft? Wo?«

»Etwas seitlich hinter uns, keinen ganzen Werst entfernt.«

»Ich hoffe, es sind nicht die Moskowiter, die uns doch noch entdeckt haben.« Andrej blickte vorsichtig in die Richtung, die Marie ihm gewiesen hatte, und sah die Reiter nun ebenfalls. Im ersten Augenblick atmete er erleichtert auf, denn es handelte sich um Tataren. Soweit er erkennen konnte, waren es zehn Reiter, die wohl zu einer winterlichen Jagd aufgebrochen waren und nun ein ganz besonderes Wild aufgestöbert hatten. Selbst auf die Entfernung war zu sehen, dass sie ausgezeichnete Pferde ritten, und es wäre auch für einen Trupp russischer Krieger kaum möglich gewesen, ihnen zu entkommen. Mit den Frauen war es ausgeschlossen. Daher beschloss Andrej, den Stier bei den Hörnern zu packen, und lenkte sein Pferd auf die Tataren zu.

Pantelej versuchte, ihn aufzuhalten. »Bei Gott, du willst doch nicht etwa zu diesen Teufelsknechten gehen?«

»Wollen gewiss nicht, aber müssen. Wir befinden uns auf ihrem Land und sollten die Höflichkeit besitzen, sie zu begrüßen und zu bitten, uns passieren zu lassen.« Als Andrej seinen abgemagerten Hengst antrieb, schlug der Pope das Kreuz und stimmte ein Gebet an, in das Gelja sofort einfiel. Die Fürstin stieß ihrer Stute die Fersen in die Weichen und folgte Andrej so rasch, als habe sie Angst, allein gelassen zu werden.

Andrej zügelte sein Tier knapp vor den Tataren und hob die Hand zum Gruß. Ein schneller Blick verriet ihm, dass sich niemand darunter befand, den er kannte. »Freundschaft!«, sagte er, als sein Gruß nicht beantwortet wurde.

»Kein Russe Freund von Tatar!«, antwortete einer der Männer in grauenhaftem Russisch.

Andrej stöhnte innerlich auf. Das hörte sich ganz so an, als hätte es in letzter Zeit ein größeres Scharmützel zwischen seinen Leuten und den Tataren gegeben, bei dem diese zumindest nicht Sieger geblieben waren.

»Ich bin ein Freund der Tataren«, erklärte er mit Nachdruck. »Ich habe mehrere Jahre bei euch gelebt und Bruderschaft mit tapferen tatarischen Jünglingen geschlossen. Ich bin Andrej Grigorijewitsch aus Worosansk, ein Gefolgsmann Fürst Dimitris, eines Freundes und Verbündeten von Terbent Khan!«

»Fürst Dimitri ist tot. Moskau hat ihn geschlagen. Moskau hat auch die Tataren erschlagen, die ihm dienten. Daher ist kein Russe mehr Freund von Tatar!« Die Hände einiger Krieger wanderten zu den Griffen ihrer Säbel, und Andrej machte sich bereit, sein Leben und das seiner Begleiterinnen mit dem Schwert zu verteidigen.

Da griff Anastasia ein. Sie schlug ihre Kapuze zurück, damit die Tataren erkennen konnten, dass sie eine Frau war, und sprach deren Anführer an. »Ich bin Anastasia, die Witwe Fürst Dimitris. Gemeinsam mit wenigen Gefährten ist es mir gelungen, den verräterischen Moskowitern zu entkommen. Wollt ihr dem Weib eures Freundes Dimitri die Gastfreundschaft verweigern? Ich habe immer gehört, dass die Tataren tapfere und gerechte Männer seien, deren Freundschaft unerschütterlich ist!«

Im ersten Augenblick verfluchte Andrej die Fürstin, weil sie ihr Geschlecht aufgedeckt hatte, denn er hielt die Steppenreiter für fähig, ihr auf der Stelle Gewalt anzutun. Doch anscheinend weckten ihre Worte deren Ehrgefühl, denn sie sahen sich kurz an und zeigten dann nach Südosten.

»Ihr kommt mit zu Terbent Khan. Er wird entscheiden.«

Bei diesen Worten fiel Andrej ein Stein vom Herzen, denn er glaubte den Khan gut zu kennen. Von neuer Hoffnung erfüllt winkte er den Rest seiner Gruppe zu sich und schloss sich den Tataren an.

X.

Terbent Khans Lager entpuppte sich als eine Mischung zwischen einem Zeltlager und einem Dorf mit festen Häusern. Anstelle einer Palisade aus Baumstämmen hatte man die lockere Ansiedlung mit einem Wall aus ausgestochenen und wie Ziegel aufeinander geschichteten Rasenstücken umgeben, die von einem geflochtenen Zaun gekrönt wurde. Die Umfriedung stellte kein ernsthaftes Hindernis für einen entschlossenen Angreifer dar, doch sie verhinderte, dass der Ort in einem raschen Anlauf eingenommen werden konnte, und gab den zahlreichen Kriegern Zeit, sich zu bewaffnen und zu sammeln. Terbent Khan war wachsam und vorsichtig, denn er hatte den Streit unter Tochtamysch Khans Söhnen ausgenützt, um sich sein eigenes kleines Reich zu schaffen. Nun musste er ständig fürchten, dass der Herr des neuen Khanats von Kasan ebenso wie der Anführer der Krimtataren danach strebte, ihn zu unterwerfen, und hatte daher viele gut ausgerüstete Männer um sich gesammelt.

Als die Flüchtlinge durch das Tor in das Innere der Stadt ritten, sahen sie, dass die meisten Häuser aus Grassoden aufgeschichtet waren, an denen es in der Steppe nie mangelte. Der Palast des Khans und einige andere Gebäude bestanden aus Holz. Aus den niedrigen Türöffnungen der Häuser musterten Frauen die Neuankömmlinge mit finsteren Blicken.

Andrejs Erinnerung an die tatarische Sprache wuchs mit jedem Augenblick. Daher verstand er die Verwünschungen, die man ihnen nachrief. Er sah auch, dass die meisten der herbeiströmenden Krieger die Hände auf die Knäufe ihrer Dolche gelegt hatten. Obwohl Terbent Khan lange Jahre ein guter Verbündeter verschiedener russischer Fürsten gewesen war, schienen deren Gefolgsleute hier neuerdings so beliebt zu sein wie eine Seuche.

Die Anspannung des jungen Recken wuchs, als sie den von einem mannshohen Lattenzaun umgebenen Hof des Palasts erreichten. Der Boden war mit festgestampftem Schnee bedeckt, der eine graubraune Farbe angenommen hatte und zu schmelzen begann. Der Palast selbst gliederte sich in mehrere Gebäude, unter denen die Halle des Khans augenfällig hervorstach. Sie erstreckte sich etwa achtzig Schritt in der Länge und dreißig in der Breite und bot gewiss mehreren hundert Männern Platz. Es gab keine Fenster, aber man konnte wie bei russischen Häusern Teile der Wand herausnehmen, damit Licht und Sonne ihren Weg ins Innere fanden. Der warme Wind aus dem Süden hatte die Tataren verlockt, Segmente zu entfernen, und daher herrschten im Innern des Gebäudes eher frostige Temperaturen. Dafür war es so hell, dass die unfreiwilligen Gäste die feindseligen Gesichter der Tataren erkennen konnten, die sich um ihren Khan versammelt hatten.

Terbent Kahn schien sich zunächst nicht für die Gruppe zu interessieren, sondern unterhielt sich mit Männern, die der Kleidung nach höhere Gefolgsleute sein mussten. Er selbst war eine wuchtige, vierschrötig erscheinende Gestalt mit kantigem Gesicht und dunkelblonden Haaren, die unter seinem pelzverbrämten Helm hervorquollen. Er trug Hosen, die ihrem prallen Aussehen nach dick gefüttert sein mussten, weiche Stiefel, die beinahe bis zu den Knien reichten, und eine pelzgefütterte Jacke mit Stickereien, die Marie seltsam vertraut erschienen. Unter der Jacke schaute der Zipfel eines blauen Hemdes hervor, und an einem breiten Ledergürtel hingen ein eher primitiv wirkender Dolch mit einem Knochengriff und ein halbmondförmig gebogener Säbel in einer schlichten Lederscheide. Auch der Becher, der auf einem Tischchen neben Terbents Hochsitz stand, war aus Leder und glich jenen, die man in Maries Heimat in einfachen Schenken benutzte. Der Herr dieser Halle herrschte als Fürst über genug Krieger, um den Aufstand in Böhmen, gegen den Kaiser Sigismund nun schon seit Jahren kämpfte, innerhalb von sechs Monaten niederschlagen zu können, und doch lebte er in einem Haus, gegen das sogar die Pferdeställe in Franken und Schwaben besser eingerichtet waren.

Marie stellte fest, dass gerade das Fehlen sämtlichen Luxus sie beeindruckte. Diesem Mann konnte kein Pfalzgraf am Rhein und auch keiner der anderen hohen Herren im Reich der Deutschen das Wasser reichen. Unwillkürlich knickste sie vor ihm, wie sie es in ihrer Heimat gelernt hatte, und rief damit die Aufmerksamkeit des Khans auf sich.

»Bist du die Witwe Dimitris?«

Obwohl weder Marie noch Andrej bemerkt hatten, dass ein Mann vorausgeritten war, musste jemand ihr Kommen angekündigt haben.

Sie knickste erneut und schüttelte den Kopf. »Nein, erhabener Herr. Ich bin eine Fremde aus einem fernen Land.«

Der Khan winkte ab. »Man hört an deiner Stimme, dass du keine Russin bist. Wer von euch ist nun Dimitris Weib?«

»Ich, Herr!« Die einstige Fürstin von Worosansk trat vor und blieb mit stolz erhobenem Haupt vor Terbent Khan stehen. Als

Nachkomme von Kaisern des Oströmischen Reiches und Mitglied der dort herrschenden Familie hielt sie es nicht für nötig, einem Steppenwilden besondere Achtung zu erweisen.

Terbent musterte Anastasia so durchdringend, dass sich ihr die Nackenhaare aufstellten. »Du bist also die Fürstin aus griechischem Blut.«

In seiner Stimme schwang ein gewisses Begehren, das Andrej dazu veranlasste, einzugreifen. »Jawohl, Terbent, mein alter Freund. Dies ist die Fürstin von Worosansk, die Mutter von Dimitris Erben, und schwanger mit seinem zweiten Kind.«

»Schwanger sagst du?« Terbents Interesse an Anastasia ließ sofort nach, dafür schweifte sein Blick über den Rest der Gruppe. Bei Pantelejs Anblick verzog er spöttisch den Mund, und auch Gelja erregte kaum Aufmerksamkeit. Dafür starrte er Alika so durchdringend an, dass diese sich seufzend mit dem Gedanken vertraut machte, noch vor der Nacht unter ihm zu liegen. Marie schien ihm ebenfalls zu gefallen, denn er winkte sie näher zu sich heran und griff in ihr Haar.

»Du trägst Gold auf dem Kopf, Weib, anders als die Russinnen, auf deren Köpfen Stroh wächst. Das gefällt mir.«

Marie schnaubte leise, ohne zu wissen, wie sie sich dem Mann entziehen konnte. Andrej knirschte mit den Zähnen, denn es ärgerte ihn, dass Terbent, der ihm vor Jahren das Schießen mit Pfeil und Bogen beigebracht hatte, ihn in so beleidigender Weise missachtete.

Er trat daher auf ihn zu und schob Marie zurück. »Terbent, mein Freund, lass uns den Becher der Freundschaft miteinander leeren und vergönne uns Brot und Salz.«

Der Khan schüttelte mit grimmiger Miene den Kopf. »Kein Russe ist ein Freund Terbent Khans, Andrej Grigorijewitsch, auch keiner aus Worosansk. Mir wurde zugetragen, dass dein Oheim Lawrenti die Feinde angeführt hat, die den Fürsten gestürzt und meine Krieger, die in Dimitris Sold standen, wie

Hunde erschlagen haben. Ihr Anführer war mein eigener Neffe und sein Blut steht zwischen dir und mir.«
Andrej erinnerte sich an den Burschen. Er war ein Taugenichts und ein Störenfried gewesen und wohl aus diesen Gründen von Terbent in die Ferne geschickt worden. Nichtsdestotrotz war er der Neffe des Khans, und sein Tod verpflichtete diesen dazu, Rache zu üben. Einen Moment fühlte er sich wie niedergeschmettert, denn er hatte gehofft, die Nachricht von dem Überfall auf Worosansk hätte die Steppe noch nicht erreicht. In dem Fall wären sie als Gäste willkommen gewesen und hätten um Hilfe bitten können. So aber schien Terbent entschlossen zu sein, ihn und Pantelej um einen Kopf kürzer zu machen und die Frauen in seinen eigenen Harem zu stecken.
Verzweifelt fasste er nach dem Arm des Khans. »Wir sind auf der Flucht vor den Männern, die deinen Schwestersohn getötet haben. Ich selbst habe mein Schwert in die Leiber einiger Moskowiter gebohrt.«
Andrej redete auf Terbent ein wie auf ein krankes Pferd, in der Hoffnung, den Freund seiner Jugendtage milde zu stimmen. Dabei verrieten seine Blicke, dass es ihm weniger um sein eigenes Leben als um das der Fürstin ging. Seine Ehre gebot ihm, die Frau, die sich seinem Schutz und seiner Führung anvertraut hatte, davor zu bewahren, als Sklavin eines Tatarenanführers zu enden.
Der Khan musterte Andrej durchdringend und schien unsicher zu werden. Er erinnerte sich gut an den munteren Knaben, der anders als die meisten Geiseln begeistert alles aufgenommen hatte, was er von seinem Volk hatte lernen können, und der zu ihm wie zu einem Vater oder Onkel aufgesehen hatte. Der kurze Augenblick der Weichherzigkeit verging jedoch rasch wieder, als er die Fürstin, Marie und Alika betrachtete. Die Byzantinerin würde er nicht anrühren, denn geschickt eingesetzt war sie ein Pfand, mit dem er seinen eigenen Nutzen mehren konnte.
Mit einer abwertenden Geste wies er auf Andrej und den Pries-

ter. »Bringt die beiden in eine feste Hütte und sperrt sie dort ein. Die Weiber aber schafft in das Haus meiner Frauen!«
Da er es auf Tatarisch sagte, verstand nur Andrej ihn und stieß einen wüsten Fluch aus. Im selben Augenblick sah er ein Dutzend Speerspitzen auf sich gerichtet. Widerstand wäre Wahnsinn gewesen, und so blieben ihm, dem Popen und seinen Begleiterinnen nichts anderes übrig, als sich mit ihrem Schicksal abzufinden.

XI.

Der Harem des Khans erwies sich als festes Gebäude, das etwas seitlich der großen Halle stand und noch einmal mit einem Zaun umgeben war. In der Tür des Hauses gab es ein Fenster aus dünn geschabtem Leder, das ebenfalls entfernt werden konnte. Das es umgebende Holz war mit fremdartigen Symbolen bemalt. Als Marie näher kam, zuckte sie zusammen, denn auf dem Türstock waren ganz deutlich C + M + B in lateinischer Schrift zu lesen. Marie erinnerte sich, dass das Fest der Heiligen Drei Könige erst ein paar Wochen zurücklag, und fragte sich, wer hier so weitab von den Ländern katholischer Herrscher ihres Glaubens sein mochte. Ihre Spannung wuchs, als man sie und ihre Begleiterinnen ins Innere des Hauses schob und die Tür hinter ihnen schloss.
Die Frauen und Töchter des Khans drängten sich in der Vorhalle um die Neuankömmlinge und musterten sie neugierig. Es waren recht hübsche halbwüchsige Mädchen dabei und ebenso viele alte Weiber, die wohl dem Harem von Terbents Vater angehört hatten. Andere waren ihrer einfacheren Kleidung und der geduckten Haltung zufolge Dienerinnen, die dem Khan ebenfalls zur Verfügung zu stehen hatten.
Eine große, kräftige Frau, die sich im Hintergrund hielt, stemmte die Fäuste in die Hüften und musterte die Gruppe durchdrin-

gend. »Diese Weiber sollen ja nicht glauben, sie könnten sich hier aufspielen und die Gunst des Khans für sich gewinnen!«
Ihre Stimme klang böse, aber Marie verstand jedes Wort, denn die Frau hatte Deutsch gesprochen.
»Stammst du aus Kaiser Sigismunds Reich?«, fragte sie sie in ihrer Muttersprache.
Die andere sah ruckartig auf, stieß einen Schrei aus und stürzte auf Marie zu. »Bei Gott und Sankt Michael, eine Landsmännin! Was bin ich froh!«
Sie fing an zu weinen, wischte sich einen Augenblick später mit einer resoluten Geste über die Augen und musterte Marie mit wachsendem Erstaunen. »Da sollte man meinen, das Reich läge am anderen Ende der Welt, doch manchmal hat man das Gefühl, es wären nur ein paar Schritte. Sieh an, die schöne, stolze Marie! Wie kommst du denn hierher?«
»Du kennst mich?« Marie starrte die andere ratlos an. Zwar war die fremdartige Tracht mit dem bunten Frauenkaftan und der grellroten Haube mit Motiven bestickt, die sie aus Schwaben und der Pfalz kannte, aber die Frau selbst war ihr zunächst fremd, auch wenn sie ihrer Aussprache nach aus Schwaben oder Bayern stammen musste. Dann aber kam ihr das leicht boshafte Lächeln bekannt vor.
»Oda??? Das ist doch nicht möglich!«
Tatsächlich war es die ehemalige Marketenderin, die Marie auf dem Kriegszug gegen die Hussiten kennen gelernt hatte. Oda war ihr als kleinliche Frau in Erinnerung geblieben, die ihre eigenen Kameradinnen bestohlen und mit der sie damals eher Abscheu verbunden hatte. Wie Eva und Theres war auch sie froh gewesen, als Oda nach Worms gezogen war, um den Kaufherrn Fulbert Schäfflein aufzusuchen, der sie geschwängert hatte. Bei ihm wollte die Marketenderin Hilfe für sich und für ihr ungeborenes Kind suchen.
Oda verkrampfte die Finger, als wolle sie jemanden erwürgen.

»Du bist wohl auch an Schäfflein geraten, diesen elenden Halunken? Bekäme ich diesen Kerl in die Finger, würde ich ihn von unseren Tataren in kleine Stücke schneiden lassen, und zwar ganz langsam, so dass er noch etliche Tage bereuen könnte, was er mir angetan hat.«
In ihrer Stimme schwang ein Hass, der in Marie die halb verschütteten Gefühle für Hulda von Hettenheim weckte. Sie unterdrückte einen eigenen Ausbruch und schüttelte den Kopf. »Nein, mit Schäfflein hatte ich nichts mehr zu schaffen. Mich hat eine persönliche Freundin in diese Weltgegend verschleppen lassen. Nun suche ich nach Wegen, die mich zurück nach Hause bringen.«
»Ich wünsche dir, dass es dir gelingt. Bei Gott, wie habe ich mich in der ersten Zeit danach gesehnt, wieder auf meinem Kutschbock zu sitzen und mit einem ehrlichen deutschen Heer zu ziehen. Inzwischen habe ich mich mit meinem Schicksal abgefunden. Es ist auf jeden Fall besser als das, das Schäfflein mir zugedacht hat. Komm, setzen wir uns in meine Kammer und schwätzen ein wenig. Um deine Begleiterinnen sollen sich meine Stieftöchter und die Dienerinnen kümmern.«
Zu Maries Verwunderung schien Oda ihren früheren Zwist völlig vergessen zu haben. Sie wies die anderen Frauen an, sich Anastasias und ihrer Begleiterinnen anzunehmen, und führte Marie in einen hübsch eingerichteten Raum, in dem ein breites Bett nach deutscher Machart, ein Tisch, zwei Stühle und eine bemalte Truhe standen.
Oda wies mit dem Kinn auf das Bett. »Der gute Terbent hat ein weiches Lager zu schätzen gelernt. Früher hat er seine Weiber wie ein Tier auf dem Fußboden genommen. Auch ich musste ein paarmal so herhalten. Aber nicht auf Dauer, habe ich mir gesagt und dafür gesorgt, dass ein russischer Sklave mir dieses Möbel und auch die restliche Einrichtung angefertigt hat.«
»Du bist die Gemahlin des Herrschers?« Marie war verwundert,

denn Oda war eine bessere Hure gewesen, aber keine von denen, die ein Mann von Stand angefasst hätte.

»Zuerst war ich nur eine Sklavin. Als ich nach Pskow gebracht wurde, weilte Terbent zufällig in der Stadt, und da ihm mein Haar so gut gefiel, hat er mich samt meinem Jungen gekauft.« Odas Gesicht nahm für einen Augenblick einen düsteren Ausdruck an, der sich aber rasch wieder verlor.

»Du weißt ja, dass ich nicht gerade auf den Kopf gefallen bin. Es ist mir gelungen, mich Terbent angenehm zu machen, und als er angebissen hatte, habe ich daran gearbeitet, an die Spitze seines Harems zu kommen. Es war nicht ganz einfach, aber ich habe es geschafft. Dabei ist mir zugute gekommen, dass seine frühere Lieblingsfrau ihm im letzten Jahr die vierte Tochter geboren hat. Da ich schon einen Jungen habe, hofft er nun, von mir einen Sohn zu bekommen. Die Kräuterfrau hier im Ordu, eine wirre alte Hexe, hat behauptet, ich besäße alle Eigenschaften, Söhne zu gebären, und das stärkt meine Stellung natürlich. In drei Monaten ist es so weit. Wird es ein Junge, sitze ich hier so fest im Sattel, als hätte ein Pfaffe mich Terbent angetraut.«

Marie konnte innerlich nur den Kopf schütteln, gleichzeitig bewunderte sie Oda wegen ihrer unglaublichen Geschicklichkeit, aus jeder Lage das Beste zu machen. Die Frau schien damit zufrieden zu sein, als Beischläferin eines Heiden, verglichen mit ihrem früheren Dasein, in einem gewissen Wohlstand zu leben. Dennoch sehnte sie sich nach einem Menschen, mit dem sie in ihrer Muttersprache reden und dem sie ihr Herz ausschütten konnte. Sie berichtete Marie, dass Schäfflein sie bei ihrer Ankunft in Worms freundlich empfangen hatte. Doch nach einem halben Monat musste sie in ein kleines Häuschen in einen Vorort umziehen, damit in der Stadt selbst kein Gerede entstand.

»Dort habe ich meinen Egon zur Welt gebracht. Damals habe ich mir eingebildet, von da an auf Rosen gebettet zu sein, denn Schäfflein hat mir den Himmel auf Erden versprochen. Aber die-

ses Schwein hat mich eingelullt, um mich ruhig zu halten. Angeblich wollte er mich und den Jungen an einen Ort bringen, an dem wir in sicheren Verhältnissen leben könnten. Ich dumme Kuh habe ihm geglaubt und bin dann hart aus meinem Wolkenkuckucksheim herausgefallen. Der Prahm, auf dem wir reisen sollten, war ein Sklavenschiff und gehörte einem elenden Franzosen namens Labadaire! Dieser schmierige Schuft hat mich ein paarmal in seine Kabine holen lassen, und dort musste ich Dinge tun, für die ich mir allein bei dem Gedanken daran heute noch den Mund auswaschen muss. Später wurde ich auf dem Schiff eines holländischen Kapitäns namens Zoetewijn nach Riga gebracht und einem einheimischen Händler in Kommission übergeben. Der hat mich dann nach Pleskau gebracht.«
Marie sah sie fragend an. »Pleskau? Vorhin hast du Pskow gesagt.«
»Das ist dieselbe Stadt. Wir Deutsche nennen sie Pleskau, während die Russen Pskow zu ihr sagen«, erklärte Oda selbstgefällig und setzte ihren ausführlichen Bericht fort. Maries Gedanken gingen unterdessen eigene Wege. Odas Schicksal war dem ihren zu ähnlich, als dass sie an einen Zufall glauben mochte. Aber da sie mit Schäfflein bis auf eine Begegnung nie etwas zu tun gehabt hatte, konnte sie keinen Zusammenhang erkennen. Ihre Feindin war Hulda von Hettenheim, ihr hatte sie es zu verdanken, dass sie jetzt hier neben Oda saß und warmen Kräutertee schlürfte.
Als Oda eine Pause machte, um sich den trockenen Mund anzufeuchten, sprach sie sie darauf an. »Weißt du, ob dieser Schäfflein mit Hulda von Hettenheim bekannt ist?«
»Der Ehefrau dieses überstolzen Ritters? Nein, gewiss nicht. Oder warte ... Sie könnte es gewesen sein!« Oda legte ihre Stirn in Falten und blickte in Weiten, in die Marie ihr nicht folgen konnte.
»In der Zeit, die ich in Schäffleins Haus verbracht habe, hat er mehrmals Besuch von einer Edeldame bekommen, die ihn wohl

beauftragt hat, ihr irgendwelches Kräuterzeug aus einem fernen Land zu besorgen. Mir hat man streng verboten, auch nur in die Nähe dieser Person zu kommen, aber du kennst mich ja. Ich habe schnell ein Versteck gefunden, von dem aus ich mir die Dame unbemerkt ansehen konnte. Die war ein ganz gewöhnliches Weib, sage ich dir, nicht mehr jung, schon reichlich fett und mit einem wahren Teiggesicht. Wäre sie eine Hure gewesen, hätte sie höchstens noch Trossknechte als Kunden bekommen. Damals habe ich mich gefragt, warum die Welt so ungerecht ist. So ein hässliches Ding kann einen strammen Ritter in ihr Bett holen, der ihr zudem die Treue und was weiß ich noch alles schwören muss. Aber wenn mein Geschäft nicht läuft, muss ich für die paar Münzen dankbar sein, die mir irgendein Kerl zahlt, damit er sich einen in mir abstoßen kann.«
Oda sprach immer noch so derb wie früher, doch ihr Charakter hatte sich augenscheinlich in der relativen Behaglichkeit des Harems zum Besseren gewandelt. Nun schien sie direkt froh zu sein, dass die Mächte des Schicksals ihren und Maries Weg noch einmal gekreuzt hatten, denn sie plapperte fast ununterbrochen weiter und zeigte sich sehr zufrieden, dass sie mit Terbent Khan einen Mann gefunden hatte, gegen den ein Falko von Hettenheim ein kleiner Unteranführer gewesen war. Marie wusste nicht zu unterscheiden, was von Odas Erzählungen nun der Wahrheit entsprach und was nur Angabe war. Dennoch sah sie darin ein Zipfelchen Hoffnung, das sie nicht loslassen wollte.
Sie fasste nach Odas Händen. »Wenn du so viel Einfluss auf Terbent Khan hast, glaubst du, du könntest ihn so weit bringen, dass er uns nach Konstantinopel weiterreisen lässt?«
»Natürlich könnte ich das!«, antwortete Oda stolz. »Seit mir ein Sohn prophezeit wurde, tut Terbent alles für mich. Bringe ich ein Mädchen zur Welt, wird er gewiss enttäuscht sein, aber ich kann immer noch sagen, dass das Orakel sich nicht irren kann und das nächste Kind ein Sohn werden wird. Aber du und diese ver-

dammte Griechin könntet mich in Schwierigkeiten bringen. Wirft dieses byzantinische Weib auch diesmal einen Sohn, wird Terbent annehmen, dass sie von Gott oder Allah, wie sie ihn hier nennen, gesegnet ist und auch ihm zu dem erhofften Nachkommen verhelfen könnte. Das werde ich zu verhindern wissen. Also muss diese Fürstin entweder sterben oder verschwinden, und die kleine Schwarze mit ihr. Terbent könnte sonst auf Gedanken kommen, die mir nicht gefallen.«
Oda kicherte dabei so boshaft, dass Marie begriff, zu was die Frau imstande war. Die ehemalige Marketenderin würde auch vor Gift nicht zurückschrecken, um sich ihr kleines Paradies zu erhalten.
Nun räkelte Oda sich, streckte dabei ihren gewölbten Bauch vor und sah Marie an, als wäre diese ein Wollknäuel und sie eine Katze, die damit spielen wollte. Dann zeigte sie mit einer weit ausgreifenden Handbewegung in die Runde. »Dieser Palast ist doch etwas anderes als ein feuchter, klammer Planwagen, nicht wahr? Hier werden wir beide es uns gut gehen lassen. Ich kann nämlich eine Dienerin und Vertraute brauchen, mit der ich mich verstehe. Du darfst nur nicht versuchen, Terbent schöne Augen zu machen und ihn mir wegzunehmen. Da werde ich nämlich böse, verstanden!«
Marie kniff verwirrt die Augen zusammen. »Ich verstehe nicht, was du damit sagen willst.«
»Ganz einfach! Die Griechin muss weg, aber dich werde ich hier behalten. Ich habe mich schon lange nach einer richtigen Gefährtin gesehnt.«
Das mochte wohl stimmen, auch wenn Oda ihrem Tonfall nach eher eine Sklavin suchte. Marie gefiel dieser Vorschlag ganz und gar nicht, hier bei den Tataren würde sie sicherlich keine Chance zur Flucht erhalten. Außerdem erinnerte sie sich an die Blicke, mit denen Terbent Khan sie gemustert hatte. Über kurz oder lang würde es ihn nach ihr verlangen, und dann hatte sie Odas

Feindschaft am Hals. Wie gemein diese Frau werden konnte, wusste sie aus leidvoller Erfahrung.

»Ich weiß nicht, ob das so gut ist«, antwortete sie vorsichtig. »In der Heimat warten Mann und Kind auf mich, nach denen ich mich sehne. Daher könnte ich für dich gewiss nicht die treu sorgende Gefährtin werden, die du dir wünschst, zumal du deinen Gemahl früher oder später auch mit mir teilen müsstest. Terbent Khan ist auch nur ein Mann, und du weißt, wie leicht diese der Hafer sticht. Dann würden wir zu Feindinnen und müssten einander bekämpfen. Das wäre gar nicht gut.«

Oda zischte einen tatarischen Fluch und starrte Marie durchdringend an. Diese sah etwas älter aus als bei ihrem letzten Zusammentreffen, war aber immer noch eine schöne Frau. Zudem wies ihr Haar genau den Glanz auf, den Terbent Khan so liebte.

»Ich glaube, du hast Recht«, sagte sie mit gepresster Stimme. »Die Griechin kann mir wegen ihrer Abstammung gefährlich werden, doch wenn sie Terbent langweilt, käme er rasch wieder in meine Arme zurück. Bei dir ist es anders, denn du bist eine Frau, die einen Mann in ihren Bann zu schlagen weiß. Ich erinnere mich nur allzu gut an diesen Gimpel Heribert von Seibelstorff. Wärst du dazu bereit gewesen, hätte er dich vom Fleck weg geheiratet.«

Für einen Augenblick kam die alte Oda mit all ihrem Neid und ihrer Missgunst zum Vorschein. Sie lachte aber sofort wieder und kniff Marie in die Wange. »Ich werde mit Terbent reden. Mal sehen, was ich für dich und deine Begleiter erreichen kann. Du müsstest mir allerdings einen Gefallen erweisen.«

»Welchen?« Marie war in dem Augenblick bereit, fast alles zu tun.

Oda rief etwas, und als ein junges Mädchen den Kopf zur Tür hereinsteckte, gab sie dieser Befehle in tatarischer Sprache. Die Kleine musste wohl eine ihrer Stieftöchter sein, denn sie trug mehrere Schmuckstücke und war gut gekleidet. Dennoch schien sie der Favoritin ihres Vaters aufs Wort zu gehorchen, denn sie lief hastig davon. Kurz darauf kehrte sie mit einem kleinen Jungen zurück, der gut zwei Jahre zählen mochte und Marie aus wasserhellen Augen scheu anblickte.

»Das ist mein Egon«, erklärte Oda mit einer Stimme, die nicht verriet, ob sie stolz auf das Kind war oder es hasste.

»Ein hübscher Junge. Zum Glück gerät er nach dir.« Marie lächelte den Knaben an und strich ihm über das fast weiße Haar. Mit seinem leicht rundlichen Gesicht und dem Schwung des Kinns war er tatsächlich ein Ebenbild seiner Mutter.

Oda seufzte und streckte die Hand nach ihm aus, ohne ihn zu berühren. »Leider darf ich ihn nicht so herzen und küssen, wie ich gerne möchte, denn Terbent ist sehr eifersüchtig auf ihn. Er will ihn eigentlich gar nicht haben und hat daher beschlossen, dass er ein Sklave bleiben soll. Ein Russe, sagt er, dürfe nicht mit Tataren reiten. Dabei ist Egon doch gar keiner. Weißt du, Marie, für die Tataren zählt nur die Abstammung von Vaterseite her. Terbent ist der Sohn einer russischen Sklavin und gilt dennoch als echter Tatar. Bei den Söhnen, die ich ihm gebären werde, wird es genauso sein. Nur meinem armen kleinen Egon missgönnt man, ein freier Krieger zu werden. Mir aber würde es das Herz zerreißen, wenn er ein Sklave bleiben muss.

Aus diesem Grund sollst du den Jungen mit dir nehmen und ihn aufziehen. Mache einen braven Burschen aus ihm. Ich würde dich ja bitten, diesem verfluchten Schäfflein so zuzusetzen, dass er dir und dem Kind genug Geld zum Leben gibt. Aber eine Frau unseres Ranges gilt nichts gegen so einen reichen Pfeffersack und kann ihm daher nicht an den Karren pinkeln. Ich habe es versucht, weil ich gehofft habe, ihn zu einer Heirat bewegen zu können. Er hat nämlich weder Weib noch Kind, und ich dachte, er wäre froh, einen Sohn zu haben. Aber du siehst ja, wohin mein Irrtum mich gebracht hat.«

Oda verstummte und schien unerfreulichen Gedanken nachzu-

hängen. Marie fragte sich, ob die Frau wirklich nur aus Mutterliebe handelte oder ob sie den Jungen loswerden wollte, weil dieser die Tataren an ihr früheres Schicksal erinnerte. Vielleicht konnte sie ohne ihn ganz und gar die Lieblingsgemahlin Terbent Khans spielen. Doch Odas Beweggründe interessierten Marie im Grunde nicht, denn wenn es der früheren Marketenderin gelang, sie nach Konstantinopel weiterreisen zu lassen, würde sie ihr ewig dankbar sein und es an ihrem Sohn gutmachen.
»Ich verspreche – nein, ich schwöre dir, deinen Sohn aufzuziehen, als wäre es mein eigenes Kind. Mein Mann ist nicht ganz arm und sehr gutmütig. Es wird Egon also an nichts mangeln.«
Noch während Marie das sagte, dachte sie leicht amüsiert, dass Egons Schicksal wohl anders verlaufen würde, als Oda es sich vorstellte, denn der Junge würde nicht das Ziehkind einer ehemaligen Marketenderin sein, die mit einem Waffenknecht oder gar mit einem Mann aus den unehrlichen Berufen verheiratet war, sondern ein Schützling der Herrin auf Kibitzstein.

XII.

Für Andrej wurden die schier endlosen Stunden, in denen er und Pantelej in einer kahlen Hütte eingesperrt waren, zur Qual. Während der Priester Trost im Glauben und im Gebet fand, verfolgte Andrej die Vorstellung, Terbent Khan könnte gerade in diesem Augenblick Anastasia zwingen, ihm zu Willen zu sein. Er fluchte, knirschte mit den Zähnen und schlug mit den Fäusten gegen die massiven Wände. Es dauerte eine ganze Weile, bis er begriff, dass seine Gefühle nicht die eines treuen Gefolgsmannes waren, der das Leben seiner Herrin um jeden Preis schützen wollte, sondern die eines Mannes mit eigenen Wünschen und Sehnsüchten. Bis zu diesem Tag war ihm nicht bewusst geworden, was er wirklich für Anastasia empfand. Zwar hatte er Dimit-

ri insgeheim um seine schöne griechische Frau beneidet und sich ihr in seinen Träumen weiter genähert, als es schicklich gewesen war, aber erst jetzt verstand er, dass ihn mehr mit ihr verband als bloßes Verlangen. Sie jetzt hilflos dem Heiden Terbent ausgeliefert zu wissen war mehr, als er ertragen konnte.
Pantelej hielt Andrejs Verzweiflungsausbrüche nach einer Weile nicht mehr aus und legte tröstend den Arm um ihn. »Beruhige dich doch, mein Sohn! Es hat keinen Sinn, gegen dich selbst zu wüten. Bitte mit mir zusammen Gott und die Heilige Jungfrau von Wladimir, uns aus dieser Not zu retten.«
»Und wenn sie es nicht tun?«, fuhr Andrej auf.
»Dann werden sie unseren Seelen gnädig sein und uns im anderen Leben all das entgelten, was wir hier nun ertragen müssen.«
Der beschwörende Klang in der Stimme des Priesters verfehlte seine Wirkung nicht. Andrej beruhigte sich ein wenig und setzte sich auf den Teppich, der ihnen als Schlafplatz diente. »Du bist ein gelehrter Mann, Pantelej Danilowitsch, und kannst mir gewiss sagen, wie es im Himmelreich zugeht. Wie ist es, wenn man die Witwe eines anderen Mannes liebt und mit ihr zusammenlebt? Ich möchte gerne wissen, wie es zugehen wird, wenn sie im Paradies ihren ersten Gemahl wiedersieht. Welchen Mannes Weib wird sie in der Ewigkeit sein?«
Der Priester kniff die Augen zusammen und musterte Andrej durchdringend. »Du liebst unsere Fürstin?«
Zu keiner anderen Zeit hätte Andrej dies zugegeben, doch in diesem Augenblick hatte er keine Hoffnung mehr für sich und Anastasia. »Ich liebe sie mehr als mein Leben.«
»Möge die Heilige Jungfrau geben, dass deine Liebe Erfüllung findet. Doch wie es im Paradies sein wird, kann ich dir nicht sagen. Gott hat mir nicht die Gnade gewährt, über die Pforte dieses Lebens hinauszuschauen. Doch sei versichert, selbst wenn Anastasia nicht bei dir bleiben könnte, würde Gottes Gnade dich diesen Verlust nicht fühlen lassen.« Pantelej segnete Andrej mit dem

Kreuz und wies dann durch das kaum mehr als handgroße Fenster nach draußen.
»Es wird bald dunkel und wir haben kein Licht. Daher sollten wir uns hinlegen und Gott um einen festen Schlaf bitten. Du wirst sehen, morgen früh sieht alles anders aus.« Er sagte diese Worte mehr, um Andrej zu trösten, als in festem Glauben an ein Wunder. Noch einmal kniete er nieder und sprach ein Gebet. Andrej folgte seinem Beispiel, und als er sich an der Seite des Popen auf dem Teppich niederließ und die fadenscheinige Decke über sie beide zog, vermochte er sogar ein wenig zu lachen.
»Die Gastfreundschaft in der Stadt Terbent Khans hat arg nachgelassen, seit ich das letzte Mal hier war. Damals brauchte ich in der Nacht nicht zu frieren, und man ließ mich auch nicht hungrig zu Bett gehen.«
»Der Glaube an Gott ist die beste Nahrung«, antwortete Pantelej salbungsvoll. Doch er vermisste das Nachtmahl ebenso wie der Recke und konnte nur hoffen, dass es den Frauen besser erging als ihnen.

XIII.

Der nächste Morgen begann mit einer Überraschung. Andrej und der Pope wurden durch mehrere Sklaven geweckt, die reichlich zu essen hereintrugen. Auch erhielt Andrej seine Waffen zurück, die man ihm am Vortag abgenommen hatte.
Während er einen Bissen aß, wandte er sich staunend an Pantelej.
»Deine Gebete sind stark, erhabener Vater. Es sollte mich nun nicht mehr wundern, wenn Terbent Khan uns weiterreisen lässt.«
»Oder er schickt uns nach Moskau, um sich die Gunst des Großfürsten zu erwerben.«
Der Pessimismus des Priesters vermochte weder Andrejs Er-

leichterung noch seine Hoffnung zu dämpfen. »Dann hätte man mir nicht mein Schwert zurückgegeben.«
Andrej strich zärtlich über die silberbeschlagene Scheide und vergaß vor lauter Freude beinahe das Essen. Das Fladenbrot und der Reis mit Hammelfleisch dufteten jedoch allzu verlockend und schmeckten nach der knappen Kost der Flucht geradezu himmlisch. Daher kauten die beiden Männer noch mit vollen Backen, als sich tatarische Krieger vor der Hütte aufbauten.
»Terbent Khan will euch sehen!«
»Dann sollten wir ihn nicht warten lassen.« Andrej steckte ein letztes Stück Fladenbrot in den Mund und wischte sich die Hände mangels anderer Möglichkeiten an seinen Hosen sauber. Danach rückte er seinen Schwertgurt zurecht und folgte den Tataren zur Halle des Khans. Pantelej schlich leicht geduckt hinter ihm her, als fürchte er, von den Heiden direkt ins Himmelreich geschickt zu werden.
Auch Terbent Khan war gerade beim Essen. Sklaven hielten ihm mehrere große Holzteller hin, von denen er sich bediente. Er unterbrach seine Mahlzeit nicht, als die beiden Russen zu ihm gebracht wurden, sondern warf ihnen nur einen beiläufigen Blick zu und griff nach einem gerollten Stück Fladenbrot, das mit Hammelpilaw gefüllt war.
»Ruhm und Ehre dem großen Terbent Khan!« Andrej verbeugte sich und wartete gespannt auf die Reaktion des Tataren. Der Khan biss genüsslich in sein Fladenbrot, ließ sich einen Becher mit Tee reichen und trank ihn schlürfend. Dann erst wandte er sich Andrej und dem Popen zu.
»Ich habe beschlossen, euch freizulassen, denn ihr seid Gefolgsleute meines Freundes Dimitri gewesen und auf der Flucht vor seinen Mördern.«
Das ist ein erfreulicher Anfang, fuhr es Andrej durch den Kopf. Der Khan blickte scheinbar uninteressiert über ihn hinweg.
»Heute werden wir der Toten gedenken, die im Kampf um Wo-

rosansk gefallen sind, sowohl der Tataren wie der braven Russen, die das Schicksal meines Freundes Dimitri teilen mussten. Morgen könnt ihr weiterreiten. Ich gebe euch Männer mit, die euch nach Tana begleiten. Die Franken, die dort leben, werden euch von dort nach Konstantinopel bringen.«
Andrej fiel bei diesen Worten ein Stein vom Herzen. Er kannte Terbent und wusste, dass dieser Wort halten würde. Tana zählte neben Kaffa zu den Stützpunkten der Genuesen, die von dort aus Handel mit Asien und den Steppenvölkern trieben. Waren sie erst einmal in dieser Hafenstadt, konnten nur noch widrige Winde oder ein Sturm sie daran hindern, Anastasias Heimat zu erreichen. Er verbeugte sich erneut vor dem Khan und konnte dabei seine Gefühle kaum mehr unterdrücken.
»Ich danke dir, edler Khan. Du wirst mir stets als großmütiger Freund und Beschützer in Erinnerung bleiben. Möge Gott dich und die Deinen beschützen und dir viele tapfere Söhne bescheren.«
»Allah ist groß und wird meinen Schwertarm stählen, Andrej aus Worosansk, und auch den deinen. Doch nun setze dich, trinke einen Becher Kumys, um die Toten zu ehren, und dann unterhalten wir uns über die alten Zeiten, in denen ich dir beigebracht habe, wie man einen Säbel hält und den Pfeil von der Sehne schnellen lässt.« Terbent lachte dabei unbeschwert auf und winkte Andrej, auf einem Schaffell in der Nähe seines eigenen Sitzes Platz zu nehmen.
Pantelej aber wurde von einem Diener des Khans in die hinterste Reihe gescheucht. Trotzdem schloss der Priester ihren Gastgeber mit in sein Dankesgebet ein. Er kannte die Tataren bisher nur aus Erzählungen und den Erfahrungen, die er mit Dimitris Leibwächtern gemacht hatte. Terbent Khan und seine Gefolgsleute erschienen ihm weniger roh als jene Wölfe in Dimitris Diensten. Sie traten als Männer von Ehre auf, denen das Gastrecht heilig war. Er dankte Gott und den Heiligen der russischen Kirche aus

tiefster Seele, dass Andrej, er und die Frauen nun als Freunde galten.

Während der Priester sich in seine stummen Gebete vertiefte, unterhielt Andrej sich mit dem Khan und wunderte sich, weil Maries Name mehrmals fiel. Irgendwie schien die Kräuterfrau aus dem Westen viel mit Terbents Stimmungsumschwung zu tun zu haben, und allmählich fand er heraus, dass diese eine Freundin der Hauptfrau des Khans sein musste. Für Andrej hörte sich das an wie eine Fabel, doch den Worten seines Gastgebers zufolge galt die als Amme gekaufte Sklavin hier im Lager mehr als Anastasia, obwohl diese die Witwe Fürst Dimitris und die Nichte des oströmischen Kaisers Johannes VIII. war. Ein kurzer Anflug von Ärger über die Zurücksetzung der Fürstin hinter eine armselige Fremde überfiel Andrej und verflog ebenso schnell wieder, denn er war Marie für ihren unerwarteten Einfluss auf den Khan mehr als dankbar und schwor sich bei seiner Ehre, dafür zu sorgen, dass sie in Zukunft keine Sklavin mehr sein würde, sondern Anastasias hoch geachtete Dienerin und Freundin. Das hatte sie sich redlich verdient.

XIV.

In der folgenden Nacht mussten Andrej und der Pope zwar in der gleichen Hütte schlafen, doch man hatte ihnen dickere Teppiche und warme Pelze hineingelegt. Am nächsten Morgen bekamen sie ein reichliches Frühstück serviert, dann brachten zwei Krieger sie auf den Platz vor der großen Halle, auf dem ihre Pferde schon gesattelt standen, und geleiteten sie vor den Khan. Terbent begrüßte sie und wies dann auf einen kleinen Knaben, der mit verängstigtem Gesicht neben ihm stand. »Dieses Kind wird mit euch gehen. Die Frau unter euch, die sich Marie nennt, wird sich um ihn kümmern und ihn in ihre Heimat mitnehmen.«

Das klang so bestimmt, dass Andrej die Hände unten halten musste, um sich nicht am Kopf zu kratzen. Wie mochte es nur kommen, dass eine Sklavin aus dem Westen einen Einfluss auf den Khan ausübte, den ein Mann seiner Statur höchstens seiner Favoritin erlaubte. Dies war ebenso ein Rätsel für Andrej wie die Frage, was die Fremde mit diesem Jungen zu tun hatte. Das Kind trug tatarische Tracht mit gefütterten Hosen, Pelzkaftan und eine Pelzmütze, wirkte darin aber so bleich, als sei es krank. Auch war der Knabe viel zu klein für eine so weite Reise. Es war schon schwierig genug, Wladimir und die Tochter der Amme zu versorgen, und da war ein drittes Kind, das die Pflege der Mägde beanspruchte, einfach zu viel. Er wollte schon ablehnen, doch ein Blick in Terbents Miene ließ es ihm geraten erscheinen, den Mund zu halten.

»Ich werde euch zwanzig Reiter mitgeben, damit ihr sicher reisen könnt.« Die Stimme des Khans klang so gleichmütig, als interessiere es ihn nicht weiter, was mit Andrej und dessen Begleitern geschehen würde. Doch als die versprochene Eskorte erschien, ließ er die Männer bei Allah und dem Barte des Propheten schwören, die ihnen anvertrauten Russen zu beschützen und unversehrt an ihr Ziel zu bringen. Das zeigte Andrej, wie wenig der Khan seinen Leuten vertraute. Der Eid würde die Männer daran hindern, die Reisenden auszurauben und sich danach einer anderen Tatarengruppe anzuschließen.

Der Anführer der Geleitmannschaft trat nach der Eidesleistung auf Andrej zu und schob seine Mütze ein wenig zurück. Dabei entpuppte er sich als einer der Freunde, die Andrej während seiner Zeit als Geisel hier gewonnen hatte. »Jetzt reiten wir doch noch einmal zusammen, Brüderchen!«

»Das freut mich ebenso wie dich, Freund Gudaj! Sei versichert, diese Reise wird nicht ohne Lohn für dich und deine Kameraden bleiben.« Andrej umarmte Gudaj erleichtert und verabschiedete sich von Terbent Khan.

Erneut tat dieser so, als berühre ihn das Ganze nicht, doch man konnte ihm anmerken, dass er mit seiner Entscheidung zufrieden war. Andrej hatte sich während seines Aufenthalts im Lager seine Achtung erworben, und daher schmeichelte es seinem Ehrbegriff, ihn unbehelligt ziehen lassen zu können. Gleichzeitig entledigte er sich mithilfe dieser Gruppe eines Ärgernisses, das ihm schon lange ein Dorn im Auge gewesen war. Er liebte Oda, die Frau aus dem fernen Westen, die so ganz anders war als die Frauen, die er bislang kennen gelernt hatte. Sie war so tatkräftig wie eine Tatarin und vermochte ihm Wonnen zu bereiten, die an die Huris des Paradieses erinnerten. Ihren Sohn aber hatte er nicht in den Stamm aufgenommen. Wäre der Junge mit dem Segen des Mullahs ein Mitglied seiner Sippe geworden, hätte die Gefahr bestanden, dass er sich später gegen seine eigenen Söhne durchsetzen und sie zur Seite schieben würde. Andererseits wollte er ihn nicht töten, obwohl ihm niemand außer Oda dies zum Vorwurf gemacht hätte. Doch mit einer solchen Tat hätte er sich der Frau entfremdet, die er schätzte und die ihm, wie er hoffte, kräftige, stolze Söhne schenken würde.
»Reite mit Allah, Andrej Grigorijewitsch. Möge die Steppe deines Lebens stets voller Wild sein, das du jagen kannst.« Terbent umarmte Andrej und klopfte ihm auf die Schulter. »Ich hätte doch dem wilden Burschen, der mir damals die Antilope vor der Nase weggeschossen hat, nichts antun können.«
Er kehrte mit einer Miene zu seinem Hochsitz zurück, als habe er schon zu viele Gefühle gezeigt, und nahm ein Stück gerollten Fladenbrots zur Hand.
Andrej verbeugte sich noch einmal und verließ mit Pantelej zusammen die Halle. Draußen sah er die Fürstin mit ihren Begleiterinnen aus dem Frauenhaus des Khans treten, und es war ihm, als löse sich die schwarze Wolke auf, die ihm seit dem Betreten des Lagers den Geist verdüstert hatte. Anastasia wirkte unversehrt und sogar ein wenig erholt. Auf ihrem Gesicht malte sich

Verwunderung ab, und ihre Blicke streiften immer wieder Marie, die Arm in Arm mit einer hübschen, leicht fülligen Frau in tatarischer Tracht vor ihr herging und sich angeregt mit dieser unterhielt.

Ob das die vom Khan erwähnte Freundin ist?, fragte sich Andrej. Ihrem selbstbewussten Auftreten und ihrer Gewandung nach musste sie eine von dessen Lieblingsfrauen sein oder sogar die Khanum selbst. Ihr Mantel aus blauem Damast und ihr reicher Goldschmuck, der in der Morgensonne aufglänzte, deuteten darauf hin.

»Dürfen wir wirklich weiterreisen, Andrej Grigorijewitsch?« Die Stimme der Fürstin erinnerte den jungen Russen daran, dass er Oda ungebührlich lange angestarrt hatte. Verwirrt räusperte er sich und nickte Anastasia zu. »So ist es, Herrin. Terbent Khan lässt uns ziehen.«

»Bei Gott, das hätte ich nicht erwartet, denn bei unserer Ankunft wirkte er so zornig, als wolle er uns auf der Stelle umbringen lassen. Gott und die Heilige Jungfrau müssen ein Wunder getan haben.« Da die Fürstin bei diesen Worten Marie mit einem ungläubigen Blick streifte, schien sie zu wissen, wer für dieses Wunder verantwortlich war.

»Wladimirs Amme ist eine Freundin der Khanum«, raunte Andrej ihr zu.

»Das habe ich mir gedacht, denn man hat sie hier behandelt wie eine Fürstin.« Anastasia war anzumerken, dass sie sich über die Zurücksetzung ärgerte, andererseits aber auch froh über Maries Einfluss war, der ihnen die Weiterreise ermöglichte.

Ein Tatar brachte die Stute der Fürstin herbei und enthob Andrej damit der Antwort. Er verneigte sich vor Anastasia, fasste sie an der Taille und hob sie in den Sattel. Diesen Dienst wollte er auch Marie leisten, doch die stand noch immer bei Oda und wurde von dieser fest umschlungen.

Tränen rannen über die Wangen der ehemaligen Marketenderin,

und Marie spürte, wie diese gegen ihr Heimweh ankämpfte. Plötzlich bedauerte sie Oda, die trotz ihres Einflusses eine Gefangene der Launen des Khans war. Nie mehr würde sie selbst entscheiden können, wohin ihre Reise ging, und wenn sie den erhofften Sohn nicht gebären sollte, würde sie als eines der verhuschten Weiber enden, die sie heute noch so herrisch herumkommandierte.

»Möge Gott dich segnen und die Heilige Jungfrau ihre Hand schützend über dich halten, Oda!« Marie zog sie enger an sich und küsste sie auf beide Wangen und zuletzt auf den Mund.

Oda ließ nun ihren Tränen freien Lauf. »Grüße mir die Heimat, Marie, und gib auf meinen Sohn Acht.« Mehr konnte sie nicht sagen, da ihr die Stimme versagte.

Marie versuchte zu lächeln. »Ich werde auf Egon aufpassen wie auf meinen Augapfel, meine Liebe. Er wird einmal ein großer Herr sein, das verspreche ich dir.«

Damit brachte sie Oda zum Lachen. »Der Sohn einer Trosshure und ein hoher Herr? Das passt nicht zusammen. Lass nur nicht zu, dass er ein Leibeigener wird, sondern hilf ihm, seinen Weg selbst zu bestimmen. Doch nun geht! Es zerreißt mir sonst das Herz.« Sie schob Marie resolut auf deren Stute zu. Bevor Andrej reagieren konnte, hob ein Tatar Marie in den Sattel, und ein anderer reichte ihr Odas Sohn.

Marie sah, wie es im Gesicht der ehemaligen Marketenderin arbeitete. Oda hätte ihren Sohn gerne ein letztes Mal umarmt, doch sie durfte keine Gefühle für ihn zeigen. Die waren allein für die Kinder bestimmt, die sie Terbent gebären sollte.

»Lebe wohl, Oda. Gott mit dir!«

»Jetzt soll er erst einmal dich begleiten, meine Liebe. Sag meinem Sohn, dass ich ihn immer geliebt habe und ihn immer lieben werde. Ich bringe dieses Opfer, damit er ein freier und stolzer Mann werden kann. Versprich mir, dass du ihm das von mir sagst!«

»Ich werde es nicht vergessen!« Marie setzte den Kleinen so vor sich in den Sattel, dass sie eine Hand frei bekam, und ergriff Odas Rechte. Zu sagen brauchten sie einander nichts mehr.
Unterdessen hatte Andrej sich in den Sattel geschwungen und gab seinem Pferd nach einem letzten Gruß an den Khan, der nun auf der Schwelle seiner Halle stand, die Sporen.
Maries Stute, die sich ebenso erholt hatte wie ihre Herrin, fiel von selbst in einen schnellen Trab und zwang ihre Reiterin, rasch den Zügel aufzunehmen. Gleichzeitig zog Marie das Kind enger an sich. »Sitzt du bequem, mein Junge?«, fragte sie Egon.
»Ja, Tante«, antwortete dieser auf Deutsch. Es waren die ersten Worte, die sie aus seinem Mund hörte, und sie fühlte, wie ihr ein Stein vom Herzen fiel. Sie hatte schon gefürchtet, der Knabe würde nur Tatarisch sprechen, und sich gefragt, wie sie sich mit ihm verständigen sollte. Kinder lernten zwar sehr schnell, aber auf dieser Reise musste sie sich auch um Wladimir, Lisa und die Fürstin kümmern und würde kaum die Zeit haben, dem Kleinen ihre Sprache beizubringen. Als sie recht zufrieden auf ihn herunterblickte, sah er zu ihr hoch und sie las Furcht und Verzweiflung in seinen Augen. Oda mochte ihn aus Angst vor Terbent Khan nicht besonders gut behandelt haben, dennoch verlor der Junge mit seiner Mutter die einzige Person, bei der er sich geborgen gefühlt hatte. In diesem Augenblick nahm Marie sich fest vor, sein Vertrauen zu gewinnen und ihm so viel Liebe zu schenken, dass er ein fröhlicher, unbeschwerter Junge werden konnte.
Als sie sich umblickte, um nach den anderen Kindern zu sehen, die Alika und Gelja mit Tüchern an sich festgebunden hatten, streifte ihr Blick Anastasias Gesicht. Die Fürstin lächelte beinahe selig und warf ihr einen dankbaren und gleichzeitig verwunderten Blick zu. Marie erwiderte ihr Lächeln, ohne sich ihre Erleichterung anmerken zu lassen. Von nun an, das war ihr klar, würde sie keine Sklavin mehr sein, denn sie hatte es ihrer Herrin erspart, selbst eine zu werden.

Als die Truppe anritt, schloss Andrej zu Anastasia auf. »Ich hoffe, du befindest dich wohl?«
Die Fürstin nickte. »Ja, Andrej. Es geht mir besser, als ich es mir vorgestern habe vorstellen können. Die Frau des Khans ist auch eine Fremde und hat in Marie eine alte Freundin erkannt. Daher hat man auch mich und Wladimir gut behandelt. Ich habe mit meinem Sohn, den Mägden und anderen Weibern die beiden Nächte in einer kleinen Kammer verbracht und wurde weder vom Khan noch von einem anderen Tataren belästigt.«
Mit feinem Gespür hatte Anastasia erkannt, welche Frage ihr Begleiter eigentlich hatte stellen wollen, und freute sich, dass er mehr Interesse an ihr zeigte, als es für die Witwe seines Fürsten angemessen war. Wenn sie ihr Gewissen erforschte, musste sie zugeben, dass Andrej ihr immer gut gefallen hatte. Irgendwann hatte sie sich sogar gewünscht, Dimitri hätte mehr von seinem liebenswürdigen Gefolgsmann an sich. Für einen Augenblick stellte sie sich vor, die Rollen der beiden Männer wären vertauscht gewesen. In diesem Fall würden sie noch in Worosansk leben, denn Andrej hätte gewiss nicht den Zorn des Großfürsten auf sich herabgerufen, sondern mindestens so klug und weise gehandelt wie Fürst Michail.
Mit einem Lachen vertrieb sie die Bilder, die ihre Phantasie ihr vorgaukelte, und wandte ihre Gedanken der Zukunft zu. Anders als bei ihrer Flucht aus Worosansk wurden sie nun von kampfkräftigen Männern begleitet und brauchten sich keine Sorgen mehr zu machen, unterwegs abgefangen oder getötet zu werden. Fröhlich wie ein Kind lächelte sie Andrej zu und wies nach Süden. »Noch ein paar Tagesreisen zu Pferd und wir werden in Tana sein. Dann liegt nur noch eine kurze Schiffsreise nach Konstantinopel vor uns, und wir sind endlich in Sicherheit!«

Siebter Teil

◆

Die Schatten der Vergangenheit

I.

Die Herrin war schwanger. Anstatt die freudige Nachricht zu bejubeln, streiften die Menschen auf Kibitzstein Frau Schwanhilds gewölbten Leib mit fragenden Blicken. Hinter vorgehaltener Hand wurde getuschelt, nicht der Ehemann sei der Vater des Kindes, sondern Junker Ingold von Dieboldsheim. Vor allem diejenigen, die Marie näher gekannt und verehrt hatten, zerrissen sich die Mäuler, und niemand tat es mit schärferen Worten als Maries Patenkind Maricle. Auch an diesem Tag stand das Mädchen mit der schwarzen Eva, Theres und Anni in einem Winkel des Burghofs und redete eifrig auf die anderen ein.
»Es ist eine Schande, sage ich euch! Diese Schwanhild betrügt unseren armen Michel nach Strich und Faden. Ich habe euch doch schon erzählt, wie ich sie mit dem Junker auf der Burgmauer beobachtet habe. Dort haben sie sich vor aller Augen umarmt.«
»Vor aller Augen gewiss nicht, denn ich habe es nicht gesehen.« Eva, die ehemalige Marketenderin, wiegte bedenklich den Kopf. Ihre Geste galt sowohl dem Verhalten der Herrin wie auch Marieles hasserfülltem Eifer, diese schlechtzureden. Selbst wenn der Verdacht stimmen sollte, so war die Stimmung in der Burg derzeit nicht danach, es zu laut hinauszuposaunen.
So sah es auch Michi, Marieles Bruder, der sich nun zu der Gruppe gesellte. »Sei still, Schwester! Wenn die Herrin erfährt, was du über sie erzählst, lässt sie es dich ausbaden.«
Mariele winkte mit einem bösen Lachen ab. »Es ist die Wahrheit! Ich habe sogar noch mehr gesehen als diese eine Umarmung. Nur zwei Wochen bevor die Schwangerschaft bekannt gegeben wurde, bin ich an Schwanhilds Kemenate vorbeigekommen und habe Junker Ingolds Stimme gehört. Da habe ich durchs Schlüsselloch geschaut und konnte die beiden deutlich sehen. Sie stand obenherum nackt am Kamin, und der Junker hat ihre Brüste geküsst.«

Dieser Hieb saß. Eva stieß einen unanständigen Fluch aus, den sie noch aus ihrer Marketenderinnenzeit kannte, und Mariele blickte die anderen triumphierend an.

Michi schüttelte den Kopf über die Verbissenheit, mit der seine Schwester der Herrin und dem Junker nachspionierte. »Ich sage es dir noch einmal: Sei still! Das ist eine Sache zwischen Herrn Michel und seiner Gemahlin. Uns geht das Ganze nicht im Geringsten an.«

»Das musst ausgerechnet du sagen! Herr Michel hat dich zuerst zu seinem Knappen gemacht und dir damit die Chance gegeben, vielleicht sogar einmal ein echter Ritter zu werden. Dann hat diese Metze da oben dafür gesorgt, dass er dich beiseite geschoben hat. Jetzt nimmt ein Lümmel aus ihrer Verwandtschaft den Platz ein, der eigentlich dir zusteht.«

Damit traf Mariele Michis wundesten Nerv. Er verzog das Gesicht, als habe er Zahnschmerzen, und die Mienen der Umstehenden verfinsterten sich. Anni schien Tränen nach innen zu weinen und wurde sofort getröstet, denn alle wussten, dass Landulf, Michels neuer Knappe, ihr mit nicht enden wollender Ausdauer nachstellte. Der Kerl hatte sogar schon Drohungen gegen sie ausgestoßen, weil sie ihm nicht zu Willen war.

»Herr Michel hat seiner zweiten Frau in letzter Zeit zu viel nachgegeben. Seit Zdenka nicht mehr Wirtschafterin auf der Burg ist, sondern mit Reimo und Karel zusammen auf einen Pachthof abgeschoben wurde, sind wir arme Hunde. Schwanhilds frühere Kindsmagd Germa bildet sich wer weiß was darauf ein, dass sie nun den Schlüsselbund trägt, und teilt uns und dem Gesinde Nahrung und Kleidung so mager zu, als müsste sie die Sachen aus eigener Tasche bezahlen.«

Theres spie wütend aus, denn weder in der kurzen Zeit, die Marie hier auf der Burg gelebt hatte, noch in Zdenkas Zeit hatten sie und Eva darben müssen.

Eva bog ihre knochigen Finger zu Krallen. »Diese Germa behan-

delt uns wie unnütze Fresser! Dabei haben Theres und ich uns Trudis angenommen und das Kind behütet, als Marie in Böhmen verschollen war. Ich habe mir Ende des Winters schon ernsthaft überlegt, ob ich lieber wieder meinen Wagen anspannen und mich einem Heerzug anschließen soll. Es wäre auf jeden Fall ein besseres Leben, als ich es hier führe.«
»Das kannst du laut sagen!«, stimmte Theres ihr zu. »Seit Michel seiner Frau erlaubt hat, ihre Leute auf die Burg zu holen, weht hier ein arg scharfer Wind. Gäbe es Trudi nicht, die von diesem Gesindel schlecht behandelt wird, hätte ich Kibitzstein längst verlassen.«
Die frühere Marketenderin lieferte Mariele damit das Stichwort für den nächsten Angriff. Das Mädchen stellte sich in Pose und blitzte die anderen kämpferisch an. »Ich werde nicht zulassen, dass unsere Trudi durch einen Bastard um das ihr zustehende Erbe gebracht wird.«
Ihr Bruder tippte sich an die Stirn. »Du lädst dir zu viel auf, Mariele. Die Zeiten haben sich gewandelt. Vor einem halben Jahr konnten wir beide fast von Gleich zu Gleich mit Herrn Michel sprechen, aber das ist jetzt nicht mehr möglich. Und auch damals hätte ich es nicht gewagt, ihm solche Anschuldigungen ins Gesicht zu sagen.«
»Du bist ein elender Feigling! Ich würde mich das jederzeit trauen.« Mariele warf den Kopf hoch und machte Anstalten, auf die Freitreppe zuzugehen, die zur Pforte des Palas hochführte. Michi und Anni eilten ihr nach und hielten sie auf.
»Du bist verrückt vor Hass! Das ist nicht gut.« Es waren die ersten Worte, die Maries frühere Leibmagd an diesem Tag von sich gab, und sie trafen ins Schwarze. Mariele war etwas jünger als Anni und noch zu kindlich, um bereits als Frau wahrgenommen zu werden. Doch sie hatte sich in eine mystische Verehrung für Michel hineingesteigert und verging vor Eifersucht auf Schwanhild, die überdies noch Junker Ingold in ihren Bann geschlagen

hatte, dem nach Michels Heirat ihre unschuldige, aber leidenschaftliche Liebe gegolten hatte.
»Ich muss Anni Recht geben! Du solltest vorsichtiger sein mit dem, was du sagst.« Eva wies mit ihrem dürren Zeigefinger auf eine hübsche Frau in der Tracht einer gehobenen Bediensteten, die sich in ihrer Nähe herumtrieb. Im Eifer des Gesprächs war bis jetzt niemand aus der Gruppe auf die Lauscherin aufmerksam geworden. Jetzt aber wechselten alle besorgte Blicke – bis auf Mariele, die sich hinter ihrem Trotz verschanzte. Frieda, Frau Schwanhilds Leibmagd, war als deren Zuträgerin bekannt und mindestens ebenso verhasst wie ihre Mutter Germa.
»Wenn dieses Weib etwas von unserem Gespräch aufgeschnappt hat, dann gnade uns Gott!« Eva sprach aus, was die anderen dachten.
Nur Mariele hob spöttisch den Kopf und blies verächtlich durch die Nase. »Schwanhild soll ruhig hören, dass wir von ihrer Schande wissen.«

II.

Schwanhild sah vom Burgsöller aus auf die Gruppe hinab, die schwatzend zusammenstand, und ahnte, dass sie dort unten durchgehechelt wurde. Doch gerade als sie sich fragte, ob es nicht doch einen Weg geben mochte, gegen dieses Pack vorzugehen, entdeckte sie ganz in der Nähe der Gruppe ihre Leibmagd und lächelte böse. Frieda war ein geschicktes Ding und vermochte sich fast lautlos an jeden heranzuschleichen. Seit ihre Zofe auf der Burg weilte, hatte sie ein Ohr, dem kaum etwas entging.
Schwanhild legte die Hand auf ihren Bauch, über dem sich ihr langes blaues Kleid spannte. Sie hätte ein weiter geschnittenes Gewand anlegen können, aber sie verzichtete darauf, um aller Welt und besonders ihrem Mann deutlich vor Augen zu führen,

dass sie guter Hoffnung war. Sie, Schwanhild, stellte die Zukunft seiner Sippe dar und nicht jenes Gesindel da unten, das in seiner unbegreiflichen Verehrung für eine ehemalige Hure zu leben schien und wohl immer noch nicht gemerkt hatte, dass auf Kibitzstein ein anderer Wind wehte.
Mit einem Mal nahm sie eine Bewegung wahr und drehte sich um. Sofort glättete ihre Miene sich, denn sie hatte Junker Ingold erkannt. Anders als Michel Adler hatte der junge Mann all das, was einen edel geborenen Herrn auszeichnete, und sie bedauerte, sooft sie ihm begegnete, dass nicht er ihr angetraut worden war, sondern dieser bäuerische Wirtssohn, der noch dazu um so viele Jahre älter war als sie. Sie seufzte und schenkte dem Junker ein Lächeln.
»Einen schönen guten Morgen wünsche ich Euch, Herrin!« Ingold sank vor Schwanhild in die Knie und wollte ihre rechte Hand nehmen und an die Lippen führen.
Sie entzog sie ihm sofort. »Doch nicht auf dem Söller! Hier können uns alle zusehen. Das Gesindel da unten tratscht ohnehin schon über uns.«
Der Junker schoss hoch und ballte die Fäuste. »Sie sollen es wagen, ein böses Wort über Euch zu verlieren. Ich schlage mit eiserner Faust drein, das schwöre ich Euch!«
»Ihr ja! Doch mein Gemahl lässt diese Leute ungehindert gewähren. Ich weiß nicht, wie ich das Leben hier noch länger ertragen soll.« Schwanhild seufzte schwer und trat in den schützenden Schatten der Söllerpforte. Jetzt ließ Ingold sich nicht länger von ihr zurückhalten, sondern nahm ihre Hand und küsste sie mehrmals.
»Ihr seid wunderschön, Herrin, und ebenso grausam, weil Ihr mich leiden lasst.« Seine Stimme klang wie die eines kleinen Jungen, der um einen Apfel bettelt.
Schwanhild wandte sich ab, damit er ihren Gesichtsausdruck nicht sehen konnte. Obwohl es ihr gefiel, mit ihm zu tändeln und

seinen Komplimenten zu lauschen, durfte sie ihm keine zu engen Vertraulichkeiten gewähren. Ihr Ehemann behandelte sie zwar kühl, aber er war kein Narr, der träge über ihr Verhalten hinwegsah. Unwillkürlich fasste sie mit beiden Händen an ihren Bauch, als gewähre die Schwangerschaft ihr Schutz. Da sie nun, wie sie hoffte, den Erben von Kibitzstein trug, bedauerte sie es, Ingold nicht schon früher in seine Schranken gewiesen zu haben. Diese Einsicht hielt jedoch ihren Sehnsüchten nicht stand, denn Ingolds leuchtende Blicke und seine Verehrung entschädigten sie ein wenig für die Gefühllosigkeit ihres Gemahls.

Sie musste sich nur daran erinnern, wie lange sie Michel hatte bitten müssen, die böhmische Wirtschafterin fortzuschicken. Hätte Zdenka ihr bei den Vorbereitungen zum Osterfest nicht vor allen Leuten den Gehorsam verweigert, würde die Frau wohl immer noch die Schlüsselgewalt in der Hand halten. An jenem Tag hatte ihr Mann die Missachtung seiner Ehefrau nicht länger hinnehmen können und die impertinente Böhmin ihres Amtes enthoben. Bei der Erinnerung an diese Szene lächelte Schwanhild, denn damals hatte sie die Gelegenheit ergriffen, Germa, ihre frühere Amme, zu rufen, deren Tochter Frieda nur kurz nach ihr zur Welt gekommen war. Mit ihrer Milchschwester und deren Mutter hatte sie nun zwei Menschen, auf die sie sich voll und ganz verlassen konnte. Nun erinnerte Schwanhild sich wieder an die Szene auf dem Hof und hielt nach Frieda Ausschau. Im gleichen Augenblick hörte sie deren Schritte auf der Treppe zum Söller, und kurz danach stand die Magd vor ihr.

Frieda wirkte abgehetzt und um ihren Mund lag ein verkniffener Zug. »Herrin, Ihr seid in Gefahr! Dieses kleine Miststück, das sich das Patenkind der Hure nennt, redet schlecht über Euch und den Junker.« Ein verärgerter Seitenblick traf Ingold, als mache Frieda ihn für alle Probleme verantwortlich, die sich vor ihrer Herrin auftürmten.

»Was sagst du da?« Schwanhild packte ihre Leibmagd bei der

Schulter. »Welche Lügen verbreitet diese Bauerndirne über mich?«

Frieda holte erst einmal tief Luft und begann dann zu berichten. Bei jedem Wort wurde die Miene ihrer Herrin länger.

»Das Kind ist von meinem Gemahl!« Schwanhild sagte es mit einem Nachdruck, als stände Michel vor ihr und hätte sie danach gefragt.

»Wenn diese Verleumderin ihre Lügen weiterhin herumträgt, werden die Leute bald daran zweifeln! Sollte Euer Gemahl von dem Gerede erfahren, glaubt er es womöglich und wird sehr zornig werden. Schließlich hat er Euch nur gezwungenermaßen geheiratet und wird vielleicht sogar die Gelegenheit nützen, sich Eurer zu entledigen. Ein schneller Schwerthieb im Zorn kostet ihn nur eine Buße durch den Burgkaplan und eine Wallfahrt zu den vierzehn Nothelfern bei Lichtenfels oder zum Grab des heiligen Kilian in Würzburg.«

Frieda verging sichtlich vor Angst um ihre Herrin, denn sie kannte deren Geheimnisse und wusste, dass der Junker ihr näher gekommen war, als Brauch und Sitte es erlaubten.

Schwanhild fürchtete nicht so sehr, von ihrem eifersüchtigen Ehemann erschlagen, sondern hinter Klostermauern gesperrt zu werden. Sie wimmerte wie ein kleines Mädchen und warf dem Junker einen verzweifelten Blick zu. »Du musst Mariele zum Schweigen bringen! Ich will nicht den Rest meines Lebens als Nonne verbringen. Michel wird mich ganz gewiss in ein Kloster stecken, wenn er an meiner Treue zu zweifeln beginnt.«

»Ich bringe diese Bauerndirne um!« Ingold riss sein Schwert aus der Scheide und wollte die Treppe hinunterstürmen. Schwanhild stieß einen Schrei aus und hielt ihn fest.

»Wenn du das tust, werden alle glauben, dass dieses Biest die Wahrheit gesagt hat! Dann wird der Zorn meines Gemahls über uns beide kommen. Oder willst du Michel mit blanker Klinge gegenübertreten?«

Da der Junker ganz so aussah, als wäre er auch dazu bereit, sah Schwanhild sich für einen Augenblick als reiche Witwe, die den stolzen Besitz für ihren noch ungeborenen Sohn verwalten würde. Dann begriff sie die Konsequenzen einer solchen Tat und klammerte sich an Ingold.

»Tu das nicht! Damit würdest du das Urteil über dich selbst sprechen. Ein Gefolgsmann, der die Waffe gegen seinen Herrn erhebt, verfällt der Reichsacht und ist friedlos bis ans Ende seiner Tage. Du wärst an keinem Ort mehr sicher und jeder Mann könnte dich unbeschadet erschlagen.«

»Außerdem würden dann die Stimmen derer, die Euch bezichtigen, Unerlaubtes mit meiner Herrin getrieben zu haben, wie ein Donnerschlag über das Land hallen und Frau Schwanhild mit in den Abgrund reißen.« Frieda wies in den Hof, in dem Mariele immer noch voller Eifer auf Anni und die anderen einsprach, und blickte Ingold auffordernd an.

»Wird dieses Schandmaul dort zum Schweigen gebracht, wagt es gewiss niemand mehr, schlecht über meine Herrin zu reden.«

Der Junker fuhr wütend auf. »Wie soll ich sie zum Schweigen bringen, wenn ich sie nicht erschlagen darf?«

»Lass dir etwas einfallen! Immerhin bin ich durch deine Schuld in Verruf geraten«, drängte Schwanhild ihn und vergaß dabei ganz, wer Ingold dazu verführt hatte, ihr allzu vertraulich entgegenzutreten. Jetzt sah sie im Geiste nur die Klostermauern, hinter die Michel sie verbannen würde, wenn auch nur ein Hauch von Zweifel an der ehelichen Abkunft des Ungeborenen bestand. Dort würde sie auf Knien rutschen und sich kasteien müssen, ohne noch einmal die Süße eines Kusses und die Leidenschaft erleben zu dürfen, die sie in den Augenblicken der Paarung mit Michel erlebt hatte.

Ingold fühlte sich wie vom Blitz getroffen. Er verehrte Michel nicht, achtete ihn aber als kühnen Krieger und angenehmen Lehnsherrn. Nie hatte er die Absicht gehabt, ihm zu schaden oder ihm Schande zu bereiten, und er hatte gegen die Träume angekämpft, in denen er mit Schwanhild mehr geteilt hatte als nur den flüchtigen Augenblick eines Kusses oder den kurzen Anblick ihrer entblößten Brust, den sie ihm nach vielen Bitten gewährt hatte. Doch auch wenn nichts Böses zwischen ihm und der Herrin geschehen war, würden die kurzen Augenblicke, in denen sie verstohlene Zärtlichkeiten getauscht hatten, den Sumpf der Lügen, in den Mariele ihn und die Herrin zu ziehen versuchte, nur noch glaubhafter erscheinen lassen. Er fühlte Schwanhilds Verzweiflung beinahe wie einen eigenen Schmerz und schwor sich, dass nichts auf der Welt ihre Ehre beflecken durfte. Mit diesem Entschluss verbeugte er sich vor ihr und verließ mit entschlossener Miene den Palas.

III.

Zu Marieles Ärger begannen ihre Zuhörer sich zu zerstreuen. Eva erklärte, sie würde Zdenka auf ihrem Hof besuchen und wohl nicht vor dem Abend zurückkehren. Theres schloss sich ihr an, während Anni sich an die Arbeiten erinnerte, die Herma, die neue Wirtschafterin auf Kibitzstein, ihr aufgetragen hatte. Die beiden Geschwister blieben allein zurück.

Michi legte seine Hände auf Marieles Schulter. »Ich sage es ungern, aber wenn du nicht endlich lernst, den Mund zu halten, muss ich Herrn Michel raten, dich nach Hause zu schicken.«

»Schlimmer als hier kann es dort auch nicht sein. Auf Kibitzstein bin ich nur noch eine billige Magd, die zufrieden sein muss, wenn sie einen Fetzen als Kleidung und ein Stück harten Brotes zum Essen bekommt.«

Mariele weinte vor Wut, denn als Marie sie damals mitgenommen hatte, hatte sie erwartet, als deren Ziehtochter zu gelten. Nun herrschten Schwanhild und Germa über sie und zwangen

sie zu niederen Magddiensten. Trudis Betreuung hatte man ihr als Erstes weggenommen und einem der einheimischen Weiber übertragen, einer groben Alten, die vor der neuen Herrin buckelte und alles nach deren Willen tat.
Da Michi nicht reagierte, stampfte sie mit dem Fuß auf. »Zu Hause gelte ich wenigstens als die Tochter angesehener Freibauern. Hier aber schikaniert mich diese ehebrecherische Metze in einer Weise, die kaum zu ertragen ist.«
In dem Moment, in dem Mariele die Worte ausstieß, wurde sie gepackt und herumgewirbelt. Dann erhielt sie eine heftige Ohrfeige. Mit tränenden Augen blickte sie auf und sah in Junker Ingolds wutverzerrtes Gesicht.
»Du wirst die Herrin auf der Stelle für deine Lügen um Verzeihung bitten und die Strafe auf dich nehmen, die sie über dich verhängt!«, herrschte Ingold das Mädchen an.
Mariele tastete mit der freien Hand nach ihrer Wange, die wie Feuer brannte, und fauchte wie eine gereizte Katze. »Das könnte Euch so passen! Ich werde die Wahrheit nicht verschweigen. Herr Michel muss erfahren, was für eine Frau er geheiratet hat und wie sie ihn mit seinem eigenen Gefolgsmann betrügt.«
Im selben Augenblick traf die Hand des Junkers erneut ihr Gesicht. Diesmal sprangen Marieles Lippen auf, und sie schmeckte ihr eigenes Blut. Wie durch einen dichten Nebel hörte sie Ingolds Stimme zu sich dringen.
»Willst du wohl gehorchen!«
»Niemals!«
Der Junker hob erneut die Hand, doch bevor er zuschlagen konnte, packte Michi seinen Arm. »Lass meine Schwester los!«
Ingold schüttelte ihn ab wie ein lästiges Insekt und schleuderte ihn zu Boden. Der Junge sprang sofort wieder auf und zog seinen Dolch, um Mariele zu verteidigen. Gleichzeitig verwandelte seine Schwester sich in eine kratzende und beißende Wildkatze. Ingold von Dieboldsheim fand sich in einer Zwickmühle. Um das to-

bende Mädchen zu bändigen, benötigte er beide Arme, gleichzeitig musste er sich Michi vom Leib halten.

In der Burg war man auf das Geschehen aufmerksam geworden. Die kleine Trudi stürmte aus dem Palas, kollerte fast die Freitreppe hinab und ging nun ebenfalls auf den Junker los.

»Lass sofort Mariele los!« Sie bearbeitete mit ihren kleinen, aber bemerkenswert kräftigen Fäusten seinen Oberschenkel und zielte dabei vor allem nach einer Stelle, an der er lieber nicht getroffen werden wollte. Kurz nach ihr erschienen die beiden Waffenknechte Gereon und Dieter, denen man in der Burg eine gewisse Achtung entgegenbrachte, weil sie Maries Begleiter auf deren letzter Reise gewesen waren. Ihnen folgte die neue Wirtschafterin Germa.

»Was soll der Aufruhr?«, keifte die etwas füllige, aber immer noch recht ansehnliche Frau. Sie hob den Besen, den sie auf dem Weg nach draußen an sich genommen hatte, und wollte damit auf Mariele einschlagen.

Trudi sah es, ließ von dem Junker ab und funkelte die Wirtschafterin zornig an. »Geh weg, du böse Frau!«

Germa sah zwar noch, wie die Kleine zwischen sie und Mariele trat, konnte aber ihren Besen nicht mehr stoppen und traf Trudis Kopf. Während die Kleine heulend zu Boden sank, wurde die Wirtschafterin schreckensbleich. Es war bekannt, mit welcher Liebe Michel an seiner Tochter hing. Sollte Trudi stärker verletzt sein, würde selbst Schwanhild sie nicht vor seinem Zorn retten können.

Mariele riss sich von Ingold los und kniete neben Trudi nieder. »Hat die böse Frau dir wehgetan, mein Schatz? Aber so ist es nun einmal, wenn die eigene Mutter nicht mehr da ist und eine Fremde die Herrin spielt. Das aber wird bald vorbei sein, denn dein Papa wird deine Stiefmutter davonjagen und das Gesindel, das diese auf die Burg gebracht hat, gleich mit.«

Als Ingold von Dieboldsheim den fanatischen Ausdruck ihrer

Augen sah, wurde ihm bewusst, dass dieses Mädchen niemals aufgeben würde, ihn und Schwanhild der Untreue zu bezichtigen. Hatte er eben noch gehofft, Mariele mit geharnischten Worten und ein paar Schlägen zum Schweigen zu bringen, begriff er nun, dass sein Eingreifen die Situation zugespitzt hatte. Unwillkürlich wanderte sein Blick zum Söller, auf dem Schwanhild und Frieda den Aufruhr auf dem Hof beobachteten. Die Burgherrin war bleich wie ein Leinentuch und presste beide Hände auf ihr Herz. Ein so tiefes Erschrecken zeichnete ihr Gesicht, dass Ingold sich fragte, was in ihr vorgehen mochte. Dann erkannte er, dass ihr Augenmerk nicht ihm galt, sondern dem Burgtor. Er drehte sich um und sah den Burgherrn in den Hof einreiten.

Michel hatte einen Nachbarn aufsuchen müssen und war schon mit einem schlechten Gefühl aufgebrochen. Daher hatte er dessen Einladung zum Essen ausgeschlagen, um schnell wieder nach Hause zurückkehren zu können. Jetzt blickte er auf die erstarrte Gruppe, die sich um seinen Kastellan versammelt hatte, und bemerkte, dass Trudis Haare voll Blut waren.

Er sprang aus dem Sattel, nahm seine Tochter aus Marieles Armen und drückte sie an sich. »Was ist denn mit dir passiert, mein Liebes?«

Trudis Augen blitzten zornig auf. »Die böse Frau da hat mich geschlagen!«

Ihr Zeigefinger wies auf Germa, die verzweifelt überlegte, wie sie die Schuld von sich abwenden konnte. »Der Schlag galt nicht Eurer Tochter, Herr, sondern dem lügenhaften Ding da.« Dabei deutete sie auf Mariele.

Michel sah eine Menge Ärger auf sich zukommen, richtete sich auf und stemmte die Fäuste in die Hüften. »Was geht hier vor?«

Der Junker zitterte und konnte den Mund nicht öffnen, das unerwartete Erscheinen seines Herrn hatte ihn nicht weniger erschreckt als Schwanhild. Mariele hingegen straffte die Schultern, um ihre Beschuldigungen vor Michel zu wiederholen. Da griff die Wirtschafterin ein. Sie packte das Mädchen und schleifte es auf Michel zu.

»Es geht um dieses bösartige Weibsstück!«, erklärte sie mit scharfer Stimme. »Schon seit Wochen verfolgt diese Magd Eure Gemahlin mit übler Nachrede und lügt dabei das Blaue vom Himmel herab.«

»Das stimmt nicht! Ich habe es selbst gesehen. Schwanhild war nackt und der Junker bei ihr.« Marieles Wut war so groß, dass sie ihre Beobachtung aufbauschte.

»Das ist nicht wahr!«, rief Junker Ingold in höchster Not.

Mariele musterte ihn verächtlich. »Ich habe doch gesehen, wie du der Herrin die nackte Brust abgeleckt hast!«

Diese Beschuldigung konnte Michel nicht im Raum stehen lassen. Sein Blick suchte Schwanhild, die oben auf dem Söller den Kopf schüttelte, und dann den Junker. Dieser war so bleich wie ein Leintuch und seine Lippen bebten. Michel konnte nicht erkennen, ob ihn die Empörung über eine bösartige Lüge erregte oder uneingestandene Schuld.

Daher wandte Michel sich an Mariele. »Bist du dir auch darüber im Klaren, was du meiner Gemahlin vorwirfst?«

Das Mädchen nickte. »Ja, das weiß ich, und ich will nicht, dass Trudi von einem Bastard verdrängt wird.«

Michel blickte in die Runde und sah betroffene Gesichter, doch niemand wagte es, ein Wort für oder gegen das Mädchen zu äußern. Eine Glutwelle aus Zorn stieg in ihm hoch, dennoch erschien es ihm, als stünde er wie ein Unbeteiligter neben dem Geschehen. Doch es war nicht die Ehefrau eines Fremden, die hier der Untreue bezichtigt wurde, sondern seine eigene.

Er liebte Schwanhild nicht und hatte ihr in einigen Dingen nur deshalb nachgegeben, um endlich seine Ruhe zu haben. Dennoch kränkte ihn der bloße Verdacht, sie könnte ein Verhältnis mit seinem Kastellan unterhalten. Während er die Gesichter um ihn

herum prüfte, welche ihm wahrhaftig und welche ihm schuldbewusst erschienen, machte er sich klar, dass es zwar Verdachtsmomente gegen Schwanhild gab, aber keinen Beweis ihrer Schuld.
Er atmete tief durch und zeigte dann auf den Palas. »Wir werden drinnen weiterreden. Ihr hier kommt mit, und du«, eine befehlende Geste galt seiner Frau, »wirst dich jetzt ebenfalls in die Halle begeben.«
Der Junker sah das Elend, das sich für einen Augenblick auf Schwanhilds Antlitz ausbreitete, und überlegte verzweifelt, was er tun konnte, um sie von dem Verdacht zu reinigen. Im nächsten Augenblick kniete er vor Michel nieder, zog sein Schwert und hielt es wie ein Kreuz hoch. »Herr, ich schwöre Euch bei meiner Ritterehre, dass ich mich Eurer Gemahlin nicht unziemlich genähert habe! Auch hat sie dies niemals von mir verlangt.«
Auf dem Burghof wurde es totenstill. Nur Michels Pferd, das endlich zu einer gefüllten Krippe geführt werden wollte, stampfte ungeduldig mit den Hufen. Michel trat einen Schritt zurück und musterte den Junker eindringlich. »Seid Ihr bereit zu schwören, dass Mariele gelogen hat?«
Ein Hauch Misstrauen schwang in seinen Worten und brachte Ingold von Dieboldsheim dazu, auch die letzten Bedenken von sich zu schieben. »Ich schwöre es bei meiner Ehre und meinem Leben!«
Noch während er es sagte, entstand in seinen Gedanken das Bild, wie Schwanhild auf seine Bitte hin die rechte Brust entblößt und er diese geküsst hatte. Mariele mochte diese Szene gesehen und schamlos ausgeschmückt haben, aber wer hier log, war er. Und er machte nun alles noch schlimmer, denn er war dabei, einen Meineid zu schwören. Doch wenn er Schwanhilds Ehre schützen wollte, blieb ihm nichts anderes übrig, als seine eigene zu beschmutzen.

»Werdet Ihr mir in die Burgkapelle folgen und diesen Schwur im Angesicht des Kreuzes und unseres Erlösers Jesus Christus ablegen?«

»Ich bin bereit!« Ingold stand bleich und zitternd auf, wagte aber nicht, Mariele anzusehen.

Das Mädchen war fassungslos. »Er lügt!«, rief sie, als sie ihre erste Erstarrung abgeschüttelt hatte. Mehr konnte sie nicht sagen, denn Germa gab ihr eine Ohrfeige, die sie zu Boden warf.

»Halt endlich dein Schandmaul! Ein edler Jüngling hat einen heiligen Eid geschworen. Wer will dir Metze da noch glauben?«

Sie wollte erneut zuschlagen, doch Michel packte sie am Arm.

»Ich bin der Lehensträger und damit auch Gerichtsherr auf dieser Burg. Es ist meine Aufgabe, Recht zu sprechen und diejenigen zu bestrafen, die sich vergangen haben.«

»Tut dies, Herr!«, antwortete Germa liebedienerisch. »Die Schuld dieser Magd ist durch den Schwur des hochedlen Junkers an den Tag gekommen. Sie ist eine üble Verleumderin und hat die strengste Strafe verdient. Sie gehört gebrandmarkt und ausgepeitscht, und die Zunge muss ihr abgeschnitten werden!«

Michel fuhr die Frau scharf an. »Ich sagte, ich spreche hier das Urteil. Aufgrund ihrer Jugend soll Mariele ihre Zunge behalten. Sie erhält zehn Stockhiebe, und es soll das Brandeisen heiß gemacht werden.«

»Aber ich lüge doch nicht!« Mariele begriff jetzt erst die Wendung, die die Angelegenheit für sie genommen hatte, und blickte Michel verzweifelt an.

Michi stöhnte und überlegte verzweifelt, wie er seiner Schwester helfen konnte. Der Blick in Michels Gesicht machte ihm wenig Mut, denn es wirkte wie aus Stein gemeißelt.

»Das Urteil wird morgen bei Sonnenaufgang vollstreckt.« Mit diesen Worten wandte Michel sich ab und ging mit langen Schritten davon.

In einem heftigen Zwiespalt gefangen blieb Michi zurück. Mariele sah aus, als brauche sie dringend seinen Trost, doch er hatte keine Zeit, sich um sie zu kümmern. Wenn er etwas erreichen wollte, musste er versuchen, in Ruhe mit seinem Patenonkel zu sprechen. Während zwei Mägde auf Germas Geheiß Mariele packten und in eine abschließbare Kammer schleiften, in der sie bis zum nächsten Morgen bleiben sollte, rannte der Junge hinter Michel her.

Er suchte ihn zuerst in seinen privaten Räumen, doch der Burgherr hatte sich nicht wie gewohnt umgezogen, sondern in seiner staubigen Reitkleidung auf seinem Hochsitz in der Halle Platz genommen. Nun starrte er gegen die noch immer kahlen Wände. Marie hatte so viele Ideen gehabt, wie man dem hohen, abweisend wirkenden Raum ein angenehmeres Aussehen verleihen könnte. Doch sie war tot, und ihre Nachfolgerin schien mit dem zufrieden zu sein, was sie hier vorgefunden hatte. Diese Frau war ein schlechter Tausch gewesen, auch ohne die üblen Gerüchte, die sich nun um sie rankten, dachte Michel bitter.

Ein scharrendes Geräusch ließ ihn aufsehen. Michi stand vor ihm, hielt die Mütze wie ein Bittsteller in beiden Händen und sah so verzweifelt aus, dass er ihn am liebsten an sich gezogen und getröstet hätte. Doch der Schwur des Junkers machte ihm dies unmöglich.

»Darf ich etwas sagen, Herr?« Selten hatte Michi so förmlich zu seinem Patenonkel gesprochen.

Die Hilflosigkeit des Jungen tat Michel in der Seele weh, vor allem, weil er ihm nicht helfen konnte. »Du kannst jederzeit mit mir reden, Michi.«

»Mariele ist keine Lügnerin, Herr. Sie hat sich diese Geschichten gewiss nicht aus den Fingern gesogen. Es weiß jeder auf der Burg, dass Frau Schwanhild dem Junker große Sympathie entgegenbringt. Es mag nicht so schlimm gewesen sein, wie Mariele es dargestellt hat, aber sie hat bestimmt etwas gesehen, was ihren Verdacht geweckt hat. Ich habe ihr ja gesagt, sie solle vorsichtiger sein, aber ...« Er brach ab, weil die Tränen zu sehr nach oben drängten.

Michel rührte sich nicht, sondern blickte an dem Jungen vorbei auf die Wand. »Es war unvorsichtig von ihr, ihre Beobachtungen vor allen Leuten auszubreiten. Der Eid eines Ritters wiegt nun einmal schwerer als das Wort eines Mädchens. Daher kann ich ihr die Strafe nicht ersparen, sonst würden mich alle für schwach halten und glauben, sie könnten ungestraft meine Anweisungen ignorieren und die Gesetze brechen.«

»Wenn Ihr es so seht, Herr, kann ich nichts mehr für meine arme Schwester tun. Wenn es vorbei ist, werde ich mit ihr nach Hause zurückkehren.« Michi verbeugte sich äußerst knapp und wollte die Halle verlassen.

Da sprang Michel auf und packte ihn bei der Schulter. »Glaubst du, es macht mir Freude, deiner Schwester Schmerzen zufügen zu müssen? Sie ist immerhin Maries Patenkind, und ich habe sie ebenso wie dich als Kind auf meinen Knien geschaukelt. Ich werde Mariele Eva und Theres übergeben und ihnen ein Haus in einem meiner Dörfer einrichten lassen. Dort wird sie so erzogen werden, wie es sich für das Patenkind eines Ritters gebührt. Wenn sie erwachsen ist, werde ich ihr einen Bräutigam suchen und ihr die Hochzeit ausrichten, so wie es Maries Wunsch gewesen ist.«

»Für eine Gebrandmarkte werdet Ihr wohl kaum einen passenden Ehemann finden. Nicht einmal ein Henker würde sie dann noch nehmen!« Michi hatte sich in Rage geredet, doch Michel lachte nur kurz auf.

»Warte es ab! Jetzt lass mich allein. Ich muss nachdenken. Ach ja, suche Gereon und schicke ihn zu mir. Er soll das Urteil vollstrecken.«

»Gereon?« Michi schauderte, denn der Krieger war einer der stärksten Männer auf der Burg. Wo er hinschlug, wuchs kein Gras mehr. Er würde seine Schwester fürs Leben zeichnen.

»Geh schon!«, befahl Michel.
Während der Junge so rasch davonlief, als müsse er vor ihm fliehen, umkrampfte Michel den Silberpokal, den einer der Diener ihm hingestellt hatte. Er trank jedoch nicht, sondern riss das Gefäß in einer jähen Bewegung hoch und schleuderte es gegen die Wand.

IV.

Obwohl nur ein laues Lüftchen wehte und kein Feind die Mauern von Kibitzstein bedrohte, wurde diese Nacht für einige zu der schlimmsten ihres Lebens. Am leichtesten war es noch für Mariele, denn sie weinte sich irgendwann in den Schlaf und wurde nicht von Schreckgebilden geplagt. In ihrem Traum sah sie stattdessen Marie, die ihr Mut zusprach.
Schlimmer war es für den Junker. Michel hatte ihn bei Sonnenuntergang gezwungen, seinen Schwur vor dem Altar der Burgkapelle zu wiederholen. In einer schier ausweglosen Lage gefangen, hatte Ingold von Dieboldsheim vor dem Gekreuzigten die Worte wiederholt, die Mariele anklagten, und nun sah er sich als Meineidiger im Höllenfeuer schmoren. Hätte der Wunsch, Schwanhilds Ehre selbst unter dem Opfer seiner ewigen Seligkeit zu bewahren, nicht ebenso stark in ihm gebrannt, wäre er Michel zu Füßen gefallen und hätte die Wahrheit bekannt. Aber der Burgherr würde sich wohl nicht überzeugen lassen, dass zwischen Schwanhild und ihm nicht mehr vorgefallen war als der eine Kuss auf ihre nackte Brust. Die ganze Nacht kniete der Junker in seiner Kammer und flehte Gott den Herrn, den Heiland und die Jungfrau Maria an, ihn nicht völlig zu verdammen.
Schwanhild hatte zunächst nur eine tiefe Erleichterung verspürt und war sogar froh, dass Mariele endlich die Strafe traf, die diesem aufrührerischen Ding gebührte. Danach würde es wohl nie-

mand auf Kibitzstein mehr wagen, ihr Übles nachzureden. Ihre beiden vertrauten Dienerinnen Germa und Frieda machten sich nun über das Mädchen lustig und rieten ihrer Herrin, dafür zu sorgen, dass ihr Gemahl den Bauerntrampel samt dem anderen Pack, welches sich auf der Burg eingenistet hatte, zum Teufel jagte.

Mit einem Mal aber schauderte es Schwanhild, und es war, als hinge ihr Kind wie ein eisiger Klumpen in ihrem Leib. Im ersten Augenblick fürchtete sie schon, die Aufregung habe dem Ungeborenen geschadet, doch es machte sich mit kräftigen Bewegungen bemerkbar. Noch während Schwanhild erlöst aufatmete, wurde ihr zum ersten Mal seit Wochen wieder übel. Bis zum Abtritt war es zu weit, daher zog sie ihre Waschschüssel zu sich und erbrach sich.

»Herrin, was ist mit Euch?«, fragte Frieda besorgt. »Wartet, ich werde Euch Minzenöl holen! Das wird Euch helfen.«

Allein der Gedanke an den scharfen Geruch der Pfefferminzessenz verstärkte Schwanhilds Übelkeit. Sie schüttelte den Kopf und forderte die beiden Frauen auf, sie allein zu lassen.

»Du hast gewiss noch etwas in der Wirtschaft zu tun, Germa! Frieda soll sich um mein blaues Gewand kümmern, dessen Saum zerrissen ist.«

Mutter und Tochter sahen einander erstaunt an. Seit sie nach Kibitzstein gekommen waren, hatte Schwanhild sie eher wie gute Freundinnen behandelt als wie Mägde. Beide hatten jedoch die wechselnden Launen ihrer Herrin auf Magoldsheim zur Genüge erlebt. Daher neigten sie die Köpfe und verschwanden wie Schatten.

Schwanhild hüllte sich in eine Decke, denn mit einem Mal fror sie, als stände sie nackt im Schnee, und bei dem Gedanken an die Gefahr, der sie gerade entronnen war, stellten sich ihr die Nackenhaare auf. Es hatte wenig gefehlt, und sie wäre in Michels Augen als untreue Ehefrau gebrandmarkt gewesen. Nur der

Schwur des Junkers hatte sie vor diesem Schicksal bewahrt, und dafür dankte sie Ingold im Stillen. Gleichzeitig war ihr bewusst, dass dieser vor Gott dem Herrn Dinge geleugnet hatte, die geschehen waren, und sie glaubte noch die Berührung seiner Lippen auf ihrem Busen zu spüren. Das Gefühl brannte sich wie Säure in ihr Fleisch, und sie musste an sich halten, um nicht den Ausschnitt ihres Kleides aufzureißen und die Stelle mit Wasser abzuwaschen und zu kühlen.

»Um mich zu retten, hat Ingold sich auf ewig verdammt!« Laut ausgesprochen trafen sie die Worte wie ein Keulenhieb, denn sie begriff nun das volle Ausmaß des Opfers, das der Junker für sie gebracht hatte. Er hatte einen Meineid geschworen und würde dafür auf ewig der Höllenstrafe verfallen sein.

Zwei Stockwerke unterhalb von Schwanhilds Kemenate saß Michi in der Kammer, die er mit Landulf teilte, Michels neuem Knappen, und starrte düster vor sich hin. Er fühlte sich von seinem Patenonkel missachtet und verging gleichzeitig vor Angst um seine Schwester. Mariele mochte vorlaut und eitel sein, aber sie war gewiss keine Lügnerin. Genau wie sie hatte er die Blicke bemerkt, welche die Herrin und Junker Ingold wechselten, wenn sie sich unbeobachtet glaubten, und er hatte die Verachtung erlebt, die Frau Schwanhild für ihren Ehemann empfand. Daher hielt Michi es durchaus für möglich, dass es zwischen ihr und dem Junker zu verbotenen Dingen gekommen war. Jeder hier in der Burg glaubte das bis auf seinen Patenonkel, aber der war so dumm, dem Eid des Kastellans zu vertrauen. Michi korrigierte sich sofort. Michel war nicht dumm. Er wollte nur die Wahrheit nicht sehen, denn sie hätte sein Selbstgefühl und seine Ehre erschüttert.

»Ingold lügt und Michel stellt sich taub – und deswegen soll meine Schwester ausgepeitscht und gebrandmarkt werden!« Michi schrie die Tür an, da er niemand anderen hatte. »Nicht mit mir!«

Er sprang auf und begann in aller Eile seinen Mantelsack zu packen. Er besaß nicht mehr als ein paar Kleidungsstücke, eine Hand voll kleiner Münzen und zwei, drei Dinge, von denen er sich nicht trennen wollte. Als er fertig war, nickte er zufrieden. Jetzt musste er nur noch Mariele aus dem Kämmerchen befreien, in das man sie gesperrt hatte, und mit ihr fliehen. Die Stallknechte kannte er gut. Sie würden ihm zwar nicht helfen, aber gewiss alle Augen zudrücken. Für sich würde er den jungen Wallach nehmen, den er auch sonst ritt, denn er war ein ausdauerndes, wenn auch nicht übermäßig wertvolles Tier. Seine Schwester würde mit Häschen, Maries Stute aus Rheinsobern, vorlieb nehmen müssen.

Gerade als Michi auf die Tür zutreten wollte, hörte er draußen ein Geräusch, und bevor er reagieren konnte, wurde der Riegel vorgeschoben. Gleichzeitig lachte jemand hämisch auf.

»Landulf! Mach sofort die Tür auf, sonst setzt es was!« Michi hämmerte zornig gegen das Holz, als Michels Knappe diesem Befehl nicht sofort nachkam.

»Du weißt, ich bin stärker als du!«

Auch das half nichts. Den Geräuschen nach schien Landulf sich zu entfernen. Eine kurze Zeit sang der Junge, den Michel an seine Stelle gesetzt hatte, noch eine Weise, die ein fahrender Spielmann vor wenigen Monaten vorgetragen hatte, dann war es still. Michi drehte dem Knappen im Geist den Hals um, wusste aber genau, dass er ihn nicht zu schlimm zurichten durfte. Landulf war zwei Jahre älter als er, ein Stück größer und bedeutend schwerer, konnte sich aber weder an Gewandtheit noch an Kampferfahrung mit ihm messen. Doch selbst die Aussicht auf ein paar blaue Augen, die er Landulf am nächsten Tag verpassen würde, konnte ihn nicht darüber hinwegtrösten, dass der Kerl es ihm unmöglich gemacht hatte, seiner Schwester zu helfen. Verzweifelt setzte er sich auf sein Bett und versuchte gegen die Tränen anzukämpfen.

Michi ahnte nicht, dass Michel kurz darauf den Gang herabkam und vor der Tür stehen blieb. Beim Anblick des vorgeschobenen Riegels zog er die Stirn kraus. Anscheinend hatte einer der Waffenknechte geahnt, dass ein so gewitzter Bursche wie Michi nicht einfach die Hände in den Schoß legen würde, und ihn eingeschlossen. Oder hatte der Junge den Raum bereits verlassen und den Riegel vorgelegt, um die anderen zu täuschen? Um sich zu vergewissern, legte Michel ein Ohr an die Tür. Drinnen waren verzweifeltes Schluchzen und gelegentlich ein wütender Fluch zu hören.
Für einen Augenblick überlegte Michel, ob er eintreten und mit seinem Patensohn reden sollte. In seinem jetzigen Zustand würde der Junge jedoch zu keinem ernsthaften Gespräch fähig sein, und Michel wollte nicht, dass zwischen ihnen Worte fielen, die es ihnen hinterher schwer machen würden, sich wieder als gute Freunde zu fühlen – falls das nach dem morgigen Tag überhaupt noch möglich sein würde.
Leise zog er sich zurück und durchquerte die Halle. Hier hatte es sich ein Teil seiner Krieger und Knechte für die Nacht bequem gemacht. Die meisten schliefen in Decken gehüllt auf Strohschütten, die am Morgen wieder weggeräumt wurden, und die wenigen, die noch wach waren, grüßten ihren Herrn leise, um die anderen nicht zu wecken. Michel antwortete mit einem Winken und wollte den Saal bereits durch die andere Tür verlassen, als er seinen neuen Knappen entdeckte.
Es war ungewöhnlich, dass der edel geborene Landulf freiwillig zwischen Reisigen und Knechten schlief, doch sein hämisch-zufriedener Gesichtsausdruck verriet, dass er irgendeine Bosheit begangen haben musste. Nun wusste Michel, wer Michi eingesperrt hatte. Landulf war wie den meisten hier klar gewesen, dass Marieles Bruder alles tun würde, um seine Schwester zu retten, und hatte es unterbinden wollen.
Michel bedauerte schon seit längerem, dass er sich von Schwan-

hild hatte breitschlagen lassen, den aufgeweckten Michi durch diesen Tölpel zu ersetzen. Landulf würde noch über die eigenen Füße stolpern, wenn er vor dem Kaiser stand.

»Ich hätte hart bleiben müssen, auch was die neue Wirtschafterin und die Leibmagd meiner Frau betrifft. Anni hätte Schwanhild ebenso gut bedienen können wie Frieda.« Michels Worte hallten von den Wänden des Ganges wider, durch den er gerade schritt, als wollten sie ihn verspotten. Er zuckte zusammen, zog den Kopf ein und schlich so lautlos wie ein Dieb in seine eigene Kammer. Dort begann er sich auszuziehen. Dabei konnte er das Gefühl nicht abschütteln, dass die meiste Schuld an dem, was hier geschehen war, ihn traf, und die wenigste das Mädchen, das am nächsten Morgen dafür würde büßen müssen.

V.

Bei Sonnenaufgang versammelten sich sämtliche Bewohner von Kibitzstein auf dem Burghof. Unter ihnen befanden sich auch Theres und die schwarze Eva, die erst bei ihrer Rückkehr erfahren hatten, was vorgefallen war, und nun Frau Schwanhild mit verächtlichen Blicken bedachten. Als der Junker erschien, wurde er mit Zischen und ärgerlichen Rufen empfangen. Die wenigsten auf der Burg glaubten Ingold, dass er so rein und unschuldig war, wie er geschworen hatte, und die meisten hielten die harte Strafe, die über Mariele verhängt worden war, für himmelschreiendes Unrecht.

Michel begrüßte weder seine Ehefrau noch den Junker, sondern setzte sich auf den bereitgestellten Klappstuhl und legte zum Zeichen seiner Gerichtsbarkeit die blanke Klinge seines Schwertes quer über die Oberschenkel. Wie es dem Anlass und seinem Stand angemessen war, trug er den roten, bestickten Waffenrock mit dem in Grün und Gold gehaltenen Wappen seines Besitzes.

Ein schmaler Silberreif bändigte sein auf die Schultern fallendes Haar, das in den letzten anderthalb Jahren stark ergraut war.
Schwanhilds Sitz war schräg hinter dem ihres Gemahls aufgestellt worden. So konnte sie Michel unauffällig beobachten und in seinem Gesicht zu lesen versuchen, was in den nächsten Tagen und Wochen auf sie zukommen mochte. Auch wenn er das Mädchen für seine losen Reden bestrafen ließ, konnte ein Rest des Verdachts an ihr haften bleiben und ihren Gatten in einem Augenblick des Zorns zu Taten anstacheln, die sie das Leben oder die Freiheit kosten konnten. Angsterfüllt schlang sie die Hände um ihren gewölbten Bauch und hoffte zum ersten Mal, seit sie schwanger war, ein Mädchen zu tragen, denn bei den Zweifeln, die Michel trotz Ingolds Eid hegen mochte, würde ein Sohn es schwer haben, die Liebe und die Anerkennung seines Vaters zu erringen.
Sie ahnte nicht, dass ihr Ehemann in diesem Augenblick das Gleiche dachte. Einen Sohn, dessen Vaterschaft nicht über alle Zweifel erhaben war, wollte Michel nicht als Erben von Kibitzstein sehen. Würde Schwanhild eine Tochter zur Welt bringen, so war diese nur eine Nachgeborene, die hinter Trudi zurückstehen musste. Ein weiteres Kind aber würde es nach dem, was er ihretwegen der Tochter der besten Freundin seiner geliebten Marie antun musste, nicht geben.
Trudi zupfte ihn am Ärmel und riss ihn aus seinen Gedanken.
»Du darfst Mariele nicht wehtun!«
Es klang so zornig, dass Michel für einen Augenblick ihre Mutter zu hören glaubte. Er seufzte und winkte Anni zu sich. »Bring Trudi hinein und kümmere dich um sie.«
Die Magd, die Schwanhild zu Trudis Betreuerin ernannt hatte, zog ein schiefes Maul, denn sie hätte dem verzogenen Ding am liebsten ein paar Klapse versetzt. Michel achtete nicht auf die Alte, denn sein Blick bohrte sich in Annis Augen und brach ihren Widerstand. Das Mädchen zog Trudi an sich, die sofort zu plär-

ren begann, und schleppte sie die Freitreppe hoch. Dabei schlug die Kleine mit ihren Fäustchen um sich und musste von Anni beinahe wie ein wildes Tier gebändigt werden.
»Gereon, du kannst Mariele holen!« Michels Stimme jagte den Zuhörern einen Schauder über die Rücken. Jetzt war er der gnadenlose Herr dieser Burg, der jede Verfehlung unnachsichtig ahndete.
Der Krieger ging mit lockeren Schritten davon, als müsse er jeden Tag einen Delinquenten zu seiner Bestrafung führen, und kehrte kurz darauf mit Mariele zurück. Die Augen des Mädchens waren vom Weinen verquollen, doch um ihren Mund lag ein Ausdruck von Trotz und Wut. Gereon führte sie zu einem Pfahl, der unweit der Burgmauer in den Boden eingelassen worden war, und band sie mit den Händen an dem dafür vorgesehenen Ring fest.
Jetzt trat auch Michi, dem einer der Knechte die Tür geöffnet hatte, aus dem Palas und sah, wie seine Schwester vor aller Augen hilflos am Schandpfahl hing. Er ballte die Fäuste und machte Anstalten, auf Junker Ingold loszugehen.
Dieter, der mit ihm und Marie zusammen nach Rheinsobern gereist war, merkte es früh genug und hielt ihn fest. »Mach dich nicht unglücklich, Junge!«
Unterdessen hatten zwei andere Knechte das Becken mit der glühenden Kohle aus der Schmiede gebracht. Das Brandeisen darin leuchtete bereits rot. Bei dem Anblick begann Mariele zu zittern, während ihr Bruder wie ein kleiner Hund winselte, den man getreten hatte.
Michel achtete nicht auf die beiden, sondern schob seinen Stuhl etwas zurück, damit er seine Frau und den Junker beobachten konnte. Beide waren bleich wie der Tod. Schwanhilds Lippen bewegten sich, als bete sie, während Ingold die Zähne derart zusammenbiss, dass seine Wangenmuskeln wie Schnüre hervortraten.
»Das Urteil wurde gestern gefällt. Das Mädchen soll zehn harte

Hiebe erhalten und gebrandmarkt werden!« Michel war, als spräche ein Fremder durch seinen Mund. Er hob die Hand und gab Gereon das Zeichen, zu beginnen.

In dem Augenblick klang Landulfs Stimme auf. »So geht es nicht. Die Verbrecherin hat noch ihr Kleid an. Bei der Vollstreckung des Urteils muss sie jedoch nackt sein!«

Michel wandte sich um, erkannte das lüsterne Flackern in den Augen seines Knappen und musste an sich halten, um den Burschen nicht mit der blanken Faust niederzuschlagen.

In dem Augenblick mischte sich der Burgkaplan ein, der ebenfalls ein weitläufiger Verwandter Schwanhilds war und seine Stelle auf Kibitzstein erst vor wenigen Wochen angetreten hatte. »Der Knappe hat Recht. Gereon, zieh ihr das Kleid aus.«

Michel sah rot. Wenn das so weiterging, wäre er bald nicht mehr der Herr dieser Burg, sondern eine Marionette, die nach Schwanhilds Launen und der Anmaßung ihres Gefolges tanzen musste. Er sprang auf, trat neben den Prediger und ließ seine Hand so schwer auf dessen Schulter fallen, dass der Mann in die Knie ging.

»Wer ist hier der Herr, ich oder du? Es ist mein Wille, der hier zu geschehen hat. Wenn dir das nicht passt, kannst du die Burg heute noch verlassen und den Knappen Landulf gleich mitnehmen. Gereon, es reicht, wenn du Marieles Rücken freilegst. Es braucht niemand ihre Blöße zu sehen.«

Landulf schnaufte enttäuscht, während der Kaplan zu Michel aufsah und erschrocken feststellte, dass dessen Gesichtsausdruck nichts Gutes für seine Zukunft versprach. Dabei war er in dem festen Glauben auf diese Burg gekommen, seine Verwandte sei hier die unumschränkte Herrin. Jetzt kamen dem Prediger Zweifel, ob die Verhältnisse auf Kibitzstein seinen Vorstellungen entsprachen. Vielleicht wäre es besser für ihn, diesen Ort zu verlassen und sich mithilfe anderer Verwandter eine neue Pfründe zu suchen.

Unterdessen überprüfte Gereon noch einmal die Stricke, mit denen Marieles Arme gefesselt waren, und sprach dabei leise auf das

Mädchen ein. »Es tut mir leid, Kleine, ich kann es dir nicht ersparen. Ich rate dir aber eines: Schrei bei jedem Hieb, als stecktest du am Bratspieß! Es soll niemand auf den Gedanken kommen, ich würde nicht mit aller Kraft zuschlagen.« Er trat einen Schritt zurück, nahm die bereitgelegte Rute zur Hand und holte aus. Dann klatschte der Stock hörbar auf Marieles Rücken.
Das Mädchen spürte den Hieb, doch der Schmerz war nicht stärker, als wenn sie sich unglücklich gestoßen hätte. Sie begriff, was Gereon gemeint hatte, und stieß einen Schrei aus, als habe er ihr die Knochen gebrochen. Der zweite Hieb erfolgte, dann der dritte.
Michi schlug die Hände vors Gesicht und schluchzte haltlos, Michel aber starrte auf den Rücken des Mädchens, auf dem sich nun rote Striemen abzeichneten, und fühlte sich fast zwanzig Jahre in die Vergangenheit versetzt. Damals hatte seine Marie unter den Hieben eines gewissenlosen Schuftes leiden müssen. Obwohl er Gereon angewiesen hatte, nicht mit voller Kraft zuzuschlagen, musste er gegen den Wunsch ankämpfen, die Bestrafung zu beenden, es war, als träfen die Schläge ihn selbst, und es gelang ihm nur mit Mühe, seine Haltung zu bewahren. Endlich warf Gereon sichtlich erleichtert die Rute fort. Michels Blick wanderte zwischen Schwanhild und Ingold hin und her. Seine Frau hatte die Arme um den Leib geschlungen und starrte blicklos vor sich hin. Der Junker aber schluckte, als müsse er seinen Magen zwingen, seinen Inhalt bei sich zu behalten.
»Das Brandeisen!«
Michels Befehl übertönte Marieles Schluchzen. Als Gereon das glühende Eisen aus dem Kohlebecken nahm und nach oben reckte, damit alle es sehen konnten, würgte es Schwanhild.
»Verzeiht, mein Gemahl, ich kann nicht mehr zusehen!« Sie war aufgesprungen, als wolle sie davonlaufen. Michel aber befahl ihr mit einer herrischen Geste zu bleiben und nickte Gereon zu. Dieser grinste und hielt Mariele das glühende Eisen so hin, dass

sie es deutlich sehen konnte. Dann zog er es zurück, zielte auf ihre Schulter und stieß es nach vorne. Das Mädchen schrie entsetzt auf, als es den heißen Hauch auf sich zukommen spürte. Dann aber zog nicht der Geruch nach verbranntem Fleisch, sondern nach verkohlendem Holz über den Hof, und die Zuschauer sahen verblüfft, dass das Eisen sich in den Pfahl gebohrt hatte, an den Mariele gefesselt war.
Michel stand auf und schob sein Schwert in die Scheide. »Die Hiebe mögen genügen! Sie sind Strafe genug für ein zu loses Mundwerk. Das Brandeisen ist für jene bestimmt, die schlimmere Taten auf sich laden.«
Mit grimmiger Befriedigung sah er, wie der Junker sich entfärbte. Schwanhild hingegen wirkte direkt erleichtert. Sie kam auf ihn zu und knickste mit zitternden Beinen. »Erlaube mir, mich in meine Kemenate zurückzuziehen, mein Herr.«
»Tu das!«, antwortete Michel kurz angebunden und wies dann Eva und Theres an, sich um Mariele zu kümmern.
Als er gehen wollte, folgte Michi ihm wie ein treuer Hund. »Ihr hattet gar nicht die Absicht, Mariele zu brandmarken, Herr?«
»Ich hätte ihr gerne auch die Schläge erspart. Doch den Eid eines Ritters konnte ich nicht missachten.« Michel bedachte den Junker mit einem zornigen Blick.
Michi sah es und lachte leise auf. »Es sieht fast so aus, als hätte Ingold die Bestrafung mehr getroffen als Mariele selbst. Mag er für den Rest seines Lebens jede Nacht davon träumen!«

VI.

*D*em Junker ging es noch schlechter, als Michi vermutete. Die Vorstellung, sein Seelenheil aufs Spiel gesetzt zu haben, zerfraß sein Inneres wie ätzendes Gift, und nun gellten auch noch die Schreie des ausgepeitschten Mädchens in seinen Ohren. Mariele war bestraft worden, weil er einen Meineid geschworen hatte, und wäre sie gebrandmarkt worden, hätte seine Tat sie entehrt. Der Junker spürte noch immer den Geruch des verbrannten Holzes in der Nase, und seine Phantasie gaukelte ihm vor, es wäre der von versengtem Fleisch.

Er bemerkte die Blicke des Gesindes nicht, die sich an ihn hefteten. Die Leute hatten ihn zwar nicht geliebt, aber geachtet. Nun glühte manches Auge vor Zorn, und nur die Angst vor der Rache des Junkers hielt Gereon und andere davon ab, Ingold zu sagen, was sie von ihm hielten.

Eva erklärte ihren Freundinnen, zu denen außer Theres und Anni auch jene Mägde gehörten, die noch an der verstorbenen Marie hingen, welch windiges Würstchen der Kastellan in ihren Augen sei. Zuletzt spuckte sie angeekelt aus. »Also ich sag's euch! Wären Trudi und Mariele nicht, würde ich meinen alten Gaul vor den Wagen spannen und losziehen, und sei es bis zu den Ungarn, bei denen der Kaiser wieder einmal Krieg mit den Heiden führt.«

»Warum musste der Herrgott Frau Marie von uns nehmen? Wir hätten ein so schönes Leben hier führen können.« Theres seufzte tief und gab ihrer Freundin einen leichten Stoß. »Komm, wir müssen uns um Mariele kümmern. Das arme Ding wird arge Schmerzen leiden.« Sie schritt voraus und schnitt die Fesseln durch, mit denen Mariele an den Pfahl gebunden war. Dieser stank immer noch verbrannt, und die Stelle, in die Gereon das glühende Eisen gedrückt hatte, war fast handtellergroß verkohlt. Zu Theres' und Evas Überraschung konnte das Mädchen sich ohne Hilfe auf den Beinen halten, auch wenn es immer noch vor sich hin wimmerte.

Eva berührte eine der roten Striemen mit den Fingerspitzen und nickte anerkennend. »Dafür hat Gereon einen Extrakrug Wein verdient. Man kann zwar erkennen, wo die einzelnen Hiebe getroffen haben, aber es war keiner hart genug, um Mariele auf

Dauer zu zeichnen.« Die Worte galten Theres, die sich neugierig vorbeugte und sichtlich erleichtert aufschnupfte.
»Gereon ist wirklich ein braver Kerl. Ein anderer hätte das wahrscheinlich nicht gewagt, denn er hätte dafür selbst die Peitsche bekommen können.«
»Bei einem anderen Herrn wahrscheinlich ja, aber nicht bei unserem.« Zum ersten Mal seit Wochen sprach Eva wieder mit Sympathie von Michel. Offenbar hatte der Burgherr alles getan, um die Strafe für Mariele so gering wie möglich ausfallen zu lassen.
»Komm mit uns, Kleines. Jetzt verarzten wir dich erst einmal, und dann holen wir deine Kleider. Michel hat uns ein wunderschönes Häuschen in Spatzenhausen zuteilen lassen. Dort werden wir uns wohler fühlen als in diesem Gemäuer.«
»Ich will Trudi nicht allein lassen. Wenn wir die Burg verlassen, hat sie niemand mehr.« Mariele blickte die alte Marketenderin verzweifelt an. Sie wollte ihre geliebte Trudi nicht Schwanhilds gehässiger Magd überlassen.
»Wir werden schon einen Weg finden, es unserem Sonnenschein gut ergehen zu lassen, aber jetzt müssen wir uns erst einmal um dich kümmern.« Eva schob Mariele auf den Anbau zu, in der die Küche untergebracht war. Deren Herrscherin war ihre Freundin und hatte zudem die Aufsicht über all die Kräuter und Salben, die einem Menschen nach ihrer Ansicht besser zu helfen vermochten als die Kunst der gelehrten Mediziner aus den umliegenden Städten.
Während die beiden Marketenderinnen Mariele versorgten, stand Junker Ingold noch immer wie erstarrt auf dem Hof. Aus Wortfetzen, die an sein Ohr drangen, hörte er heraus, dass die Leute ans Frühstück dachten. Ihm wurde bereits bei dem Gedanken an Essen übel, und er wusste, dass er sich nicht zu den anderen setzen konnte, als wäre nichts geschehen.
Für kurze Zeit schloss er die Augenlider und hörte das Blut in seinen Ohren hämmern. »Oh Herr, was habe ich getan!«

Beim Klang der eigenen Stimme riss er die Augen wieder auf und sah erschrocken um sich. Zu seiner Erleichterung war niemand mehr in seiner Nähe, der den Ausruf hätte hören können, dennoch machte er sich Vorwürfe, weil er so unvorsichtig gewesen war. Er hatte das Himmelreich verloren, um Schwanhild zu schützen, und dieses Opfer durfte nicht vergebens sein. Doch das Bewusstsein, einen Meineid begangen zu haben, schnürte ihm die Kehle zu. Er musste einen Menschen finden, bei dem er sich aussprechen konnte. Wie in Trance lenkte er den Schritt zum Palas, um Schwanhild aufzusuchen, wie er es in letzter Zeit so oft getan hatte. Ihr Lächeln und ihre kühle, zärtliche Hand auf seiner Stirn würden seine Verzweiflung lindern.

Vor der Freitreppe blieb er stehen, als sei er gegen die Wand gelaufen. Was er jetzt tun wollte, war nicht mehr möglich, damit würde er Schwanhild zur Komplizin seines falschen Eides machen und wahrscheinlich sogar den Verdacht erwecken, mit ihr im Bunde zu sein. Nein, diese Bürde musste er alleine tragen. Er fragte sich verzweifelt, wie es ihm gelingen sollte, vor den anderen den Anschein eines zufriedenen und in seinem Rechtsempfinden gestärkten Mannes zu erwecken. Zumindest für ein paar Stunden musste er die Burg verlassen, deren Mauern ihm schier den Atem nahmen.

Mit einer heftigen Bewegung drehte er sich um und eilte zu den Ställen. »Sattle meinen Hengst!«, herrschte er den einsamen Stallknecht an, der gerade ein Fohlen tränkte, dessen Mutter vor der Zeit die Milch verloren hatte.

»Ich komme ja schon.« Der Knecht stellte brummig den Eimer beiseite und streichelte den Kopf des Fohlens, das enttäuscht über den Entzug der warmen Milch die Nüstern hochzog. Nicht lange, da stand Ingolds Pferd bereit, und der Knecht kehrte zu dem Pflegling zurück, ohne den Junker eines zweiten Blickes zu würdigen.

Früher hatte der Mann das eine oder andere Scherzwort mit ihm gewechselt, seine stumme Verachtung führte Ingold deutlich vor Augen, dass Marieles Bestrafung das Vertrauen der Leute in ihn zerstört hatte. Dem Burgherrn würden sie gewiss nichts nachtragen, denn dieser hatte nach seinem Schwur nicht anders handeln können.

Wie von Furien getrieben, schwang Ingold sich in den Sattel und preschte los. Der Wächter musste den Torflügel schnell aufreißen, sonst hätten Reiter und Pferd sich den Hals gebrochen. Der Junker achtete nicht auf die Flüche, die der Reisige ausstieß, sondern trieb seinen Hengst den steil abfallenden Weg hinab und ließ ihn dann einfach laufen. Das Tier trabte weiter, und da es keinen anderen Weg so gut kannte wie den zu seinem ehemaligen Stall, trug es seinen Herrn jenem Ort entgegen, den er nie wieder hatte betreten wollen, nämlich zur Stammburg seiner Familie. Als Ingold begriff, in welche Richtung das Pferd lief, erblickte er darin ein Zeichen. Doch als er Stunden später Dieboldsheim vor sich aufragen sah, kamen ihm Zweifel, und er wollte das Tier schon wenden. Der Türmer hatte ihn jedoch bereits erkannt.

Ein Wächter beeilte sich, den schweren Türflügel aufzureißen. »Einen schönen guten Tag, Junker! Es freut mich, dass Ihr uns doch einmal besucht.«

Ingold beachtete den Willkommensgruß nicht und lenkte sein Ross auch nicht zu den Ställen, sondern ritt um den Palas herum zur Burgkapelle, die im Schatten des großen Bergfrieds stand. Auf Dieboldsheim gab es keinen eigenen Kaplan, hier wachte der Bruder seiner Mutter, der mehrere Pfarrstellen in der Umgebung innehatte und sich dort von Hilfspriestern vertreten ließ, über die Seelen der Menschen. Er galt als strenger Pfarrherr, aber er war der einzige Mensch auf der Welt, dem Ingold sich anvertrauen mochte. Nur wusste er noch nicht, wie viel er ihm erzählen sollte.

Kaum hatte sein Onkel ihn entdeckt, kam er auch schon mit einem fröhlichen Lachen auf ihn zu. »Ganz so ernst scheint es dir

mit deinem Schwur, keinen Fuß mehr auf deines Vaters Burg zu setzen, doch nicht zu sein, mein Junge.«
Ingold verzog das Gesicht, denn die Worte des Priesters erinnerten ihn an den Schwur, den er am Vortag geleistet hatte, und nun brach seine Verzweiflung sich Bahn. Mit Tränen in den Augen stieg er vom Pferd und verbeugte sich stumm.
Sein Onkel kniff verwundert die Augenbrauen zusammen. »Was ist denn Schlimmes vorgefallen?«
Er senkte den Kopf. »Ich … Ich habe schrecklich gefehlt!«
Der Pfarrherr packte ihn am Ärmel, zog ihn in die schattige Kapelle und schloss die Tür hinter ihnen. Dann wies er Ingold an, in der vordersten Bankreihe direkt vor dem Altar Platz zu nehmen.
»So, jetzt erzählst du mir, was los ist. Ich kenne dich doch und ich habe dich nie so gedrückt erlebt wie jetzt.« Um den zunächst noch stockenden Redefluss seines Neffen zu beschleunigen, schenkte der Priester ihm einen großen Becher Messwein ein, den er in einer kühlen Nische aufbewahrte. Da der junge Mann an diesem Tag noch nichts gegessen hatte, entfaltete der Wein die gewünschte Wirkung, und er erzählte weitschweifig und ohne sich zu schonen, was sich auf Kibitzstein zugetragen hatte.
Zunächst hörte der Priester wie erstarrt zu, dann schüttelte er den Kopf und blickte Ingold durchdringend an. »Haben dein Vater und ich dich gelehrt, den Weibern anderer Männer nachzustellen und falsche Eide zu schwören?«
»Ich liebe Frau Schwanhild, Oheim, und musste sie vor Verleumdern beschützen!« Mit diesem Versuch, sich zu verteidigen, beschwor der Junker erst recht den Zorn des Priesters auf sich herab.
»Indem du jene, die die Wahrheit sagten, durch einen Meineid der Lüge bezichtigt hast? Bei Gott dem Herrn, es wäre besser gewesen, dein Vater hätte dich nach deiner Geburt ersäuft! Wenn er erfährt, welche Schande du auf unsere Sippe geladen hast, wird er dich nicht mehr seinen Sohn nennen!«

»Es ist doch nur ein Bauernmädchen. Das dumme Ding wird die Schläge bald vergessen haben.« Ganz wohl war Ingold nicht bei diesen Worten, denn in seinen Gedanken hallten immer noch Marieles Schreie.
Sein Onkel sah so aus, als würde er ihn am liebsten in den Erdboden schlagen. »Bauernmädchen hin oder her! Die Ehre eines Ritters ist unteilbar, Neffe. Außerdem hast du Herrn Michel mit deinem Eid schwer beleidigt und vielleicht sogar den Anlass zu einer Fehde zwischen dem Herrn auf Kibitzstein und deiner Sippe gegeben. Es war dein Vater, der dich undankbaren Burschen Ritter Michel aufgeschwatzt hat, ohne zu ahnen, welche Schlange er damit an dessen Busen legt.«
Ingolfs letzter Rest von Stolz zerstob unter den harten Worten. Er krümmte sich und weinte zuletzt hemmungslos. »Ich konnte doch nicht tatenlos zusehen, dass man Frau Schwanhild bezichtigt, Dinge getan zu haben, die wirklich nicht geschehen sind.«
Der Pfarrherr schluckte eine weitere böse Bemerkung hinunter und schien zu überlegen. »Wenn die Wahrheit ans Tageslicht dringt, wird Blut fließen. Dies ist so sicher wie das Amen in der Kirche. Es gilt also zu schweigen und deine Schande tief in unseren Herzen zu bewahren. Doch bevor ich weiterspreche, wirst du mir eine Frage beantworten: Bist du der Vater von Frau Schwanhilds Kind oder nicht? Und wage nicht noch einmal angesichts unseres Herrn Jesus Christus einen falschen Eid abzulegen! Jetzt kann deine Seele vielleicht noch gerettet werden, doch danach wäre sie für alle Zeit des Teufels.«
Ingold sank auf die Knie und ergriff die Hände seines Onkels. »Bei allem, was mir heilig ist, Oheim. Ich habe mit Frau Schwanhild nie jene Dinge getrieben, die nötig sind, um ein Kind zu zeugen.«
Der Priester musterte ihn durchdringend. »Ich will dir glauben. Doch bete zu Gott dem Herrn, dass Frau Schwanhild mit einem Mädchen niederkommt. Gebiert sie nämlich einen Sohn, so hast

du dich auch an diesem versündigt, denn er wird niemals den Weg ins Herz seines Vaters finden.«

Für einen Augenblick senkte sich Schweigen über die Kapelle. Ingolds Onkel löste seine Hände aus denen seines Neffen und trat einige Schritte zurück. »Am liebsten würde ich dir als Sühne deiner Schuld eine Wallfahrt nach Rom, zum Grab des heiligen Jakobus in Spanien oder gar nach Jerusalem auftragen. Doch das würde nur die Gerüchte nähren, die wir aus der Welt schaffen wollen. Ohne Strafe kann ich dich jedoch nicht lassen, denn wenn du nicht ehrlichen Herzens büßt, wird deine Seele unweigerlich dem Teufel verfallen. Bleibe hier und bete, bis ich zurückkehre.«

Ohne seinen Neffen weiter zu beachten, verließ der Priester die Kapelle. Als er nach einiger Zeit zurückkam, hielt er eine kräftige Haselrute in Händen. Während er damit leicht auf den Boden schlug, funkelte er Ingold auffordernd an.

»Entblöße deinen Rücken, Neffe, denn nun sollst du am eigenen Leibe erleben, was das arme Kind erdulden musste, welches dein falscher Schwur zur Verleumderin machte.«

VII.

Das Leben ist wie eine Schaukel, fuhr es Marie durch den Kopf. Immer wenn man am tiefsten Punkt angelangt zu sein glaubt, geht es wieder aufwärts. Sie war als Sklavin ins ferne Russland verschleppt worden, und nun übte sie das Amt der Oberhofmeisterin der Fürstin Anastasia aus – oder Anna, wie diese sich seit ihrer Rückkehr nach Konstantinopel wieder nennen ließ. Nun beugten Herren von Stand das Knie vor ihr, und hohe Damen, die selbst über die Ehefrau eines Reichsritters auf Kibitzstein die Nase gerümpft hätten, knicksten vor ihr wie vor einer Herzogin. Maries Blick streifte die schlafende Fürstin, die sich nur in eine dünne Gazedecke gehüllt von der Geburt ihres zweiten Kindes erholte. Es war ein Mädchen, das den Namen Zoe erhalten hatte. Anastasia hatte entschieden, dass Marie die Erzieherin der Kleinen werden sollte. Längst war auch nicht mehr die Rede davon, dass Lisa zurückgesetzt und als Sklavenkind behandelt werden müsse. Marie hätte ein Dutzend Dienerinnen mit der Pflege des Mädchens beauftragen und ein weiteres Dutzend für sich selbst fordern können. Immerhin zählte Anastasia zur kaiserlichen Familie in Konstantinopel und brauchte nur ihre Wünsche zu äußern.

Trotzdem hatte Marie es bei der Russin Gelja als einziger Dienerin belassen. Die junge Frau war ihre Leibmagd geworden und passte zusammen mit Alika auf die Kinderschar auf, die mit der neugeborenen Zoe auf vier angewachsen war. Natürlich hatten Wladimir und nun auch das Neugeborene weitere Pflegerinnen, griechische Frauen, mit denen Anastasia sich in ihrer Muttersprache unterhalten konnte.

Auch Marie hatte in den nicht ganz drei Monaten, die sie nun schon in der Stadt weilte, ein wenig Griechisch gelernt, doch sie tat sich damit sogar schwerer als Alika. Diese hatte sich nur so viel Russisch angeeignet, wie sie hatte lernen müssen, um nicht wegen ihrer Unwissenheit geschlagen zu werden. Mit der griechischen Sprache kam sie jedoch ausgezeichnet zurecht. Wenn es nach der jungen Mohrin gegangen wäre, hätten sie für immer in dieser Stadt bleiben können. In Konstantinopel gab es keinen Dimitri, der sie auf sein Lager rief, um sich ihrer zu bedienen, und sie bekam auch nicht mehr die Peitsche zu spüren. Stattdessen erhielt sie gutes Essen und trug prächtige Kleidung, wie es der Hofdame einer Fürstin zustand.

Trotz der Verbesserung ihrer Lage spürte Marie, dass sie die Anstrengungen der Flucht aus Worosansk noch nicht abgeschüttelt hatte. Dabei war der letzte Teil der Reise eher gemütlich gewesen. Nachdem sie Terbent Khans Lager verlassen hatten, waren sie von ihrer tatarischen Begleitmannschaft ohne Zwischenfälle bis nach Tana gebracht worden, einem genuesischen Hafen, von dem Marie immer noch nicht wusste, ob er bereits am Schwarzen Meer oder an einem davon abgetrennten Gewässer lag. Dort hatte Andrej ohne Probleme eine Passage nach Konstantinopel erstanden. Zu jener Zeit war der Winter dabei, dem Frühling zu weichen, und daher hatte es oft geregnet und manchmal sogar geschneit. Trotz der beschwerlichen Seereise war Marie Tag und Nacht an Deck geblieben, denn das dunkle Innere des Schiffes hatte ihr schon beim Betreten Albträume bereitet.

Sie hatten Konstantinopel zur Zeit der Rosenblüte erreicht, und Marie erinnerte sich mit ehrfürchtigem Staunen an den betörenden Duft der Blüten, die die Stadt mit glühenden Farben in ein Wunderland verwandelt hatten. Bei diesem Anblick war sie selbst aufgeblüht und hatte sich zum ersten Mal seit ihrer Entführung frei gefühlt, auch wenn sie sich beim Betreten der gewaltigen Hagia Sophia, der Kirche der heiligen Weisheit, ganz unbedeutend und klein vorgekommen war. Inzwischen waren ihre Ehrfurcht und ihre Begeisterung gewichen, denn sie hatte die Baufälligkeit all dieser Pracht kennen gelernt. Im Bukoleonpalast, in dem man Anastasia einen Trakt als Wohnstatt eingerichtet hatte, blätterte der Putz von den Wänden. Die Fenster waren alt und die Rahmen teilweise schon verfault. In den Kammern, die seltener benutzt wurden, waren die Glasscheiben entfernt und durch ölgetränkte Leintücher ersetzt worden, und dort, wo die Rahmen schon gänzlich unbrauchbar waren, hatte man die Öffnungen mit Schafsfell verschlossen.

Marie schüttelte sich, um keine Selbstvorwürfe aufkommen zu lassen, denn sie hätte ja das Angebot des venezianischen Kapitäns annehmen können, den sie am Prosphorianos-Hafen kennen gelernt hatte, mit ihm in seine Heimatstadt zu fahren. Dann wäre sie jetzt schon fast zu Hause, von Venedig aus war Kibitzstein in wenigen Monaten zu erreichen. Die Sorge um Anastasia hatte sie jedoch davon abgehalten. Wie zum Hohn für sie war die zweite Schwangerschaft der Fürstin ohne Probleme verlaufen, und bei Zoes Geburt hätte jede Magd helfen können. So waren drei Monate verstrichen, in denen sie der Heimat hätte näher kommen können.

Da Marie glaubte, die Mauern um sich herum nicht mehr ertragen zu können, verließ sie das Schlafgemach der Fürstin und holte sich einen weiten, langen Mantel, der das Kleid aus Damast und Seide verdeckte, welches sie als Angehörige des Hofstaats auswies. Dann wanderte sie durch die verschachtelten Räume und Gänge, bis sie sich auf dem Platz vor dem Gebäude befand. Sie wusste nicht so recht, was sie im Freien tun wollte, denn der Anblick der Außenmauern des Palastes und der Gebäude ringsum war nicht sehr erhebend. Die Sonne brachte den Verfall der Stadt viel unbarmherziger ans Licht als das Halbdunkel in den Zimmern und Fluren. Viele einst stattliche Häuser waren verlassen und zu Ruinen zerfallen, in deren Resten sich arme Leute einquartiert hatten. Hier ersetzten aufgespannte Tücher die fehlenden Wände.

An jenen Stellen, an denen die Villen und die sie umgebenden Lustgärten ganz verschwunden waren, wurde Gemüse und manchmal sogar Getreide angepflanzt. Dabei handelte es sich noch um den Stadtkern. Bis zum nächstgelegenen Teil der Stadtmauer musste man mehr als eine deutsche Meile nach Westen gehen. Bei Ausflügen, die Anastasia vor ihrer Niederkunft unter dem Schutz bewaffneter Knechte unternommen hatte, war ihr aufgefallen, dass in den Außenbezirken noch mehr Landwirtschaft betrieben wurde als hier im einstigen Viertel der Reichen. Hätte es zwischendurch nicht immer wieder Kirchen und einzelne, mühsam instand gehaltene Wohnhäuser gegeben und wäre nicht die Stadtmauer in der Ferne zu erkennen gewesen, hätte Marie annehmen können, sich auf freiem Feld zu befinden.

Sie wanderte in Gedanken versunken weiter und passierte das

Hippodrom, dessen trauriger Anblick keinen Eindruck mehr von den Leidenschaften vermitteln konnte, die im Lauf vieler Jahrhunderte dort getobt hatten. Nach einer Weile erreichte sie die Hagia Sophia, und da ihr nach einem Gebet zumute war, trat sie ein. Ihr Blick flog nach oben zu der gewölbten Kuppel, die sich so mächtig spannte, dass Marie überzeugt war, ihre Baumeister hätten sie nicht ohne die Hilfe des Himmels errichten können. Eine zweite Kirche dieser Art gab es in der ganzen Christenheit nicht wieder, dessen war sie sich sicher.
Sie kannte die hoch aufragenden Türme der Kathedralen und Münster ihrer Heimat, doch keines jener Gotteshäuser konnte sich auch nur im Entferntesten mit diesem gewaltigen Bauwerk messen. In der Kirche der heiligen Weisheit war jene Größe am stärksten zu spüren, die Konstantinopel einst ausgezeichnet haben musste. Unter einigen seiner großen Kaiser, deren Namen Marie gehört und schon wieder vergessen hatte, sollte die Stadt einmal mehr als die halbe Welt regiert haben, jetzt kontrollierte sie nicht einmal mehr das gegenüberliegende Ufer des Bosporus, auf das Marie beim Verlassen der Hagia Sophia blicken konnte. Dort herrschten nun dieselben Osmanen, gegen die Kaiser Sigismund als König von Ungarn zu kämpfen hatte.
Auch in die andere Richtung reichte die Macht des Mannes, der sich Kaiser des Oströmischen Reiches nannte, kaum weiter als eine Tagesreise zu Fuß. Jenseits davon gehörte das Land ebenfalls den Osmanen, deren Reiter immer wieder vor den mächtigen Mauern erschienen, welche die Stadt schützten. Angesichts des Verfalls im Innern hätte Marie keinen Heller gegen eine Kiste voller Goldgulden gewettet, dass Konstantinopel dem Würgegriff seiner Feinde noch lange würde standhalten können.
Während ihr die Atmosphäre in der gefährdeten Stadt schier den Atem abschnürte, schienen die Einheimischen sich an ihre Lage gewöhnt zu haben. Sie begegnete Bauern, die mit leeren Eselskarren von den Märkten kamen, Frauen, die ihre Einkäufe

in Netzen und Körben nach Hause schleppten, und Priestern und Mönchen in schwarzen Kutten. Diese waren hier so zahlreich, dass sie sich fragte, ob es in Konstantinopel noch genügend Männer gab, die einem Handwerk nachgingen oder als Krieger dienten.

In gewisser Weise war es konsequent, so vielen Kirchenmännern Obdach zu bieten, denn nur die Fürsprache des Himmels konnte diese Stadt noch vor der Eroberung durch die Osmanen bewahren. In letzter Zeit, so hatte Marie vernommen, waren Konstantinopels Truppen jedoch mehrfach als Sieger aus irgendwelchen Schlachten hervorgegangen. Daran erinnerte sie sich, als die Leute um sie herum plötzlich aufblickten und dem in der Ferne aufbrandenden Jubel lauschten.

Kurz darauf stimmten Griechen in die Rufe ein. Einer sprang sogar hoch und warf seinen Hut in die Luft. »Konstantinos Dragestes ist zurückgekommen!«

Die Händler vergaßen ihre Waren, die Bauern warfen ihre Hacken weg, und die Frauen am Brunnen ließen die Wäsche in ihre Körbe fallen und schürzten ihre Röcke, um schneller laufen zu können. Alle eilten in die Richtung, aus der der Jubel kam, und Marie wurde so überrascht, dass sie mitrennen musste, um nicht niedergetrampelt zu werden. Das Ziel der Leute war die Straße, die vom Forum des Konstantin zur Hagia Sophia führte.

Schließlich stand Marie eingekeilt in der Menge und sah gut gewappnete Krieger, deren Rüstungen die Spuren von harten Waffengängen trugen, die Straße heraufkommen. Ein Reiter auf einem weißen Hengst, der einen goldschimmernden Plattenpanzer und einen roten Helm trug, führte den Trupp an. Aus der Nähe glich er weniger einem Edelmann als einem vierschrötigen Bauern mit einem aufs Geratewohl zurechtgestutzten Bart, aber auch einem Mann, der Strapazen ertragen konnte und hart zu kämpfen wusste. Seine Miene wirkte ernst und selbstbewusst. Als er in die Menge grüßte, tat er es auch, um die Herzen der Menschen mit Mut zu erfüllen.

Die Jubelrufe der begeisterten Griechen verrieten Marie, dass es sich bei ihm um den jüngeren Bruder des Kaisers handelte, dem es erst vor kurzem gelungen war, den Peloponnes für das Oströmische Reich zurückzugewinnen. Konstantinos Dragestes hatte die Halbinsel allerdings nicht den Osmanen entrissen, sondern christlichen Fürsten, die dort seit zweihundert Jahren geherrscht hatten.

Marie erschien es unbegreiflich, dass Christen angesichts der tödlichen Bedrohung durch die Osmanen gegeneinander kämpften, zumal es hieß, Kaiser Johannes oder Ioannis, wie die Griechen sagten, wolle sich mit dem Papst in Rom aussöhnen und die Kirche des Ostens, die vierhundert Jahre lang ihre eigenen Wege gegangen war, wieder dem Stuhle Petri unterstellen. Im Gegenzug sollte Seine Heiligkeit Martin V. die Herrscher des Westens zu einem Kreuzzug gegen die Osmanen aufrufen, um Konstantinopel von der Bedrohung durch die Heiden zu befreien.

Marie sagte sich, dass sie nur ein dummes Weib war, welches die politischen Züge der hohen Herren nicht nachvollziehen konnte. Aber wenn es Kaiser Sigismund nicht einmal gelang, die Reichsfürsten dafür zu gewinnen, ihn bei der Niederschlagung des böhmischen Aufstands zu unterstützen und aus dem Reich Hilfe gegen die Osmanen zu erhalten, die ihm in Ungarn im Genick saßen, würde er einer Stadt wie Konstantinopel gewiss nicht die erhoffte Rettung bringen können.

Nachdem Konstantinos Dragestes und seine Männer die Straße passiert hatten, wollte Marie sich durch die sich auflösende Menge schieben, um in den Palast zurückzukehren. Da brandete erneut Lärm auf, und die Leute ballten sich zusammen, um einen weiteren Kriegertrupp anzustarren, der sich ebenfalls von Westen näherte. Diesmal waren es keine Griechen, sondern Türken in blauen Pluderhosen, eng anliegenden Westen und mit riesigen

Turbanen auf dem Kopf. Rote Seidenmäntel flatterten von ihren Schultern und die Scheiden ihrer Säbel waren mit goldenen Verzierungen geschmückt. Die Griffe der Waffen bestanden aus zurechtgefeilten Hüftknochen von Pferden, und statt einer Fahne trug einer der Reiter einen Stab, von dem zwei Rossschweife herabhingen.

Bis jetzt hatte Marie die Türken nur aus der Ferne gesehen, nun konnte sie sie mit den Oströmern vergleichen, die kurz zuvor an ihr vorbeigeritten waren. Es schien, als hätten die Osmanen von der Ankunft des Kaiserbruders erfahren und eine Gesandtschaft geschickt, um den Bewohnern Konstantinopels zu zeigen, dass mehr als ein Sieg über ein paar lateinische Fürsten nötig war, um wieder frei atmen zu können.

Die Gesichter der Türken strotzten vor Selbstvertrauen, und ihr Ausdruck schien die Oströmer so einzuschüchtern, dass diese ihren Todfeinden kein einziges Schimpfwort und keinen Fluch nachriefen. Die Menschen sahen stumm zu, wie die heidnischen Krieger an ihnen vorüberzogen, und einige Frauen knieten nieder und bekreuzigten sich auf jene Marie immer noch seltsam erscheinende Weise, obwohl sie sie schon oft gesehen hatte.

Als die Osmanen verschwunden waren, hoffte Marie, die Menge würde sich endlich verlaufen. Stattdessen strömten immer noch mehr Menschen herbei, bis sie so eng aneinander standen, dass sich kaum noch jemand rühren konnte. Plötzlich wichen die Leute wie auf ein geheimes Kommando zurück und bildeten eine Gasse. Marie wollte die Gelegenheit nutzen und hindurchschlüpfen, sah dann aber einen Mann in einer bodenlangen schwarzen Kutte und einer gleichfarbigen Haube, die nur das Gesicht und den langen grauen Bart freiließ, durch das Spalier schreiten. Um seinen Hals hing eine Kette, an der ein großes goldenes Kreuz befestigt war, in der Hand hielt er einen Rosenkranz aus Ebenholzperlen.

Neben Marie sanken die Menschen in die Knie und bekreuzig-

ten sich, und der Mann segnete sie. Es musste sich um einen hochrangigen Kirchenführer handeln, das begriff Marie auf den ersten Blick, nur wusste sie nicht, wie sie reagieren sollte. Viel zu spät für die Leute um sich herum beugte auch sie ihr Knie, und als sie sich bekreuzigte, tat sie es aus Nervosität so, wie sie es von zu Hause gewohnt war.
Sofort zischte eine alte Vettel eine Verwünschung, und das Gesicht des Kirchenmanns verzog sich, als wäre er in die Hinterlassenschaft eines Hundes getreten. Gleichzeitig packte einer der Männer einen Stein und warf ihn auf Marie.
»Verfluchte Lateinerin!«, schrie er.
»Papistenbrut!«, brüllten andere, und nun griffen etliche der Umstehenden nach Steinen, Erdbrocken und was ihnen sonst noch in die Finger geriet und schleuderten es auf Marie.
Diese begriff im ersten Augenblick nicht, wie ihr geschah. Dann nahm sie den Hass und die Mordlust in den Augen der Griechen wahr und wusste, dass sie in Lebensgefahr schwebte. Der Kuttenträger trat beiseite, um nicht selbst von den Wurfgeschossen getroffen zu werden, und gab damit dem Pöbel den Weg frei. Die Steine flogen nun so hageldicht, dass Marie den rechten Arm schützend vor das Gesicht hob und zu rennen begann. Der kleine Ausflug, den sie unternommen hatte, um der drückenden Öde des Bukoleonpalasts zu entkommen, drohte in einer Katastrophe zu enden. Den schrillen Stimmen des Mobs entnahm Marie, dass man sie in Stücke reißen wollte. Es sind doch auch Christenmenschen, dachte sie entsetzt. Aber die Griechen schienen sich mit nichts weniger zufrieden zu geben als mit ihrem Tod.
Der erste größere Stein traf sie an der Schulter und sie stöhnte vor Schmerz auf. Einige Männer versuchten ihr den Weg abzuschneiden. Marie rannte noch schneller, warf dabei einen kurzen Blick zurück und prallte gegen einen Mann, der eine Rüstung trug. Jetzt haben sie mich, konnte sie nur denken und starrte den

hoch gewachsenen Krieger an. Sie blickte in ein eher derbes Gesicht mit einem nachlässig gestutzten Bart, brauchte aber mehrere Augenblicke, bis sie Konstantinos Dragestes erkannte, den Bruder des Kaisers, der erst vor kurzem an der Spitze seiner Soldaten an ihr vorbeigeritten war.
Ihn hätte sie eher in einem der Paläste vermutet, die sich zwischen Anastasias Quartier und der Irenenkirche erstreckten. Stattdessen stand er hier und bewahrte sie mit einem raschen Griff vor dem Sturz. Seine Miene wirkte fast ein wenig belustigt, als er sich zwischen sie und ihre Verfolger stellte und diese herausfordernd musterte. »Ich hoffe, ihr seid ebenso mutig, wenn es gegen die Türken geht, meine Freunde. Ein schutzloses Weib zu töten ist eines wahren Romäers unwürdig.«
Die Menschen hatten den Bruder des Kaisers ebenfalls erkannt und ließen die Steine hinter ihrem Rücken fallen. Alle Männer verbeugten sich, die Weiber sanken auf die Knie und schlugen das Kreuz.
»Lang lebe Konstantinos Dragestes, der Sieger von Achaia!«, riefen sie, und einige Mädchen pflückten rasch Blumen, um sie dem Feldherrn zuzuwerfen. Dieser fing mehrere Blüten auf und hob dann die Hand.
»Geht wieder an euer Tagwerk, meine Lieben. Ihr seht hier keinen der Prälaten des Papstes vor euch, der euch zwingen will, euch seinem Herrn zu unterwerfen, sondern ein schwaches Weib, welches nichts dafür kann, dass es dort geboren wurde, wo es herkommt.«
»Ihr habt Recht, Herr!« Der Mann, der am eifrigsten geschrien hatte, senkte noch einmal sein Haupt und winkte dann anderen, mit ihm zu kommen. Hinter ihnen verlief sich die Menge und Marie atmete erleichtert auf.
»Danke, Herr! Ich glaube, Ihr habt mir soeben das Leben gerettet.«
»Das glaube ich auch.« Konstantinos Dragestes bleckte die

Zähne und zischte einen Fluch. Er hatte sich aber sofort wieder in der Gewalt und bot Marie den Arm.
»Erlaube mir, dass ich dich nach Hause bringe. Die Leute sind gereizt, denn sie haben zuerst mich als den Sieger von Südgriechenland einreiten sehen, und kurz darauf die Türken.«
»Danke, Herr! Es ist sehr freundlich von Euch, mich zum Bukoleonpalast zu begleiten. Aber weshalb haben die Leute ihre Steine nicht auf die Osmanen geworfen? Die sind doch ihre Feinde!«
»Vor dir hatten sie keine Angst, sondern empfanden nur uralten Hass. Die Türken fürchten sie, und keiner von ihnen würde es wagen, einen Gesandten Sultan Murads herauszufordern. Anders ist es jedoch bei euch Lateinern. Der Pöbel hat schon mehrere Gesandte des römischen Bischofs in Stücke gerissen und ist bereit, es wieder zu tun. Schon aus diesem Grund fürchte ich, wird der Plan meines Bruders nicht aufgehen, die Kirche des Ostens mit der des Westens auszusöhnen und wieder zu vereinen. Unsere Bischöfe, Metropoliten und Patriarchen sind nicht bereit, sich Rom zu beugen. Eher werden sie sich dem Sultan unterwerfen, um die reine Lehre zu erhalten.«
Marie wusste nicht so recht, wie sie den Feldherrn einschätzen sollte. War er nun für einen Ausgleich mit dem Westen oder ein Feind der heiligen katholischen Kirche? Seine Worte konnten sowohl das eine als auch das andere bedeuten. Sie begriff jedoch, dass es nicht gut sein würde, in dieser Richtung Fragen zu stellen, und zwang ihre wirbelnden Gedanken auf einen anderen Pfad.
»Ich bin Euch sehr dankbar, Kaiserliche Hoheit, aber auch überrascht, dass Ihr noch einmal zurückgekommen seid.«
»Ich wollte mir die Türken ansehen, und zwar von der Straße aus, so wie der gemeine Mann sie erlebt. Die Kerle müssen über gute Zuträger im Palast verfügen, denn der Plan zu meiner kleinen Parade wurde erst gestern gefasst. Dennoch ist Malwan Pascha mir fast auf dem Fuß gefolgt. Jetzt wird er meinen Bruder aufsuchen und sich aufblähen wie ein Frosch. Nun ja, er kann es

sich leisten, denn auf jeden unserer Krieger kommen zwanzig Türken, und wenn die nicht reichen sollten, vermag der Sultan zwanzig weitere Bewaffnete zu schicken.« Konstantinos Dragestes grinste bei diesen Worten, als hätte er einen unanständigen Witz erzählt.
Während des Gesprächs waren sie dem Bukoleonpalast nahe gekommen. Der Feldherr brachte Marie noch bis zum Tor, dann verabschiedete er sich, um, wie er sagte, im Thronsaal zu sein, bevor der türkische Pascha seine Audienz bei seinem kaiserlichen Bruder beendet hatte.

VIII.

Als Marie die Gemächer der Fürstin betrat, traf sie außer Anastasia auch Pantelej und Andrej dort an. Die beiden Männer wirkten besorgt und Anastasia schien von panischer Angst erfüllt zu sein.
»Was ist geschehen?«, fragte Marie.
»Wir müssen fliehen!« Anastasia bekam die Worte kaum über die Lippen.
Andrej nickte mit verkniffener Miene. »Mein Onkel Lawrenti ist mit einer Gesandtschaft aus Moskau in die Stadt gekommen, wie ich von einem Verwandten Fürstin Anastasias erfahren habe. Der Mann wusste zu berichten, dass Großfürst Wassili ihre Auslieferung und die ihres Sohnes fordert. Kaiser Ioannis hat erst einmal um Aufschub gebeten, weil die Herrin gerade erst geboren hat, doch ich bin sicher, dass er den Moskowitern nachgeben wird. Diese bieten ihm nämlich das, was er am dringendsten braucht: Waffenhilfe gegen die Osmanen.«
Andrej litt sichtlich unter der Angst um Anastasia, und er hatte auch allen Grund dazu. Wenn es stimmte, was ihm zugetragen worden war, so schwebten die Fürstin, Wladimir und die kleine Zoe in höchster Gefahr.

Marie fand den Gedanken an Flucht gar nicht so übel, spielte er ihr doch in die Hände. Mussten sie Konstantinopel verlassen, gab es nur einen Weg, Anastasia in Sicherheit zu bringen, und der führte nach Westen, in Richtung ihrer Heimat.
Marie hatte den Ausspruch von Konstantinos Dragestes noch im Ohr, dass die Türken gute Zuträger im Palast haben müssten, und war sich nun sicher, dass die Moskowiter oder deren Freunde Spione im Haushalt der Fürstin Anastasia hatten. Daher stemmte sie die Hände in die Hüften, um ihren Standpunkt zu unterstreichen. »Wir sollten uns auf eine Flucht vorbereiten, aber so, dass die Dienerschaft, die um uns herumwieselt, nichts davon mitbekommt. Bestimmt überwacht man uns! Ich vermute, dass sich jemand unter dem Gesinde befindet, der der russischen Sprache mächtig ist und heimlich Bericht über all das erstattet, was wir tun.«
Maries Worte brachten die anderen dazu, sich erschrocken umzusehen. Durch die offene Tür zum Korridor sahen sie eine junge Magd, die gerade den Boden fegte, doch niemand konnte sich erinnern, das schleifende Geräusch des Besens bereits während des Gesprächs vernommen zu haben.
Für einen Augenblick verließ Andrej der Mut. Er fasste sich jedoch rasch wieder und zwang ein freudloses Grinsen auf seine Lippen. »Du hast Recht! Es wird jedoch fast unmöglich sein, einen Schiffer zu finden, der uns mitnimmt, ohne dass unsere Feinde es bemerken. Es gibt noch ein anderes Problem: Man hat mich für morgen in den Manganapalast eingeladen, weil der Kaiser mich seinem Bruder Konstantinos vorstellen will. Dieser sammelt Krieger, um Südgriechenland gegen die Türken verteidigen zu können. Als einer der Recken des toten Dimitri sollte es mir eine Ehre sein, unter Dragestes zu dienen. Doch wenn ich dieses Angebot annehme, bleiben Fürstin Anastasia und ihre Kinder schutzlos zurück.«
Pantelej schnaubte beleidigt, weil er sich von Andrej nicht gewür-

digt fand, aber Marie verstand, was der Ritter meinte. Der Priester war ein Mann des Wortes und vermochte nichts gegen einen Mann mit einem scharfen Schwert auszurichten.

»Kannst du die Aufforderung ablehnen, dich dem Bruder des Kaisers anzuschließen?«, fragte Anastasia leise.

Andrejs Hand fuhr zum Griff seines Schwertes. »Ich werde es tun, auch wenn man mich für einen Feigling halten wird. Deine Sicherheit ist mir wichtiger als mein Ruf als Krieger.«

Die Fürstin schenkte Andrej einen warmen Blick, der den jungen Mann sichtlich wachsen ließ. Marie wusste jedoch, dass der Recke kein Garant für ihr weiteres Wohlergehen sein würde. Mit einem schnellen Schritt trat sie zur Tür und verschloss die Flügel vor der erstaunten Scheuermagd.

»Ich möchte nicht, wenn man uns beim Reden auf die Lippen sieht«, sagte sie leise zu den anderen.

Andrej nickte und kniete dann vor Anastasia nieder. »Ich beschwöre dich, Herrin, Konstantinopel zu verlassen! Auch wenn du hier geboren worden bist und gehofft hast, in dieser Stadt eine Heimat für dich und deine Kinder zu finden, bist du hier nicht mehr sicher. Der Einfluss Moskaus ist zu stark.«

Die Fürstin hatte als Erste von Flucht gesprochen, doch nun schien sie anderen Sinnes geworden zu sein. »Mein Verwandter, der Kaiser, wird mich und meine armen Waisen schützen.«

»Darauf würde ich nicht wetten!«, sagte Marie auf Deutsch und zog fragende Blicke auf sich.

»Was hast du gesagt?«, wollte Anastasia wissen.

»Ich würde mich an deiner Stelle nicht auf die Gunst des Kaisers verlassen, Herrin. Er wird so entscheiden, wie es ihm vorteilhaft dünkt. Da er sich von den Osmanen bedrängt sieht, wird er das Angebot Moskaus, ihm militärische Unterstützung zu schicken, gewiss nicht abschlagen, insbesondere da diese Hilfe ihn nur die Übergabe einer Frau und zweier Kinder kostet.« Marie hatte sich in Hitze geredet, denn sie sah keinen anderen Ausweg, als Anas-

tasia dazu zu bewegen, Konstantinopel so rasch wie möglich in Richtung Westen zu verlassen.
Andrej stimmte ihr zu, Pantelej aber hob abwehrend die Hände.
»Die Herrin ist durch die Geburt geschwächt und würde eine solche Reise nicht überstehen.«
»Eine Frau kann verdammt viel aushalten!« Marie dachte daran, dass sie mehr tot als lebendig gewesen war, als Hulda von Hettenheim sie hatte wegschaffen lassen. Trotzdem lebte sie noch, und im Gegensatz zu ihr hatte Anastasia diesmal eine leichte Geburt erlebt.
»Warten wir den morgigen Tag ab und entscheiden nach Andrejs Gespräch mit Konstantinos Dragestes, was zu tun ist.« Anastasias Angst war inzwischen verraucht, zumal Pantelej ihr versicherte, sie würde gewiss in einem der Klöster in Konstantinopel Schutz vor den Russen finden.
Marie hielt diese Entscheidung für falsch, doch ein Tag war keine Ewigkeit, und Andrej mochte es auch noch am nächsten Tag gelingen, einen kühnen Kapitän zu finden, der sich nicht für die Namen und die Herkunft seiner Passagiere interessierte.
Anastasia fragte Andrej nun nach Konstantinos Dragestes, den sie in ihrer Jugend mehrmals getroffen hatte, und da Marie nicht bekennen wollte, ihm begegnet zu sein, verließ sie die Runde und begab sich zu den Kammern, in denen sie sich mit Alika und den Kindern einquartiert hatte. Odas Sohn Egon saß in einer Ecke und spielte mit Holzstückchen, die Andrej ihm geschnitzt hatte. Er war ein ruhiges, fast zu stilles Kind, das sich in diesen Mauern nicht wohl zu fühlen schien. Marie schenkte ihm ein Lächeln und bemerkte erfreut, dass er es erwiderte. Allein mit diesem stummen Blickkontakt entfachte sie sowohl bei Wladimir wie auch bei Lisa einen Eifersuchtsanfall.
Das Mädchen, das seit einigen Wochen so gut laufen konnte, dass Alika es mit einer Leine festbinden musste, damit es ihr

nicht abhanden kam, stapfte auf Marie zu und streckte fordernd die Ärmchen aus. »Mama!«

»Na komm, du Kleines!« Marie bückte sich und hob Lisa auf. Als sie es an sich drückte und einen Kuss auf ihre Wange drückte, dachte sie an die Tage, in denen sie mit Trudi auf dem Schoß in den böhmischen Krieg gezogen war. Damals hatte sie Michel gesucht, den alle für tot gehalten hatten. Sie allein hatte geglaubt, dass er noch lebte, und am Ende Recht behalten. Bei dem Gedanken an ihren Mann fragte sie sich, was Michel wohl jetzt gerade tat und wie es Trudi ergehen mochte, und ihr stiegen Tränen in die Augen.

Sie setzte Lisa wieder ab, und Wladimir nützte die Gelegenheit, sich durch lautes Brüllen bemerkbar zu machen. Seit seine Schwester geboren worden war, hatte seine Mutter kaum noch Zeit für ihn, und das war für das verwöhnte Prinzlein ein herber Schock gewesen, denn auf dem letzten Teil der Flucht und in den Wochen danach hatte Anastasia ihn kaum aus den Armen gegeben. Marie strich ihm über die blonden Locken, die, wie sie hoffte, das einzige Erbe seines Vaters waren. Wenn der Junge Dimitris Jähzorn und dessen Mangel an Selbstbeherrschung geerbt hatte, würde er sich im Leben schwer tun.

Für einige Zeit beanspruchten die drei Kinder Maries Aufmerksamkeit. Sie musste sie jedoch nur ein wenig herzen und mit ihnen spielen, denn Alika und Gelja, die am Fenster saß und ein Kittelchen nach russischer Art für Wladimir nähte, versorgten die Kleinen gut. Lisa und der kleine Prinz waren mittlerweile vollständig entwöhnt, und darüber war Marie sehr froh. Zuletzt hatte sie kaum noch die Kraft aufgebracht, Wladimir zu nähren, und sie war sich mehr und mehr wie eine Milchkuh vorgekommen.

Nach einer Weile reichte Marie Lisa, die sich bis auf ihren Schoß vorgekämpft hatte, an Gelja weiter und trat in ihre Schlafkammer. Deren Einrichtung bestand aus einem Bett aus hellem Holz, das einen angenehmen Duft ausströmte, mehreren bunt bemalten Truhen und einem Gestell für die Waschschüssel. Dazu gab es noch ein an der Wand befestigtes Bord mit einem kleinen Handspiegel und mehreren Salbendöschen für die Schönheitspflege. Zuerst hatte Marie schon beim Anblick dieser Mittel die Nase gerümpft. Inzwischen aber verwendete sie die Kosmetika neben anderen, die sie nach eigenem Rezept herstellte.

Nachdenklich zog sie sich aus und blickte an sich herab. Sie war keine siebzehn mehr und auch keine siebenundzwanzig, man merkte ihr die Jahre allmählich an. Ihr Busen war durch die dauernde Belastung des Stillens schlaffer geworden, hing aber noch nicht so stark herab, wie sie es bei älteren Frauen gesehen hatte. Dennoch zog sie es nun vor, ihn unter der Kleidung mit einer Binde zu stützen. Zu ihrem Leidwesen war dies nicht die einzige Stelle, an der ihre Figur zu wünschen übrig ließ.

»Ich beginne aus dem Leim zu gehen! Aber das ist ja auch kein Wunder. Hier gibt es einfach zu wenig Bewegung und zu viele Naschereien.« Marie seufzte und sagte sich, dass sie vielleicht etwas mehr Selbstbeherrschung aufbringen sollte, wenn die Dienerinnen die Schalen mit dem köstlichen Konfekt brachten. Doch Essen, Sticken und Beten waren die einzigen Dinge, welche einer Dame in Konstantinopel die Langeweile zu vertreiben vermochten. Von den beiden letzteren hatte sie nie viel gehalten, Sticken war ihr ein Graus und die Lust zum Beten hatte man ihr bei ihrem Prozess in Konstanz und in den Jahren danach gründlich ausgetrieben. Nur selten wandte sie sich mit einer Bitte an die Jungfrau Maria und an ihre besondere Schutzheilige Maria Magdalena. Für eine Weile hing sie ihren Gedanken nach und stellte sich vor, sie sei an Bord eines Schiffes, das sie in Richtung Heimat bringen würde. Sofort schlichen sich Zweifel in ihr Herz. Würde sie für Michel überhaupt noch begehrenswert sein? Lebte ihr Sohn noch oder hatte Hulda, diese Wahnsinnige, ihn inzwischen vernachlässigt oder gar wissentlich umgebracht? Diese Gedanken flößten ihr mit einem Mal Furcht vor dem ein, was sie zu Hause erwarten mochte.

IX.

Der nächste Tag begann mit einer Überraschung. Ein Herold des Kaisers erschien in Fürstin Anastasias Gemächern und überbrachte die Nachricht, dass die Einladung in den Manganapalast nicht allein Andrej gelten würde, sondern auch dessen Herrin und ihrer fremdländischen Haushofmeisterin. Da es im Allgemeinen nicht üblich war, Frauen zu solchen Anlässen zu bitten, kämpfte Anastasia sofort mit der Angst, der Kaiser werde sie gleich an die Moskauer Delegation übergeben, und nun drängte sie auf eine sofortige Flucht. Dafür aber war es zu spät. Bis es ihnen gelungen wäre, ein Schiff zu finden, das sie aus Konstantinopel hinausbringen konnte, würde man sie bei der Audienz vermissen und die kaiserlichen Wachen losschicken, um sie aufzuspüren und zu verhaften.
»Beruhige dich, Herrin! Sollte jemand es wagen, Hand an dich legen zu wollen, schlage ich sie ihm eigenhändig ab!« Andrejs Versprechen klang in Maries Ohren ein wenig großspurig, doch die Fürstin beruhigte sich so weit, dass sie der Audienz halbwegs gefasst entgegensehen konnte.
Sie ließ sich von Gelja und einer griechischen Dienerin in ihre beste Gewandung kleiden, die aus einem dünnen Seidenhemd, einem weiteren Hemd aus gemusterter Baumwolle und einer bodenlangen Tunika aus schimmerndem Damast bestand, an der ein Kragen aus Goldschnüren befestigt war. Ihren Kopf zierte ein Diadem, das zwar golden glänzte, aber aus mit Blattgold überzogenem Messing bestand, wie eine schadhafte Stelle Marie verriet. Ein Rosenkranz aus Halbedelstein-

perlen und ein Gebetbuch vervollständigten Anastasias Erscheinung.

Marie musste sich ähnlich kleiden, nur fehlte ihr das Diadem, und ihr Rosenkranz bestand aus kleineren und weniger wertvollen Steinperlen. Heimlich befestigte sie ihren Dolch an einem Gürtel, den sie über das erste Hemd schlang, und schlitzte ein Stück der Tunika und des oberen Hemdes auf, um an die Waffe kommen zu können. Dann legte sie sich ein großes, dunkles Schultertuch um, das zwar nicht so recht zu der gemusterten Tunika passen wollte, aber die offene Naht kaschierte und ihr zusammen mit einer strengen Frisur das Aussehen einer weitaus älteren Frau verlieh.

Als Anastasia und Marie den Vorraum betraten, wartete Andrej bereits auf sie. Neben ihm stand Pantelej, der nicht mit ihnen kommen, sondern mit Alika und Gelja zusammen die Kinder bewachen sollte. Daher trug der Pope nur seine normale Kutte, die bereits arg schäbig wirkte. Andrej hingegen bot in seinem goldglänzenden Schuppenpanzer, dem spitzen, mit Otterfell eingefassten Helm und dem weiten roten Umhang das Bild eines großen Kriegers.

Anastasias Augen leuchteten bei seinem Anblick auf und Marie musste ein Lächeln verbergen. Sie hätte nicht dagegen gewettet, dass Andrej in den Träumen der Fürstin einen besonderen Platz einnahm, genauso wie sie in den seinen. Die beiden waren durch die gemeinsame Flucht aneinander geschmiedet, und Andrej würde nie aufhören, Anastasia zu beschützen. Marie sah das Ganze pragmatisch und sagte sich, dass er die selbst auferlegte Pflicht als Ehemann besser würde erfüllen können, als wenn er der Leibwächter der Fürstin bliebe. Andrej war ein kühner Mann und würde sich gewiss einen bedeutenden Platz im Leben erkämpfen. Wenn sich keine andere Aussicht für ihn ergab, konnte er immer noch in die Dienste Kaiser Sigismunds treten, auch wenn es ihm wahrscheinlich schwer fallen würde, einem Lateiner zu gehorchen. Doch in der Not frisst sogar der Teufel Fliegen, dachte sie leicht boshaft, während sie auf den Hof des Bukoleonpalasts traten, in dem bereits zwei Sänften auf Anastasia und sie warteten. Für Andrej hatte man einen falben Hengst mit türkischer Zäumung bereitgestellt.

Der Recke musterte die Träger und die drei Gardisten, die diese begleiteten, und deutete durch eine Berührung seines Schwertgriffs an, dass er auf der Hut sein würde. Seine Anspannung löste sich, als die Sänften im gemächlichen Tempo in Richtung Manganapalast getragen wurden, so dass er nichts anderes tun musste, als neben Anastasias Sänfte herzureiten. Die Menschen, an denen sie vorbeikamen, wichen ehrerbietig aus, und Marie vernahm sogar Segenssprüche, die dem Recken und den Insassen der beiden Sänften galten. Es war so ein krasser Gegensatz zu den Ereignissen am Vortag, an dem sie fast an der gleichen Stelle durch die Straßen gehetzt worden war, dass sie nicht wusste, ob sie darüber lachen oder weinen sollte.

Nicht lange, da passierten sie das von einem Doppelposten bewachte Eingangstor der kaiserlichen Residenz und durchquerten mehrere Vorhöfe, bis sie von Dienern empfangen und unter Dutzenden Bücklingen in die große Halle geführt wurden. Der Manganapalast war ebenso wie der Bukoleonpalast nur einer von vielen Palästen in Konstantinopel, die die Kaiser im Lauf der Zeit errichtet hatten, und auch bei diesem befand sich kaum noch die Hälfte in bewohnbarem Zustand. Dennoch versuchten die Verantwortlichen, den Glanz des alten Imperiums heraufzubeschwören, so verblichen er auch sein mochte.

Der Saal war mit kunstvollen Mosaiken ausgelegt, die Tiere und Menschen in so natürlicher Weise darstellten, als könnten diese jeden Moment aufstehen und herumlaufen. An den Wänden befanden sich Gemälde mit Darstellungen aus der Heiligen Schrift sowie die Bilder verschiedener Heiliger, von denen Marie nur die wenigsten kannte. Unter dem Bild, neben dem sie warten musste, entzifferte sie die Inschrift Nikolaos, Bischof von Myra. Noch während sie nachsann, wer dies gewesen sein mochte, wurde die Gruppe ein Stück weitergeführt, und nun konnte sie einen Blick auf den kaiserlichen Thronsessel werfen, auf dem Johannes VIII. gerade Platz nahm.

Der Herr von Konstantinopel hatte wenig mit seinem kraftvollen Bruder gemein, sondern wirkte mit seiner blassen Haut und Augen, die überall hinblickten, nur nicht in das Hier und Jetzt, eher wie ein Gelehrter oder Geistlicher. Seine Robe glich der eines Bischofs, denn er trug über seinem bis zum Boden reichenden Gewand Pallium und Stola, die anders als bei den Kirchenmännern aus bunt gemustertem Brokat bestanden und mit Halbedelsteinen verziert waren. Auf seinen sorgfältig frisierten Locken saß eine Krone, von der zwei kleine Kreuze über den Schläfen herabhingen.

In der rechten Hand hielt er ein beinahe halbmannslanges Zepter und in der anderen ein kleines goldenes Kästchen, das, wie Andrej ihr zuflüsterte, die Reliquie eines als besonders mächtig geltenden Heiligen enthielt. Den Beistand der himmlischen Kräfte hatte Johannes VIII. wohl auch nötig, denn der Erste, der zur Audienz vorgelassen wurde, war der türkische Pascha, der Prinz Konstantinos am Vortag die Siegesparade verdorben hatte. Sultan Murads Bote trat breitbeinig vor den Kaiser und deutete nicht einmal eine Verbeugung an, als wolle er von vorneherein klarstellen, wer hier der Überlegene war. Johannes VIII. hob die Hand zum Gruß und lächelte, als hätte er einen geehrten Gast vor sich und nicht einen Abgesandten des Feindes. Malwan Paschas Kleidung unterstrich die Machtdemonstration seines Auftretens, denn sein mit Goldstickereien bedeckter Kaftan und die mit Edelsteinen geschmückte Agraffe auf dem voluminösen Turban waren gewiss wertvoller als der gesamte Schmuck, den die Griechen in diesem Raum zu zeigen vermochten.

»Mein erhabener Herr, Sultan Murad, entbietet dir, Ioannis von

Konstantinopel, seine Grüße.« Die Stimme Malwan Paschas klang so hochmütig, als hätte er es mit einem lehnspflichtigen Untertan zu tun. Wäre er so vor Kaiser Sigismund aufgetreten, hätten dessen Gefolgsleute ihn für diese Unverschämtheit in Stücke gehauen. Doch im Gegensatz zum Herrn des Oströmischen Reiches vermochte Sigismund noch Heere aufzustellen, die in der Lage waren, den Türken Widerstand zu leisten.
Ein leises Murmeln aus einer dunklen Ecke lenkte Maries Aufmerksamkeit ebenso wie die des Türken auf sich. Gleich darauf trat Konstantinos Dragestes aus dem Schatten und musterte den Pascha herausfordernd. »Mein erhabener Bruder beherrscht weitaus mehr als diese Stadt, mein Freund. Oder solltest du vergessen haben, wessen Banner über dem Peloponnes weht?«
Der Türke drehte sich zu dem kaiserlichen Feldherrn um, ging auf ihn zu und umarmte ihn lachend. »Wie sollte ich vergessen, wer dort herrscht? Spricht man doch auch am Hofe meines erhabenen Herrn von den Waffentaten, die du dort vollbracht hast. Ich glaubte nur, es wäre dein Herzogtum. Doch nun sehe ich, dass der Bär immer noch dem Lamm dient.« Ein fast beleidigender Blick streifte dabei den Kaiser.
Marie sah den Grimm auf Konstantinos Dragestes' Gesicht und begriff, wie schwer es dem Mann fiel, sich zu beherrschen. Er klopfte dem Türken auf die Schulter und lachte misstönend. »Ihr Türken mögt immer dem stärksten Häuptling nachlaufen, doch wir halten unsere Traditionen in Ehren. Solange Konstantinopel Bestand hat, werden wir dem Reich und seinem jeweiligen Kaiser mit all unserer Kraft dienen.«
Der Zeremonienmeister begriff, dass die Audienz des Türken beim Kaiser in ein längeres Gespräch mit Prinz Konstantinos auszuufern drohte, räusperte sich und bat Malwan Pascha, weiterzugehen. Dieser packte Konstantinos ungeniert beim Ärmel und zog ihn mit sich.
»Komm, mein Freund, lass uns miteinander reden. Ich würde

gerne wissen, auf welche Art du die letzten Burgen der Franken erobert hast.«

»Um dieses Wissen dann gegen uns zu verwenden?« Dragestes' Antwort klang spöttisch, doch er folgte dem Pascha ohne Widerstreben in einen anderen Raum.

Nun wurden Gäste vor den Kaiser geführt, bei deren Anblick Marie zusammenzuckte. Es waren Russen, und unter ihnen befanden sich Andrejs Onkel Lawrenti und Sachar Iwanowitsch. Der Bojar musste seine kurzzeitige Rebellion gegen Großfürst Wassili rasch aufgegeben und sich wieder auf dessen Seite gestellt haben. Marie nahm an, dass er einige von Wassilis Feinden an den Großfürsten verraten hatte, anders konnte sie es sich nicht erklären, wieso der Mann sich wieder in der Gunst des Moskowiters sonnte. Jetzt stand er breit und wuchtig vor dem Thron und versuchte die übrigen Mitglieder der Delegation allein durch seine Körperfülle auszustechen.

Ein Priester übersetzte das, was gesprochen wurde, vom Russischen ins Griechische und wieder zurück. Dabei schweifte Lawrentis Blick mehrfach zu ihnen herüber. Seiner Miene war nicht zu entnehmen, was er dachte, aber Sachar Iwanowitsch beherrschte sich weniger gut, denn jedes Mal, wenn er zu Andrej herüberblickte, funkelte Hass in seinen Augen.

»Wir müssen uns mit unserer Flucht beeilen«, raunte Marie Anastasia zu. Diese konnte nicht mehr antworten, denn der aufmerksame Zeremonienmeister winkte die Russen weiter und rief nun Maries Gruppe vor den Thron. Während Anastasia vor dem Kaiser in die Knie sank, knickste Marie so, wie sie es von zu Hause gewöhnt war. Johannes' dunkle Augen weiteten sich für einen Augenblick, dann richtete er mitfühlende Worte an die Fürstin, in denen er ihr Schicksal bedauerte und sie seiner Unterstützung versicherte. Es klang wie auswendig gelernt und ohne Kraft, daher fand Marie sich in ihrer Annahme bestätigt, Anastasia dürfe nicht auf die Hilfe des Kaisers bauen.

Auch Andrej wurde mit ein paar freundlichen Worten bedacht, in denen Johannes zum Ausdruck brachte, dass er den Recken gerne als Gefolgsmann seines Bruders auf dem Peloponnes sehen würde. Doch auch hier fehlte in Maries Augen der Nachdruck, ihr schien fast, als sei Anastasias und Andrejs Anwesenheit dem Kaiser lästig. Sie stellten für ihn ein Problem dar, das er am liebsten weit von sich geschoben hätte.

Eine schwache Handbewegung seines Herrn veranlasste den Zeremonienmeister, Anastasia und ihre Begleiter unbarmherzig weiterzuscheuchen. Marie hoffte schon, sie könnten den Manganapalast verlassen und wieder in ihr Quartier zurückkehren. Doch der Leiter des kaiserlichen Zeremonialamts wies auf einen offenen Torbogen, hinter dem mehrere Tische standen. An einem davon saßen Konstantinos Dragestes und der Türke, die sich von Dienern gerade gebratene Hühnchen und Fisch vorlegen ließen. Der Pokal des Prinzen wurde mit dunklem Wein gefüllt, während der Pascha der Farbe des Getränks nach zu urteilen Zitronensorbet erhielt.

»Setzt euch zu uns!«, lud der Prinz Marie und ihre Begleiter ein.

Der Türke blickte erstaunt auf. Seiner Miene nach behagte es ihm wenig, dass Frauen am selben Tisch wie er Platz nehmen sollten. Sein Blick wanderte zu Andrej und er musterte dessen kriegerische Gewandung. Dann wandte er sich an Konstantinos.

»Was ist das für ein Russe, der sich nicht zu den anderen Russen gesellt?«

Er wies auf die Gruppe um Lawrenti und Sachar Iwanowitsch, denen gerade ein anderer Tisch zugewiesen wurde. Marie sah, dass die beiden Männer, die sie als Einzige der russischen Delegation kannte, sich so setzten, dass sie Andrej und die Fürstin im Auge behalten konnten.

»Die werden saufen, bis sie unter dem Tisch liegen, so wie es die Art der Russen ist!«, spottete Malwan Pascha.

Sein Pfeil prallte an Andrej ab. »Da du als Moslem die Freuden

nicht kennst, die der Wein zu spenden vermag, kannst du darüber nicht urteilen.«
»Wein macht Männer zu greinenden Kindern«, parierte der Türke.
»Oder zu wilden Bestien.«
Maries Worte brachten den Pascha dazu, sie anzublicken. »Du sprichst wohl aus Erfahrung, Weib? Nicht umsonst hat der Prophet – Allah sei mit ihm – den Wein verboten.«
Anastasia seufzte tief. »Manchmal wünschte ich mir, er wäre auch unseren Männern verboten.« Sie spielte darauf an, dass der Vollrausch ihres Mannes und seiner Gefolgsleute den Moskowitern die Gelegenheit gegeben hatte, Worosansk einzunehmen.
Marie nickte, obwohl sie nicht glaubte, dass allein der Branntwein Fürst Dimitri und dessen Höflinge kampfunfähig gemacht hatte. Ihrer Überzeugung nach war dem Getränk ein Mittel beigemischt worden, das die Zecher in tiefen Schlaf versetzt hatte.
Der Türke wusste ebenfalls, was Anastasia angedeutet hatte, und machte sich über die leichte Art lustig, mit der Dimitri von Worosansk sein Leben und sein Fürstentum verloren hatte. Andrej versuchte dagegenzuhalten, und so entspann sich eine lebhafte Unterhaltung, der Marie kaum noch folgen konnte. Die anderen redeten in drei Sprachen durcheinander, von denen sie eine gar nicht, eine nur wenig und die dritte halbwegs verstand.
Andrej fiel es leicht, sich mit dem Pascha zu verständigen, denn der tatarische Dialekt, den er als Knabe bei Terbent Khans Stamm gelernt hatte, war eng mit der türkischen Sprache verwandt.
Während sich die Männer am Tisch unterhielten, spürte Marie, wie sich ihr die Nackenhaare sträubten, und blickte sich suchend um. Irgendwo lauerte Gefahr. Sie sah unwillkürlich zu den Moskowitern hinüber und stellte fest, dass Sachar Iwanowitsch und drei oder vier andere Russen fehlten, während Lawrenti zu Andrej herüberstarrte, als hätte er Sehnsucht, mit ihm zu reden.

Nach einer Weile hieb Dimitris einstiger Berater jedoch mit der Hand durch die Luft, als wolle er einen Gedanken verscheuchen, und widmete sich dem Wein, den ein aufmerksamer Diener ihm einschenkte.

Auch Andrej trank Wein, hielt aber ebenso wie Prinz Konstantinos Maß. Der türkische Pascha schlürfte seinen mit Zucker gesüßten Saft und machte sich über den Aufwand lustig, den seine Gastgeber trieben. »Man könnte meinen, in euren Truhen wimmle es nur so von goldenen Pokalen und Tellern, dabei weiß ich so gut wie du, Freund Konstantinos, dass dein erhabener Bruder im Allgemeinen aus irdenen Bechern trinkt und von Zinntellern isst. Das Wenige an Wert, dass er noch besitzt, hebt er auf, um Gäste zu beeindrucken, die längst nicht mehr zu beeindrucken sind. Alles andere haben er und seine Vorgänger längst verkauft, um ihr Söldnerheer bezahlen zu können. Dabei ist die Zahl eurer Kriegsknechte viel zu klein, um die Stadt halten zu können. Wenn es meinem Herrn gefällt, wird er schon morgen in Konstantinopel einziehen und aus eurer Hagia Sophia eine Moschee machen.«

»Wenn es so leicht ist, warum hat er es dann noch nicht getan?« Konstantinos Dragestes blitzte den Türken herausfordernd an. »Ich sage dir, warum! Er scheut den Angriff, weil die Mauern Konstantinopel ihm zu fest sind und dahinter Männer stehen, die ihre Heimat mit jeder Faser ihres Herzens verteidigen werden.«

»Der Aufwand wäre wirklich ein wenig hoch«, gab Malwan Pascha zu. »Mit derselben Zahl an Kriegern, die es bräuchte, Konstantinopel einzunehmen, vermag mein Herr Landstriche in Ungarn zu erobern, die weitaus größer und ertragreicher sind als eure halb verfallene Stadt. Einst mag sie ja mächtig und gefürchtet gewesen sein, doch diese Zeit ist längst Vergangenheit. Jetzt zittert ihr bereits, wenn der Lieblingsrappe des Sultans furzt.«

Prinz Konstantinos zuckte nur mit den Schultern. »Ich zittere nicht!«

»Das weiß ich, mein Freund.« Der Türke klopfte Dragestes auf die Schulter und schüttelte den Kopf. »Bei Allah dem Allmächtigen, warum wollt ihr nicht einsehen, dass es vorbei ist? Unterwirf dich Murad, und er wird dich zum Pascha von ganz Morea machen. Dein Bruder kann als Pascha über Konstantinopel herrschen, wenn er nur das Haupt neigt und uns das Tor öffnet. Oder träumt er immer noch, die Franken kämen ihm zu Hilfe, wie einst zu Zeiten eines Alexios Komnenos? Bei Allah, diese Hoffnung sollte er aufgeben. Wir haben Serbien und Bosnien unterworfen, und der Sultan lässt seine Standarte bereits über Ungarn wehen, das uns bald in die Hände fallen wird wie dir dieser Pfirsich.«
Der Türke ergriff eine Frucht und warf sie Konstantinos zu, der sie in einer Reflexbewegung auffing. Scheinbar ungerührt von den Worten des Paschas zückte dieser sein Messer und teilte den Pfirsich in zwei Hälften, von denen er Marie und Anastasia je eine reichte.
»Gib zu, du siehst es genauso wie ich. Der Westen wird euch nicht helfen, und selbst wenn er dazu bereit und in der Lage wäre, würden es eure Griechen nicht zulassen. Sie hassen die Franken weitaus mehr als uns Türken. Oder wurde nicht erst gestern wieder eine Frau aus dem Frankenviertel jenseits des Goldenen Horns vom Pöbel hier in der Stadt in Stücke gerissen?«
»Ganz wohl nicht, denn sonst säße ich nicht hier.« Marie wurde der Türke, der alles zu wissen schien, was in Konstantinopel vorging, direkt unheimlich. Anastasia und Andrej vernahmen nun erst, dass sie in Gefahr gewesen war, und stellten Fragen, die Marie mit Ausflüchten beantwortete. Sie interessierte mehr, was der Türke über Ungarn und Kaiser Sigismund zu berichten wusste. Zu ihrer Enttäuschung wechselte Malwan Pascha jedoch das Thema und wies zu den Moskowitern hinüber, die kurz davor waren, dem Wein zu unterliegen. Dabei nahm Marie wahr, dass Sachar Iwanowitsch noch immer nicht zurückgekehrt war.

»Hofft ihr vielleicht auf deren Hilfe?« Der Türke sah Konstantinos von oben herab an. »Der Mund der Russen verspricht mehr, als ihr Schwertarm zu leisten vermag. Außerdem kostet es meinen erhabenen Herrn und Sultan nur einen Wink, die Tataren der Krim oder die von Astrachan dafür zu gewinnen, sich in die Sättel zu schwingen und das russische Land bis nach Nowgorod hinauf zu verwüsten. Selbst wenn die Russen sich einig wären – was sie nicht sind –, stellten sie keine Gefahr für uns und keine Hilfe für euch dar.«

»Was ereiferst du dich dann so, mein Freund? Wenn unsere Stadt für euch nur noch eine Frucht ist, die ihr mit einer Hand pflücken könnt, so gibt es doch niemanden, den ihr fürchten müsst.« Bevor der Pascha sich versah, warf Konstantinos ihm spöttisch den Kern des Pfirsichs zu.

»Das ist das, was ihr bisher erreicht habt. Das Fruchtfleisch, sprich das flache Land, habt ihr erobern können. Doch Konstantinopel ist wie dieser Kern, hart und in der Lage, euren begehrlichen Zähnen noch lange zu widerstehen!«

»Für einen harten Kern braucht man einen harten Hammer. Wenn es so weit ist, werden wir ihn besitzen.« Der Türke schlenzte den Kern auf etliche Schritte in die Öffnung eines Kruges, den ein Diener gerade vorbeitrug. Es war Wein für die Moskowiter, und der Lakai wollte bereits auffahren, wagte es nach einem Blick auf den Türken dann doch nicht, sondern schenkte den Russen so vorsichtig nach, dass der Kern nicht in einen der Pokale rutschte.

X.

Marie war die Feste ihrer Heimat gewöhnt, bei denen die Gastgeber Gaukler und Sänger auftreten ließen. Hier blieb es den Gästen überlassen, sich selbst zu unterhalten. Allerdings erhiel-

ten nicht viele das Privileg, länger im Palast verweilen zu dürfen. Außer ihrer Gruppe und den Russen um Lawrenti gab es nur noch zwei Gesandtschaften, die an die Tische gebeten wurden. Die einen waren unzweifelhaft Lateiner, denn sie trugen enge Hosen und hüftlange Tuniken oder Wämser und hatten Kappen und Mützen jener Art aufgesetzt, die Marie von zu Hause kannte.
Auffallend war der Mangel an Frauen. Außer ihr und Anastasia waren zwar noch andere Personen weiblichen Geschlechts vor Kaiser Johannis geführt worden, doch diese hatten unter den wachsamen Augen des Zeremonienmeisters und seiner Helfer die Räumlichkeiten sofort nach der Audienz verlassen müssen. Den Blicken zufolge, mit denen die Bewahrer der höfischen Riten Marie und die Fürstin streiften, hätte man sie ebenso schnell wieder hinauskomplimentiert, wäre es ihnen nicht von höherer Stelle verboten worden. Marie nahm an, dass Prinz Konstantinos dahintersteckte, wusste aber nicht, ob er aus einer Laune heraus gehandelt hatte, um ihr für den gestrigen Schrecken Genugtuung zu verschaffen, oder weil er mit Andrej im privaten Rahmen sprechen wollte. Sollte dies seine Absicht gewesen sein, so machte die Anwesenheit des türkischen Paschas sie zunichte.
Trotzdem war Marie kurz davor, Dragestes anzusprechen und ihn zu fragen, ob er Anastasia und deren Kindern und damit auch ihr die Möglichkeit verschaffen könne, Konstantinopel zu verlassen. Da seufzte die Fürstin plötzlich tief auf, rutschte unruhig auf ihrem Platz hin und her und kniff zuletzt die Lippen zusammen. Schließlich fasste sie Marie an der Schulter.
»Wir sollten gehen! Ich muss mich dringend erleichtern.« Obwohl sie es nur flüsterte, verstand Konstantinos, was sie bedrückte, und winkte einen Diener heran, der Anastasia zu dem entsprechenden Gemach bringen sollte. Dann setzte er das Gespräch mit Andrej und dem Türken fort.
Marie überlegte, ob sie der Fürstin folgen und ebenfalls den Abtritt

benützen sollte. Doch bis sie sich entschlossen hatte, waren Anastasia und der Diener bereits verschwunden. Verärgert, weil sie die Gelegenheit versäumt hatte, nippte sie an dem süssen Fruchtgetränk, das man ihr aufgetischt hatte. Da sie den Saft der herberen Früchte aus ihrer Heimat gewöhnt war, brachte sie das klebrige Zeug kaum über die Lippen. Auch der süsse schwere Wein schmeckte ihr nicht. Daher hätte sie am liebsten um Wasser gebeten, doch sie wusste aus leidvoller Erfahrung, dass nur wenige Brunnen in der Stadt einwandfreies Trinkwasser lieferten. Erst vor ein paar Tagen hatte Gelja sich einen fürchterlichen Durchfall zugezogen, und den wollte sie nicht am eigenen Leib erleben.
Nach einer Weile sah sie sich um und fragte sich, wo Anastasia blieb. So weit entfernt konnte der Abtritt unmöglich sein. Der Gedanke, dass hier im Palast jemand der Fürstin zu nahe treten und sie bedrängen könnte, erschien Marie zunächst abwegig. Doch als der Diener, der Anastasia begleitet hatte, allein zurückkehrte, verstärkte sich in ihr das Gefühl, dass ihnen hier Gefahr drohte.
Der Mann blieb vor Andrej stehen und verbeugte sich. »Verzeih, Herr, doch die Fürstin ergeht sich ein wenig in den Gärten des Palastes und bittet dich, ihr Gesellschaft zu leisten.«
Andrej stand sofort auf und bat Konstantinos und den Türken, ihn zu entschuldigen. Während er dem Diener folgte, schüttelte Marie unwillig den Kopf. Sie hatte Anastasia inzwischen zu gut kennen gelernt, um zu wissen, dass sie niemals einen Mann zu einem Stelldichein rufen lassen würde, selbst wenn es sich um Andrej handelte. Daher erhob sie sich und lief, ohne auf die fragenden Blicke des Prinzen zu achten, hinter Andrej her.
Im Garten angekommen, wusste sie zunächst nicht, wohin sie sich wenden sollte. Ein metallisches Geräusch wies ihr schliesslich den Weg. Sie eilte in die Richtung und vernahm dann ein hämisches Lachen. »Du bist am Ende deines Weges angekommen, Andrej Grigorijewitsch. Erinnerst du dich noch an den Tag, an

dem du mir das Schwert an die Kehle gehalten und mich gezwungen hast, Brot und Salz mit dir und dem verfluchten Dimitri zu teilen? Jetzt wirst du dafür bezahlen.«
Marie verbarg sich rasch hinter einer Hecke und schob ein paar Zweige beiseite, um etwas sehen zu können. Nicht weit von ihr entfernt standen Andrej und ihm gegenüber Sachar Iwanowitsch mit blanker Klinge. Drei seiner Russen und zwei griechische Krieger befanden sich bei ihm, dazu ein gut verschnürtes Bündel, das Marie erst auf den zweiten Blick als Fürstin Anastasia erkannte.
Der Kaiser hat uns in die Falle gelockt, und Konstantinos hat ihm dabei geholfen, fuhr es ihr durch den Kopf. So viel Schlechtigkeit hätte sie dem Prinzen nicht zugetraut. Ihre Hand wanderte zu dem Schlitz in ihrer Tunika und fand wie von selbst den Griff ihres Dolches. Sie fand die Geste selbst lächerlich, denn Andrej war waffenlos, da er sein Schwert beim Betreten des Palasts abgelegt hatte, während seine Gegner sich Schwerter besorgt hatten.
»Lass die Fürstin gehen!« Andrejs Stimme knirschte vor Wut.
Sachar Iwanowitsch lachte noch lauter. »Warum sollte ich? Sie kommt heute noch auf ein Schiff, das nach Kaffa oder Tana fährt, und ihre Brut nehmen wir ebenfalls mit. Was meinst du, wie der Großfürst mich belohnen wird, vor allem, wenn ich den Narren Lawrenti und diesen aufgeblasenen Moskowiter, der uns anführt, hier in Konstantinopel zurücklasse?«
Andrej zeigte auf die beiden griechischen Krieger. »Was hast du ihnen versprochen, damit sie dir helfen?«
»Ich versprach ihnen, dass ein russisches Heer den Don herabkommen und ihnen gegen die Türken beistehen wird, so wie es zu den Zeiten des Großfürsten Sergej schon einmal geschehen ist.« Sachar Iwanowitsch wirkte so zufrieden wie ein Kater, der den Kampf um eine besonders große Sahneschüssel gewonnen hat.

Andrej schüttelte entgeistert den Kopf. »Bei Gott, das waren doch ganz andere Zeiten! Damals war Kiew das Zentrum unseres Reiches und es gab gemeinsame Grenzen zwischen den Gebieten der Rus und dem Oströmischen Reich.«
»Russland und die Russen werden Zarigrad, die Stadt des Patriarchen und Hauptes unserer heiligen Kirche, niemals diesen verfluchten türkischen Heiden überlassen!« Sachar Iwanowitschs Worte mochten übertrieben sein, doch sie klangen glaubhaft, dachte Andrej voller Wut. Die Griechen, die sich von den Türken bedrängt sahen, wollten keine Hilfe aus dem Westen, für die sie ihre Seelen an Rom verkaufen mussten, und hofften daher auf die Unterstützung ihrer nördlichen Glaubensbrüder.
Andrej sah dem Bojaren an, dass dieser ihn nicht am Leben lassen würde, und spannte seine Muskeln, um seine Haut so teuer wie möglich zu verkaufen.
In dem Augenblick war hinter Maries Rücken das Geräusch schneller Schritte zu vernehmen. Erschrocken prallte sie herum und sah Konstantinos und den Türken herankommen. Beide hielten ihre Waffen in der Hand, denn niemand hatte es gewagt, Malwan Pascha seinen Säbel abzufordern, und Konstantinos besaß als oberster Feldherr des Oströmischen Reiches das Privileg, jederzeit bewaffnet vor seinen Bruder treten zu können.
Einen Augenblick lang wusste Marie nicht, wie sie sich verhalten sollte. Wollte Konstantinos nur nachsehen, ob der Streich geglückt war, oder stand er vielleicht doch auf ihrer Seite? Sie beschloss, das Glück herauszufordern, und stieß einen Warnruf aus.
»Vorsicht, es sind sechs Männer und alle in Waffen. Sie haben Anastasia gefangen und bedrohen Andrej!«
Sachar Iwanowitsch war beim Erscheinen der beiden Männer still geworden. Jetzt stieß er einen wüsten Fluch in seiner Heimatsprache aus und reckte Konstantinos das Schwert entgegen. »Halte du dich da raus!«

Dragestes' Gesicht wurde dunkel vor Zorn. »In meiner eigenen Stadt sagt mir das keiner, du Hund!« Er stürmte auf den Bojaren zu und trieb ihn mit harten Schwerthieben vor sich her.
»Jetzt helft mir endlich, ihr Narren!«, brüllte der Russe seine Gefährten an. Die beiden Griechen hatten den Prinzen erkannt und hielten es für geboten, unauffällig zu verschwinden. Die Russen hingegen griffen an. Konstantinos war ein kräftiger, geschickter Krieger und hielt sie auf Abstand. Eine paar Augenblicke lang sah der Türke zu, wie Konstantinos Dragestes mit mehreren Gegnern kämpfte. Dann lachte er fröhlich auf und drang mit seinem Säbel auf die Russen ein. Malwan Pascha mochte großmäulig sein, doch er focht mit unterkühlter Leidenschaft. Als seine Klinge einen Gegner fällte, stürzte Andrej sich auf das frei gewordene Schwert, riss es hoch und schlug den dritten von Sachars Gefährten nieder. Der Mann war tot, kaum dass er den neuen Angreifer bemerkt hatte.
Der Bojar sah, dass er nun mit einem einzigen Helfer gegen drei Feinde stand, und wandte sich zur Flucht. Andrej war jedoch mit ein paar schnellen Schritten bei ihm und riss die Waffe hoch und schlug zu. »Das ist für deinen letzten Verrat!«
Andrejs Klinge beschrieb einen Kreis und trennte Sachar Iwanowitsch den Kopf von den Schultern. Während der Recke dem Toten einen giftigen Blick zuwarf, gab der letzte Russe Fersengeld. Malwan Pascha folgte ihm einige Schritte, verlor ihn dann jedoch im Gebüsch und kehrte zu den anderen zurück.
»Du solltest die Wachen alarmieren, damit sie den Kerl fangen, Freund Konstantinos!«, rief er dem Prinzen zu.
Dieser winkte mit einem freudlosen Lachen ab. »Der Mann ist es nicht wert, dass man Aufhebens von ihm macht. Wichtiger ist, was mit diesen Leuten hier geschehen soll.«
Marie hatte dem Kampf zunächst atemlos zugesehen und war dann zu Anastasia geeilt, um diese zu befreien. Jetzt hob sie den Kopf und warf dem Prinzen einen flehenden Blick zu. »Helft uns, Herr! Hier in Konstantinopel sind wir unseres Lebens nicht

mehr sicher, wie Ihr eben gesehen habt. Wir brauchen dringend ein Schiff, das uns nach Westen bringt.«

»Aber keines von unseren griechischen! Allein der Gedanke an ein russisches Hilfsheer, das unsere Stadt retten könnte, wird die meisten Kapitäne dazu bringen, euch den Russen auszuliefern.« Konstantinos spie zwischen die Büsche und entschuldigte sich im selben Moment bei Marie und der Fürstin.

»Verzeiht, aber man gewöhnt sich bei den Soldaten so manche Unart an. Du hast Recht, Frau. Hier in Konstantinopel seid ihr nicht mehr sicher. Kommt mit mir! Ich kenne venezianische Schiffer, denen man vertrauen kann.«

»Wir müssen die Kinder und unsere Dienerinnen holen«, wandte Marie ein.

Konstantinos nickte.

Inzwischen waren Palastbewohner von dem Lärm angelockt worden und starrten mit großen Augen auf die Toten. Unter ihnen war auch Andrejs Onkel, dessen Gesicht zu einer Maske des Zorns geworden war.

»Sorge dafür, dass die Toten weggebracht werden«, herrschte der Prinz Lawrenti an und winkte Marie, Anastasia und Andrej, ihm zu folgen.

Marie beeilte sich, um an seine Seite zu kommen. »Warum tut Ihr das, Herr? Liegt Euch nichts an einem russischen Heer, das an Eure Seite eilt?«

Konstantinos Dragestes blieb kurz stehen und blickte sie ernst an. »Es wird kein russisches Heer kommen, Frau, egal, wie sehr mein Bruder und die Bewohner dieser Stadt es auch herbeisehnen mögen. Wir Griechen können nur auf Gottes Hilfe bauen und auf uns selbst.«

Lawrenti versetzte Sachars Leichnam einen Tritt und schritt ein Stück neben Andrej her. »Fahre mit Gott, du verdammter Halunke! Ich will später nicht hören müssen, dass du unserer Sippe Schande bereitet hast.«

»Das muss ausgerechnet ein Verräter sagen!« Andrej blitzte seinen Onkel zornig an und seine Hand schwebte bereits über dem Schwertgriff.
»Halte Frieden!«, fuhr Lawrenti ihn an. »Was ich getan habe, geschah für das Wohlergehen von Worosansk. Es ist besser, unter Moskau zu leben, als mit Dimitri zugrunde zu gehen. Wenn du in dich hineinhorchst, wirst du wissen, dass ich Recht habe. Und nun verschwinde!« Er gab seinem Neffen einen Klaps und drehte sich um. In seinen Augen standen Tränen, die nicht nur diesem endgültigen Abschied galten, sondern auch der verlorenen Freiheit seiner Heimat.

XI.

Der Abschied von Konstantinopel ging schnell und ohne Bedauern vonstatten. Prinz Konstantinos, der auf Nummer sicher gehen wollte, begleitete sie bis zum Ausgang der Dardanellen in die Ägäis und verließ die Galeere erst auf der Insel, die der Meerenge vorgelagert war. Dort wünschte er Marie und den anderen viel Glück und stieg auf ein anderes Schiff, dessen Zielhafen Konstantinopel war.
Viel Zeit, Abschiedsworte zu wechseln, blieb der kleinen Gruppe nicht, denn der venezianische Kapitän wollte den glücklichen Wind ausnützen. Marie bedauerte den knappen Abschied, der oströmische Feldherr war ihr in den wenigen Tagen ihrer Bekanntschaft ein guter Freund geworden. Sie winkte seinem Schiff nach, das mit schnellen Ruderschlägen nordwärts strebte, bis es hinter einer Landzunge verschwunden war. Dann wandte sie sich um. Alika saß mit Lisa am Bug und starrte auf die Wellen. Nicht weit von ihr entfernt wiegte Anastasia die kleine Zoe in den Schlaf. Da keine der griechischen Dienerinnen mitgekommen war und Marie, Alika und Gelja mit der Betreuung der drei grö-

ßeren Kinder genug zu tun hatten, war der Fürstin nichts anderes übrig geblieben, als sich selbst um ihr Neugeborenes zu kümmern. Nach anfänglicher Unsicherheit tat sie es inzwischen sogar gerne, und da sie in Konstantinopel keine Amme für die kleine Zoe gefunden hatte, stillte sie ihre Tochter selbst.
Marie fand, dass Anastasia die Beschäftigung mit dem Kind gut tat, sie wirkte ausgeglichener als früher, und in ihren Augen lag ein träumerischer Glanz, der verriet, dass sie die Schrecken der Flucht und ihre gewiss nicht immer einfache Ehe mit Dimitri von Worosansk langsam zu vergessen begann. Hatte sie sich in Russland mehr an ihren Beichtvater Pantelej gehalten, so war mittlerweile Andrej ihr bevorzugter Gesprächspartner geworden. Noch lief ihre Freundschaft in allen Ehren ab, doch Marie war sicher, dass die beiden, wenn sich ihnen die Gelegenheit bot, gewiss mehr miteinander anfangen würden als nur über das schöne Wetter zu reden.
Bei dem Gedanken zuckte Marie mit den Schultern. Es war nicht ihre Sache, über Anastasias und Andrejs Moral zu wachen. Außerdem vermochte eine angenehme Stunde in den Armen eines geliebten Mannes viel Leid aufzuwiegen. Marie seufzte, denn sie erinnerte sich an Michel und sehnte sich danach, seine Arme um sich zu spüren und von ihm zu hören, dass er sie noch immer liebte. Doch würde das wirklich noch der Fall sein? Sie waren jetzt schon zum zweiten Mal für längere Zeit getrennt worden, und sie fragte sich, welche Lügen Hulda von Hettenheim unter die Leute gebracht hatte, um ihr Verschwinden zu kaschieren. Vielleicht hatte Michel annehmen müssen, sie sei tot, und war eine neue Ehe eingegangen. Diese Vorstellung tat ihr weh, aber Marie sagte sich, dass sie ihm deshalb nicht böse sein dürfe. Eine erst kürzlich übernommene Herrschaft wie Kibitzstein brauchte nun einmal eine Herrin und ihre kleine Trudi eine Mutter, die für sie sorgte.
Mit einem Mal erschien ihr die Idee einer Rückkehr nicht mehr

so verlockend zu sein wie bisher. Vielleicht, sagte sie sich, sollte sie bei Andrej und Anastasia bleiben und ihnen zureden, den Vorschlag von Konstantinos Dragestes anzunehmen, sich in seinem Machtbereich auf dem Peloponnes niederzulassen. Die beiden fürchteten sich jedoch davor, im Einflussgebiet Konstantinopels zu leben, denn es war möglich, dass Moskaus Arm sich auch dort nach ihnen ausstreckte.

Ein Aufschrei schreckte Marie aus ihren Gedanken. Sie blickte auf und sah einen Matrosen, der den kleinen Egon am Kragen gepackt hatte und eben wieder auf den Boden stellte.

»Der Racker wäre von Bord gefallen, wenn ich ihn nicht rechtzeitig erwischt hätte!« Der Mann war Venezianer, und sein Griechisch klang fast noch grauenhafter als das von Marie.

Sie verstand aber die unausgesprochene Aufforderung und reichte ihm als Dank für seine Tat eine Münze. Dann nahm sie ihm Egon ab und sah vorwurfsvoll auf ihn herab.

»Habe ich dir nicht verboten, hier auf dem Deck herumzuklettern? Es ist zu gefährlich!«

Der Junge nickte und schluckte mannhaft die Tränen hinunter, die ihm in die Augen stiegen. »Ich mache es nicht wieder«, versprach er mit dünner Stimme.

Marie hätte keinen halben Heller darauf verwettet, denn der Junge war nun einmal in dem Alter, in dem er alles erforschen wollte, und hier gab es keine Tataren, die ihn mit barschen Stimmen in die Schranken wiesen. Die venezianischen Seeleute waren da ganz anders. Einer hatte immer Zeit für ihn, und selbst der Capitano, der Ehrfurcht gebietend auf seinem Achterkastell thronte, war sich nicht zu schade, den kecken Burschen das eine oder andere Mal auf den Arm zu nehmen und ihm die Seevögel oder die Delfine zu zeigen, die das Schiff begleiteten.

Da sie Alika zu Lisa nicht auch noch Egon aufhalsen wollte, suchte Marie sich einen geeigneten Platz, nahm ihn auf den Schoß und erzählte ihm eine Geschichte aus ihrer Heimat, in der wackere Ritter und brave Kaufleute die Hauptrolle spielten. Dabei wanderten ihre Gedanken bis an den Rhein und darüber hinaus. Es gab zwei Gründe für eine Rückkehr in die Heimat. Zum Einen hatte sie Oda versprochen, Egon dort aufzuziehen, und zum Zweiten ging es um ihren eigenen Sohn. Sie musste ihn, falls er noch lebte, Hulda von Hettenheim entreißen und ihn Michel geben, auch wenn ihr Weg danach in ein Kloster führen würde oder in ein kleines Häuschen in einer fremden Stadt, in der sie mit Alika, Lisa und Egon leben konnte. Vielleicht würde Trudi sie dort von Zeit zu Zeit besuchen dürfen. Viel lieber hätte sie ihre Tochter ebenfalls um sich gehabt, doch Trudi musste ihrem Stand gemäß leben und aufgezogen werden, sonst würde der Adel sie nicht als Nachkomme eines Reichsritters anerkennen und ihr die Heirat in ihren Kreisen verwehren. Außer Marie machte sich in diesen Stunden noch jemand sorgenvolle Gedanken um die Zukunft, nämlich Pantelej, der mit vor Trauer dunklen Augen auf das Meer hinausblickte. Er war Russe bis ins Mark, und schon der Gedanke an den fernen Westen mit seinen unbekannten Sitten und einem Glauben, der anders war als der, den er so viele Jahre gepredigt hatte, erschreckte ihn. Zudem fühlte er allmählich sein Alter. Er war nicht mehr jung gewesen, als Dimitri die Herrschaft in Worosansk übernommen hatte, und die Zeit unter dem unberechenbaren Fürsten und die anschließende Flucht hatten seine Kräfte über Gebühr beansprucht. Mit einem heftigen Ruck stand er auf und stieg aufs Achterkastell. Der Kapitän sah ihn kommen und winkte einen Matrosen zu sich, der ein wenig Russisch verstand.

Marie sah, wie Pantelej auf den Kapitän einredete und zuletzt sogar laut wurde, und die Reaktion des Venezianers zeigte ihr, dass dieser über die Vorschläge des Priesters nicht gerade erfreut war. Schließlich aber winkte er ärgerlich ab und gab dem Steuermann den Befehl, den Bug nach Westen zu richten.

Unruhig geworden stand Marie auf, brachte Egon zu Alika und gesellte sich zu Andrej, der an der Bordwand stand und düster aufs Meer hinausstarrte.

»Weißt du, was Pantelej von unserem Kapitän gewollt hat?«

Andrej nickte bedrückt. »Der Gute will uns verlassen. Auf der Halbinsel Athos, die wir vielleicht schon morgen im Verlauf des Tages erreichen werden, befinden sich mehrere Klöster, und in einem davon leben Mönche aus Russland. Unser Väterchen Pantelej will sich ihnen anschließen, um dort ein gottgefälliges Leben zu führen und um unser Seelenheil zu beten.«

Zu Beginn ihrer Bekanntschaft mit dem Popen hatte Marie diesen als Bedrohung angesehen und gefürchtet. Jetzt aber bedauerte sie sein Scheiden, denn er hatte ihr und den anderen in einer schlimmen Zeit Halt geboten. Ihn jetzt so plötzlich zu verlieren tat weh.

»Hast du dich inzwischen entschieden, was du tun wirst, Andrej Grigorijewitsch? Wirst du bei Prinz Konstantinos in Mistra bleiben?«

Andrej schüttelte den Kopf. »Wäre ich allein, würde ich es tun, doch das Schicksal hat mir die Sorge für Anastasia und ihre Kinder auferlegt. Auf dem Peloponnes wären sie in steter Gefahr. Auch dort werden viele Griechen glauben, ihre Auslieferung oder ihr Tod würde Wassili von Moskau veranlassen, ihnen ein starkes Heer zu Hilfe zu schicken.«

Er klang deprimiert, denn Konstantinos Dragestes' Machtbereich war der letzte Vorposten seines griechisch-russischen Christentums, und jeder Ruderschlag der Galeere führte ihn weiter in die Länder des lateinischen Glaubens. Doch es gab keinen anderen Weg, der Sicherheit versprach.

Marie fühlte, dass Andrej allein gelassen werden wollte, und zog sich zurück. Mit einem raschen Blick erkannte sie, dass Alika ihre Hilfe brauchte. Egon wollte schon wieder die Reling hochklettern, und dabei benötigte ihre dunkle Freundin bereits beide

Hände, um die aufmüpfige Lisa zu bändigen. Marie pflückte Egon von seinem luftigen Aussichtsplatz und sah ihn strafend an.

»Was habe ich dir vorhin gepredigt, mein Guter?«

XII.

Die Felswand ragte wie eine riesige Mauer vor der venezianischen Handelsgaleere auf, und dennoch fanden Bäume und Sträucher genug Platz, um den Berg Athos in einen grünen Mantel zu hüllen, der nur an einigen Stellen von den schlichten Gebäuden eines Klosters durchbrochen wurde. Marie hatte inzwischen erfahren, dass Schiffe an speziellen Plätzen anlegen durften. Da sich an Bord des ihren jedoch Frauen befanden, musste die Galeere sich einen Pfeilschuss weit vom Ufer entfernt halten. Den Erzählungen der Matrosen nach, die der Russisch sprechende Steuermann für Marie übersetzte, duldeten die Mönche nicht einmal weibliche Tiere auf Athos und mussten daher auf Milch und Eier verzichten. Eine so strenge Haltung erschien ihr arg übertrieben, und sie fragte sich, wie Pantelej, der sowohl in Worosansk wie auch in Konstantinopel die Freuden der Tafel genossen hatte, in einer solch kargen Umwelt glücklich werden sollte. Doch er hatte diesen Weg nun einmal gewählt und das Boot, mit dem er in sein neues Leben treten würde, wurde bereits auf sie zugerudert.

Der Priester trat aus der Kabine unter dem Achterdeck, die er sich mit Andrej geteilt hatte, und trug in der einen Hand einen Stock und in der anderen ein kleines Bündel. Beides legte er an Deck ab, kam dann auf die Kinder zu und zeichnete jedem das Kreuz auf die Stirn. Über seine Wangen liefen Tränen und verfingen sich in seinem langen Bart, der weitaus grauer wirkte, als Marie es in Erinnerung hatte. Nun segnete der Pope Gelja, die

vor ihm auf die Knie sank, und wandte sich dann Alika zu, die er zu Beginn so stark bekämpft hatte. Auch ihr malte er das Kreuz auf die Stirn. Nun war Anastasia an der Reihe. Die Fürstin weinte so herzzerreißend, als verlöre sie einen lieb gewordenen Verwandten.
Pantelej legte ihr die Hand aufs Haupt und rang sich ein Lächeln ab. »Vertraue auf Gott, meine Tochter, und auf die Heilige Jungfrau. Sie werden dir den rechten Weg weisen. Und dir auch, Andrej. Beschütze die Fürstin!«
Der Priester umarmte den jungen Recken und blieb dann vor Marie stehen. »Du bist stark, Frau aus dem Westen, und wirst diesen verlassenen Seelen ein Leitstern sein in einer ihnen fremden Welt. Gott sei mit dir!«
Sein Daumen berührte ihre Stirn und formte das Kreuz, dann drehte er sich um und blickte wehmütig auf das Boot des Klosters hinab. Marie schluckte ihre Tränen hinunter und folgte dem Priester bis zur Reling. »Möge Gott auch mit dir sein, Pantelej Danilowitsch. Bete auch für mich!«
»Das werde ich tun. Gott segne euch alle!« Der Priester grüßte noch einmal die Menschen, mit denen er zweimal die Gefahren der Flucht geteilt hatte, und ließ sich von den Matrosen über Bord heben.
Unten wurde er von starken Armen empfangen. Marie sah zu, wie er sich in der Mitte des Bootes hinsetzte und starr zu der von Pinien gekrönten Halbinsel blickte. Offensichtlich hatte er seine Vergangenheit abgestreift wie ein altes Hemd. Ein wenig beneidete sie ihn deswegen, denn ihr graute vor dem Weg, der noch vor ihr lag, und vor dessen ungewissem Ende.
Eine Hand stahl sich in die ihre. Als sie sich umwandte, stand Anastasia neben ihr. Das Gesicht der Fürstin war bleich und ihre Lippen zitterten. »Es kommt mir so vor, als hätte ich meine Heimat nun endgültig verloren.«
Andrej ergriff die andere Hand der Fürstin und drückte sie sanft.

»In Gedanken wird Pantelej immer bei uns sein. Möge er hier den Frieden finden, der ihm weder in Russland noch in Konstantinopel vergönnt war.«
Anastasia blickte lächelnd zu ihm auf. »Du hast Recht. Pantelejs Geist wird uns immer leiten, wohin wir uns auch wenden werden.«
Wie auf einen geheimen Befehl blickten beide Marie an, auf deren Rat und Wirken sie nun angewiesen waren. Sie besaßen weder genug Geld, um in einem der westlichen Länder standesgemäß auftreten zu können, noch kannten sie einen Menschen, der bereit gewesen wäre, ihnen beizustehen.

XIII.

Negroponte, Modon, Durazzo, Ragusa, Zara – die Stationen der Reise reihten sich aneinander wie Perlen an einer Schnur. Marie hatte kaum Augen für die abwechselnd wilden und sanften Uferlandschaften und die stolzen Hafenstädte, für sie waren es nur Etappen auf dem Weg, der sie in die Heimat bringen würde. Als Venedig, die Königin des Mittelmeers, vor ihnen auftauchte und malerisch vom Licht der tief stehenden Sonne beschienen wurde, fühlte Marie sich kaum von dem Anblick der märchenhaften Lagunenstadt in ihrer fast nicht zu trennenden Grenze zwischen Meer und Land berührt, während Anastasia, Alika und Andrej sich nicht genug wundern konnten.
Marie begab sich in die luftige, teilweise nur mit Segeltuch abgetrennte Kammer unter dem zum Schiff hin offenen Achterdeck, die sie mit Anastasia und den anderen Frauen geteilt hatte. Gelja, die die fremdartige Stadt eine Weile bestaunt hatte, entsann sich ihrer Pflichten und stieg ebenfalls unter das Deck.
Während sie packten, wandte sie sich kopfschüttelnd an Marie. »Man könnte fast glauben, hier würden keine richtigen Christen-

menschen leben, sondern Nöcken und Nixen, die mehr dem Wasser als dem Land zugetan sind.«
Marie zuckte mit den Schultern. »Die Venezianer sind Menschen wie du und ich, auch wenn ihre Augen sich auf das Meer richten und die Ufer, die jenseits davon liegen.«
»Ich hoffe, wir müssen nicht allzu lange hier bleiben.« Gelja schüttelte sich, denn eine Stadt, die man nicht auf eigenen Füßen durchqueren konnte, flößte ihr Angst ein.
Marie hoffte, dass Anastasia und Andrej dieses Gefühl teilten, dann konnte sie sie umso leichter dazu bewegen, mit ihr nach Norden zu reisen. Sie hatte Andrej schon vorgeschlagen, sich Kaiser Sigismund oder einem der anderen Mächtigen im Reich als Gefolgsmann anzudienen, und hoffte, dass er diese Idee in Erwägung zog.
»Wo sind die Kinder?«, fragte sie nach einer Weile besorgt und stieg wieder nach oben.
»Keine Sorge, die Matrosen kümmern sich um sie.« Gelja, die Marie wie ein Schatten folgte, wies nach vorne. Dort turnten Egon, Lisa und Wladimir um den Ladebaum herum, während mehrere Schiffer, deren Arbeit mit der Ankunft in Venedig getan war, auf sie aufpassten.
Das Schiff fuhr in einen der zahlreichen Kanäle ein und legte schließlich bei einem Haus an, das zwar groß, aber wenig beeindruckend wirkte. In seiner Wand befand sich ein breites Tor, das nun geöffnet wurde. Einige Männer traten hinaus und warfen den Matrosen Seile zu, mit denen die Galeere an den vor dem Gebäude liegenden Kai, der gleichzeitig die vordere Grundmauer des Gebäudes bildete, gezogen und festgebunden wurde.
Ein Mann, dessen Kleidung einfach geschnitten und in unauffälligen Farben gehalten war, aber aus guten Stoffen bestand, stieg an Bord und redete hastig und mit tadelndem Unterton auf den Kapitän ein. Marie verstand zwar nicht, was er sagte, konnte sich

aber denken, um was es ging: nämlich um die Zeit, die das Schiff verloren hatte, als es Pantelej nach Athos brachte.

Der Kapitän wies auf seine Passagiere und nannte mehrmals den Namen Konstantinos Dragestes, um seine Handlungsweise zu rechtfertigen. Der Kaufmann schien seine Begründung zu akzeptieren und kam jetzt auf Andrej zu, den er auf Griechisch einlud, Gast in seinem Haus zu sein.

Marie wollte die Gelegenheit nutzen und sprach den Venezianer an. »Verzeiht Herr, wir wollen schon bald nach Norden weiterreisen. Wir wären Euch dankbar, wenn Ihr uns dabei behilflich sein könntet.« In ihrer Aufregung benützte sie ihre Muttersprache.

Der Kaufherr verzog sein Gesicht und musterte sie und die anderen, als wolle er in das Innerste der unverhofften Besucher blicken. »Eine Reise nach Germania ist teuer, Signora.« Sein Deutsch war schlechter als sein Griechisch, aber verständlich.

Marie lächelte, denn sie besaß noch immer das Geld, das sie bei der Flucht aus Worosansk aus der Truhe der Haushofmeisterin genommen hatte. Es handelte sich um fremde Münzen, die sie erst umtauschen musste, doch in ihren Augen sollte es nicht nur für die Reise nach Hause reichen, sondern auch einen Grundstock für Anastasia und Andrej bilden.

»Wir sind nicht ohne Mittel, mein Herr. Hier in Venedig leben doch Landsleute von mir. Es würde genügen, wenn Ihr uns diesen empfehlen könntet.«

Der Venezianer nickte. Mit dem einen oder anderen deutschen Kaufmann im Fondaco dei Tedeschi zu reden kostete ihn nichts, und er würde seine ungebetenen Gäste auf diese Weise schneller loswerden.

»Ich werde mit meinen Handelspartnern sprechen und jemanden suchen, der Euch behilflich sein kann, Signora. Nun entschuldigt mich, denn ich habe zu tun.« Der Venezianer nickte

Marie kurz zu und winkte dem Kapitän, ihm in den Laderaum der Galeere zu folgen.
Andrej kam neugierig auf Marie zu und wies auf den Kaufherrn.
»Was hast du mit dem Mann besprochen?«
»Ich habe ihn gebeten, uns bei der Reise in meine Heimat behilflich zu sein, und wie es aussieht, erweist er uns den Gefallen.«
Da nun Diener auftauchten, um ihr Gepäck von Bord zu bringen und die Matrosen diesen auch die Kinder reichten, verließ Marie das Schiff und betrat über eine schmale Planke das Haus, das sie so schnell wie möglich wieder zu verlassen gedachte.

XIV.

Es war Hochsommer und die Kanäle der Stadt stanken zum Himmel. Andrej litt am meisten unter der Geruchsbelästigung, zumindest behauptete er das und war der Meinung, man müsse wohl hier geboren sein, um diese Luft atmen zu können. Nicht nur zu seinem Glück währte der Aufenthalt in Venedig kurz, denn ein Handelszug von Nürnberger und Augsburger Kaufleuten bot der Gruppe die Möglichkeit, sich ihnen anzuschließen. Die Fuhrknechte und Wagenwächter benützten eine derbe Sprache und machten ihre Späße über die kleine Gesellschaft, die aus einem Mann, vier Frauen und vier Kindern bestand. Während ihrer Zeit als wandernde Hure hatte Marie oft den Schutz von Handelszügen gesucht und wusste, wie sie die Kerle behandeln musste. Ein Scherz zur rechten Zeit und ein Dank für den Krug Wein, der ihnen gereicht wurde, ließ das Eis rasch schmelzen. Als dann Andrej einen Burschen, der sich Anastasia gegenüber unehrerbietig benahm, mit einem einzigen Faustschlag zu Boden streckte, gewann auch er die Achtung der Männer, die Kraft und Mut zu schätzen wussten, zumal der Russe sich nicht scheute zuzupacken, wenn Not am Manne war.

Marie und ihre Begleiter hätten auch wie Edelleute reisen und als solche auftreten können. Dann aber wären sie gezwungen gewesen, auf Burgen und in Klöstern zu übernachten und jedes Mal einige Tage zu bleiben, um die Neugier ihrer Gastgeber zu stillen. Eine solche Reise hätte viel Zeit und weitaus mehr Geld gekostet, als Marie auszugeben bereit war. Zudem war ihr eine unauffällige Fahrt mit dem Handelszug lieber, da sie nicht wusste, welche verwandtschaftlichen Beziehungen Hulda von Hettenheim zu den edlen Familien in der Lombardei, in Kärnten oder Tirol unterhielt.

Ihre Reise verlief nicht ohne Zwischenfälle. Bei einer Rast kletterte Egon auf eines der mannshohen Räder eines Ochsenkarrens und verlor das Gleichgewicht, als die Zugtiere sich unruhig bewegten. Marie schrie auf und stürzte zu ihm. Als sie ihn von Boden aufhob, war sein Körper schlaff, und aus einer Wunde an der Stirn sickerte Blut.

»Heilige Madonna, hilf mir. Lass ihn nicht sterben!« Marie war so erschrocken, dass sie alles vergaß, was sie als Kräuterfrau und Hebamme gelernt hatte.

Einer der Fuhrknechte kniete sich neben sie und fasste das Handgelenk des Jungen. »Keine Sorge, Herrin. Der Bursche ist noch am Leben, und wenn Sankt Christophorus will, wird er den Sturz überstehen.«

Er ließ sich von einem Freund ein Tuch mit Wein reichen und wusch Egons Wunde aus. Dabei tastete er den Schädelknochen ab und grinste Marie mit wahren Pferdezähnen an.

»Ich sagte es doch, er hat sich nichts gebrochen. Das Kerlchen ist nur ein wenig bewusstlos. Wenn Ihr mir ein wenig Wasser vom Bach holen wollt, mache ich ihn gleich wieder lebendig.«

»Versündige dich nicht, Hannes. Nur Gott kann Wunder tun, du aber gewiss nicht«, schalt ein Kommis, der als Vertreter seines Handelshauses den Wagenzug begleitete. Der aber lachte nur spöttisch und raunte Marie zu, dass er sich von so einem

grünen Bürschchen, das noch Eierschalen hinter den Ohren kleben hätte, gewiss nichts sagen lassen würde. Er erhielt das gewünschte Wasser, und als er Egons Gesicht damit benetzte, regte sich der Junge, murmelte etwas und schlug die Augen auf.
Marie war so erleichtert, dass sie dem Knecht einen ganzen Schilling reichte. Der Mann starrte die Münze an und schien nicht so recht zu wissen, ob er sie annehmen durfte. Er steckte sie aber dann doch weg und verneigte sich tief. »Vergelt's Gott, Herrin.«
Marie, die ihn auf der Reise schon als zuverlässigen Knecht kennen gelernt hatte, spürte nun, dass sie einen treuen Freund unter den Leuten des Wagenzugs gefunden hatte, und überlegte, ob sie dem Mann nicht anbieten sollte, in ihre Dienste zu treten. Andrej war zwar bereit, alles zu tun, was nötig war, doch als Edelmann wollte sie ihm keine niederen Arbeiten aufbürden, und auf die Burschen in den Herbergen konnten sie sich nicht verlassen.
Die Handelsleute wählten die erprobte Route über den Reschen- und Fernpass, und nicht nur Marie war erleichtert, als sie endlich die Berge erreicht hatten. Auch Andrej und Gelja atmeten auf, denn die Hitze in Italien war ihnen zu drückend geworden. Anastasia und Alika aber trauerten dem Land der Mandel- und Zitronenbäume noch einige Tage lang nach. Bald forderte die Überquerung der Alpen der kleinen Reisegruppe alle Aufmerksamkeit ab. Marie stand jedes Mal Todesängste aus, wenn sie eines der Kinder nicht gleich sah, denn der Wagenzug befand sich beinahe in jedem Augenblick in der Nähe tiefer Abgründe, und die Vorstellung, Egon, Lisa oder Wladimir könnten hinabstürzen und mit zerschmetterten Gliedern enden, verfolgte sie bis in ihre Träume.
Als die Berge nach vielen Tagen hinter ihnen zurückblieben, suchte Marie die erste Kirche auf, die sie auf ihrem Weg passier-

ten, und dankte Gott, der Heiligen Jungfrau und Maria Magdalena für ihren Schutz. Noch war sie nicht zu Hause, doch das Land um sie herum atmete bereits die gewohnte Behaglichkeit, und der Dialekt erinnerte Marie ein wenig an jenen, den sie in ihrer Jugend in Konstanz gesprochen hatte.

Zum ersten Mal, seit sie bei Speyer in Frau Huldas Gefangenschaft geraten war, fühlte Marie sich wirklich frei, und sie genoss den Weg nach Augsburg trotz aller Beschwerlichkeiten durch das wechselnde Wetter und die schmutzigen, lauten Herbergen, in denen die Fahrensleute nächtigten. Aber erst als sie die mächtigen Türme des Domes über der Stadtmauer aufragen sah, begriff sie, was sie geleistet hatte. Sie war nicht nur der Gefangenschaft und dem Tod entronnen, sondern aus der Ferne wieder zurückgekehrt. Bislang hatte sie all ihre Wünsche und Pläne auf die Heimkehr gerichtet und darauf, Hulda von Hettenheim das geraubte Kind so rasch wie möglich zu entreißen. Nun beschäftigte sie sich auch mit anderen Fragen wie der nach der Rolle, welche Fulbert Schäfflein gespielt haben mochte. Schließlich hatte er Oda samt seinem eigenen Kind nach Osten verschleppen lassen.

In ihrer Erinnerung stiegen Bilder auf, die sie verwirrten. Sie sah zwei Frauen, die sich so ähnlich sahen wie Schwestern. Bei der einen war das Gesicht voller Mitleid gewesen, bei der anderen hart wie Stein. An die harte konnte sie sich deutlicher erinnern, denn die war am Hofe des Pfalzgrafen in Heidelberg Frau Huldas Leibmagd gewesen. Von der jüngeren Frau waren ihr nur hastige, angstvoll klingende Worte im Gedächtnis geblieben und die Tatsache, dass diese ihr Lisa in den Arm gelegt hatte. Dafür war Marie der Magd dankbar, denn das Kind hatte ihr die Kraft geschenkt, weiterzuleben. Ohne Lisa wäre ihre Milch versiegt, und man hätte sie in eines der Hafenbordelle an der Ostsee gesteckt. Dann erinnerte Marie sich, dass die Frau, die ihr das kleine Mädchen in die Arme gelegt hatte, dieselbe gewesen sein musste, die sie in Speyer in die Falle gelockt hatte, und ihre Dankbarkeit zerstob.

Als sie tiefer in ihren oft sehr verschwommenen Erinnerungen suchte, stiegen die Bilder zweier Ritter in ihr hoch. Der eine war angeberisch gewesen und hatte einen unangenehmen Blick gehabt, der zweite eher still und unauffällig, aber mit abweisenden Gesichtszügen. Dieser hatte sich einige Male über sie gebeugt und ihr Lisa an die Brust gelegt. Doch sie empfand diesem Mann gegenüber ebenfalls keine Dankbarkeit, denn er musste eine Art Gefängniswärter für sie gewesen sein.

»Ich bin zurückgekommen, Hulda von Hettenheim, und jetzt wirst du für alles bezahlen!« Maries Stimme klang so zornig, dass Lisa auf ihrem Schoß zu weinen begann. Im selben Augenblick spürte sie Alikas Hand auf ihrem Arm. Ihre dunkelhäutige Freundin hatte mehr über ihr Schicksal erfahren als Andrej und Anastasia und kannte den Grund, der Marie wieder in die Heimat geführt hatte. Jetzt fürchtete die Mohrin um Maries Verstand, denn diese starrte blicklos in die Ferne und stieß Schimpfworte und Drohungen aus, ohne wahrzunehmen, dass die Straße belebter wurde und sie sich einem großen Stadttor näherten.

Mühsam kehrte Marie in die Gegenwart zurück und schenkte Alika ein dankbares Lächeln. »Es ist schon gut, meine Liebe. Ich bin für einen Augenblick von der Last meiner Erinnerungen überwältigt worden.«

»Du suchst diese böse Frau, nicht wahr?«

Marie nickte. »Ja! Doch das schaffe ich nicht alleine. Wir müssen nach Nürnberg weiterreisen. Dort kann ich mich an einen der hohen Herren des Reiches wenden und seine Unterstützung erbitten. Danach will ich meinen Mann aufsuchen.«

Sie holte tief Luft und presste die Hand auf ihr Herz, denn in ihren schlimmsten Albträumen hatte Michel sie von sich gestoßen.

XV.

Da ein Teil der mitgeführten Waren für Augsburger Kaufleute bestimmt war und die Nürnberger vor ihrer Weiterreise noch Geschäfte tätigen wollten, nahm Marie die Gelegenheit wahr, sich und ihre Anvertrauten neu einzukleiden. Der Schneider, den sie in die Herberge kommen ließ, zog zunächst die Stirn kraus, als sie von ihm verlangte, Gewänder zu nähen, wie sie Personen von Stand angemessen waren. Er begriff jedoch rasch, dass er es nicht mit Hochstaplern zu tun hatte, sondern mit Adeligen aus einem fernen Land und ihrer deutschen Haushofmeisterin. Daher buckelte er vor Anastasia und bat Marie, seine schmeichlerischen Worte zu übersetzen, denn der Fürstin gefiel zunächst weder das kräftig gemusterte blaue Kleid mit den weiten, pelzverbrämten Armen und bestickten Säumen noch die herzförmige Kopfbedeckung aus Stoffblüten.
Für sich wählte Marie ein grünes Gewand mit hoher Taille und Zattelärmeln, die bis auf den Boden fielen. Dazu kam eine Haube aus Stoffblättern, die allerdings nicht so auffällig war wie die, die Anastasia nun trug.
Gelja erhielt ein blaues Hemd mit Ärmeln, die bis zu den Ellbogen reichten, und darüber einen wadenlangen Rock. Dazu bekam sie ein Häubchen mit einem Baumwollschleier, der wie ein Kragen auf ihrer Brust lag, und eine Schürze, die auf ihren Rang als Leibmagd einer Herrin von Stand hinwies. Gelja zog die Sachen an und war zufrieden. Mit Alika betrieb Marie etwas mehr Aufwand, aber in dem grünen Rock und dem roten Mieder sah die junge Mohrin immer noch fremdartig aus.
Marie hätte gern auch Andrej modisch eingekleidet, doch dieser schreckte vor der hüftlangen Tunika zurück, unter der er eng anliegende Strümpfe hätte tragen sollen. Stattdessen wählte er ein bodenlanges Gewand aus blau gemustertem Damast, das der Tracht seiner Heimat ähnlich war, sowie einen hohen Hut mit ei-

ner Feder. Am liebsten hätte er den Waffenrock und seine Rüstung anbehalten, doch in diesem Aufzug konnte er nicht vor einem Grafen oder Fürsten erscheinen.

Die Tage in Augsburg waren wie ein letztes Luftholen vor dem Sprung. Als sie weiterreisten, war der Herbst nicht mehr fern, und Marie fühlte, wie ihr die Zeit unter den Fingernägeln verrann. Es gab noch so viel zu tun, doch das würde ihr kaum noch vor der kalten Jahreszeit gelingen. Dieser Gedanke quälte sie während jeder Meile, die sie zurücklegten. Als sie über Donauwörth und Weißenburg schließlich Nürnberg erreichten, fühlte Marie sich völlig niedergeschlagen, und auch der Anblick der Burg, die sich über der Stadt erhob, konnte ihre Stimmung nicht heben. Die Festung wirkte stark mitgenommen, obwohl die Ausbesserungsarbeiten in vollem Gang waren und einige Trakte bereits wiederhergestellt zu sein schienen.

Marie erinnerte sich, dass die Burg Jahre vorher bei einer Fehde zwischen den Herzögen von Oberbayern und Niederbayern, an der der Nürnberger Burggraf teilgenommen hatte, so in Mitleidenschaft gezogen worden war, dass Herr Friedrich sie nicht mehr hatte aufbauen wollen. Kaiser Sigismund hatte die Ruine schließlich in seiner Eigenschaft als oberster Lehnsherr an die Bürgerschaft der Stadt Nürnberg verkauft, um die Wiederherstellungskosten zu sparen. Wie es aussah, hatten die Nürnberger sich sofort an die Arbeit gemacht. Dies war in Maries Augen auch nötig, da Kaiser Sigismund Nürnberg immer wieder durch seine Anwesenheit auszeichnete und dabei seinem Stand gemäß untergebracht werden wollte.

Von einem der Wächter am Stadttor, den eine Münze gesprächig machte, erfuhr Marie, dass Kaiser Sigismund vor wenigen Tagen in Nürnberg eingetroffen war, um sich mit seinem Schwiegersohn Albrecht von Habsburg und anderen Großen des Reiches zu beraten. Der Kaiser würde nicht lange in der Stadt bleiben, da er nach Ungarn zurückkehren müsse. Marie fiel bei dieser Aus-

kunft ein Felsblock vom Herzen. Sigismund war genau der Mann, den sie brauchte, und sie winkte den Handelsleuten, anzuhalten.
»Wir gehen zur Burg hoch«, erklärte sie kurz angebunden.
Gelja und Alika waren gewöhnt, ihr zu gehorchen, und stiegen sofort ab. Unten hoben sie Egon und Wladimir vom Wagen und sahen Marie erwartungsvoll an. Anastasia ließ sich mit Zoe in den Armen von Andrej herabhelfen, und so setzte Marie Lisa auf ihre Hüfte und ging den anderen voran. Um das Gepäck kümmerte sich Hannes, der den Dienst gewechselt hatte und nun einige seiner Nürnberger Landsleute heranholte, die ihm helfen sollten.
Mit jedem Schritt fühlte Marie sich tiefer in die Vergangenheit zurückversetzt. Es war zwar noch keine drei Jahre her, seit sie mit Michel aus Böhmen zurückgekehrt war, aber nach allem, was sie hatte durchmachen müssen, kam es ihr vor, als läge ein halbes Leben dazwischen.
Die Wachen am Burgtor wunderten sich, Damen und einen Herrn von Stand zu Fuß auf sich zukommen zu sehen. Einer von ihnen kannte Marie von ihrem letzten Aufenthalt und starrte sie an wie einen Geist. Im ersten Augenblick öffnete er den Mund und wollte seiner Verwunderung Ausdruck geben, schloss ihn dann aber mit einem hörbaren Plopp. Diese Sache war zu hoch für ihn. Sollten sich doch die hohen Herren selbst um die Verwicklungen kümmern, die die Rückkehr einer Totgeglaubten heraufbeschwören musste. Mit einem schiefen Grinsen erinnerte er sich daran, wie der Kaiser den Ehemann dieser Dame vor einem Jahr neu verheiratet hatte, weil Frau Marie im Rheinstrom umgekommen sein sollte. Für eine Wasserleiche sah sie recht lebendig und vor allem sehr energisch aus.
Der Mann winkte seinen Kameraden, Marie und ihrer Begleitung den Weg freizugeben, und unterließ es zu deren Verblüffung, die Herrschaften durch einen Boten ankündigen zu lassen.

Doch die Überraschung, die die Rückkehr der ersten Ehefrau des Reichsritters Michel Adler auf Kibitzstein auslösen musste, wollte der wackere Wächter weder dem Kaiser noch den anderen hohen Herren in der Burg ersparen.

Marie überquerte den Hof und hielt auf den Haupteingang des Wohngebäudes zu. In der Tür kam ihr einer der Kammerherren des Kaisers entgegen. Seine Stirn verdüsterte sich, als er den unangemeldeten Besuchern begegnete. Bevor er Marie nach Namen und Begehr fragen konnte, herrschte diese ihn an: »Führe uns zum Kaiser!«

Der Mann wusste nicht so recht, wie er darauf reagieren sollte. Die Wache zu rufen und die impertinente Person samt ihrer Begleitung hinauswerfen zu lassen wagte er nicht. Daher verbeugte er sich steif vor Marie und winkte ihr, ihm zu folgen. Sollte doch der Zorn des Kaisers diese Leute treffen. Herr Sigismund war nämlich nicht nach Nürnberg gekommen, um Hof zu halten und Audienzen zu geben, sondern um mit seinem Schwiegersohn Albrecht von Österreich den Kurfürsten Ludwig von der Pfalz und den Markgrafen Friedrich von Brandenburg, welcher gleichzeitig der Burggraf von Nürnberg war, um Krieger oder wenigstens um Geld zu bitten, so entwürdigend dies für den Herrn des Heiligen Römischen Reiches Deutscher Nation auch sein mochte. Eine Adelsdame, die wegen irgendwelcher Belange seine Aufmerksamkeit forderte, störte hier nur.

Während der Kammerherr die Gruppe durch die verschlungenen Korridore der Burg führte, versuchte Marie, sich die Worte zurechtzulegen, mit denen sie Sigismund dazu bewegen wollte, sich ihrer Sache anzunehmen. Sie formte noch immer den ersten Satz, als sie den Raum erreichten, in dem der Höfling seinen Herrn wusste. Zwei Diener öffneten auf seinen Wink hin die Tür und gaben ihr den Weg frei. Marie atmete noch einmal tief durch und trat ein.

Kaiser Sigismund saß auf einem geschnitzten Sessel mit hoher

Lehne und hielt einen goldenen Pokal in der Hand. Ihm gegenüber befanden sich die Herren Albrecht, Ludwig und Friedrich auf Klappstühlen, die niedrig genug waren, dass er auf sie herabsehen konnte. Er war gereizt, denn bis jetzt hatten sich seine Gesprächspartner als hartleibig erwiesen und keinerlei Zusagen gemacht. Als er Schritte hörte, fuhr er hoch und öffnete den Mund, um den Störenfried zur Rede zu stellen.
Bei Maries Anblick färbte sein Gesicht sich kalkweiß. Der Pokal entfiel seiner kraftlos gewordenen Hand und rollte scheppernd über den Boden. Dabei schnappte er nach Luft wie ein Karpfen, der auf dem Trockenen liegt, und suchte vergebens, die Gewalt über seine Stimme wiederzugewinnen. Es war kein Trost für ihn, dass es seinem Schwiegersohn, dem Pfälzer und dem Burggrafen nicht anders erging.
Als die Frau, die dem Grabe entstiegen schien, vor ihm stand, gewann er die Gewalt über seine Stimme zurück. »Im Namen des Vaters, des Sohnes und des Heiligen Geistes, seid Ihr es wirklich, Frau Marie?«
Marie knickste vor ihm. »Ich bin es, Eure Majestät, und ich habe Klage zu führen gegen eine Feindin, die mich verderben wollte!«

ACHTER TEIL

◆

Die Vergeltung

I.

Michel starrte fassungslos das Schreiben an. Was fiel Seiner Majestät Kaiser Sigismund ein, ihn ausgerechnet im Herbst zu sich zu rufen? In dieser Jahreszeit stand viel Arbeit an, insbesondere die Weinlese. Wenn er der Aufforderung folgte und nach Nürnberg ritt, würde er nicht rechtzeitig zurückkommen, um seine Leute zu beaufsichtigen und hinterher Erntedank mit ihnen zu feiern, der mit einem großen Gottesdienst und anschließendem Fest begangen wurde. Zwar konnte er die Aufsicht über die meisten Arbeiten Junker Ingold überlassen, doch dessen Stand auf der Burg war seit Marieles Bestrafung nicht mehr der beste.

Michel blieb jedoch keine andere Wahl, als dem Kaiser zu gehorchen, auch wenn er sich nicht vorstellen konnte, aus welchem Grund Sigismund ihn rufen ließ. Für einen Kriegszug war das Jahr zu weit fortgeschritten, in wenigen Wochen würde sich das Wetter als mächtigerer Gegner erweisen als jeder Feind. Da überkam ihn ein Verdacht. Hatte Schwanhild heimlich einen Boten zu ihrem Vater oder einem anderen Verwandten geschickt und sich über ihn beschwert? Sie war vor knapp zwei Monaten mit einer Tochter niedergekommen, doch bis jetzt hatte er weder ihr noch dem Mädchen Beachtung geschenkt. Der Verdacht, es könnte nicht sein Kind, sondern das des Junkers sein, nagte an seinem Herzen wie eine Maus an einem Stück Speck. Er traute dem Schwur nicht, den Ingold geleistet hatte. Dafür wirkte der Junker ihm zu schuldbewusst. Schwanhild hingegen beteuerte die Ehelichkeit ihres Kindes mit jedem Atemzug. Möglicherweise hatte sie nun sogar den Kaiser um Hilfe gebeten.

Michel war bereit, Sigismund ebenso zu trotzen wie Schwanhilds hochrangigen Verwandten, von Ludwig von der Pfalz angefangen bis zu den bayerischen Herzögen Heinrich, Ludwig und

Wilhelm. Wenn es hart auf hart kam, würde er seine Frau und das Kind in ein Kloster geben. Dort waren sie in seinen Augen am besten aufgehoben.

Michel warf den Brief der kaiserlichen Kanzlei auf den Tisch und drehte sich zu Michi um. »Sorge dafür, dass wir morgen früh aufbrechen können. Fünf Männer reiten mit uns.«

»Was ist mit Landulf?«, fragte Michi lauernd.

Sein Pate winkte ärgerlich ab. »Der Bengel kann in Zukunft dem Junker als Knappe dienen. Ich will ihn nicht länger an meiner Seite haben.«

Michi fiel ein Stein vom Herzen. In seinen Augen hatte Landulf, dem die meisten Burgbewohner wegen seiner hochfahrenden Art und dem eher tölpelhaften Auftreten aus dem Weg gingen, dem Ritter schlecht gedient. Der Burgkaplan, den Schwanhild gerufen hatte, war inzwischen durch einen Prediger aus Ochsenfurt ersetzt worden. Auch Germa sah ihre Macht schwinden, denn Michel hatte Zdenka zurückgeholt. Dieser gelang es zwar nicht, ihren alten Platz einzunehmen, denn Schwanhilds Vertraute weigerte sich, ihr die Schlüssel zu übergeben, doch das Gesinde gehorchte zumeist der freundlichen Tschechin.

»Ich werde mich darum kümmern, dass Eure Rüstung richtig poliert ist«, sagte Michi mit breitem Lächeln.

Michel zerzauste ihm lachend das Haar. »Du tust ja gerade so, als müsste ich in den Krieg ziehen. In diesem Fall hätte der Bote des Kaisers etwas angedeutet.«

So leicht ließ Michi sich nicht überzeugen. »Wir sollten auf alles vorbereitet sein, Herr, und auch ein paar Waffenknechte mehr mitnehmen.«

»Naseweiser Bengel!« Michel gab ihm einen leichten Wangenstreich und sah zu, wie der Junge davonlief, um seine Aufträge auszuführen. Dann nahm er Sigismunds Schreiben an sich und barg es in einer Truhe. Auch wenn nichts Bedeutendes darin stand, so war es ein Zeichen kaiserlicher Huld und wert, für spätere Generationen aufbewahrt zu werden. Während Michel nach seinem Leibdiener rief und diesen anwies, alles für die Reise an den kaiserlichen Hof zu packen, überlegte er, ob er Schwanhild von Sigismunds Befehl informieren sollte.

Den Gedanken gab er mit einem Schulterzucken wieder auf, er wollte keinerlei Gemeinschaft mehr mit ihr. Lieber suchte er sich eine passable Magd, um seine männlichen Bedürfnisse zu befriedigen. Schwanhild mochte zwar vor Gott und der Welt seine angetraute Ehefrau sein, doch es widerstrebte ihm, einem Weib beizuwohnen, das mehr an einen anderen Mann als an ihn dachte. Sein Gewissen allerdings flüsterte ihm zu, er halte sich nur deshalb von Schwanhild fern, um nicht noch einmal ihrer starken Sinnlichkeit zu verfallen. Er wollte kein weiteres Kind von ihr, bei dem er sich fragen musste, ob er der Vater war oder ein anderer. Solange er sie mied, konnte er jede Schuld an einer weiteren Schwangerschaft ehrlichen Herzens von sich weisen.

Den Junker informierte er erst am nächsten Morgen über die Einladung des Kaisers. Ingold hörte unruhig zu, zupfte dabei an seinen Ärmeln und wusste nicht, was er antworten sollte. Er hatte Michel gerne gedient, doch seit seinem Meineid war dessen Vertrauen in ihn geschwunden. Um dieses Schwures willen hatte Schwanhilds Ehemann ihn als Kastellan behalten müssen, denn das Ehrenwort eines Ritters galt als heilig, vor allem, wenn es angesichts des Gekreuzigten abgelegt worden war. Er wusste, dass die Herrin keinen Ehebruch begangen hatte, nicht mit ihm und gewiss auch mit niemand anderem. Sie hatten ein wenig miteinander getändelt und dabei nicht allweil die Regeln eingehalten, die für eine züchtige Ehefrau gelten sollten. Schwanhilds Tochter aber war Michels Kind. Dafür konnte der Junker seine Hand ins Feuer legen.

»Wird Eure Gemahlin Euch begleiten, Herr?«, fragte Ingold angespannt.

Michel schüttelte den Kopf. »Nein, sie wird hier bleiben.«
»Das ist schade, Herr, denn in Nürnberg könnte sie ihre Verwandten wiedersehen.«
Ingold überlegte verzweifelt, wie er Michel dazu zu bewegen könne, Schwanhild mitzunehmen. Er hatte sein eigenes Seelenheil nicht hingegeben, um sie so missachtet zu sehen. In der Hinsicht erschien Michel ihm blind und verstockt zu sein. Er hatte eine Frau, wie sie herrlicher nicht sein konnte, und behandelte sie wie einen Klumpen Lehm, den er von den Stiefeln gestreift hatte.
»Ich sagte, Schwanhild wird hier bleiben! Ihr Kind ist noch zu klein, um auf die Reise mitgenommen zu werden, und bisher hat sie sich geweigert, eine Amme zu nehmen.« Michel interessierte es in Wahrheit nicht, ob Schwanhild das Kleine selbst säugte oder einer Amme übergab. Seine Liebe galt einzig und allein Trudi. Sie würde er mitnehmen, nicht aber die Frau, die der Kaiser ihm aufgezwungen hatte.
»Dieter wird die sechs Bewaffneten anführen, die mich begleiten!«, setzte Michel hinzu. Er ließ Gereon zurück, um einen Mann seines Vertrauens in der Burg zu haben, der ein Auge auf die Knechte warf. So ganz traute er Junker Ingold nicht, denn wer einmal falsch geschworen hatte, war in seinen Augen noch zu ganz anderen Taten fähig.
Der Kastellan spürte die Zurückweisung und bedauerte den Tag, an dem er nach Kibitzstein gekommen war. Er schob diesen Gedanken aber sofort wieder von sich, denn als Untergebener eines anderen Herrn hätte er Schwanhild wohl nie kennen gelernt. Ihn zog es stärker denn je zu der jungen Frau, doch ihm war bewusst, dass seine Sehnsüchte sich niemals erfüllen würden. Er wünschte sich nur, mit Schwanhild zu reden und sie trösten zu können. Wie wenig ihr Wille noch galt, konnte man schon daran sehen, dass Michel neben Zdenka auch Mariele auf die Burg zurückgeholt und wieder zu Trudis Kindsmagd gemacht hatte. Michis

Schwester hielt zwar ihr Mundwerk im Zaum, doch jeder wusste, dass sie ihn aus ganzem Herzen hasste und Schwanhild nicht minder.

Als Trudis Pflegerin zählte Mariele zu jenen, die Kibitzstein nach dem Frühstück verließen. Der Junker gab der Reisegruppe bis an die Grenze des Kibitzsteiner Gebiets das Geleit und kehrte dann schweren Herzens in die Burg zurück. Eigentlich hätte er sich freuen sollen, fuhr es ihm durch den Kopf. Solange Michel fern war, konnte er wieder frei atmen und seinen Pflichten nachgehen, ohne dass der misstrauische Blick des Burgherrn ihm folgte.

Bisher hatte es ihm immer Freude bereitet, Michel Adler zu vertreten. Doch als er durch das Tor ritt und von seinem Pferd stieg, fühlte er einen Schatten über der Burg, der ihn trotz der warmen Herbstsonne frösteln ließ. Schwanhild, die ebenfalls zu frieren schien, empfing ihn am Eingang des Palas. Das war nicht klug, doch sie war so wütend, dass sie sich über die warnenden Worte ihrer Leibmagd hinweggesetzt hatte.

»Man hat mir zugetragen, mein Gemahl wolle nach Nürnberg reisen.« Schwanhild stieß das Wort Gemahl hervor, als wäre es ein Fluch.

Der Junker neigte den Kopf. »So hat er es mir gesagt.«

»Warum er reist, weißt du nicht?«

Mit einem wehmütigen Seufzen hob Ingold die Arme. »Die Zeiten, in denen Herr Michel mich ins Vertrauen gezogen hat, sind lange vorbei.«

»Ich denke, ich weiß, was er vorhat! Er will mit dem Kaiser oder dessen Vertreter in Nürnberg über mich sprechen und versuchen, die Ehe mit mir auflösen zu lassen. Mein Kind soll ein Bastard werden, der an keiner edlen Tafel sitzen darf und einmal froh sein muss, einen frei geborenen Ehemann zu finden. Dabei ist es seine Tochter! Ich habe es wieder und wieder beschworen, doch er hört mir nicht einmal zu.«

Tränen rannen über Schwanhilds Wangen, gleichzeitig funkelten ihre Augen vor Zorn. Sie hatte diesen unedel geborenen Michel Adler nicht freiwillig geheiratet. Statt Dankbarkeit zu ernten, weil sie sich zu ihm herabgelassen hatte, wurde sie beiseite geschoben wie ein zu alt gewordenes Pferd. Doch sie hatte zumindest in den ersten Monaten ihrer Ehe die Freuden des Bettes kennen und schätzen gelernt und war nicht gewillt, auf Dauer darauf zu verzichten.

Nach dem Schock über Marieles Beschuldigungen, die der Junker nur durch seinen Schwur aus der Welt hatte schaffen können, war sie bereit gewesen, ihrem Gemahl eine treue und folgsame Ehefrau zu sein. Aber sein verletzendes Wesen hatte diesen Vorsatz zunichte gemacht, und nun hasste sie ihren Mann mehr als je zuvor. Ihre Abneigung machte auch vor ihrem Kind nicht Halt. Sie nährte es, weil sie in den Dörfern, die zu Kibitzstein gehörten, keine Amme gefunden hatte. Das kreidete sie ebenfalls dem Gesindel an, welches ihre Vorgängerin auf die Burg geholt hatte. Doch sie durfte die Kleine nicht vernachlässigen, sonst würde ihr niemand mehr glauben, dass das Kind die Tochter ihres Ehemanns war.

Schwanhild musterte das bleiche Gesicht des Junkers. Es war in den letzten Monaten schmal geworden und sein Blick wirkte nach innen gerichtet. Sie spürte, wie er unter der Situation litt, und rechnete es ihm hoch an, dass er geblieben war. Ihm war sie zu höchstem Dank verpflichtet, denn er hatte seine Ehre geopfert, um die ihre zu retten, und es schmerzte sie zu sehen, wie die Starrsinnigkeit ihres Ehemanns dieses Opfer wertlos zu machen drohte. Das allerdings konnte sie dem Junker nicht vor all den Ohren hier erklären.

Stattdessen lachte sie bitter auf. »Da mein Gemahl die Burg verlassen hat, warten gewiss viele Pflichten auf Euch, Herr Junker. Ich will Euch nicht länger davon abhalten.«

II.

Frieda rang verzweifelt die Hände und flehte zu Gott, ihre Herrin Vernunft annehmen zu lassen. »Das könnt Ihr nicht tun! Wenn es herauskommt, seid Ihr verloren – und der Junker mit Euch!«

Schwanhild warf den Kopf hoch und fauchte sie zornig an. »Sei still! Sonst erzürnst du mich noch. Und jetzt gib mir dein Gewand.«

Die Leibmagd senkte bekümmert den Kopf. Schwanhilds Vorhaben erschien ihr so unvernünftig, dass es sie vor Angst schüttelte. Sie wusste aber, wann sie den Mund zu halten hatte. Als sie ihre Schürze ablegte und aus ihrem Kleid schlüpfte, verkrampften sich ihre Rückenmuskeln, als spüre sie bereits die Rutenhiebe, zu denen man sie verurteilen würde, wenn man die Herrin in ihren Kleidern auf Abwegen entdeckte. Gleichzeitig sorgte sie sich um Schwanhild, denn auf diese würde Schlimmeres warten als Schläge. Wenn ihr Gemahl sie nicht auf der Stelle umbrachte, wie es schon viele Standesherren mit ihren untreuen Gattinnen getan hatten, würde er sie in ein Kloster stecken, in dem sie den Rest ihres Lebens für ihr Vergehen mit Gebeten und Kasteiungen büßen musste. Die Dienerin wusste nicht zu sagen, welches Schicksal sie schrecklicher dünkte.

»Dein Hemd kannst du anlassen. Kleid und Schultertuch reichen aus, damit die Leute mich für dich halten.« Schwanhild streckte den Arm aus und hinderte Frieda daran, sich vollkommen nackt auszuziehen. Stattdessen forderte sie sie auf, ihr in das Kleid zu helfen. Kaum war sie angezogen, eilte sie zur Tür.

»Soll ich nicht lieber schauen, ob die Luft rein ist?«, fragte Frieda ängstlich.

»Im Hemd, als wärst du auf dem Weg zu deinem Liebsten?« In Schwanhilds Stimme schwang leiser Spott, denn die jungen Burschen auf Kibitzstein machten einen weiten Bogen um die Leibmagd ihrer Herrin, obwohl diese recht ansehnlich war. Frieda selbst wäre einer kleinen Tändelei nicht abgeneigt gewesen, doch seit dem Zwischenfall mit Mariele behandelten die Bewohner der Burg sie wie eine Aussätzige.

Schwanhild schob das Mädchen beiseite und öffnete die Tür. Auf dem zugigen Flur kam ihr zu Bewusstsein, was sie im Begriff war zu tun, und für einen Augenblick erschreckte sie die Verworfenheit ihres Vorhabens. Dann biss sie die Zähne zusammen und machte sich auf den Weg. In der Burg schliefen alle mit Ausnahme der Wachen, deren Stimmen von Zeit zu Zeit verkündeten, es sei alles in bester Ordnung.

Schwanhild schürzte die Lippen, als der Ruf des Türmers durch ein offenes Fensterloch hallte. Sollte der Mann sein Augenmerk ruhig auf die Vorgänge außerhalb der Burg richten. Von dem, was hier drinnen geschah, würde er nichts bemerken. Rasch eilte sie zur Treppe und stieg möglichst lautlos hinab zu dem Korridor, an dessen Ende das Zimmer des Junkers lag. Als Kastellan hatte er eine eigene Kammer, genau wie andere höhere Bedienstete und der Anführer der Reisigen. Die Waffenknechte schliefen in einem Gemeinschaftsraum ebenso wie die Mägde, die unter der Aufsicht einer Vertrauten der Wirtschafterin standen. Nur die Knechte mussten mit Strohsäcken in der Halle vorlieb nehmen. Anders als in den meisten Burgen waren auf Kibitzstein keine Schläfer in den Fluren zu finden, und dieser Umstand kam ihr nun zugute.

An Ingolds Tür verharrte Schwanhild und sah sich um. Hinter ihr gähnte die Dunkelheit, in der nicht mehr zu vernehmen war als das Trippeln einer Ratte oder einer Maus. Das harmlose Geräusch erschreckte die Burgherrin, deren Nerven zum Zerreißen gespannt waren, so dass sie beinahe die Öllampe fallen gelassen hätte. Im letzten Moment hielt sie das Tongefäß fest und drückte die Klinke nieder. War die Tür verschlossen, würde sie klopfen müssen. Das wäre riskant, denn jedes ungewöhnliche Geräusch konnte jemand herbeilocken, der auf dem Weg zum Abtritt war. Zu ihrer Erleichterung hatte der Junker den Riegel nicht vorgeschoben.

Schwanhild drückte die Tür auf, schlüpfte ins Zimmer und schloss sie hinter sich. Dann schob sie den Riegel in die dafür vorgesehenen Krampen. Das schleifende Geräusch drang in Ingolds Unterbewusstsein, und er murmelte etwas, das sie für ihren eigenen Namen hielt. Dafür hätte sie ihn küssen können.

Kühn geworden stellte sie die Lampe ab, beugte sich über den Schläfer und berührte dessen Mund mit ihren Lippen. Er wurde unruhig, erwiderte den Kuss im Halbschlaf und wachte mit einem Schlag auf.

Da Schwanhilds Gesicht im Schatten lag, erkannte er nur das Häubchen und das Gewand ihrer Leibmagd und schob sie energisch zurück. »Was soll das, du Metze?«

»Sprichst du so mit der Frau, die bereit ist, alles zu wagen, um dir Dank zu sagen?« Schwanhild schürzte beleidigt die Lippen. Nun begriff der Junker, wen er vor sich hatte. Er schoss aus dem Bett, bemerkte dann erst, dass er ja nackt war, und griff hastig nach seiner Zudecke, um sich einzuwickeln. »Herrin, was sucht Ihr …« Der Rest seiner Worte verlor sich im Stammeln.

Schwanhild blickte auf ihn herab und genoss seine Verwirrung ebenso wie seine Verlegenheit. »Ich will meine Schulden bei Euch bezahlen, Herr Junker. Ihr habt viel für mich gewagt.«

»Aber nichts erreicht!«, unterbrach Ingold die Burgherrin bitter. »Seit jenem Tag misstraut Herr Michel mir ebenso wie Euch. Daher solltet Ihr rasch wieder gehen, bevor jemand bemerkt, dass Ihr zu mir gekommen seid.«

»Wollt Ihr das wirklich?« Ein Hauch von Zorn huschte über Schwanhilds Gesicht. Sie hatte viel riskiert, doch der Junker schien ihr Opfer nicht zu würdigen.

»Herrin, ich …« Ingold wand sich wie ein Wurm und versuchte sie nicht anzusehen. Dabei konnte er seine wachsende Erregung

nicht verbergen, denn das Tuch, das er sich um die Hüften geschlungen hatte, wies eine deutlich sichtbare Beule auf. Schwanhild strich mit dem linken Handrücken darüber und nahm zufrieden wahr, dass der Junker erschrocken die Luft einsog. Nun hatte sie ihn so weit, wie sie es wünschte.
Sie entledigte sich ihres Gewandes und präsentierte sich ihm in völliger Nacktheit. »Nachdem mein Mann mich wegen eines Vergehens verstoßen hat, dessen ich nicht schuldig bin, soll er nun Recht bekommen und Ihr Euren Lohn für Eure edle Tat.«
»Herrin, das würde alles nur noch schlimmer machen!« Ingold wich bis an die Wand zurück und kämpfte um seine Beherrschung. Schwanhild fand sein Zögern kindisch, doch gleichzeitig imponierte ihr, dass er nicht wie ein brünstiger Bulle über sie herfiel. Sie fasste nach seiner Hand und zog ihn näher an sich heran.
»Diese Nacht ist vielleicht die einzige Möglichkeit, unsere Liebe zu teilen, Herr Junker. Vergönnt mir ein wenig die Rache an dem Mann, der abgereist ist, ohne mein Kind taufen zu lassen und ihm einen Namen zu geben. Wenn es krank wird und sterben sollte, müsste ich den Priester um eine Nottaufe bitten. Ihr wisst, was das heißt?«
Ingold nickte betroffen. Wenn ein Mann sich weigerte, für das Kind seiner Frau einen Namen zu wählen, hielt er es für einen Bastard und gab das auch öffentlich zu. Für die Mutter war dies die schlimmste Schmach, die man ihr antun konnte. Der Junker verstand Schwanhilds Zorn. Er hatte sein Seelenheil aufs Spiel gesetzt, um seine und auch Michels Ehre zu retten, und keinen Dank dafür erfahren.
Mit einer ungestümen Bewegung, die Schwanhild einen leisen Schmerzensruf entlockte, riss er sie an sich und schlang seine Arme um sie. Sein Mund suchte den ihren, doch er war zu erregt, um lange kosen zu können. Ehe Schwanhild sich versah, lag sie

auf dem Bett. Der Junker senkte seinen Leib auf den ihren, suchte etwas unbeholfen ihre Pforte und drang mit einem heftigen Ruck in sie ein.
»Geh etwas vorsichtiger zu Werk, mein Guter, ich bin doch keine Kuh!«, tadelte sie ihn. Dann aber gewann ihre leidenschaftliche Natur die Oberhand und sie gab sich dem stürmischen Jüngling hin.

III.

Bei seiner Ankunft in Nürnberg erfuhr Michel, dass der Kaiser die Stadt vor etlichen Tagen verlassen hatte. Überhaupt wurde ihm ein seltsamer Empfang zuteil, denn es ließ sich kaum jemand sehen. Ein Untergebener des Burgvogts wies Michel und den Seinen ein Quartier an und wartete, bis die Gruppe die Räume bezogen hatte. Dann forderte er den Ritter mit belegter Stimme auf, ihm zu folgen. In der Erwartung, endlich jemanden zu treffen, der ihm den Grund für den kaiserlichen Befehl erklären konnte, begleitete Michel den Mann. Er bemerkte nicht, dass sich hinter ihm eine Tür öffnete und Trudi, die mit Mariele und Anni in einer Kammer untergebracht worden war, den Kopf herausstreckte. Als sie ihren Vater davongehen sah, lief sie auf Zehenspitzen hinter ihm her. Mariele wollte sie zurückholen, doch die Kleine war schon zu flink, um sich unauffällig einfangen zu lassen.
Unterdessen klopfte Michels Führer an eine andere Tür auf dem gleichen Flur, öffnete sie, ohne auf ein Herein zu warten, und winkte Michel einzutreten. Dieser setzte einen Fuß über die Schwelle und blickte in einen kleinen Raum mit hölzernen Wandvertäfelungen, in dem sich nur ein einzelner Stuhl befand. Eine Frau saß mit dem Rücken zu ihm und blickte durch ein Fenster auf die Stadt hinunter. Michel hatte den Burggrafen er-

wartet oder wenigstens einen hohen Würdenträger und räusperte sich daher ärgerlich.

In dem Augenblick schlüpfte seine Tochter an ihm vorbei, lief auf die Frau zu und starrte sie an.

»Mama?«

Es lag so viel Sehnsucht in diesem Wort, dass Marie die Tränen in die Augen stiegen. Sie erhob sich und musste sich dann an der Lehne festhalten, weil ihr schwindlig wurde.

»Trudi, mein liebes Kleines!« Sie blickte staunend auf das Kind herab, das ein ganzes Stück gewachsen war und sie aus tiefblauen Augen anstrahlte. Dann sank sie in die Knie und zog ihre Tochter an sich.

Wie betäubt machte Michel einige Schritte auf die beiden zu und griff an seinen Kopf, der sich mit einem Mal so leer anfühlte wie ein umgestülpter Korb. Doch seine Augen bestätigten ihm, was seine Ohren ihm schon gemeldet hatten: die Frau vor ihm war seine Marie. Sie wirkte älter, als er sie in Erinnerung hatte, und Falten, die sich tief um Mund und Augen eingegraben hatten, verrieten, dass sie eine schwere Zeit hinter sich gebracht haben musste. Dennoch erschien sie ihm so schön wie nie zuvor. Er kniete vor ihr nieder, lehnte seinen Kopf gegen ihre Brust und begann haltlos zu schluchzen.

»Marie, du lebst! Jetzt wird doch noch alles gut.«

Trudi blickte mit äußerst zufriedener Miene zu ihm auf. »Jetzt muss diese böse Frau fort, nicht wahr?«

In diesem Moment überkam Michel die Scham, sich nicht energischer gegen diese Ehe gesträubt zu haben. Er versuchte zu sprechen, brachte aber nur ein paar stammelnde Worte hervor.

Daher übernahm Mariele, die lautlos eingetreten war, die Aufgabe, ihre Patentante über die neuen Verhältnisse auf Kibitzstein aufzuklären. »Herr Michel musste wieder heiraten. Der Kaiser hat ihm die Frau aufgezwungen. Sie ist ein unangenehmes, ekelhaftes Ding und hat den Herrn mit dem Kastellan betrogen.«

Im ersten Augenblick hätte Michel das vorlaute Mädchen verprügeln können, denn er hatte Marie diese Nachricht so schonend wie möglich beibringen wollen. An der Reaktion seiner Frau merkte er jedoch, dass Mariele die richtigen Worte gewählt hatte. Marie begriff sofort, dass Michel von Sigismund zu einer zweiten Ehe gedrängt worden war, die anscheinend zu einer Katastrophe auszuarten drohte.
Sie schüttelte sich, als streife sie einen unangenehmen Gedanken ab, und lächelte ihm aufmunternd zu. »Fasse Mut, mein Lieber. Diese Wirren werden sich lösen lassen. Wenn es nicht anders geht, kaufe ich mir ein Häuschen in deiner Nähe und lebe mit Trudi dort.«
»Das lasse ich nicht zu! Trudi, du und ich gehören zusammen. Doch sag, was ist damals geschehen? Wir hatten sichere Beweise, dass du im Rhein ertrunken bist. Man hat eine tote blonde Frau mit deinem Kleid gefunden. Was konnte dich so lange von mir fern halten? Dein Kind hast du wohl verloren?« Michel lächelte wehmütig, denn trotz der Liebe, die er für Trudi empfand, hätte er gerne noch einen Sohn gehabt.
In dem Augenblick kam Alika mit der kleinen Lisa auf dem Arm herein. Michel schluckte, als er das dunkle Gesicht erblickte, und Mariele schrie vor Schreck auf. Trudi hingegen legte den Kopf zur Seite und betrachtete die befremdliche Gestalt neugierig.
Michel fasste sich als Erster und wies auf das Kind. »Ist unsere Tochter?« Er ging darauf zu, wagte es aber nicht, Lisa aus Alikas Händen zu nehmen.
»Man kann Lisa meine Tochter nennen, doch ich habe sie nicht geboren.« Maries Stimme nahm einen harten Klang an, und in ihren Augen glühte mit einem Mal ein Feuer. »Das ist die jüngste Tochter von Falko und Hulda von Hettenheim. Sie wurde von der eigenen Mutter dem Verderben preisgegeben und hat mein Schicksal geteilt. Das wird sie auch weiterhin tun, denn ich habe sie in düsteren Stunden genährt, in denen es keine Hoffnung

mehr zu geben schien, und sie gab mir dafür die Kraft und den Mut, weiterzukämpfen. Ich werde sie niemals aufgeben, Michel! Niemals! Hast du mich verstanden?«

Michel verstand überhaupt nichts. Er begriff nur, dass seine Frau, seine erste Frau, wie er sich in Gedanken korrigierte, die Kleine liebte wie ein eigenes Kind. Bevor er jedoch nachfragen konnte, was mit dem von ihr geborenen Kind geschehen war, steckte Egon den Kopf zur Tür herein. Marie sah ihn und winkte ihn zu sich.

»Ich habe noch ein Ziehkind, Michel. Das hier ist Egon, der Sohn der Marketenderin Oda. Du kennst sie nicht, aber Eva und Theres können dir von ihr erzählen. Doch lassen wir das Vergangene ruhen. Oda habe ich zu verdanken, dass ich in die Heimat zurückkehren konnte. Dafür habe ich ihr versprochen, ihren Sohn wie meinen eigenen aufzuziehen.«

Michel konnte nur noch den Kopf schütteln. »Auf deiner Reise hast du wohl Kinder gesammelt. Doch was ist mit unserem eigenen?«

»Das ist eine Sache, um die wir uns noch kümmern müssen. Was die Kinder betrifft, die mit mir gekommen sind, so gibt es noch zwei weitere in meiner Reisegruppe, doch die haben noch ihre Mutter.« Sie streckte den Arm aus und klopfte gegen die Zwischentür zu einem Nachbarzimmer. Gleich darauf öffnete sich die Tür, und ein hoch gewachsenes Paar trat ein.

»Darf ich dir die Fürstin Anastasia von Worosansk vorstellen, die mir viel Leid erspart hat und eine gute Freundin geworden ist, sowie ihren Gefolgsmann, den Ritter Andrej?«

Gelja und eine Nürnberger Magd, die den Gästen zur Verfügung gestellt worden war, brachten nun Wladimir und Zoe herein.

»So sind wir durch die halbe Welt gereist«, sagte Marie zu Michel. »Doch das ist eine lange Geschichte, die ich dir erzählen werde, wenn sich unsere Gefühle ein wenig beruhigt haben. Es ist

auch die Geschichte unseres Sohnes, der sich jetzt noch in der Hand meiner Todfeindin befindet. Es wird unsere heiligste Pflicht sein, ihn zurückzuholen.«
Michel nickte stumm und schämte sich dabei der Tränen nicht, die ihm über die Wangen liefen. In den letzten Augenblicken war so viel über ihn hereingestürmt, dass sein Geist es kaum zu fassen vermochte. Das Einzige, was er begriff, stieß er wie einen Schrei hinaus. »Du hast einen Sohn geboren!«
Es war mehr eine Feststellung als eine Frage, denn damit war auch seine Situation geklärt. Als Mutter eines Sohnes hatte Marie mehr Recht darauf, sich seine Frau zu nennen, als Schwanhild, und er würde alles dafür tun, dass auch der Kaiser und die heilige Kirche dies so sahen.
Maries Bericht dauerte Stunden, und sie litt, während sie sprach, sichtlich unter den Erinnerungen. Dennoch trug sie die Worte so ruhig vor wie der Kommis eines Kaufmanns seine getätigten Geschäfte. Einmal musste sie ihren Redefluss jedoch unterbrechen, denn Trudi kletterte plötzlich auf Alikas Schoß und begann mit einem Ärmel heftig über deren Gesicht zu reiben.
»Die ist gar nicht angemalt!«, rief sie enttäuscht, und ein zorniger Blick traf dabei Mariele, die das leise zu ihr gesagt hatte.
Hiltruds Tochter zog den Kopf ein. »Ich habe gedacht …«
»Nicht alles, was man denkt, muss auch richtig sein.« Marie lächelte ihr freundlich zu. Michel hatte bereits Andeutungen gemacht, dass Mariele wegen seiner zweiten Frau und deren Liebhaber eine harte Strafe hatte hinnehmen müssen, und sie versprach dem Mädchen im Stillen, es ihm zu vergelten.
Lächelnd streckte sie die Hand aus und winkte Mariele zu sich. »Komm, setz dich neben mich.«
Michi, der sich gegenüber seiner Schwester zurückgesetzt fühlte, räusperte sich vernehmlich. »Erzähle der Herrin aber keine Lügen, hörst du?«
»Ich habe auch damals nicht gelogen!« Mariele fuhr mit fun-

kelnden Augen hoch, doch bevor sie auf ihren Bruder losgehen konnte, packte Marie sie und zog sie zu sich auf den Schoß.
»Natürlich hast du nicht gelogen!« Maries Stimme versprach für Schwanhild und den Junker wenig Gutes. Aber noch war sie nicht bereit, sich mit diesem Problem zu befassen, denn es gab Wichtigeres zu tun. Sie drückte Mariele kurz an sich und schob sie dann auf Trudi zu, die schon ganz eifersüchtig schaute.
»Ich habe mit dem Kaiser gesprochen und unseren Sohn zurückgefordert. Zwar hätte ich lieber versucht, ihn heimlich von dort wegzuholen, doch ich hatte Angst, die Nachricht von meiner Rückkehr würde Hulda zu früh erreichen. Wie ich dieses Weib kenne, würde sie aus lauter Bosheit dem Jungen etwas antun.«
»Das kann sie auch jetzt noch!«, warf Michel düster ein.
»Nicht, wenn der Kaiser rasch gehandelt und Ritter zu ihr geschickt hat, um das Kind abzuholen. Es ist der einzige Weg.«
Michel sah, dass Marie sich an diese Hoffnung klammerte, und nahm sie in die Arme. »Du hast ja Recht! Lass uns beten, dass dieser Weg zum Ziel führt. Gott hat dich zu mir zurückgebracht und er wird uns auch unseren Sohn nicht nehmen!«

IV.

Ludwig von Wittelsbach hätte den Kaiser verfluchen können. In seinen Augen war Sigismund für diese verworrene Situation verantwortlich, doch anstatt sie zu lösen, hatte der Kaiser Nürnberg beinahe fluchtartig verlassen und war nach Ungarn zurückgekehrt, obwohl weder ein Überfall noch eine akute Bedrohung durch die Osmanen gemeldet worden war. Damit hatte Sigismund es ihm überlassen, die verknoteten Fäden zu entwirren. Auch für ihn war die überraschende Rückkehr der totgeglaubten Marie Adlerin auf Kibitzstein ein Schock gewesen, und ihre Anklagen gegen die Tochter seines Beraters Lauenstein rückten ihn

als Pfalzgrafen und Lehnsherrn in ein schlechtes Licht. Er hatte Falkos Witwe in ihrem Erbstreit mit Heinrich von Hettenheim unterstützt und deren Sohn, auf den Frau Marie nun Anspruch erhob, trotz vieler von Seiten seiner Höflinge und anderer Edler geäußerten Zweifel als neuen Herrn auf Hettenheim anerkannt.
Ein Diener füllte den geleerten Weinpokal. In Gedanken versunken griff der Pfalzgraf nach dem Gefäß, trank aber nicht, sondern legte beide Hände um den Kelch, als wäre es ein Hals, den es zuzudrücken galt. Als er sich dessen bewusst wurde, konnte er sich nicht entscheiden, welchem Hals er am liebsten den Atem abgeschnürt hätte. Lauenstein hatte ihm immer treu gedient, und wenn er sich jetzt gegen dessen Tochter stellte, würde er sich in Zukunft nicht mehr auf das Wort des Mannes verlassen können. Aber er durfte die Anklage, die Marie Adlerin erhob, nicht achtlos beiseite wischen. Wenn ihre Behauptung stimmte, so hatte Hulda von Hettenheim jeden Anspruch auf seinen Schutz und seine Gunst verwirkt.
Das nächste Problem war die zweite Ehe Michel Adlers mit seiner Verwandten Schwanhild. Auch wenn er die Ehe seiner Base mit dem Reichsritter auf Magoldsheim nie akzeptiert und ihre Tochter daher nicht offiziell als Verwandte anerkannt hatte, so floss in Schwanhilds Adern doch das gleiche Blut wie in den seinen. Nähme Frau Marie ihren alten Platz wieder ein, würde dies eine Frau seiner eigenen Sippe auf eine Stufe mit einer Bettmagd stellen.
»Der Teufel hole die Weiber!« Der Pfalzgraf hob den Pokal, um ihn gegen die Wand zu feuern, brachte es dann aber doch nicht über sich, den Wein sinnlos zu vergeuden. Während er trank, drehten sich seine Gedanken im Kreis. Ganz gleich, wie diese Sache ausgehen mochte – für ihn käme jede Lösung einem Biss in einen sehr sauren Apfel gleich. Schon überlegte er, wie er es drehen konnte, Maries Bericht als Phantasie eines überspannten Weibes zu bezeichnen und die Frau in ein Kloster zu sperren.

Aber alle Fakten sprachen gegen einen solchen Schritt, und wenn er ein falsches Urteil sprach, würde die Geschichte wie ein Lauffeuer durch das Reich gehen und seinem Ruf schaden.
Es stand nun einmal fest, dass Marie Adlerin auf dem Heimweg von Rheinsobern nach Kibitzstein überfallen und verschleppt worden war. Er hatte mithilfe eines gelehrten Mönches, der sowohl der russischen wie auch der griechischen Sprache mächtig war, Fürstin Anastasia und Ritter Andrej befragt und von beiden erfahren, dass die Ehefrau eines deutschen Reichsritters wie ein Stück Vieh auf dem Markt verkauft worden war. Dieses Verbrechen durfte nicht ungesühnt bleiben.
»Ist Lauenstein immer noch nicht hier?« Ludwig von Wittelsbach wurde immer aufgebrachter. Sonst hatte Herr Rumold sich stets in seiner Nähe aufgehalten, doch ausgerechnet jetzt weilte er auf einer seiner Burgen, um dringende Angelegenheiten zu regeln. Da Ludwig von Wittelsbach keine Antwort erhielt, hieb er mit der Faust auf die Lehne seines Sessels. Sofort eilte sein Leibdiener herbei und wollte neuen Wein einschenken.
Der Pfalzgraf packte den Mann am Brustteil seines Kittels. »Ich will wissen, wo Lauenstein bleibt!«
»Euer Bote müsste ihn bereits erreicht haben, aber da dieser ebenfalls noch nicht zurückgekehrt ist, weiß niemand, wann Herr von Lauenstein hier eintrifft.«
Der Diener hoffte, sich gut aus der Affäre gezogen zu haben, doch Ludwig von Wittelsbach gab ihm einen Stoß, der ihn beinahe zu Boden warf. Dabei schwappte Wein aus der Kanne und nässte den Boden. Der Pfalzgraf schien es nicht einmal zu bemerken, sondern presste wütend die Zähne aufeinander und starrte in die Ferne. Ihm war nur allzu gut bekannt, wie hartnäckig diese ehemalige Wanderhure sein konnte, und wenn er gegen sie entschied, würde dieses Weib es fertig bringen, ihn beim Kaiser anzuklagen.
Sein Diener hatte unterdessen einen Lappen geholt und wischte

den Boden trocken. Herr Ludwig sah ihm einen Augenblick zu, nahm dann seinen Pokal und leerte den Rest mit hinterhältiger Freude neben seinem Sessel aus.

»Hier kannst du weitermachen«, erklärte er dem verblüfften Diener und fühlte sich sofort ein wenig besser. Seine Laune sank jedoch wieder, als einer seiner Höflinge, der sich ebenso wie die anderen Edelleute seines Gefolges in den letzten Stunden wohlweislich fern gehalten hatte, Ritter Heinrich von Hettenheim ankündigte.

Ludwig von Wittelsbach verzog die Lippen. »Der Mann kann es wohl nicht erwarten, sich an die Fleischtöpfe seines Vetters zu setzen.«

»Wenn Frau Maries Worte der Wahrheit entsprechen, wurde er zu Unrecht davon fern gehalten, mein Gebieter.« Es war kühn, dem Pfalzgrafen so in die Parade zu fahren, doch dem Höfling ging es auch um das eigene Recht und das seiner Freunde. Keiner von ihnen wollte ein ihm zustehendes Erbe durch eine Laune seines Lehnsherrn oder gar durch Betrug verlieren.

Das war eine der Gefahren, die Herr Ludwig auf sich zurollen sah. Selbst wenn es zu höherem Nutzen war, durfte er sich nicht offen über Gesetz und Recht hinwegsetzen, denn dies konnte ihn die Treue seiner besten Gefolgsleute kosten.

»Bringt Ritter Heinrich zu mir, und du«, ein strenger Blick traf den Diener, »besorgst einen Becher für Hettenheim. Vorerst reicht einer aus Leder. Zinn oder gar Silber muss er sich erst verdienen.«

Da es ein Privileg war, bei einer Audienz Wein kredenzt zu bekommen, beanstandeten weder der Höfling noch der Diener Herrn Ludwigs Entscheidung, denn es zeigte beiden, dass ihr Herr die Angelegenheit nach bestem Wissen und Gewissen regeln wollte.

Der Höfling eilte hinaus und kehrte kurz darauf mit Heinrich von Hettenheim zurück. Dieser verbeugte sich tief vor Herrn

Ludwig, der, wie er hoffte, in Zukunft sein Lehnsherr sein würde. Zwar waren die einst nur bis zum Tod des Lehennehmers vergebenen Burgen und Güter längst in den Familien erblich geworden, dennoch war es nicht ratsam, sich die Gunst des Landesherrn zu verscherzen. Wenn er den Empörten spielte und dem Pfalzgrafen vielleicht sogar Mitwisserschaft unterstellte, würde er sein Erbe verspielen, noch ehe er es angetreten hatte.

»Willkommen, Hettenheim! Ich freue mich, Euch zu sehen.« Ludwig von Wittelsbach musterte seinen Gast wie einen Hengst, bei dem er nicht sicher war, ob er ihn in seinem Stall haben wollte.

»Euer Diener, mein Herr!« Heinrich von Hettenheim beugte sein Knie, um seine Ergebenheit zu bekunden, und vernahm überrascht, dass der Pfalzgraf seinen Leibdiener anwies, ihm einen Becher Wein zu reichen.

»Ihr habt von dieser üblen Sache gehört, Hettenheim?«

»Nicht sehr viel, Herr. Man erzählt sich, Frau Marie sei wieder aufgetaucht, und Frau Hulda habe einen Bastard ihres verstorbenen Gemahls als eigenes Kind ausgegeben, um mich von dem mir zustehenden Erbe fernzuhalten.«

Der Pfalzgraf lehnte sich in seinen Sessel zurück und bleckte die Zähne. »Es handelt sich nicht um einen Bastard, Hettenheim. Frau Marie schwört bei Gott und allen Heiligen, Frau Huldas Sohn wäre ihr Kind.«

»Das kann ich mir beim besten Willen nicht vorstellen, denn Hulda von Hettenheim hasst die Kibitzsteiner wie die Pest. Wie könnte sie da einen Sohn von Marie und Michel Adler als ihren eigenen ausgeben und aufziehen?«

Der Pfalzgraf blickte den Ritter scharf an, fand aber weder in seiner Miene noch in seiner Stimme eine Spur von Falschheit. Daher schob er seinen vagen Verdacht beiseite, die Sache mit dem Kind könne zwischen Ritter Heinrich und den Kibitzsteinern

abgesprochen sein. Dieser Gedanke hatte wohl auch jeglicher Grundlage entbehrt, denn wenn ein Betrug geplant gewesen wäre, hätte Michel Adler ein Kind zweifelhafter Herkunft als seinen Sohn und Erben annehmen müssen.
»Die Wahrheit wird ans Licht kommen. Ich habe Lauenstein und seine Tochter hierher bestellt. Sobald sie hier sind, werde ich meine Entscheidung treffen.« Ludwig von der Pfalz ergriff seinen Pokal und gönnte sich einen großen Schluck, bevor er Heinrich von Hettenheim freundlich zunickte.
»Soviel ich gehört habe, nennt Ihr drei Söhne Euer Eigen?«
»So ist es, Euer Gnaden. Inzwischen sind es schon vier, aber der jüngste ist noch nicht größer als so.« Ritter Heinrich deutete die Größe eines etwa halbjährigen Kindes an und lächelte versonnen. Der Pfalzgraf rieb sich mit der Rechten über das Kinn und sah im Geiste vier kampfkräftige Ritter vor sich. Sein Gast hatte sich im böhmischen Krieg bewährt, und es war gewiss kein Schaden, ihn als Lehnsmann zu gewinnen. Mit den Söhnen konnte er sein kriegerisches Gefolge verstärken, während Huldas Töchter für ihn nutzlos waren, denn sie bekamen nicht genug Mitgift, um seine jungen Ritter mit ihnen belohnen zu können.
»Trinkt Euren Wein aus, bevor Ihr geht, Herr Heinrich. Ich lasse Euch und die anderen rufen, sobald die Entscheidung naht.« Ludwig von Wittelsbach nahm selbst einen Schluck und trieb im Geiste seinen Vertrauten Lauenstein an, sich mit seiner Rückreise zu beeilen.

V.

Ritter Heinrich war sofort nach seiner Ankunft zum Pfalzgrafen geführt worden. Doch kaum hatte dieser ihn entlassen, drängte es ihn, seine Freunde wiederzusehen und aus deren Mund zu erfahren, was wirklich geschehen war. Ein Diener wies ihm den Weg zu Michels Quartier und meldete ihn an. Auf den Anblick, der sich ihm bei seinem Eintritt bot, war er jedoch nicht vorbereitet. Als Erstes fiel sein Blick auf ein junges Mädchen, dessen Haut so schwarz war wie das Innere eines Backofens und dessen bunte Tracht nicht erkennen ließ, ob es sich um eine besser gestellte Magd oder um ein Bürgerfräulein handelte. Sie saß auf einer Decke am Boden und sah einer Gruppe spielender Kinder zu. Von diesen kannte er nur Trudi, die mit einem gut zweijährigen Jungen Klötzchen aufrichtete. Diese wurden von einem tapsigen Bürschchen umgeworfen, das gerade Laufen gelernt hatte, während ein etwa gleich altes Mädchen ihm dafür auf die Finger klopfte.

Marie und Michel saßen neben den Kindern, während ein Mädchen, das große Ähnlichkeit mit Michi aufwies, einer anderen Dame ein Stickmuster erklärte und ein junger Ritter mit weißblonden Haaren etwas unglücklich auf einen Säugling starrte, der auf seinem Schoß eingeschlafen war. Auf einem Stuhl im Hintergrund saß Anni und nähte ein Stück Pelz auf den Kragen eines Kleides.

Marie bemerkte Ritter Heinrichs Zögern. »Tretet ein, mein Freund!«

Hettenheim hatte sich immer für einen Mann gehalten, den nicht viel erschüttern konnte, aber Maries Anblick trieb ihm die Tränen in die Augen. Er eilte auf sie zu und umarmte sie vor allen Leuten. »Gott sei mein Zeuge! So wie der Tag mit der Nachricht von Eurem Tod der schrecklichste in meinem Leben war, ist dies nun der schönste!«

Marie war verblüfft, so einen starken Gefühlsausbruch hätte sie eher bei Heribert von Seibelstorff erwartet. Um ihrer Verwirrung Herr zu werden, sah sie Gelja über die Schulter des Ritters auffordernd an. »Bring Wein für unseren Gast!«

Hettenheim richtete sich seufzend auf und schenkte Michel einen um Entschuldigung heischenden Blick, weil er sich so hatte hinreißen lassen, und erntete ein freundschaftliches Lächeln. Währenddessen trat eine fremdartig wirkende, hübsche Magd mit einem kleinen Tablett auf ihn zu, auf dem sich neben einem Becher voll Wein auch ein Stück Brot und ein Häufchen mit Salz befanden.

Marie bemerkte seine Unsicherheit und deutete auf das Brot. »Nehmt es, tunkt es in das Salz und esst es. Gelja will Euch damit sagen, dass Ihr uns als Freund und Gast willkommen seid.«

Ritter Heinrich nickte der Magd lächelnd zu und folgte Maries Rat. »Danke! Das ist ein schöner Brauch.«

Dann sah er sich in der Runde um und nickte beeindruckt. »Wie es aussieht, seid Ihr auf dieser Reise noch weiter herumgekommen als auf jener, die wir gemeinsam begonnen und beendet haben.«

»So kann man es nennen!« Um Maries Lippen spielte ein nachsichtiges Lächeln, das weniger ihrem und Michels Freund galt als den Gelehrten hier in Nürnberg. Die Herren Doctores und Magister waren einerseits brennend neugierig, von ihren Erlebnissen in Russland und Konstantinopel zu erfahren, nahmen sie andererseits aber nicht ernst und maßen ihrem Bericht daher keinen größeren Wert bei. Jede ihrer Aussagen wurde an denen männlicher Reisender gemessen, und daher erntete sie oft nur ein ungläubiges Kopfschütteln.

Sie beschloss, sich von diesem Ärgernis nicht die Freude über das Wiedersehen mit Ritter Heinrich trüben zu lassen, und wies Hannes an, dem Besucher einen Stuhl zu besorgen. »Verzeiht, aber wir sind mit Möbeln eher unterversorgt, unser Gastgeber scheint sonst keine so große Gruppe von Edelleuten in der halb aufgebauten Burg zu beherbergen. Darf ich Euch Fürstin Anastasia von Worosansk vorstellen und ihren getreuen Ritter Andrej – oder Andreas, wenn Euch der fremde Name nicht über die Zunge kommen will.«

Ritter Heinrich hatte sich eben auf dem von Hannes herbeigebrachten Stuhl niedergelassen, schoss aber jetzt hoch und verbeugte sich so tief vor Anastasia, wie es einer Dame von so hohem Rang zukam. Andrej streckte er die Hand hin. »Ich hoffe, es kränkt Euch nicht, wenn ich Euch Andreas nenne. Der andere Name will mir nicht so recht über meine deutsche Zunge gleiten.«

Zu seiner Verwunderung sprach Marie den Ritter in einer fremden Sprache an. Da er seinen Namen heraushörte, nahm Ritter Heinrich an, dass sie seine Worte übersetzte.

»Ihr besitzt viele Talente, Frau Marie. Da wundert es mich nicht, dass Ihr immer wieder auf Eure Füße fallt.« Ritter Heinrich fragte sich, wie seine Frau mit einer solchen Situation zurechtgekommen wäre. Obwohl sie seine bisher recht geringen Besitztümer geschickt verwaltete und seine Söhne zu aufrechten Menschen erzog, hätte sie ein Schicksal, wie Marie es durchlebt hatte, wohl kaum gemeistert. Er konnte seine Neugier kaum noch im Zaum halten. Aber er wollte Haltung bewahren und kam zuerst auf die Belange zu sprechen, die auch ihn betrafen.

»Herr Ludwig von der Pfalz hat mir eine Audienz gewährt und mir dabei berichtet, Frau Hulda würde Euren Sohn als den ihren ausgeben.« In seinen Worten schwang unverkennbarer Zweifel mit.

»Das stimmt. Seht Euch das Mädchen dort an.« Marie wies auf Lisa, die ihren Kampf um die Klötzchen gegen Wladimir gewonnen hatte. »Sie ist die siebte Tochter Eures Vetters und seiner Frau. An ihre Stelle hat Hulda meinen Sohn gesetzt.« Bei der Erinnerung musste sie mit den Tränen kämpfen, und sie berichtete Ritter Heinrich, was ihr auf der Otternburg zugestoßen war.

Hettenheim hörte ihr schweigend zu und sank schließlich vor ihr auf die Knie. »Bei Gott, dieses Weib muss wahnsinnig geworden sein! Ich werde nie wieder gutmachen können, was meine Verwandte an Euch verbrochen hat. Doch seid versichert, dass Ihr nie einen treueren Freund finden werdet als mich!«

VI.

Drei Tage später erreichte Rumold von Lauenstein die Stadt und wurde nach seiner Ankunft sofort zum Pfalzgrafen geführt. Ludwig hockte wie ein gereizter Bär auf seinem Stuhl. »Da seid Ihr ja endlich! Ihr habt Euch viel Zeit gelassen.«
Lauenstein verbeugte sich und hielt den Kopf gesenkt. »Mein Herr, Ihr habt nach mir gerufen?«
»Und das schon vor mehr als drei Wochen! Wo ist Eure Tochter?«
»Hulda ist erkrankt und nicht in der Lage zu reisen.« Als Diplomat und Ratgeber seines Herrn war Rumold von Lauenstein ein geschickter Lügner. Trotzdem hielt er seine Stimme nicht so in der Gewalt, wie er es sich gewünscht hätte.
Der Pfalzgraf hieb mit der Faust auf die Stuhllehne. »Mein Befehl war eindeutig! Notfalls hättet Ihr Eure Tochter in einen Wagen legen müssen.«
»Wir haben befürchtet, es wäre die Pest, und sie daher samt ihrer Leibmagd in ihren Gemächern eingesperrt.« Lauenstein spielte einen Trumpf aus, der im ersten Augenblick auch zu stechen schien, denn Herr Ludwig zuckte vor ihm zurück und sah ganz so aus, als wolle er ihn aus dem Zimmer weisen lassen.
Dann hatte der Wittelsbacher sich wieder in der Gewalt. »Die Seuche also. Nun, vielleicht ist es das Beste, sie stirbt daran, das würde mich eines Teils meiner Probleme entheben.«
Lauenstein wusste genau, dass seine Tochter gesünder war als in ihrer Ehe mit Ritter Falko. Nicht zum ersten Mal verfluchte er Huldas Täuschungsspiel, mit dem sie sich das Erbe hatte erhalten wollen. Zum Glück war er von einem Freund gewarnt worden und hoffte das Verhängnis, das er am Horizont aufziehen sah, abwenden zu können.
»Ich bete zu Gott dem Herrn, dass meine Tochter wieder gesund wird, Euer Gnaden.«

»Ich will sie hier haben!« Die Stimme des Pfalzgrafen nahm noch an Schärfe zu.
»Sie wird nicht kommen, Herr.« Die Worte entwichen Lauenstein schneller, als er sie zurückhalten konnte.
Sein Herr beugte sich interessiert vor. »Und warum wird sie nicht kommen?«
Lauenstein wurde mit Schrecken bewusst, dass sein Einfluss auf Ludwig von Wittelsbach im Schwinden begriffen war. Zumindest an diesem Tag sah sein Herr ihn nicht mehr als vertrauten Freund an, sondern als ein Ärgernis, das aus dem Weg geräumt werden musste. Auch das hatte er seiner renitenten Tochter zu verdanken. Er wollte den Zorn des Pfalzgrafen mit geschmeidigen Worten vertreiben, doch sein Herr schnitt ihm schon die erste Silbe auf den Lippen ab.
»Gegen Eure Tochter sind schlimme Anklagen erhoben worden. Entsprechen diese der Wahrheit, wird sie auf dem Scheiterhaufen enden!«
»Darf ich fragen, wer welche absurden Vorwürfe gegen Hulda erhebt?« Lauenstein hatte die Worte kaum ausgesprochen, da geschah genau das, was er seit jenen Tagen in der Otternburg befürchtet hatte: die Tür ging auf und Marie Adlerin trat ein.
»Ich erhebe diese Anklagen!«
Sie muss draußen gelauscht haben, dachte Lauenstein wütend und erinnerte sich daran, dass dieses Weib eine gewisse Übung darin besaß, an Türen zu horchen. Am liebsten hätte er sie gepackt und ihr den Hals umgedreht. Stattdessen deutete er eine Verbeugung an und mimte den Ahnungslosen. »Ach, Ihr seid das, Frau Marie! Euer Gemahl hat doch berichtet, Ihr wärt tot.«
»Es dürfte Eurer Tochter wohl sehr missfallen, mich am Leben und wieder im Reich zu wissen. Ich bin gekommen, um mein Eigentum von ihr zurückzuholen!« Marie maß Lauenstein mit einem Blick, der einem schleimigen Wurm hätte gelten können.
»Ich weiß nicht, was Ihr damit meint! Wohl spricht meine

Tochter nicht gerade in freundlichen Worten von Euch, doch sie hat Euch gewiss weder Schmuck noch Gold weggenommen.« Dann wandte Lauenstein sich an den Pfalzgrafen. »Jetzt, fürchte ich, gibt es wohl ein großes Problem, denn Seine erhabene Majestät, Kaiser Sigismund, hat ja darauf bestanden, für Frau Maries Gemahl eine zweite Ehe zu stiften. Nun hat der wackere Michel Adler zwei Frauen, und das ist nach den Gebräuchen unserer heiligen Kirche eine zu viel. Dürfte ich einen Vorschlag machen? Vielleicht vermögt Ihr die Herren der Kurie dazu zu bewegen, dem Reichsritter auf Kibitzstein Dispens zu erteilen, damit er mit beiden Weibern zusammenleben kann. Da gibt es nämlich einen Präzedenzfall aus einem der Kreuzzüge. Ein Ritter, der damals von den Heiden versklavt worden war, wurde durch eine sarazenische Jungfrau befreit, der er in seiner Not versprochen hatte, sie dafür zu seinem Weib zu nehmen. Leider hatte er aber daheim schon eine Gemahlin, und als er frei und in Sicherheit war, wusste er nicht, wie er den Eid, den er der Sarazenin geschworen hatte, halten sollte. Da es um sein Seelenheil ging, hat Seine Heiligkeit in Rom ihm die Erlaubnis erteilt, die junge Sarazenin zu seinem Weibe zu nehmen, so seine erste Gemahlin bereit wäre, ihn mit ihr zu teilen. Wenn Ihr also …«

Die Faust des Pfalzgrafen klatschte ein drittes Mal auf die Stuhllehne. »Mit Ablenkungsmanövern und Ausflüchten seid Ihr schon immer schnell bei der Hand gewesen, Lauenstein! Hier geht es nicht um die beiden Ehen des Herrn Michel, sondern um das Lehen Hettenheim. Frau Marie behauptet, Euer Enkel wäre ihr Sohn!«

»Ein absonderlicher Gedanke! Ich weiß nicht, wie die Dame darauf kommt.« Lauenstein spielte seine ganze Erfahrung als Diplomat aus.

Marie verschränkte die Arme vor der Brust und sah ihn verächtlich an. »Wollt Ihr Eure Enkelin begrüßen?«

Das kam so unerwartet, dass Lauenstein sich unwillkürlich zur Tür wandte. Aber dort war niemand zu sehen.

Huldas Vater begriff, wie nahe er daran gewesen war, sich zu verraten. »Habt Ihr eine von Huldas Töchtern nach Nürnberg rufen lassen, mein Herr? Davon wusste ich nichts.«

Nun war Marie klar, woher der Wind wehte. »Ihr seid mit Hulda im Bunde!«

Der Pfalzgraf musterte den Mann, der ihm so lange treu gedient hatte, mit wachsendem Misstrauen. »Lauenstein, Ihr seid ein verdammter Lügner! Bei Gott, Ihr wisst, wie sehr ich Euch immer geschätzt habe. Nach Ritter Falkos Tod war ich gewillt, Heinrich von Hettenheim das Lehen unter der Bedingung zu überlassen, dass sein Erbe Eure älteste Enkelin zur Frau nimmt. Ihr aber habt mich angefleht, zu warten, bis klar war, ob Eure Tochter einen Sohn zur Welt bringen würde. Das ist dann angeblich auch der Fall gewesen, und ich habe Euch mehr geglaubt als all denjenigen, die mich vor einem Betrug gewarnt haben.«

Lauenstein spürte, wie er den Boden unter den Füßen verlor. Der Anklage, die bis jetzt noch nicht ausgesprochen worden war, nämlich Maries Entführung und Verschleppung, konnte er nach Lage der Dinge kaum noch etwas entgegensetzen, und er sah Ludwig von Wittelsbach an, dass dieser davon wusste. Auch war zu vielen bekannt, dass Marie Adlerin zur selben Zeit schwanger gewesen war wie seine Tochter. Diese Tatsache in Verbindung mit der Entführung der ehemaligen Hure würde den meisten als Beweis dafür gelten, dass Hulda ein falsches Kind als ihren Sohn ausgegeben hatte. Als erfahrener Verhandlungsführer wusste Lauenstein, wann er verloren hatte. Jetzt blieb ihm nur noch die Wahl, seine Tochter zu opfern oder mit ihr zusammen in den Abgrund zu stürzen. Die Entscheidung fiel ihm nicht schwer.

»Verzeiht, mein Herr, doch seit dem Tod meines Schwiegersohns verwaltet meine Tochter ihre Besitzungen selbst. Vielleicht

habe ich ihr etwas zu viel freie Hand gelassen, doch mir war es wichtiger, Euch zu dienen, als auf meine Tochter zu achten.«
Der Pfalzgraf brummte unwillig. »Das hättet Ihr besser tun sollen!«
Lauenstein sah, dass sein Herr sich ein wenig beruhigt hatte, und bemühte sich, eine betrübte Miene aufzusetzen. »Ihr sprecht wahr, mein Herr. Ich gebe zu, dass ich auch schon den Verdacht hatte, meine Tochter versuche, einen der Bastarde ihres Ehemanns als Sohn aufzuziehen, falls sie selbst eine weitere Tochter gebären würde. Ritter Falko gefiel sich nun einmal darin, den Stier zu spielen und auch auf Hettenheim alle verfügbaren Weiber zu bespringen. Ich habe meiner Tochter natürlich schwer ins Gewissen geredet, und als ich dann hörte, die Magd, die von Falko geschwängert worden war, sei noch vor der Geburt gestorben, glaubte ich Hulda, dass das Kind, welches sie als das ihre ausgab, ihr Sohn sei. Ihr seht mich daher sehr verwundert, dass Frau Marie plötzlich auftaucht und Ansprüche auf den Jungen erhebt.«
Da Marie Lauenstein auf der Otternburg nicht zu Gesicht bekommen hatte, zweifelte sie nicht an seinen Worten, sondern hoffte, er würde ihr helfen. »Eure Tochter, Herr von Lauenstein, hat mich in Speyer entführen und auf eine Festung namens Otternburg bringen lassen. Dort habe ich meinen Sohn geboren und bin danach mit Huldas siebter Tochter, die nur wenige Wochen zuvor zur Welt gekommen war, ins ferne Russland verschleppt worden.«
»Welch eine glückliche Fügung, dass Ihr wieder in die Heimat zurückgefunden habt!« Rumold von Lauenstein ließ sich nicht anmerken, dass er sowohl seine Tochter wie auch deren Feindin in die tiefste Hölle wünschte. Die ehemalige Hure war härter als Stahl und hatte mehr Leben als sämtliche Katzen auf seiner Stammburg zusammen. Hulda war eine blutige Närrin gewesen, dieses Weib am Leben zu lassen.

Ludwig von Wittelsbach lehnte sich zurück. »Ja, das war wirklich eine glückliche Fügung. Seine Majestät, der Kaiser, hat bereits befohlen, eine Kapelle zu Ehren der Muttergottes und der heiligen Maria Magdalena errichten zu lassen. Doch nun ...«
Der Pfalzgraf wurde durch das Eintreten eines Höflings unterbrochen. »Was ist?«
»Der Krämer ist hier, Euer Gnaden.«
»Bring ihn herein!«
Der Mann verbeugte sich, verließ den Saal und kehrte kurz darauf in Begleitung eines klein gewachsenen, beleibten Mannes zurück, dessen Anblick Lauenstein erbleichen ließ. Ich hätte Fulbert Schäfflein doch aus der Welt schaffen sollen, dachte er, und seine Wut galt nun noch mehr sich selbst als seiner Tochter.
Der vom Pfalzgrafen zum Ritter geschlagene Wormser Kaufherr verbeugte sich tief vor seinem Landesherrn und beinahe unverschämt knapp vor Lauenstein. Dann entdeckte er Marie und sah so entgeistert aus, als wäre Gevatter Tod neben ihn getreten. »Bei allen Heiligen, das ist doch unmöglich!«
Herr Ludwig musterte den Mann, als wollte er bis in sein Herz schauen. »Wie du siehst, kehren die Toten zurück, um die Schuldigen anzuklagen!«
Schäfflein war als harter Geschäftsmann gefürchtet, doch das war auch für ihn zu viel. In dem Glauben, seine Mithilfe an Maries Verschwinden sei bereits entlarvt, warf er sich dem Pfalzgrafen zu Füßen. »Ich wollte es nicht tun, Herr, doch Lauenstein und seine Tochter haben mich dazu gezwungen! Sie hätten mich sonst töten lassen. Dabei bin ich der vagen Spur, die ich nach Frau Maries Verschwinden entdeckt habe, doch nur gefolgt, um der Dame helfen zu können!«
»Oh ja! Du hast mir auch geholfen, genauso wie du es mit Oda getan hast!« Marie hob den Fuß, um den wimmernden Kaufmann zu treten, ließ ihn aber wieder sinken und spie stattdessen vor Schäfflein aus. »Du erinnerst dich doch noch an Oda, die du

damals geschwängert hast, nicht wahr? Als sie in ihrer Not zu dir kam, hast du sie samt ihrem Kind in die Knechtschaft verkauft. Ich bin nicht allein zurückgekommen, Schäfflein, sondern ich habe auch deinen Sohn mitgebracht. Oda hat mir für ihre Hilfe das Versprechen abgenommen, ihr Kind mit in die Heimat zu nehmen.« Marie sprach laut genug, dass Alika sie draußen hören konnte.
Die Mohrin brachte nicht nur Egon, sondern auch die kleine Lisa herein. Das Mädchen glich so sehr ihrer Mutter, als diese im gleichen Alter gewesen war, dass es Lauenstein herumriss.
»Das hier ist Huldas siebte Tochter. Doch jetzt ist sie mein Ziehkind und ich werde für sie sorgen!« Marie traute Lauenstein zu, seine Tochter vor einer Leibesstrafe bewahren zu können, und fürchtete, er werde ihr Lisa im Tausch gegen ihren Sohn abfordern. Sie war jedoch nicht bereit, das Mädchen den Launen einer Hulda von Hettenheim auszuliefern. Die Frau hatte genug Töchter und konnte daher auf ihre jüngste verzichten.
Im Unterschied zu Marie, die in ihrer Erregung Schäffleins Gestammel nicht vollständig erfasst hatte, begriff der Pfalzgraf, dass sein Berater an Maries Beseitigung beteiligt gewesen sein musste, und maß Lauenstein mit einem vernichtenden Blick. »Bei Gott, so viel Verworfenheit ist mir noch nicht untergekommen! Ihr seid der Kopf dieses teuflischen Plans gewesen und versucht jetzt, das Verbrechen allein Eurer Tochter in die Schuhe zu schieben. Und so einer ehrlosen Kreatur habe ich jahrelang vertraut!« Lauenstein sah das Schwert des Henkers schon über sich schweben und öffnete den Mund, um seine Unschuld zu beteuern. Doch Schäfflein, der eine Möglichkeit sah, seinen Kopf zu retten, sprudelte nun Einzelheiten heraus und beschuldigte Rumold von Lauenstein und dessen Tochter jeglicher Verbrechen, die er sich ausdenken konnte.
Sofort versuchte Lauenstein, den geadelten Kaufmann als fulminanten Lügner hinzustellen, doch der Pfalzgraf schnitt seinem

Berater das Wort ab. »Du redest nur dann, wenn du gefragt wirst, du Hund! Deine Verbrechen schreien genauso zum Himmel wie die, welche dieser Wurm begangen hat. Der kaiserliche Vogt und seine Knechte werden die Wahrheit Stück für Stück aus euch herausholen. Wache! Führt die beiden ab.«
Ludwig von Wittelsbach wollte sich schon abwenden, besann sich jedoch anders und drehte sich noch einmal zu Lauenstein um. »Wenn du dein Leben retten willst, solltest du deine Tochter dazu bringen, hierher zu kommen und das Kind unversehrt Frau Marie zu übergeben. Dann werde ich ihr erlauben, in ein Kloster zu gehen, in dem sie für ihre und deine Seele Buße tun kann.«
Lauenstein kannte seine Tochter und lachte bitter auf. Hulda würde eher zusehen, wie er den Kopf unter dem Henkersschwert verlor, als dem Pfalzgrafen gehorchen. Und doch gab er ihr jetzt eine geringere Schuld an seinem Unglück als dieser ehrlosen Kreatur, die sich ihren Rittertitel mit Gold erkauft hatte, und sein Blick schwor Schäfflein Rache.

VII.

Der Kerkermeister, dem Herr Rumold und Schäfflein übergeben wurden, behandelte die beiden wie andere Adelige, die in Arrest genommen wurden, und sperrte sie in eine luftige, mit Betten ausgestattete Zelle. Das erwies sich als Fehler, denn am nächsten Morgen fand man den Wormser Kaufherrn tot auf dem Boden vor der Tür liegen, und die Spuren an seinem Hals wiesen darauf hin, dass er erwürgt worden war.
Marie interessierte sich nicht für das Ende des Mannes, Schäfflein war ihren Gedanken längst entschwunden. Sie betete beinahe stündlich zur Jungfrau Maria und der heiligen Maria Magdalena, dass Hulda von Hettenheim sich dem Willen des Pfalzgrafen beugen und ihr das Kind übergeben würde. Statt der ver-

sprochenen Kerze hatte sie schon deren fünf in den Kirchen der Stadt geopfert, doch die Boten, die der Pfalzgraf ausgeschickt hatte, kehrten nach drei Wochen harten Rittes unverrichteter Dinge zurück. Hulda von Hettenheim hatte sie nicht einmal in die Burg gelassen, sondern ihnen vom Turm herab höhnisch erklärt, dass sie sich dorthin schleichen sollten, wo sie hergekommen waren.

Der Pfalzgraf, der Marie, Michel und Ritter Heinrich empfing, um ihnen die Nachricht von seinem Misserfolg mitzuteilen, versuchte seinen Ärger hinter lang geübter Souveränität zu verbergen. Er ließ ihnen Klappstühle und Wein bringen, als wären die drei hoch geachtete Gäste, und musterte sie durchdringend. Dann reichte er Michel ein mit mehreren großen Siegeln versehenes Pergament.

»Das Weib Hulda von Hettenheim weigert sich, ihrem Vater und mir zu gehorchen. Daher erteile ich Euch das Recht, ihren Willen mit Gewalt zu brechen.«

Michel starrte ihn verblüfft an und kniff die Augenlider zusammen. »Herr, ich verstehe nicht recht, was ...«

»Ich erteile Euch das Recht zur Fehde mit Hulda von Hettenheim. Gleichzeitig verbiete ich meinen Vasallen bei Androhung höchster Ungnade, dieser Frau beizustehen. Reitet mit meinem Segen!«

Ludwig von Wittelsbach fühlte sich nicht besonders wohl bei dieser Entscheidung, Michel Adler und seine von den Toten auferstandene Frau auf diese Weise abzuspeisen. Aber ihm waren die Hände gebunden, denn er wollte den anderen Reichsfürsten nicht das entwürdigende Schauspiel bieten, Krieg gegen eine ungehorsame Vasallin führen zu müssen. Zudem wäre er in dem Fall selbst für das Leben und die Sicherheit von Maries Sohn verantwortlich gewesen, und er sah keinen Weg, Hulda von Hettenheim daran zu hindern, das Kind angesichts einer Niederlage umbringen zu lassen.

Im Stillen verfluchte er Falkos Witwe für ihren Starrsinn, der es ihm unmöglich gemacht hatte, sich als gnädiger und gerechter Fürst zu erweisen. Michel Adler das Recht der Fehde zu gewähren erschien ihm zwar selbst als Akt der Feigheit, aber angesichts der Lage sah er keinen anderen Ausweg als so zu handeln wie einst Pontius Pilatus. Er wusch seine Hände in Unschuld, damit ihn niemand für den Ausgang des Streits verantwortlich machen konnte. Dieser Gedanke brachte ihn beinahe so weit, doch noch offen Partei für Michel Adler zu ergreifen. Dann aber sagte er sich, dass der Ritter ja nicht allein stand, denn er hatte den Fehdebrief so verfasst, dass Adler dieses Recht auf Heinrich von Hettenheim ausdehnen konnte. War Heinrich der Gefolgsmann, den er sich erhoffte, würde der Ritter die Hettenheimer Burgen stürmen und sich in ihren Besitz setzen. Gelang ihm das nicht, war er kein Mann, den er brauchen konnte.
Mit diesem Gedanken lehnte sich Ludwig von Wittelsbach zufrieden zurück und blickte Michel auffordernd an. »Verbündet Euch mit Ritter Heinrich und zieht mit meinem Segen gemeinsam gegen die Sünderin!«
Während Michel noch an diesen Worten kaute, musste Marie an sich halten, um dem Pfalzgrafen nicht ins Gesicht zu sagen, was sie von ihm hielt. In ihren Augen machte der Herr es sich allzu einfach; weder Michel noch Heinrich besaßen die Mittel für eine groß angelegte Fehde, zumal der Winter hereingebrochen sein würde, bevor der Kriegszug beginnen konnte. Wohl stellte Kibitzstein im Gegensatz zu Hettenheim eine reichsfreie Herrschaft dar, doch Michel war es wichtiger gewesen, anstelle von Reisigen Knechte einzustellen, die die Arbeit taten. Anders als er konnte Frau Hulda auf ihre eigenen Gefolgsleute bauen und wohl auch auf die ihres Vaters.
Heinrich von Hettenheim begriff, dass Michel und Marie über das Urteil nicht sehr glücklich waren, und trat neben sie. »Fasst Mut, meine Freunde! Es wird uns gelingen, euren Sohn zurück-

zuholen. Jeder, der euch einmal Freunde genannt hat, wird an unsere Seite eilen und das Schwert ziehen.«
Der Pfalzgraf fand, dass es Zeit für eine noble Geste war, und nickte Ritter Heinrich zu. »Einige Truppenteile, die dem Kaiser zur Verfügung gestellt worden sind, lagern hier in der Nürnberger Gegend. Im bevorstehenden Winter werden sie wohl kaum gegen die Böhmen ausrücken, also kann ich euch ein paar Fähnlein zukommen lassen.«
»Ich danke Euch, Herr.« Michel neigte den Kopf, auch wenn er nicht die geringste Ahnung hatte, wie er diesen Kriegszug auf die Beine stellen sollte. Das Versprechen des Pfalzgrafen ließ ihn jedoch hoffen, ein paar Dutzend Söldner mit Kriegserfahrung zu erhalten. Wenn es ihm und Ritter Heinrich dazu noch gelang, einige ihrer Freunde als Verbündete zu gewinnen, konnte die Fehde einen glücklichen Ausgang nehmen.
Marie teilte den Optimismus ihres Mannes nicht. Sie kannte Hulda von Hettenheim und verging fast vor Angst um ihr Kind. Doch sosehr sie auch nachsann, ihr fiel keine Möglichkeit ein, den Jungen noch vor Beginn des Kriegszugs Frau Huldas Händen zu entreißen. Falkos Witwe würde ihr Land und vor allem den Knaben scharf bewachen lassen, denn er war ihr Trumpf in diesem bösen Spiel.
Ludwig von Wittelsbach lächelte seinen Gästen noch einmal huldvoll zu und wedelte dann leicht mit der Hand. Marie, Michel und Ritter Heinrich verstanden die Geste und zogen sich zurück. In ihrer Kammer spie Marie ihre Wut aus. »Ich war eine Närrin, mich an den Kaiser zu wenden! Wäre ich stattdessen in Verkleidung nach Hettenheim gereist, hätte ich mein Kind weitaus gefahrloser befreien können.«
Michel zog sie an sich und versuchte sie zu trösten. Ritter Heinrich trat neben das Paar und legte die Arme um beide. »Weinen und klagen hilft uns nicht! Wir müssen handeln. Außerdem bezweifle ich, dass es Euch gelungen wäre, Euren Sohn diesem

Weib abzunehmen. Hulda hätte jede Eurer Verkleidungen durchschaut.«
»Nicht, wenn sie mich im fernen Russland oder bei den Tataren vermutet hätte.« Marie packte den nächstgelegenen Gegenstand und feuerte ihn gegen die Wand.
»Hier, nehmt diese irdenen Näpfe. Die zerbrechen wenigstens schön!« Ritter Heinrich reichte ihr die Schüsseln, die zum Füttern der Kinder verwendet wurden, und brachte Marie gegen ihren Willen zum Lachen.
»Ihr habt Recht! Es nützt nichts, ungenutzten Möglichkeiten nachzutrauern. Wir müssen unsere Gedanken auf das richten, was jetzt zu tun ist. Wie viele Krieger, glaubt Ihr, müssen wir sammeln, um Hulda von Hettenheim die Fehde antragen zu können?«
»Etwa dreihundert! Dazu benötigen wir ein halbes hundert Handwerker und Knechte, die Belagerungsgeräte bauen können. Ich hoffe, wir werden nicht jede der Hettenheimer Burgen erstürmen müssen, sondern nur die eine, in der sich unsere Feindin aufhält.«
»Wie viele Krieger bringen wir zusammen?« Maries Frage galt mehr Ritter Heinrich als ihrem Mann, denn sie glaubte zu wissen, dass Kibitzstein nicht in der Lage war, eine größere Kriegerschar aufzustellen.
Heinrich von Hettenheim bleckte die Zähne. »Zu wenige, um auf Erfolg hoffen zu können. Kommt, lasst uns Botschaft an all jene Freunde senden, von denen wir uns Hilfe erhoffen können.« Er trat an das Schreibpult, das Marie sich in die Kammer hatte stellen lassen, weil sie die wichtigsten Erlebnisse ihrer unfreiwilligen Reise aufzuschreiben begonnen hatte, und ließ sich Papier und Feder reichen. Seine Zuversicht flößte Marie und Michel Mut ein und bald beugten auch sie die Köpfe über einen Bogen Papier. Ehe der Tag geschwunden war, hatten sie etliche Briefe geschrieben und nahmen kühn das kaiserliche Botensystem in

Anspruch, um die Schreiben zu ihren Empfängern bringen zu lassen.

Als sie beim Schein von Wachskerzen in größerer Runde zusammensaßen, hob Heinrich von Hettenheim seinen Weinbecher und trank seiner einstigen Marketenderin zu. »Auf Eure glückliche Rückkehr, Frau Marie. Nehmt sie als Zeichen, dass auch dieses Unternehmen ein gutes Ende finden wird.«

»Ich hoffe es.« Marie war nicht ganz so überzeugt wie er, doch sie wollte keinen Missklang in die Runde bringen und nahm daher ihren Becher auf.

VIII.

Marie fand es bedrückender als vor vier Jahren, sich auf einem Kriegszug zu befinden. Anders als damals saß sie nicht auf einem Ochsenkarren und plagte sich mit störrischen Zugtieren ab, sondern ritt auf Häschen, der sanften Stute, die ihre Aufmerksamkeit nur wenig beanspruchte. Es wäre ihr auch schwer gefallen, ein lebhafteres Pferd zu reiten, denn ihre Gedanken schwirrten wie Hummeln in ihrem Kopf. Immer wieder drehte sie sich im Sattel um und überflog das kleine Heer mit kritischem Blick, fand aber nichts auszusetzen. Die Männer marschierten zügig, und die Gespanntiere des Trosses folgten unverdrossen dem Hauptheer, während sich die Nachhut gut hundert Schritt hinter ihnen hielt, um die Truppe zu sichern.

Die Männer waren bester Laune, obwohl sie diesmal nicht auf nennenswerte Beute hoffen konnten. Den kaiserlichen Söldnern gefiel die Aussicht, den böhmischen Krieg fürs Erste hinter sich zu lassen, zumal die Winterquartiere, die ihnen bei Nürnberg angewiesen worden waren, aus den ärmlichsten Bauernkaten bestanden hatten und es dort höchstens Rübenbrei und hartes Brot zu essen gab. Michel hatte seine Proviantwagen neben Gerstenschrot auch mit Schinken, Würsten und ähnlich feinen Sachen beladen lassen, die die Soldaten sonst eher selten zu Gesicht bekamen. Das Kommando über den Tross führte sein einstiger Feldwebel Timo, der mit ihm von Rheinsobern gen Böhmen aufgebrochen war und dort in den Kämpfen ein Bein verloren hatte.

Der Einbeinige hatte, nachdem sein Herr verschollen gewesen war, Unterschlupf bei einer Nürnberger Witwe gefunden und es bei Michels überraschender Wiederkehr zunächst nicht gewagt, zu ihm zurückzukehren. Doch als die Gerüchte von der bevorstehenden Fehde in Nürnberg die Runde machten, hatte er die Gelegenheit ergriffen, Frau Gretes Pantoffel zu entrinnen, und Michel aufgesucht. Entgegen seiner Erwartung hatte dieser in seinem Heer tatsächlich Platz für einen einbeinigen Krüppel gefunden. Nun hockte Timo mit sich und der Welt zufrieden auf dem vordersten Wagen und brachte es fertig, die Trossknechte in strenger Zucht zu halten.

Michels einstiger Waffenmeister war nicht der einzige Getreue aus alter Zeit, der sich dem Kriegszug angeschlossen hatte. Direkt an der Spitze der Truppe ritt Ritter Dietmar von Arnstein mit einem Aufgebot aus seiner Schwarzwälder Heimat. Ihn begleitete sein ältester Sohn Grimald, ein schmucker Jüngling, der im nächsten Jahr den Ritterschlag erhalten sollte. Der junge Arnsteiner hatte bisher noch keinen Kriegszug mitgemacht und rutschte so nervös im Sattel herum, als erwarte er jeden Augenblick einen Überfall gegnerischer Truppen.

Marie schenkte dem jungen Mann ein aufmunterndes Lächeln und sah sich dann nach Ritter Heinrich und dessen Leuten um. Der Abt des Klosters zu Vertlingen hielt offensichtlich große Stücke auf seinen Vogt, denn er hatte ihm nicht nur den größten Teil seiner Kriegsknechte mitgegeben, sondern auch Nachbarn dafür gewonnen, sich Heinrich anzuschließen.

Die Nachhut unterstand Heribert von Seibelstorff, der sich auf dem böhmischen Feldzug in die angebliche Marketenderin Marie verliebt hatte und nach Michels Rettung sein Glück bei der Gräfin Sokolna gefunden hatte. Er war immer noch so begeisterungsfähig wie zu jener Zeit und gierte danach, Marie und Michel ebenso wie Heinrich von Hettenheim zu ihrem Recht zu verhelfen. Neben ihm ritt Andrej Grigorijewitsch in seinem vergoldeten Schuppenpanzer und dem spitz zulaufenden Helm. Für ihn stellte diese Fehde eine willkommene Gelegenheit dar, sich auszuzeichnen und einem der hohen Herren aufzufallen, denn auf Kaiser Sigismunds halbes Versprechen, ihm ein Reichslehen zu überlassen, wollte er sich nicht verlassen.

Mit diesem schlagkräftigen Heer konnte Marie ebenso zufrieden sein wie mit dem bisherigen Kriegsverlauf. Die Ritter und Kastellane, die die Burgen Rumold von Lauensteins verwalteten, hatten nicht gewagt, sich dem Befehl des Pfalzgrafen zu widersetzen, und offen erklärt, nicht für die Tochter ihres Herrn kämpfen zu wollen. Der gleiche Grund hatte – zusammen mit der Fama eines mächtigen Heerbanns, der dem zukünftigen Herrn des Hettenheimer Lehens folgte – zwei von Huldas Gefolgsleuten bewogen, die Tore ihrer Burgen für Heinrich zu öffnen. Nur Hettenheim selbst und die abgelegene Otternburg standen treu zu ihrer Herrin.

Marie glaubte Hulda von Hettenheim gut genug zu kennen und nahm an, dass diese sich der Treue der Leute auf der kleineren Burg sicherer sein konnte als auf der wesentlich größeren Stammburg, deren Männer noch von ihrem Ehemann ausgesucht worden waren. Deswegen hatte sie Michel und Ritter Heinrich gebeten, Hettenheim links liegen zu lassen und gegen die Otternburg zu ziehen. Dort, wo ihr Elend begonnen hatte, würde wohl auch die Entscheidung fallen.

Eine Hand griff in ihren Zügel. Als Marie aufschaute, sah sie Michel vor sich. »Unsere Vorreiter melden, dass die Burg in Sicht ist. Wir werden sie in weniger als zwei Stunden erreicht haben.«

»Endlich!« Marie atmete tief durch, entzog Michel den Zügel und ließ Häschen antraben. »Ich muss sie sehen!«
»Nimm die Kuppe des nächsten Hügels. Von dort aus müsstest du einen guten Blick auf die Wehranlage haben. Weiter lasse ich dich nicht reiten.«
Michel folgte Marie ein Stück und seufzte erleichtert, als er sah, dass sie tatsächlich oben auf dem Kamm anhielt. Gleichzeitig machte ihn der Anblick der Frau, die er liebte, ein wenig traurig. Ihr Verhältnis war noch nicht endgültig geregelt, und deswegen bestand Marie darauf, in getrennten Betten zu schlafen. Michel aber sehnte sich mehr denn je nach ihr und glaubte auch bei ihr den Wunsch zu spüren, in seine Arme zurückzukehren, doch sie hielt ihn freundlich, aber bestimmt auf Abstand. Er hoffte inständig auf einen glücklichen Ausgang dieses Feldzugs, denn wenn Marie erst ihren Sohn in Armen hielt, würde das Eis zwischen ihnen brechen und sie auch wieder für ihn da sein, daran glaubte er fest. Für einen Augenblick empfand Michel eine rasende Eifersucht auf jenes kleine Wesen, das die Sinne seiner Frau völlig gefangen zu nehmen schien, und fürchtete sich ein wenig vor der Zukunft. Im Grunde zweifelte er daran, das Kind nach einem Sieg noch lebend vorzufinden. Ob es ihm dann gelänge, Marie aus jener Starre zu wecken, in die sie sich dann flüchten würde? Leicht würde sie es ihm gewiss nicht machen.
Gleich darauf schalt er sich einen Narren. Noch war nichts verloren, und er würde alles tun, um Maries und seinen Sohn zu retten. Er hob den Kopf und blickte zu der Burg hinüber, die sich auf der nächsten Hügelkuppe erhob. Dort mussten Huldas Leute in letzter Zeit hart gearbeitet haben, um die veraltete Anlage auf eine Belagerung vorzubereiten. Die Mauern waren verstärkt worden, und ein neuer Turm schützte das Tor. Trotzdem schätzte Michel den Wert der Befestigung eher gering ein. Einem Heer wie dem seinen würde sie nicht widerstehen können.
»Ja, das ist die Burg, auf der man mich gefangen gehalten hat.«

Hatte Marie vorhin noch so nervös gewirkt, als hätte sie Hummeln in ihrem Hinterteil, schien sie nun völlig ruhig und gefasst zu sein. Sie lenkte Häschen sogar ein wenig von der Straße, um die Vorhut ungehindert passieren zu lassen.

Dietmar von Arnstein ritt zu ihr, zügelte sein Pferd und zeigte lachend zur Otternburg hinüber. »Bei diesem Mäuerchen brauchen wir nicht einmal Sturmböcke. Das zerbreche ich mit meiner gepanzerten Hand!«

»Dabei werde ich dir aber helfen müssen!«, fiel Grimald ernsthaft ein und brachte nicht nur Marie und Michel, sondern auch seinen Vater zum Lachen.

»Das will ich auch hoffen!«, sagte Ritter Dietmar, nachdem er sich wieder beruhigt hatte. »Aber erst einmal sollen die Knechte Katapulte und Rammböcke bauen, damit sie es nicht verlernen. In ein paar Tagen werden wir vor einer stärkeren Festung stehen, und da sind Belagerungsgeräte vonnöten.«

Herr Dietmar winkte Marie kurz zu und machte sich an den Abstieg. Marie verharrte ungeachtet des Windes, der kalt über die Hügelkuppe fegte, noch eine Weile auf ihrem Aussichtspunkt und ließ die Otternburg nicht aus den Augen. Plötzlich rieb sie sich über die Augen und blinzelte noch einmal. Aber es war keine Täuschung. Aus einer der kleinen Ausfallspforten im hinteren Teil der Burg schlüpften Leute. Erregt wies sie in die Richtung und rief ihren Mann zurück.

»Schau dort!«

Michel kniff die Augen zusammen und spähte hinüber. »Das sind entweder Flüchtlinge oder Boten, die Hilfe herbeirufen sollen. Wer es auch ist, er darf uns nicht entwischen.« Er wandte sich im Sattel um und winkte Ritter Heinrich zu. »Es sind Leute aus der Burg gekommen. Sorgt dafür, dass sie gefangen genommen werden!«

Heinrich von Hettenheim rief seinen Ältesten zu sich, der ebenso wie Ritter Dietmars Sohn bei dieser Fehde Kriegserfah-

rung sammeln sollte, und gab ihm einen Klaps auf die Schulter.
»So, mein Junge, jetzt zeig du, was du kannst!«
Das ließ der Bursche sich nicht zweimal sagen. Er winkte einigen Männern, ihm zu folgen, und trabte an. Sofort gesellten sich Michi und Grimald von Arnstein zu ihm, die sich das erste Abenteuer auf diesem Zug nicht entgehen lassen wollten.
»Seid vorsichtig und lasst euch in keine Falle locken!«, schrie Ritter Heinrich ihnen nach, doch die jungen Leute drehten sich nicht einmal um. Daher zog er sein Schwert und befahl einem Fähnlein, sich für den Notfall bereitzuhalten.
»Es könnte ein Trick der Witwe meines Vetters sein, an Geiseln zu kommen«, erklärte er Marie.
Er musste jedoch nicht eingreifen, denn durch die winterkahlen Bäume hindurch konnte er sehen, wie Friedrich von Hettenheim und seine Begleiter die Flüchtlinge einholten und umzingelten, ohne dass irgendetwas geschah.

IX.

Ritter Heinrichs Sohn und dessen Begleiter brachten vier Mädchen mit, die sich in fadenscheinige Umhänge und schmutzige Schultertücher gehüllt hatten. Drei von ihnen duckten sich, als hätten sie Angst vor Schlägen, während die vierte so aufrecht ging, als hätte sie einen Stock verschluckt. Sie bedachte den jungen Hettenheim, der sie mit einem rüden Stoß vorwärts trieb, mit einem Blick, als sei er ein Frosch, der es gewagt hatte, in ihrer Gegenwart zu quaken.
»Wer mag dieses freche Ding sein?«, fragte Michel, ohne eine Antwort zu erwarten.
Das rundliche Gesicht der etwa Vierzehnjährigen und ihre braunen Augen brachten Marie auf den richtigen Gedanken. Sie musterte die drei anderen Mädchen, von denen zwei etwas älter zu

sein schienen und trotz des Schnees barfuß gingen, während das dritte ein Kind von etwa zehn Jahren war und der Anführerin der Gruppe sehr ähnlich sah.

»Es dürften zwei von Huldas Töchtern mit ihren Leibmägden sein.« Marie winkte der älteren, die gerade an der Schwelle zur Frau stand, näher zu kommen, und fand ihren Verdacht bestätigt. Das Mädchen glich zwar mehr ihrem Vater als Hulda, war aber unverkennbar mit der kleinen Lisa verwandt.

»Wie heißt du?«, fragte Marie scharf.

»Ich bin Mena, die älteste Tochter des Ritters Falko von Hettenheim.« Das Mädchen glaubte zu wissen, wer Marie war, und wappnete sich mit ihrem ganzen Stolz für die Begegnung mit der Todfeindin ihrer Mutter.

»Weshalb habt ihr die Burg verlassen?« Ritter Heinrichs Sohn baute sich drohend vor Mena auf, ohne sie einschüchtern zu können.

»Wir wollten nicht in der belagerten Burg bleiben, denn diese Auseinandersetzung geht uns nichts an! Der Kammerbote des Pfalzgrafen war ein schwatzhafter Kerl und hat meiner Mutter und meinem Großvater erzählt, weshalb Ludwig von Wittelsbach sie zu sich nach Nürnberg beordert hat. Dabei habe ich mitbekommen, dass mein angeblicher Bruder ein Bastard ist, den meine Mutter für ihren eigenen Sohn ausgibt, um Herrn Heinrich von Hettenheim um sein Erbe zu betrügen. Aber es ist der Wille unseres erlauchten Pfalzgrafen, dass ich Ritter Heinrichs ältesten Sohn heiraten und mit diesem zusammen die Herrschaft Hettenheim weiterführen soll!«

»Ha, so eine wie dich würde ich gerade heiraten!« Friedrich von Hettenheim gab dem Mädchen einen Stoß, der es so unvorbereitet traf, dass es zu Boden fiel.

Im nächsten Augenblick saß die Hand des Vaters dem Jungen im Gesicht. »Gottloser Lümmel! Ist das deine Art, Wehrlose zu beschützen? Mach, dass du der Jungfer aufhilfst, und entschuldige dich bei ihr. Danach sorgst du dafür, dass sie und ihre Begleiterinnen gut untergebracht werden.«

Huldas Tochter erhob sich, ohne die widerwillig ausgestreckte Hand des Burschen zu ergreifen, und deutete einen Knicks vor Ritter Heinrich an. »Diese Mägde sind mit uns geflohen, weil sie nicht wollten, dass die Reisigen meiner Mutter sie in dunkle Ecken zerren und üble Dinge mit ihnen treiben, so wie sie es bereits mit anderen Frauen getan haben. Ich hoffe nicht, dass ihnen dies unter Euren Leuten droht.«

»Hab keine Sorge! Sie werden ebenso unbehelligt bleiben wie du und deine Schwester.« Ritter Heinrich nickte dem Mädchen zu und stellte ihm dann Fragen nach der Zahl der Krieger in der Burg und ihrer Wehrhaftigkeit.

Mena von Hettenheim warf den Kopf hoch. »Warum sollte ich Euch dies verschweigen? Mit meiner Mutter verbindet mich nichts mehr. Sie hat mich und meine Schwestern nie gut behandelt und mich wegen eines Bastards um mein Erbe gebracht.«

»Mein Sohn ist kein Bastard!«, fauchte Marie.

Michel legte ihr die Hand um die Schulter, um sie zu beruhigen, während Huldas Tochter die gewünschten Informationen preisgab. Laut ihrer Beschreibung befand sich mit Xander nur ein Ritter auf der Otternburg, dazu kamen zwanzig Reisige und noch einmal dieselbe Zahl an Knechten, die mit Waffen versehen werden konnten.

Marie hörte sich alles ungeduldig an und zupfte das Mädchen dann am Ärmel. »Was ist mit der Pforte, durch die ihr die Burg verlassen habt? Kann man durch sie auch eindringen?«

Friedrich von Hettenheim schüttelte den Kopf. »Die Flucht der vier ist längst bemerkt worden, Frau Marie. Man hat die Pforte geschlossen und den Geräuschen nach von innen verbarrikadiert.«

»Schade!« Marie wandte sich wieder an Huldas Tochter. »So,

und jetzt erzähle mir von deinem angeblichen Bruder. Wage es aber nicht noch einmal, ihn einen Bastard zu nennen!«
Das Mädchen sah sie erschrocken an und schien nun doch Angst zu bekommen. In ihrer Wut über die fortwährenden Zurücksetzungen durch ihre Mutter hatte sie sich in die Hände von deren Todfeindin begeben und begriff nun erst die Konsequenzen ihres Schritts. Wenn es Frau Marie gefiel, würde sie sie von ihren Soldaten schänden und ihr anschließend den Kopf abschlagen lassen. Zumindest hätte ihre Mutter so gehandelt. Der Trotz und der Hochmut, mit denen sie sich gewappnet hatte, zerrissen wie fadenscheiniges Tuch und darunter kam ein bleiches, zitterndes Kind hervor.
»Der Junge befindet sich im Wohnturm unter Beates Aufsicht, die sich um ihn kümmert. Uns hat unsere Mutter nicht mehr zu ihm gelassen. Sie nennt ihn zwar ständig ihren Erben, aber wir haben nie gesehen, dass sie ihn zärtlich gestreichelt oder geherzt hätte, wie man es bei einem so kleinen Jungen tut.«
»Wer ist diese Beate?« Eine ferne Erinnerung überkam Marie, die sie nicht greifen konnte.
»Die Schwester der Leibmagd meiner Mutter. Sie versorgt Falko seit dessen Geburt.«
Marie atmete tief durch, damit hatte sich wieder ein Mosaikstein zu den anderen gefügt. »Die Leibmagd deiner Mutter heißt Alke, nicht wahr? Und ihre Schwester ist ein hübsches, blondes Ding, das mir entfernt ähnlich sieht?«
»Ja, aber bei weitem nicht so ähnlich wie Trine, die meine Mutter vor zwei Jahren zusammen mit ihrer Schwester Mine auf eine Reise mitgenommen hat. Wir wussten lange nicht, was mit ihnen geschehen ist, doch die Leute auf der Otternburg flüstern hinter der hohlen Hand, meine Mutter habe beide umbringen lassen.«
Maries Augenbrauen wanderten ein Stück nach oben. Löste sich so das Geheimnis um die Leiche, die bei Speyer gefunden und für sie gehalten worden war? Als sie jedoch weiterbohrte, konnte das

Mädchen ihr keine weiteren Auskünfte geben. Wie ihre Schwestern hatte Mena vor der Geburt des angeblichen Erben auf Burg Hettenheim bleiben müssen und ihre Mutter erst viele Monate später wiedergesehen. Sie wussten nicht einmal, warum Frau Hulda sie diesmal auf die Otternburg mitgenommen hatte.
Marie fragte weiter nach ihrem Sohn, und da konnte Huldas Tochter ihr Auskunft geben. Aus ihrer Sicht wurde der Junge, der zu Maries nicht geringem Ärger auf den Namen Falko getauft worden war, von seiner Kindsmagd Beate besser versorgt, als es bei Mena und ihren Schwestern je der Fall gewesen war.
Da Hulda ihre Töchter verachtet hatte, waren die Mädchen auch vom Gesinde nicht gut behandelt worden, und man konnte es ein Wunder nennen, dass sechs von ihnen – mit Lisa sogar sieben – noch am Leben waren. Menas Worten zufolge hatte Hulda neben drei Fehlgeburten zwei weitere Töchter und den erstgeborenen Sohn noch im Säuglingsalter verloren.
Das mochte ein hartes Schicksal für die stolze Frau gewesen sein, aber Marie empfand kein Mitleid mit ihr. Das hatten die beiden hilflosen Kinder verdient, die zitternd vor ihr standen und sie anblickten, als erwarteten sie ihr Todesurteil. Sie lächelte ihnen beruhigend zu und strich der Jüngeren über den Schopf.
»Ihr seid jetzt in Sicherheit. Meine Leibdienerin wird sich um euch kümmern, bis ein Zelt aufgebaut ist, in dem ihr untergebracht werden könnt.« Sie nickte Anni zu, die ihren früheren Dienst wieder aufgenommen hatte und sich nicht davon hatte abhalten lassen, sie auf dem Kriegszug zu begleiten. Anders als sie waren Mariele und Alika eher froh gewesen, mit Anastasia und den Kindern in Nürnberg zurückbleiben zu dürfen.
Während Anni Huldas Töchter und die beiden Mägde wegbrachte, blieb Ritter Heinrich neben Marie stehen und rieb sich über das Kinn. »Was haltet Ihr von dieser Mena?«
»Es sieht so aus, als gäbe sie sich alle Mühe, nicht so zu werden wie ihre Mutter.«

»Dafür sei Gott gedankt!«
Ritter Heinrich klang so erleichtert, dass Marie ihn erstaunt ansah. »Ihr hört Euch an, als wolltet Ihr sie immer noch mit Eurem Friedrich verheiraten.«
»Das würde etliche Probleme aus der Welt schaffen. Auch wenn Rumold von Lauenstein in Ungnade gefallen ist, so ist das Mädchen mit den meisten ritterlichen Geschlechtern der Pfalz verwandt. Eine Ehe meines Sohnes mit ihr könnte uns viele Tore öffnen, und der Pfalzgraf selbst dürfte eine solche Entscheidung gutheißen.«
»Das mag sein. Doch bevor Ihr Pläne für die Zukunft schmiedet, mein Freund, sollten wir erst einmal meinen Sohn zurückgewinnen.« Marie trieb Häschen an und folgte dem Heer, das während des Zwischenfalls fast zur Gänze an ihr vorübergezogen war.

X.

Hulda von Hettenheim und Xander, der nach Tautachers Tod Hauptmann ihrer Leibwache und Kastellan der Otternburg geworden war, standen auf dem neu errichteten Wehrturm und beobachteten die Feinde, die unten im Tal ihr Lager aufschlugen und sämtliche Fluchtwege besetzten.
Xander war kein ängstlicher Mann und noch nie einem Kampf ausgewichen, doch angesichts der Krieger, die die andere Seite aufgeboten hatte, fühlte er eine gewisse Beklemmung.
»Der Kibitzsteiner hat mehr Leute auf die Beine gebracht, als Ihr erwartet habt, Herrin. Ich schätze, dass die Zahl seiner Männer die unseren um das Zehnfache übertrifft. Wenn die zum Sturm antreten, werden wir die Burg nicht halten können.«
Frau Hulda bedachte Xander mit einem spöttischen Blick. »Keine Sorge, mein Guter! Sie werden die Burg nicht nehmen.

Zum Einen ist der Winter unser Verbündeter, zum anderen verfüge ich über Mittel, es zu verhindern.«
»Ihr wollt sie mit dem Jungen erpressen!«, stellte er mit einer gewissen Erleichterung fest. »Das dürfte die beste Verteidigung sein. Übrigens hat Eure Älteste mit all Euren Töchtern die Otternburg verlassen wollen, doch Eure Zweitgeborene hat das Vorhaben meinem Stellvertreter verraten. Er hat drei der jüngeren Mädchen eingefangen, bevor sie aus der Pforte schlüpfen konnten. Mena und die Drittälteste sind ihm jedoch entkommen und sofort in die Hände des Feindes gefallen. Sie dürften sich jetzt wohl in dem Lager dort unten befinden.« Xander wand sich unbehaglich, denn er fürchtete, seine Herrin würde ihn für die Flucht der beiden Töchter verantwortlich machen.
»Die beiden gelten mir nichts. Wenn Michel Adler glaubt, mich mit ihnen erpressen zu können, hat er sich getäuscht. Sollen seine Leute doch mit ihnen machen, was sie wollen!« Obwohl Frau Hulda ihre Töchter zu sich geholt hatte, um sie nicht in die Hände der Feinde fallen zu lassen, ging sie nun über den Verlust hinweg, als handle es sich um einen Krug sauer gewordener Milch.
Mit einer Handbewegung, als wolle sie eine störende Fliege vertreiben, drehte sie sich zu Xander um. »Lass die anderen vier einsperren, sonst wollen sie doch noch ihren Schwestern folgen.«
»Auch die, die den Fluchtplan verraten hat?«
Hulda von Hettenheim lachte ihren Hauptmann aus. »Willst du deine Hand für sie ins Feuer legen? Nein? Dann geh und tu, was ich dir befohlen habe!«
Während sie ihm nachsah, lächelte sie boshaft, denn sie liebte es, Xander immer wieder in seine Schranken zu weisen, ihn wie einen gewöhnlichen Dienstboten zu behandeln und dabei sein Mienenspiel zu beobachten. Auf diese Weise hinderte sie ihn daran, sich zu viel herauszunehmen, denn er war nicht nur ihr Vertrauter, sondern seit anderthalb Jahren auch ihr Liebhaber. Wäh-

rend ihrer Ehe hatte sie sich oft gefragt, wie es kam, dass es einigen Frauen sogar gefiel, mit einem Mann zusammenzuliegen. Inzwischen wusste sie es und verachtete ihren toten Gemahl, der ihr Schmerzen bereitet hatte statt Lust. Nun genoss sie ihre Macht über den besitzlosen Ritter, der ganz von ihrer Gnade abhing und gegen seine Natur so sanft und zärtlich mit ihr umgehen musste, als bestände sie aus hauchfeinem Glas.

In dem Augenblick kehrte Xander zurück und unterbrach ihren Gedankengang. »Seht nach unten, Herrin! Man schickt uns Botschaft!«

Er wies auf einen Mann, der den prachtvollen Wappenrock eines pfalzgräflichen Herolds trug, und sah, dass Hulda für einen Augenblick ebenso verunsichert wirkte wie er. Wie es aussah, steckte der Pfalzgraf hinter dem Heerzug und wollte seine widerspenstige Gefolgsfrau mit Gewalt zur Ordnung rufen.

Weder Xander noch seine Herrin ahnten, dass dieser Mann die einzige Hilfe darstellte, die Herr Ludwig Marie und Michel neben einem Fähnlein kaiserlichen Fußvolks zugestanden hatte. Der Herold ritt den steilen Weg hoch, verhielt sein Pferd ein Stück vor dem Tor und hob die Hand, um die Aufmerksamkeit auf sich zu lenken. Da er die Burgherrin oben auf dem Turm erkannt hatte, hoffte er, diese Angelegenheit kraft seiner Autorität und der seines Herrn ein für allemal klären zu können.

»Gott zum Gruße, Herrin! Im Namen unseres allererhabensten Herrn Ludwig von Wittelsbach, des Heiligen Römischen Reiches Deutscher Nation Kurfürst und Pfalzgraf bei Rhein, fordere ich Euch auf, die Tore Eurer Burg zu öffnen, das Kind, das Ihr widerrechtlich als das Eure ausgegeben habt, seiner wahren Mutter zu übergeben und Euch der Gnade unseres durchlauchtigsten Fürsten anzuvertrauen!«

Huldas Gesicht färbte sich rot vor Zorn. Mit raschem Schritt stieg sie auf die Wehrmauer des Turmes, schürzte die Röcke, mit denen sie sich gegen die Kälte gewappnet hatte, und ließ ihr Was-

ser rinnen. »Das ist die einzige Antwort, die du und diese Hure von mir bekommen werdet!«
Ihre Geste war auch für den Herold nicht misszuverstehen. Höchstverärgert, weil in seiner Person auch sein Herr beleidigt worden war, zog er sein Pferd herum und ritt ins Tal zurück. Dort hätte es seines Berichtes nicht bedurft, denn im Lager hatten sich aller Augen auf Frau Hulda gerichtet, und von Marie angefangen bis zum letzten Trossknecht wussten alle, dass die Burg erstürmt werden musste.

XI.

Die Belagerung einer Festung stellte die Angreifer auch bei besserem Wetter vor etliche Probleme. Zu dieser Jahreszeit kam noch die Kälte hinzu, die die Glieder erstarren ließ, und der zu Eis festgetretene Schnee erschwerte jeden Schritt. Das einzig Gute war die Tatsache, dass das Wetter jene Seuchen verhinderte, die regelmäßig in Kriegslagern hausten und mehr Opfer kosteten als die eigentlichen Kampfhandlungen. Michel hatte in weiser Voraussicht ganze Wagenladungen mit Decken, warmer Kleidung und Nahrungsvorräten besorgt, so dass die Schar, die die Otternburg umschlossen hielt, wohl besser versorgt wurde als die Belagerten.
Für Xander stellte die Ausrüstung des feindlichen Heeres eine herbe Enttäuschung dar, und als im Wald Axtschläge aufklangen, die anzeigten, dass Michels Leute Belagerungsmaschinen und Sturmleitern fertigten, hätte er seine Herrin am liebsten beschworen, sich auf Verhandlungen einzulassen. Jede Andeutung dieser Art aber ließ Frau Hulda zur Furie werden, und daher hielt er nach dem ersten Versuch den Mund und kümmerte sich um den Zustand seiner Männer und der Wehrbauten. Vor allem der neue Turm bereitete ihm Sorgen. Nach außen hin wirkten seine

steinernen Mauern wuchtig und fest, doch im Innern bestand er nur aus stützenden Balken und Brettern. Wenn der Feind mit Feuertöpfen oder gar mit Geschützen anrückte, würde das schnell errichtete Bauwerk in Flammen aufgehen und den eigenen Leuten gefährlicher werden als den Angreifern. Nach dem Fall des Turmes aber war die Burg nicht mehr zu halten.

Auch die Schar der Verteidiger war ein Problem, denn sie bestand hauptsächlich aus Söldnern, deren Bereitschaft, sich für Frau Hulda in Stücke schlagen zu lassen, nicht besonders groß war. Wenn es hart auf hart kam, musste er damit rechnen, dass einige, wenn nicht sogar der größte Teil von ihnen desertieren würde. Zwar hatte die Herrin auch die Knechte mit Waffen ausgerüstet, doch deren Kampfwert war nicht viel höher als der einer Magd mit einer Stricknadel. Noch hielt die Angst vor Frau Hulda die Männer bei der Stange, denn sie hielten die Burgherrin für eine Hexe.

Jedes Mal, wenn Xander hörte, wie über Frau Hulda gesprochen wurde, fuhr er dazwischen und wies die Leute scharf zurecht. Doch dem Gesinde war das, was vor zwei Jahren hier geschehen war, im Gedächtnis geblieben, und die noch aus Herrn Falkos Zeit stammenden Mägde und Knechte hatten den neu Hinzugekommenen und den Söldnern erzählt, dass die Herrin oft Hexen und Magier aufgesucht hatte, um von ihnen in die schwarzen Künste eingeweiht zu werden. Die Tatsache, dass zwei ihrer Töchter aus Angst vor ihrer Mutter zum Feind geflohen waren, schürte die Gerüchte und ließen die Leute in der Otternburg sichtlich schaudern.

Zu Xanders Entsetzen schien Frau Hulda die Tatsache zu genießen, dass man sie für eine gefährliche Hexe hielt. Als er ihr das erste Mal gemeldet hatte, welches Gerede in der Burg im Umlauf war, hatte sie hellauf gelacht und ihn aufgefordert, den Leuten ihren Glauben zu lassen. Sie schien auch die Belagerung auf die leichte Schulter zu nehmen, denn nach zwei Tagen ließ sie

Mägde, die sie als überflüssige Fresser bezeichnete, zum Tor hinaustreiben. Die Männer des Kibitzsteiners fingen die Weiber sofort ein und brachten sie in ihr Lager, um sie, wie Xander annahm, zu verhören.

Schon am nächsten Tag zeigten sich die Folgen von Huldas Leichtsinn. Früh am Morgen gellten die Alarmhörner der Burg, denn die Angreifer rückten in geschlossener Formation vor. Sie trugen Leitern und führten mehrere mit nassen Lederhäuten gepanzerte Ochsen mit sich, die einen Rammbock die steile Straße hochzogen. Xander konnte nicht abschätzen, ob es sich bereits um einen richtigen Angriff oder nur ein Abtasten handelte. Während er seinen Leuten befahl, in Deckung zu bleiben, stieg er den Turm hoch und spähte hinunter. Einzelne Pfeile wurden in seine Richtung abgeschossen, doch die Entfernung war zu groß, als dass die Geschosse ihm hätten gefährlich werden können.

Er lachte über die erfolglosen Versuche und beobachtete den Vormarsch, um herauszufinden, was der Feind plante. Dabei achtete er nicht auf seinen Rücken und erschrak, als er eine schattenhafte Bewegung neben sich bemerkte. Im nächsten Augenblick sah er, dass Frau Hulda auf die obere Plattform getreten war. Sie trug einen weiten Mantel, der über und über mit silbernen Monden, Sternen und astrologischen Zeichen bedeckt war. Ihre Leibmagd Alke stellte zwei brennende Öltöpfe neben sie, deren Flammen die Symbole hell aufleuchten ließen. Der Himmel war bedeckt und trotz des Sonnenaufgangs, der sich als blutroter Streifen am Horizont abzeichnete, lag eine bedrückende Dunkelheit über dem Land, so dass die von den Flammen angeleuchtete Frau weithin zu sehen war.

»Herrin, nicht! Ihr macht Euch zum Ziel für ihre Pfeile!« Xander wollte die Öltöpfe löschen, doch Hulda packte ihn am Arm. »Lass das, du Narr! Sie sollen mich sehen.« Frau Hulda stieß den Ritter zurück und reckte die Arme gen Himmel. »Könnt ihr

mich hören?«, rief sie den anrückenden Soldaten mit lauter Stimme zu. Einige blieben stehen und starrten zu ihr hoch.
»Los, weiter!«, fuhr Ritter Heinrich seine Männer an.
Unterdessen bückte Hulda sich und nahm ein Säckchen entgegen, welches Alke ihr reichte. Sie hob es hoch, damit alle es sehen konnten, öffnete es und griff hinein. »Ihr Narren! Glaubt ihr wirklich, die Otternburg nehmen zu können? Sie wird nicht allein durch meine Krieger verteidigt.« Hulda zog die Hand aus dem Säckchen, brachte ein schwärzliches Pulver zum Vorschein und warf es in den Wind, der es wie eine kleine Wolke davontrug.
»Das ist ein mächtiges Zaubermittel, das euch in Frösche und Molche verwandeln wird, wenn ihr die Belagerung nicht umgehend aufgebt!«, schrie sie mit sich überschlagender Stimme. »Greift ruhig an! Ich werde diesen Zauber über euch kommen lassen und dann meine Knechte und Mägde hinausschicken, damit sie euch mit Schaufeln erschlagen!«
Jetzt gelang es Michel und Ritter Heinrich nicht mehr, die Männer vorwärts zu treiben. Der Aberglaube und die Angst vor Hexerei waren stärker als ihr Kampfgeist. Schon wichen die ersten Söldner zurück, und als der Wind den schwarzen Staub auf einige von ihnen zutrug, gab es kein Halten mehr.
Ritter Heinrich stellte sich den Fliehenden in den Weg. »Verdammt, seid ihr Krieger oder Weiber?«
»Ich will von dieser Hexe nicht in einen Frosch verwandelt werden!«, kreischte einer der Männer panikerfüllt.
»Seht doch hinauf und schaut, wie sie ihr Pulver wirft. Das meiste wird in die Burg hineingeweht! Glaubt ihr, sie würde ihre eigenen Männer in solches Getier verwandeln wollen?«
Der Söldner sah sich um und schüttelte den Kopf. »Sicherlich nicht!«
Da sich bis jetzt noch keiner seiner Kameraden in einen Frosch verwandelt hatte, fluchte er derb und griff zum Schwert.
»Mich hält niemand zum Narren, am wenigsten ein Weib!

Kommt, Männer, wir holen uns dieses Bürglein, und dann soll die Hexe da oben im Feuer tanzen!«

Hulda, die begriff, dass sich das Blatt zu wenden drohte, schaufelte das Pulver mit beiden Händen aus dem Säckchen und ließ es in dichten Schwaden niederregnen. Doch einmal in Wut geraten, achteten Michels Söldner nicht mehr auf sie, sondern drangen bis an den Fuß der Mauer vor.

»Werdet Frösche und Molche! Hört ihr nicht? Ihr sollt Molche und Frösche werden!« Frau Hulda kreischte und tobte vor Wut, weil der Erfolg ausblieb, den ihr ein Hexenmeister hoch und heilig versprochen hatte. Als die ersten Leitern angelegt wurden, fuhr sie Xander an.

»Was stehst du hier herum? Verteidige gefälligst unsere Mauer!« Mit einem Mal besann sie sich und bleckte die Zähne zu einem bösartigen Grinsen. »Hol den Jungen, aber rasch!«

Xander schoss die Treppe so schnell hinab wie noch nie in seinem Leben. Unten angekommen sah er, dass seine Leute unter dem Kommando seines Stellvertreters die ersten Pfeile abschossen. Aber es standen viel zu wenig Krieger auf den Zinnen, um die Burg lange halten zu können. Daher rannte er zum Palas, lief mit großen Sprüngen die Freitreppe hoch und riss das Tor auf. Die Kindsmagd hörte nicht auf seine Rufe, und so sah er sich gezwungen, in das Gemach einzudringen, in dem Beate den kleinen Falko hütete.

»Gib mir das Kind!«, fuhr er sie an.

Beate umklammerte den Jungen. »Nein! Ich will nicht, dass die Herrin ihn tötet.«

Xander stieß einen Laut aus, der wohl ein Lachen sein sollte. »Wer sagt, dass die Herrin das Bürschchen umbringen lässt? Sie will es nur den Angreifern zeigen.«

»Um sie mit ihm zu erpressen!« Beate drückte das Kind noch fester an sich und wich vor Xander zurück.

Der Ritter begriff, dass er mit Worten nicht weiterkam. Daher schlug er die Magd mit seiner gepanzerten Faust nieder und riss der Zusammensinkenden das Kind aus den Armen.

Als er wieder auf dem Turm stand, wurde auf der Umfassungsmauer bereits gekämpft. Hulda sah den Kriegern einen Augenblick zu, dann nahm sie das Kind entgegen und hob es hoch über den Kopf.

»Seht her!«, schrie sie so laut sie konnte. »Wenn ihr euch nicht sofort zurückzieht, werde ich den Balg vor euren Augen zerschmettern!« Um ihre Drohung zu untermauern, trat sie an den Rand des Turmes und hielt das Kind über die Tiefe.

Keine zehn Schritt von ihr entfernt hatte Michel die Mauerkrone erklommen, doch er fühlte sich so hilflos, als wären es tausend Meilen. Er blickte Ritter Heinrich fragend an. Dieser sah aus, als müsse er ebenso viele Kröten schlucken, wie er Männer anführte, und als er seinen Hornisten anwies, zum Rückzug zu blasen, klang seine Stimme kaum noch menschlich.

Frau Hulda blieb oben auf dem Turm, bis die Belagerer sich wieder ins Tal zurückgezogen hatten, und wies dann hohnlachend auf den Jungen.

»Das hier ist meine stärkste Waffe, Xander. Wie du siehst, schlägt sie ein. Ich muss mit dem Kind hier im Turm bleiben, um eingreifen zu können, falls diese Narren einen weiteren Vorstoß wagen sollten. Du wirst sehen, wie schnell es mir gelingt, Unfrieden in den Reihen unserer Feinde zu säen. Michel Adler wird seinen Sohn nicht gefährden wollen, doch genauso wenig dürfte Ritter Heinrich seinen Anspruch auf Hettenheim aufgeben. Also werden sie sich früher oder später die Köpfe einschlagen und uns den Sieg schenken!«

Xander nickte beeindruckt. »Ihr seid wirklich eine Meisterin, Frau Hulda. Wenn ich nicht mit eigenen Augen gesehen hätte, dass sich ein überlegenes Heer vor Euch zurückzieht, hätte ich es nicht geglaubt. Ich habe die Otternburg und uns bereits verloren gegeben.«

»Diese Hure da unten hängt an ihrem Balg. Sonst wäre sie nicht aus jener Hölle zurückgekehrt, in die wir sie geschickt haben. Das machen wir uns zunutze!«

XII.

Während Frau Hulda triumphierte, herrschte im Lager der Angreifer schiere Verzweiflung. Michel hatte den Kriegsrat in seinem Zelt zusammengerufen, doch die Anwesenden sahen sich zunächst nur ratlos an.
Marie saß in der Ecke des Zeltes auf einem Faltsessel und hielt den Umhang eng um sich geschlungen. Sie fror, aber nicht vor Kälte.
»Was können wir tun?«, fragte sie in die lähmende Stille hinein.
Michel stöhnte. »Ich kann nicht den Sturm befehlen, wenn das Ergebnis der Tod meines Sohnes ist!«
Dietmar von Arnstein brummte etwas Unverständliches, während Heribert von Seibelstorff mehrmals zum Sprechen ansetzte, aber jedes Mal nach dem ersten Wort wieder aufhörte. Schließlich stieß Heinrich von Hettenheim einen wüsten Fluch aus. »Uns bleibt nichts anderes übrig, als erst einmal nachzugeben. Lieber bleibe ich mein Leben lang ein Dienstmann der frommen Brüder zu Vertlingen, als den Tod von Maries und Michels Sohn auf mein Gewissen zu nehmen.«
Bis auf Andrej nickten die anderen bedrückt. Der Russe hatte in den letzten Wochen zwar eifrig versucht, die deutsche Sprache zu lernen, doch sein Wortschatz war noch zu gering, um sich verständlich machen zu können. Daher wandte er sich in seiner Muttersprache an Marie. »Darf ich einige Worte dazu sagen, und würdest du sie übersetzen, auch wenn sie dich schmerzen?«
»Sprich ruhig! Mir ist jeder Rat willkommen.« Marie wischte sich die Tränen aus den Augen und konzentrierte sich auf das,

was Andrej sagte. Er legte dabei immer wieder Pausen ein, damit sie es für Michel und ihre Freunde übersetzen konnte.

»Wir müssen die Burg stürmen, egal, was die Frau dort oben auf dem Turm sagt. Geben wir ihrer ersten Forderung nach, wird sie weitere Bedingungen stellen. Nach dem Rückzug von dieser Burg wird sie die Übergabe der Burgen fordern, die bereits in unserer Gewalt sind, und selbst das wird ihr nicht genügen. Hat sie uns einmal gedemütigt, wird sie es immer wieder versuchen und zuletzt Zusagen fordern, die keiner von uns mehr zu erfüllen in der Lage ist, wie die Freilassung ihres Vaters. Sie wird sich immer weiter in ihren Triumph über uns hineinsteigern, bis ihr nichts anderes mehr übrig bleibt, als das Kind zu töten, damit sie sich am Entsetzen seiner wirklichen Mutter weiden kann.«

Im ersten Augeblick wollte Marie ihm vehement widersprechen, dann aber wurde ihr klar, dass Andrej Recht hatte. Hulda würde sich niemals mit dem Erreichten zufrieden geben, sondern versuchen, sich mit allen Mitteln an ihr und Michel zu rächen. Sie dachte über einen möglichen Ausweg nach und begann, als sie keinen fand, mit einem bitteren Auflachen zu sprechen.

»Ich muss Andrej zustimmen. Selbst wenn wir wieder und wieder nachgeben und sie meinen Sohn tatsächlich nicht tötet, macht das die Situation nicht besser. Sie wird den Kleinen in ihrem Sinn erziehen und einen zweiten Falko von Hettenheim aus ihm machen. Lieber sehe ich ihn tot, als dass ich miterleben muss, welch unwürdige Kreatur unter ihren Händen heranwächst.«

Bei dieser Vorstellung schüttelte sie sich und begann haltlos zu schluchzen. Michel rief Anni und bat sie, sich Maries anzunehmen.

Er selbst atmete tief durch und sah seine Freunde mit grimmiger Miene an. »Wir werden Heimtücke mit List beantworten. Zunächst tun wir so, als gäben wir uns geschlagen, und beginnen, unser Lager abzubrechen. Doch sobald es Nacht ist, stürmen wir die Burg. Vielleicht gelingt es uns in der Verwirrung, das Kind zu retten, bevor diese Hexe es verderben kann.«

»Die besten Krieger sollen die Spitze bilden, und ihr heiligstes Ziel wird es sein, Euren Sohn zu finden. Wehe Hulda, sollte Eurem Sohn etwas geschehen sein!« Heinrich von Hettenheim klopfte gegen seinen Schwertgriff und umarmte Michel zur Bekräftigung seines Schwurs. Sie wussten, dass der Erfolg auf Messers Schneide stand, doch jeder von ihnen war bereit, das Seine zu tun.

Dietmar von Arnstein bleckte die Zähne in Richtung der Burg, als wolle er in deren Mauern beißen. Dann wandte er sich mit einer heftigen Bewegung zu Michel um. »Wir haben die Zinnen bereits einmal gestürmt, also sollte es uns auch ein zweites Mal gelingen. So Gott will, sind wir schnell genug.«

Michel lächelte ihm dankbar zu. »Wenn wir meinen Sohn retten können, werde ich dem heiligen Christophorus eine Kapelle bauen und mit meiner Frau eine Wallfahrt zu den vierzehn Nothelfern bei Staffelstein unternehmen.«

»Mit welcher von beiden?«, platzte Friedrich von Hettenheim heraus. Der Lohn war die zweite Ohrfeige seines Vaters innerhalb von Tagesfrist.

»Bürschchen, solltest du glauben, im Kreise von erwachsenen Männern frech werden zu können, werde ich dich wieder zu deinen Brüdern stecken! Hast du mich verstanden?« Ritter Heinrichs Drohung war so ernst gemeint, dass sein Sohn sich bis an die Zeltwand zurückzog und die Zähne zusammenbiss, damit ihm kein weiteres Anstoß erregendes Wort entfloh.

Grimald gesellte sich zu ihm und versetzte ihm einen freundschaftlichen Rippenstoß. »Mach dir nichts draus! Mein Vater ist genauso streng. Doch wenn wir morgen wacker fechten, werden sie mit uns zufrieden sein.«

Dietmar von Arnstein drehte sich zu seinem Sohn um und mus-

terte ihn spöttisch. »Das Fechten werdet ihr beide morgen bleiben lassen, denn ihr werdet das Lager bewachen!«
»Oh nein, wir wollen doch …«
»… tun, was euch gesagt wird!«, unterbrach Ritter Heinrich den jungen Arnsteiner scharf. »Das hier ist kein Spiel für Knaben. Außerdem müsst ihr eine wichtige Aufgabe erfüllen, doch davon erfahrt ihr später.«

XIII.

Um die Verteidiger nicht zu warnen, liefen die Vorbereitungen unter einem Netz von Täuschungen ab. Heinrich von Hettenheim ließ die fast fertigen Katapulte wieder auseinander bauen und zerschlagen. Dieses Schicksal ereilte auch den Sturmbock, denn sie hatten nicht die Zeit zu warten, bis das Tor aufgebrochen war. Die Leitern blieben von dem Zerstörungswerk verschont. Statt ihrer ließ Michel lange Stangen auf den großen Haufen werfen und am späten Nachmittag das Holz in Brand setzen, um ihre Vernichtung vorzutäuschen.
Als sich die Krieger schließlich rüsteten, schlüpfte Anni zu Michel ins Zelt und zupfte ihn am Ärmel. »Herr, Ihr müsst mir helfen! Marie will unbedingt an dem Sturm teilnehmen und ich soll ihr ein Kettenhemd und ein Schwert besorgen.«
»Was?« Michel sprang auf und folgte ihr in Maries Unterkunft. Sie hatte sich bereits umgezogen und trug nun das russische Gewand, mit dem sie dem Eiswinter in der Steppe getrotzt hatte. Ihr Gesichtsausdruck verriet Michel, dass alle Worte vergebens sein würden.
»Du willst also deinen Dickkopf durchsetzen. Bei Gott, am liebsten würde ich dich fesseln und auf dein Bett legen, bis alles vorbei ist! Doch das würdest du mir wohl nie verzeihen. Also wirst du wohl mitkommen. Aber du bleibst ganz hinten und betrittst die

Burg erst, wenn sie gefallen ist!« Michel atmete auf, als Marie zustimmend nickte, und trat zu ihr hin, als wolle er sie umarmen. Doch er spürte, dass Schwanhild stärker denn je zwischen ihnen stand. So tätschelte er nur ihre Wange und hauchte einen Kuss darauf.

»Du bist ein verrücktes Weib, aber wahrscheinlich passen wir gerade deshalb so gut zusammen. Ich werde dir eine Rüstung und eine Waffe besorgen. Bete zu Gott, dass du sie nicht brauchen wirst.«

»Wenn mein Sohn stirbt, werde ich Hulda von Hettenheim mit eigener Hand töten!« Maries Stimme klang völlig ruhig, doch ihr Gesicht wirkte wie versteinert.

»Wenn ich kann, werde ich es dir ermöglichen.«

Nun überwand Michel seine Scheu, zog Marie kurz an sich und verließ nach einem Kuss auf ihre Stirn das Zelt, um ein passendes Kettenhemd und ein Schwert für sie aufzutreiben. Unterdessen setzte Ritter Heinrich das geplante Täuschungsmanöver fort. Ein kleiner Teil der Männer sollte unter dem Kommando seines Sohnes und des jungen Arnsteiners zurückbleiben und den Anschein erwecken, als würden sie alle Vorräte verbrennen, die sie nicht mitnehmen konnten. Dabei sollten sie sich lautstark streiten, um die Aufmerksamkeit der Burgbesatzung auf sich zu lenken. Mit diesem Trick hoffte er, den Anmarsch der Sturmtruppe so lange wie möglich geheim zu halten.

Die Winternacht brach unvermittelt an und war so düster, dass man kaum die Hand vor Augen, geschweige denn die Hindernisse auf dem Weg erkennen konnte. Michel und Ritter Heinrich fluchten leise vor sich hin, unter diesen Umständen würde es ihnen kaum möglich sein, unbemerkt bis an die Burgmauern heranzukommen.

Aber es gab kein Zurück. Einige Männer waren bereits in Böhmen dabei gewesen und wussten, worauf es ankam. Sie schärften ihren Kameraden ein, leiser zu sein als ein Mäuschen, und zeigten ihnen, wie sie ihre Waffen und die Leitern halten mussten, damit kein Klirren und Scheppern von Rüstungsteilen sie verriet.

Auf dem Turm und den Mauern der Otternburg wurden Fackeln und Brandkörbe entzündet, um eine unbemerkte Annäherung der Feinde zu verhindern. Doch das Licht der Flammen war zu schwach, um von oben etwas erkennen zu können, und half daher den Angreifern, denn auf dem Schnee malte sich ein schwacher, flackernder Schein ab, der der Truppe den Weg erleichterte. Nach einer Weile frischte der Wind auf und zerriss die Wolkendecke. Der Mond, der wie eine schmale Sichel aus gehämmertem Silber durch die Wolkenlücke schien, spendete ebenfalls etwas Licht, so dass die Soldaten auch an den schattigeren Stellen ihre nächste Umgebung erkennen konnten. Michel und die anderen Anführer wiesen ihre Leute an, noch vorsichtiger zu sein. Bei dieser Aktion ging es nicht um Schnelligkeit, sondern darum, so spät wie möglich entdeckt zu werden.

Einer der Männer rutschte auf einem glatten Wegstück aus, doch bevor er fallen konnte, griffen zwei seiner Kameraden zu und hielten ihn fest. Das ging nicht ganz ohne Geräusche von sich, aber just in dem Augenblick schwoll der Lärm im Lager an und die lauten Stimmen des jungen Hettenheimers und Grimald von Arnsteins übertönten das Brechen der gefrorenen Zweige. Einer der beiden hieß den anderen einen Feigling und forderte lauthals den Sturm auf die Burg, während der andere das Ansinnen mit ebenso viel Gebrüll ablehnte. Um sie herum machten die zurückgebliebenen Knechte so viel Lärm, dass es sich anhörte, als sei das ganze Lager in Aufruhr.

Michel atmete auf. Die beiden jungen Burschen waren höchst verärgert gewesen, weil sie nicht am Sturm teilnehmen durften, und schienen ihre Wut darüber in dem angeblichen Streit abzureagieren. Gerade deswegen klang die Auseinandersetzung völlig glaubhaft. Jetzt schlugen sie sogar mit Schwertern aufeinander

ein. Michel blies leicht besorgt die Luft zwischen den Zähnen hindurch, doch Ritter Heinrich lachte leise auf.
»Wenn die beiden sich nicht im Zaum halten können, müssen wir sie hinterher wieder zusammenflicken!«

XIV.

Bei Anbruch der Nacht befand Xander sich auf dem Turm und spähte zum Lager der Feinde hinab. Tatsächlich war deutlich zu hören und im Schein des großen Feuers zu sehen, dass zwischen den Gegnern Hader und Streit ausgebrochen war. Der Hettenheimer schien nicht nachgeben, sondern die Otternburg einnehmen zu wollen, um an das Erbe seines toten Vetters zu kommen, doch ohne die Krieger des Kibitzsteiners war er zu schwach dazu. Ein Geräusch verriet ihm, dass Frau Hulda mit dem kleinen Falko die Treppe heraufkam. Sie hatte den Jungen den ganzen Tag nicht aus den Händen gegeben und hielt das weinende, sichtlich erschöpfte Kind wie ein Bündel Lumpen unter ihrem linken Arm. Mit dem rechten wies sie auf die Feuerstöße im Tal.
»Es ist genau so gekommen, wie ich vorhergesagt habe. Der Feind streitet sich und einige kämpfen sogar miteinander. Gebe Gott, dass dieser Wirtsschwengel und der raffgierige Heinrich einander erschlagen.«
Xander bleckte die Zähne, die im Licht der Fackeln wie Perlen aufleuchteten. »Das würde ich uns wünschen, Herrin. Doch wahrscheinlich werden ihre Freunde eingreifen und die beiden trennen. Auch so müssen Michel Adler und der Mönchsknecht die Fehde aufgeben und mit eingekniffenen Schwänzen abziehen. Danach sollte es Euch nicht schwer fallen, Euch mit Herrn Ludwig von Wittelsbach zu versöhnen. Versprecht ihm, dass er Eure Töchter frei nach eigenem Ermessen verheiraten kann, und er wird darauf eingehen.«

Hulda stieß einen wütenden Laut aus. Jetzt, wo sie Michel Adler und Ritter Heinrich die Grenzen aufgezeigt hatte, beabsichtigte sie nicht, vor dem Pfalzgrafen zu Kreuze zu kriechen. Sie sah aber ein, dass Xander Recht hatte. Dieses Geschmeiß dort unten hatte sich wie Fliegen verscheuchen lassen, doch mit dem Pfalzgrafen konnte sie nicht umspringen wie mit lästigem Ungeziefer.

»Sobald ich wieder im Besitz aller vier Burgen bin, werde ich dich mit einer Botschaft an den Pfalzgrafen senden. Doch jetzt …« Frau Hulda hielt mitten im Satz inne und starrte ins Freie.

»Hast du nichts gehört? Da geht etwas vor!«

Xander wollte schon den Kopf schütteln, da drang ein schleifendes Geräusch an seine Ohren. Rasch ergriff er eine der Fackeln und warf sie über die Mauer. Was er im Schein der fallenden Flamme sah, ließ ihm das Blut in den Adern gefrieren. Der Feind stand direkt vor der Mauer und legte bereits die Leitern an.

»Alarm! Alles auf die Mauern! Schlagt diese Hunde zurück!«

Xanders Ruf gellte laut durch die Nacht, doch er wusste, dass es zu spät war. Bis auf die übertölpelten Wachen hielten seine Krieger sich in ihren Unterkünften auf, und ehe sie sich gerüstet hatten, würde der Feind bereits auf der Mauerkrone stehen.

»Wir sind verloren! Diese Hunde haben uns überlistet.« Für einen Augenblick geriet Xander in Panik.

Frau Hulda drehte sich zu ihm um und schlug ihm mit der freien Hand ins Gesicht. »Kämpfe, du Narr! Sie dürfen das Kind nicht bekommen.«

Der Ritter schüttelte sich wie ein nasser Hund. »Dann müsst Ihr es umbringen. Aber wenn Ihr das tut, wird keiner von uns auf Gnade hoffen können.«

»Hast du Angst vor dem Tod? Ich sterbe lieber, als dieser Hure den Triumph zu gönnen.« Hulda lachte schrill und spie auf die Angreifer.

»Angst, Herrin? Wovor? Sterben müssen wir alle einmal!« Xander griff zum Schwert, und während er es zog, fiel er in Huldas Gelächter ein.

»Mein alter Kamerad Tautacher ruft mich! Ich will ihn nicht warten lassen.« Mit einem Schrei, der verriet, dass sein Geist ebenfalls aus den Fugen ging, stürmte er die Treppe hinab und setzte sich an die Spitze seiner Leute.

Frau Hulda sah zufrieden zu, wie Xander wild auf den Feind eindrang und die Spitze der Eindringlinge für einen Augenblick zurückdrängte. Aber sie wusste, dass ihre Burg verloren war, und wollte schon das Kind vom Turm werfen, um dann selbst hinunterzuspringen.

»Wir müssen beide sterben«, sagte sie zu dem Jungen, der sich in ihrem Griff wand.

Der kleine Falko vermisste Beate und fürchtete gleichzeitig die Frau, die ihn so fest gepackt hielt, dass er kaum atmen konnte. Das Licht einer Fackel beleuchtete für einen Augenblick sein Gesicht und spielte auf dem goldblonden Haar, das Hulda ebenso an ihrer Feindin hasste wie die blauen Augen, die der Bengel geerbt hatte. Wer Marie Adlerin kannte und den Jungen ansah, wusste sofort, wer Falkos Mutter war.

Hulda fletschte die Zähne und starrte auf das Kampfgetümmel hinab. Ein schneller Tod des Kindes würde ihren Rachedurst nicht stillen. Nein, die Hure sollte miterleben, wie ihr Sohn starb. Lachend hielt sie den schreienden Knaben hoch und rief nach ihrer Leibmagd.

Alke, die ein Geschoss tiefer auf ihre Befehle gewartet hatte, schoss die Treppe hoch und fasste mit vor Entsetzen verzerrtem Gesicht nach Huldas Gewand. »Herrin, wir sind verloren!«

»Dann ist es eben so! Nimm eine Fackel und zünde den Turm an. Diese Hunde sollen weder mich noch das Kind bekommen!«

Die Magd schauderte, doch sie war gewöhnt, ihrer Herrin zu gehorchen. Wortlos ergriff sie eine Fackel, stieg die hölzerne Treppe hinab und steckte die Betten in Brand, die sie für Hulda und sich hergerichtet hatte. Die Strohsäcke und Decken fingen rasch Feuer, doch das noch recht frische Holz widerstand der Hitze. Erst als Alke den Inhalt einer Öllampe ausgoss, begannen die Flammen an den Balken zu lecken.

Hulda sog den Rauch ein, der von unten heraufdrang, und lachte schrill auf. Im Burghof verteidigten sich ihre Söldner immer noch gegen den Feind. Sie kümmerte es nicht, ob die Kerle starben, solange sie nur lange genug Widerstand leisteten, bis der Turm zu einem Scheiterhaufen für das Kind geworden war.

Plötzlich fand ihr Blick eine schmale Gestalt, die mit den letzten Angreifern auf die Mauer gestiegen war. Die Rüstung und das Schwert vermochten sie nicht zu täuschen, denn unter dem Helm quoll langes, goldfarbenes Haar hervor und das bartlose Gesicht war zu fein für einen Mann.

»Hör mir zu, du Hure!«, brüllte Hulda zu Marie hinab. »Hier ist dein Sohn! Sieh ihn dir noch einmal an, denn es wird das letzte Mal sein, dass du ihn zu Gesicht bekommst. Gleich holt ihn das Feuer! Sieh doch, wie der Turm brennt. Hier kommt niemand mehr herauf.« Hulda hob das Kind über den Kopf und vollführte einen grotesken Tanz, während die Flammen bereits durch die offene Luke hochschossen und wie lange rote Zungen nach ihr griffen.

Marie stieß einen gellenden Schrei aus und wollte auf den Turm zueilen. Heribert von Seibelstorff bemerkte es und schrie seinen Knappen an, sie aufzuhalten. Der packte rasch zu, doch es war, als müsste er eine Wildkatze bändigen, so wütend versuchte Marie sich freizukämpfen.

Michel, Heribert und die anderen hatten keine Zeit, sich um die Tobende zu kümmern, sie stürmten auf die letzten Verteidiger los, die sich vor dem Eingang des Turmes um Xander geschart hatten.

»Macht den Weg frei, und ihr werdet am Leben bleiben!«, schrie Michel sie an. Ein paar Söldner ließen ihre Waffen fallen. Xander aber stellte sich breitbeinig vor die Tür und streckte Michel sein Schwert entgegen.

»Solange ich lebe, kommt keiner hier vorbei!«

Als Michel auf ihn losgehen wollte, stieß Andrej ihn beiseite. »Der mir! Ich öffnen Weg dir!« Der junge Russe zog den Schild enger an den Leib und rannte wie ein wütender Bulle gegen Xander an. Bevor dieser sich versah, hatte Andrej ihn vom Eingang des Turmes weggedrängt.

Michel erkannte seine Chance, schleuderte Schwert und Schild beiseite und rannte los. Als er in den Turm eindrang, quoll ihm eine so dichte Rauchwolke entgegen, dass er die Luft anhalten musste. Dunkelheit und Qualm behinderten sein Sehvermögen. Er tastete sich an der Wand entlang, bis er die Treppe fand, und stieg ungeachtet der qualmenden Balken hinauf.

Die Falltür der Plattform stand offen. Sie brannte schon lichterloh und die Flammen schlugen durch die Ritzen zwischen den Bodenbrettern. Roter Rauch stieg zum Himmel empor und hüllte die Frau ein, die das Kind wie ein Bündel Lumpen hin und her schwang und dabei wie eine Wahnsinnige lachte und kreischte.

Mit zwei Schritten stand Michel hinter ihr, entriss ihr den Jungen und versuchte, ihn mit den Armen gegen das Feuer zu schützen.

Hulda schrie gellend auf und zog das Besteckmesser, das sie am Gürtel trug. Doch als sie zustach, zerbrach die Klinge an Michels Rüstung. Mit einem wütenden Krächzen stieß Michel sie zurück, holte noch einmal Luft und kämpfte sich die brennende Treppe nach unten. Hulda sah ihn in der Luke verschwinden und rief ihm alle Verwünschungen nach, die ihr über die Lippen kamen. Zwei, drei Augenblicke später brach das obere Stockwerk ein. Ein Funkenregen ergoss sich auf Michel, und ein glühendes Stück Holz fraß sich wie Säure in seine Wange.

Er stöhnte auf, biss die Lippen zusammen, um ja keine Luft zu holen, und stolperte weiter, von dem festen Willen beseelt, das Kind in Sicherheit zu bringen.

Auf dem Hof trieb Andrej seinen Feind immer weiter zurück. Bis jetzt hatte Xander sich für einen harten Krieger gehalten, der selbst über den Teufel gelacht hätte. Angesichts des zornigen Russen spürte er jedoch, wie die Angst mit kalten Fingern nach ihm griff. Nur der Gedanke, dass Marie und Michel ihn als Huldas engsten Vertrauten gnadenlos zur Rechenschaft ziehen würden, gab ihm die Kraft durchzuhalten. Es gelang ihm sogar, Andrej eine Wunde beizubringen. Doch als er aufjubelte, fuhr Andrejs Schwert auf ihn herab, traf ihn unter dem Helm und schnitt durch die Kettenglieder der Brünne bis tief ins Fleisch. Xander sah das Blut über seine Brust strömen und fühlte die Glieder schwer werden. Mit letzter Kraft blickte er zum Turm hoch, auf dem Hulda noch immer dem Feuer trotzte und ihre Feinde verfluchte. Einen Augenblick war es ihm, als blicke er in die Flammen einer anderen Welt, in denen er für all die Verbrechen brennen musste, die er für seine Herrin begangen hatte. Dann sank er in sich zusammen.

Heinrich von Hettenheim und Heribert von Seibelstorff waren Michel in den Turm gefolgt, blieben aber zu ebener Erde stehen und starrten erschrocken auf das brennende Gebälk. »Das kann Michel nicht schaffen. Die Treppe bricht gleich zusammen«, schrie Heribert gegen das Prasseln der Flammen an.

»Dann müssen wir das verdammte Ding stützen, bis er herunterkommt!« Heinrich von Hettenheim hob den Schild über den Kopf und stemmte ihn gegen einen Querbalken, der sich bereits verdächtig bog. Sein Freund folgte dem Beispiel und betete dabei zu Gott und allen Heiligen, dass Michel zurückkam, bevor das Gemäuer über ihren Köpfen einstürzte.

Die nächsten Augenblicke dehnten sich für die beiden Männer zu Stunden. Rauch drang in ihre Lungen und reizte ihre Augen, bis sie tränten. Funken und glühende Holzstücke fielen auf sie herab und brannten sich durch die Waffenröcke, die sie über ihren Rüstungen angezogen hatten.

Als ein Glutbrocken unter die Stulpe seines rechten Handschuhs geriet und ihm den Handrücken versengte, stieß Ritter Heinrich ein paar bösartige Flüche aus. »Lange halten wir das nicht mehr durch!«

»Nur noch einen Augenblick«, stöhnte Heribert, dessen Schild schon sichtlich zitterte.

Der Seibelstorffer hatte die Worte gerade hinausgestoßen, als über ihnen ein Schatten aus der Feuerhölle auftauchte. Michel stolperte die restlichen Stufen hinab, fiel auf die Knie und hatte nicht mehr die Kraft, sich aufzurichten. Ritter Heinrich ergriff ihn mit der freien Hand, obwohl er das Glutstück dadurch noch tiefer in sein Fleisch presste, und riss ihn hoch.

»Wir müssen gleichzeitig loslassen«, schrie er Heribert zu. »Jetzt!«

Beide sprangen zurück, als die Treppe, die sie bis eben gehalten hatten, herabstürzte und ihr die restlichen Geschosse des Turmes folgten. Während das Gemäuer über ihnen zusammenbrach, zerrten sie Michel und das schlaffe Bündel, das er umklammert hielt, auf den Eingang zu. Dabei prasselten Glut und Steine auf sie herab und drohten sie unter sich zu begraben. Geistesgegenwärtig griffen die Waffenknechte zu, die draußen gewartet hatten, und zogen die Männer und das Kind aus der Gefahrenzone. Michel hatte das Bewusstsein verloren und musste von mehreren Kriegern weggetragen werden, während seine selbstlosen Helfer hustend und keuchend am Boden lagen und nach Luft rangen.

Marie sah die schlaffe Gestalt ihres Mannes und rannte trotz des hinderlichen Kettenhemds drei Stufen auf einmal nehmend die Treppe zum Wehrgang hinab. Unten beleuchtete das Licht des brennenden Turmes sein von Ruß und Blut entstelltes Gesicht. Sie presste entsetzt die Hände vor den Mund, um die Schreie zu

unterdrücken, die sich in ihrer Kehle ballten. Mühsam riss sie sich zusammen und herrschte die Männer an, die ihn trugen. »Kümmert ihr euch um meinen Gemahl!«
Sie wand Michel das Kind aus den verkrampften Händen und hielt zum ersten Mal ihren Sohn in den Armen. Der Knabe fühlte sich so schlaff an, als sei er tot. Einen Herzschlag lang verging Marie vor Angst, ihn verloren zu haben, doch da rang er keuchend nach Luft und starrte die für ihn fremde Frau verängstigt an.
Marie jubelte auf und hob ihn dann über den Kopf. »Kannst du mich noch hören, Hulda von Hettenheim? Mein Sohn lebt, und ich habe ihn zurück! Doch du wirst in den Feuern der Hölle schmoren!«
Heinrich von Hettenheim ließ sich von seinem Knappen auf die Beine helfen und trat neben Marie. »Sie kann dich nicht mehr hören. Das Weib war eine Hexe und ist wie eine solche zugrunde gegangen!«
Seine Worte stellten die einzige Grabrede dar, die für Hulda von Hettenheim gesprochen wurde. Die Männer wandten den immer noch brennenden und stark rauchenden Trümmern, unter denen Maries Feindin ihr Ende gefunden hatte, den Rücken zu und machten sich bereit, den Donjon zu stürmen. Es war jedoch nicht mehr nötig. Die Tür über der Treppe öffnete sich, und eine sichtlich verschreckte Magd schob ein vielleicht siebenjähriges Mädchen auf die oberste Treppenstufe. Die Kleine schien beim Anblick der Krieger hinter die Röcke der Frau flüchten zu wollen, dann aber knickste sie unbeholfen und bat mit tränenerstickter Stimme um Gnade.
Dietmar von Arnstein, der das Kommando übernommen hatte, sah Marie fragend an. Sie kämpfte kurz mit sich, drängte dann ihre Rachegedanken zurück und warf den Kopf mit einer energischen Geste hoch. »Wenn mein Mann überlebt, sollen die Leute geschont werden. Sie haben sich sofort zu ergeben!«

XV.

Die Magd, die den Angreifern das Tor des Wohnturms geöffnet hatte, war Beate. Sie hatte Huldas Töchter aus dem Kellerloch befreit und eine von ihnen den Feinden entgegengeschickt, in der Hoffnung, diese würden einem Kind Schonung gewähren. Ebenso wie die wenigen Frauen, die sich außer ihr noch in der Burg befanden, war sie froh, dass der Schrecken vorüber war.
Marie ließ Michel in die beste Kammer schaffen und befahl Beate, ihr alle Arzneien und Salben zu bringen, die es auf der Otternburg gab. Es mussten Verwundete versorgt werden, doch um Michel wollte sie sich selbst kümmern. Sie setzte ihren Sohn ab und sah verärgert, dass der Junge in Beates Armen Schutz suchte.
»Komm her!«, forderte sie die Magd auf.
Diese gehorchte ihr zitternd, half aber tatkräftig mit, Michel aus seiner Rüstung zu schälen und seine Verletzungen zu behandeln. Die meisten seiner Wunden waren eher harmlos, doch seine rechte Wange sah schlimm aus. Fast daumenlang und zwei Finger breit hatte sich die Glut in Haut und Fleisch gebrannt. Marie musste kleine Holzstückchen aus der Wunde holen und verkohltes Gewebe entfernen. Dann wusch sie die Verletzung mit einem Sud aus Eichenrinde aus. Beate brachte ihr einen Kohlkopf aus dem Vorratskeller, entfernte die äußeren Blätter und säuberte eines der inneren Blätter mit Wasser, das sie am Kamin erwärmt hatte.
Marie nahm es mit einem zufriedenen Nicken entgegen. »Du verstehst etwas von der Kunst zu heilen. Ich glaube, ich kenne dich. Warst du nicht damals bei der Geburt meines Kindes dabei?«
Beate duckte sich unwillkürlich, nickte aber. »Ja, Herrin. Ich dachte nicht, dass Ihr mich wieder erkennen würdet, denn Ihr seid damals kaum bei Euch gewesen.«
»Ich erinnere mich an mehr, als du denkst, auch daran, dass ich

ohne deine Hilfe wahrscheinlich wie ein Tier krepiert wäre. Von Huldas Ältester habe ich erfahren, dass du dich meines Sohnes angenommen hast. Nimm meinen Dank dafür.«

In ihrer Stimme schwang ein wenig Neid, denn der Junge klammerte sich an Beate, als hinge sein Leben von ihr ab, und weinte, wenn Marie die Hand nach ihm ausstreckte. Schließlich riss ihr der Geduldsfaden, und sie schickte ihn zu Huldas Töchtern, die sich im Nebenraum aneinander drängten. Die älteren Mädchen hatten den Knaben gehasst, weil er viel mehr gegolten hatte als sie. Jetzt aber umsorgten sie ihn wie Glucken, denn sie wussten, dass der Weg zu Maries Herz über deren Sohn führte.

Als Marie das Kohlblatt auf Michels Wunde vorsichtig mit Leinenstreifen befestigte, wachte dieser aus seiner Bewusstlosigkeit auf. »Habe ich den Jungen herausgebracht?«

Marie beugte sich über ihn und küsste ihn auf die unverletzte Wange. »Das hast du, mein Lieber! Bringt ihn her, Mädchen, damit sein Vater ihn sehen kann.«

Huldas Älteste folgte der Aufforderung und setzte sich mit dem Knaben auf dem Schoß neben Michels Bett. »Er heißt Falko, genau wie mein Vater«, sagte sie, begriff aber dann, was sie gesagt hatte, und sah Marie erschrocken an.

»Der Name dürfte Euch nicht gefallen.«

Marie verzog den Mund, als hätte sie in etwas Ekliges gebissen. »Natürlich passt er mir nicht, doch da mein Sohn ihn bei der heiligen Taufe erhalten hat, werden wir ihn so nennen müssen.«

Michel fasste nach ihrer Hand. »Wir können den hohen Bischof von Würzburg bitten, uns zu erlauben, den Jungen noch einmal taufen zu lassen.«

Marie schüttelte den Kopf. »Warum? Es ist nur ein Name! Wir werden uns an ihn gewöhnen.«

»Das werden wir bestimmt!« Michel versuchte zu lächeln, sank aber mit einem Wehlaut nieder. Seine Hand fuhr zu seinem Kopf, doch Marie hielt sie früh genug fest.

»Nicht, mein Lieber! Du darfst die Wunde nicht berühren.«
Michel stöhnte, als eine Schmerzwelle von seiner Wange ausgehend bis in die Fußspitzen lief. »Mich hat ein Stück glühendes Holz getroffen und mein Gesicht verbrannt. Mein Gott, wie muss ich aussehen!« Der Gedanke, entstellt zu sein, schien ihn härter zu treffen als die Schmerzen.
Marie beugte sich über ihn. »Es wird eine Narbe zurückbleiben. Aber ganz gleich, wie du einmal aussehen wirst: Für mich wird dein Gesicht immer das liebste der Welt bleiben. Du bist durchs Feuer gegangen, um unseren Sohn zu retten!«
Noch einmal küsste sie Michel und legte ihm den Jungen in die Arme. Der kleine Falko verstand nicht, was um ihn herum geschah, doch der fremde Mann schien ihm Sicherheit zu versprechen, und so kuschelte er sich eng an ihn.
Marie lächelte auf die beiden hinab. »Siehst du, Michel, unser Sohn mag dich schon lieber als mich. Erlaube mir nun, euch allein zu lassen. Ich muss mich um die anderen Verwundeten kümmern.«
»Tu das! Wenn du unterwegs einen Schluck Wein für mich auftreiben könntest, wäre ich dir dankbar. Meine Kehle fühlt sich an wie ein Schlot.« Michel leckte sich über seine aufgesprungenen Lippen und stöhnte, weil diese ebenfalls versengt waren.
»Ich werde schauen, was ich tun kann. Mena, kannst du Wein für meinen Gemahl besorgen?« Letzteres galt Huldas Tochter, die sofort aufsprang und ohne zu murren hinauslief, obwohl Magddienste von ihr verlangt wurden.
Marie stieg hinab in den großen Saal, in den die übrigen Verletzten geschafft worden waren. Als Erstes sah sie sich Ritter Heinrichs Wunde an. Das Glutstück hatte sich großflächig in Handrücken und Gelenk gebrannt, doch als Marie die Verletzung genauer untersuchte, stellte sie fest, dass weder Adern noch Sehnen zerstört waren. Also würde die Hand nicht steif bleiben. Sie wusch auch diese Wunde mit Eichenrindensud aus

und deckte sie mit einem sauberen Kohlblatt ab, bevor sie sie verband.
»Ich danke Euch von ganzem Herzen für das, was Ihr heute für Michel und mich getan habt!«, sagte sie, als sie fertig war.
Heinrich von Hettenheim winkte mit der gesunden Hand ab. »Michel hätte dasselbe für mich getan. Außerdem haben Heribert und der Russe nicht weniger Anteil daran als ich.«
»Das schmälert nicht Euren Verdienst.« Marie rief nach Mena, die gerade mit einem Becher und einem Weinschlauch nach oben eilte, und wies sie an, auch Ritter Heinrich Wein zu kredenzen. Dann kümmerte sie sich um die Verletzungen der restlichen Krieger und kontrollierte die von den Mägden angelegten Verbände. Als diese Arbeit getan war, brachte Anni ihr einen Becher Würzwein, in den sie ein wenig Mohnsaft gemischt hatte. Marie fiel der Geschmack nicht auf. Sie wunderte sich nur, warum sie mit einem Mal so müde wurde. Anni konnte sie gerade noch die Treppe hinaufbringen und auf ein Bett legen, denn Marie schlief schon, bevor ihr Kopf das Kissen berührt hatte.

XVI.

Als Marie am nächsten Morgen erwachte, hatte Heinrich von Hettenheim die Burg bereits verlassen und einen Großteil der Krieger mitgenommen. Von Beate erfuhr sie, dass Mena und deren nächstjüngere Schwester ihn begleiteten. Sein Ziel war die Burg Hettenheim, der Stammsitz seines Geschlechts, den er nun ohne größere Kriegshandlungen in die Hand zu bekommen trachtete.
Marie blieb wenig Zeit, sich darüber Gedanken zu machen, denn Michels Wange und die Wunden der übrigen Krieger forderten ihre ganze Aufmerksamkeit. Da Ritter Heinrich Anni als Betreuerin der beiden Mädchen mitgenommen hatte, diente ihr

Beate als Leibmagd. Die junge Frau kümmerte sich auch weiterhin um den kleinen Falko, tat ihre Arbeit aber stumm und in sich gekehrt, denn seit der Eroberung der Burg wurde ihre Schwester vermisst. Beate hoffte zwar, dass Alke fliehen und in einem benachbarten Dorf Unterschlupf hatte finden können. Doch sie kannte deren bedingungslose Treue zu Frau Hulda und blickte immer wieder zu dem Steinhaufen hinüber, der von dem Wehrturm übrig geblieben war. In der Nacht hatte es geschneit, und unschuldiges Weiß bedeckte die Spuren des Kampfes. Die Trümmer des Turmes aber, über denen immer noch schwarzer Rauch aufstieg, stachen wie etwas abgrundtief Böses daraus hervor. Beate grauste es bei dem Anblick, von Stunde zu Stunde festigte sich ihre Gewissheit, dass auch ihre Schwester dort den Tod gefunden hatte.

Die junge Magd verbarg die Tränen, die sie im Innern weinte, und tat ihre Arbeit. Sie versorgte nicht nur den kleinen Falko und Marie, sondern kümmerte sich auch um die vier jüngeren Töchter Huldas. Immer wieder musste sie dabei an das kleine Mädchen denken, das sie damals an Maries Seite gelegt hatte, und wagte schließlich, danach zu fragen.

»Was ist eigentlich mit dem Kind geschehen, das mit Euch weggebracht worden ist, Herrin?«

»Ich habe sie Lisa getauft. Sie ist mit den anderen Kindern in Nürnberg zurückgeblieben. Sobald hier alles geklärt und die Verwundeten reisefähig sind, werden wir dorthin zurückkehren.«

Beate sank auf die Knie und schlug das Kreuz. »Dem Herrn im Himmel sei Dank! Ich hatte schon Angst, das Mädchen dem sicheren Tod ausgeliefert zu haben. Aber hier wäre das Kind ganz gewiss umgekommen, denn es gab niemanden, der es hätte nähren können.«

»Ich nehme an, Hulda hätte ihre Tochter umgebracht, denn sie konnte kein Kind in diesem Alter brauchen, dessen Mutter nicht einwandfrei feststand.«

Da Beate ihre frühere Herrin kannte, wagte sie nicht zu widersprechen. Vorsichtig, um ihre neue Herrin nicht zu verärgern, fragte sie, wie es der kleinen Lisa ginge, und atmete sichtlich auf, als Marie ihr berichtete, die Kleine sei gesund und munter.

»Ich werde sie behalten und wie eines meiner eigenen Kinder aufziehen«, erklärte Marie. »Ohne Lisa hätte ich nicht die Kraft besessen, all das durchzustehen, was Hulda mir angetan hat, und meinen Sohn niemals in den Armen halten können.«

Sie winkte Falko zu sich, der neugierig hereingetapst war, als wäre es ihm bei den Mädchen zu langweilig geworden, und weinte beinahe vor Freude, als er sich ohne Scheu an sie schmiegte. Dann bemerkte sie den Blick, den er mit Beate wechselte, und ihr wurde bewusst, dass die Magd das Kind dazu gebracht hatte, Vertrauen zu ihr zu fassen.

Sie ergriff Beates Hand und drückte sie. »Das werde ich dir nie vergessen! Es würde mich freuen, wenn du als Falkos Kindsmagd bei mir bleiben würdest.«

Beates Augen weiteten sich vor Überraschung. »Ich wüsste nicht, was ich lieber täte. Ich schwöre Euch, Herrin, ich werde Euch mit all meiner Kraft dienen.«

»Du könntest gleich damit anfangen und mir einen Humpen Wein bringen«, sagte da Michel, der leise in die Kammer getreten war und sich nun ächzend auf einem Stuhl niederließ.

»Die Wange tut zwar nicht mehr besonders weh, aber sie juckt fürchterlich. Am liebsten würde ich den Verband abreißen und mich kratzen.«

»Das wirst du fein bleiben lassen, mein Liebster! Jucken ist ein gutes Zeichen, denn dann beginnt die Wunde zu heilen. Ich werde sie mir am Abend noch einmal ansehen und mit Eichenrindensud auswaschen. Dann kommt Sanddornöl darauf. Dieses Mittel habe ich in Russland kennen gelernt und zum Glück noch

ein Fläschchen unter den Sachen gefunden, die ich aus Worosansk habe retten können.«
»Du hast heilende Hände, meine Liebste! Ich fühle mich so gut wie selten zuvor in meinem Leben und würde heute Nacht gern etwas mehr tun, als mir von dir die Wange verarztet zu lassen.«
Michel strich Marie spielerisch über den Po und versuchte anzüglich zu grinsen, aber es kam nur eine verzerrte Grimasse heraus. Sie spürte seine Sehnsucht nach einem weichen Frauenleib und gleichzeitig seine Angst, von ihr abgewiesen zu werden. In dem Augenblick wusste sie, dass sie ihn gewähren lassen musste, auch wenn ihr eigenes Verlangen eher gering war. Dieses Opfer musste sie ihm bringen.
War es wirklich ein Opfer?, fragte sie sich gleich darauf. Früher hatte sie es genossen, mit Michel zusammen zu sein. Zwar waren zwischen den letzten Monaten, die sie mit ihm verbracht hatte, und diesem Tag mehr als zwei Jahre ins Land gegangen, aber er war ihr Mann und sie seine Frau. Den Gedanken an die andere, die auf Kibitzstein wartete und ebenfalls ein Anrecht auf ihn erheben konnte, schob sie zum ersten Mal nach ihrer Rückkehr weit von sich und nickte lächelnd. Dabei berührte sie seine Lenden mit ihrer Hüfte.
Er keuchte leise auf und griff fester zu. Im gleichen Augenblick stellte Marie fest, wie sehr es ihr gefiel, von ihm begehrt zu werden. Trotzdem klopfte sie ihm auf die Finger. »Die Rede war von heute Nacht! Jetzt habe ich noch viel zu tun. Aber ich werde mich beeilen.«
»Du kommst wirklich zu mir, trotz dem da?« Michel zeigte auf seine dick verbundene Wange.
»Weißt du, eine alte Frau wie ich hat nicht mehr viel Auswahl!« Marie wich dem leeren Weinbecher aus, den er spielerisch nach ihr warf. »Heute Abend musst du aber besser zielen, sonst bin ich enttäuscht.«

XVII.

Der Kastellan der Burg Hettenheim war ein vernünftiger Mann. Kaum hatten die beiden ältesten Töchter seiner früheren Herrin den Tod ihrer Mutter bekundet, öffnete er das Tor und hieß Heinrich von Hettenheim als seinen neuen Herrn willkommen. Damit hatte die Fehde ihr Ende gefunden. Ritter Heinrich musste in der Pfalz bleiben, um seine Herrschaft zu sichern. Die Arnsteiner und Heribert von Seibelstorff entschlossen sich, den Winter über bei ihm zu bleiben und ihn zu unterstützen. Er lud auch Marie und Michel ein, bei ihm zu überwintern und erst im Frühjahr nach Hause zurückzukehren. Sie lehnten seine Einladung jedoch ab, denn sie hatten beschlossen, trotz Eis und Schnee nach Nürnberg zu reisen, um Trudi, Lisa und die anderen abzuholen. Andrej reiste mit ihnen, denn er wollte so rasch wie möglich zu Anastasia zurück.

Huldas sechs Töchter blieben bei Ritter Heinrich, der versprochen hatte, sie ihrem Rang gemäß zu erziehen und später mit einer kleinen Mitgift auszustatten. Marie machte ihm klar, dass er auf die siebte Tochter würde verzichten müssen, denn sie war nicht bereit, Lisa herzugeben. Michel akzeptierte ihre Haltung mit einem nachsichtigen Lächeln, blieb allerdings hart, als sie vorschlug, auf der Rückreise einen Abstecher zu Hiltrud nach Rheinsobern zu machen.

»Im Winter reist es sich nicht gut, und ich will keinen so langen Umweg in Kauf nehmen. Im neuen Jahr werden wir beide Hiltrud und Thomas und deine Rheinsoberner Verwandtschaft aufsuchen.«

Marie funkelte ihren Mann rebellisch an. »Hiltrud muss erfahren, dass ich wieder aufgetaucht bin! Sie vergeht sonst vor Sorgen um mich.«

Der Blick, den Michel mit Michi wechselte, verriet Marie, dass ihre Freundin nicht über ihr Verschwinden informiert worden war, und auf ihr Nachbohren bestätigten die beiden ihre Vermutung, wobei sie nicht besonders schuldbewusst wirkten.

»Es war besser so! Mutter hätte es wohl kaum verkraftet, wenn du auf der Rückreise von ihr ums Leben gekommen wärst.« Mit diesem Hinweis gelang es Michi schließlich, Marie zu besänftigen. Als Michel ihr erklärte, dass es für den kleinen Falko besser wäre, so rasch wie möglich nach Nürnberg zu kommen, stimmte Marie seinen Reiseplänen schließlich zu.

Ihr Weg führte sie aus dem verschneiten Pfälzer Wald in die Rheinebene und weiter bis Heidelberg. Da der Pfalzgraf inzwischen wieder in seiner Residenzstadt weilte, empfing er die Gruppe und zeigte sich gnädig. Das rasche Ende der Fehde stellte auch ihn zufrieden, denn er hatte weder sein Gesicht verloren, noch würde dieser Konflikt länger Unruhe unter seinen Gefolgsleuten schüren. Auch er hatte schnell gehandelt, denn Rumold von Lauensteins Kopf war noch in Nürnberg gefallen, und Ludwig von Wittelsbach schmiedete bereits Pläne, was er mit dessen beschlagnahmten Besitzungen anfangen sollte. Einen Teil musste er dem nächsten Erben überlassen, doch der Rest würde erst einmal seine kurpfälzischen Kassen füllen.

Angesichts dieser Entwicklung zeigte Herr Ludwig sich großzügig und übereignete Michel und Marie eine Burg aus dem früheren lauensteinischen Besitz. Sie hieß Kessnach und lag abseits wichtiger Handelsstraßen im Odenwald. Damit war sie, wie der Pfalzgraf erklärte, nicht weiter als ein paar kräftige Tagesritte von Kibitzstein entfernt.

Michel wusste nicht so recht, wie er sich zu diesem Geschenk stellen sollte, bedankte sich aber artig bei Herrn Ludwig und war ebenso froh wie Marie, als sie nach einigen Tagen weiterreisen konnten. Da der Pfalzgraf Andrej ein Lehen versprochen hatte, musste dieser vorerst in Heidelberg bleiben und bat Michel, Anastasia und ihre Kinder für kurze Zeit aufzunehmen. Dieser hatte sich entschlossen, nicht bis Nürnberg zurückzureiten, und

sandte Michi und Gereon mit einer kleinen Begleitmannschaft aus, die in der Pegnitzstadt wartende Gruppe abzuholen.
Obwohl Marie es sich nicht eingestehen wollte, war sie froh, nicht weiter herumreisen zu müssen. Die harte Zeit in der Fremde und die Aufregungen der letzten Monate forderten ihren Tribut. Sie fühlte sich erschöpft und ausgebrannt und wollte nur noch schlafen. Das hatte zur Folge, dass Michel oder Anni sie morgens mehrmals wecken und drängen mussten, damit sie aufstand.
Die weitere Reise führte sie zunächst neckaraufwärts bis Eberbach und von dort über Mudau, Walldürn und Hardheim bis Tauberbischofsheim. Ihr nächstes Ziel war Würzburg, denn Michel wollte um eine Audienz bei Fürstbischof Johann II. von Brunn ansuchen. Bevor er nach Kibitzstein zurückkehrte, musste die Angelegenheit mit seinen beiden Ehen geregelt sein. Am Hof des Fürstbischofs konnte er von der Tatsache profitieren, dass er sich bei der Schlichtung der Fehde seines Nachbarn Ingomar von Dieboldsheim mit einem der Dienstmannen des Bischofs einen guten Ruf erworben hatte, denn Johann von Brunn ließ ihn nicht lange warten. Zu Maries Leidwesen verriet Michel ihr mit keinem Wort, wie das Gespräch mit Seiner Eminenz verlaufen war. Er zwinkerte jedoch Anni zu und trug den kleinen Falko so stolz auf seinem Arm, als hätte er eine Grafschaft für ihn gewonnen.
Während Michel nun so gelassen und selbstsicher wirkte wie seit Maries Verschwinden nicht mehr, fühlte diese sich mit jedem Schritt der Zugtiere, der sie Kibitzstein näher brachte, stärker verunsichert und niedergeschlagen. In Dettelbach gab es erneut einen Aufenthalt, da Michel hier auf Michi und die Gruppe warten wollte, die ihnen entgegenreiste. Diese trafen bereits nach drei Tagen ein, und die Kinder ergossen sich wie ein Wildbach in Maries Kammer, die sich gerade anzog, um ihnen entgegenzugehen.
»Mama, hast du die böse Hulda verhauen?« Trudi starrte Marie

erwartungsvoll an, entdeckte dann aber Falko, der auf Beates Schoß saß.
»Das ist also mein Bruder!«
Zu Maries Freude schwang keine Eifersucht in der Stimme ihrer Tochter. Das Mädchen ging lächelnd auf den Jungen zu und streichelte über sein helles Haar. Der Kleine blickte verwundert zu ihr auf, fasste dann nach ihrer Hand und gab einen glucksenden Laut von sich.
»Er sieht aus wie Mama«, fand seine Schwester und fragte ihn, wie er hieße.
»Falko! Und du?«
»Ich bin Trudi, das hier ist Lisa, das dort Egon, der da Wladi, und die heißt Zoe.« Trudi zeigte dabei der Reihe nach auf die Kinder. Falko aber starrte Alika mit weit aufgerissenen Augen an.
»Du musst dich waschen!« Das hatte er oft genug von Beate zu hören bekommen, und er sagte es jetzt mit einer gewissen Überheblichkeit.
Alika lachte hell auf und kam auf ihn zu. »Weißt du, was ein Rappe ist, mein Kleiner?«
Falko nickte eifrig. »Ja, ein schwarzes Pferd!«
»Sehr gut. Weißt du, wenn du einen Rappen weiß waschen kannst, werde ich zusehen, ob es auch bei mir gelingt.« Alika gab ihm einen leichten Stups auf die Nase und lächelte Marie an.
»Jetzt hast du all deine Ziele erreicht, meine Freundin, aber ich …« Für einen Augenblick drückte ihre Miene Trauer aus.
Marie sie zog sie an sich und schloss sie in die Arme. »Ich werde alles tun, damit auch du glücklich sein kannst, aber ich kann dich leider nicht an den Ort zurückbringen, an dem du geboren worden bist.«
Alika atmete tief durch und versuchte wieder zu lächeln. »Das weiß ich doch! Ich bin dir auch so schon sehr dankbar, denn ohne dich wäre ich ein Nichts, das jeder Lump in eine Ecke ziehen dürfte und das dafür noch Schläge bekäme.«

Ihre Wehmut verflog bald wieder, denn an einem Ärmel zerrte Trudi, an dem anderen Lisa, und beide beteuerten ihr, wie lieb sie ihre dunkelhäutige Freundin gewonnen hätten.

»Ich hab dich auch lieb.« Mariele lächelte bei diesen Worten etwas scheu, denn sie war zuerst eifersüchtig auf die junge Mohrin gewesen, die Trudis Herz fast im Sturm erobert hatte. Egon schmiegte sich ebenfalls an Alika, und für einige Augenblicke sah es so aus, als hingen die Kinder mehr an der Mohrin als an Marie. Wladimir nützte jedoch die Gelegenheit, um auf deren Schoß zu klettern und nach Andrej zu fragen. Das wirkte wie ein Signal, und mit einem Mal scharte sich die ganze Bande um Marie und spitzte die Ohren. Von der bösen Hulda hatten sie alle gehört, und sie wollten wissen, was mit dieser geschehen war. Nur Zoe lag auf Anastasias Arm und schlief den Schlaf der Gerechten.

XVIII.

Kibitzstein sah zunächst genauso aus, wie Marie es in Erinnerung hatte, dann aber stellte sie etliche Veränderungen fest. Die früher vernachlässigten Mauern waren ausgebessert, die Dächer schienen jetzt dicht zu sein, und das Meierdorf wirkte so wohlhabend, wie man es sich nur wünschen konnte. Noch wenige hundert Schritte, dann bin ich zu Hause, fuhr es ihr durch den Kopf. Statt Erleichterung oder Freude empfand sie eine so starke Beklemmung, dass es ihr fast den Atem abschnürte, denn dort würde sie ihrer Rivalin gegenübertreten müssen. Um sich Mut zu machen, dachte sie daran, dass Ludwig von der Pfalz sie wie eine Dame von Stand empfangen und in Michels Belehnung mit Burg Kessnach auch ihren Namen erwähnt hatte. Unterwegs war Michel immer wieder zu ihr ins Bett gekommen und hatte dabei nicht so gewirkt, als halte er sie für eine Bettmagd, die er nur benutzte, weil ihm die Ehefrau nicht zur Verfügung stand.

Der Türmer, der die Reisenden längst erspäht hatte, stieß in sein Horn, und einen Augenblick später schwangen die Torflügel auf. Als die Gruppe in den Burghof ritt, stand dieser bereits voller Menschen. Links hatten sich Theres, Zdenka, Reimo und Karel um die schwarze Eva versammelt. Die fünf wirkten so selig, als hätte ein Erzengel des Herrn ihnen gerade das Paradies versprochen. Zur rechten Hand wartete ein junger Ritter auf die Ankömmlinge, und neben ihm stand die Frau, der Marie in ihrer Phantasie schon mehrmals das Gesicht zerkratzt hatte.
Im ersten Augenblick erschrak Marie, als sie die attraktive Edeldame vor sich sah, die kaum mehr als die Hälfte ihrer eigenen Jahre zählen mochte. Es erschien ihr nicht sehr wahrscheinlich, dass Michel so ein junges, gesundes Weib von sich schieben würde, um eine alte Frau wie sie zu behalten. Dann nahm sie auf dem Antlitz ihrer Rivalin den Widerschein von Angst wahr und den beklommenen Blick, den diese mit dem Junker neben sich wechselte. Nun erst erkannte Marie Ingold von Dieboldsheim, der noch zu ihren Zeiten auf die Burg gekommen war. Mit ihm sollte Schwanhild den Gerüchten nach, die sie von Mariele zugetragen bekommen hatte, die Ehe gebrochen haben. Marie war erfahren genug, um das Band zu spüren, das die beiden jungen Menschen aneinander fesselte, und fühlte Zorn in sich aufsteigen. Michel war nicht der Mann, dem ein Grünschnabel wie dieser Junker ungestraft Hörner aufsetzen durfte, und Abscheu stieg in ihr auf. Doch sie verachtete weniger den Junker als die Frau, die es gewagt hatte, Michel so einen Tort anzutun.
Maries Gefühle ließen sie streng und hart erscheinen, und so krümmten Schwanhild und der Junker sich unter ihrem Blick. Beide wussten, dass sie schuldig geworden waren, und sahen keinen Ausweg mehr für sich und ihre Liebe. Ingold entschloss sich in diesem Augenblick, die Pilgerfahrt zum heiligen Jakobus nach Compostela anzutreten, die ihm sein priesterlicher Verwandter angedroht hatte, und flehte den Heiligen in Gedanken an, sich

seiner Liebsten anzunehmen. Das Wissen aber, dass Schwanhild nun ihre Rechte als Gemahlin Ritter Michels verlieren und in ein Kloster abgeschoben werden würde, brach ihm beinahe das Herz.
Während Marie Michels zweite Ehefrau mit einem kühlen Blick musterte und Ingold sich aus Sorge um seine Geliebte innerlich zerfraß, stieg Michel gelassen von seinem Pferd und warf einem Knecht die Zügel zu. »Wir sollten in die Halle gehen! Ich hoffe, dort brennt ein Feuer, an dem wir uns wärmen können. Tischt von dem Gewürzbier auf, das Zdenka so meisterlich zu brauen versteht, und serviert uns ein Mahl, denn ich dürfte nicht der Einzige sein, der Hunger hat.«
Seine Worte lösten den Bann, der die Menschen im Hof hatte erstarren lassen. Sofort eilten Knechte herbei, um Marie und den anderen Frauen aus den Sätteln zu helfen. Eva, Theres und einige Mägde nahmen die Kinder entgegen, die ihnen gereicht wurden. Dabei gelang es der alten Marketenderin, den kleinen Falko an sich zu drücken. »Du bist also Maries und Michels Sohn. Das sieht man dir an, mein Junge. Sagst du das nicht auch, Trudi?«
Im letzten Augenblick war ihr eingefallen, dass sie Falkos Schwester nicht über dem Jungen vernachlässigen durfte. Trudi lief sofort an ihre Seite und griff zu Falko hoch. »Ich finde, er sieht wie Mama aus. Ich komme ja mehr nach Papa!«
»Ich hoffe, das bleibt nicht so. Anders herum wäre es nämlich besser!« Evas trockene Antwort brachte die meisten der Anwesenden zum Schmunzeln. Schwanhild, Ingold und das Gesinde, das sich um die beiden versammelt hatte, zogen jedoch noch längere Gesichter.
Marie war ebenfalls zu angespannt, um den Ausspruch mit einem Lächeln quittieren zu können. Mit einem tiefen Seufzer stieg sie die Freitreppe hoch und betrat dann den Saal, den sie einst nach ihren eigenen Vorstellungen hatte einrichten wollen. Im Unterschied zu den Außenanlagen waren hier nur ein paar

kleinere Schäden ausgebessert worden. Die Wände wirkten immer noch kahl und abweisend, und die Flickenteppiche auf dem Boden waren zwar neu, aber lieblos zusammengestoppelt. Nur die große, geschlossene Truhe, die in einer Ecke stand, hatte es vorher noch nicht gegeben.
Michel war Maries Blick gefolgt. »Dort liegen immer noch die Sachen, die du kurz vor deiner Abreise nach Rheinsobern in Auftrag gegeben hast.«
Marie öffnete den Deckel und blickte hinein. »Dann ist es an der Zeit, dass all das hier zu Ehren kommt.«
Sie ließ den Deckel zufallen und wandte sich mit einem Ruck zu Schwanhild um. »Du bist also das Weib, mit dem der Kaiser meinen Gatten vermählt hat, da alle von meinem Tod überzeugt waren.«
In Schwanhilds Augen stand zu lesen, was sie von Frauen hielt, die spurlos verschwanden, um nach mehr als zwei Jahren wiederzukehren und Ansprüche zu stellen. Sie wagte jedoch nicht, Marie dies ins Gesicht zu sagen. Daher ging sie nicht auf deren Bemerkung ein, sondern knickste vor Michel und blickte sichtlich nervös zu ihm auf.
»Mein Herr, Ihr habt es bis heute nicht für nötig gefunden, einen Namen für die Tochter zu wählen, die ich Euch geboren habe. Tut es bitte jetzt, und ich werde Euch auf ewig in meine Gebete einschließen.«
Michel öffnete schon den Mund zu einer, wie Marie seinem Gesichtsausdruck entnahm, recht harschen Bemerkung. Da sie am Tag ihrer Rückkehr jedoch keinen zusätzlichen Missklang erleben wollte, hob sie gebieterisch die Hand. »Ich möchte das Kind sehen!«
Schwanhild begriff mit einem Mal, welch mächtige Verbündete Marie sein konnte, und befahl ihrer Leibmagd, die Kleine zu holen.
Unterdessen schenkten die Mägde das Gewürzbier aus, welches

Zdenka schon bei der Annäherung des Reisezugs übers Feuer gehängt hatte, und Michels und Maries Begleiter nahmen die Gelegenheit wahr, ihre klammen Knochen mit dem belebenden Getränk zu wärmen. Selbst Trudi ergatterte einen Schluck, doch als sie den Becher an Falko weitergeben wollte, griff ihre Mutter ein.

»Dafür ist es noch ein wenig früh, mein Schatz. Du solltest ebenfalls nichts von dem gewürzten Bier trinken, das ist nichts für kleine Kinder.«

»Ich bin kein kleines Kind mehr! Papa sagt, ich sei schon groß!« Trudi zog einen Schmollmund, wirkte aber nicht im Geringsten eingeschüchtert, und Marie begriff, dass ihre Tochter den festen Willen von ihr geerbt hatte.

Der Eintritt Friedas, die den Säugling wie eine besondere Kostbarkeit auf den Armen trug, beendete das kleine Zwischenspiel. Schwanhild nahm ihrer Leibmagd das Kind ab, legte es auf den Tisch und zog es bis auf die Haut aus.

»Seht hier, Frau Marie. Es ist nur ein Mädchen.« Es klang so verzweifelt, dass Marie unwillkürlich Mitleid mit der Jüngeren bekam. Sie musterte das Kind genauer und nahm all das wahr, was den anderen bisher entgangen war. Die Kleine hatte Michels Stirn und Augen, und der mürrische Gesichtsausdruck, mit dem sie die plötzliche Kälte quittierte, glich so sehr Michels Schmollmiene, dass Marie kurz auflachte.

Dennoch warf sie Schwanhild und Ingold einen scharfen Blick zu. Besonders wohl fühlten die beiden sich nicht in ihrer Haut, das war ihr klar. Aber wenn es ein verbotenes Verhältnis gab, hatte es erst nach der Zeugung dieses Kindes begonnen, denn der Junker war ganz gewiss nicht der Vater.

Marie drehte sich zu Mariele um und wies auf den nackten Säugling. »Wickle die Kleine und kleide sie an, sonst holt sie sich noch den Tod, und du, Michel …«, ihr Blick bohrte sich in die Augen ihres Mannes, »… wirst nun dein Versäumnis nachholen und

deiner Tochter einen Namen geben, auf dass sie getauft und in die Gemeinschaft der Gläubigen aufgenommen werden kann.«
Michel wollte zuerst abwehren, sagte sich dann aber, dass Marie wissen musste, was sie tat. »Sie soll einen Namen bekommen und heute noch getauft werden. Wie könnte man sie nennen?«
»Ihre Mutter heißt Schwanhild. Da wäre ein Name wie Hildegard angebracht. Er würde auch zu Hiltrud passen, denn darauf ist Trudi getauft worden.«
Maries Antwort ließ Schwanhild aufatmen. Als Michel diesen Namen dann auch noch bestätigte, ging die junge Frau auf Marie zu und ergriff ihre Hand. »Ich danke Euch, und ich schäme mich gleichzeitig vieler Gedanken und Worte, mit denen ich Euch beleidigt haben mag.«
Marie fühlte, dass es der Frau damit ernst war, und wunderte sich ein wenig, hatte sie doch vieles über deren Hochmut und Überheblichkeit gehört. Sie konnte nicht wissen, dass die letzten Monate Schwanhild zermürbt hatten. Zuerst war es nur die Angst gewesen, von Michel als Mutter eines Bastards hingestellt zu werden. Dann hatte sie von Maries Rückkehr erfahren und war jeden Tag mit dem Gedanken aufgewacht, in ein Kloster geschleppt zu werden, in dem ihre restlichen Jahre verfließen würden wie Wasser im Sand. Diese Gefahr war noch nicht gebannt, doch in dem Moment, in dem Marie durchgesetzt hatte, dass ihre Tochter getauft werden würde, fühlte sie einen Hauch von Hoffnung, denn sie erinnerte sich daran, welches Loblied Zdenka, Eva und ihre Freundinnen auf Marie gesungen hatten. Die Frauen hatten Michels erste Frau einen Menschen mit einem großen Herzen genannt. Vielleicht würde sie auch ihr gegenüber gnädig sein und ein gutes Wort für sie einlegen.
Michel blickte auf das Kind hinab, das er unter Maries Druck hatte anerkennen müssen. Hätte sie dies auch getan, wenn es ein Junge gewesen wäre, der das Erbe ihres eigenen Sohnes geschmälert hätte? Das war möglich, denn auch als Tochter hatte das

Kind ein Anrecht auf eine gewisse Mitgift. In diesem Moment nahm Marie den Säugling auf und legte ihn ihm in die Arme.
»Es ist deine Tochter, glaube mir! Ich kenne dein Gesicht gut genug, um mir völlig sicher zu sein.«
»Trotzdem gibt es noch einen letzten Punkt zu klären.« Michel sah etwas unglücklich drein, da er nicht so recht wusste, was er mit Hildegard anfangen sollte, und reichte die Kleine an Alika weiter, die neben Marie stand. Die Augen des Kindes weiteten sich, als es das dunkle Gesicht über sich sah, und es schien nicht zu wissen, ob es nun weinen oder danach greifen solle. Schließlich stieß es sein Händchen gegen Alikas Wange.
»Sie mag mich!«, sagte die Mohrin erfreut.
»Das will ich auch hoffen, denn ab jetzt wirst du ihre Kindsmagd sein. Mariele und Theres werden dir helfen, denn du musst dich auch weiterhin um Lisa kümmern! Michel, bitte lass mich noch etwas sagen, bevor du zu sprechen beginnst.«
Marie ging auf Schwanhild zu und legte ihr die Hand auf die Schulter. »Ich habe gehört, du nährst deine Tochter selbst.«
Die junge Frau nickte scheu.
»Gut! Bitte tu es noch so lange, wie Hildegard deine Milch braucht.«
»Gerne, Herrin.« Schwanhild klopfte das Herz bis zum Hals, denn sie fürchtete nun doch, sie würde die Kleine hinter Klostermauern würde stillen müssen.
Unterdessen räusperte Michel sich ungeduldig und klopfte mit den Fingerknöcheln auf den Tisch. »Ich habe von Seiner Eminenz, Bischof Johann von Brunn, ein Gutachten erbeten, was meine Eheschließungen betrifft. Die frommen Doktoren der Theologie zu Würzburg sind übereinstimmend zu dem Urteil gelangt, dass meine zweite Ehe ungültig ist, da ich zum Zeitpunkt der Hochzeit weder Witwer war noch einen päpstlichen Dispens hatte.«
Seine Worte wirkten auf Schwanhild wie ein Schlag ins Gesicht.

Nach einigen von Scham und Angst durchlebten Augenblicken aber begriff sie, dass sie nach diesem Spruch nicht mehr unter Michels Vormundschaft stand und er sie damit auch nicht zwingen konnte, in ein Kloster zu gehen. Die Alternative gefiel ihr jedoch noch weniger, denn sie würde nach Magoldsheim zu ihrem Vater zurückkehren und den Spott und die Häme ihrer Halbgeschwister ertragen müssen.

»Ich hoffe, Ihr erlaubt mir, so lange zu bleiben, bis meine Tochter entwöhnt ist.« Schwanhilds Bitte war weniger an Michel denn an Marie gerichtet.

Diese nickte sofort. »Natürlich könnt Ihr so lange bleiben.« Dann stutzte sie, strich sich mit Zeige- und Mittelfinger über die Stirn und ließ ihren Blick zwischen Schwanhild und dem Junker hin- und herwandern. Schickte Michel die junge Frau in das Haus ihres Vaters zurück wie eine Bettmagd, die nicht mehr benötigt wurde, würde dies zu neuem Hader und Streit führen. Immerhin war Schwanhild eng mit dem Pfalzgrafen am Rhein und den bayerischen Herzögen verwandt, und diese hohen Herren zu verärgern tat in diesen Landen keinem gut.

Mit einem ebenso geheimnisvollen wie listigen Lächeln wandte Marie sich an Michel. »Mein Lieber, du kannst die Verantwortung für Schwanhild nicht abstreifen wie einen alten Handschuh. Sie hat dir immerhin im guten Glauben, dein angetrautes Weib zu sein, dein Bett gewärmt und dir ein Kind geboren.«

»Das schon, aber ...« Michel kam nicht dazu, den Satz zu vollenden, denn Marie verschloss ihm liebevoll mit der Hand den Mund.

»Es gibt kein Aber! Du bist es Schwanhild schuldig, sie so zu versorgen, wie es ihr für das Opfer ihrer Jungfernschaft und für ihr Kind gebührt. Da sie sich wegen der unglücklichen Umstände nicht Witwe nennen kann, würde sie bei den meisten Adelshäusern als befleckte Ware gelten und könnte auf keine ehrenvolle Heirat mehr hoffen. Aus diesem Grund ist es deine Pflicht, ihr einen Ehemann zu besorgen, der bereit und willens ist, sie in Ehren zu halten.«

Michels Gesicht drückte so viel Verwirrung und hilflosen Unglauben aus, dass Marie sich das Lachen verbeißen musste. Schwanhild starrte sie an, als habe Marie ihr eben ein besonders strenges Kloster als neue Heimstätte genannt, während der Junker hilflos die Fäuste ballte und zu glauben schien, die Frau, die er liebte, würde ihm nun auf ewig entrissen.

Marie beobachtete die Reaktion der beiden genau und lächelte. »Mein Vorschlag ist, Schwanhild mit einem Mann zu verheiraten, der zwar edel geboren, aber keine besonderen Ansprüche an eine Ehefrau stellen kann. In meinen Augen wäre Ingold von Dieboldsheim genau der Richtige.«

»Jetzt bist du wohl völlig übergeschnappt!«, schnauzte Michel sie an.

Marie hob lächelnd die Hand. »Beruhige dich doch, mein Lieber, und sage mir, was in deinen Augen dagegen steht.«

»Nun, ich …, er …« Michel brach ab, denn das, was ihm auf der Zunge lag, hätte ihn als Hahnrei dargestellt, und das wollte er doch nicht offen aussprechen, denn eigentlich war es nicht bewiesen.

Marie nahm sein Stottern als Zustimmung. »Also ist es beschlossen!«

Schwanhild wähnte sich im Fieber, während der Junker verzweifelt einen Gedanken zu fassen versuchte. »Herrin, aber ich weiß nicht …«, brachte er mühsam hervor und erntete sofort einen bitterbösen Blick von seiner Geliebten.

Marie maß Ingold von Dieboldsheim mit einem hochmütigen Blick. »Ein nachgeborener Sohn, der auf nicht mehr hoffen kann als auf eine Rüstung, ein Schwert und ein Pferd, sollte glücklich sein, wenn ihm eine Erbin wie Schwanhild als Ehefrau angetragen wird. Zudem habt Ihr sie ins Gerede gebracht und solltet darauf bedacht sein, diese Angelegenheit aus der Welt zu schaffen.«

Der Junker lief rot an und wand sich, als habe man ihn mit Nesseln gepeitscht. Dann holte er tief Luft und blickte Schwanhild an. »Was sagt Ihr dazu?«
Schwanhild hob die Nase, bis diese fast noch höher schwebte als Maries. »Als Ritter Michels Ehefrau war der Weg zu meinem Herzen für Euch versperrt, doch als halbe Hure, als die ich für viele Leute nun gelten werde, muss ich für Euren Schutz dankbar sein.«
Sie zwinkerte Marie dabei verschwörerisch zu und nahm sich gleichzeitig vor, dieser alles zu beichten, was sich zwischen ihr und Ingold abgespielt hatte, mochte es sie auch nicht ins beste Licht rücken. Sie war Marie jedoch so dankbar wie noch keinem Menschen in ihrem Leben. Mit einem schnellen Schritt war sie bei ihr, umarmte sie und küsste sie auf den Mund. Dann sank sie vor ihr auf die Knie und berührte den Stoff ihres Kleides mit der Stirn.
»Ich habe viel über Euch gehört, Frau Marie, doch selbst das größte Lob wird Euch nicht gerecht. Nehmt meinen Dank und erlaubt, dass ich …, dass wir«, korrigierte sie sich mit einem Seitenblick auf Ingold, »unsere erste Tochter nach Euch und unseren erstgeborenen Sohn nach Herrn Michel nennen.«
»Wir werden mit Freuden die Patenschaft übernehmen«, antwortete Marie und versetzte Michel einen Rippenstoß, damit auch er zustimmend brummte.

XIX.

Seit diesen Ereignissen war ein halbes Jahr vergangen, und ein warmer Sommertag neigte sich seinem Ende zu. Marie und Michel saßen auf dem Söller ihrer Burg und blickten auf den Hof hinab, in dem ihre Kinder miteinander spielten. Trudi strich eben wieder ihren Vorrang als die Älteste heraus und kommandierte

Lisa, Egon und Falko wie Rekruten herum. Alika und Mariele standen daneben und tuschelten leise miteinander, während Beate auf einem Hackstock saß und eines der Knabenhemden flickte, das im eifrigen Spiel zerrissen worden war. Nicht weit von ihr entfernt säugte eine nicht mehr ganz junge Bauersfrau die kleine Hildegard.
Michel trank von dem kühlen Bier, das Zdenka ihm durch eine Magd hatte bringen lassen, während Marie mit Wasser verdünnten Wein nippte. »Es war sehr großzügig von dir, Schwanhild und Ingold die Heirat zu erlauben, nachdem wir eine Amme für unsere Tochter gefunden hatten«, sagte sie, als sie den Becher wieder abgesetzt hatte.
»Für dich sind wohl alle fünf dort unten deine Kinder.« In Michels Stimme schwang leiser Spott, aber auch viel Anerkennung. Seit Marie wieder bei ihm war, konnte er das Leben wieder genießen. Es machte ihm Freude, sein Land zu bewirtschaften und die frohen Mienen der Knechte und Mägde zu sehen, die unter Schwanhilds Herrschaft ihre Dienste nur widerwillig versehen hatten. Und was die gemeinsamen Nächte betraf, so war Marie zwar nicht ganz so feurig wie Schwanhild, aber auch nur halb so anstrengend. Es war einfach schön, miteinander zu kosen und das intime Zusammensein miteinander zu teilen.
»Ja, für mich sind sie alle meine Kinder!«
Michels Gedanken waren bereits so weit abgeschweift, dass er seine Frau einen Augenblick lang verständnislos anstarrte. So ganz begriff er auch nicht, was in ihr vorging. Egons Mutter Oda sollte Theres' und Evas Erzählungen zufolge eine äußerst unangenehme Person gewesen sein, aber immerhin hatte sie seiner Marie den Weg in die Heimat geöffnet. Und sein Vater war der Mann, der geholfen hatte, Oda in die Sklaverei zu verschleppen. Der Gedanke an Schäfflein erinnerte ihn an etwas anderes.
»Was sagst du zu den Nachrichten aus der Pfalz, Marie? Herr Ludwig soll dem hohen Rat der Stadt Worms fast das ganze Ver-

mögen Fulbert Schäffleins als Entschädigung für dessen Verbrechen abgepresst haben.«
Marie lehnte sich zurück, beschattete die Augen und blickte in Richtung der tief stehenden Sonne, weil sie glaubte, dort eine Staubwolke wahrgenommen zu haben. Nun sah sie deutlicher, dass dort Reisende unterwegs sein mussten. »Ich glaube, wir bekommen Besuch, Michel«, sagte sie und wies nach Westen.
Ihr Mann warf einen kurzen Blick auf die Staubwolke, die die Wagen darunter erahnen ließ, und winkte ab. »Die wollen wahrscheinlich nach Volkach. Lassen wir sie ziehen. Ich wollte von dir wissen, wie du Herrn Ludwigs Handeln beurteilst.«
»Immerhin hat er dafür gesorgt, dass Egon als Ersatz für das Erbe seines Vaters eine Burg in der Oberen Pfalz zugesprochen wurde.« Marie seufzte ein wenig, denn sie war sich sicher, dass der Reisezug direkt auf Kibitzstein zuhielt.
»Nun ja, besonders wertvoll ist der Besitz nicht, aber zumindest ist Egon versorgt und er hat mit unserem Freund Konrad von Weilburg einen Nachbarn, der ihm hilft, sein Stück Land zu verwalten, bis er selbst dazu in der Lage ist. Außerdem halte ich es für knauserig von Ludwig von der Pfalz, Andrej und Anastasia – oder, wie man sie jetzt nennt, Ritter Andreas und Fürstin Anna – als Hochzeitsgeschenk ein Gebiet zu übereignen, das eigentlich seinen Vettern gehört.«
»Mich wundert es nicht, schließlich habe ich viele Monate an seinem Hof verbracht und kenne ihn etwas besser als du. Seine beiden Vettern sind, wie du ja auch gehört hast, froh um ihre neuen Gefolgsleute, denn die Hussitenüberfälle haben ihr Land stark verwüstet, und sie können tatkräftige Anführer brauchen, die es aufbauen helfen und die Verteidigung nach Osten verstärken.«
Während Marie ihre Erinnerungen mit einer Handbewegung verjagte, zog Michel ein Stück dicht beschriebenes Papier hervor und las ein paar Sätze daraus vor. Es war ein Brief von Anastasia und Andrej, den der Kaplan Konrad von Weilburgs für die bei-

den geschrieben hatte, da sie der deutschen Sprache noch nicht so mächtig waren, dass sie sich schriftlich ausdrücken konnten. Die schlichten Worte zeigten, wie glücklich das junge Paar war, sich in der Oberen Pfalz eine neue Heimat schaffen zu können. Sie dankten Marie, die es ihnen erst ermöglicht hatte, ein Zuhause zu finden.

»Mir wäre das waldige Hügelland zu einsam und zu abgelegen, doch Andrej ist an ein noch raueres Klima gewöhnt und wird alles tun, seiner Frau das Leben dort zu erleichtern. Auch Anastasia wird sich eingewöhnen, denn sie hat trotz allem einen festen Willen. Außerdem liebt sie Andrej und harte, schneereiche Winter hat sie bereits in Worosansk kennen gelernt.« Michel seufzte. Ihm wäre es lieber gewesen, sowohl Egons wie auch Andrejs Besitzungen wären in seiner Nachbarschaft gelegen. Wohl kam er mit den Herren der umliegenden Burgen und den Bürgern der Städte gut aus, doch es würde dauern, bis er gute Freunde unter ihnen gefunden hatte.

Marie nahm ihm das Schreiben aus der Hand. »Auch wenn es nicht dasteht, so lese ich doch das Heimweh heraus, das beide erfüllt. Es muss schlimm für sie sein, in einem fremden Land leben zu müssen, dessen Bewohner so ganz anders sind. Der Pfalzgraf hätte darauf Rücksicht nehmen müssen und sie nicht in diese Einöde schicken dürfen.« Dann schüttelte sie den Kopf. »Aber lass uns nicht dauernd an Ludwig von der Pfalz herummäkeln. Er hat Ritter Heinrich mit der Herrschaft Hettenheim und allen dazugehörenden Burgen belehnt, ohne sich ein Stück aus seinem Erbe herauszuschneiden, wie ich es befürchtet hatte. Auch hat er dessen Sohn persönlich den Ritterschlag erteilt.«

Michel lachte auf. »Er sieht trotzdem auf seinen Vorteil. Immerhin hat er den jungen Hettenheim sofort nach der Schwertleite mit Huldas Ältester vermählt und sich das Recht vorbehalten, deren Schwestern nach eigenem Belieben zu verheiraten.«

»Das gilt zum Glück nicht für Lisa. Die hat er ganz offiziell unse-

rer Munt übergeben.« Marie wirkte so zufrieden, dass Michel seinen nächsten Einwand hinunterschluckte. In seinen Augen hatte Ludwig von Wittelsbach nur deshalb auf die Vormundschaft über Lisa verzichtet, weil er sonst auch für sie eine Mitgift hätte stiften müssen. Dies war nun ihre Aufgabe, doch das wog weder in Maries noch in Michels Augen besonders schwer.
»Da wir gerade beim Heiraten sind: Mein alter Timo hat angefragt, ob wir etwas dagegen hätten, wenn aus ihm und Eva ein Paar würde.« Michel blickte Marie fragend an und sah es um ihre Mundwinkel verdächtig zucken.
»Ich hätte nicht gedacht, dass Eva die Sehnsucht nach einem Ehebett packen würde«, antwortete sie mühsam beherrscht. »Doch wenn sie ihn will, habe ich nichts dagegen.«
»Immerhin hat sie sich hier bei dem guten Essen bei uns auf Kibitzstein gut herausgemacht und scheint doch etwas jünger zu sein, als wir alle angenommen haben. Von Michi habe ich erfahren, dass die Nürnberger Witwe Grete auch nicht hübscher gewesen ist als Eva. Nur verfügt unsere Freundin über ein weitaus sanfteres Gemüt.«
Bei Michis Erwähnung hob Marie fragend den Kopf. »Warum bleibt der Junge eigentlich so lange aus? Seit du ihn gegen Ende des Winters auf Reisen geschickt hast, haben wir nichts mehr von ihm gehört.«
Michel überging Maries Bemerkung und zählte noch weitere alltägliche Dinge auf, die in und um Kibitzstein vorgingen. »Das wird wohl nicht die einzige Heirat bleiben. Gereon schleicht um Beate herum wie ein verliebter Kater, und sie scheint ihn nicht ungern zu sehen.«
Marie hatte mehr und mehr das Gefühl, als weiche er ihr mit Vorbedacht aus, und fragte sich, was er im Schilde führte. Das Muhen eines Ochsen lenkte ihre Aufmerksamkeit wieder auf den Reisezug, der tatsächlich auf Kibitzstein zuhielt und schon so nahe gekommen war, dass sie Einzelheiten erkennen konnte.

Es handelte sich nicht um einen Fracht- oder Handelszug, ein solcher hätte nicht ein halbes Dutzend Kühe und eine ganze Schar von Ziegen mit sich geführt. Nun sprengte ein Reiter nach vorne und winkte fröhlich zur Burg hinauf.
»Das ist doch Michi! Aber was ...« Was Marie auch hatte sagen wollen, unterblieb, denn sie starrte mit großen Augen auf die hoch gewachsene, füllig gewordene Frau, die auf dem Bock des vorderen Wagens saß.
»Hiltrud kommt uns besuchen! Du hast Michi geschickt, um sie zu holen.« Marie sprang auf und presste die Hände gegen ihre Brust, weil ihr das Herz vor Freude fast zu zerspringen schien.
Michel erhob sich nun ebenfalls und legte ihr den Arm um die Schulter. »Sie kommt uns nicht besuchen, sondern wird bei uns bleiben. Hiltrud erhält einen großen Freihof in unserem Meierdorf, so dass du jeden Tag zu ihr reiten kannst.«
Jetzt stiegen Marie die Tränen in die Augen, und sie schniefte vor Rührung. »Du bist so wunderbar, Michel! Ich kann es kaum fassen, dass ich einen Mann wie dich gefunden habe.«
»Da darfst du nicht mich loben. Der Freihof ist eine Gabe von Schwanhild und Ritter Ingold und war eigentlich als Entschädigung für Mariele gedacht. Da das Mädchen aber kein Interesse daran hat, Bäuerin zu werden, sondern irgendwann einen wohlhabenden Bürger heiraten wird, habe ich Hiltrud fragen lassen, ob sie ihren Hof bei Rheinsobern nicht in Pacht geben und zu uns kommen will. Wie du nun siehst, will sie!«
Michel hatte das letzte Wort noch nicht ausgesprochen, als Marie ihn heftig umarmte und küsste. »Trotzdem bist du der beste Mann auf der Welt!«, rief sie aus. Dann ließ sie ihn los und stürmte die Treppe hinab, um ihrer Freundin entgegenzulaufen.

Historischer Hintergrund

Das vierzehnte und beginnende fünfzehnte Jahrhundert brachte in Europa große Umwälzungen mit sich. Im Heiligen Römischen Reich Deutscher Nation gelang es nach dem Ende der Staufer keiner Dynastie mehr, die Reichseinheit über die sich immer mehr verselbständigenden Teilstaaten zu behaupten, zumal die sieben Kurfürsten, die das Recht für sich beanspruchten, den Kaiser zu küren, streng darauf achteten, keinen zu mächtigen Herrn auf den Thron Karls des Großen zu setzen.
Wurde einer der Kaiser in ihren Augen zu einer Gefahr für ihre eigenen Interessen, scheuten die Kurfürsten nicht davor zurück, einen Gegenkaiser zu bestimmen. Auf diese Weise kam auch die Dynastie der Luxemburger an die Macht. Allerdings vermochte Karl IV., der Sohn König Johanns von Böhmen, sich erst nach dem Tod Kaiser Ludwigs des Bayern im Reich durchzusetzen. Dabei musste er sich die Unterstützung seiner Parteigänger teuer erkaufen. Seinen Nachfolgern gelang es ebenfalls nicht, die Hausmacht des Hauses Luxemburg entscheidend zu stärken. Erst sein jüngerer Sohn Sigismund schien dazu in der Lage zu sein, er gewann neben der böhmischen auch die ungarische Königskrone für sich. Damit begann sein Dilemma. In Böhmen revoltierten die Hussiten und setzten ihn ab, während Ungarns Grenzen nach dem Untergang des Serbischen Reiches von den Osmanen bedroht wurde.
An zwei Fronten kämpfend musste Sigismund an das Reich zurückfallende Lehen meistbietend an einen solventen Territorialherrn vergeben, um seine Ausgaben bestreiten zu können. Sigismunds Versuch, sich auf die Reichsritterschaft anstatt auf die mächtigen Fürsten zu stützen, hätte zweihundert Jahre früher noch Erfolg haben können. Um diese Zeit aber war die Ritterherrlichkeit längst vorbei, und die Kraft, eine Entscheidung im

Sinne des Kaisers herbeizuführen, hatte dieser Stand schon lange nicht mehr.

Noch einmal schien das Schicksal der Idee des universellen Kaisertums gewogen zu sein, denn Kaiser Sigismund hatte keinen Sohn, sondern nur eine Erbtochter, die er mit Albrecht von Habsburg, dem mächtigsten der Reichsfürsten, vermählte. Albrecht folgte Sigismund auf den Kaiserthron, starb aber bereits nach wenigen Jahren noch vor der Geburt seines Sohnes Wladislaw – oder Ladislaus, wie er in Deutschland genannt wurde. Als dieser mit achtzehn Jahren starb, wurde mit ihm die letzte Chance zu Grabe getragen, der Kaiserwürde im Römischen Reich der Deutschen zu neuer Macht und altem Glanz zu verhelfen.

Noch entscheidender waren die Umwälzungen im Osten. Nach dem Zerfall der Kiewer Rus und dem Mongolensturm waren die russischen Fürstentümer unter die Herrschaft der Tataren der Goldenen Horde geraten. Das alte Zentrum Kiew verlor an Bedeutung, und die Großfürstenwürde wanderte nach Norden, wo sie nach mehreren Zwischenstationen an einen Seitenzweig der Rurikiden geriet, der Generationen zuvor mit einem Walddorf an der Moskwa abgespeist worden war. Die Moskauer Teilfürsten vermochten sich mit ihren tatarischen Oberherren zu arrangieren und wurden, da sie relativ bedeutungslos waren, mit dem Eintreiben des Tributs in Russland beauftragt. Dieses Privileg nutzten die Moskauer Fürsten geschickt aus, denn sie kamen darüber zu Reichtum und begannen mit dem Sammeln der russischen Erde. Doch das Land wurde weiterhin von Erbteilungen und Thronstreitigkeiten bedroht, und die Herren der anderen Teilfürstentümer versuchten immer wieder, den Rang des Großfürsten für sich zu erringen.

Dem Moskauer Fürsten Dimitri Donskoj gelang es als erstem russischen Herrscher, die Tataren in der Schlacht auf dem Kulikowo Pole, dem Schnepfenfeld, entscheidend zu schlagen. Sein

Sohn Wassili I. baute die Vormachtstellung Moskaus aus. Er war es auch, der mit der Tradition brach, die im Fall eines minderjährigen Erben die Großfürstenwürde dem nächstältesten seiner Brüder zusprach, und ernannte seinen noch kindlichen Sohn Wassili II. zu seinem Nachfolger. Wassili II., der zunächst durch Vormunde vertreten wurde, musste sein Leben lang kämpfen, um seine Stellung zu bewahren, doch die Macht Moskaus war bereits zu groß, als dass seine Feinde sie auf Dauer hätten erschüttern können. Er hinterließ Moskau seinem Sohn Iwan III. als gefestigtes Reich, auch wenn es noch mehr als zweihundert Jahre dauern sollte, bis Russland unter dem Zaren Peter Romanow den Kampf mit dem Osmanischen Reich wagen konnte.

Den Osmanen, zu Beginn ein kleiner türkischer Teilstamm, gelang es vom dreizehnten Jahrhundert an, im Wettstreit mit rivalisierenden Stämmen die Herrschaft über Kleinasien zu erringen. Bereits im vierzehnten Jahrhundert konnten sie über Kleinasien hinaus nach Europa greifen. Ein Versuch, ihren Vormarsch aufzuhalten, endete am 25. September 1396 bei Nikopol mit der totalen Niederlage eines westlichen Kreuzfahrerheeres. Um diese Zeit war Konstantinopel, das in seiner Blüte Zentrum eines gewaltigen Reiches gewesen war, nur mehr eine kleine Enklave im Osmanischen Reich und lange Zeit zu unbedeutend, als dass die Sultane die Kosten einer Eroberung hätten aufbringen wollen. Erst Mehmed II. machte sich kurz nach seiner Thronbesteigung daran, die Stadt im Jahr 1453 zu erobern. Konstantinos Dragestes, der letzte oströmische Kaiser, bestritt in der Rüstung eines einfachen oströmischen Kriegers seine letzte Schlacht, um dem siegreichen Eroberer nicht den Triumph zu gönnen, seinem Leichnam den Kopf abschlagen und als Siegestrophäe auf eine Lanze stecken zu können.

Ein weiteres bitteres Kapitel jener Zeit war die Sklaverei. Da nach dem Willen der Kirche keine Christen zu Sklaven gemacht werden durften, hielt man eifrig nach Heiden Ausschau, die man unterwerfen und versklaven konnte. Litten zunächst die slawischen Stämme östlich des Reiches unter den christlichen Sklavenjägern, so war spätestens nach der Christianisierung Böhmens, Mährens und Polens damit Schluss und die Augen der Fänger richteten sich noch weiter nach Osten ins Baltikum. Pruzzen, Letten und Esten wurden die nächsten Opfer einer vor allem vom Deutschen Ritterorden getragenen Eroberung und lieferten lange Jahre Leibeigene und Sklaven für den Eigenbedarf und den Verkauf. Dies geschah natürlich unter der Prämisse, die Heiden missionieren zu wollen. Wie ernst dieser Vorsatz genommen wurde, zeigt die Tatsache, dass der Deutsche Ritterorden die Bekehrung der Litauer durch die Polen nicht hinnehmen wollte, um weiterhin Raubfahrten in dieses Land unternehmen zu können. Diese Haltung führte schließlich zu der für die Ordensritter beschämenden Niederlage gegen die vereinigten Polen und Litauer in der Schlacht von Tannenberg im Jahre 1410.

Haupthandelspunkte für Sklaven waren zu jenen Zeiten Südfrankreich, Mallorca und vor allem Venedig, das mehrfach knapp davor war, von den Päpsten mit einem Bann belegt zu werden, da es, wie es hieß, nicht davor zurückschreckte, ehrliche Christenmenschen an die Heiden zu verkaufen. Doch nicht nur der Orient, sondern auch der Osten brauchte Arbeitskräfte, weil die Gebiete durch mehrere Pestepidemien stark entvölkert worden waren. Da mit der Erstarkung der Osmanen der Sklavenhandel über das Mittelmeer und das Schwarze Meer behindert wurde, nahm der Transport über die Nord- und Ostsee zu und verschaffte den Anrainern jenes Rüstzeug, das sie nur wenige Jahrzehnte später brauchten, um afrikanische Sklaven in großen Mengen transportieren zu können.

Das von der Kirche ausgesprochene, aber niemals konsequent verfolgte Verbot, Christen als Sklaven zu verkaufen, ließ sich zudem in vielerlei Hinsicht umgehen. Ketzer galten nicht als Chris-

tenmenschen, sondern konnten bedenkenlos umgebracht oder versklavt werden. Auch war die Schuldknechtschaft weit verbreitet, bei der die Betroffenen zehn oder zwanzig Jahre für ihre Käufer schuften mussten, bevor sie wieder freigelassen wurden. In jener Zeit wurden auch viele Afrikaner und Mauren als Sklaven nach Europa verschleppt, und dies nicht nur durch Raub, sondern auch durch Kauf, da die muslimischen Händler keine Skrupel kannten, Sklaven an Christen zu verkaufen. Die vielen Mohrenknaben, die ihren christlichen Herrinnen die Sitzkissen voraustrugen, sind nur ein Beleg dafür.
Ein Schicksal, wie Marie es in diesem Roman erlebt hat, wäre in jenen Zeiten durchaus möglich gewesen.

Iny Lorentz

Die Wanderhure

Konstanz im Jahre 1410: Als der Grafensohn Ruppert um die Hand der schönen Bürgerstochter Marie anhält, kann ihr Vater sein Glück kaum fassen. Er ahnt nicht, dass es dem adligen Bewerber nur um das Vermögen seiner künftigen Braut geht und dass er dafür vor keinem Verbrechen zurückscheut. Marie und ihr Vater werden Opfer einer durchtriebenen Intrige, die das Mädchen zur Stadt hinaustreibt. Für Marie gibt es nur zwei Möglichkeiten: Selbstmord zu begehen oder ihr Leben fortan als »Wanderhure« zu fristen. Mithilfe der erfahrenen Dirne Hiltrud entscheidet sie sich für die zweite und wird bald zu einer begehrten Hure. Dabei verliert Marie jedoch ihr wichtigstes Ziel nicht aus den Augen: Sie will sich an ihrem verräterischen Ex-Bräutigam rächen!

So lebendig, aufregend, schmutzig und erotisch, wie das Mittelalter selbst es war!

Knaur Taschenbuch Verlag

Iny Lorentz
Die Kastellanin

Marie lebt zufrieden mit ihrem Ehemann Michel Adler, den sie innig liebt. Ihr Glück scheint vollkommen, als sie ein Kind von ihm erwartet. Doch dann muss Michel im Auftrag seines Pfalzgrafen in den Kampf gegen die aufständischen Hussiten ziehen. Er beweist so viel Mut, dass er zum Ritter geschlagen wird – und verschwindet nach einem grausamen Gemetzel spurlos. Nachdem er für tot erklärt wird, ist Marie ganz allein auf sich gestellt und sieht sich täglich neuen Demütigungen und Beleidigungen ausgesetzt. Schließlich bleibt ihr nur ein Ausweg: Sie muss von ihrer Burg fliehen. Marie hat die Hoffnung nicht aufgegeben, dass Michel noch leben könnte, und schließt sich als Marketenderin einem neuen Heerzug an. Es beginnt das Abenteuer ihres Lebens. Wird sie den geliebten Mann jemals wiederfinden?

So lebendig, aufregend, schmutzig und erotisch, wie das Mittelalter selbst es war!

Knaur Taschenbuch Verlag